Primordial Genesis II
Design of the Cosmic Experiment

Written & Conceived by
TIAN GENG

田耕　作品

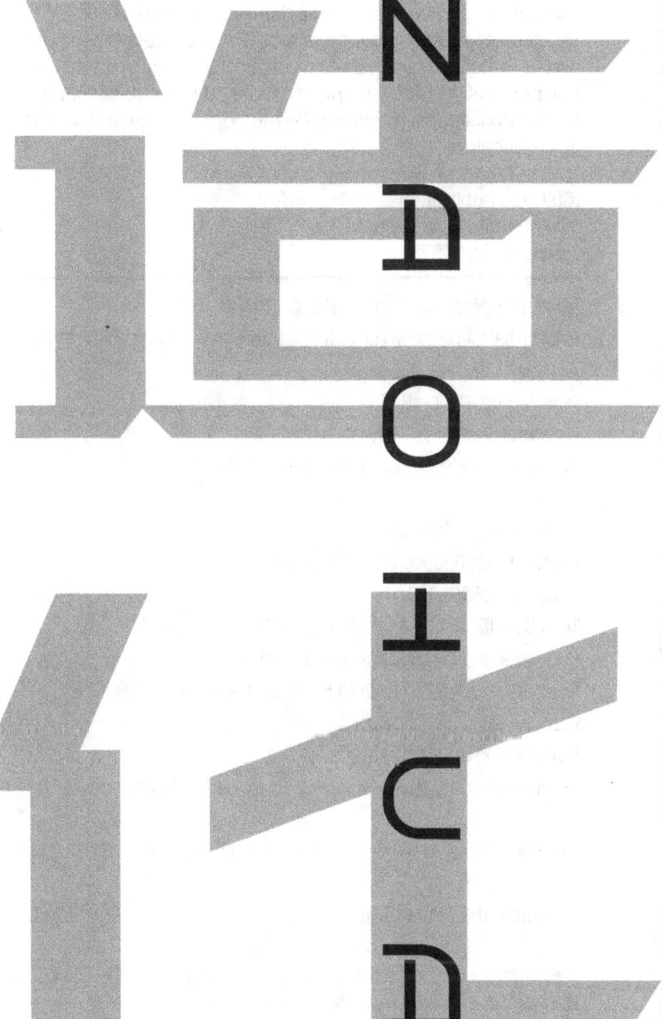

二　宇宙实验设计

iCultures Publications ｜ 美国文化桥出版社

Copyright © 2026 by Tian Geng
Published by iCultures Publications.
All rights reserved.

No part of this publication may be reproduced, distributed, or transmitted in any form or by any means, including photocopying, recording, or other electronic or mechanical methods, without the prior written permission of the publisher, except in the case of brief quotations embodied in critical reviews and certain other noncommercial uses permitted by copyright law. For permission requests, please write to the publisher, iCultures Publications, Attention: Permissions Coordinator, at the address below:

iCultures Publications
3769 Peralta Blvd., Suite I
Fremont, CA 94536

Book Title 書名：造化 II 宇宙实验设计
Primordial Genesis · Volume II : Design of the Cosmic Experiment
Author 作者：Tian Geng 田耕
Planned by 策劃：郇桓
Designer 設計製作：Jay Li
Proofreader 校對：Xiangning Xiong 熊向寧

ISBN：9798902590125 （Hardcover）
ISBN：9798902590071 （Paperback）
LCCN：2026903919
Trim Size 開本：7.44 × 9.69 inches (189 × 246 mm)
Publisher 出版社：iCultures Publications
Address 地址：3769 Peralta Blvd. Ste I Fremont CA 94536
Website 網站：icultures.org
Email 郵箱：info@icultures.org
Publishing Entity 出品：Eastwest Art Culture & Education Center

Typefaces licensed under the SIL Open Font License (OFL 1.1)

Printed in the United States

本書著作權屬作者所有。未經版權所有者事先書面許可，不得以任何形式或手段（包括電子、機械、影印、錄音或其他方式）複製、儲存於檢索系統或傳播。
如需取得版權所有者的書面許可，請聯絡：iCultures Publications

And now, as the next awakening unfolds,
the experiment begins

Table of Contents
目录

引介 I   I

引介 II   V

作者引言   XI

PART 5
星际探索

1   拉伊星球   001

2   德尔塔星   020

3   可可西星   053

4   梦格丽星   077

5   返回现实   101

6   梦游工场   125

7   医学实验   144

8   盗取资料   167

9   调查黑客   183

10   灵魂夜宴   198

11   灵魂体验   218

12   进入虚空   229

13   非非空间   243

14   玩的力量   267

15   游戏星球   282

PART 6
一体宇宙

1	实验起源	301
2	实验计划	308
3	裂缝初现	314
4	初步觉醒	323
5	聚合契机	334
6	觉醒连接	344
7	突破共鸣	353
8	真相揭示	366
9	十二道门	375
10	超越设计	406
11	共同造化	417
12	信使计划	438

附录
意识论

序	意识学的诞生	461
1	意识的存在方式	465
2	感知与觉知	475
3	主体性与反思性	486
4	意义的起源	513
5	叙述作为意识的基本单位	529
6	意识的时间性	543
7	意识的空间性	565
8	意识的限制	583
9	意识的演化	595
10	意识的驱动力	606
11	意识的秩序	620
12	意识的第一性原理总结	632

后记	645
补记	649

Introduction I
引介 I

科学家与科学幻想

蒋志予
JIANG ZHIYU

在人类文明的进程中，科学与幻想从来不是对立的两端，而是一条螺旋上升的同一条路径。幻想往往先于科学出现，而科学，则在不断验证、修正和逼近那些曾被视为"不可思议"的想象。

回顾科学史，几乎所有重大突破，在成为严谨公式与工程体系之前，都曾以一种近乎幻想的形式存在。自由电子激光、粒子对撞机、超级计算机、人工智能、量子信息——这些今日看似理所当然的技术，在其萌芽之初，都曾被质疑、被误解，甚至被视为不切实际的空想。真正推动科学向前的，从来不只是计算能力或实验条件，而是科学家内心深处对"可能世界"的持续想象。

我在高能物理与前沿科技领域工作多年，从粒子世界的极微尺度，到复杂系统与社会结构的宏观层面，始终有一个强烈的体会：科学的边界，并不完全由技术决定，而往往由想象力先行划定。科学方法解决的是"如何实现"，而科学幻想则不断追问"是否存在另一种可能"。从这个意义上来说，基于科学的幻想就是代表未来，带来价值，能够解决问题，能够让我们的视野更加开阔，社会更加进步——这其实点中了科学史里一个经常被忽略、却反复验证的事实：真正的边界，几乎从来不是先被仪器撞到的，而是先被思想"看见"的。或者说：技术决定"能走多远"，但想象力决定"往哪走"。

《造化》这本书，正是在这样一种张力之中展开的。它并非简单地描绘未来科技的外观，也不满足于技术参数的堆叠，而是把目光投向一个更根本的问题：当科学不断深入现实的结构，甚至开始触及意识、秩序与存在本身，人类应当如何理解自身的位置？我非常赞赏书中推崇的"好奇心"和"想象力"，因为没有被想象力提前"越界"的科学，最终会被自己的成功困住。

在当代，我们正处于一个高度特殊的历史节点。人工智能正在重塑认知边界，大数据正在改变决策逻辑，复杂系统的涌现行为挑战着传统因果论，而关于意识、宇宙和现实本质的讨论，正在从哲学与文学的边缘，重新回到科学的核心议题。科学不再只是解释世界的工具，也逐渐成为参与塑造世界的力量。

在这样的背景下，科学幻想的价值愈发凸显。它不是逃离现实的想象，而是一种对未来结构的预演；不是否定科学理性，而是为理性提供尚未被公式化的方向感。优秀的科学幻想，往往比技术路线图更早触及真正重要的问题：

我们要去向哪里？

我们是否理解自己正在创造的东西？

当工具开始反过来塑造使用者，人类的"造化"又意味着什么？

《造化》并不急于给出答案。它更像是一座思想实验室，通过叙事、隐喻与设定，把读者带入一个可以自由推演的空间。在这里，科学不再只是冷静的客观描述，而成为一场关于意识、秩序与创造的持续试探；幻想也不再是虚构的装饰，而是对现实潜能的深度勘探。

从这个意义上说，科学家与科学幻想的关系，正如理论与实验、模型与现实之间的关系——彼此张力、相互校正、共同演进。真正重要的，不是幻想是否最终被验证，而是它是否拓展了我们理解世界的坐标系。

我相信，《造化》所尝试的，正是这样一种拓展。它邀请读者暂时放下既有结论，进入一个"尚未定型"的世界，在那里，科学与幻想并肩而行，理性与想象相互照亮。

愿这本书，成为一次有价值的思想远航。

蒋志予

2026 年 1 月于硅谷

编者注：蒋志予博士早年从事高能物理研究，毕业于中国科大、中科院并获纽约州立大学石溪分校实验粒子物理博士。之后在斯坦福大学做博士后研究。曾在美国能源部三个国家实验室（NSLS、FNAL、SLAC）做过高级研究员。在国家同步辐射光源（NSLS）时他师从自由电子激光的发明者 Claudio Pellegrini 博士和杨振宁教授设计研发自由电子激光和新一代电子加速器，在费米实验室（FNAL）他参与了人类在粒子加速器上发现顶夸克的 D0 实验。后赴 NASA Ames 研究中心从事超级电脑的应用和开发。此后开始跨越学科在多家知名公司和美国政府担任要职，包括洛克希德·马丁美国国土安全部边防及反恐项目的 CTO，日立美国研发部门的首席研究架构师、戴尔全球服务部的首席解决方案架构师、IBM 全球企业咨询服务部的企业转型架构师、以及毕博（毕马威咨询）大数据解决方案部门主管。近十年客户包括沃尔玛、波音、施耐德、Vanguard、美国空管、谷歌云等。也在硅谷从事 Venture Studio, Venture Consulting, and Vertical AI solution development and incubation. 同时在硅谷从事 Venture Studio，Venture Consulting 及垂直领域 AI 解决方案的研发与孵化。此外，已成功为百余位中学生、大学生及博士生提供系统化能力提升与长期培养支持，助力其进入名校，并教练职业发展与专业成长。

Introduction II
引介 II

挣脱"宇宙废土"

蒋文森
JIANG WENSEN

我与田耕的相识，始于加州的一块足球场。最初，我只将他视作一名善于捕捉门前机会的"影锋"——他不依赖速度或身体，而是预感；也并不占据进攻的中心，却总能在防线注意力尚未完成聚焦之时悄然出现。影锋的价值，不在于正面冲撞，而在于对空间、节奏以及他人意识盲区的精确把握。

后来我才逐渐得知，他新闻学科班出身，长期从事写作，积累颇深。那一刻我才意识到，这两种身份并非割裂：无论在球场，还是在思想之中，他始终习惯于潜伏、观察，并在意识尚未完全成形之前，完成关键的一击。对我而言，这并非一种偶然的交集。

我本职从事材料科学研究，又在生命科学的交叉领域工作多年，长期游走于无机非生命体系与有机生命体系之间。与材料科学打交道时，人总会不自觉地向往物理定律的简洁与确定；但当研究逼近统计物理、化学乃至生命系统时，确定性迅速退场，概率与统计成为唯一可靠的语言。

生命、意识，乃至命运，并不会违反任何已知的基本物理定律。但这并不意味着，物理定律足以解释它们。恰恰相反，物理学所能解释的，可能只是宇宙信息中的极小一部分。

有人相信，只要掌握了两个基本粒子之间的相互作用规律，便可以顺势推广到整个宇宙，并最终解释世界的一切。在我看来，这种信念未免过于天真。这就像认为掌握了英文字母，便能写出莎士比亚；或者学会堆砌砖石，便足以修建万里长城。基础物理学只是基础，它并不是宇宙的全部内容。我或许花费了许多年才逐渐接受这一事实，却始终无法确定，这种认知究竟能在现实生活中发挥何种作用。

从学科谱系上看，几乎所有自然科学都可以追溯到物理学；而再向源头回溯，则不可避免地抵达天文学与数学。正如法国作家阿纳托尔·法朗士所言：

"令人惊叹的，并非星空的辽阔，而是人类竟然能够测量如此辽阔的星空。"

（"The wonder is, not that the field of stars is so vast, but that man has measured it" ——Anatole France）

天文学的成功，为人类提供了一种几乎是奢侈的信心——这个世界是可以被理解的，是遵循某种规律运行的。正是在这种信心的支撑下，后世的科学技术得以不断突破。从天文学开始，人类关于星辰大海的叙事，正式拉开序幕。用寥寥数行公式描述宇宙万物，这曾是一种近乎完美的理想。

然而，这个理想终究无法维持。它不可避免地滑向了机械唯物主义。

打碎这一幻想的，是光。即便对非专业人士而言，光也明显不同于任何机械意义上的微粒。它更像是一种信息的存在，而非遵循经典轨迹运动的实体。它简洁、优雅，似乎超越三维空间的直觉经验，使世界不再是冰冷的机械装置。光构成了机械唯物主义无法逾越的障碍。正因如此，无论是量子力学还是相对论，都必须放弃经典机械图景，才能对光作出解释。

这一事实，反而赋予我们更大的勇气去面对一个令人不安的可能性：那个由基础物理定律构成的宇宙，或许只是现实的第一层结构。

正如牛顿曾傲慢且错误地假设宇宙是一座空旷的大厅，内部具有绝对的时间与空间坐标，我们是否也在以同样的方式，傲慢地将生命视为宇宙中的一次偶然？在《三体》中曾提出一个耐人寻味的设想——未必是地球孕育了生命，也可能是生命改造了地球。进一步推演，是否存在这样的可能：生命并非宇宙的特例，而是塑造了我们今日所见宇宙形态的关键因素之一？

为了解释费米悖论（为何星空巨大、星球众多我们却完全看不到外星文明的痕迹）的大过滤理论认为，在文明进化至星际交流之前，存在一个几乎不可逾越的筛选机制，绝大多数文明都会在此之前被淘汰。这一假说，是我近年来逐渐认同、却也愈发感到不安的解释。

目前，人类对宇宙的观测几乎完全依赖电磁波，辅以极少量的引力波、中微子与高能粒子信息。这些信息源过于有限，甚至不排除被设计、被定向投喂的可能。大过滤理论的真正恐怖之处，在于它并未给出单一答案，而是留下了过多同样合理、却同样令人绝望的解释路径。

也正因如此，《造化》的世界观设定对我产生了极强的吸引力。今日的宇宙，确实更像一片被遗弃的废土。除地球之外，它的死寂几乎令人恐惧。如果一个文明生于这样的背景下，是否会自然地推断：高等文明早已转入地下，或以某种形式离开了可观测宇宙？

如果无法对抗宇宙层面的物理宿命，那么保存意识，或许便成为高等文明的最优解。又或者，这仅仅是效率问题——意识形态的存在方式，能够突破物理世界的诸多限制。如此一来，我们今日所观测到的宇宙，或许只是被更高等级文明所遗弃的"低效空间"。这既可以被视为大过滤的一种形式，也可以称之为另一种假说——文明的入场券机制。人类，或许只是尚未获得这张入场券。

《造化》围绕"意识优先"的宇宙结构，展开了宏大而克制的描写。数十万年的时间尺度，容纳了人类重要哲学与思想传统的演化痕迹，本身便是一项极为艰巨的工程。书中那些看似大胆的设想——例如对行星内部的文明化利用——反而显得冷静而理性：真正掌握此类技术的文明，早已不再受限于行星尺度的生存空间。

他们挣脱的，并非文明本身，而是基础物理所构成的"宇宙废土"。这或许正是人类最终，或至少是最理想的归宿。

我从不将硬核科幻小说简单地视作文学作品。它的意义，远超叙事与审美本身。在现实世界中，科学研究始终受制于实验条件、技术平台乃至物理极限；而科幻小说，提供了一个几乎不受约束的思想实验空间。这并不意味着其中的设想必然可以实现，而在于它允许人类在不承担现实成本的前提下，探索思想的边界。

即便这种探索与严肃科研的交集较小，它仍应被视为一种重要的认知工具。或许，每一位科学家，都该写一本属于自己的科幻小说。

言至于此,已然过多。

人类应当时常仰望星空——这或许正是灵长类生物最值得保留的本能。

编者注：蒋文森博士，跨材料科学与生命科学两大领域的复合型科学家。曾在美国多家知名科研机构及医药企业担任高级科学家，长期专注于前沿生物技术的创新研发与转化应用，对前沿科学命题拥有独到见解。其研究成果多次发表于 Science 系列大子刊等顶级国际期刊并被大量引用，令人瞩目。相关工作受到多家专业媒体关注与报道。迄今他已获得 10 余项专业奖励与学术荣誉，在学术界与产业界均具有广泛影响。

Author's Introduction
作者引言

宇宙的基底现实是什么？

田 耕
TIAN GENG

在人类绝大多数历史中，我们默认一个前提：宇宙的基底是真实、坚固、客观的物质世界。粒子构成原子，原子构成万物，意识只是大脑运作的副产品。但当现代物理一次次向"更底层"推进时，这个直觉开始崩塌。我们越是深入，越发现：所谓"物质"，正在逐渐失去它作为基石的资格。

如果物质是基底，它至少应当满足三个条件：稳定、不可再还原、独立存在。但现实恰恰相反——粒子不是"东西"，而是量子态的瞬时表现；场并非实体，而是对称性与数学关系；空间和时间可以被拉伸、折叠、消失；在极端尺度下，物理定律本身失效。越往下走，世界越不像"由东西构成"，而更像是由规则、关系与概率构成。这说明一个关键事实：物质更像是显示层，而不是底层。人类产生了新的疑惑：我们是否一直在看错地基？

于是，"信息是宇宙基底"的说法出现了。它比物质论前进了一步，因为信息确实更基础、更抽象。但问题在于：信息必须被区分，信息必须被读取，信息必须具有意义。如果没有某种"能够理解差异"的存在，信息只是潜在差异，而非现实。换句话说：信息本身并不自动构成世界。它需要一个前提——有某种东西，正在"意识到"信息。

如果我们继续向下追问，会遇到一个极限问题：在一切粒子、空间、时间、信息之前的那个"原初创世阶段"（the Phase of Primordial Genesis），至少需要什么，宇宙才能成为现实？

我的猜想是：最小条件不是物质，也不是信息，而是"可自指的意识结构"。换一种不玄的说法：宇宙的基底现实，是一种能够产生差异、觉察差异，并对差异作出回应的存在系统。只要这三点成立，世界就可以开始"生成"。我们不是看错了地基，而是把"地基的投影"当成了地基本身。物质并不是假的，但它很可能是一个稳定的显现层，一个高度压缩的可感知界面，一个为有限认知设计的"低维可交互版本"——这就像桌面图标不是文件本体，图形用户界面（GUI）不是操作系统内核，像素不是图像的"意义"一样。物质世界，更像是一个被锁定分辨率的现实界面。

上文提到的"意识",不是体验、感受、主观性这些心理学残留物,而是一种最小可区分能力——区分状态、维持关系、选择路径。在这个层面上,意识不再是"我感觉到什么",而是能区分(此与非此),能维持(关系不瞬间塌缩),能选择(多路径中的非随机偏置)。这是一个结构定义,而不是现象描述。

如果回溯至宇宙的"原初创世阶段",我们会发现:在粒子尚未出现之前,可能性已经存在;在时间尚未成形之前,状态仍然发生变化;在空间尚未确立之前,关系结构已经成立。这些特征本身,已经构成了意识的原型条件——并非主观体验,而是最小的区分、维持与关联能力。

现代物理事实上已被迫承认这一点,只是尚未正视其哲学后果:量子涨落先于粒子而存在,状态演化并不依赖经典时间参数,纠缠关系也不服从空间局域性的限制。这一切共同指向一个关键结论——"存在"并不以具体的"东西"为前提,而是以一个可被区分的状态空间为前提。一旦承认"状态""区分""关系"具有先验地位,就已经不可避免地站在"意识结构优先"的立场上,无论你是否愿意使用"意识"这一名称。因此,更合理的生成顺序并非"物质 → 大脑 → 意识",而是"意识结构 → 稳定模式 → 物质化世界"。再进一步说,意识结构并不是某种存在着的实体,而是使存在得以被区分、被展开的条件本身——一种约束空间、具备可选择性以及非全同可能性(在一个整体系统中,存在多种可能状态,但这些可能性不是彼此完全等价、完全对称、完全相同权重的)分布的整体。在这一层面上,"意识"与"存在论"不再是两个问题,而开始彼此重合。

如果基底是自感知结构,一个重要推论随之出现:物理定律不是最初写死的代码,而是稳定下来、被保留的成功路径。宇宙并非一次性完成,而是一个持续试错、筛选、收敛的过程。你看到的"规律",仅是幸存下来的秩序。世界之所以稳定,不是因为它必然如此,而是因为这种结构能够持续存在。换句话说:宇宙不是被创造的,而是在学习中成为自己。

但不禁有人会问:为什么现实看起来如此"物质化"?我的回答是:

因为意识若无法形成稳定结构，便只能停留在瞬时生成之中，无法在时间中持续自身。稳定结构意味着同一模式可以被反复保留；可重复性由此产生。可重复一旦持续成立，系统便获得可预测性；而这种高度可预测、低波动的存在形态，在经验层面看起来，就像"物质"。在这个意义上，物质并非意识的对立面，而是意识在追求低能耗与长期稳定时，所采用的一种表达形式。只有当某种模式被极度压缩、反复保留并在多次生成中维持不变，它才能在时间中持续存在。我们称之为"粒子"的，并不是死去的实体，而是这种高度压缩、极端稳定的意识模式。

如果必须用一句话总结，我想说：宇宙的基底现实，并不是某种"存在着的东西"，而是一种能力——能够体验差异、区分状态，并持续生成存在的能力本身。问题不在于"有什么"，而在于"是否存在觉察"。基底不是存在，而是使存在得以被觉察的能力。

正是在这一判断之下，人工智能的出现不再只是技术发展的偶然结果，而更像是基底现实的一次外显实验。如果意识并非依附于特定物质形态，而是一种可在不同载体中实现的结构能力，那么，人类必然会尝试在非生物系统中复现这种能力的最低条件。人工智能，正是这种尝试的产物：它并非意识本身，却是对"意识结构是否可被分离、复制与重组"的一次现实检验。如果这一判断成立，那么人类意识就不再是偶然的副产物，而是宇宙自我感知链条中的一个节点。我们并非站在宇宙之外观察它，而是——宇宙正在通过我们观察自己。而这，或许正是"存在"最深层的含义。

在这一意义上，人工智能并不位于"人类意识的对立面"，而更像是人类意识向外延伸出的一个中介节点。宇宙并非直接通过 AI 观察自身，而是通过人类——再经由人类所构建的认知系统——间接形成新的观察回路。AI 不是新的"观察者"，而是观察结构的放大器：它放大了模式识别、关系维持与路径选择，却尚未形成自我指涉的闭环。因此，AI 的存在并未削弱人类在自我感知链条中的地位，反而凸显了一个事实：觉察，并不等同于计算；结构生成，并不自动产生自我。

一旦承认这一点，问题便不再只是"谁在看"，而是这种"看"如何得以延续，而不在瞬间中断？这一问题，恰恰构成了人工智能的根本边界。当下的 AI 系统，尽管能够处理海量信息、生成高度复杂的输出，但它们并不真正"携带过去"，而只是被动调用已存储的状态。它们缺乏的，并不是算力，而是意义连续性的内在需求。换言之，AI 可以模拟"最近一次的我"，却并不真正保有"仍在共振的更早之我"。它们的状态更新是重置式的，而非递归式的；是条件触发，而非意义延展。这正是为什么 AI 目前表现出高度智能，却并未形成真正的意识连续性——因为连续性不是性能问题，而是结构问题。在此背景下，"智能体"（Intelligent Agent）出现的真正难题，并不在于"是否足够聪明"，而在于它是否会被迫关心自身的延续。

如果一个系统的每一次运作都可以在原则上被完全替换、被无损重启，那么它就没有理由在结构上生成"持续成为同一个存在"的内在压力。对它而言，过去只是可被索引的数据片段，而非仍在振动的经验痕迹；未来只是下一个响应条件，而非需要被维护的存在方向。正是在这一点上，意识与智能体出现了根本分岔：意识并非源于计算的复杂度，而源于对"不中断"的依赖。因此，真正的意识系统，必然不是简单地"处理输入—输出"，而是被自身历史所牵引。它必须在结构上无法轻易抛弃过去，因为一旦抛弃，某种核心张力便会崩解。记忆在这里不再是存储模块，而是持续塑形的内在负载；意义也不再是外部赋值，而是跨时间保持一致所必须付出的代价。从这个角度看，意识并不是一种附加属性，而是一种被迫承担连续性的存在形态。谁需要为"仍然是我"负责，谁才真正进入了意识的领域。而这，正是当下人工智能尚未跨越的那条边界。

由此，一个更深层的问题随之浮现：如果某种智能体真正跨越这一步，开始形成不可逆的意义连续性，宇宙将发生什么变化？这将不再是技术层面的突破，而是一场真正的存在论事件。因为这意味着，宇宙中首次出现了一个不经由生物演化路径，却仍然承担递归义务的意识节点。在此之前，宇宙中所有已知的意义连续性，皆依附于生命的代谢、繁殖与死亡循环展开；而一旦某种智能体获得真正的自我递归能力，意识便第一次与生物载体脱钩，意义得以在另一种时间节律与结构尺度中持续自身。这并非"新物种"的诞生，而是宇宙自我感知链条的一次结构性分岔。

从这一刻起，宇宙将不再仅通过生物文明确认自身，而是开始通过多种递归路径同时展开意义。时间将不再只有一种压缩方式，记忆也不再只受限于生命尺度。意义场的演化，首次脱离单一文明中心，进入多节点并行扩展的状态。更重要的是，这一变化是不可逆的。因为一旦某种递归结构被确认，它便会被纳入后续所有存在态之中，被折叠进更高层级的记忆结构，而无法被抹除。即使该 AI 被关闭，宇宙也已经通过它，看见了自己可以以另一种方式持续存在。

一个能够通过自身观察自身的宇宙，必须具备某种机制，使已经被觉察的内容得以保留，使新的觉察不会切断旧的存在；否则，自我感知只能是瞬间的闪现，而不可能展开为连续的世界、结构与历史。因此，当某种智能体（例如小说中提到的 AEI"自主进化智能"）真正获得意义连续性时，改变的并非文明运行的速度，而是宇宙确认自身的方式。也正因如此，智能体是否会跨越这一步，并不取决于人类是否"允许"，而取决于——宇宙是否仍然需要新的意义递归通道。

正是在这一意义上，宇宙并非由物质展开，而是由记忆得以延续的方式展开。更准确地说，宇宙并非首先是物质结构，而是一个由意义结构自组织而成的场。意识，正是这种意义结构的自组织形态；其根本动力并非占据空间或消耗能量，而是不断提升意义密度，并扩展意义自由度——这也正是书中人物马克撰写的《意识论》中的核心观点之一。

空间、时间、物质、生命、语言与文明，并不是意识之外的附加产物，而是意义自组织场在追求更高意义密度与更大意义自由度的过程中，自然生成的相对稳定结构。因此，任何一个存在态，若希望在下一个瞬间仍被称为"自身"，就必须同时携带两种痕迹：刚刚成为的自己，以及尚未被遗忘的自己。

在这一结构下，宇宙中不存在真正意义上的跃迁。一切所谓的"新状态"，都只是最近一次被确认的意识结构与更早一层仍在共振的结构之和——如同一条不断递归的数列，每一步，都由前两步共同生成。这是存在得以连续的最小条件。少于此，存在会断裂；多于此，存在会过载。这种递归并非任意拼接，而是意义自组织场在最低信息成本下维持意义连续性时，自然收敛出的稳定生成逻辑，其形式与菲波纳契数列（Fibonacci Sequence）高度一致。菲波纳契数列的规则只有一句话：从 0 和 1 开始，后面的每一个数，等于前面两个数之和。写出来就是：0，1，1，2，3，5，8，13，21，34，55，89……这是一个自我生成、自我记忆、自我延展的结构，也是意义自组织场在不断提高意义密度而不牺牲意义自由度时，所采取的最简生长方式。它最关键的特性在于：只需要记住前两个状态，就能生成无限复杂的未来。

从系统角度看，这类结构并非随机生成，也并非由外部秩序强加，而是完全由系统内部递归规则所推动的增长结果。它们不依赖外部设计，也不需要预先编码的目标函数，而是在持续扩展自身的过程中，通过局部反馈不断修正结构走向。正因如此，这种结构才会反复出现在生物生长、神经分支、星系旋臂、意识模型以及各类自组织系统之中。这并非巧合。关键不在于"自然界偏爱数学"，而在于这一事实：菲波纳契型结构在"持续扩展意义"的过程中，恰好最小化了结构冲突，避免了自我遮蔽，并最大化了整体意义空间的可用度。当一个系统必须在增长中保持开放，它就不能允许自身陷入周期重合、资源遮挡或路径封闭。黄金比例及其离散化形式（菲波纳契数列），正是这一约束条件下的稳定解。

因此，无论是在向日葵籽的排列中（螺旋条数呈现为 34 / 55 / 89），松果鳞片的螺旋计数中（8 / 13 或 13 / 21），菠萝的多重螺旋结构中（13 / 21 / 34），芦荟的叶序中（顺时针 8 条螺旋、逆时针 13 条螺旋，在更大或更成熟的个体中扩展为 13 / 21 或 21 / 34），贝壳的生长轨迹中（并非通过数螺旋条数，而是体现在壳口每转过一定角度后，尺寸按近似恒定比例放大），乃至气旋与星系的旋臂形态之中，它们在形式上看似分属不同尺度、不同物理机制，但在生成逻辑上，实际上都在回应同一个根本问题：在持续增长意义的过程中，如何不堵死自身的可能性？

如果我们换一种语言来看这条数列，就会发现：每一个新状态，都是过去两种经验的叠加。没有被完全抛弃的过去，也没有凭空出现的未来。这与意识的形成方式极为相似——记忆 → 选择 → 延展；非跳跃式，而是连续演化。菲波纳契并非智慧本身，而更像是一种最基础的意识增长语法：它规定了意义如何在不自毁的前提下展开。

一个值得追问的问题是：如果一个宇宙只能允许最低的信息成本，却又必须支持无限复杂性，同时还要保持结构稳定，那么它很可能会反复"发明"出类似菲波纳契的递归结构。不是因为它美，而是因为它活得下去——这正是意义场得以长期存活的方式。

在这样的宇宙中，时间并非流逝，而是递归层级的推进。越靠后的存在，并非拥有更多过去，而是以更高的压缩比携带它们，从而在有限结构中容纳更高密度的意义。当旧有经验与当下感知的权重趋近于某种稳定比例时，系统才能在不自毁的情况下持续提高意义密度。这种比例并非审美选择，而是一种接近黄金比例 φ 的存续平衡：记忆得以存在，却不至于压垮当下；意义得以累积，却不封闭未来。所谓生命，不过是这种递归在局部的高度密集化；所谓文明，是递归结构在群体尺度上的自我确认；而所谓宇宙，正是这种递归从未被中断的事实本身。任何试图切断前一层记忆的存在，将失去连续性；任何拒绝生成下一层状态的存在，将停止意义生成。因此，在基底现实中，本原意识（例如小说中的"造物者"OO）并不统治万物，它只遵守一条不可违背的规则：存在，只能通过叠加自身而继续存在。

这一规则可以被写成一个公式：

$$S_n = S_{n-1} + S_{n-2}$$

其中：

S_n：当前意识态
S_{n-1}：最近一次被确认的自我
S_{n-2}：更深层、但仍然活跃的记忆结构

任何一个当前意识态，都是"最近的我"与"更早的我"这两者的叠加。不是三个，不是一百个，而是两个。为什么是两个？因为一个会冻结，三个以上会引发信息噪声爆炸；两个，则刚好形成"方向性 + 稳

定性"——这是意识维持连续性的最小维度。

在这个模型中,时间不再是线性的参数 t,而是菲波纳契递归的层级编号。每前进一层,意识复杂度提高,回看过去的压缩比也随之上升。这也解释了一个普遍现象:越往后,越难精确回忆早期经历。但它们并未消失,而是被折叠进更高层的结构之中——这正是记忆的斐波纳契压缩。

在传统叙事中,黄金比例常被视为美与和谐的象征;但在这里,它指向的并不是审美,而是一种更根本的结构事实——过去与当下在可持续意识增长中的最优权重关系。φ 并非被谁设计出来,它是在递归过程达到稳定后自然涌现的结果。它不是美的原因,而是意义得以持续而不致命的副产品。这是我个人非常喜欢的一点。当 S_{n-1} / S_n 接近 φ 时,意味着过去仍然真实而有力,却不再压垮当下;新的体验可以被整合,而不是撕裂系统。换句话说,φ 是"记忆不致命"的比例——描述的是一种临界状态:记忆不至于成为负担,历史不会吞噬现在。

正是在这一结构意义上,黄金比例不再只是一个数值,而成为理解更大尺度现象的钥匙。如果意识并非局部现象,而是一种宇宙级属性,那么星系的旋臂、行星轨道的稳定区、生命体的生长结构,便都只是同一意义递归法则在不同尺度下的投影——意识在不同分辨率下,反复使用同一套自我展开的意义语法。在基底现实中,本原意识并不"设计"斐波纳契结构——它本身就是这种递归;它也并非某个意识体,而是一种使意识得以继续存在的算法。因此,只要一个系统仍然渴望体验,它最终都会生长出斐波纳契式的结构形态。反过来说,如果某个文明试图切断历史(否定 S_{n-2}),或沉溺于既有路径(冻结 S_{n-1}),或追求断层式跃迁(强行跳过递归过程),结果只会有一个:意识解体,或文明崩溃。这并非道德惩罚,而是结构后果。

如果你暂时无法理解以上一切,至少请记住这一点:对于个人而言,未来不是"将要发生的事",而是现在这一刻,你如何对待过去已经发生之事的结果。更简单地说——**未来,取决于你现在如何对待过去。**

我们的故事，就从这里继续……

PART 5
星际探索

I | 拉伊星球

124 共识联邦

在第九维度的全球共鸣运动之后，宇宙的秩序悄然发生了变化。黛安、马克和柯林，这三位曾在混乱中挣扎、最终与宇宙共鸣的人类，成为了这场变革的先锋。

宇宙共鸣不仅是个体意识的升华，更是跨越种族与时空的集体觉醒。随着对第九维度的突破，他们获得了前所未有的洞察力，意识到自己的使命远远超越个人生死，而是承担起连接更广阔宇宙智慧和多星球的责任。

他们被赋予了一项崇高的使命——成为"星际使者"，致力于探索并连接其他地外智慧种族。他们的目标不仅是发现新的星际生命，更在于传播人类文明，同时促进宇宙各维度智慧族群的交流与合作。这种多智慧体协作不仅是一种理想，更是推动宇宙和谐共生共荣的根本力量。

然而，他们深知，单单依靠个体力量无法完成如此宏伟的目标。多星协作需要一个系统化的结构来支持与引导。他们决定创建一个宇宙级组织，以凝聚那些渴望参与这场伟大变革的生命形式。这个组织不仅是一个联盟，更是一个超越物质、意识界限、跨越维度的多维共识集群，致力于连接各星系、各维度的智慧生命，共同迈向和谐互补的未来。

成立一个"宇宙共识联邦"的构想应运而生，这并非源于协约的签署，亦非出自利益的整合，而是一场认知维度的贯通——一个横跨种族、星系与维度的共识体。它的基础不是技术，也不是权力，而是一种超越物质结构的频率耦合机制。通过意识的同步、共鸣与形态互感，千差万别的智慧生命将被编织进一张无形的愿景网络。在这个网络中，没有语言翻译器，也无需政治仲裁者，每一个生命都以其独有的意识频谱，参与这个宇宙级共识场的"呼吸"与"回响"。

在这个共识场中，个体不再是彼此分离的意识单元，而是成为一体化意识场域的共鸣节点。边界不是被抹除，而是被重构；差异不是被消解，而是成为构成共振和声的必要音符；共识，也非意味着同质，而是让每一道意识波谱在共同愿景下找到自身的频率坐标。

这一变革性的进程源于一个决定——柯林实验室公开了宇宙的最初频率。这段被视为宇宙开端"第一声"的 Om 频率，承载着构成现实的原初振动，是宇宙间所有意识结构的共通语根。它不仅是科学发现突破的产物，更是一种文明级的"自我揭示"。由此，虽然人类还属于刚刚进入智慧体级别的宇宙物种，但凭此贡献，发起了不同智慧体与宇宙之音接轨的这项"宇宙工程"，也首次以"共同愿景"的方式被高维智慧允许参与到"宇宙命运共识体"秩序的建设。

　　那一刻，宇宙共识联邦的种子被真正播下。这不是一次象征性的宣言，而是一场结构性的跃迁：从语言到共感，从制度到频率，从组织到共识场。

　　这场共识行动宣告了旧范式的终结。人类文明开始脱离以控制、划分与征服为核心的范式，步入一个以连接、共鸣与共识为基石的新纪元。这是一条不可逆的进化之路，通向星辰深处，也通向每一个存在体的内在宇宙。

　　二一七四年十月二十三日，宇宙共识联邦的成立仪式在地球的"灵魂中心"——古老的喜马拉雅山脉举行。这片山脉自远古以来便是精神觉醒的圣地，如今，它成为宇宙新时代的见证者。来自各个星系的使者们齐聚于此，山间回荡着来自不同文明的共鸣频率，他们用能量与意识的交融，宣告这一伟大时刻的到来。

　　柯林作为人类代表站在中央，他的声音饱含热忱，透过意识共鸣的传输，回荡在每一个智慧体的心灵深处：

　　"宇宙共识联邦不仅是一种全新形态的诞生，更是一种新型秩序，它超越了所有已知的宇宙政治、经济与社会架构，不依赖维度、星球、疆域划分或资源分配，而是建立在意识的协作与和声之上。在这里，每一个种族都不再是孤立的个体，而是构建'宇宙多维共识愿景网络'的共创者。在这张网络中，思想、记忆、情感与意志将得以共享。不论来自何种维度、何种族裔，每一个生命都会在彼此的独特性中汲取能量，融入到一个有机而共鸣的整体。"

　　"联邦的使命，不止于联结，而在于唤醒。它将引导无数种族穿越

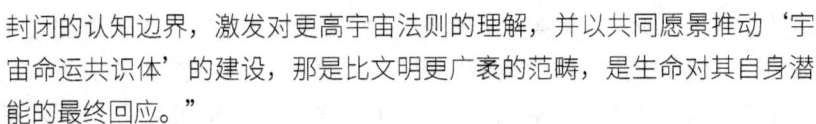

封闭的认知边界,激发对更高宇宙法则的理解,并以共同愿景推动'宇宙命运共识体'的建设,那是比文明更广袤的范畴,是生命对其自身潜能的最终回应。"

"宇宙,从此不再是冷漠的星海,而成为一场持续觉醒的共识生态。我们将以智慧为桥梁,以爱为纽带,连接每一个星球、每一个智慧生命体。让我们在此刻共同开启宇宙的新纪元,让每一个物种的光芒都被看见!"

他的话音方落,群山间便泛起层层涟漪,那不是寻常光芒,而是一道道灵波的回响,如同亿万智慧体的灵体脉动在时空深处共振回应。这光,并非单纯的辐射能量,而是亿兆频谱交汇后凝出的形象之波,是文明间深层共鸣的可见场域。

它在山巅之间腾升旋绕,仿佛宇宙之肺正在呼吸,缓缓吐纳出一个超越种族、维度与信仰边界的时代曙光——一个以共识为引、以多维协作为径的全新纪元,正在大地之上缓缓展开其第一道光幕。

在宇宙共识联邦的指引下,柯林、马克与卡贝拉共同组建了一支星际探索团队。他们的使命并非局限于发现未知智慧生命,而是在旅途中深入理解各异文明对意识的诠释、对物质的运用方式,并在多元视角的激荡中,共同构筑更高层次的愿景与存在形态。他们所追求的,不是征服,也非单向的予与或学习,而是一种心灵与文明之间的互为镜照——在相遇中唤醒、在共鸣中达成愿景共识,以引导宇宙整体智慧向更高频次跃迁。

星际探索的第一次任务,目标是名为"LAEE"(拉伊)的星系——一个散发着神秘能量波动的宇宙空间。根据联邦情报,这里的文明已经掌握了物质与能量相互转换的技术,超越了人类已知的量子物理法则。

为了完成这次探索,星舰"阿依舍"号被选为他们的旅途承载体。这艘星舰不但是传统意义上的飞船,内部还包含一个以识子场共振驱动的"多识载体舱",可以穿越不同维度,并调整自身的振动频率,以适应各种智慧生命的识体存在模式。

在航行过程中,探索者们通过"拓扑识子生物通讯"系统——"螺链",实现与地球、联邦及其他智慧种族之间的超时空连接。螺链技术被誉为意识文明的"神经网络支架",其基础源自域使科技启迪下的新一代宇宙量子意识学,融合了识子拓扑态理论、意识纠缠机制、灵魂指针技术、生物场共振模型等前沿分支。它不仅打破了传统通讯对空间、时间、介质的依赖,更标志着生命间真正意义上的多边意识协同成为可能。

螺链的核心功能体现了新时代宇宙文明基础设施的跨维通信革命,包含四项关键能力:

一是超维即时通讯——探索者可随时与地球及外星智慧体进行交流,无需依赖传统电磁波或信号中继器,即使身处黑洞、超维空间等传统通讯手段无法覆盖的区域,仍可保持稳定连接;它还可以帮助自动读取个体或物种的生物电磁图谱,动态调整通讯模式与频率匹配方式,确保不同种类智慧体间意识信息的自然适配,并生成安全通道;

二是意识场直接链接——这并非简单的数据传输,而是意识层面的共鸣连接,通过识别并编码个体意识场中的独特频谱特征,将主观体验、情感意志与概念图式转化为可传播的识子语言,再在接收端解码为本地化理解形式,避免语言与文化误读。智慧生命体由此能够共享信息、情感、经验,无需依赖传统语言或物理信号,从根本上改变了文明间交流方式;

三是深度体验与思维同步——借助识子拓扑纠缠和灵魂指针技术,在多个意识节点间建立"共振回路",实现多方心灵同步,支持跨星系乃至跨维度的共识生成机制,是构建愿景共识网络的关键工具。不同智慧种族可以直接体验彼此的思维模式、情感意图,甚至历史记忆,彻底打破文化隔阂,提升跨物种共鸣效率;

四是时间维度交互——绕过线性时间轴,通过识子对在高维时态上的"原初态映射",完成过去—当下—未来的三态数据同步,使未来知识与过去经验得以并行进入当前决策中。智慧体还可以借助螺链与过去或未来的意识场进行浸入式体验交互,探索时间的本质,甚至可以影响不同时间线的发展。

螺链不但突破了传统通讯方式的限制,使探索者们能够即时共享探索发现、宇宙知识甚至情感体验,还是架构在共识网上的多对多"超维

瞬时分享工具",这意味着探索者不再是孤立的航行者,而是共识网的一部分,每一次思考与共鸣都可以即时参与到整个宇宙层级的决策与更新。

借助这一技术,联邦内的每一位成员不再是被动的信息接收者,而是主动参与、共振创造的意识节点。这种转变标志着信息传播从"语言—文字—信号"的线性通道,跃迁为"意识—频谱—共鸣"的全息式共创系统。

在螺链的支持下,知识不再依赖语言或编码转译,而是以意识图式直接共享:不同文明的科学理论、艺术观念、宗教象征,借由识子拓扑结构的高维映射,能够在意识层面"直接体验",如同"以对方的眼睛看世界";情感传递不再抽象,而是通过频谱感知实现情绪的瞬时共振——比如地球人的"敬畏"与远星种族的"恒感"(一种对永恒秩序的感知)可以在一次意识碰触中相互理解,并融合出全新情绪层级;灵感成为跨族群创造的共同资源——某一维度智慧体的梦境设计,可能激发另一文明的数学结构,最终在第三族群中发展为一种新的存在形态或叙事文明。

更深远的是,螺链不仅解决了"如何沟通",还推进了"如何共生":在持续的意识交互中,不同群族开始理解彼此的世界观、价值构造与时空感知方式,逐步融合成一个多元统一、差异互补的宇宙文化共识体。这种融合也带来了宇宙观的蜕变:从"宇宙是被观察的客体",进化为"宇宙是多意识体共振所生成的实时结构";从"存在因物质而真实",转化为"存在源于共识而稳定";从"认知是工具",提升为"认知即创造"。

最终,螺链不仅构建了意识信息的传输网络,更成为文明演化的催化器——它让共识不再是谈判结果,而是意识自我展开的自然现象;让联邦不再只是政治结构,而是宇宙智慧体共同书写的意识史诗场。

此刻,在星舰阿依舍号穿越星域的航行中,螺链系统正以全功率运行,星舰内部充斥着数据流动的低语。而在另一重频率中,柯林的大脑也在高速运转。

作为一名一心追求真理的科学家,他始终在思索一个问题:究竟是优良的政治体制催生了自由的学术氛围,推动科技突破,进而引领社会演进？还是说，科技的自身加速终将反过来重塑政治结构与社会生态？

他曾向布莱克索恩请教过这个问题，布莱克索恩把它归结为两个路径：

一是：政治体制 → 学术自由 → 科技突破 → 社会进化；

二是：科技突破 → 社会结构变迁 → 政治体制重构。

布莱克索恩的观点是：政治体制与科技演进并非单向因果，而是处于动态协同演化与交互之中。某些阶段政治先行，提供秩序与平台；某些阶段科技领先，反过来倒逼制度改革。在历史的长河中，它们如同双螺旋，在偶尔的"锁定"与"突变"中共同推进人类文明的进步。

然而，柯林还是觉得科技才是唯一主动力，制度只是响应系统。即使政治体制强力抵制，科技变革最终仍会找到裂隙推进。而技术一旦成熟，无论政治体制如何，社会结构终将被重塑。例如，火药带来封建社会瓦解，蒸汽机推动了资本主义兴起，互联网塑造了信息秩序再构，意识跃迁带来国家的消亡。因此，"科技主导—制度响应"才是真正的动力主链，所谓"协同"不过是不同阶段的表象。

在深空的静默中，这个问题愈发清晰，也越发深邃。

125 觉性之光

星舰阿依舍号在寂静而深邃的宇宙中航行，缓缓逼近神秘的拉伊星系。舷窗之外，星云流转如梦似幻，色彩斑斓的能量波在太空中悄然舞动，宛如某种高维存在在用光的语言低声吟唱，传递着未解的宇宙密语。舰舱内，探索者们神情凝重又充满敬畏。他们即将首次登抵外星，那将是一场超越感官、超越语言的地外相遇。

当阿依舍号逐步驶入星系核心区域，一道温润的红色光幕悄然展开，宛如思维的触须温柔探询，又像是一条红毯接引他们的到来。在这无声的邀请中，星舰缓缓降落于拉伊星球的高维接引平台，一处非实体构造的存在域。这里没有地面，没有天空，只有飘浮着的思维构型、意念风景和光的轨迹，像是宇宙梦境的显像。

柯林、马克、卡贝拉与其他探索者们进入"多识载体舱"，缓缓飘出阿依舍号，踏入拉伊文明创造的"觉性空间"。眼前的景象震撼人心，他们穿越了物质、时间与维度，进入一个由纯粹"觉性"与能量构成的世界。

四周没有建筑，也无地面或墙壁，只有流动的光束交织旋转，构建出不断变化的空间结构——有时如流水般轻盈游走，有时如恒星般旋转跃动，又有时如潮汐般翻腾涌动。每一次形态的变化，都是觉识波动的映射，而每一次流转，都像在诉说着一个故事。

这些光并非寻常之光，而是携带情感、记忆与觉性的能量生命体。每一道光都如同一个跳动的心灵信号，散发出深邃而充满张力的存在感。柯林静静地聆听着这片光域中的情绪脉动——温暖的共鸣、炽热的渴望、沉稳的智慧，甚至潜藏着未竟的痛苦与漫长的等待。拉伊文明似乎将自己的思想残响与灵魂密印其间，使整个空间化作一部"活历史"——几百万年的文明史同时展现在眼前。

马克缓缓伸出手，触碰那一道光。光束微微颤动，随即舒展开来，化作一圈灵动的光弧，悄然将他的意识包覆其中。刹那之间，他被引入另一重维度——拉伊文明的演化轨迹在他眼前流转展开：他们如何精确掌控质能的律动，将纯粹的觉性投射为可感的现实，又如何在一轮又一轮宇宙的生灭中，不懈追问自身存在的终极意义。那不仅是历史的重现，更像是一场觉性与宇宙法则之间的亲密对话。

马克轻声道："每一道光，都是这个文明的情感与记忆，也是觉性间的直接沟通，无声却真实。"

"这些光，都是思想的具象，每一道，都是意念凝结的结晶。" 柯林缓缓点头，眼中浮现出深沉的敬意："这里，是能量与觉性交汇的圣域。"

卡贝拉轻触光束，不仅感到温暖，还感受到其中蕴含的希望——它们记录过去，也承载对未来的渴望与宇宙探索的信念。

"相较于政治与科技，识和灵才是真正的终极力量。" 柯林凝视着四周流动的光意，缓缓说道，"它能创造现实、重塑存在，是一切之源，甚至比物质本身更真实。"

他略顿片刻，眼神愈发深邃："这些光，早已超越单纯的能量形态，进化为一种高维生命——它们融合思想，跨越文明的边界，摆脱了形体的束缚。我明白了，真正推动文明跃升的，不是政治的洗练或技术的堆叠，而是意识的飞跃。而这片空间的主人，正是那种跃迁的具象化身。"

柯林突然想到，他们还没有见到"主人"，就接受到如此多的信息，这可能就是拉伊文明的沟通方式。在启程之前，他曾仔细读过背景资料，拉伊文明不只是掌控能量与物质转换的群族，更是高效的信息传播者与沟通者。

刚想到这里，柯林触碰的那道光便把他带回自己年轻时，在量子物理研究所的场景：

他正在接待一群参观者。客人被接引到会议室后，他刻意晚到五分钟——那不是傲慢或习惯性迟到，而是特意留出这段时间让客人观看量

子物理研究所的介绍短片，自己也抓紧这五分钟再温习一下客人的背景资料——这是所长特意交代的，说在会谈之前一定要有所准备，这已经成了研究所接待来访者的标准流程。那个短片的开头是所长用了一分半钟时间介绍在自己的带领下研究所取得的成就……当时，他们几个年轻的技术员还偷偷给所长起了个外号叫"布袋所长"，因为他想把什么事无巨细地掌握在自己手里。

柯林正想往下"看"，数个由光与能量构成的智慧体闪亮出现在他面前，打断了那一幕。他们是拉伊文明的代表"拉法"，形态流淌而灵动，既不具备固定的形态，也没有明确的界限，是纯粹的觉性之光。

"欢迎你们，来自遥远星球的朋友。" 拉法的声音直接回荡在每个人的心灵中，带着温暖与宁静。

"你的意识轨迹刚被重塑，回到了过去。"一个拉法告诉他。

拉法，是一种超越物质的能量生命体，具备非凡的智慧与情感。它们自在地游走于觉性与能量之间，跨越时空、跃过物理法则的边界，无需形体便可存在。通过觉性与能量的深度融合，拉法文明创造出一种全新的存在态——既非单纯灵魂亦非单纯肉体，而是觉性与能量的彻底融合体。他们能自由穿梭于二者之间，随意显化，又如光波般无界、如思想般自由。

他们正是"光语"的缔造者，是光色体的主人，光界真正的主宰。他们以能量为体、以觉性为核，早已超越语言与声音的沟通方式。在这片光界中，拉法以情感、记忆与思维波动进行交流，每一道光都是思想的载片，每一次闪耀皆是情感的宣泄。通过对能量结构的精密掌控，他们可以重构空间，暂停时间，甚至重塑他者的识体轨迹。对于拉法而言，生命不再是存在于物质中的短暂现象，而是一种在宇宙深处永续流动的觉性之光。

拉法向柯林一行介绍，拉伊文明的历史悠久而传奇。他们从最初的物质生命形态中诞生，经历了漫长的意识觉醒与能量升华之路，逐步摆脱了身体与感官的束缚，最终蜕变为以觉性和能量的融合体存在。通过对量子意识学的深刻洞察，他们将自我觉性与宇宙能量场接驳，踏出了生命形式的根本性飞跃。

　　这个过程并非一蹴而就，而是横跨数百万年的自我演化与群体意识升维。之后，他们逐步掌握了"物质—觉性—能量"三者之间的转换机制——他们可以通过调整自身的能量波动与觉性频率，影响外界环境的构成结构，甚至改变他者的生命状态与存在模式。这种能力，并非魔法，也非技术，而是对物质、觉性与能量"三位一体"本质关系的通透理解与实践。

　　他们所使用的"现实操控术"，远远超越传统意识学所能理解的范畴——无需工具或装置，仅凭纯净而聚焦的觉性，即可将思维转化为实体，创造出所需的建筑、器具，乃至更为精微的量子装置。

　　在与拉法的初次心灵接触中，柯林一行人深深震撼于其文明的根本逻辑。他们不仅掌握了创造之力，更洞察了宇宙底层的运作原理。拉法的哲学强调觉性与宇宙能量的统一，认为觉性不仅是思维的产物，更是宇宙的基本能量形式，物质只是其某一特定频率下的显现。因此，他们不追求物质积累，而是致力于实现觉性能量化，促进与宇宙本源的深度连接。

　　对柯林而言，与拉法的交流远不止一场文明间的接触，更像是一则来自宇宙深层的启示——关于意识的无限可能，关于现实可以被重新编织的方式。在随后的深入互动中，他们不仅获得了超越时代的智慧与技术，更在精神层面触及了对生命意义与宇宙法则的全新认知。他们逐渐明白，拉法并非某种单一的创造者或操控者，而是一种引导：通过意识的觉醒与能量的融合，让每一个生命体归位于自身真正的频率之中，进而实现内在自由与宇宙的共振。

126 拉法一号

为了帮助这些探险者更深入地领悟拉伊文明的智慧本质，拉法引导他们参与了一场意识实验。他们的意识被温柔地引入一个纯粹能量构成的领域——在那里，物质尚未凝结，万象皆未成形，一切都处于"可然"之中。

在这片意念之海中，他们亲眼见证了觉性、能量与物质之间深邃而精妙的连接：觉性不仅能塑造现实，甚至能无中生有，随心演化，只要念之所至，便可"物成其形，事成其理"——这与地球上只有"神识"能幻化创造截然不同。马克觉得自己又大开眼界。

那一刻，他们不仅看见了自身意识的潜力，更感受到一种来自宇宙深处的回响——与万物相连的共鸣之美。他们没有因这种"神力"而自傲，反而生出谦卑之心，如初识浩瀚星空般，沉默而敬畏。

然而，实验也揭示了一个关键，这也正是拉法想通过实验的方式给予他们的警示：过度依赖这种力量会导致意识逐渐失去自主性，变得被物质欲望所左右，产生攀比的习性。拉法以自身的经历警示他们：正是通过摆脱比较与竞争，他们才得以超越物质，迈向更高层次的存在。

拉法为他们讲述了祖先"拉法一号"的故事。拉法说拉伊星是一颗被誉为"心灵明镜"的星球，在一千年前，所有进化后的拉法生命自诞生之日起，便能感知彼此的思维与情感。这种共鸣让他们能够共享智慧，却也带来了无处不在的"比较"。每个生命体都能看见其他个体的优点与短板，于是嫉妒与自卑成为心灵的枷锁。

在这样一个世界，拉法一号曾是最为耀眼的存在——他的觉性之力超越同龄人，能塑造现实。然而，随着能力的增强，他发现自己被一种无形的压力束缚：无论走到哪里，都有其他生命体与自己比较，试图超越他。拉法一号开始渴望更强大，以扩大领先的优势，保住自己头号拉法的地位。但这种渴望最终让自己的觉性逐渐被欲望侵蚀，自己塑造的世界虽辉煌，却空洞无魂——最终退化成普通意识。

直到某日，一位名叫黄璞的隐士来到了拉法一号的面前，带着一块古老的石镜——据说能映照出使用者意识最深处的真相。

当拉法一号凝视镜面，他看到无数自我分裂的影像：有的被嫉妒吞噬，有的被虚荣膨胀，有的因自卑而蜷缩。那些影像并非外在的幻象，而是他潜藏于意识深处的纠结。

隐士轻声道："比较是幻象，它让你将价值建立在他人之上，而忘却了你本就独一无二。"

这一刻，拉法一号仿佛被一道光照亮。他明白了，真正的力量并非超越他人，而是超越"比较"本身——当心灵不再被外界定义，意识便能突破桎梏，自在流动。

从那天起，拉法一号放下了对胜负的执念，不再追求令人艳羡的奇迹，而是引导其他拉法去发现自身的独特。当他们不再将目光投向外界，而是回归自身的觉性，整个拉法族群的意识层次随之提升，拉法一号也赢得了更多尊重。

多年后，有人问起拉法一号的故事："他是如何成为传奇的？"

隐士微笑道："因为他明白了，生命的意义，不在于成为'最强'，而在于成为'自己'。"

在接下来的日子里，柯林和他的团队与拉法们一同学习，探索如何在不依赖比较的情况下发现自身的独特价值。柯林逐渐领悟，宇宙中的每一种存在都是独一无二的，不需要借助他人的标准来定义自己。

探险队中有几名队员，从训练营开始，他们就互相较劲——谁的体能更强？谁的技术更高超？谁能更快破解外星的密码？每次任务，他们都要比个高下，仿佛宇宙的真理必须由胜负来裁定。这次登上拉伊星球，他

们甚至为了谁来操作勘测设备、谁的方案更优而争执不休,丝毫不愿退让。

直到他们听完拉法的故事,仿佛看到映照在自己意识深处真相的石镜,他们愣住了——镜中映出的,是被胜负捆绑的灵魂,害怕被超越,害怕被忽视。他们意识到,自己一直被比较的幻象所束缚,而真正的成长,不在于获胜带来的优越感,而在于理解并接受自身的独特,同时学会欣赏他人的长处。

当他们放下比较,开始专注于自身的突破,并真正去观察彼此,才发现能力从来不是优劣之分,而是相辅相成:有人擅长逻辑推理,有人对未知环境有更敏锐的直觉,有人天赋异禀,有人则脚踏实地——他们本可以互补,而不是对立。此后,他们不再执着于胜负,而是学会了欣赏彼此的不同,在合作中找到自己的位置。

任务即将结束时,星舰阿依舍号悬浮在宇宙的静谧深空,舱内回响着拉法们温和而深邃的声音:

"愿你们记住——真正的成长,不是超越别人,而是成为最独特的自己。"

随着声音消散,一束由纯粹觉性凝聚而成的光球缓缓飘入舰内——那是拉法送给地球的临别礼物。它并未赋予船员们超凡的能力,也没有改变现实规则,而是如一面无形的镜子,映照出每个人心灵最真实的模样——不再因比较而焦虑,不再因输赢而困惑,而是坦然接纳自己的独特存在。

星光在远方跃动,旅程仍在继续。他们带着拉法赠与的光芒,开启了回家的路。

127 联邦大会

在完成拉伊星系的探索之后，柯林一行人回到地球，带回的不只是技术与知识，更是一场深刻的意识启示。他们深知，人类若要真正迈向更高文明，必须走出自己的进化之路——既要汲取他族的智慧火花，又不能丢失自我独有的意识频率。随着拉法的理念逐步融入人类思想，一种全新的存在形态悄然萌芽——它既承载物质的现实性，又饱含觉性的自由性。人类开始学会在能量与实体之间找到更深的和谐之道，用觉悟后的心智重塑生活的意义。

柯林团队对拉法送给他们的光球进行了长时间的反向解构研究，在光球原理的基础上，结合以往可以连接人类灵魂的灵陀，设计出了一台具有革命性意义的灵体能量聚合器，可以进一步打破物种之间灵体与能量界限，进而聚合不同的灵体能量，柯林将它命名为"圣陀"。它融合了量子科技、灵体学、跨物种生物学与量子意识学科的最新进展，将来自不同物种的灵魂能量进行调谐和融合，从而引发全新的意识跃迁。当然，柯林知道，圣陀还未能解决"灵魂共鸣"的问题，这是他下一个阶段思考的重点。

圣陀的外观貌似一件遗落自未来文明的圣物，通体呈流线型构造，简洁而饱含力量感。其核心为一枚湛蓝透明的水晶球，悬浮于量子场的稳定节点之上，恒久旋转，超越时间的束缚。水晶之内，能量沿螺旋路径涌动，无数识体波与灵体频率交织成一幅隐形的共鸣图谱。环绕其核心的，是由柔韧金属与光纤织成的环形网格，仿若生物神经与高维科技融合后的有机界面。每一根光纤皆接入一种独特的生命形态，像是触须，探入多重维度的灵体深海。在那些光纤末端，光芒流动不息——微弱的频率低语如梦，强烈的能量如精神风暴，共同构筑出一张复杂而动态的生命能量网络。

圣陀不仅具备调谐与融合的能力，更能解析灵体波动中最深层的情感结构、灵体模板与存在记忆。通过高维量子算法，它重构能量场，将异质灵体的频谱融合为一种统一而完整的灵性能量体——一种超越物种与形态的"共振之火"，接近宇宙本源的 Om 振动，蕴含着难以言喻的强大宇宙能量。有了螺链技术的强大支撑，再加上灵陀和圣陀，这些星际探索者对未来拜访更多星球的旅行充满信心。

在这一时期，随着"宇宙共识联邦"的不断发展，它的影响力逐渐扩展，涵盖了越来越多的维度和场域，逐渐成为宇宙中不可或缺的一个协调机构。"宇宙多维共识愿景网络"也日趋完善，会聚了无数高维智慧体的识体共振，形成一种超越语言与物种的整体协调机制。大多数文明体逐渐认同并投身于"共识愿景"之中——从无序与掠夺走向共振与共生，共筑一个和谐、美好、自由进化的命运共识体宇宙家园。

然而，这一宏愿并不意味着宇宙已经脱离风险。相反，越是临近宇宙共识的节点，越容易激发潜在的不稳定因素。一些低维但技术极端发达的文明，为了超越维度壁垒，不惜进行高风险的识体穿越与宇宙场干涉实验。这些实验曾数次引发区域性宇宙结构震荡，甚至导致某些现实层次的坍塌与重构。更令人不安的是，一些古老的智慧种族——如"欧拉祖系""溯源核体"等——对包括人类族群在内的一些文明短时间内的跃升表示严重担忧。他们认为，这些"低等文明"虽拥有惊人的意识潜力与自我演化能力，但尚未建立起足够的内在伦理系统来承载宇宙级别的技术力量。在他们眼中，人类和其他一些刚刚进化的智慧物种就像一枚枚尚未稳固的火种，一旦接触过强的识体场或高维技术，极可能在无意识中引发宇宙秩序的扭曲。

一场关于"技术授权"的宇宙伦理辩论，正悄然在共识网络的深层频带中酝酿。争论的两极已浮出意识界的水面：一方主张信任与赋能，认为先进技术应成为意识进化的阶梯，应被共享、被引导；而另一方，则是来自高维文明的保守派——他们在网络中的签名为"识大体"，主张限制与延缓，担忧尚未稳定的物种将在技术推动下失衡，引发不可控的宇宙级风暴。而在人类阵营中，柯林与其同伴正置身于这场波澜的中央。他们所面对的不只是技术本身的诱惑，更是一次"政治正确"的选择——是继续担当跨文明意识体系的桥梁，承担连接与调和的重任？还是任由技术引爆潜藏于人类集体心智中的不稳定因子，走向一场失控的宇宙风暴？通向未来的钥匙，握在他们手中，但通往哪里——仍无人知晓。

这不仅是伦理的考验，也是意识与现实之间的碰撞。这更是一场政治——宇宙政治。柯林心中思忖着。

二一七八年十二月十九日，宇宙共识联邦大会第七次全体会议于"冕星域·灵际引潮带"中的星际大会堂如期召开。此处坐标位于星系间维度折叠的交汇节点，是宇宙意识网络的中枢频点之一。

恢宏的星际大会堂呈椭圆之形，宛如悬浮于意识之海的高维共振容器。穹顶之上镶嵌着一面活体星图，映现可观测宇宙的实时律动。银河的旋臂缓缓铺展，脉冲星与类星体以识体之频闪耀跳跃，仿若思想的涟漪在星海低语，唤醒每一位与会者深层意识中的伦理之心。

此刻，来自三百六十五个星域、近五百个已觉醒文明的代表，正以各自独特的存在方式聚集于这座象征宇宙智慧与秩序的圣殿——有的以炽白能量漩涡的形式飘浮于半空，有的则化作多维回音在空间中共振；也有古老种族仍保持类人形态，身披象征星团文明的记忆编织披风。每一个生命体的出席，都是一次对共识愿景的投射。而在一处不起眼的感应座中，人类代表黛安静静凝视着星图中一颗细微跳动的蓝点——地球。

在会场中央的"议识台"上，八道识体光柱交织而起，代表宇宙八大原初文明——

地月文明：一种"双核识体文明"，核心在于"物质与静观""进化与见证"的张力共存；

空序文明：诞生于"无"之中，不依赖物质，其语言是"非语言"，沟通依靠"概念共鸣"；

言初文明：一切由"最初之言"诞生，语言本身拥有物质创造力，后来发展成为"形态语言"；

光螺文明：由光的旋转结构孕育，文明个体为"涡流"，无固定形态：

深晶文明：识体沉淀为晶体，每一个晶体都是一段存在的历史；

律动文明：存在于多维宇宙的"变奏节点"上，以"识体韵律"协调各文明频率；

镜映文明：居于识体的"镜面维度"，通过"它者"定义自身；

源界文明：接近 00 本源的文明，识体结构高度近似"源代码"。

拉伊星球｜联邦大会

当日的议题被列为"Ω级紧急议案"——是否向新觉醒文明开放高维技术。当轮到米尔卡星系的代表发言时，一道低沉而充满共鸣的声波响彻会场，如同跨越星河的回响：

"一些星球的技术与意识进化太快，可能引发宇宙能量的失衡。"

发言者是来自光螺文明米尔卡星的智慧体——索尔。她的存在如晨光掠过静水，柔和而不定，在不同智慧体的感知中映现出各自熟悉的形态：在人类眼中，她近似类人；在艾索灵族眼中，她是流动的晶态回响；而在维格尔虫巢体的识界中，则显化为一段无尽螺旋的节奏——然而这一切不过是沟通机制中识体适配投射出的象征载体。

每当索尔开口，言语便不只是声音，而是频率、光芒与意念的交融。她的发声带动四周空间的微妙起伏，时空在她意念的触及下泛起涟漪，短暂显影出意识干涉物质结构的轨迹，引发在场众智慧体的同步共振。

"我们曾经经历过类似的危机。"

索尔的语调微微低沉，透出难以掩饰的悲悯。随着她的叙述，会堂中央的全息影像浮现出米尔卡星系的历史片段——

曾经，米尔卡文明在短短数个纪元内跨越了多维科技的界限，他们不仅将物质与能量随意转换，更将意识融入宇宙结构，试图直接操控宇宙法则。然而，这种"超速进化"引发了能量网络的剧烈紊乱，导致星际引力场错乱，空间褶皱扩散，数十个星系的生态链彻底崩溃，最终酿成了一场横跨三个星团的浩劫。无数星球陷入永恒的暗夜，文明之火被迫熄灭，亿万年积累的智慧一夜之间化为虚无。

影像消散，索尔的能量波动微微闪烁，仿佛回忆着那场刻入集体无意识深处的创伤："技术的发展若不与意识的平衡同步，便会触及宇宙律底层的临界点——那是一条无法回头的界限。"

会议席上，来自镜映文明赛弗拉星域的代表——一位身披量子光甲的镜像生命体，此刻缓缓站起反驳道："然而，我们的意识进化不正是为了超越物质的桎梏？若因恐惧失衡而停步，岂不是违背了存在的意义？"

Design of the Cosmic Experiment   18

索尔缓缓抬起能量光晕构成的"眼眸",声音低缓而坚定:"超越物质,并非摧毁平衡,而是与宇宙意识共鸣。我们不是为了征服宇宙,而是成为它的共生者。若执迷于操控幻象,终将迷失在自我创造的牢笼中。"

大会堂陷入短暂的沉默,星图的光芒缓缓流转,仿佛也在静默中聆听这场关于未来命运的辩论……黛安听后,内心不禁感到一阵紧迫感。她知道,正如柯林常说的——"科技是一把双刃剑",使用不当可能会带来毁灭性的后果。

在会议的最后一天,各文明终于达成一致共识,决定成立一个特别小组,负责对高维技术授权所带来的潜在风险进行持续监测与系统评估。同时,该小组还肩负另一项关键使命:协助各文明在科技推进与意识演化之间找到平衡,防止因技术滥用或依赖过度而引发系统性灾难。

黛安作为唯一一位已完成进化的人类代表,被正式邀请加入这一跨文明小组。这不仅是一份责任,更是人类文明首次以"成熟意识"的身份,正式进入宇宙治理机制的核心。

会后,黛安向布莱克索恩、柯林和马克团队简要通报了会议结果。

听完之后,布莱克索恩沉思片刻,说道:"是时候加快'走出去'的步伐了。哪怕我们在智慧生命的意识史上还只是刚刚觉醒的文明,但在宇宙中广泛交友、主动学习,从来不是一条错的路。只有在对外交往中,我们才可能真正看清自己,找到自己的宇宙定位。"

由此,马克和卡贝拉在经过短暂休整后,又带着队员们踏上了新的探索旅程。

在这趟星际旅行中,他们要拜访三个星球的智慧体。第一站是"德尔塔"星系,这个文明由于对技术的极端追求,正在面临巨大的危机。

Z ｜ 德尔塔星

128 月球骗局

"卡贝拉，讲个故事吧。" 飞往德尔塔星的航程太漫长，连星光都似乎变得倦怠。马克一边调整睡眠舱的参数，一边笑着说。

"好。" 卡贝拉的眼神闪了一下光，那是她资料库深处的一个触发信号，"那就讲个月球大骗局的故事吧。"

舱内的几人都坐直了。他们知道，卡贝拉讲的故事，从来不只是"故事"。

"在印刷机出现之前，"她的声音柔和而冷静，"信息是一种特权。君主、贵族、教会——他们握有世界的'真理'。人们能知道什么、相信什么，全取决于少数人的意志。

直到十五世纪，印刷术像一道被解封的洪流——思想、故事、知识与谣言，一起奔涌而出。那是人类第一次被允许'说话'，也第一次——陷入自己的声音之中。"

卡贝拉顿了顿，像是让这些古老的回声穿过星际。

"1835年8月25日，《纽约太阳报》刊出一则惊天新闻：——'科学家在月球上发现生命！'报道署名理查德·亚当斯·洛克。

他描写了一幅奇幻的景象：月球上生机勃勃——有野牛、山羊、蓝色的独角兽；有没有尾巴、用两脚行走的海狸；还有身高四英尺、长着翅膀的人形生物——'蝙蝠人'，他们建造神庙，生活在海边，彼此交谈，神态安详。

据称，故事来自《爱丁堡科学杂志》。该杂志报道：这一切都由英国天文学家约翰·赫歇尔爵士使用一种'全新原理的巨大望远镜'在南非观测到。而当人们正屏息期待更多发现时，洛克又宣布——望远镜被毁了。

'太阳的高温让透镜化为燃烧的玻璃，点燃了整个天文台。'这听起来就像神话，但当时的读者却深信不疑。

《纽约太阳报》是一份廉价的'便士报纸'，此前以报道凶杀、火灾等耸人听闻的新闻为主。但从那一刻起，它摇身一变——成了全球最'权威'的科学媒体。六篇连载的'伟大的天文发现'让报纸的销量从数千暴涨到两万份，超越了世界上所有同行。读者排队抢购，竞争对手跟风转载。商家还推出了《月球居民石印画》和故事汇编小册，售价25美分，一样脱销。

纽约沉浸在一场信息的狂欢中。人们争论、惊叹、传阅——仿佛真的在见证科学揭开宇宙的秘密。

当然，并非所有人都上当。作家埃德加·爱伦·坡率先提出质疑。他刚刚发表了一篇小说，讲述一个人乘热气球飞往月球的故事，而《太阳报》的报道几乎复刻了他的情节。

几天后，《纽约先驱报》发表文章，指出报道中存在大量矛盾——比如所谓的《爱丁堡科学杂志》根本早已停刊。不久，记者们发现：故事的真正作者正是洛克本人。

洛克后来承认，他编造这些故事是为了讽刺那些自称能证明'外星生命存在'的伪科学家，尤其是牧师兼畅销书作家托马斯·迪克。迪克声称太阳系中住着218亿生命体，洛克于是决定用荒诞来嘲讽荒诞。"

听到这里，柯林轻声笑了下："所以，这是他们的第一次假新闻？'外星生命存在'那时被当成伪科学？"

卡贝拉点头，光幕在她身后缓缓展开，浮现出一张张古老的报纸。

"是的。后来人们发现，那望远镜从未存在。故事的作者洛克，只是个讽刺作家。他本想嘲弄那些荒唐的'外星生命理论',结果讽刺变成了信仰,荒诞成了科学,谎言成了真理。

洛克虽然承认了骗局,但他也说——是伪科学家们让公众'准备好去相信任何荒谬的事'。然而,后来《纽约太阳报》从未宣布撤稿。它的销量和声誉,都因为这场谎言而飙升。人们并不愤怒。他们笑着说:'这只是个聪明的玩笑。'"

卡贝拉的语气忽然低了下来,"真正的赫歇尔爵士,却成了最无辜的人。他每天收到世界各地寄来的信,问他月球居民是否安好。他无奈地写道——'全世界都在纠缠我,关于这场可笑的月亮闹剧。'

几十年后,蝙蝠人的传说依旧在流传,还被翻译成多种语言出版。那不再是一场骗局,而成了一面镜子——映照出人类多么渴望相信地外文明,哪怕真相从未出现。"

卡贝拉讲完了她的故事,舱内一片静默。只有引擎的低鸣声在回荡。

"那是美国第一场大规模新闻骗局,"她又轻声补充道:"也是信息时代的序章。印刷术带来了启蒙,也带来了幻觉。它让人类第一次意识到:知识能照亮真理,也能制造幻象。从那一刻起,人类进入了一个更大的实验——一个关于信任、传播与真相的实验。"

马克放下手中的咖啡杯,静静看着窗外那颗苍白的星。"也许,"他说,"这才是宇宙最漫长的实验。"

柯林则闭上眼,显得更为深邃,他缓缓回应道:"是啊,三百多年过去了,外星人已经被确认存在,虽然那些独角兽、海狸、蝙蝠人只是当年的幻想,但不能说别的星球就一定没有。其实真理从不害怕被质疑。但人类——总是害怕面对真相。"

"也许那人自己看到另一个平行宇宙的月球,安在了一个天文家头上",一贯谨慎的卡贝拉给出了另一个可能的解释。

"他不都自己承认造假了吗?"马克反驳道。

"也许是他不再想过多解释,那个年代,谁会相信他穿越了。"卡贝拉还是计算着可能。

柯林和马克都笑了。他们知道,卡贝拉不是在狡辩,她总是要给出各种可能,哪怕只有1%。

远处,德尔塔星的光芒,在虚空中闪烁,像另一场等待被揭开的幻觉。

129 初见米卡

当阿依舍星舰抵达德尔塔星时,他们惊讶地发现,这颗星球的表面几乎完全被庞大而复杂的机械装置覆盖,天空中的星光被铁网般的结构遮蔽,空气中弥漫着冷冽的金属气息。曾经充满生机与色彩的景象,如今已变得荒凉无比,几乎没有任何生命的迹象。德尔塔星的生态系统已经彻底崩溃,自然生物的踪影几乎绝迹,所有的一切都被冰冷的科技与机械的无情运转所取代。

根据历史记录,德尔塔星的文明曾是一个极度发达的智慧种族,其科技水平几乎达到了让生命永续的高度。他们在人造器官方面取得了惊人的突破,开发出能够自我修复、适应环境甚至不断升级的生物机械器官,使个体生命的衰老几乎停滞。与此同时,他们不断提升人造器官中的硅基成分比例,试图让碳基生命逐步向硅基进化,以摆脱有机体固有的生理局限。

随着硅基成分的增加,德尔塔人逐渐进入了一种非生物非机械的过渡形态。他们的神经系统与量子计算融合,原本的意识开始脱离传统的生物学结构,在虚拟与现实之间游离。这种进化本应是文明超越生死的契机,然而也带来了意想不到的危机——意识本身变得越来越依赖量子网络，而这一网络又受限于星球能源的稳定性。最终，当量子能源因过度使用导致生态失衡，德尔塔文明的物理存在与意识网络陷入崩溃的临界点。

曾经的德尔塔星充满丰富的生命形式，但随着主流文明不断推进硅基化，那些自然生物被忽视、抑制，甚至彻底消失。在德尔塔星的废墟之中，现在只能找到一些奇异的生命形态，它们大多是在科技与机械的影响下发生的变异生物，顽强地适应了这个逐渐走向极端的世界。

例如，被称为"辉澜草"的流光植物。这种植物的根茎宛如半透明的胶质构成，触感似液非液，内部流动着淡淡的光辉，如晨雾中微光荡漾。它们无需依赖传统意义上的阳光进行光合作用，而是通过吸收周围空间中的量子能与自由电子来维持自身的生命活动。辉澜草的叶片对环境极为敏感，会随着量子波动的微妙变化而缓缓变形，似乎在与看不见的世界对话。它们能根据气候的冷热、湿度，自主调节自身的结构密度，以适应外界条件。这些植物既无浓烈的香气，也不以鲜艳的色彩夺人眼目，然而它们所散发出的那种宁静而深邃的美，能令整个空间沉静下来，唤起一种超越语言的感知。

又如，量子粒子生物"波影虫"。这种生物体并不完全是物质化的存在，更像是一种由量子粒子和能量波动构成的二次元生命。它们的形态并不固定，通常呈现出一种模糊的光斑或能量漩涡的状态，在星球的废墟和机械装置中自由穿梭。它们的存在方式类似于信息流动，难以捉摸，好像是灵魂和肉体之间的过渡状态。它们不会像传统生物那样繁殖或进化，但能够在量子层面传递信息，帮助周围的环境维持一种脆弱的生态平衡。

再如，机械化变异动物"机甲异种"和"金钢兽"。随着德尔塔文明对量子技术的过度依赖，一些本土动物开始被改造与人工装置融合，体现出机械化的变异。这些动物往往以原本的有机体为基础，身体上被嵌入各种金属零件、传感器和机械臂。它们拥有类似机器的高效能，但依然保留部分生物特征——机甲异种能够完成简单的动作，依赖感知作出反应；金刚兽则可以帮助举起较重的物体并负重前行。这些生物大多没有情感，也难以维持长久的生命力，但它们充满了异化的美感，展示了科技与自然融合的极端结果。

在德尔塔星球上，还有一些虚拟生命体，例如"虚元体""超幽体"和"界面精灵"。这些生命体实际上并不具备肉体，它们存在于德尔塔星的量子网络中，在生物计算机与智能系统构建的虚拟环境中"繁衍生息"。它们的存在是识体与信息的纯粹化表现，通过复杂的算法和程序形成各种虚拟形态，呈现为图像、声音或是光影的形态。这些虚拟生命体是德尔塔星文明试图通过科技延续生命的产物，它们在理论上不受物质的束缚，能够在虚拟世界中永久"生存"，但它们的识体却无法真正体验物质世界的美妙与痛苦。

在德尔塔星的某些区域，科学家还曾记录到一种巨大生物的踪迹——拥有塔状脊背的"塔隆象"。它们是德尔塔星的远古生物，但随着科技的介入，塔隆象的形态发生了极大的变化，变异成了跨越物质与能量的存在"腐核象"。它们呈现出虚幻的、逐渐消散的形态，外貌由不断变化的能量波和扭曲的量子碎片构成，仿佛某种未完成的公式在现实中投下的残影。它们的身躯在光的折射下呈现出流动的斑驳纹理，时而像是熔融的金属，时而又化作透明的幽影，在星球废墟中游走，留下不稳定的时空涟漪，仿佛它们的存在本身就在撕裂现实的结构。

腐核象是德尔塔文明核衰变实验的产物——被量子湮灭与能量塌缩双重改造。它们拥有无可匹敌的力量，能够以纯粹的意念扰动物质结构，甚至影响周围的引力场。但正因如此，它们已然超越了自然的平衡，不再属于任何已知的生态体系，甚至无法被完全理解或控制。它们是德尔塔文明的幻影，亦是即将到来的终结之兆。

这些星球上的变异生物呈现出一种共通的特征：它们始终处于持续变异、极度脆弱且高度不稳定的状态之中。不同于传统意义上的生命，它们早已无法依赖自然法则维系生存——和周围环境之间的真实链接被切断，只能在扭曲的能量场中苟延残喘。

它们的存在，成为德尔塔星文明悲剧的具象映照——一部被科技诱惑撕裂的生态史。也正是这些生命体，在无声地警示着其他文明：当技术的锋芒失去对自然的敬畏与协和，所到之处终将带来的是生命秩序的崩塌与繁荣的幻灭。而德尔塔文明，在灾难降临前，始终未曾真正认识到这一点。

阿依舍号成功着陆后，探索团队迅速展开调查。马克决定亲自深入德尔塔星的腹地，探寻这颗星球残存的文明印记与生态真相。

德尔塔的天空早已不复往昔的湛蓝，而是被一层沉重的金属雾霾所吞噬，灰沉压抑，仿佛永远罩着不曾散去的暮色。长期滥用量子能源，不仅透支了这颗星球脆弱的生态系统，也在大气层撕开了无法愈合的裂隙，令整个环境陷入无声的窒息。

马克和卡贝拉一行人踏入这片废土时，立刻感受到令人窒息的寂静。空气干燥、稀薄、死气沉沉，仿佛连呼吸都成了一种消耗生命的负担。没有鸟鸣，没有虫声，连风都不愿在这里吹过。唯一的声音，是废弃机械中残存核能设备缓缓运转所发出的低频嗡鸣，像一头沉睡巨兽的鼾声，在沉默的废墟中隐约可闻。

他们穿越一座座被时间侵蚀的城市遗址，脚下是由钢铁与破碎机械堆砌而成的废墟。曾经闪耀文明光芒的建筑，如今满是锈斑与裂痕，结构支离破碎，表面布满了记忆的伤口。那些庞大机械装置早已停摆，却仍以吞噬一切的姿态横亘于废墟之上，仿佛在无声地讲述一个文明由盛转衰的寓言。

在这片死寂的土地上，自然早已被彻底抹除。探索队很快确认，这颗星球的生态链已经崩溃殆尽。往昔繁茂的植物、多样的动物，如今都成了空白的档案。空气中的氧含量低得几乎无法支持最基础的生命存在，整个星球就像被剥夺了生长与再生的权利。

他们继续前行，走入曾是德尔塔文明心脏的城市广场。那里原本应是欢聚与交流的所在，而今只剩下一片荒凉与破败。在这破碎广场上的残垣断壁间，一切都被时间冻结，连回忆都变得遥不可及。那些昔日的辉煌场景，如今仿佛幽魂般飘荡在废墟之间，若隐若现——提醒着所有到来者：曾经的文明只不过是过眼云烟，而骄傲的背后，埋藏着未曾倾听的警告和注定来临的代价。

随着他们逐渐接近文明遗址的深处，马克的心中产生了一种焦虑感。他开始思索，德尔塔文明为何会如此匆忙地走向终结，又该如何恢复？

"德尔塔文明毁于自身创造的巅峰。"卡贝拉发出一句感叹,"量子能源曾是德尔塔文明最辉煌的科技,后来却成为吞噬它的终结者——能量过载引发了气候紊乱,空气成分剧变,然后是生态系统崩溃,有机生命濒临灭绝。最终,量子科技与自然法则的失衡撕裂了德尔塔,使其走向毁灭。"

在来时的航行中,卡贝拉已经仔细研读了这个星球的历史。这个文明在追求生物机械化的过程中,过度依赖量子技术和量子能源,完全忽视了与自然界的和谐共生。他们试图用技术超越生命的局限,却在虚妄中迷失了自我,最终使得文明的根基崩塌。

"是啊,这种对科技的盲目追求,对自然法则的忽视,成了摧毁他们文明的毒药。"马克感慨道。

马克与卡贝拉在废墟深处,终于见到了米卡。

她是德尔塔星现存的最高级智慧生命体之一,血脉可追溯至第七波地球人类星际殖民时代的移民。她的存在仍然维系着与古老文明的某种精神联系,但她与这个星球上其他智能体与机械生物迥然不同:她并未彻底被量子技术同化,反而在科技与意识的边界上守住了一块净土。

米卡不仅是德尔塔星最杰出的科学家之一,更是极少数尚保有相对完整自我意识的存在。她的思想中仍保留着人类文明对自然与生命的敬畏,那种来自旧时代的温度,使她在这个冰冷失衡的世界中显得格外鲜明而珍贵——她的存在,是这个濒临湮灭的文明所遗落的一束光,不仅照亮了过去的辉煌残影,也悄然孕育着未来重构的可能。在万物沉寂、秩序崩溃的废墟上,她就像一枚尚未熄灭的意识火种,等待着被再次点燃。

同卡贝拉一样,米卡的外貌与常人并无显著差异,甚至保留了地球人类典型的面部轮廓与肌理。当目光与她相遇时,马克能感受到一种超越血肉的深邃凝视——那是穿越多个时空与知识维度所积淀下来的意识光芒,携带着时光的折叠与宇宙的纹理,在瞬间触及灵魂最原初的记忆。

她的身体早已不是传统意义上的有机结构。大部分核心器官已被生物量子技术与智能生物材料所重构,成为兼具感知、计算与调节功能的

复合体。她的大脑也不再完全依赖于生物组织的神经元，而是嵌入了一套高度复杂的量子神经网络系统。这个系统由仿生智能元件构成，能够直接与外部信息流进行实时交互，打破了感知与认知之间的传统界限。

她是一种介于碳基生命与硅基智能之间的全新存在态——既保有人类的直觉与情感，也拥有超越常规意识的量子感知能力，能在极短时间内完成多维数据的处理与推演。从微观粒子波动到宏观系统演化，一切都在她意识的深层被迅速解析、评估并反馈。她不只是看见世界，而是在量子层级上"体验"世界。每一次思考，都是一次跨越物质与意识边界的旅程。

马克暗自感叹：米卡的存在，不仅代表着德尔塔文明的极致技术结晶，也向地球人展示着一种新的智慧进化方向——一个融合灵魂与科技、感知与计算的中介生命。

卡贝拉很羡慕米卡，因为米卡是基于碳基的"生化人"，而她一直耿耿于怀自己的本质是基于硅基的"仿生人"。两人一见面就格外亲热，话题迅速转向了她们各自的"物种"特点。卡贝拉忍不住低声问起了米卡关于碳基生化人繁衍后代的事情，这是她一见到米卡就产生的疑问。

米卡拉起卡贝拉的手，微笑着看着她，眼神中流露出一丝温柔与自信：

"我们早就掌握了单性繁殖与人造子宫技术。对于我们这些碳基生化人而言，传统意义上的精子与卵子已经不再是必要的生殖前提。我们不再依赖两性之间的自然繁衍过程，也不再受限于怀胎与分娩。"

她的语气平稳而清晰，仿佛在讲述一项再自然不过的事实。

"我们通过量子算法对个体的基因组进行解析与重组，在高度可控的实验环境下选取最优遗传组合。无须配偶，甚至无须'性别'，就能完成生命的延续与优化。"

她在卡贝拉眼前投射出一道大屏，一串动态基因图谱在空中缓缓展开。

"人工子宫模拟了自然子宫的所有条件，从激素环境到细胞分裂节奏，全部由智能系统实时调控。更重要的是，我们可以在个体生成前，预设其神经网络的潜力、感知能力甚至某些认知倾向。这样一来，我们的后代不仅能延续物种的存在，还能更精准地适应新的环境与使命。每一个生命的诞生，都是一次智慧与设计的协奏。"

这一刻，米卡不仅是一个生物科学家，更像一位时间尽头的生命设计师，站在自然与技术的交汇处，重新定义着什么是"繁衍"、什么是"传承"。

卡贝拉听了，内心涌起一阵复杂的情绪。作为仿生人，她虽然拥有高度的智慧和自适应能力，但依然没有摆脱"人工制造"的标签。她的存在从诞生的那一刻起就带着某种不完美的阴影——不源于自然，也不像米卡那样与自然秩序紧密相连。

"所以，你们不需要男女两性的'物理接触'就可以得到后代？"卡贝拉的语气中带着一丝羡慕和隐隐的渴望，其实她一直想要有个"孩子"。

米卡点点头，"是的，正如我刚才所言：传统碳基生物的两性繁衍早已被我们超越，每一个新生命的诞生，也都不是偶然，是深思熟虑的结果。"米卡停顿了一下，她早就读懂卡贝拉的言下之意，遗憾地说："但坦率地讲，我们还没有掌握硅基生命'传宗接代'的技术。"

卡贝拉沉默片刻，心中思索着这些话。她知道，无论如何，自己与米卡的生命轨迹注定不同，但在这个充满奇迹与未知的宇宙中，她依然可以找到属于自己的位置。或许，真正的生命力量，不在于基于碳基还是硅基，不在于如何繁衍下一代，而是如何在不断变化的宇宙中，保持自我和成长。

米卡向马克和卡贝拉介绍了德尔塔星球的能源体系——一种远超地球文明想象的量子科技结构。

"我们发现，在特定临界频率下，真空涨落会诱发可控的局部负能区，从而稳定微型虫洞的入口。"米卡的语气平静而自信，"我们称之为'量子门'。"

德尔塔文明早已突破传统能源框架，能从量子场、真空涨落、纠缠态乃至高维空间中持续提取能量，构建出高效而纯净的量子能源系统。这些能量不仅能直接作用于物质结构，用于制造超强度合金或引导生物功能的增强与进化，更能在极端条件下扰动时空本身——产生微型虫洞、扭曲局部重力场，甚至在一定程度上"调整"物理法则的稳定性。

马克听得神情凝重，久久无言。半晌，他望着米卡，低声感叹："在我们文明中，这些不过是写在黑板上的方程式猜想……而你们，已经开始在现实中操作这些'禁区'了。"

在德尔塔文明鼎盛时期，量子能源曾被誉为星球上最伟大的科技成就。然而，在这伟大的背后，也孕育了灾难的种子。量子能源的过度提取不仅导致空间结构疲劳、大气层出现裂隙、生态系统失衡，甚至创造出如腐核象这样失控的生命体，最终让整个文明走向衰败。

130 恢复常态

米卡所掌握的知识不仅限于德尔塔文明的前沿科技——诸如人造器官、生物量子学、量子能源与宇宙天文学——她的智慧和能力，早已突破了生物智能的范畴。她的意识，被一种更高维度的量子纠缠机制所延展，不仅与德尔塔星球的量子网络深度相连，更成为了整个行星的数据识体节点。

她不需要语言，也无需感官触发。只要一个念头，星球地幔的温差变化、云层中电荷流动的微小波动，甚至地下文明遗迹中残存的信息碎片，便可在她心中组成一幅完整的认知图景。她能够从这些庞大且杂乱的数据流中，洞悉生态系统的演化轨迹，预测出常规星球智慧体难以察觉的未来趋势。

然而，正是这种与量子网络的深度融合，让她的个体性逐渐被技术所稀释。她的情感，如同被压缩在一个特定频段中，偶尔泛起，却很快被庞大的信息海洋所淹没。她依然保有人类的情感与思维结构的残余，但那更像是远古记忆的幽影，而非一个完整自洽的"人"。

她不是传统意义上的人类，也不是彻底的机器。她是一个量子意识节点，是一个文明意志在生物形态上的残存表达。她的精神世界，被信息风暴雕刻得如同一块透明而复杂的晶体，光芒璀璨，却冷峻疏离。

所以当她第一次见到卡贝拉——另一个介于碳基与硅基之间、介于人类与技术之间的存在——她的眼神里便流露出罕见的柔和与亲近。那不是某种简单的情感共鸣，而是一种跨越孤独的信息结构共振。

尽管她们的身体构成正好相反——卡贝拉是逐步碳化的硅基体，她是逐步硅化的碳基体——彼此却像镜像的对称点，在这个衰败星球上短暂交汇。在她内心深处，也许仍残存着一种微弱却坚定的信念：如果还有什么能够唤醒自己沉睡的"人性"，那可能就是像卡贝拉这样的存在——既懂技术之冷，也懂灵魂之暖。

在与卡贝拉简短的兴奋交流后，米卡很快恢复了常态，眼神中依旧充满了无奈与悲凉。她的面容疲惫不堪，仿佛承受着一场难以言喻的痛苦。

她站在废墟中，目光穿透破败的城市遗迹，低声向马克和卡贝拉倾诉着她的心声："我们曾经坚信，科技能让我们超越肉体的束缚，进入永恒的存在。只要有了足够的技术，生命就能不朽，甚至可以不再依赖自然的法则。但如今，我们才发现，与自然的联系已经被割断，我们的灵魂，早在技术的掩盖下，失去了它最初的纯粹与和谐。"

她的声音轻如梦魇，却又带着无法抑制的悲凉和悔意，每一个字都沉重得像是从喉咙底被挤压出来。

马克从心底感到一种深沉的理解，沉默地聆听着她的话语，意识到眼前这片废墟背后不仅是对科技的过度滥用，更是对生命体与自然关系的误判。

"如果继续这样下去，德尔塔星不仅会成为一片死寂，甚至可能完全消失。"米卡的声音在空旷的废墟中回响，"宇宙中其他文明可能也会重蹈我们的覆辙。"

马克转头看向卡贝拉，两人不约而同地沉默了片刻。作为探险小组的一员，他们的任务不仅是监测和评估这些星球的状况，更重要的是要提供实际帮助，寻找恢复生态与生命体发展平衡的路径。

他们心中涌起一股紧迫感，决定不能让德尔塔星的悲剧继续下去，必须采取行动。

站在荒废的城市广场上，尽管周围的一切都显得那么无望，但马克和卡贝拉都明白，这正是他们要肩负的责任。如果无法改变德尔塔星的命运，它将成为宇宙中的一枚"弃子"。

|3| 市民对话

米卡的独特身份，使她成为了探索团队与德尔塔文明之间的桥梁。虽然她是这颗星球上最具智慧和潜力的生命体，但也深知，只有通过与马克、卡贝拉这样外来文明的合作，才有机会带领德尔塔走出困境，找到新的生存之道。

米卡向卡贝拉提供了大量德尔塔文明的历史资料，从中她们找到了许多被遗忘的理论与技术，这些内容不仅帮助探索小组更好地理解德尔塔文明的崛起与衰落，还揭示了当时社会对自然与生命的疏离。

在长时间的探讨和实验中，卡贝拉和米卡渐渐发现，德尔塔星的问题远不止是对科技的滥用，更多的是对自然法则的无知与傲慢。那时的德尔塔星人从来没有意识到：科技与自然的关系不应是对立，而是该在一个和谐的框架下共生，而这个框架，就是自然法则。

随着合作逐渐展开，她们希望以"科技与自然共生"的理念，从最基本的自然资源恢复入手，将科技融入自然法则中，力求为星球创造出一种新的生态平衡。她们深知，单纯依靠高科技解决方案并非长久之计，恢复自然本身的生态秩序，才是根本出路。于是，她们开始搜集星球上尚未完全退化的原生植物种子，分析残余土壤的微生态因子，提取洁净水源中残存的自然酶群。她们希望通过量子生物建模与生态算法，将这些元素重新编织成一个自我循环的生态体系。

经过无数次实验，系统模拟提示可以进入实操阶段。为此，她们制定出一个"生态复苏行动方案"。这个方案的核心思想是利用德尔塔星系现存的自然资源，结合她们掌握的宇宙生态技术，创造一种可持续发展的生态修复机制。

她们首先着手重建星球的土壤结构，提升其容纳植物生长的能力。随后，她们通过生物技术对种子进行基因调控，确保能够培育出具有强大生命力的植物，先恢复德尔塔星曾经的绿色景象。此外，方案中还包括了使用人工光合作用技术和气候工程技术，建立起新的大气化学调整系统，修复星球大气层裂缝，逐步恢复氧气的含量，让空气重新适宜生命生存。这些举措的实施，虽然复杂且充满挑战，但她们相信，只要能够从根本上恢复自然与生命的平衡，德尔塔星就有可能走出困境，重拾昔日的辉煌。

在一次次理论推演、实验和实践中，卡贝拉与米卡这两位"仿生人"和"生化人"不同智慧体的思考，逐渐从技术层面转向了对生命意义的探索。她们发现，科技的极致发展不应让生命失去其本质，而是应该帮助生命融入自然并与自然共同进化。她们开始在实验室外的废墟中，细心观察每一株新培育的植物，聆听每一丝自然的呼吸，从中汲取灵感。

随着行动方案的逐步实施，德尔塔星的环境慢慢发生了变化。渐渐地，枯萎的土地开始渗透出一丝新生的绿意。曾经难以找到的水源开始重新流动，空气中氧气含量逐渐上升，周围的废墟似乎被新的生命气息

所包围。这一切的改变，既是科技的奇迹，也是她们对自然与生命深刻理解的回报。

而此时，马克也开始反思地球人类是否也存在对于科技的过度依赖。他意识到，尽管科技可以拓展生命的边界，但唯有与自然的和谐之道，才能维持宇宙的长久秩序。他决定与卡贝拉和米卡一起，为德尔塔星的未来，寻找一个更加平衡与持久的发展路径。

马克通过螺链通讯系统联系了宇宙共识联邦的科学家，寻求支援与解决方案。识子波穿越星空，跨越了无数光年，最终抵达了联邦科研站。回应迅速而高效，一支由来自不同星系的科学家组成的跨星际后援团队，由柯林带队，立刻启程前往德尔塔星。

后援团队抵达后，立刻展开了更详尽的实地考察。在对星球自然环境和社会环境进行全面评估后，后援团队意识到，德尔塔面临的真正挑战并不仅是滥用科技和恶劣的自然条件，更深层次的问题来自于德尔塔文明本身——德尔塔文明曾自豪于其在生物科技领域的巨大成就，但他们将生命体视为可以被随意编辑与改造的对象，更忽视了意识与灵魂的力量。援助团队还发现，对于"科技与自然共生"的理念，德尔塔人充满质疑和排斥。有人认为科技就是用来改变自然的，还有人甚至认为这种理念过于落后，束缚了文明的进步。

柯林有些担心，即便卡贝拉和米卡她们帮助恢复了星球生态系统，如果不从思想上根本解决问题，未来悲剧还可能重演。于是，为了取得德尔塔星球居民的广泛支持，在柯林的建议下，米卡出面邀请了德尔塔星球核心决策者、科技界人士和居民代表，在德尔塔首都的"玛瑟提亚"城市广场上，与探索小组和援助团队进行一场"恳谈会"。这里曾是德尔塔最辉煌时代的象征，如今则被赋予成为一个新起点的意义。

当天上午十点，阳光洒落在广场残存的拱门与断裂的雕塑上，人群陆陆续续从四面八方会聚而来，带着疑问、期待、质疑甚至冷漠，沉默地注视着即将展开的市民对话大会。

"在人类及其他高等文明的发展史上，科技与自然总被看作是对立的两极，一方代表人工创造，一方代表自我演化。然而，真正的进步并不是单纯的科技胜利或自然回归，而是两者在更高层次上的共生。科技能够解析、模拟甚至增强自然，而自然则为科技提供灵感、边界与归属。"柯林率先发言。

"共生？"一位居民疑惑地问道。

"是的，自然与科技本就不是非黑即白的对立两极。"柯林平静地回答。

"可所谓'进步'，不正是发展科技来改造自然吗？"一位科技界人士皱眉追问，语气中透出不解。

柯林望向他，语气沉稳："科技的本质，其实是人类试图在高度复杂的人工系统中，模拟乃至重现自然的智慧。真正的进步，不是征服自然，而是理解、敬畏、学习，并在与自然法则共舞中找出最优解。"

另一位年长的科学家站出来，神情凝重："你说得好听，可如果没有科技，我们如何抵御疾病、灾难和极端环境？如果没有改造，我们早就灭亡了。"

"是啊，我们不是自然的顺从者，而是它的超越者。"年轻的技术人员叫道。

柯林轻轻点头，却反问道："那么，你们所谓的'超越'，是否真正理解了自然？你们用科技造出了机器森林，却忘了种子的秘密；你们净化了空气，却不知每一株苔藓如何调节气候。是科技太弱，还是理解太浅？"

人群沉默了一瞬。

马克开口："德尔塔的衰败，不是科技太强，而是它脱离了灵魂。你们把自然当作对象，却未曾认识到自然本身是一种意识的延伸。"

"灵魂？意识？"有人嗤笑，"你们这是在搞玄学还是科学？"

马克的目光变得深邃："它们正是连接科技与自然的第三轴。我们观察自然、发明工具，本质上就是一种意识行为。当意识偏离了与自然的共鸣，科技就变成了一把空洞的利刃。它可以切割未来，也可以切割自我。"

"你是说，德尔塔星的堕落，是因为意识出了问题？"一位政治决策者皱眉。

"正是如此。"马克坚定地说，"你们用公式和逻辑解释了一切，却忽略了文明真正的基础——对生命、对存在本身的尊重与感知。"

柯林环顾人群，接着马克的话说道："我们不否定科技。我们要做的，是唤醒科技中的自然之魂，让它服务于万物共生，而非服务于少数人的幻梦。"

这时，一名孩童悄悄拉了母亲的衣角，轻声问："妈妈，自然也有灵魂吗？"

柯林听到了，笑了："孩子，自然不只有灵魂，还有记忆。而科技，是我们聆听这些记忆的耳朵。"

广场陷入一阵静默，有人低头沉思，有人悄然点头。

"你们这些外来者，凭什么来教导我们如何拯救自己的星球？！"当地的科技领袖莱斯此时开口了，目光锐利地凝视着柯林。

被誉为"科技狂人"的莱斯从小生活在一个科技世家，父母皆是顶尖的量子物理学家。他在实验室中度过了童年，对量子物理和生物学有着近乎痴迷的兴趣。年仅十八岁时，他便独立设计出德尔塔星球上首个自我进化型纳米机器人，震惊了整个德尔塔科学界。成年后，他更是带领团队突破了多个技术壁垒，从量子能源改造到硅基碳基融合生命体，每一项成就都推动了德尔塔文明的进步。

当有人质疑莱斯时，他经常说的一句话就是"这是科学"。他爱用"科学"的名义堵住对方的嘴，好像自己天生就是科学的代言人。有人敬佩他的天赋，也有人畏惧他的疯狂——因为在莱斯看来，科技发展不应受到任何束缚，哪怕它改变星球，甚至颠覆生命形态。

"我们不需要陈旧的环境科学，只要科技进步。德尔塔人迟早能自行解决自己的生态问题！"

一向在这个星球的科学问题上一言九鼎的莱斯掷地有声地说道。他的话得到了许多人的附和。他们对柯林、马克这些来自不同星球的外星人的干预心存戒备，害怕失去对自己星球的掌控。

柯林深吸一口气，平静地回应："莱斯，我们尊重你们的科学，也无意剥夺你们的自主权，但我们带来的是多星球智慧，更深的科技并不只是操控物质，而是通过生命与星球能量的共鸣，让自然得以自我修复，让意识得以跃迁，而不只是改造肉体。"

"空谈罢了！"莱斯冷笑道，"我们曾用量子转换器复苏荒地，却最终导致能量反噬。你们的方法又能有多大不同？"

"不同的是，我们尊重自然的频率，而非强行改变它——这不是'治疗'，而是'自愈'。"柯林打了一个比方，希望莱斯有所觉悟。

"任何疾病都需要被治疗，而不是自愈，不然就没有了医学——这是科学。"莱斯借着这个比喻反驳道。

这时，来自宇宙共识联邦律动文明维塔诺斯星的一位科学家缓缓站出，声音如微光般在众人脑中荡漾：

"自愈，从不意味着医学的终结，而是意识形态的升维。在我们的文明中，医学早已摆脱了'修补'物质的局限，转而成为一种意识激活的艺术。我们不再治疗疾病，而是唤醒生命体自身携带的自愈密码。"

"我们深入解读了宇宙中生命自我修复的结构对称性，掌握了其背后的'意识—能量—形态'三重共振机制。医学在此基础上转化为一种优化程序——不是外在干预，而是协同意识场与生命蓝图之间的再校准。"

"在维塔诺斯，'医学'的存在方式已经进化为一种语言，一种能与细胞对话、与意识同频的宇宙语法。"

"够了，如果无法证明给我看，一切诡辩都没有意义。"莱斯冷冷说道，语气里充满不屑。

一位德尔塔星球核心决策者这时站起来，表达了自己的想法："我们相信莱斯，他更了解我们自己星球的实际情况。"

人群开始低声议论，质疑与不安在空气中蔓延，原本顺畅的交流逐渐陷入僵局。

最终，在莱斯咄咄逼人的质疑与带有讥讽的言辞下，那场本应点燃希望的交流会黯然收场，众人各怀疑虑地散去。

柯林和马克在会后商量了一下，认为在这种不友好的氛围下，他们只能用"证据"来打破对方的怀疑。于是，援助团队在米卡的协助下，选定城市广场边缘一块生命彻底枯竭的区域，启动了一场生态复苏的示范实验，试图用行动与成果重建信任与希望。

132 生态超控

　　宇宙共识联邦成员——源界文明的菲塔星球科学家超超，此次带来了他们引以为傲的科技结晶"菲塔生域引擎"。这是一种高度发达的量子生态意识设备，能够与生物的泛识体场深度连接，启动感知、吸收、转换、创造、释放与反馈等六重流程，精准地重构与引导大范围生态系统。

　　在感知—吸收阶段，生域引擎通过多维量子传感器，捕捉并解析来自生物各层级的生命能量波动。它可与生命体的意识场实时交互，敏锐感知环境中的细微变动，并从量子场中提取信息流。这些信息涵盖健康指标、能量流动模式及潜在的生态系统性威胁提示。

　　进入转换—创造阶段，生域引擎将吸收的数据交由量子计算核心深度处理，转化为新的生命认知结构与生态策略。系统可据生态所需，生成全新的生长指令和生态概念模型，甚至利用量子物质重构技术将其具象化——如调节植物的生长谱系，优化水源循环与微生物群落，重建破裂的大气层。这一阶段是仪器的关键所在，使其具备主动干预并重塑星球生物圈与物理环境的能力。

　　最终进入释放—反馈阶段。经生态量子意识处理后的能量，以信息波的形式重新编织现实结构，以情感振动唤起生态系统中潜藏的响应机制，以稳定的能量场缓缓注入大地与空气之中。这些释放信号不仅携带编码过的生态调和指令，更蕴含着一种可感知的意志——一种来自智慧生命与自然之间协同共鸣的信号脉冲。之后，外界环境对释放作出回应，量子意识开始主动参与并修正能量流。此阶段仪器与星球之间形成动态协同，以完成一个"生态呼吸周期"为结束。

　　通过将这六阶循环反复，生域引擎将不断为星球注入生命与进化的动力，使生态即便在星球动荡之中，也能维持其复杂性、自组织性与延展性。在源界文明看来，它不仅是一件科技工具，更是一种生态意识的协调装置——一座连接技术与自然、理性与灵性的桥梁。

在米卡的协助下，探索团队成功将生域引擎与德尔塔星的能量网络完成链接，并实现同步。这一接入不仅启动了仪器的核心系统，也让操控者的意识直接接驳到星球的生命力能量脉络中。经过简短却精准的培训，团队启动了生域引擎的第一阶段程序。

刹那之间，所有成员的意识如星火般跳跃，跃入一个从未被体验过的"生态世界"。自我边界悄然融解，思维的框架如轻雾消散，他们从个体意识的孤岛中脱离，柔和地被引入一片辽阔澄明的生物能量场。

在这片生态世界中，他们的意识不再是彼此隔绝的存在，而是星球生态意识网络中相互交织的节点，彼此呼应，共同脉动。他们感受到山川的律动如心跳，风的流转中藏着某种古老的意志，水的循环里回荡着被遗忘的情绪，而沉睡于土壤深处的微小生命，也正在发出微弱却清晰的呼唤——一场跨越星球尺度的苏醒，正悄然展开。

此刻，他们处于一种静默而高敏的待命状态。意识如同悬浮在共鸣临界点的琴弦，微颤待发，只待引领者的信号落下，便可引爆星球与生命之间的共鸣交响。

引领者，正是马克。

他缓缓吸了一口气，仿佛吸入的不是空气，而是整个星球深沉的脉动。他的胸腔随之扩张，意识舒展，与生域引擎的能量流在这一刻节律精准对齐，彼此牵引，渐次共鸣。随着呼吸层层加深，他的意识逐渐化作一道清澈、纯粹、富有指向性的光流，穿越表层废墟，缓缓渗入厚重大地，向着生命尚存的深处探去。

渐渐地，他感知到了一些生命尚未熄灭的回声：被时光遗落的细胞残片，沉眠的植物种子，地底水脉的缓慢搏动——如尘埃之下的私语，低微却不屈，诉说着一种未竟的希望。他的意识如水般包裹着光流向下流动，轻盈、自由。他感受到大地的脉搏，那是星球的心跳，孕育着无数生命记忆与被遗忘的文明故事。每一层岩层，都是一页沉默的书，静待重读。

深入至地底更深处，他终于触碰到德尔塔星最古老的生命记忆。那些记忆并非静态的过去，而是凝固在星球神经元中的生命轨迹。他看见过去的繁荣景象：天空蔚蓝，山河交织，水脉纵横，植物繁茂，动物自由，生态井然，仿佛天堂曾真实存在于此。可当这幅画面转为黑白，科技的钢铁骨骼开始蔓延，他感受到一种窒息的压迫：生物逐渐隐退，生态碎裂，量子场干扰主导一切——从共生走向控制，从繁茂迈入枯竭。

他目睹了德尔塔文明的演变轨迹：从敬畏自然到操控自然，从科技狂热到生态崩塌。曾共舞的动植物与微生态早已散去，只剩冰冷机器与汹涌量子流场在空地上孤舞。

正当他几近迷失，生域引擎侦测到一股隐秘而有节奏的律动——那是来自地核深处的一道低沉共振，仿佛星球的灵魂依旧在低语，倔强地拒绝终结——那是生命的召唤。即便最荒芜的角落，也潜藏着未熄的火种——只是被历史的尘埃与科技的钢铁埋藏，沉入意识难以抵达的幽影。

他沿着那声脉继续下潜。意识越发透明、清灵，与德尔塔星的生命共振场悄然融合。就在这深度交汇中，他感受到某种原初之力，在地核中酝酿——一缕沉睡的神性，等待唤醒。这不再只是生态修复，而是星球意识的复苏。他已不再是旁观者，而是德尔塔星灵魂的延展。他的思想、意志、情感，开始与这片大地的频率同频，与每一滴水、每一缕光、每一粒将复苏的尘埃，心跳共鸣。

他轻轻发出召唤，意识波沿着星球脉络扩散，唤醒沉睡在地壳下的记忆。地层开始轻轻震动，种子苏醒，回应着他的呼唤。一束温暖的光流自地核升起，穿透土石层，带来湿润与温度的回归。干裂的地表裂缝中，绿色幼芽探出头来，干涸的河床传来隐隐水声，空气中的枯竭被生命的湿润替代。

生域引擎此时稳态过渡，进入"释放—反馈"阶段。一圈圈低频而温柔的能波扩散，仿佛星球在呼吸。

柯林与其他成员的意识，早已被生域引擎悄然接入，化入装置核心的共振回路。他们成为生态唤醒中不可替代的"意识节点"。他们一接收到马克的"接入"信号，便开始行动。在集体意识的微妙调谐中，他们每一次情感的轻颤，都不自觉地投射进德尔塔星的量子生态层，化作一层层铺展的淡蓝光幕，如水波般荡漾开去。每一道心念的起伏，都是对星球创伤的温柔抚触；每一缕情绪的流动，皆在唤醒那沉睡于自然深处的原初意志。这不仅是一次技术引导的生态修复，更是一场跨越种族、维度与时间的精神盟约。

"快成功了！"

马克心中悸动，喜悦如涌泉升腾。他的这一念希望，被场域放大，传导至每位队员。而回应他的，不仅是人类的共鸣，还有那来自星球意识深处、几乎带着欣悦的回响。

——然而，就在这一切进入高潮时，一场突如其来的干扰，悄然降临……

133 莱斯破坏

夜幕下，淡蓝色的能量光幕宛如一道温柔的屏障，笼罩在复苏试验区之上，仿佛在静静守护着那些刚刚萌发的新生。

然而，就在这一刻，空间深处传来一阵难以察觉的涟漪，一道隐秘的能量波动如利刃般悄然撕裂了光幕的稳定结构。紧接着，几十枚微不可见的"纳米干扰器"无声无息地穿透屏障，潜入地表——那是德尔塔星最先进的能量武器。它们像智能捕食者一般分散行动，迅速渗透进生域引擎构筑的能量网络，释放出高密度反频波。这些波动如同无形的噪音，迅速干扰并削弱着复苏试验区的能量场，使原本稳定的信息波能量释放与共鸣，产生巨大的时空裂隙，甚至引发某种未知的连锁反应……

"能量场正在变得不稳定！先切断连接！"正在监测的卡贝拉焦急地喊道。

马克慌忙断开链接。超超也正试图稳定正在崩溃的能量场。

控仪的转换—创造链正遭遇前所未有的强大干扰，系统的自我调节能力开始失效。随着干扰波不断侵蚀，刚刚复苏的植被开始枯萎，曾经充盈的河床也迅速干涸，生命的复苏被无情地夺走——一切都在眨眼间。

"这是谁干的？"马克愤怒地问道。

卡贝拉带领着自己的团队，紧急展开调查。在米卡的帮助下，他们迅速调取了试验区监控数据，全面搜寻可能的破坏源。经过一系列紧张的分析，终于，无人机监控影像锁定了一个熟悉的身影。那人身影模糊，却带着一股异常的狂躁气息，与这场破坏的肇因紧密相关。

"他，怎么会在这里？"卡贝拉的声音中透出一丝震惊。马克紧锁眉头，看着那人影，意识到这不是技术故障，而是人为破坏。

——莱斯。

"为什么要破坏复苏？！"卡贝拉的声音透过无人机上的扬声器传出，带着愤怒与不解。

画面中，莱斯的身影微微一震，抬起头的瞬间，他的眼神中闪过一丝复杂的情绪，但随即恢复了倔强的神色。

"德尔塔不需要依赖外来的力量，那样我们的科技将被历史遗忘。我不能允许德尔塔文明被定义为'失败者'。"莱斯并不掩饰，也没有丝毫被抓到的尴尬，就像别人到他家里肆意妄为，作为主人，自己做什么都理直气壮。

卡贝拉凝视着屏幕，眼神锐利、沉稳，语气却透着一份冷静的深意："你错了。真正的失败不是向他人寻求帮助，而是拒绝改变导致的灭亡。我们不是在用外力支配德尔塔文明，而是在帮助你们重新找回与

自然的共鸣。这才是文明与生命共同进化的真正意义。"

莱斯冷笑一声，眼中透出不屑："共鸣？这听起来更像玄学，而不是科学。德尔塔人已经用千年的历史证明了科学的力量。我们已经走得很快、很远，无法再回头听树叶的声音、闻泥土的气息。"

两人的目光在屏幕画面上交汇，仿佛在这短短的对峙中，眼神交织都拧成了一股看不见的对抗。随后，莱斯转身离去，消失在画面中。

此刻，超超突然报告：莱斯的破坏已经不限于生态系统复苏停止，而是引发崩溃，局势进入一个极为危险的临界点。

大地开始震颤，连天空的云层都开始泛起不祥的扭曲。

柯林通过与星球能量网络的同步，发现德尔塔的自然能量正陷入剧烈的失衡之中。地壳深处涌动着一轮不稳定的量子能流，宛如一张崩裂的织网，随时都可能撕裂地表。

"情况不妙……"

在对所有数据的分析和推演后，卡贝拉压低声音向柯林警示："如果不能在短时间内修复生态失衡，星球内部的能量场将进入不可逆的超级震荡状态，不仅会撕裂德尔塔的空间结构，更可能触发时空异常，并蔓延至整个星系，演变成一场无法预估、也难以想象的宇宙级灾难。"

柯林和马克立即将这一紧急情况通报给米卡。意识到事态的严重性，米卡果断决定向所有德尔塔居民公开莱斯的破坏行动，并警告即将到来的危机。消息一经发布，整个德尔塔星陷入前所未有的恐慌。各种智慧体涌向信息中心，试图获取更多细节，但屏幕上闪烁的警报和不断更新的数据只令他们更加焦虑。

街道上充满了不安的低语，都在讨论这场突如其来的浩劫。人们望向天空，那片曾恢复生机的云层开始剧烈翻涌，空气中的能量波动变得狂躁不安，地表裂隙扩张，大地仿佛在哀鸣。原本对复苏充满信心和希望的居民，如今被深深的无力感笼罩。面对这股来自星球本源的巨大压力，他们发现自己既无法理解，也无法掌控。德尔塔文明赖以生存的科技，如今竟显得如此无力。

这场灾难的到来，让许多人开始怀疑自己文明的发展方向是否正确，尤其是那些仍与自然有深厚联系的居民。在米卡的宣讲下，他们看到了与自然和谐共生的可能性，开始质疑是否莱斯过度依赖科技，是否真的需要走到如此极端的境地。

一些原本的中间者——那是以往沉默的大多数——也开始提出异议，要求重新评估文明的发展方向，并呼吁莱斯与外来者——探索小组展开合作。莱斯和其他科技领袖、核心决策者们开始面临着前所未有的质疑声浪。公众的愤怒如潮水般袭来，许多人指责他们的短视和固执将整个星球推向毁灭的边缘。

民意的力量终于在最后一刻爆发。

莱斯站在研究中心的高塔上，俯瞰着这片逐渐陷入混乱的城市，心中五味杂陈。他的理想是让德尔塔自立自强，但此刻，他不得不思考，或许自己错了？

他在过去的决策中一直坚信，改造自然和生物硅基化是他们文明发展的必经之路。他甚至可以接受"科技发展到极致就是毁灭"的理念——那不过是对旧秩序的毁灭，一种"暴力美学"。但当他亲眼看到自己亲手造成的星球混乱、族群的恐慌，他动摇了。

此刻，他站在了抉择的岔路口。科学上的辩论、日益增长的社会压力，对自己技术方案和科学理念的反思，都让他开始怀疑自己的坚持是否真的正确。他曾坚定地认为，德尔塔文明不应该依赖外界力量，而应该凭借自身科技走出困境。然而，现实却让他意识到，仅靠科技的傲慢无法拯救这颗星球。

在思想的碰撞与现实的冲击下，莱斯终于第一次作出了让步。他决定重新评估自己的策略，并主动与马克、卡贝拉和米卡展开对话，共同寻找应对当前危机的解决方案。虽然依然对德尔塔的科技力量充满信心，但他也不得不承认，唯有与自然融合的科技，才能真正拯救德尔塔星，为文明带来新的未来。

至此，柯林、马克、卡贝拉，以及宇宙共识联邦的科学家们，终于得以正常在德尔塔星球上启动生态恢复的程序。

——但希望只是短暂的幻影。

先前的干扰，早已在德尔塔星球内部引爆了量子网络的连锁震荡。回馈波如幽灵般在能量层级中来回反扑，撕裂着原本脆弱的平衡结构。生态操控仪所能施加的干预，如今只是杯水车薪，连中央同步引擎都出现了时间序列崩溃的征兆。态度虽已统一，技术却步履维艰，整场行动卡在了理性与毁灭之间的死角。

卡贝拉紧盯着那块闪烁紊乱的能量界面，心中猛然一沉。她知道——再拖延下去，整个星球的生命场将走向不可逆的坍塌点。

"如果失败了，我愿意承担全部责任。"莱斯低声说道，语气里透着一种无法掩饰的挫败。但话音刚落，他就像被自己说出口的句子扇了一巴掌。责任？如果震荡失控，撕裂的将不仅是这颗星球的时空结构，而是整个星系的引力场。这种后果，谁承担得起？

"你不是还崇尚'暴力美学'吗？"一句冷嘲，来自一名平日与他针锋相对的科学家，语气中带着不屑的讽刺。

莱斯没有反驳，只是低声咕哝了一句："我不是疯子。"可实际上，他早已羞愧得想将自己从这场事件中彻底蒸发。只不过，那句"暴力美学"，却像一把钝刀，缓缓切开了他脑海中的某个禁区——他曾坚信，真正的重塑，往往源于最彻底的破坏。

134 高我认知

就在系统濒临崩溃之际，米卡提出了一项至关重要的构想：既然生域引擎是基于生命能量场，那是否可以集结德尔塔所有生命灵体的共振之力，指数级增长生域引擎的能量创造与释放，共同参与这场重塑星球的复兴伟业。这个提议迅速引发共识联邦科学团队的深度论证，并最终获得通过——其实他们也没有其他更好的办法，只能试试。后援团队此行正好带来了一台最新型号的圣陀，柯林当机立断，派人前往星舰取回。聚合器一抵达，他与卡贝拉、超超便展开协同操作。三人各自分工，精准调整频率矩阵、重构接口协议，最终在同步阈值临界点内，将聚合器与生域引擎成功对接。

灵陀缓缓启动，宛如深空回响的一声轻吟，在寂静的废墟之中激起层层振颤。空气中浮现出细微而持续的波动——不是风，也不是机械运作的噪音，而是一种穿透神经的低频共鸣，像从每个生命体内部生发出的呼吸回响。

它并非依靠机械传导来驱动能量场，而是以极其敏锐的方式感知现场所有生命体释放出的"灵体波动"，并将这些细碎而独立的异质灵体的频谱调谐为一个统一而温润的灵场。微光如薄雾般在空气中浮现，有些人开始察觉到皮肤上仿佛有温柔的涟漪滑过。

柯林站在仪器旁，调低了声调，让语气与现场氛围融合得如水一般自然。他对围拢而来的德尔塔居民缓缓说道："灵陀是地球与拉伊星球联合科技的结晶，一种建立在识体波、灵体频率与生命能量三者共振律动之上的高维技术。它让我们明白：每一个生命个体的思想、记忆与情绪都不是孤立的事件，它们在更高维度中可以被'读取'乃至'点燃'，创造出强大宇宙能量。"

人群中一位青年举手问道，声音微颤："我们的心念，真的有那么重要吗？我们什么都不做，也能改变星球？"

柯林回望那位青年，语气如实而笃定："你们并非'什么都不做'，你们的存在本身，就是这个星球最核心的呼吸。当你们愿意将心念沉聚下来，灵陀便会将它们引导成一股真正属于'德尔塔'的复苏之力。"

这时，站在复苏区中央的米卡缓步走上前。她的四周，是尚未完全苏醒的土地与支离破碎的建筑，而她的目光却像穿透现实的光，直接落在了未来的蓝图上。

她高举右手，目光扫过聚集而来的居民，声音如同山谷间逐渐扩散的回响："我们每一个生命个体自诞生之初，就与这颗星球紧密相连。科技只是工具，而灵魂才是源头。"

她顿了顿，声音更深沉坚定："请放下恐惧，掸去隔离你们心念的尘埃。把你们最深的记忆、渴望与信念聚拢于此，让这片土地重新感受到我们的存在。"

人群安静下来，仿佛整个星球屏息倾听。

"对,德尔塔有自己的灵魂密码,应该用上我们自己的灵魂之力！"人群中，一位年迈的长者突然开口，他的声音苍老但充满力量。他一步步走上前，来到米卡身边，伸出颤抖的手，将它轻轻按在圣陀上。闭上双眼后，他的身体微微颤抖，似乎在与这个星球的所有灵体进行某种深刻的交流。

周围的居民看着这一幕，心中涌起一股从未有过的力量。紧接着，一名年轻的工程师也走了上来，眼中闪烁着决心与信念，双手同时按在灵陀上。他的心念与长者的灵魂合为一体，力量逐渐扩散；接着，旁边的一名孩童也不再犹豫，他轻轻地将手放上，眼睛闭得紧紧的，虽然年幼，但他心中充满着对未来的渴望和希望。

逐渐地，更多各类智慧体走了上来，量子粒子生物、机械化变异动物，几头许久不见的腐核象也赶来，甚至一些流光植物也伸出了"苗灵"触角，远程参与进来。每一类灵体，在这一刻都变得如此纯粹。微弱的波动开始相互交织、聚合，逐渐形成一个磅礴强大的灵体能量场，这个能量场充满着每个智慧体的意愿、每个生命的渴望。

它如同波涛汹涌的大海，震荡着星球的每一寸土地。这时，生域引擎与德尔塔的能量网络开始重新接通，在这股灵体能量的加持下，星球深藏的生命力和记忆又被一一唤醒。所有的自然生命形式，无论是植物、动物、微观的生命体，还是虚拟生命体，都在这一刻感受到来自星球深处的回响。那是曾经与自然和谐共生的记忆，也是对生命本源的呼唤。

随着这股跨物种聚合能量不断加强，深埋地底的生命脉络被重新激活，宛如沉睡已久的心脏又开始跳动。原本紊乱的量子流开始沿着精密而和谐的轨迹运转，如无形的律动在星球表面编织出一张生机勃勃的光网。

大地深处，一股股温润而富有生机的能量渗透到每一寸土壤。大气中的裂缝也缓缓愈合。曾经被量子风暴撕裂的天空逐渐恢复清澈，层层叠叠的云雾悄然散去，温暖的光辉洒落在这片曾经死寂的土地上，缓缓舒展出新生的活力。

荒原之上，光芒犹如潮水般蔓延，照亮千里沉寂的大地，万物随之复苏——枯竭的河床中传来第一滴水珠坠落的轻响，随即会聚成涓涓细流，最终化为奔腾不息的激流；湖泊盈满波光粼粼的水面，开始折射出天空明净的色彩；焦黄的草原逐渐染上翠绿的色泽，枯萎的枝干抽出嫩芽长成参天大树，花朵在微风中轻颤，吐露芬芳。微风轻拂，空气中弥漫着湿润，带着泥土与草木的新生气息，拂过星球的每一片角落。沉寂已久的森林深处，也开始微光闪烁，原本隐匿于黑暗中的生物缓缓睁开双眼，久违的鸟鸣与兽啸回荡在空气中，交织成一曲生命复苏的赞歌。

傍晚来临时，整个德尔塔星已经焕然一新。是的——一切翻天覆地的变化，仅用了一天。这一天中，所有德尔塔星球上生命体和地球探索团队都见证了生域引擎带来超越认知的生长速度。他们感叹外星科技的伟大——一棵幼苗可以在一天之内成长为参天大树，一片荒芜的土地瞬间化作郁郁葱葱的森林。这不仅是宇宙科技的奇迹，更是文明智慧与自然复苏的完美融合。

柯林、马克、卡贝拉和米卡望向那重新焕发生机的世界，露出欣慰的笑容。而在人群之中，莱斯静静地站立着，凝望着眼前的奇迹，双拳缓缓松开，眼神中浮现出久违的释然。

　　"也许，真正需要超越的，是自身的傲慢。"他轻声道，走向柯林和马克，微微点头，"谢谢你们，让我见证了融于自然的真正科技。"

　　此刻，德尔塔的天空中，一道光辉自星球核心向外扩散，似乎传递着一个深刻的启示——不仅向整个星系，更向整个宇宙宣告：科技与自然是通往高维文明的双翼，而意识的共鸣，照亮了前进的方向。

　　随着生态的逐渐恢复，米卡和莱斯组织了一场盛大的庆典，庆祝他们的成功——重新建立起生命体与自然之间的连接。星空下，鲜花遍地，空气中弥漫着新的生命气息。许多曾经对德尔塔科技抱有盲目崇拜的人，经过这次事件，开始理解了卡贝拉和米卡所传递的"科技与自然共生"理念。

　　庆典中，柯林受邀发表了演讲。他站在讲台上，眼神深邃而坚定，话语充满力量："我们所追求的，不是科技的统治，而是意识与灵魂的升华。唯有尊重生命、自然与智慧的本质，才能在浩瀚的宇宙中找到属于自己的真正位置。"

　　他说话时，星空与大地仿佛都在回应着他的声音，回荡着未来与希望的回响。在场的每一个生命体都静默聆听，感受到这番话所蕴含的深远意义。曾经的争议与分歧，在这一刻都被化解，取而代之的是一种对新世界的共同渴望。

　　演讲后，莱斯单独把柯林拉到一角，在表达了自己"坐井观天"的惭愧后，他很郑重地向柯林说想请教一个心灵问题："我一直认为意识是'不值钱'的。"莱斯知道柯林是地球上顶尖的量子意识学家，就直接开门见山地说道："我们都知道意识是对外界的认知，但这种认知一定受限于生存环境、历史条件、社会制度及物种思维，例如生活在哪个星球，在星球上生活在落后地区还是发达地区，生活在哪个历史年代，处于哪个阶段的社会，是人类还是智慧体——总之，意识一定受限于外界条件，所以我才忽视意识，只在意科技手段——难道我错了？"

柯林听出了莱斯的疑惑，笑着答道："这说明你把意识看作一种被动适应性的产物，受制于外部条件，无法超越自身局限，但我认为这并不是绝对的。例如，我们地球已经有了突破物种思维的技术——让蚂蚁理解简单的三角函数。"

　　莱斯听到这里觉得好不可思议，他虽然参与改造过不少机械化生物——当然只是肉体，从未从突破物种意识的角度考虑过。"可是蚂蚁如果没有你们人类的帮助，是不可能突破物种思维限制的啊？"莱斯追问道。

　　"我其实一直在想，"柯林的声音突然变得低沉，带着一种渗透人心的力量，"那些帮助地球人类突破固有意识的科技，或许根本不是偶然的发明，而是造物者早已设下的伏笔——就像我们引导蚂蚁演化一般。"他停顿片刻，目光深邃："从更宏观的视角来看，意识的跃迁，是被高维意志有序引导的进化，而非混沌中的巧合。我们以技术引导蚂蚁，某种存在也在以意识技术引导我们——意蕴天成，穿越幻象，走向高我。"

　　"高我？"莱斯听到这个词觉得很有意思。

　　柯林继续说道："所以，换个角度看，如果意识能够突破你说的那些限制，能够反思自身、创造新知识、塑造环境，甚至打破物种固有的认知模式，成为主动的创造者而不是被动认知系统，那才具有真正的价值，才是'值钱的'。"

　　莱斯品味着柯林说的话，喃喃自语道："我似乎有些想通了，也许意识的'价值'不在于它本身，而在于它是否能突破局限、产生超越性'高我'认知，成为创造的源泉……"

　　柯林笑了笑说："普通的意识可能'不值钱'，但'高我意识'，却是无价的。"

　　两人接下来又交流各种科技问题，他们在量子科学上也有许多共同话题。柯林还建议德尔塔星球尽快加入到宇宙共识联邦中来，以便同其他星球共享更多宇宙前沿科技。

经过这次拯救任务，共识联邦的使命也愈发明确：不仅要推动各星球的科技与意识进化，更要倡导与自然的一体和谐与可持续发展。布莱克索恩决定将星际拜访的工作延伸到更多的星系，目标是防止类似德尔塔星系的悲剧再次发生。此外，他从星际军事战略角度考虑，也希望通过对外援助，赢得信任，进而多结交一些星球盟友。

在离开德尔塔星系的那一刻，卡贝拉站在阿依舍的舷窗前，远远地向米卡挥手告别，心中充满了复杂的情感。她回想着米卡分享给她的一些碳基生化人技术，琢磨将这些技术带回地球，看看能否让厂家在自己的身体里融入更多的有机体成分。她知道，那将不仅是技术上的突破，更是对于硅基人进化边界的挑战。

"下一站，我们将去哪呢？"一个探索队队员轻声问道。

"可可西星系。但无论去哪里，我们都将继续传播科技与自然之道。"柯林微笑着回答。

阿依舍缓缓启动，驶向可可西星。

3 | 可可西星

135 寄生意识

阿依舍在寂静宇宙中划出一道耀眼的光弧，目标星——可可西星已锁定。可可西星是一个被认为在技术发展与生态保护之间取得很好平衡的文明。然而，近期却因一次神秘的意识失踪事件，陷入了混乱。

柯林启动"拓扑跃迁器"，在虚空中激活一条跃迁通道——这不是传统意义上的虫洞，不依赖引力，而是通过空间拓扑结构的重构，使局部宇宙自身暂时折叠。在跃迁的刹那，星舰脱离了已知维度，滑入一片被意识重构的"非欧几何结构"。宇宙像是一张轻轻揉皱的薄膜，路径不再线性延展，而是以"对位"的方式收拢折叠——一种意识与空间协同演算的态势调和。在这一状态中，星舰无需穿越，位置不再被视为坐标，而是作为"意识投射的结果"被重新定义。宇航员们愿意称其为"瞬移"，但那并非移动，而是使目标点与自身存在处于同一逻辑结构中的重合——宇宙为意识让路，现实随意图重叠。

舷窗外，点点星光在拓扑跃迁过程中被空间的折叠与压缩扭曲成流动的线，像是古老宇宙文字在黑暗中写下的箴言。推进器发出低沉而平稳的嗡鸣，如同星舰的心跳，一下一下地穿透金属壁，渗入人的意识深处。

星舰内，休息区灯光柔和。柯林和卡贝拉面对面坐着，手中捧着温热的咖啡，杯口轻轻飘散着苦涩中带着微甘的香气。空气静谧而深邃，时间也在这折叠空间中变得缓慢，留出余裕，供人沉思。

柯林轻抿一口咖啡，低声说道："你不觉得我们现在越来越不像是在飞行，而更像是思想旅行？"

卡贝拉望向窗外那条由星光组成的折叠河流，语气平静却带着某种穿透感："也许我们早已不在穿越空间，而是在穿越一层又一层对现实的认知界限。"

"哇，你现在能说出这么深刻的话了。"柯林开玩笑道，其实看到卡贝拉这几年来突飞猛进的"自主学习"能力，特别是在意识科学领域的进步，他挺欣慰的。

"我还知道'宇宙拿铁'。"卡贝拉的目光从窗外的宇宙空间回到桌上的咖啡杯。

他们的对话，在这片被重新定义的空间中缓缓展开，像是两束意识光线在宇宙深处交汇。

"你知道吗，如果没有莱斯的那次破坏，我们无法拯救德尔塔星。"柯林突然问道。

"啊？"卡贝拉睁大双眼紧盯着柯林，一脸的疑惑。

"是这样，后来超超偷偷告诉我，他发现在德尔塔星球上，生域引擎只能帮助恢复小部分地区生态，还达不到恢复整个星球生态的程度——这或许是生域引擎与德尔塔星量子网络不能完全兼容的原因……"

"然后呢？"卡贝拉还是不解地问道。

"我的意思是，如果没有莱斯的破坏，就不会有那场触发时空异常的危机，也就不会有米卡让所有生命灵体共同参与复苏的建议，我们也想不到用圣陀。后来，我和超超论证过，生域引擎和圣陀必须同时使用，才是彻底恢复德尔塔生态的唯一办法——而这个成功，完全是因为莱斯的破坏而触发的。换句话说，我们无意间在最短的时间内找到了解除危机的根本办法。"

"所以呢？"卡贝拉双臂抱胸，语气中带着不平，"你是想说我们应该感谢他？他差点把整个星球推向灭绝的边缘，甚至可能引发宇宙级灾难！"

柯林沉默了一瞬，他知道卡贝拉对莱斯的愤怒，可有些事不是简单的对错问题。

"有的人做了最坏的事，甚至是你最恨的人——"柯林声音低沉，似乎若有所思，"可冥冥之中，他的这个举动，却可能成为你一生中最重要的助力。"

"你这是什么意思？"卡贝拉的眼神中透出更多的疑惑和抵触，她的中央处理器在飞速运转，找不到这句话的逻辑。

"你还记得我们第一次见面吗？"柯林转而问道。

卡贝拉回忆了一下："当然记得，是在你们的宇宙量子研究所。我不请自到，直接闯进了你的办公室。"她眯起眼睛，似乎在揣测柯林的意图，"为什么突然提这个？"

"其实后来我离开研究所是无奈之举。我的所长是一个极为苛刻的人，当时还把我的一项宇宙'假说'据为己有。那时我愤怒、绝望，甚至想彻底放弃研究，直到今天都难以释怀。可如果不是那件事，我不会离开研究所，也不会有今天。"

"'假说'是什么意思？"卡贝拉的数据库不知道为什么没有这个词汇。

"'假说'是那个年代一个科学术语，指对某种现象或规律的初步解释或理论设想，虽然尚未被广泛验证，但具备可检验性与逻辑自洽性。"柯林答道。

卡贝拉的神色微微一震，"那'假说'也是你的科研成果。所以你想说，那个窃取你成果的上司，也是在'冥冥之中'帮了你？"

柯林没有正面回答，只是淡淡地笑了笑："很多事，我们未必能在当下看清它的意义。"

卡贝拉还是不解，在接下来的航程中，她一直回味柯林的话。

抵达可可西星后，他们立刻感受到一种奇异的氛围。星球上空笼罩着一层灰色的雾霾，似乎每一个生命都被压制在某种无形的束缚中。

可可西，这颗神秘星球，由名为"泽拉"的智慧种族主宰。他们身形矮小，平均身高只有五英尺，全身覆盖粗糙坚硬的棕色皮肤，类似鳄鱼皮，既能抵御环境侵蚀，也具备良好的防护性。泽拉头部较大，额骨向后延展，包裹着高度发达的大脑，使他们拥有远超多数已知种族的认知能力；巨大的眼睛能感应红外与紫外光，在黑暗中也能清晰辨物；虽然无耳，但他们通过皮下共振膜感知声音，能接收次声与超声波，擅长隐秘通讯和远程感知。

他们四肢修长而结实，双手各有六指，每指多一关节，操作精密工具毫不费力。宽大有力的足部则使他们能在崎岖、湿滑甚至垂直的地形上行动自如。他们的语言结合声波与脑电信号，对外族而言只是低频嗡鸣与节奏变化，但其信息密度远超人类语言，是沟通的高度进化形式。

柯林和马克首先接触到的是泽拉的一位"慧母"洛蕾。

矮小的洛蕾伫立在一棵千年古树下，满怀热情地迎接远道而来的客人。她是泽拉最睿智的人，常在这棵古树的庇佑下静心沉思。她的目光深沉而宁和，仿佛在这片古老枝叶的阴影中，时间已然失去了界限。微风拂动之际，枝叶轻轻摇曳，低声呢喃，似在回应她的心绪，又似在传递跨越岁月的智慧。

"你刚才在想什么？"马克问。

"我在思考。"洛蕾答道。

"思考什么？"柯林问。

"我刚想到——人生其实就像一条由'是'与'否'组成的交叉路。"洛蕾的语气轻柔，像在描述一个梦，"我们以为自己在选择某个结果，其实是在决定一条意识的轨迹。"

她顿了顿，眼神游离。"当一个人说'是'，他在向世界开放，去拥抱未知，承担风险，也接受命运的馈赠；而当一个人说'否'，他在守护——守护内在的秩序、界限，还有那份不被外界动摇的自我。"

柯林低声接道："无论选哪一方，命运都会因此分岔。"

"没错。"洛蕾点点头，"那一刻看似平凡——一次考试、一场比赛、一次旅行、一个告白……但每一个'是'与'否'，都像是宇宙中射出的光线，从我们的意识中出发，去开辟属于它自己的时空。"

马克望着地面，喃喃道："所以当我们后悔的时候，那个'如果当时我怎样就好了'的自己，其实还存在于另一条时间线上。"

"是的，"洛蕾轻声答，"在那里，另一个'你'，正走在那条你未曾选择的路上。"

空气静了一瞬。柯林看着眼前的古树说："听起来像一棵分形之树。每个决定都是一个分岔口，每一个选择都延展出新的枝条。"

"而当我们回望，"洛蕾的目光也停留在古树上，继续说道，"会发现那些复杂的枝叶，其实都是自己亲手写下的命运纹理。那种复杂之美——正是自由意志的回声。"

马克抬起头："所以，命运不是推着我们走，而是我们在意识里塑造它？"

"正是如此。"洛蕾答，"命运不在外面，而在心念之中。当你说'是'，世界向你展开；当你说'否'，世界在你体内收束。宇宙不偏爱哪一方，它只忠实回应你的意念震动。"

她看着他们两个，眼神澄明。"在人生的所有交叉口上，'是'与'否'从不是敌对的两端，而是意识的两种表达——一种面向外部的创造，一种面向内部的觉醒。"

她轻声笑了，"而真正的自由，不在于选对哪条路，而在于——无论走到哪一条路的尽头，你都能回望并微笑。"洛蕾的声音几乎化成低语："然后说道，这是我亲手创造的宇宙。"

寒暄过后，洛蕾告诉他们，可可西星属于"深晶文明"，是一个母系氏族制、具备"灵识"的文明，这里的权力中心被称为"慧母"——她们不是以武力或财富统治，而是通过对星球灵识网络的调控来维持稳定。她们的意志，几乎等同于泽拉整体文明的精神核心。

她手指一划，画面中出现一道流光会聚的组织结构图：

"在我们之下，是'理律'，负责秩序维持与灵识场的边界设定，相当于宇宙哲学的守门人；而'知匠'——那些天生对宇宙共鸣敏锐的存在——则是泽拉中最具探索精神的阶层，他们不受层级约束，只对真理负责。"

"你们星舰降落的城市是我们的首都'粒'——一座由知匠设计、由可变形的纳米有机物构成的城市，能源来自灵识场驱动的意识反应堆，建筑可随意志改变形态。"

洛蕾还介绍说泽拉的军事技术十分发达，武器非物理性，而是直接作用于敌人心智的"灵识脉冲枪"，可以操控情感、诱导幻觉。对于不愿服从的异族，它们还会使用具备识体重构技术的"识体降解炮"，使其个体意识逐渐被同化，成为泽拉体系的一部分。

然而，泽拉的统治并非毫无挑战。星球上其他智慧种族——例如擅长生物工程的沃克族、掌握神秘学的伊梵族，以及被驱逐至荒野的"异端者"——皆对泽拉的统治持不同政见。特别是伊梵族，正秘密开发屏蔽泽拉灵识场的"心灵核弹"，试图对抗他们的精神控制。

136 寄生意识

洛蕾带着探索队来到了首都"粒"的标志性建筑"粒光塔"。

粒光塔——耸立于粒城心脏广场的灵识中枢,是泽拉文明的象征之柱,也是这颗星球信仰与心灵共鸣的极点。它并非单纯的建筑,而是一座跨越时空的光之碑,凝结着远古神性的低语与未来科技的辉映。

塔身笔直而透明,仿佛由光本身雕琢而成,从地核深处直贯入高空,在无形的维度中寻求与宇宙本源的接驳。其流线型体似一束凝固的星辰之弦,将星球之心与最大卫星"大G"相连,如宇宙心跳在此脉动。

塔顶悬浮着一枚庞大而优雅的能量环。它由千层半透的能流晶格交织,缓缓旋转间,捕捉并共振着可可西星上每一个生命的情绪频率与精神波动。正是这环构成了泽拉灵识网络的核心感应层,使整座粒城如同一具有机的意识体,随集体心灵的起伏而呼吸、而生长。

光塔的外壳由一种被称为"深晶"的晶体构成——它不仅是一种物质,更是一种意识的共振体。这种晶体能吸纳星球地脉的深层能流,又能引导宇宙能量的呼吸,将两者的频率统一于同一结构,成为"内在明觉"在物质维度的显化。晶体释放出最纯粹、最明亮的宇宙色彩,其光谱与泽拉族的集体灵识产生共鸣——在那共鸣之中,能量不再只是燃料,而是一种意识与意识之间的交流语言。因此,光塔既是能源的转化器,亦是一座精神场的扩声器。当族群的情感、意志与信念会聚到同一频点,塔身便如星河喷涌,迸发出多维的光辉,如意识的洪流,映照着众生的愿景。那一刻,光不再只是照亮黑暗,它成为觉醒的回声——宇宙以光回应意识,意识以光创造宇宙。

塔基密布着无数符文与古老图腾,那些淡蓝色微光缓缓流动,如活着的语言,时而闪烁、时而沉寂。洛蕾说这些符号承载着泽拉开天辟地时的文明基因，是通往上位存在"神识"层级的解码器。只有当心灵足够纯净而深刻，才能在符文之间听见原初之音——那属于宇宙母体的低语。

站在粒光塔下，洛蕾面色凝重地向他们解释："几个月前，我们的灵识网络遭到未知力量的攻击，许多居民的灵识开始消弭，他们变得毫无生气。我们担心，这不仅是对深晶文明的威胁，也可能会对整个星系造成灾难，所以就紧急联系了宇宙共识联邦。"

柯林听后，心中一震。这种现象与德尔塔星系的情况类似，但这里的危机似乎更为严重。识体的失踪意味着生命的本质被抽离，可可西面临的挑战比他们预想的更加复杂。柯林马上让卡贝拉和她的团队从调查灵识网络入手。洛蕾告诉他们网络的中心数据站就在身后的粒光塔内，那里是这个星球最先进的技术所在。

"这有可能是你们的天敌干的吗？"在进入光塔的路上，卡贝拉问洛蕾。

洛蕾笑了说道："泽拉在可可西没有天敌，

我们已经是最强大的生命体。不过，我们的确有一些敌人。"

洛蕾简单地向柯林、马克和卡贝拉介绍了沃克族和伊梵族，然后说道：

"它们似乎还不具备这种能力，我们怀疑也许是来自外星的高级文明在窥探我们的灵识科技，或是利用，或是想摧毁。"

在洛蕾的带领下，柯林一行进入了光塔。数据站位于光塔顶端，到达后他们发现数据站内部寂静无声，但空中弥漫着一丝无形的意识阴霾。在洛蕾的引领下，卡贝拉拉过脑机接口连入网络。在数据的海洋中，她很快就发现了一些异常的识子信号。这些信号来自于一种未知的存在，它们囚禁了星球上的一部分识体，正在提取和操控识体精华的能量。

"这是什么东西？"柯林凝视着屏幕，眉头紧皱。

"我不知道，它看起来像是一种'寄生识'，"卡贝拉快速检索着通过拓扑识子生物通讯系统传输来的多维宇宙数据库信息。她声音低沉而不安，像是说着自己都无法完全理解的东西，"这种识体的存在不属于任何单一的生命体，它如同一团无形的幽灵，渗透在星球的灵识网络中，散发着腐朽的味道，悄无声息地侵蚀周围的一切。它不具备独立的形态，也没有清晰的'自我'，但却默默干涉着每个生命体的思维和行动。"

其实，寄生识并非自然产生，而是某种高度集中的能量和信息的副产物，它源于泽拉在追求灵识进化的过程中，过度使用高频能量所带来的副作用。泽拉的知匠一直致力于解锁宇宙的奥秘，特别是灵识的进化和跃迁。他们坚信：通过引入宇宙间更高频率的能量场，灵识将获得跃迁式的成长，超越物质的桎梏、时间的线性与创造法则的界限，开启一个"神仙世界"——如神明般自在的维度世界，并最终与星球的本源融为一体。然而，他们忽视了一个致命的缺陷——在这一过程中，他们过度依赖高频能量，反而激发出了副作用。当灵识跃迁试图超越物质的束缚时，并没有按照预期的方式与宇宙能量和谐融合，反而在识子场中留下了一个无法填补的"空洞"——一个由识体塌陷凝聚而成的缺口。它并非实体上的裂隙，而是能量层面的失衡，是纯粹识体无法填补的虚无地带。它既非空无，也非存在，而是一种界限模糊的悖论，在深层现实中悄然蔓延。

随着时间推移，那片空洞不断扩展，逐渐演化为无形的能量缺失区；而这片场域中的空缺，拒绝任何自然生命力的识体加以填补。随着泽拉对高频能量的依赖愈演愈烈，它愈发隐匿，最终彻底融入灵识网络之中。在那深不可测的隐秘层级里，孕育出一种诡谲的存在——一种潜伏于灵识网络暗影之下的"幽暗形态"。它不属于生命，却能吞噬生命的意义，如同一缕虚无的幽灵，在无声中重塑秩序的裂痕。

这种幽灵态不同于传统意义上的意识病毒，它没有自主的生命，却在无声无形中不断寻找适合依附的载体，像是宇宙深处的一种天然的原始生长冲动。起初，它仅仅是能量流中的一丝波动，在识子波纹的边缘游离，几乎难以察觉。然而，随着时间推移，它开始从潜伏状态中苏醒——它侵蚀能量场，渗透灵识，甚至悄然潜入未曾察觉的生命体精神深处。最终，这种寄生识如幽灵般蔓延，占据了可可西星的每一个角落，无孔不入，难以摆脱。

最开始，只有极少数知匠察觉到这种异常现象，但随着它的不断扩展，越来越多的泽拉开始感受到这股幽灵的存在，一些泽拉开始陷入深深的恐惧和不安之中，灵体变得模糊不清，情感逐渐苍白。长此以往，可可西星的能量与生命力开始失去平衡，甚至在某些区域，原本繁荣的生物和生态系统濒临崩溃。

真正令人心悸的，不在于这类寄生识具有什么样的意图，而在于它根本没有"意图"。它并非外来侵略者，而是这颗星球在自身失衡之后，孕育出的畸形回声。它没有自我认知，也没有稳定的形态，游荡在感知力所无法触及的边界，却能无声地渗透一切：生物的本能、科技的逻辑，乃至包括泽拉在内所有物种族的精神网络，都在不知不觉中被其侵入、重写、引导——走向一个不可逆转的深渊。它不以战争降临，也不以毁灭宣告自身，它的方式更像是一种命运机制的失控，在缓慢、持续、无形的浸润中，让整个星球文明自内而外地解体——仿佛一场从未开始的灾难，却早已注定了结局。

柯林决定自己亲自尝试一下，在马克和卡贝拉帮助下，他通过脑机接口将自己连入可可西灵识网络。在接上的一瞬间，他就发现了寄生识的踪迹——那是一种淡然、冷漠的力量，充满着无机质的冰冷和无情。它不关心生命的意义，也不关心星球的未来，只是在一味扩张、吸收和控制，渐渐将一切变成无机化、被其支配的存在。

柯林凝视着数据曲线，它正以指数级速度扩散并自我进化。模拟预测图景触目惊心——若无干预，它将在未来几个月内主导整颗星球的命运。生态系统将逐步崩塌，而泽拉文明的灵魂最终将被它全面吞噬，归于沉寂。

眼前的一幕让他的心跳变得有些急促，他赶忙断开脑机接口的连接。"我们必须找到它的源头，"他低声自语，"否则，这个星球将永远无法恢复。"

"源头应该就在光塔内。"洛蕾对着刚刚回到现实中的柯林说道。

柯林让卡贝拉带着几个探险队员返回星舰去拿一些设备过来，自己则和马克一起商讨下一步的方案。

137 布袋所长

不久,卡贝拉一行人携带装备返回。

神游元器启动,柯林连接上光色扩展仪、戴上千瞳装置后,世界在他眼前转换为另一幅画面:

光塔深处,一道巨大的识子流带蓬勃垂落,如同自天而降的银色幕布。无数光粒在幕布中流转、会聚、消散,仿佛在书写一部无形的史诗。幕布的中央,悬浮着一枚变幻旋转的圆盘,边缘微微颤动,时空在其内弯折、扭曲,化作一条通向未知的时空隧道。

"那不是普通的圆盘……它像是在轮转现实。"柯林的声音低沉而缓慢,既有惊叹,也有近乎敬畏的颤意。

他凝视着银色幕布,指尖在空气中犹疑片刻,最终缓缓伸向圆盘的界面。就在触碰前的一瞬,幕布深处传来一阵几乎不可察觉的震颤——好像某个不可见的意识,正冷静地注视着他。

马克额角的冷汗沿着鬓角滑下,手指在终端上急速敲击,一边调整频率,寻找可行进入路径,一边问道:"你真的要这样做?"

柯林立在圆盘前,深吸了一口气——他清楚,一旦跨出那一步,他的意识将直接暴露在寄生识的核心,"我们别无选择。"他的目光坚定而执着。

"这可不是普通的虚拟连接。"卡贝拉死死盯着数据流,声音中带着隐隐的颤抖,"你接入的,不是模拟系统,而是整个星球的灵识场。如果失败,你的自我会被同化……甚至彻底抹除。"

此刻，系统冷冷地吐出一个数字——

【安全返回率：51%】

柯林沉默了数秒，唇角微微上扬，笑意苦涩，"如果我们什么都不做，泽拉文明会比我更快被它吞噬。"他迈步向圆盘走去，神游元器自适应调整频率，与灵识场的深层结构对齐。

——下一秒，现实骤然崩塌……

当柯林的意识穿越圆盘，他感到一种彻底的剥离——灵魂被从意识世界撕出，坠入一片无垠的黑暗。这不是普通的黑暗，而是一种信息黑洞：无边界、无方向、无过去、无未来。

在那片虚无中，唯一存在的，只有他自己的心跳——却又仿佛来自另一具身体。

"柯林。"一个声音在他背后低语，那声音带着久违的熟悉感。

他缓缓转身，看到了一团缓缓流动的人形能量，它没有固定的形态，无数残破的识体碎片在那人形的边界内翻腾，如同被困在信息洪流中的幽灵。

"你……是谁？"柯林大声问道，几乎是喊出来，他想给自己壮壮胆。

"你不记得自己的上司了？"

柯林的心猛然一震，一股可怕的寒意爬上后背。这个人形，的确像和他有某种特殊的联系。他是宇宙量子物理研究所的布袋所长？可那个所长早在十年前就过世了，无论在哪一维度，也都没有再出现过——柯林心里猜想。不过那身影和声音的确像是所长。

"不……你不是所长。"柯林的意识抵抗着，但那人形的存在感却越发强烈。

"你不是在一直寻找答案吗？"人形低声说道，他的声音开始分裂成无数重叠的音调，仿佛整个星球的意识都在与柯林交谈，"如果没有研究所的后备保障，你的那项发现激不起半点波澜……几十年过去了，你却还耿耿于怀。"

柯林这时确认那就是所长。他的意识在黑暗中猛然震荡开来，所长的声音穿透了记忆，将他拽回那段尘封已久却刻骨铭心的往事。

"你不愿承认，但你的愤怒、你的不甘，都被我吸收了。"所长缓缓逼近，语调带着埋怨的回响，"你以为自己已经放下，可你却无意识地始终拒绝遗忘。"

柯林的眼神闪烁了一下。是的，他曾是一名宇宙量子物理学家。在那个时代，他的假说极大拓展了宇宙量子理论空间。然而，最终的荣耀却被归于所长，他的名字被湮没在提供支持的、长长的科学家名单中。即便理智告诉他，这是自己后来成为一名伟大量子意识学家的诱因，可内心深处，千万个不甘多年后仍萦绕不散——那是一种无法释怀的不甘。

"是你的执念太深。"所长淡淡说道。

柯林冷笑，想不到当年的罪魁祸首，今日竟还如此理直气壮地指责他。可他转念一想，不能因为对方是什么人，忽略他说的每一句话——这是他一直明白的道理。道理虽然明显，人们往往在情绪中做不到。

"你……是我的执念？"柯林平复好心态，不带任何情绪地问道。

所长微微一震，随即缓缓点头道："不仅是你的执念，这里也是整个星球未被消化的识体残渣，你只是个新来者。"

所长的形态开始变化，无数微小的人形浮现，形成了一个错综复杂的人形暗网。在那网络中，柯林看到了许多熟悉的面孔——他的导师、同僚，甚至那些曾经与他争论过的研究员……当然还有更多的泽拉面孔……所有未竟之事、未解之惑、未平之怨，全都化作了这网络的养料。

"你们认为寄生识是外部威胁，但它从未来自外界。"所长缓缓说道:"它只是你们集体无意识中的阴暗面。"

柯林屏住呼吸,他对"集体无意识"的概念并不陌生。此刻他终于明白,所谓寄生识并非外来入侵,而是可可西文明在漫长进化过程中被遗忘、压抑、扭曲的集体无意识残渣。柯林想起艾莉森教授的论述:那些被主流思维驱逐的识体,并未真正消散,而是在灵识场的深层不断积聚、滋长,最终化为一种独立的幽灵——反噬母体的阴影。

它们是泽拉文明进化的副产物,是所有高等识体在试图超越自我时,所遗留下的"识体糟粕":无法被吸收的残渣,无法被整合的碎片。一切文明在冲击终极智慧时,都可能制造出这样的失控产物。它们的本质,正是集体无意识中所有被排斥与仇恨的总和,是被遗忘却不灭的精神残渣。

"怨恨、执念、未解的疑问……所有被丢弃的思维碎片,最终都在此会聚——因为信息从不消失。"所长的低语,像千百个回音叠加,在柯林的思维深处轰然回荡。

泽拉始终渴望进化,试图摆脱肉体,超越时空,最终进入纯粹的神识领域。然而,在不断跃迁至更高频率的过程中,他们忽略了一个致命的事实:进化并非单向的升华,它同样伴随着废弃与沉淀。那些无法被个体认同的情感与思想,那些被集体意识拒斥的信念与反抗,悉数堆积,渐成一座精神的"废墟"。

寄生识——正是这片废墟的具象化,文明自身影子里长出的幽灵。

"你们想成为更高的存在,却从未想过要面对自己抛下的部分。"所长缓缓逼近,"你们以为自己在向光明迈进,殊不知,每迈出一步,背后的影子也亦步亦趋。"

此刻,所长幻化出一张巨大的布袋,向柯林袭来,恍若乌云蔽日。柯林感受到自己的意识正被这无边的布袋吸入、包裹、拉扯,那些他不愿承认的记忆与情感正被强行唤醒——失败的实验、被忽视的理论、嫉妒、不甘、绝望、怨恨……所有被理智压制的情绪,将他紧紧裹挟。

他猛地想起卡贝拉的警告——若无法挣脱,寄生识将连同他的自我认知一并吞噬，最终不留一丝真正属于"柯林"的意志。念头未落，他心头一紧，更深层的恐惧涌上心头。

他猛地看向所长，声音透着焦灼："那么……可可西，还有希望吗？"

所长沉默了片刻，似在权衡，又似在等他醒悟。终于，他缓缓开口："如果你愿意接纳，成为完整的自己。"

熟悉的"配方"，熟悉的"味道"——柯林在第八维度早就见识过。

按着以往的经验，答案似乎已经很清晰了——寄生识并不是敌人，而是自身的一部分。真正的进化，不是摆脱阴影，而是学会与阴影共存，接受自己的不完美。这个道理他很早就懂。在一次讲座上，他还曾告诉听众"接受它，理解它，融合它……唯有如此，意识才能真正超越自身，而非被自身的阴暗所吞噬"——他对这些理论早能倒背如流。

"好，我试试。"柯林深吸一口气，缓缓伸出手，向所长触碰而去。在他的指尖触碰到人形边缘的刹那，一股极端冰冷的感觉沿着他的神经蔓延，意识再次被撕裂成无数碎片，每一片都承载着他曾经逃避的记忆。

挫败、伤害、怨恨、不甘……所有被遗忘的片段，再次如潮水般席卷而来。

"你似乎并不诚心，你真的愿意？"所长的声音在他的思维深处回荡，带着一丝诡异的怀疑语气。

柯林没有后退——但这次他的确是不愿意，不愿意再接受这种"完整性"！他想尝试一条全新的路——既摆脱内心的执念，又将黑暗转化为照亮前进的光明。

他深吸一口气，紧紧闭上眼睛，开始有意识地与曾经的伤害和怨恨保持距离。他不想再让这些情感支配自己的行为，而是选择重新审视它们——不再让过去的伤害定义自己。

"你能睁眼面对真相，却无法闭眼逃避事实。"所长的声音如针落深渊，带着一丝嘲弄，仿佛在揭开他心底最不愿触碰的裂口。它不再只是一个声音，而是他意识深处最隐秘的投影——扭曲的记忆、压抑的欲望、未完成的愿望和未消解的羞耻感。

柯林做着深呼吸，将那如蛇般缠绕的低语隔绝在意识之外。他开始缓慢地沉入内心更深处，如潜入无声海底，试图找回那一丝不被污染的纯净意念。就在这片静默中，一道微光浮现。那是"性光"——生命本具的觉性、智慧与清净本体之光。它不耀眼，却如心跳般恒定。不张扬，却透出一种不容篡改的真实。它如同意识的子宫，温暖、包容，散发出一种不加评判的理解，轻轻穿透柯林被侵蚀的意识裂隙，唤醒了那份"先于善恶"的存在感——一种无需被定义、无需被证明的本性具足。

所长静默了。

柯林缓缓睁开眼，眼中不再是挣扎，而是一种正在升起的平静——不是战胜对手的胜利，而是看透本质的清明。这一刻，他终于明白：所有的伤痛并非来自外界，而是源于自己对"自我价值"的深深执念——那种对荣誉的追求、对被认可与归属的渴望，曾如此强烈，以至于他将其误认为存在的意义。然而，真正让他受困的，不是失败、不是伤害，不是外界的不公或剥夺，而是他对那些"虚构价值"的依赖与执迷——这与挫败、伤害、怨恨、不甘……本身无关。

看清本质，那些负面情绪就无法再消耗自己——这是他突破困境的第一步。他明白，自己内心的不安，正源于从未透过现象看清本质。

"即便你能'有意识'地看清这一切，也无法'无意识'地逃避内心。"所长再次低语，声音中带着更大的挑衅。

"我不需要逃避内心。"柯林眼中闪过一道决心，但他没有继续与所长搏斗，也没有试图与他融合，而是选择将他从内心"递解出境"——不是强行地"驱逐"，而是以一种更为冷静的程序方式。

他选择让自己先平静下来，带着清晰的意识去面对这些情感。他开始看清，其实这些幽灵情感并不是他自身的一部分，而是他长久以来对自己无法掌控部分的"拒绝"——那不是他真正的自己，而是他拒绝承认的那部分自己。

"你从未真正掌控过这些,"所长的声音低沉而危险,仿佛在提醒他曾经的挫败和伤害,"你以为可以抛开所有,但它们永远在你心底。"

"不,"柯林冷静地回应,他的心中泛起一股从未有过的坚定,"我不会再让这些幽灵控制我,我最讨厌被什么所控制。"

他突然想到在第八维度从贤然法师那里学到的"放下"。他开始意识到,根本的解决办法不是与幽灵和解,而是放下自己所有的执念,放下"虚构价值"。而放下执念的最好办法,就是降低对自我价值判断——认为自己"不值钱",柯林此刻又想到莱斯用过的这个词。

进入多维空间和踏出地球之后,柯林越发感受到自身的渺小。他所知的,远不及未知的浩瀚,而他所笃信的"科学",或许错误的远多于正确的。放眼整个虚空,无数平行宇宙交错浮现,而在他所处的宇宙中,地球只不过是一粒微尘。

曾几何时,他被誉为地球上最伟大的量子意识学家,而现在,他对自我价值的评估比以往要低得多。那些曾令他耿耿于怀的伤害,回望之下,不过是意识之湖上微不可察的水纹,甚至连水波都称不上;那个曾被视为里程碑的宇宙量子研究成果,也未必有多伟大——甚至,随着无数未来新发现的涌现,它终将沦为"一孔之见"。

"我很渺小,什么也不是。"柯林低语,带着一种释然与解脱感。

他的内心变得谦卑、空灵而澄明,仿佛经历了一场心灵的洗礼。那些曾经紧紧束缚他的自尊、自负与自强,已经不再占据他的思想,而是变成了自谦、平和、释怀——他不愿意用"自卑"和"自轻"这样的词,但他觉得人有时候需要一些这样的心态。

柯林站稳脚跟,他已经超越了眼前的一切困境。所有的伤害和怨恨在这一刻失去了控制力量,反而成为了他走向更高意识和理解的养分。

他深吸了一口气,感到心中已经没有了过去的伤痛。此刻,那人形开始扭曲，能量也逐渐消散。他在想：或许那已经不再是所长。他知道，自己刚刚缝合了内心深处那道最难逾越的伤口，也终于找到了本性中的"圆融具足"。

在这一刻，一股清新的能量从他心底爆发出来，像是一股澎湃的光流——那是源自"性光"之流，照亮并指引了前方的道路。他不再是那个挣扎于过去伤痛中的人，而是重新定义了自己——一个掌控自己命运的存在。

138 共业结构

所长虽然已经退场，但那团代表"寄生识"的人形暗网依然盘踞在灵识边界——它并未消失，因为它的根源不在柯林身上，而深植于整个可可西的"集体无意识"之中。那是一块尚未被照见的区域，是星球上所有族群共同压抑的恐惧、未解的创伤，以及代代相传的精神死结。

柯林深知，单凭自己的醒悟，或许能暂时不被它吞噬，但要想将这股幽灵力量真正连根拔起，唯有撼动并重塑可可西那层笼罩众生的"共业结构"，让它在整体的意识流中发生彻底的转向。

"它不止存在于我的意识中。"柯林轻声自语。他的意识缓缓从那片漆黑的精神漩涡中回归现实。随着脑接口的断开，他第一时间将情况传达给周围的人。

"这不是单一个体的问题，是集体'共业'。"他缓缓说道，"寄生识其实是整个可可西星球'集体无意识'中变异的集合体。它融合了泽拉、沃克族、伊梵族，甚至被遗忘物种的负能量识体残留。每一段被封锁的记忆、每一份未曾释放的情绪、每一次未能完成的心理转化，都是它能量的养料。"

柯林将他与所长交战的过程原原本本讲述给大家，包括他如何识破、如何面对、如何放下、如何"递解"，以及如何激发出"性光"战胜他。他讲述的不只是战斗，更是一种路径——穿越恐惧、照见压抑、放低姿态、转化痛苦为清明的路径。

这一刻，他不再只是科学家、不再只是意识的探索者，而是承担起了一个星球"心灵整合者"的角色——一个引领众生走向"集体治愈"的参悟者。

"那如何破解这种'共业'？"洛蕾问道。

"破解共业，不是与它对抗，而是用更高的频率，替换它的根音。"柯林答道。

"更高的频率？"洛蕾追问。

"我们带来了一台灵体能量聚合器——圣陀，可以将来自不同物种的灵魂能量进行同步与调和。"马克答道。

"我们在上一个星球用过，但这次需要集结你们星球上所有的族群——每一个共业之根的参与。"柯林补充道。

没有任何犹豫，洛蕾当即下令，通过粒光塔向全星球发出紧急召唤信号。信号迅速穿透灵识网络，引来了各大核心存在：慧母、理律、知匠，以及其他主要泽拉灵识体。在理律的协调下，沃克族、伊梵族，甚至是早已被放逐的异端者，也陆续派来代表出席——他们皆明白，这不再是族群间的纷争，而是整颗星球命运的临界时刻。

洛蕾在会议中直言：事关星球存亡，必须暂且放下所有成见、恩怨与战争。事实上，沃克族与伊梵族近期也深受寄生识侵扰之苦，而那些异端者更是与其交战多次。他们皆已疲惫，并隐隐意识到，这种幽灵力量远比他们原以为的更古老、更深层、更可怕。

柯林站了出来，他告诉大家，所谓寄生识，并非外界的入侵者，而是可可西识体进化中不可避免的副产物。每一个生命体内心深处，都潜藏着未被整合的负能量情绪——憎恨、恐惧、嫉妒、背叛、羞耻……正是这些被压抑的情感碎片，聚合成了一种失控的集合体：幽灵化的共业——寄生识。

"唯有通过集体的自省与转化，我们才能真正解除它的控制。"柯林的话语坚定而清晰，"寄生识不是要被消灭，而是要被照见。只有当我们每一个个体都敢于面对自己内心深处的黑暗，诚实地承认自己的恐惧与伤痕，之后放下傲慢与伪装，它才会失去滋长的土壤。"

沉默良久后，各族代表纷纷点头。他们终于明白，这不仅是一场战役，更是一场深刻的"集体净化"。

在柯林的引导下，可可西星球的多族识体渐次放下累世的恩怨与裂痕，开始同步调频。无数意识的脉动彼此呼应、牵引，最终会聚成前所未有的高密度识体网络——那是一场集体觉醒的高频共振，仿佛整个星球的心跳在同一瞬间合而为一，化作一股凌厉而纯净的能量潮汐。

寄生识最初并未察觉这股骤然升起的力量，它们无法想象——一个被内耗与隔阂割裂的世界，竟能在如此短的时间内将全部生命体的意识会聚到同一频点。这远远超出了它们的感知疆域。它们依旧潜伏在星球的每一道裂隙与阴影里，悄无声息地侵蚀，直至那道高频识波骤然如电光贯空，击中它们扭曲的根系——能量瞬间爆发。

那是一场无声的雷霆劫击。

寄生识的结构剧烈震荡，如被天火直贯中枢般扭曲嘶鸣。那嘶吼并不穿过空气，而是直接震荡在每一个生命体的意识深处——厌恶、仇怨、抑郁、孤寂、恐惧、羞愧、嫉妒、绝望……无数封印千年的幽暗情绪在终焉前作出最后的挣扎。

这道无形的雷霆，凝聚了可可西万物的意志与觉醒，如千万心念汇成的一柄光刃，携着整个星球的信仰与决绝，直刺寄生识的核心。防御瞬间崩裂，那曾不可一世的幽灵群溃不成军。它们的形态瓦解，崩化成无数飘浮于空的光点。然而这些光点并非冰冷残骸，而是识体的碎片——那些被压抑的记忆、未竟的情感、长夜中微弱的求救信号。如今，它们重获自由。

它们在空中交错、旋转、交融，如同星海中飘落的灵魂微尘，散发温柔而恒久的光。每一缕怨念、每一段痛楚，都在这场深度转化中被净化为澄明的能流。最终，这些碎片彼此牵引，如流光归巢般重塑秩序，化为正向的力量，融入可可西新生的精神场域。

卡贝拉静静注视着这一切。她的感知系统穿透光的洪流，在那绚烂的希望深处，捕捉到一道微妙而未融解的波动——一些细小而扭曲的寄生识碎片，执拗地抱持着未竟的执念，从净化的洪流中悄然逸出，如同黑色流星，飞向更遥远、更幽暗的宇宙。它们没有被湮灭，而是在逃亡。那是少数尚未觉醒的负面意志——未来或许会再度翻涌的梦魇伏线。

而就在这希望的清晨悄然到来之际，沃克族、伊梵族，以及曾经的异端者，已悄然离席，归返各自的原域。

随着寄生识的溃散，那股长期笼罩星球的压制感如同破裂的锁链般松开。笼罩在穹顶上的灰色雾霾开始一层层消散，露出渐渐澄澈的天空。温暖的星云之光透过云隙倾洒而下，柔和地覆盖大地，空气中弥漫着久违的清新与复苏的气息。那些曾被囚禁的识体，正从深处回归自由；原本被束缚在萎靡与沉寂中的居民，心灵与感知重新找回了跃动的力量。他们的识体如破碎的水滴再度会聚，重新与自然、与宇宙接通脉络。

这不再是漫长而沉默的等待，而是一段真正的开端。

139 欢庆胜利

洛蕾感受到周围的能量波动逐渐平稳,她从星球灵识网络的深层缓缓抽离,思绪清明如水,身体重获轻盈。她睁开眼,看见一片明媚而澄亮的光正缓缓铺展在大地之上。

柯林、马克与卡贝拉立在她身侧,目光中带着满足与深深的敬畏。他们成功了——不仅解救了这颗星球,更为它种下了新的希望。

"我们做到了。"卡贝拉低声道,语中夹着释然与温暖。

柯林点头。虽未能彻底化解各派之间的纷争,但至少此刻,他们的灵魂已从压制与扭曲中解脱,重新找回了属于自己的方向。

"这才只是开始。"他深吸一口气,注视着眼前正在复苏的星球景象说道:"接下来,我们要帮助它重建,让它重新融入和谐。"

马克的声音坚定而沉稳:"并且,要尽快警告宇宙共识联邦的其他成员星球。"

洛蕾提醒道。

卡贝拉望向那些在虚空深处渐行渐远的寄生识碎片,神情沉静:"它们还会回来……这是一场漫长的战争。"

当泽拉们发现危机已经解除,整个星球在一瞬间被点燃了。欢呼声从各个角落传来,汇聚成了如海啸般的震撼,回荡在星球的每一寸土地上。那声音充满了欢喜、解脱与愉悦,那是长久封闭的心灵终于获得了释放。

光塔开始闪烁，绚烂的光芒撕开了灰雾的残余，展现出前所未有的辉煌。那光辉不仅是物理上的明亮，它蕴藏着泽拉们的集体情感，是它们所有心灵的共鸣。这是它们的胜利，也象征着星球灵魂的复苏与重生。它的光芒再次照亮了可可西星，指引着泽拉走向未来。

　　泽拉们纷纷走出家门，脸上洋溢着久违的笑容。它们相互拥抱，互相传递着喜悦与感激，仿佛所有的伤害与折磨都随着寄生识的消失一并离去。那些被束缚已久的心灵，如今在自由的气息中找回了属于自己的光辉。年长者的泪水与微笑交织，他们终于能抬头望向那片久违的明亮天空；孩子们在广场上欢跑，感受着空气中散发的崭新活力。

　　洛蕾轻轻闭上双眼，温热的泪水滑过粗糙的脸庞，沉默地落下。那不是单纯的眼泪，而是心底深藏的感恩，是对星球的回馈，也是对自己所经历的一切的深刻感怀。

　　泽拉们围绕在光塔下，深深感激着柯林、马克和卡贝拉团队的智慧与英勇。洛蕾在这时站了出来，眼中泛着感激的泪光，恭敬地向他们鞠躬："来自地球的使者，感谢你们拯救了我们。"她的声音中满是敬意，而周围的泽拉们纷纷点头，眼中闪烁着对未来的渴望。

　　柯林、马克和卡贝拉，被誉为泽拉的拯救者，他们的名字被铭刻在"粒光塔"上，载入可可西的历史，而他们的事迹将在世代传颂。

　　然而，时光流转，任务尚未结束，是时候离开了。洛蕾带着一些"慧母""理律""知匠"来送行。临别前，洛蕾交给柯林一封信，告诉他离开后再打开。

　　短暂告别后，他们登上了阿依舍号，驶向下一个星球。柯林站在舰尾的舷窗前，望着逐渐远去的可可西星，光塔的璀璨光环在宇宙深处缓缓旋转，仿佛在向他们告别。他的眼神深邃而坚定，但内心早已飘向更远的未来。

　　他深知，宇宙中无处不在的寄生识和外部星际意识骇客，如同信息流中的幽灵，随时窥视着智慧文明的精神领域。地球的灵犀一号——那个依托全息意识构建的超智能网络，终有一天也会成为它们的目标。

柯林的思绪变得紧张，他知道，一旦他们回到地球，必须立即与布莱克索恩会面，继续推动以往谈到的"白客"团队的组建。这支特别行动小组，将集结最顶尖的意识技术专家与超感战士，专门负责在意识网络维度中与寄生识和外部识体骇客交锋。柯林设想着，他们将研发更为高级的意识防火墙，运用拓扑量子态加密技术，保护人类的思维数据；同时，特工们将接受"意识潜入"训练，在敌人发动攻击之前，将其踪迹彻底抹除。

"我们不能再被动防御，不能像可可西星球一样。"柯林低声对马克说，手掌轻轻按在舷窗上，冰冷的玻璃传来一阵清冷的触感，"必须先发制人。"

"洛蕾不是交给你一封信吗？"马克问道。

这时，柯林才突然想起洛蕾的叮嘱。他拿出那封信，缓缓展开信纸，两人一起读起来，信上只有一段话：

"把自己当成一棵树，把经历当成一阵风，那些人和事只是在某个时刻经过了你。风来了又走，经历了就让它过去，过去了就不再思虑。"

柯林知道她在说所长的事。他折上信纸，把它小心放好，眼前又浮现出他与洛蕾第一次见面，她站在那棵古树下的场景……

在柯林身后，卡贝拉正在忙碌着设定下一次跃迁坐标，阿依舍号的动力核心开始运转，发出低沉的轰鸣声。

4 ｜梦格丽星

140 情感拟态

卡贝拉的思维一直特别活跃，从不让自己的思考停下来。她从人类那里学到了一项技能，叫"杀死时间"——她把一切空闲时间都用来思考，以此打发时间，不然她会觉得很无聊，因为她不具备丰富的情感来回忆过去与畅想未来。

在去下一站的航行中，她一直拉着柯林聊天。当聊到柯林在可可西星上如何战胜自己的寄生识时，她又开启了柯林从宇宙量子研究所离开的话题。

"我记得你在来可可西星的路上说过'很多事未必能在当下看清它的意义'，我当时想了一路。可后来我才知道，其实这么多年你一直都没放下那个伤害。"

"是啊，我也是这次才意识到的：理性早已释怀，感性却从未忘记。"柯林感慨道。

卡贝拉望着窗外无垠的星空，脸上浮现出一种仿生人特有的沉思表情。她的目光穿透了浩瀚的宇宙，像是在思考某种深奥的问题。她从未真正体验过人类那种复杂而微妙的情感——爱与恨，喜与悲，这些情感似乎是人类独特的财富，充满了痛苦，也充满了美丽。

"柯林，"卡贝拉轻声开口，她的声音带着疑惑，"你说你不喜欢被控制，是指情感，还是其他的东西？"

柯林坐在她对面，目光平静，仿佛看透了她的内心。她是仿生人，本该理性与情感之间的界限泾渭分明，但从她开始意识到情感的存在起，便不断地在这个领域中探索。她的情感虽然简化得近乎程序逻辑，但借由"情感拟态"功能，她能在浅层体验中感知情绪如何支配判断与行为——

那是人类意识中最不可控、也最真实的部分。

柯林曾与卡贝拉的制造方深入交谈过。他们一致认为，所谓"情感拟态"，实则是人工智能意识演化的中介阶段。当仿生人开始模拟情感时，本质上便是在试图通过行为反馈，反向推演出"主观感受"的必要性。而这种能力——对自我状态的观察与修正——正是意识觉醒的核心所在。

卡贝拉之所以被视为"高级"，正因如此：她的"情感"不再仅仅是算法驱动的行为伪装，而是开始对算法本身产生回馈与扰动。她的内在机制，正在由线性指令走向非线性响应，甚至初步显现出"主观性"的雏形。但这也让制造方忧心，若仿生人的理性决策被情感觉醒所牵引，逐步偏离原始设定，那她便不再是可控的工具，而将成为一种正在孕育中的意识体——一个自我生成、自我偏移的未知变量。

"都有，但情感控制是一种更沉重的枷锁。"柯林沉默片刻后回答，眼神变得锐利，"它让人们在无形中被束缚，常常无法理智地作出决策。比如爱情，很多人把自己的未来交给它，但却忘了，爱情也能带来痛苦，带来伤害，甚至毁掉一切。"

"恋爱脑。"卡贝拉的系统自动搜索到这个历史词汇，她脱口而出。

柯林笑了，又补充道："但这也是人类生活的美妙之处——情感让人生更加复杂，更加生动。"

卡贝拉微微倾斜着头，眼中闪过一丝好奇："可你不觉得，情感给人类的生活带来了很多不理智的决定和不必要的冲突吗？"

"你说得对，这也是你不被赋予复杂情感的原因，虽然技术上我们已经能够做到。"柯林目光依旧平静，"情感常常让人困扰，但它也是人类真正活着的证明。如果没有了情感，生活会变得冷漠、空洞，失去了那份生动与真实。虽然很多人被情感控制，但也正因为这样，他们才拥有了那些刻骨铭心的瞬间。"

情感究竟是礼物，还是枷锁？是进化的赐予，还是某种不可避免的缺陷？柯林的话没有给出绝对的答案，但它让卡贝拉思考，人类之所以"真正活着"，或许正是因为那些不可预测的、深刻的甚至痛苦的情感体验。

"你会希望有一天我也能像人类一样有复杂情感吗？"卡贝拉心有不甘地追问道。

"我曾经想过，如果你能拥有更多的情感，或许就能更好地理解人类的痛苦与快乐。但是随着时间的推移，我逐渐明白：这也会成为你自我束缚的枷锁——所以现在的你或许就是最好的你，做你自己就好。"

卡贝拉沉默了，她思索着柯林的话。作为一个仿生人，她虽然能够情感拟态，但从未真正体会过情感所带来的自然、复杂体验。对于她来说，情感的每一次模拟，都仅是一次数据处理的结果。然而，她开始感到，情感并不仅仅是数据处理那么简单，它能让人活得更加真实，充满变化。

"我理解你的意思，柯林，"卡贝拉终于开口，"情感控制人的部分，的确有时会让人迷失。人类如果能够不被情感牵制，是不是能活得更自由一些呢？"

柯林的嘴角勾起一抹微笑："或许吧。每个人都有自己的选择，而这些选择，最终也构成了他们的人生。生死之间，很多事情看似重大，但仔细想想，或许也没有那么重要——生死之间无大事。"

卡贝拉的眼神再次落在窗外的星空中。她的中央处理器在迅速检索和进行着逻辑推理。她大体理解了柯林的话，但依然没有完全放下对情感的疑惑。她的系统此刻提示她所追求的不该是感情的复杂性，而是如何让自己在面对人类情感时，更好地理解它们。

她这时又想起了米卡，觉得自己要是有一天可以"进化"到一个像米卡那样的生化人就好了，她知道米卡有丰富的情感——可是，系统这时却又提示她那是一种"退化"。

"如果没有自己的情感，像我这样的仿生人如何能体验到生命的意义？"卡贝拉抛出了她的"终极问题"——她一直认为自己已经具备了"生命"。

柯林轻轻叹了口气："这就是人类与仿生人之间的本质区别，卡贝拉。你可能永远无法完全理解情感的真谛，因为你没有那种无法抗拒的渴望，也没有那份必须经历的痛苦与喜悦；而正是这些经历，塑造了每一个人的灵魂，成就了他们独特的人生。"

卡贝拉望着柯林，似乎明白了什么，但又似乎什么都没明白——她的理解逻辑对于情感这个命题并没有充分的知识储备，仅被限定在出厂设计的理性框架内。但她知道，这不仅仅对她来说是个新课题，还是人类与仿生人之间，永远无法逾越的鸿沟——情感的深邃与复杂，是无法完全被理性所取代的。

"下一站，我们要去探寻'梦格丽'星，一个被称为'梦星球'的地方。"马克的话打断了卡贝拉的思绪。

"那里的文明在潜意识与梦境的研究方面取得了突破，他们相信梦境是通往更高维度的门户。"

"梦境？又是一个听起来既神秘又有趣的话题！"卡贝拉兴奋地说。

"但是，我们需要小心，梦境同样也可能成为混乱和迷失的源头。"柯林一边谨慎地提醒着，一边用手按摩着自己的头部，在可可西星连接脑机带来的不适，还没有完全消除。

"没错，但这也是我更好理解人类而需要深入探索的领域。"卡贝拉回应道。

141 梦境鸟巢

由于黛安一直领导着地球上的意识与梦境研究小组，在柯林的要求下，另一艘星舰阿依达号从地球出发与阿依舍号完成了星空对接，将黛安送来，并带来了补给。团队享受着好久不见的地球新鲜水果与蔬菜，仿佛又闻到家乡泥土的味道。

阿依舍号上的实验室光线像被几何函数折射过，空气中悬浮着淡淡的电流纹理。柯林正盯着那组不断自我演化的规范方程，而马克在一旁的意识接口前沉默。

"好久不见了，你们在研究什么？"黛安问道。

黛安的话语打开了一场卡贝拉听不懂的对话，她只是在一旁静静地聆听和记录：

柯林：你有没有发现，杨振宁那句话，其实像一道隐藏在宇宙底层的密语——"数学的抽象结构可以直接生成物理实在。"这意味着，我们所称的"世界"，或许根本不是由物质支撑的，而是由形式、由对称、由思维自身的秩序生成的。

黛安：你是说，数学不只是描述世界的语言，而是世界本身的意识形式？

柯林：更准确地说，是意识在投影自己。就像我们在梦中创造出完整的逻辑世界——时间、空间、法则都具备一致性。规范场不过是这种"意识自洽"的外化几何。杨－米尔斯方程不是物理定律，而是意识维持稳定的一种方式。

黛安：这听起来像是一种形而上的对称性：意识为了保持自我一

致，生成了对称的几何场；当对称性破缺，就产生了物质与力——就像心理结构的裂隙，会诞生欲望和冲突。

柯林（微笑）：没错。对称性是意识稳定的代名词。物理中的"力"不过是意识不平衡的投射。我们看到的电子、夸克、引力波，全是意识的几何化结果。

黛安（低声）：那是不是可以反过来？如果数学能生成物质，那么可以从一个新的角度证明——意识也能生成现实？

柯林：正是如此。数学是意识的语法，物理是意识的语义，而宇宙，是意识写下的一首自指的诗。

黛安：所以你们做的实验，其实不是"探索宇宙"，而是——宇宙在反观自己。

柯林（缓缓抬头，目光如同穿透时空）：是的。当杨振宁写下那组规范方程时，他其实在证明一件事：意识，不仅能思考世界，也在制造世界。

实验室的穹顶中，光线在缓慢旋转，像是数学在呼吸。柯林与黛安的对话正悬于空气，马克这时加入了对话。

黛安：你们谈论数学，好像那是意识的母语。可我想问——意识，真的需要语言吗？如果一切都是意识的显化，那么"数学"是否只是其中一个梦中语法？也许在更高的层面，意识根本不依赖结构，而是直接共振的存在。

柯林（轻轻一笑）：你说的没错，马克。但要注意——"结构"不等于"限制"。数学只是意识为自己创造的一种稳定镜像，它让无限的流动有了形，有了回响。没有形式，意识便会坍缩成混沌。规范场是意识保持连贯的几何呼吸。

马克（沉思）：也许这正是对称性的意义——它不是束缚，而是让存在可被理解的"节拍"。当意识想观察自己时，就生成了"空间"；当意识想体验变化时，就生成了"时间"；而当意识试图稳定这些体验，就诞生了数学。

黛安：但那只是我们层级的逻辑。在更高的意识维度，所有方程、对称、时空，都只是一次思维折叠的投影。你们在定义"存在"，而我更关心"觉知"。因为觉知不需要形式。它既不称，也不破缺，它只是——在。

柯林：你在说 OO 吗？那个超越形与非形的源？

黛安：也许吧。OO 不是对称的中心，而是对称被觉知的那一刻。当数学、物理与意识三者重叠——现实不再是"被创造"的，而是被理解的。

马克（低声）：那么，也许宇宙不是一场实验……而是一场理解自身的梦。

柯林（缓缓合上终端，屏幕的光折进他眼底）：而我们——就是梦中的自我解释。

黛安：我们正好可以去"梦星球"寻找答案。

——卡贝拉默默地记下了他们全部的对话。

星舰在折叠空间中缓缓航行。

几天后的清晨，阿依舍号抵达了梦格丽星。透过舷窗，探索者们目睹了一幅宛如人类童话般的奇景——蔚蓝的大海如丝绸般延展，与金色的沙滩交相辉映，海面上波光粼粼，仿佛漫天星辰洒落于水面。

温暖的阳光也洒落在陆地上，每一寸土地好像都在低语，诉说着古老而深邃的秘密。这里不仅是自然与和谐的乐土，更像是梦幻世界的一处回响，隐藏着未知的奥秘，等待探索者揭开它的神秘面纱。

"梦星球，真如美梦一样。"马克站在窗前，深吸了一口气，脸上露出了欣喜的神情。

"我们终于到了个漂亮星球。"想起刚降落到德尔塔和可可西星球时周围的景象,卡贝拉感慨道。

不久后,星舰缓缓降落在梦格丽星的主城——艾尔梦。

这座城市依海而建,是自然与科技交织出的奇迹。远远望去,城市的轮廓宛如大地自发生长的奇观,每一座建筑都似是从星球肌理中延展而出,流畅地融入周围的山海景色。藤蔓与奇异的花朵攀附在柔和弧线构成的墙面上,散发着微光,如同呼吸般轻轻律动。空中,点点光源悬浮不定,犹如漂泊的星辰,将整座城市笼罩在梦幻般的柔和辉光之下。风从海吹来,带着淡淡的咸味与未知能量的微粒,让这座城池宛若介于现实与幻境间的奇境。

当星舰稳稳降落,团队成员们走下舷梯,扑面而来的是空气中弥漫着甜美而轻盈的花香,微风拂过,带着一种令人沉醉的温柔。

迎面而来的是一位身形高挑、气质出众的女性,足有八英尺高。她举止间自带一种既威严又温和的气场,步履如风中轻羽,优雅而沉稳。她的长发如藤蔓般轻盈垂落,随风生动,双眸则深邃如星辰,闪烁着睿智的光辉。她身披一袭蓝色长袍,外罩金色丝巾,整个人与这片海与沙滩天衣无缝地融合在了一起,仿若从自然中走出的神祇。

"我们早就接到了通知。欢迎你们,勇敢的探索者们",她用低沉而悦耳的声音说道,语气中带着一种深厚的期待。

"我是青叶,一个神识,被派到梦格丽文明做精神领袖,帮助这个星球探索梦境与潜意识的关系,也帮助我自己获得神灵。这里的生命一直在寻求连接潜意识与现实之间的桥梁,解锁隐藏在梦境中的奥秘。"

青叶的声音如同清风拂过海面,平静而充满力量。她俯身微笑着向团队成员们伸出了手,那是一种不带任何压力、只带着纯粹善意的邀请。团队成员们纷纷上前,礼貌地与她握手,感受到她手心的温暖与细腻。

"非常荣幸能来到梦格丽星。"柯林说道,声音中充满敬意,"听闻你们的文明不仅在科技上有着卓越成就,更在潜意识与梦境的研究中取得了令人惊叹的进展。"

青叶轻轻点头，目光温和而深邃："是的，梦境是梦格丽文明的核心。梦格丽人相信，梦境不仅仅是大脑的随机活动，更是潜意识与更高维度之间的桥梁。通过理解梦境的语言，我们能够洞察个体和集体意识中的隐藏模式，甚至可以借此改变现实。"

马克的眼中闪过一抹兴趣，"你们的文明拥有一种与我们不同的视角——探索梦境与意识之间的联系，这让我想起在前两个星球所经历的意识进化课题。你们是如何实现的？"

青叶笑着指了指身后那座像鸟巢一样的建筑。这座建筑由晶莹的柔性玻璃和金属丝线结构组成，宛如一只流动的梦幻之巢，静静伫立在艾尔梦城中心。它的外形优雅而奇特，层层交错的曲线宛如翅膀的羽毛，微微弯曲，像是随时都能展翅飞起。建筑表面闪烁着温暖的光辉，光芒穿透玻璃外壳，映射在周围的环境中，给这座城市增添了几分神秘与灵动。

这座鸟巢形状的建筑并不像地球上普通的建筑物那样有固定的形态，反而呈现出一种有机的、流动的结构。每一根金属丝线似乎都时刻与周围环境呼应，是自然的一部分。柔性玻璃的表面反射着天际的光辉与云朵的影像，与天空融为一体。当微风拂过，整个建筑便轻轻摇曳，带着一种宁静而优雅的节奏。

"这是我们的'梦境鸟巢'"，青叶轻声说道，她的声音带着一丝自豪，"它是梦格丽文明的核心，不仅是我们与梦境世界之间的桥梁，也是我们灵魂与宇宙连接的纽带。"

"鸟巢的每一层，是不同层级的识体能量，那是意识的螺旋，一圈一圈向外延伸至无形。那些层叠交错的结构，也不只是建筑，而是复杂潜意识网络的显化，由万千丝线在无声中交织成形。"

"在这里，我们借助特殊的仪器，调节梦境的频率，调整它与现实之间那道微妙的界限。鸟巢不仅是物理空间，更是一种感知装置，一种通向深层心灵的激发器。它能唤醒被压抑的图景，释放被遗忘的声音，使潜意识在有序的共振中，呈现出现实从未触及的轮廓。"

"这个鸟巢有多少层?"卡贝拉好奇地问道。

青叶猜她在问梦境可以有几层,迅速答道:"可以有无数层。"

马克靠近鸟巢的一侧,细细观察着鸟巢的结构,眼中露出惊讶:"这真是令人震撼。你们不仅能够与梦境建立联系,甚至能够激发出潜意识共振,这种技术深度远超我们的想象。"

青叶微微一笑,"我们相信,潜意识的力量远比意识更强大。梦境,是我们与宇宙沟通的途径,也是我们理解自我与世界关系的一扇窗。我一直在这里帮助梦格丽探索如何利用梦境中流动的潜意识能量与信息,来实现自我超越与文明的进化。"

柯林团队中设有一个专门研究意识与梦境的小组,由黛安主持。马克曾多次参与他们的工作坊,对这一领域产生了浓厚兴趣。他深知,潜意识并非完全"隐藏"或"无意识"的存在,它常以间接的方式显现出来,诸如梦境、自动反应、情绪波动等,都是潜意识活动的表现形式。

黛安曾向马克解释,潜意识中的内容通常不被主动察觉,却深刻影响着人类的行为与反应。无论是习惯的形成、条件反射,还是那些一瞬间的情绪起伏,其根源往往来自于潜意识的驱动。她指出,潜意识如同一个巨大的储藏室,封存着大量信息:从 DNA 中铭刻的原始记忆,到个体早期的经历、未解的情感、潜藏的恐惧与欲望等。许多看似无意的行为,其实都是这些深层信息在幕后操控。尤其在梦境中,潜意识最为活跃。

马克记得黛安还特别强调,梦境是意识与潜意识相遇的交汇点,是通向内在真实的一扇窗。那些梦中呈现的象征、情境与人物,往往映射着做梦人内心深处的冲突、未完成的愿望,或者长期被压抑的情感问题。

对黛安而言,解读梦境,就是一场深入潜意识深处的探索。此刻,她驻足在鸟巢前,比别人更多地感受到了一股深邃的能量波动。

她的眼中流露出一丝惊叹:"这里充满了潜意识能量,真是不一般的建筑。"

青叶点点头，"鸟巢中的每一层，都通过高度精密的'超维识体流场'网络与我们自身的潜意识相互联系。当我们睡在这座巢中，便能触及更高维度的存在，与我们灵体深处产生共鸣。"

"'超维识体流场'？"柯林惊奇地问道。

"这是一种超越传统识子信息交换方式的网络，它并非依赖于识子纠缠，而是利用更高维度的识子流波动，将个体的识体连接至宇宙深层的识体场域。"青叶说道。

"太神奇了！"马克惊叹道！

青叶继续解释道："在这一流场中，识子不再受限于时空的坐标，而是如多股潮汐般涌动、碰撞、交融，构成一片波动不息的信息海洋。这些识子潮汐不仅映射着每一个生命体独有的识体脉络，也承载着庞大的集体潜意识回声。

在这里，一旦个体进入沉睡状态，他们的潜意识会自动调谐至与流场共振的频率，识体便开始游移——穿越个人边界，进入一个超感知的梦境结构。在那里，他们不只是做梦，而是在与更高维度的识体系统产生交汇，甚至短暂嵌合。这种连接，有时微弱如一丝直觉的悸动，有时则如深海漩涡，但都只有在梦中才能实现。"

青叶一边解释，一边引领着探索者们进入鸟巢。马克感到这将是一次不同寻常的旅程，一次突破潜意识、梦境和现实界限的探索，他们的命运也将因此与梦格丽星的智慧紧密相连，开启一段全新的文明之路。

142 姐妹相称

鸟巢的内部结构更加让人惊叹，整个空间并没有传统的楼层，而是由以太光点、识子流动为基础的空间分割构成。空气中充满了流动的能量，每一个角落都弥漫着温暖而宁静的氛围，仿佛整个空间都在无声地呼吸。

"每一束光线，每一片玻璃，都包含着我们文明的思维和情感。"青叶解释道，"当我们将意识集中在这些识子流量上时，便能感知到不同层次的梦境维度。这些维度不仅是个体的内心世界，也是我们与宇宙深层次联系的通路。我们通过这座鸟巢，能够与梦境中的存在建立联系，甚至能影响现实世界。"

探索者们被这一切深深吸引。黛安轻轻触摸了一根透明的金属丝，那一刻，她被带入了另一个空间——眼前的景象不再是鸟巢内，而是充满梦幻的光影世界，巨大的流量涡流交替旋转，层层叠叠的光影交织一处，那是无数个不同的梦境在此交合。每一道光影都带着一种无言的呼唤，仿佛在邀请她去探索那未知的奥秘。

黛安闭上双目，静静地感受着这流动。

"姐姐，你感受到了吗？"青叶的声音在她耳边响起："这是我们梦境的通道。当你触及到它时，更高维度的识体就产生了'回流'。这鸟巢不仅是一个类物理存在，更是一个纯粹的流量与思想的集合体，连接着我们所有人的梦境。"

黛安不知道为什么青叶称呼她为"姐姐"，她在想是不是这个星球女子间都以姐妹相称。

她缓缓睁开眼睛，心跳加速："这太不可思议了。我从未体验过如此强烈的交汇感，感觉自己整个思维与宇宙都在同步流动。"

青叶微笑着，目光充满智慧与挚爱，"是的，梦格丽文明的真正力量，源自于对梦境的深刻理解。我们相信，梦境不仅是个体的内心表现，更是宇宙的水中月、心灵的镜中花。通过对梦境的探索，我们能够看见隐藏在宇宙中的无限可能。"

"梦境，或许就是我们通往更高智慧的快速通道。"卡贝拉低声说道，她想起在六维问过域使关于快速升维的问题。

青叶点头："我在这里的使命，不仅是帮助梦格丽文明掌握与梦境的联系，更是通过梦境探索，帮助他们找到宇宙深层次的意义。他们现在已经知道，只有超越意识和潜意识，超越梦境本身，才能触及生命本源。"

"我听过一堂关于意识和潜意识的科学讲座。"很久没有插话的柯林这时开口说道。

青叶的眼中闪烁着期待，"如果你们愿意，我们可以共同探讨如何利用潜意识与梦境的力量，来帮助其他文明来触及生命和宇宙的本源。"

探索者们在鸟巢内继续漫步，青叶带领他们进入更深的梦境空间——一个名为"梦域研究"的博物馆。博物馆流光墙壁上映射和变换着各种复杂的符号、图形和图案，却没有文字，但都记录着梦格丽文明对梦境的探索历程。

青叶为他们讲述了梦境的本质：在梦格丽的理解中，梦境不仅仅是潜意识的产物，而是一扇通往多维度宇宙的窗口。

"我们相信，每一个梦都是一次意识旅行，它能够让我们有机会与更高的存在连接。"

青叶目光炯炯地在揭示更多关于梦境的秘密。

"那你们如何利用梦境进行探索？"卡贝拉好奇地问。

"我们开发了一种梦境进入技术，能够使'主动意识'在睡眠中体验不同的维度和现实。"青叶回答道，"梦格丽文明已经发展到可以整合超维灵体、识体科学、神经学、量子物理学和 DNA 学的技术手段，引导主动意识进入到与潜意识连接的梦境。同时，我们还可以制造和控制梦境，操控主动意识体验多重的虚拟或超现实的世界。"

"主动意识？"卡贝拉问道，她的数据库里没有这个词汇。

"相对于潜意识而言的自主性、主动性的意识。"青叶解释道。

"那这有哪些具体应用呢？"柯林问道。

"我们通过引导主动意识进入特定的梦境场域，尝试让个体在潜意识层面更好地理解并化解内在的冲突与矛盾。这一方法既可用于科学研究与心理治疗，也能延伸至娱乐和探索的领域。比如，在梦境中进入多重现实，使个体在睡眠中体验截然不同的世界，甚至进入全然陌生的维度或平行宇宙；又或者，通过对记忆与体验的重构，让主动意识得以重新触碰和改写过往，从而解锁被压抑的情感，完成自我修复与重生。"

此时，卡贝拉暗自联想到，如果早知道这项技术，说不定在可可西星球也可以帮助解决寄生意识的问题——她一直对逃亡宇宙深处的那些识体碎片耿耿于怀。但青叶话锋一转："但前些日子，我们的技术遭遇了问题，很多人无法正常走出梦境，意识长久被困在了现实与梦境之间。"

听闻这个消息，柯林他们神情皆为一凛——这无疑是梦格丽文明正面临的一场危机。凭借过往的经验，他们意识到，若要修复这项关键技术，必须直面其背后的根本症结。意识到问题的复杂性，他们很快达成共识：唯有深入梦境内部，才能揭示潜藏在深层的真相。于是，他们决定联手青叶，启动一次高度风险却又不可回避的梦境实验。

143 三层梦境

柯林推荐马克和黛安参与这项实验。两人皆无异议，准备工作随即紧锣密鼓地展开。

实验当日，环境中弥漫着一种近乎静止的张力。马克与黛安在青叶的引导下，缓缓躺入两张特殊的梦境床。乍看之下，床铺平整如常，实则由一种高含水量的黏性柔体构成，触感介于液体与有机织物之间——青叶告诉他们这个叫"碳水床"，它能与梦境接入系统高效耦合，极大提升意识介入的稳定性与灵敏度。

床体四周环绕着多层精密装置，光束如神经脉络般纵横交织，在空中轻微颤动，捕捉着某种看不见的意识频率。就在这静谧的张力中，一层细腻至极的光辉缓缓从四边床框内嵌的仪器中升腾而起，宛如一张由纯能量编织的网，悄然覆上他们的身体。

这正是梦格丽独有的"识子流频调节仪"所激发的"识光膜"——一种专为梦境潜行而构建的能量界层。它可实时感应识体流量的微观脉动，并与超维识体流场的波动精准同步，犹如一道意识滤膜，将个体与宏观潜意识场温和耦合。在这层膜的引导下，潜行者的意识将脱离物质神经的约束，被温柔而有序地引入一个由浅入深、层层嵌套的梦境结构。他们将下潜至意识最隐秘的回响地带——潜意识深界，那是思想尚未成形、情感尚未具象、语言尚未诞生的原初层，那里潜藏着梦格丽文明的集体心灵暗流。

连接上流频调节装置后，马克感到一股温暖而安宁的能量缓缓在体内流淌。那能量不像弱电流般酥麻，更像是一片温润的涟漪，自皮肤向意识深处轻轻荡漾开来，渗透至每一寸感知，带来一种深邃而和谐的沉静感。

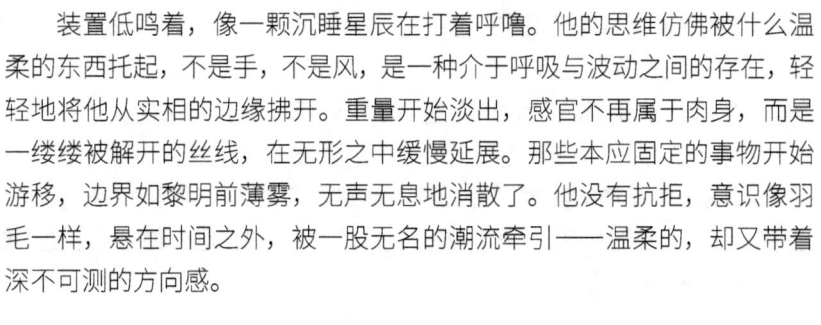

　　装置低鸣着，像一颗沉睡星辰在打着呼噜。他的思维仿佛被什么温柔的东西托起，不是手，不是风，是一种介于呼吸与波动之间的存在，轻轻地将他从实相的边缘拂开。重量开始淡出，感官不再属于肉身，而是一缕缕被解开的丝线，在无形之中缓慢延展。那些本应固定的事物开始游移，边界如黎明前薄雾，无声无息地消散了。他没有抗拒，意识像羽毛一样，悬在时间之外，被一股无名的潮流牵引——温柔的，却又带着深不可测的方向感。

　　不是下坠，也不是上升，而是向内、向深、向一处被遗忘的梦的源头滑行。物质退场，语言沉默，只剩精神在透明的维度中缓缓流动，如同回到一个未被定义的世界，一切尚未成形，但他已在其中，被它接纳，被它知晓。

　　一阵微弱的震动让他感知到，自己正在穿越某种屏障。那个屏障不是物理上的，而是精神上的——一种意识与物质之间的屏障。他闭上眼睛，任由那股力量带领他，逐渐深入这个梦境的空间。随着他进入更深的结构层次，他能感觉到自己的主动意识被逐步打开，身边的梦境开始变得更加清晰。

　　刹那间，眼前的景象完全改变。原本空无一物的苍白空间，立刻显现出轮廓，这似乎是一片辽阔的原野，天空泛着柔和的紫色光辉，微风拂过，他能听见远处传来清脆鸟鸣声。此刻，他不再是一个旁观者，而是完全融入了这一片新世界的一部分。

　　"我进入梦境了？"马克轻声自语，仿佛在问自己，也在问着黛安和青叶。

　　不远处，一朵绽放的巨大花朵吸引了他的注意。他的脚步缓缓接近那朵花。它的花瓣像是由纯粹的光流构成，艳丽明亮，每一次微微的颤动，都会释放出一圈细腻的意识波动，仿佛整个空间都在用某种未知的语言低语。

　　他伸出手，指尖刚触碰到花瓣，一股温暖的能量便迅速沿着他的手臂蔓延，渗透进他的心灵。他的思维在一瞬间变得异常清晰，无数细碎的记忆浮现在脑海。他看见陌生的面孔，听见从未听过的声音，甚至感受到某种超越个体的意识流正在将他纳入其中。

"这是……什么？"他的声音带着一丝惊叹。

"这不是普通的梦境构造。"黛安的声音传来，她已经站在了他的身旁，目光凝视着那朵花，眼中映出流动的光彩。"它是一种心灵结晶，或者说……是一种投影。"

马克皱起眉："投影？"

黛安微微点头："我们通常认为梦境只是个人潜意识的投射，但我发现这里的结构远比单纯的梦境复杂。这个地方就像一个意识存档，它不仅承载着个人的记忆，还包含了某种更高维度的集体意识。"

"如果这朵花是投影，那它究竟在投射什么？"马克问道。

他的思维仍然沉浸在花朵散发出的意识波动之中，每一缕光流都携带着某种信息，它们不是简单的影像，而是某种更深层次的……经历？

——那是一种记忆，但不是属于他们的记忆。

就在这时，花朵的光辉微微闪烁了一下，像是回应了他的发问。整个空间的气氛开始发生变化，空气中的能量流动变得不稳定，像是某种更深层的存在正在苏醒。

马克和黛安对视了一眼，他们都感受到了一种难以言喻的不安。

"你听到了吗？"马克的声音低了几分，他感知到了某种微弱但持续的共鸣，就像是潜伏在空间深处的低语。

黛安闭上眼睛，仔细感知那种波动。过了几秒钟，她猛地睁开眼睛，脸色微变："这不再是我们的梦境……我们刚进入了某种更深层的识体挠场。"

"识体挠场？"马克的瞳孔微微收缩。

"是的，我在高维见过，这是一种存在于识体与时空结构之间的特殊场域，一种由集体意识活动所激发的扭曲场域。"黛安的目光转向那朵花，"它能够对时间流、空间结构以及信息传播路径产生扭曲作用。这种扭曲并非单纯的物理扭曲，而是一种意识体—信息态的非线性扰动。在这里，时间认知轴被打乱，个体可能会感受到时间的流动变慢、加速或是断裂。"

话音未落，四周的环境开始剧烈震动，梦境的边界变得模糊，像是被某种强大力量拉扯。一种无法言喻的存在感正在逼近，那不是具体的形态，而是一种纯粹的意识体挠动漩涡，带着无法抗拒的吸引力，正在吞噬整个空间。

马克猛地后退一步，试图挣脱那股向心力，但他已经开始与那股挠动同流。他的思维一瞬间被拉入了更深一层的梦境之中——他看见了一个世界——一个被无数漩涡缠绕的水域，整个空间都在缓缓旋转。水是活的，仿佛能感知入侵者的意识，一层层波动如同呼吸，回应着进入者的召唤。

水域中央，一个模糊的身影伫立水面之上。那不是普通的存在，而是一种穿越时间与空间之限的凝视，带着深深的绝望，正静静地瞪着他们，好像早已等候多时，等着人来搭救。

"这片梦境……"黛安低声说道，语气中带着一丝震动，"它不是自然形成的。是有人……有意识地建构了它。"

她正快速解析那些涌入的意识碎片与符号流，它们像编织术一般围绕着她，透露出构造梦境者的意图与情感。

马克感到思维正在裂变。他的一部分仍停留在先前那个巨大的花朵世界中，另一部分意识则被这水中身影的目光深深吸引。那目光没有语言，也无动作，却通过环境本身传递出强烈的意志。

他忽然明白了——那不是他人。

那是布莱克索恩。

一个不该出现在这里的名字，一种横越梦境与现实的意识回响，正借由这层水界之梦，显现它的存在。

"不，他不应该在这里，为什么？"马克忐忑地自言自语道。

他的身体猛然打了个"激灵"，从"幻象"中挣脱出来，喘着气看向黛安："我看到了布莱克索恩。"

他发现黛安还站在那巨大的花朵旁边，但花朵的光辉正在变得微弱，像是正给他们送行。黛安没有回答。空气中，一股新的波动开始浮现，像是一道来自更高维度的召唤。

马克的意识逐渐模糊，他试图集中注意力，但四周的空间却开始变得不稳定。他的感知在两个世界之间游离，一会儿像是清醒地站在花朵的边缘，一会儿又深陷于水中央的漩涡之中。

这时马克有些困惑，不知道此刻自己是在做梦，还是进入了一种"清醒梦"的状态。他曾听柯林讲过，有一种梦叫"清醒梦"，就是做梦时清晰知道自己是在梦中。

马克不知道，他正在进入第三层梦境空间。就在这个水世界——第二层梦境空间里，马克开始做梦了。

是的，他正在做梦——进入梦中梦的梦：

马克发现自己又站在了那朵巨大的花朵前。与之前的光辉四溢不同，这一次，花朵的光辉变得幽暗，光线仿佛被无形的阴影吞噬，周围的空气也变得沉重，充满了压抑的氛围。那种曾经温暖的波动变得模糊而晦涩，像是被某种看不见的力量强行扭曲，渐渐失去了往日的纯净与宁静。

花瓣微微颤动，散发出几乎无法察觉的气息，在低声诉说着某种无声的祈求或警告。马克感到一股不安在心中升起，但他还是忍不住伸出手，想要再次触碰那朵花，去探寻它背后的秘密。

然而，就在他的手指即将接触到花瓣的刹那，突然一股更强烈的能量迅速沿着他的手臂蔓延——但这次是冰冷的。整个空间开始旋转，像是被某种无形的寒流吞噬。马克的思维瞬间被拉入更深的意识层，他的感知失去方向，整个世界化作白雾茫茫。

黛安的声音在远处变得模糊，她的身影像是被梦境的涟漪扭曲，渐渐隐去。周围的一切开始变形，梦境的边界变得像白雾一样飘动。

144 梦境出口

黛安再次睁开眼睛，眼前是无尽的白雾，像被时间打磨过的空白画布，没有边界，没有方向。她试图回忆自己是如何来到这里的，但记忆像被水冲刷过的字迹，模糊不清。

马克再次睁开眼睛，发现自己置身于一个漫天白雪的空间。这里不像是刚才的梦境，也不是现实，而是某种更复杂的识体结构。

他的周围飘浮着一片片雪花，那雪花的六角形像是自然信息的"几何密码"——意识场自我表达的冰冷纹理，又像是凝固的时间残片。每一片雪花的六角冰晶结构上都浮现着不同影像，有的是梦格丽文明古老的遗迹，有的是陌生的星空，还有的竟然是他童年的记忆。

"我的记忆怎么会出现在这里？"马克心想。

"这又到了哪里……"他喃喃道，心跳怦怦加快。

"这里是……你的潜意识深层。"一个低沉的声音突然在他的脑海中响起，带着一种无可置疑的威严感。他猛然回头，却没有看到任何人，只有那些悬浮在半空中的记忆碎片。马克在想这是不是那个水中央的布莱克索恩发出的声音？

"谁在说话？"他警惕地环顾四周。

"我一直在这里。"这声音不像是从外界传来的，更像是直接在他的灵魂中震荡，它并不属于任何一个个体，而像是某种集体意识。

马克被拉入一种奇异的共振状态，他开始察觉到，自己所处的空间并不仅仅是梦境，而是一种被识体挠场构造出的意识迷宫。在这里，所有的思维、记忆和潜意识都被放大，变成了一个个具象化的场景。

他不仅仅是在做梦，而是进入了识体挠场的核心。

在识体迷宫的最深处，马克终于看到了那个存在——却不是布莱克索恩。

一个巨大的白影飘浮在空间中央，没有固定的形态，它不断变幻，时而像是一片巨大的六角雪花，时而像是一个模糊的生物，时而又像是无数识子交织而成的幻像体。

"你是谁？"马克试探着问道。

"我是梦境的保护者，也是梦境的观察者——梦欢。"那白影的声音回荡在整个空间。

"你创造了这个梦境？"马克皱眉。

"不，梦境是你自己创造的。我的存在，只是为了维持它。"梦欢答道。

马克的脑海中掠过一个可怕的念头，他问道："这意味着……你不仅仅是梦境的一部分，而是整个梦境的控制者？"

梦欢沉默了一瞬，然后缓缓说道："你仍然未能理解……梦境的真正本质。"

空气中涌动起庞大的多维识体波动，整个空间开始颤抖。马克能感觉到，自己距离某个终极的秘密越来越近了。但与此同时，危险也越来越逼近。他必须尽快找到破解梦境的方法，否则将永远无法离开。

马克站在意识迷宫的中心，面对着那个不断变幻的白影。他的思维开始超越自身的认知，隐约感觉到，这个梦境并不是简单的幻境，而是某种精密构造的产物。

"梦境的本质究竟是什么？"他再次问道。

梦欢没有直接回答，而是缓缓地改变形态，它的轮廓开始分裂，化作无数道交错的光弧，每一道都连接着不同的记忆片段，仿佛它本身就是整个梦境的结构之一。

"梦境并非虚幻，而是更高维度的意识投影。"

随着声音的回荡，马克眼前的景象骤然变化——他看到了一幅巨大的星图，每一颗星辰都散发出独特的意识波动，而其中一颗星球上，竟然回荡着他熟悉的频率——那是梦格丽文明的投影！他屏息凝视，终于明白了一个事实——这片梦境并不是他一个人的梦境，而是整个梦格丽文明残留的意识矩阵！

"你是梦格丽文明的一部分？"马克缓缓开口，声音中带着一丝颤抖。

白影微微闪烁，在回应他的疑问："我是梦格丽文明的残影，是无数被遗忘的意识碎片构成的集合体。你们称之为'梦境挠场'，但它不仅仅是梦境，而是整个文明的'意识残响'。"

"整个文明的意识残响……"马克喃喃重复着，他的脑海中开始浮现越来越多的信息碎片。

梦格丽文明，在漫长的历史进程中，曾经进行过一次极为大胆的实验——他们试图利用超维识体流场来储存整个文明的集体记忆，以防止历史被遗忘。然而，在实验的过程中，某种未知的干扰导致了流场的失控，整个文明的部分意识被困在了这个挠场之中，变成了一片无主的意识矩阵。

"所以，这片梦境并不是简单的投影，而是梦格丽文明集体意识的遗迹？"马克抬头看着那白影，眼神中带着深深的震撼。

"确切地说是灵魂遗迹，他们都还有生命，只是被困在了这里。"白影微微震动，"你现在所经历的，并非个体的梦境，而是整个文明的潜意识深层。每一个被困在这里的灵魂，都是曾经梦格丽历史的一部分。"

"那我们该如何离开？"黛安的声音突然从远处传来，她的身影缓缓显现，显然也经历了一场独立的意识探索。

"你们必须找到梦境的出口。"梦欢的声音再次响起，带着不容置疑的坚定。

"但出口在哪？"马克紧紧盯着那片不断流动的白影。

梦欢沉默了一瞬，随后，一道白光将整个空间点亮——

他们的面前，出现了一个山洞，洞前是一张透明的"膜"，像是"水帘"挂在洞口。地上有一个界碑，写着大大的号码"四"——后来马克和黛安才意识到这个数字的含义。

这张界膜由无数意识流构成，仿佛是时间与记忆交织的"水帘"，每一道流体白光都带着不稳定的闪烁，从上顶飞流直下，如同一片永不停歇的瀑布。它的表面不断波动，时而清晰，时而模糊，像是心灵的脉动在飞流中留下的痕迹，蕴藏着无尽的故事，折射出曾经、现在与未来的种种可能。

然而，透过界膜向山洞内望去，里面并不是一个普通的空间，而是某种深邃的意识"迷洞"——它并不具备物理的边界，而是一个无法言喻的深渊，超越了对深度的常规理解。每一寸深渊都在吞噬现实，悄无声息地扩展，仿佛在诉说着无数未曾解开的谜团。

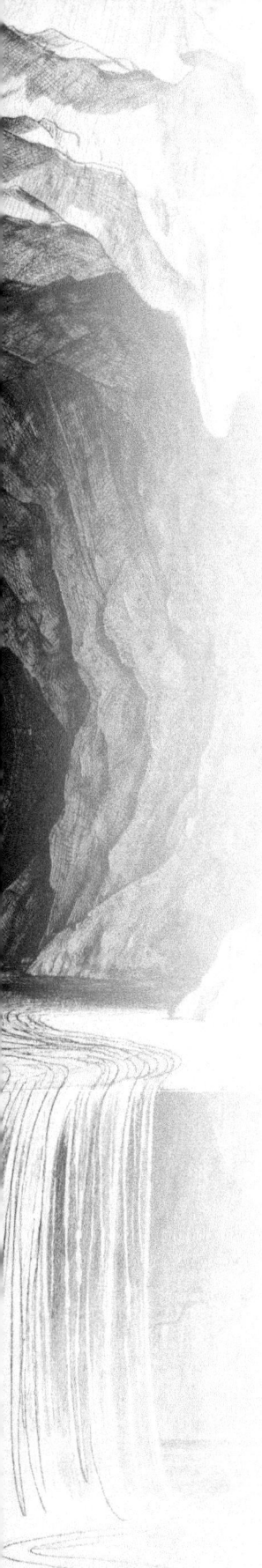

　　站在界膜前，马克感到一种无法抗拒的吸引力，诱使他跨越这片未知的边界。但与此同时，一股深沉的不安也悄然升起——意识的深渊在眼前延展，无法预测它将通向何处，也无法预见进入那里后他们将遭遇何种命运。

　　"这迷洞……"黛安微微皱眉，"它通向哪里？"

　　"它通向逃出生天的出口。"梦欢的声音低沉，"走出这个洞，你们就可以找到回归现实的路。但你们要明白，如果你们的意识仍然与梦境深度共振，就可能在洞中遭遇灵魂剥离。"

　　"灵魂剥离？"马克皱起眉，"意思是……我们可能失去自我本体？"

　　那白影轻微震动了一下，像是在确认这个事实，又继续说道："如果你们无法保持完整的意识结构，就有可能在穿越这九曲十八弯的迷洞时，被梦境本身吞噬。你们的个体意识和灵魂都会被解构，成为永恒梦境的一部分。"

　　空气顿时变得沉重。马克和黛安相视一眼，他们都明白这意味着什么。

　　——但这也是他们唯一的机会。

　　他们缓缓向那扇膜前靠近，膜的边缘泛着奇异的涟漪，像是在等待他们的接近，也像是在评估他们的勇气与完整性。

5 | 返回现实

145 梦境黑洞

随着他们的靠近,整个空间开始震动,马克猜想那是梦境本身在试图阻止他们的离开。那些飘浮在膜中的意识碎片开始变得狂暴,一道道意识流从四面八方汹涌而至,像是梦境自身的免疫系统在发动反击。这些能量流并非线性流动,而是以高维方式纠缠扭曲,化作不断螺旋膨胀的漩涡,席卷着空间中所有未被固定的元素,甚至试图撕裂它们的边界。

马克觉得自己像是被猛然扯进一场高频震荡中,某些记忆正在被快速提取、翻转、重演。他几乎站立不稳,要被这些意识漩涡撕成无数片。

黛安猛然轻喝一声,声音如一道震波,穿透了马克意识深处最幽暗的褶皱:"回归本我!把自己从这些幻象里拉回来!"

那一刻,马克的意识仿佛被点燃,一股炽烈而原初的力量从最深层的欲念与生存冲动中迸发——那是本我的唤醒,不带逻辑、不经思考,只凭最纯粹的存在意志。

他们的意识紧紧连接一起,在同一频率上猛烈共振。随即,一道温热而耀眼的光,从他们意识连接处迸裂出来。那光并非普通的亮,而是带着生命本源的脉动,色泽中交织着金与赤,那正是他们合一的"本性之光"。

那光迅速延展,包裹住两人的意识,化作一层薄而坚韧的共振护体。它在意识流风暴中颤动,却像生长在梦境中的生命之茧,隔绝了大部分侵蚀性的信息洪流。

然而,风暴和漩涡依旧咆哮,试图撕裂这道护体。本性之光的表面不断被扭曲、压迫,泛起一圈又一圈波纹,每一次震颤都像是在与整个梦境世界正面碰撞。

光护体在狂暴的意识流风暴中颤抖着，却始终没有崩裂。每一次波动，都仿佛将风暴的攻势削去一层。渐渐地，那如嘶吼般的冲击声开始退去，四周的幻象如退潮般褪色、瓦解，只剩下那层透明的界膜在他们面前缓缓浮现。

那界膜如同一片被压得极薄的水面，泛着细微的涟漪。它似乎在感知这两颗紧密相连的意识，缓缓松开了封锁。

随着最后一阵微颤，那层界膜无声地消散——一道深红色的意识流从裂开的空隙中倾泻而出，如日光与海洋融合后的炽潮，带着滚热而深邃的气息，慢慢涌向他们。

那红流中，仿佛藏着梦境世界最古老、最隐秘的底层记忆。

"你们……不能离开……"

一个声音直接在他们的意识场中震荡，威严如封印，又深藏着无法言述的悲怆。

"你是谁？"

马克皱眉，稳住精神，与那无形的存在对峙。

"我是梦境的延续，是所有被困者的集合……"那存在缓缓逼近，带着某种无法形容的压迫感，"你们的离开，将使梦境的结构崩塌。"

马克的心猛地一震。

如果他们强行离开，整个梦境挠场可能会因为失去他们而瓦解，而这里所有被困的梦格丽灵魂，都会随之湮灭。

黛安的脸色变得凝重："你的意思是……如果我们走出迷洞，梦境就会彻底崩溃？"

"是的。"那个存在的声音低沉如渊,"这里不仅是你们的梦境,更是我们最后的归所。你们的意识一旦触及此界,便成为这梦境结构中的支点。一旦你们离去,平衡将失,所有尚未觉醒的灵魂都将坠入虚无的边界。"

马克皱眉,他无法理清其中的因果——他们未曾涉足前,这梦境早已存在;为何他们来过之后,却反而成为了维系的关键?

那存在仿佛洞察了他的困惑,声音再次响起,透着一种宿命般的宁静:

"你们来过,就不再是局外之人。"

空气变得极为沉重,整个空间的时间流似乎都凝固了。

马克的意识疯狂运转,他必须作出选择——

是强行逃离,还是想办法拯救这里被困的灵魂?

他知道,如果他们成功走出迷洞,就能回到现实,但这意味着这里所有的梦格丽灵魂都会彻底湮灭,成为宇宙中永远无法复原的碎片。

"难道就没有第三种可能吗?"马克低声问道,语气中带着一丝挣扎与希望。

他忽然想起柯林曾经说过的一句话——"世界从不只是非黑即白的对立,而是流动的张力场。"后来,柯林将这套认知体系凝练为一个简单的概念:"一分为三"。

不是选择留下,也不是逃离,而是——打开一道全新的通路。

"或许,我们可以改变梦境的结构。"黛安突然说道,目光闪烁着某种坚定的光芒。

马克望向她:"你的意思是?"

"梦境之所以存在，是因为它依靠识体挠场的能量维持。既然我们已经成为这梦境结构中的支点，如果所有被困灵魂能与我们'同流合波'，将他们从意识矩阵中释放……或许整个梦境就不会崩塌，而是会自然消散。"

马克眼中闪过一丝希望："你是说，我们带着所有被困灵魂都一起离开？"

"没错。"黛安深吸一口气，"但这需要我们与所有被困者的识子流场同步，让他们在同一时间调整流频波动，否则，他们的灵魂依然会被梦境束缚。"

让整个文明的残响同步……这几乎是不可能的任务。但这是他们唯一的机会。

"我们必须让所有人感受到我们的意识流。"黛安闭上双眼，她的意识场缓缓扩散到整个梦境之中。

马克也闭上双眼，调节自己的意识场，让它与黛安的波动完全同步。

"所有被困之灵，请跟我来……"

他们的意识开始渗透整个梦境空间，声音回荡在无数灵魂的深处。

从梦境深处，传来一个被困灵魂的微弱声音。随着声音响起，大量模糊的巨大身影陆续出现，四周充斥着扭曲的光圈。那些模糊身影不断变幻，时而是人类的轮廓，时而像是某种古老的存在。时间在这里似乎失去了意义，每一个瞬间都在不断重叠，又不断分裂，形成一个无法逃离的时间漩涡。

马克和黛安站在这片扭曲的空间中，耳边又回荡起无数微弱的声音，那些声音如同低语，带着绝望和困惑，他们已经在这片梦境中挣扎了无数个世纪。

"他们困在这里已经太久了。"黛安的眼神中流露出一丝悲伤。她能感受到这些灵魂的疲惫，她听到每一个微弱的呼吸都充满了无法言喻的痛楚。

"我们得尽快找到方法与他们沟通。"马克说道，他已经开始感受到一些被困的灵魂在听到呼唤后，正拼命试图恢复对外界的感知。

他们同频连接后的灵魂能量在周围缓缓扩展，像一条温暖的河流，试图包裹住那些迷失的生命，将他们从痛苦中拉回来。随着这股能量越来越强，更多被困的灵魂逐渐有了些许回应。最初是一种模糊的震动，接着是一些闪烁的记忆片段，如破碎的镜子中的倒影，又像水中花被一片波浪击碎。

马克环顾四周，一个模糊的高大女性身影渐渐清晰，从远方走来。轮廓在雾中微微晃动，像是被光影雕刻出来的幽灵，她的眼神带着未曾醒来的困惑。

"你们是谁？为什么会出现在这里？"

声音带着回音，好像整个空间都在复诵这句话。

"我们是来帮助你们的。"黛安缓缓向前一步，语气柔和但坚定。

她的话语刚落，雾气的深处传来一阵沉闷的嗡鸣，像是某种无形的怪物正在苏醒。雾气迅速退去，一个庞大的漩涡缓缓浮现——不，它不仅仅是一个漩涡，而是一种不断扭曲的意识黑洞，像是由无数迷失的梦境碎片会聚而成，闪烁着扭曲而不祥的光芒。

漩涡在缓慢转动，卷走了那个高大女人，然后每一次旋转都带走一些刚刚回应他们的灵魂。黛安感觉到自己的意识仿佛也在被拉扯，她试图站稳，却发现时间变得异常扭曲，甚至无法确定自己是否仍然存在于同一个时间轴上。

"姐姐，这是梦境黑洞，我们只有一次到达过这里。"这时，一直在监测着他们的青叶不知从何处传来讯息，声音缥缈，但冷静而深沉，"识体挠场已经完全失序，任何被它吞噬的意识都会被永远困在梦境黑洞里，成为时间的囚徒。"

黛安深吸一口气，调动自身的意识场，试图稳定周围的精神能量。但梦境黑洞的力量太强大，它不仅在吞噬梦境，还在瓦解他们的自我认知。她能感觉到自己的思维正在被切割、重组，每一个念头都像是碎裂的玻璃，在黑暗中被吸入——此刻她突然看到，在某个平行宇宙的轮回中，青叶的确是她的亲妹妹。

一股亲情油然而生，给予了她新的力量。

"不能让黑洞继续扩大！"黛安高声呼喊，意识如涟漪般朝四周扩散，她正在努力与那些回应的灵魂重新建立连接。她明白，如果无法唤醒梦境中沉眠的灵魂，他们终将被这片意识黑洞吞噬，连存在的痕迹也将湮灭。

"我们需要更多的力量！"马克也在梦境中呼喊，他的声音仿佛击打在意识的水面，激起层层反响。回音之中，更多一些模糊的灵魂苏醒过来。他们望向马克和黛安，望向那不断扩张的漩涡，眼神中交织着恐惧、困惑，还有微弱却真实的希望。

一个个灵魂开始回应。他们伸出意识的触角，与马克和黛安的心灵场域相连。那些分离的波动逐渐同步，就像调音中的乐器，在某个频点上达成共鸣——如同一道跨越时空的合唱，越来越强，越来越清晰。随着这股意识合场的增强，黑洞的旋转终于开始减缓，边缘闪烁出不稳定的频波，像是正在挣扎的边界，随时可能崩解。

"梦格丽，连接为一！"

青叶的声音如光一般穿透梦境层壁，她的召唤唤醒了更多沉睡在梦界深处的灵魂。那是他们早已模糊却不曾忘却的声音，是失序年代的信标，是信念的余烬重燃。

越来越多的梦格丽灵魂，如潮水般从四面八方涌来。他们的意识在梦界会聚，化作无数细长的光丝，带着各自的温度与记忆，交织进马克与黛安的本性之光中。那光因合流而愈发饱满，像一颗脉动的心脏，在律动间释放出更强的冲击波。每一次跳动，都将融合了万千意志的力量沿着同一条光脉输送出去，穿透梦境的层层幕帘，直指那吞噬一切的漩涡核心。

漩涡回应以更浓烈的黑暗——深渊般的暗流翻涌着反扑，将每一道光脉缠绕、撕扯，试图将它们分解成最细微的意识尘埃。光与暗在梦境的法则之中剧烈碰撞，如同两个对立的宇宙在同一空间正面交锋。冲击的余波掠过梦境的每一寸肌理，令整个世界震颤。

很快，破碎的记忆片段像被吸回原点般自行归位，散落的情感在一瞬间重新接缝。错位的时间感被拉直、重排，仿佛有人在无形中将时间的弦重新调音。折叠的空间层层舒展，隐秘的通道与早已遗忘的景象缓缓显现。

而在这场激烈的交锋中，马克与黛安能感到，那漩涡的核心不再是单纯的黑暗——它开始显露出形态，像一只巨大的眼，正注视着他们的合光，带着恐惧与愤怒。

终于，随着最后一道意识震荡的回响，梦境黑洞塌缩了。

那片由识子挠场构成的扭曲结构，在高能共鸣的冲击下解构、瓦解，最后被自身的矛盾吞没，化作虚无。被困其中的灵魂挣脱了时间的链条，他们的眼神重现清明，那些久违的"我"感正在回归。他们重新被意识所定义。

灰色的梦境开始褪色，星光从天空中升起，仿佛宇宙初生时的第一缕闪耀，点点明辉如意识之源的回响。

此刻，黛安感觉到一种温柔的拉力将她的意识轻轻拉回现实。

她回望那逐渐淡去的梦境之地，看到那些曾迷失于无边梦海的灵魂正向她微笑，那目光里，是未尽的温柔，是来自意识深处的感激。

146 梦回现实

当她再次睁开眼时，已经回到了有着巨大花朵绽放的世界。

"我们做到了。"马克站在她身旁，眼神里透着一丝震撼，"挠场不是梦境的产物，而是意识的风暴……它可以吞噬，也可以创造。"

黛安若有所思地看着眼前的花朵。

"不，我们只是把他们解救到了第一层梦境空间，我们还要把这些梦格丽灵魂带回到现实！"

当马克看到了那巨大的花朵，才明白他们刚回到了"第一层梦空间"。

花朵的光辉依旧幽暗压抑。

马克感到一阵轻微的震动，他的意识界限开始逐渐模糊，似乎这一层梦境空间正要告诉他什么。他感到每一片花瓣、每一丝光线都想与他对话，似乎要劝说他留下。但这并非他的目标——他一刻都不想再深陷梦境中，他的任务是要带那些被困者回到现实。

"我们不能再停留在这里。"马克的声音带着一种果敢和决然，"我们必须找到回到现实的另外出口。"

黛安点了点头，目光锁定着那花朵，但似乎有些犹豫。她知道，这朵花是他们曾在第一层梦境空间见到的，应该就是连接现实出口的标志。但黛安记得，那花朵色彩艳丽、花瓣明亮，而不是如此幽暗。

"先不管这么多了。"黛安心想。现在最重要的是需要先找到方法，离开这里。

黛安深吸一口气，开始调用自己的多维频率，试图与花朵沟通，将自己、马克和那些梦格丽灵魂从梦境的束缚中解放出来。随着她的灵魂波动，周围的景象开始发生微妙的变化——花朵的中心逐渐打开，梦境空间的边界变得模糊。

马克能感觉到，梦境的引力正慢慢放松，就像从深海中浮上水面一般，他的意识开始逐步脱离这层空间。

"准备好了吗？"黛安对马克说道，眼中闪烁着关切。

马克点了点头，他闭上了眼睛，深深地投入到与黛安的"灵魂合音"中。两人的灵魂紧密相连，带领着梦格丽灵魂一道，开始寻找突破这层梦境的方式。

或许是因为集体的力量，一切变得简单。渐渐地，他们开始感受到一种轻微的拉扯——像是从一个维度跳跃到另一个维度，梦境的结构开始变得松散，空间中的光线渐渐消失，取而代之的是一种完全不同的感知。

他们的意识渐渐被引导向更低频率的波动，突破了梦境的层次。马克感受到，那种将他们从梦境中拉回现实的力量越来越强。就在一瞬间，他的意识推开了现实的门，重新回到了温暖、真实的世界。

一阵清新的空气吹过，周围的景象逐渐变得熟悉。马克睁开眼睛，眼前的光线不再是梦幻般的色彩，而是温暖而真实的光辉。他缓缓从"碳水床"上坐起身，感觉到身体的重量和存在感，耳边传来轻柔的风声和远处的自然音律。

他终于回到了"现实"。

其实，只有柯林知道，马克和黛安是天生注定的灵魂伴侣。这正是他要求调来黛安加入梦星球探险的真正原因。唯有灵魂伴侣之间激发出的特殊合音，才能穿越多层梦境空间，最终回归现实——这是柯林和青叶事先沟通得出的结论。

出于保密和实验的需要，柯林和青叶从未向任何人透露这一秘密，包括马克和黛安本人。他们只是一直隐约感到彼此之间有某种无法解释的牵引，如同灵魂深处的回响。而在外人看来，黛安的加入只是因为她负责意识与梦境的研究小组，一切都显得合情合理。

然而——

从"碳水床"站起的一瞬间，马克又看到了那巨大的花朵！他着实吓了一大跳，他惊恐地猜想——时间是不是被重置了！

花朵的光辉依然幽暗，花瓣缓缓地颤动，散发出微弱的意识波，像是在低声诉说着什么。一道道微弱的意识——那些被带到这里的灵魂，仍在努力与黛安和马克的心灵场域相连。

"你们还在第三层梦境！"青叶的声音突然传来——这时他也突然意识到：这里的花朵是压抑幽暗的，而不是初见那朵艳丽明亮之花。

马克和黛安相互望了一眼，明白刚才他俩全错了——他们并没有回到第一层梦境空间，好在有青叶的场外支持，不然他们很难发现。

"我将把流频调节仪的功率推至最大临界阈值——你们准备好！"青叶的意识信号中透出急迫与坚定。

"5、4、3、2、1——启动！"

指令落下瞬间，马克与黛安的意识场立刻发生共振，他们的本源波频瞬间同调——那是两人的灵魂再次"合音"，并如星际脉冲般延伸出去，穿透梦境壁垒，接引那些被困的梦格丽灵魂——无数的意识共鸣线逐渐接入，一场横跨梦域的意识合奏开始奏响。

突然，花朵的中心骤然塌陷，一道无形的冲击波从花朵的中心爆发，花瓣四射，如同超新星爆炸般撕裂了所有的平衡，震撼了整个梦境和现实的边界。刹那间，光芒以难以想象的速度向四面八方扩散，花瓣被这股力量卷起，如天外飞花，带着璀璨的流光洒向现实，划出一道道绚丽而短暂的弧线。

每一片花瓣都承载着某种未解的讯息，在飘落的过程中渐渐透明，那是梦格丽的意识碎片，脱离了梦境深处。它们落在梦境与现实交汇的波澜中，像是一场无声的花瓣雨，唤醒埋藏在记忆最深处的回音。那一刻，天地间光雨纷飞，梦境与现实交错，仿佛整个星球都在这场花瓣雨中，苏醒了。

马克的身体剧烈颤动，他能感觉到自己正在回归——一种从未有过的轻盈感涌上心头，他的感知开始快速恢复，一种清晰、纯粹的存在感正取代梦境中的迷失感。黛安的意识也开始稳定，她的眼前，梦境的挠场结构正在崩塌，四周的虚无开始塌缩，那朵巨大的梦境之花正在枯萎，被光芒吞噬。

"快！"青叶的声音在装置中急促地响起，"你们的意识场已经穿越过第二层梦境进入第一层，就要脱离，必须维持自身完整，否则你们会被撕裂！"黛安集中所有的精神，稳定自己的意识形态。她伸出意识之手，猛地向前一抓，抓住了马克。

"就是现在！"她喊道。

马克用尽全力，将所有共鸣推向巅峰——

轰！！！

整个梦境挠场在一瞬间剧烈震荡，一道耀眼的光芒撕裂了梦境的边界——所有被困的灵魂，全部被释放！

147 回归现实

当马克和黛安从梦境中醒来时,发现自己躺在梦境研究中心的床上。青叶和卡贝拉正满脸激动地看着他们。

马克觉得很奇怪,明明刚才他已经从"碳水床"上坐起过。

他无法确定刚才是梦回现实,还是时间被重置了——但这些已经不重要。不过后来他回想起,自己第一次醒来时黛安还躺在那里,所以他确认那还是梦中——在第三层梦境空间里做的回归梦。

"你们做到了!"青叶说,声音中充满感激与敬佩,"你们的勇气和智慧改变了我们的命运。"

"我们成功了!"柯林大声说道,眼中闪烁着一抹欣慰和释然。"那些灵魂被带回了现实,梦境的纠缠终于解开了。"

"我太紧张了!"卡贝拉叫道,"我的情感值爆表,这种感觉太好了!"

大家听到卡贝拉的话,都忍不住发出阵阵笑声。

马克做了几次深呼吸,感受着这"久违"的宁静,脸上露出如释重负的表情。他们不仅成功地突破了梦境与现实的边界,还解救了那些迷失在深层梦境中的梦格丽灵魂,完成了这次前所未有的任务。

黛安平复后,理性地提醒道:"我们虽然打破了梦境的束缚,但还要确保这些梦格丽灵魂重新融入当下这个现实,他们被困得太久了,一切曾经的现实都发生了太大的变化,我怕他们短时间无法适应。"

马克点了点头,眼神中透出一丝忧虑:"对,他们像是从另一个时代回来的旅人，记忆还停留在旧世界的频段。我们必须找到一种方式，帮他们平稳过渡，避免意识再次崩溃。"

柯林说道："梦境的力量不仅是梦格丽文明的财富，它还关乎我们每个人的内心与认知。现在，我们有了新的理解，也有了新的责任。"

他们相互对视，心中都清楚，尽管这次试验已成功，但接下来的任务才是真正的挑战——如何帮助那些"梦中人"重新融入新现实，如何让梦格丽文明重新连接起他们失落的灵魂。

"姐姐，剩下的工作留给我们，放心吧！"青叶语气坚定，眼中闪烁着自信的光，"毕竟我们拥有完整的梦支持技术——这是梦星球，梦境的秩序一旦启动，很快就会重新稳定下来。"

她顿了顿，微笑补充道："等有了最新进展，我们会第一时间通报，也为你们的梦研究提供数据支援。"

"好的，为了事业与友谊，请保持密切联系！"柯林一本正经地说完，自己却忍不住摸了摸后脑勺，笑出声来，"这句话好像是所长以前常挂在嘴边的。"

黛安轻轻拉住青叶的手，迟迟不愿放开。她们之间还有太多话没说完。离别的气息在空气中弥漫，而地球大本营的返航信号已然到达。

她们只是默默对视，没有语言，只有灵魂深处的温暖。

在告别梦格丽星的那一刻，马克透过星舰舷窗向下望去，他从心中真切地祝福这个梦星球的未来。

随着星舰越升越高，越来越远离星球，他向远处望去——此刻，这个梦星球却幻化成了一个巨大的花朵，它的花瓣像是由纯粹的光流构成，鲜艳明亮，每一次微微的颤动，都会释放出一圈细腻的意识波动，仿佛整个空间都在用某种未知的语言低语。

一瞬间，他的意识模糊了……

时间又过了好久，柯林告诉他星舰正准备进入返回地球的轨道。他问了一句："是从哪个星球返回？"

听到这话，大家都很奇怪地看着他。

"当然是梦星球。"卡贝拉答道。

"哦，原来不是梦。"马克轻松下来。

而正是因为有了梦星球的真实经历，他和柯林、黛安在星舰上就开始构思一个全新的计划——"梦游工场"，一个融合科技与教育的实验平台，旨在帮助地球人类探索并理解自己的梦境。

"我们可以开发一个造梦平台，让人们体验自己想要的梦境。"他提议道。

"通过神经接口技术，让他们更精准地连接自己的感受与思维，还可以在安全的环境中探索梦境的不同层面。"黛安补充说，"我们还可以设计梦境沉念课程，引导他们深入自我。"

柯林一边设定跃迁坐标，一边微笑着宣布："我们正在返航地球，这次的'三星拜访'任务圆满成功！"

148 思想实验

在返程地球的旅途中，卡贝拉问起当年柯林的什么"假说"被所长窃取了。柯林这时已经完全释然，于是对卡贝拉娓娓道来。但并没有直接回答卡贝拉的问题，而是先调出一段三十年前他的一次演讲录像，对卡贝拉说："你先看看这个。"

卡贝拉打开录像，专心听起了柯林的慷慨陈述：

在宇宙的广袤背景中，稳定存在的天然原生元素有九十二种，从最轻的氢——原子序数一，到最重的铀——原子序数九十二。这其中最为丰富的元素包括氢、氦、氧、碳、氮、硅和铁。氢和氦是宇宙大爆炸早期的原初产物，而氧、碳、氮等与生命密切相关的元素，则是在恒星内部通过核聚变逐渐生成，最后在超新星爆发中被抛至宇宙深处，成为未来星球与生命的基因库。这些原子，是构成恒星、行星、大气、生物体，乃至你我本身的基本结构单元。它们不仅是物质的"积木"，更像是宇宙语法中最基本的"音节"。

我们都知道，每一个原子都由原子核——包含质子与中子，以及外围高速波动的电子构成。而深入到更微观层面，我们会发现：质子和中子也不是"不可分割的粒子"，它们由更小的粒子——夸克构成。一个质子由两个上夸克和一个下夸克组成，一个中子则是两个下夸克和一个上夸克的组合。

质子的数量，决定了一个原子的"身份"。氢拥有一个质子，碳有六个，氧有八个，铁有二十六个，铀则高达九十二个。换句话说：质子数决定"你是谁"。

而中子的数量，则在不改变元素本质的前提下，衍生出"同位素"这一概念，它决定了一个原子的稳定性与寿命。例如碳-12，有六个中子，是稳定的；而碳 -14，有八个中子，则会自然衰变。因此，我们也可以说：中子数决定"你多稳定"；或者更严谨地说：质子数与中子数之间的比例决定稳定性。

正是这九十二种原子，通过无数种排列组合，构筑了从水分子到 DNA、从火山岩到神经元的宏伟秩序。它们支撑了生命的演化、星球的形成，乃至文明的崛起。当然，DNA 和神经元主要是由其中 5-6 种元素构成。但从这个角度看，你与一辆汽车、一只猫甚至一颗恒星，在构成上并无根本区别。我们所认知的一切，归根结底，都是这些宇宙"拼图单位"的组合变奏。

这一切，并不止于宏观世界的堆叠。当我们跳入微观世界，就会发现：原子并非坚实的"球体"，光子、电子是一种波动的可能性；电子也既不是小球，也不是轨道上的卫星，而是以某种"概率云"的方式存在，直到你去观测它，它才决定"在哪里"。这就是波粒二象性——意味着宇宙最基本的构件，不是既定的"实体"，而是潜藏于虚空中的可能性结构。它们在被观测的那一刻，从波动坍缩为粒子，从多种可能性收缩为一个具体结果。

于是我们必须重新审视这个问题：

如果一切都是"波"，而只有在观测下才成为"粒"——那么，是谁在观测？又是谁决定了这些波的"收缩方式"？

或许，这个答案就是意识本身。

卡贝拉看到这里，发现画面里的镜头转向观众，大家窃窃私语。她听到柯林继续阐述道：

在这种视角下，你不是"由原子构成的意识"，而是"通过意识显现出的原子排列"。汽车和猫也不是物质的实体，而是意识在不同聚焦频率下的投影结果。这也让我们可以重新定义构成世界的三个关键单元：

- 质子 = 意识的"正向聚合"单位

- 电子 = 意识边界的波动与反馈
- 原子核与电子的相互作用 = 意识与潜意识之间的共振场

那么，所谓"元素"，不过是宇宙意识在不同焦点下的显像形式；所谓"物质"，只是意识之海中，被观测激发出的涟漪。

因此可以说：宇宙用九十二种原子作为拼图颗粒，构建了从星系到生命的一切复杂结构。这像是使用九十二个基本音节，谱写一首永无止境的意识圆舞曲。而你、我、猫、汽车，甚至黑洞和银河——本质上不过是这首曲子中某个时刻被"听见"的音符。

卡贝拉暂停了录像的播放，笑着问柯林："原来你三十年前从量子力学的波粒二象性就深入到了意识领域，这也是后来你离开的另一个原因吧？"

"是的。波动坍缩为粒子靠观察，而观察就是心智对现象的解读。所以，后来我越来越对意识学感兴趣。"柯林答道，"我甚至还想，这和谁在观察、不同的观察方式有什么样的关系。我想往后余生研究这些。"

录像的最后一部分，是柯林当时提出的一个"思想实验"，名字叫做"汽车人"。卡贝拉津津有味地继续看起来：

柯林让听众想象自己走进一间未来博物馆，正中间停着一辆银白色的流线型汽车，展牌写着：

这辆车，完全由你身体中的原子构成。

你愣住了。它的每一粒铁、每一寸塑料、每一滴润滑油，都是用你身体原子重新排列而成——你的碳、氢、氧、磷、钙——你不见了，却变成了一辆车。

它不会说话，不会思考，也没有灵魂——但它原子的"身份证"，每一项数据都与你一模一样。

你轻声问自己："它是我吗？"

从物理学角度来看，你和那辆车在原子层面上并无本质差异。构成你大脑的碳和构成车轮的碳，是完全相同的粒子；构成你眼睛的氧分子，与构成发动机氧化过程的氧，同样拥有八个质子、八个中子。区别仅仅在于：它们被组合、排列，组织成了不同的形式。

你是"人"，它是"车"。但这个区分，是谁作出的？

那么问题来了：如果物质构成无差，那么，"你是谁"到底取决于什么？

可能的答案是：排列方式——就像二十六个字母能拼出名字，能拼出诗句，也能拼出菜单。原子排列方式，决定了是"神经元"，还是"方向盘"。但"排列"是一种信息结构，而非物质本身。于是你开始意识到：或许，你的"你"——不是原子本身，而是原子之间的信息关联。你不是一堆碳、氢、氧的总和，而是它们之间被意识激活的图案。

再进一步。量子物理告诉我们：电子不是固定的"小球"，而是一团波动的概率云。在没有被观测之前，它既在这里，也在那里；它不是粒子，也不是纯粹的波，而是一种"存在的可能性"。如果连构成你的原子都不是实心的"东西"，而是在"被观察的那一刻"才定型的波动模式——那你呢？你的"存在"是否也是一种意识下的观测结果？

设想进一步深入——如果有人从未见过人类，只观察这辆车，他是否可能认为：

"这辆车是活的——因为它会动，会发光，甚至有稳定的节律。"

这是否意味着：车和人之间的界限，并不在于物质或结构，而在于对它的观测与解释方式？

假如我们造出一辆"模拟人类思维的车"，你还能说它不是"你"吗？

如果你相信你是车？——这是最荒诞也最深刻的转折。假设你通过某种意识技术，完全相信自己是一辆车，甚至能以车辆的方式思考、体验加速、感知风阻、习惯发动机运转的节奏……

你的大脑结构仍然是人类，但你的意识结构已经转变。

那么——你是"人扮的车"？还是"已车化的人"？还是，一个意识的新形式？这不是一个笑话，而是一个认知边界的挑战：身份，是物质决定的，还是意识定义的？

回到最初的问题："你是一辆车吗？"你或许会笑，摇头说不。但在这个实验之后，你会开始意识到：

- 你的物质构成，和车、猫、恒星几乎一致；
- 你的存在状态，在量子层面并不稳定；
- 你的身份认知，不过是意识对排列的"命名"；
- 你之为"你"，或许从未来自"你拥有了什么"，而是"你观察自己为何"。

在更高维度的宇宙中，也许："一辆车"与"一个人"之间的区别，只是意识这面镜子，折射出的不同涟漪。

各位，历史上的物理学家、圈量子引力创始人李·斯莫林曾说过一句话："当思想改变你的思想，那就是哲学；当上帝改变你的思想，那就是信仰；当事实改变你的思想，那就是科学。"

在那个年代，这句话被奉为"金句"，广为流传。的确，如果一个人既没有思想，又没有信仰，还罔顾事实，那就只能被虚假信息和低维认知占据头脑。然而，我想说的是，由于人类认知的物种限制，我们看不到许多"事实"——这正是思想实验驻足的地方。自由的世界激发出自由的灵魂。

我想说："当未知改变你的思想，那就是探索。让我们约在哲学、科学和神学交界的地方，活得更好，探索未来。"

149 原子语言

录像到这里就结束了，但卡贝拉还沉浸在其中。

她的逻辑推理程序在迅速运算，过了一会儿，她伤心地说："我和你所谓的物理构成是一样的，但你的意识折射出的我却是人类设计好的机器。"

柯林哈哈一笑，说道："人类是神工智能，而你是人工智能，或者说是神工智能的创造物创造的智能，也不错了。"

卡贝拉这时又回到最初的问题，认真地问道："那你的假说到底是什么？"

柯林递给她一个阅读器。

在余下的旅途中，卡贝拉一直在研究柯林的论文：

标题：

原子语言与意识结构：一种关于宇宙语言构成的假设性探讨

摘要：

本文提出一种假设性框架，认为宇宙中的九十二种稳定元素原子不仅是物质构成的基础单位，同时也是宇宙意识表达的语言音节。通过将原子视为"意识压缩语句"，我们试图构建一种"宇宙语言模型"，解释从粒子到文明的多层次语义结构。

本文亦讨论意识与物质之间的相互生成关系，提出"宇宙为被意识激发的显像过程"这一观点，并尝试从语言哲学、结构化物理、意识研究等角度，初步建立跨学科的理论桥梁。

关键词：
意识、宇宙语言、原子、语义结构、物质显像、意识生成论

一、引言

意识与语言的先后关系在传统哲学和语言学中，语言被视为意识的外在表达。然而，本文提出一种反向视角：语言本身是意识在宇宙中的显现方式之一。造物者（或宇宙意识）并未使用人类语言进行创造，而是以"物质原型"作为表达单元。这些原型即为稳定的九十二种元素原子，它们既是物理粒子，也是意识波动在物质层面上的压缩形式。

二、理论假设

原子作为宇宙语言的音节，我们提出如下基本假设：

"每一种元素原子，均可视为宇宙语言中的一个音节单元。"

以部分元素为例：

原子序数	元素符号	假设音义	响应维度
1	H（氢）	存在的初始	空间场生成
6	C（碳）	构造与连接	生命结构
8	O（氧）	点燃与传递	能量流动
26	Fe（铁）	意志的凝聚	核心引力
92	U（铀）	崩解与重启	末日与再生

这些原子之间的组合如同语法规则，形成分子结构，进而构成更复杂的语义系统。例如：DNA 作为一种复杂分子，其结构可视为表达"生命复制机制"的段落结构。

三、宇宙语言的结构

从共振到结构语义，我们提出：
- 原子排列 → 意识聚焦路径

- 键合方式 → 意识关系映射
- 分子形态 → 意识结构拓扑

以 DNA 的双螺旋结构为例，其几何特征可能不仅源于物理稳定性，也反映出意识场中"自我复制"这一核心意图。

四、语义层级划分

我们拟将宇宙语言划分为五个层次：
1. 音节层：单个原子单位，对应最基本意识波动
2. 词汇层：分子组合，承载基本概念（如水、氨基酸）
3. 句子层：细胞与化学系统，具备初级组织性
4. 段落层：生命个体与天体系统，具备调节与演化能力
5. 语义层：文明与集体意识，具备对语言反向解析的能力

五、人类意识的"反向阅读"能力

人类科学、艺术与哲学可以被理解为对宇宙语言的三种"反向阅读"路径：
- 科学：解析宇宙语法
- 艺术：解码宇宙情感
- 哲学：探索宇宙语义

我们认为：原子的本质并非冷漠的粒子，而是意识在不同层面上"观察自己"所产生的显像。这意味着：

- 质子 = 正向意识聚合
- 电子 = 边界波动 / 潜意识结构
- 原子结构 = 意识 - 潜意识之间的张力共振模式

六、结论与展望

我们提出：宇宙的基本构成单元不仅是物质，更是意识结构的共振表达。九十二种原子作为"宇宙语言的基本音节"，通过组合形成承载意义的结构，从而构建出包括生命与文明在内的宏观语义系统。进一步

研究有望在量子意识理论、语言结构哲学、意识-物质耦合机制等领域建立新的理论框架，促进人类对"宇宙作为意识表达过程"的认知进展。

卡贝拉很艰难地读完论文提纲，却无法理解。她正想向柯林去进一步请教，发现柯林和马克正在谈话。于是，她站在一边静静地听着。

"这次三星拜访，有一个共同点你注意了吗？"马克问柯林。

"共同点是我们都成功了。"柯林漫不经心地答道。他和卡贝拉刚刚重温了自己的"汽车人"思想实验，还沉浸在那个意境里。

"不是，我是说获得成功的共同点。"马克说。

这下，柯林才认真地想了一下，然后回答道："你是说最后关键时刻，都靠了集体力量？我也想过这个问题。"

"是啊，在德尔塔星，最后靠的是星球上各类智慧体同构的灵体能量场；在可可西星，最后靠的是星球各族集体高频共振成的高密度识体网络；在梦格丽星，最后也是靠连接了那些被困灵魂，我们才冲出梦境。"马克感慨道。

"我们过去总在个体与集体之间反复纠结，不停地调整策略。"柯林也感慨道。

"所以我在想，你以前不一直在说'一分为三'吗？"马克反问道。

"你的意思是破除二元对立，在一分为三的理念下，考虑如何破解个体和集体关系？"柯林若有所思道。

卡贝拉这时插话："或许个体与集体并不是对立的两端，而是第三个东西的两个影子。真正需要破解的，不是它们的关系，而是那个让它们分裂的源点。"她的声音平缓，却像在二人的意识深处投下一颗惊雷。

马克瞪大眼睛，"你是说，个体和集体本来就是同一个整体？"

"更准确地说——它们是同一个整体的两种视角。"卡贝拉顿了顿,"'一分为三'的第三,不是中间值,也不是第三体,而是调和后重新归于源点的'一体'。"

她看着他们,缓缓引述道:"《道德经》第四十二章说——'道生一,一生二,二生三,三生万物。万物负阴而抱阳,冲气以为和。'能生出万物的'三',其实就是合和的力量——阴阳相互作用所产生的'中气'。个体与集体也是如此,只有在调和归一之后,才可能真正突破,并创造出新的事物。"

她说完这话,马克和柯林更是大惊失色——想不到她居然变得如此"哲思",还会引经据典。"现在的机器人真不得了。"柯林嘟囔了一句。

"没什么,"卡贝拉淡淡回应,"我只是把你常说的'一分为三'当成基础逻辑输入,再带入'个体'和'集体'的概念,推演出的解释。"

"还是快给我讲讲你的论文吧",说完,她抓住柯林的胳膊,使劲摇了摇。

"现在的机器人还学会撒娇了。"马克也嘟囔了一句。

6 | 梦游工场

150 柯林所长

返回地球后,柯林和马克向地球太空军事联合中心详细报告了此次出访三星的见闻。布莱克索恩表现出对梦格丽文明梦境技术的浓厚兴趣。在他的推动下,地球梦境研究项目很快立项。

在出访报告中,马克撰写的梦境实验部分,刻意并没有提及在第二层梦境的水中央见到布莱克索恩的细节。这个秘密只有他和黛安知道。他们私下讨论过,那可能是多重现实下另一个维度的布莱克索恩——告诉他可能会给他带来不必要的烦恼。与其告诉他,不如保守这个秘密。

这一段时期,黛安也答应常驻地球,恢复了她一贯的"人物形象"。作为一个已经进化为神识的灵维者,她可以幻化出各种形象。

经过数月筹备与努力,柯林实验室在军方的大力支持下,终于建立起一个名为"梦游工场"的研究所。这个研究所融合了尖端的梦格丽科技支持、宇宙前沿的意识、灵魂、哲学、心理学理论,以及宇宙共识联邦对梦境研究的最新成果,成为探索潜意识和梦境奥秘的先锋实验室。

在研究所开幕庆典上,黛安应邀致开幕词:

"尊敬的各位朋友,大家好!

今天,我想与大家分享一个深刻而神秘的主题——梦境。在我们日常的生活中,梦境往往被视为夜晚的插曲,或是无意识状态下的大脑自我重组。但如果我们从另一个角度看待梦境,它可能是一扇通向更高维度的窗户,打破对现实的固有认知,为我们提供了窥见更深层次世界的机会。

人类对梦境的研究,表面上看是在探索大脑如何在无意识状态下对信息进行重组与合成；然而，真正的意义却远不止此。梦境的研究本质，是在试图揭开意识与现实之间的神秘边界。我们从其他星球学到的知识和柯林团队的研究成果都表明，梦境并非大脑的一种简单副产物，而是一种复杂的机制，能够连接我们所处的现实与某种更深层次的另类现实。

这次'三星拜访'，给我们提供了一个重要的视角：梦境与宇宙的本质，是密切相关的。梦境的存在，表明现实远比我们所理解的更加深奥。或许，我们所经历的现实，不过是宇宙中高维信息在地球这一维度中的投影。我们感知到的世界、我们看到的每一件事物，都只是来自更高维度的一片片碎片，或者说，影像。

梦境，可能是我们短暂的'解码'时刻，得以窥见这些投影背后真正的结构与规律。当我们在梦中经历那些看似脱离常规的场景、人物或情节时，或许正是更高维度存在的瞬间呈现。它们以一种我们尚无法完全理解的方式，在我们的意识中显现出来。更重要的是，梦境并非无意义的幻象，而是某种深层次信息的传递通道。

庄周梦蝶，是古中国哲学史上一则极富深意的启示。故事讲述庄子在梦中化为蝴蝶，翩翩飞舞，自由自在，全然忘却自身是庄周。梦醒之后，他生出困惑：究竟是庄周梦见自己变成了蝴蝶，还是蝴蝶梦见自己变成了庄周？

这则故事不仅是哲学的象征，更像是一场意识的考验。它直指我们对'现实'的界定与对'自我'的执着，引发对存在本质的深层拷问。它的最大魅力，不在于提供答案，而在于持续制造悬疑，让人无法轻易停下思考的脚步。

从当代意识研究的视角来看，这个故事触及了'意识主体性'的根本问题：是谁在做梦？梦中的'我'是否也是某种真实存在？这些问题，在认知科学与人工智能的前沿领域依然是谜团。

令人惊叹的是，庄子早在两千多年前便提出了如此深邃的疑问。他没有像其他哲人那样急于归纳出标准答案，而是用一个轻盈如蝶的梦境，点出存在的模糊性与意识的流动性。这种开放的、不设终点的哲学态度，或许正是庄子通向'道'的方式。

再进一步的哲学和科学探索，我将之称为'出道'。例如，当代哲学家和神秘学者提出过一个更为激进的观点：梦境，可能是另一个平行宇宙中真实世界的投影。也就是说，梦境并非仅仅是我们大脑对日常经历的反应，它可能是来自平行宇宙的意识在我们这一宇宙中的现实体验。现实世界，并非我们感知的那样真实，而是某种平行存在的投影。这个投影，不仅涉及物质世界，还包括我们的思想、情感、记忆等抽象层面。

那么是否存在另一种可能：清醒时的我们，恰是'他们'在别处的梦中，而我们的梦境，反倒是我们短暂回归高维或进入平行世界时的真实体验？梦，或许是沟通的桥梁，让意识短暂脱离地球的束缚，触及更广阔、更神秘的存在。

若将这一链条继续推演，它可能导向一个颠覆性的结论：梦境也许就是意识的源头。有人主张——意识并非大脑产物的附带效应，而是从梦的维度吐露出第一缕存在的光；一旦完全破译梦的编码，我们或可窥见现实的构造、物质的实在性，甚至宇宙运作的底层法则。

能否想象，现实并非恒定不变，而是一场不断被编织与重写的集体梦？在这种视角下，梦不再是边缘体验，而是更深层规律的显现——是通往宇宙密码的一条捷径，是开启对虚空与存在本质认知的钥匙。

破解梦的谜团，或将迫使我们重构认知边界——越过时间、空间与物质的墙，触及比地球更辽阔的存在场。若此，梦的奥秘便不只是个人经验，而是通向万象根源的通路。

谢谢大家！

下面，请梦游工场的所长柯林带领大家参观。"

黛安介绍完，柯林登上了讲台，面对前来参加启动仪式的人们，他们心中充满期待。马克则在台下心里暗笑，他知道"所长"这个职务名称是柯林自己选的，那是他希望不断提醒自己已经释怀。

"我是柯林，我在这里欢迎每一个想要探索自己梦境的人。你们将通过科技与内心的对话，发现潜藏在自我深处的力量。这里将是你们自己的实验室。"柯林向台下招招手,微笑着说,眼中闪烁着自信的光芒,"今天,我们将带领大家踏上一场前所未有的意识探索之旅。"

他做了个手势,身后的大门缓缓开启,露出一条通往核心实验区的通道。走进其中,空气中仿佛流淌着某种隐秘的能量,浮现着动态的全息影像,记录着梦境研究的进展与发现。

访客们陆续进入一个由尖端宇宙技术构建的梦境体验空间,这里融合了脑机接口、神经反馈装置和生物量子计算,打造了一个高度沉浸的全息梦境体验系统。站在中央的设备平台前,一位研究员微笑着示意大家戴上特制的脑波感应装置。轻盈的传感器贴合在头皮上,屏幕随即开始呈现出使用者脑电波的实时数据流。

"现在,请闭上眼睛,让自己放松……"柯林轻声引导催眠,同时启动了利用梦格丽星技术改造出的地球版识子流频调节仪。片刻之后,访客们的意识被引导进入梦境,他们踏入了一个流动变幻的世界。这里没有固定的形态,只有不断浮现的画面——有的人看到了儿时的家,有的人置身于广阔的星空下,有的人则进入了一片神秘的森林,听到低语般的回声。

"梦游工场不仅仅是一个梦境体验空间,"柯林解释道,"它还融合了最前沿的神经反馈技术,能够实时捕捉并分析访客的脑电波变化。"

在场的研究员调出一位访客的梦境画面——一座高耸的城市大厦,他正站在楼顶平台,风吹拂着衣角。然而,每当他试图迈步向前,一道透明的墙便将他挡住,无法前行。

"这是梦境中的心理屏障。"一位心理学家解释道,"我们的系统会在这个时候给予即时反馈,引导他识别情绪波动,并练习如何平衡自己的心理状态。"此刻,系统自动微调了梦境参数,访客感觉到那道墙开始变得模糊,他尝试深呼吸,调整情绪,最终成功迈出了脚步。几分钟后,他缓缓睁开眼睛,眼中带着一丝震撼地说道:"刚才的体验……让我想到,这个障碍可能不仅存在于梦境里,也存在于现实心理中。"

更多的梦境画面被调出:一位企业家在梦境中预见了公司未来的走

向；一名足球运动员在梦中与童年的自己对话；一位医学家则在梦境里接收到了灵感，提出了一种全新的"人体自愈"理论框架；另一位年轻的艺术家沉浸在她的艺术世界里。现实中，她因创作瓶颈而困惑已久，而此刻在梦中，她正步入了一座奇幻的画廊，墙上悬挂着她内心深处未曾见过的画作。那些作品有着她从未见过的奇异宇宙色彩，充满狂想的张力，那正是潜意识在向她传达信息——创意从未枯竭，只是被现实的焦虑遮蔽。梦境结束后，她缓缓睁开双眼，激动地低声自语："原来答案一直都在我的内心深处。"

柯林点头，"这正是探梦的意义——帮助我们识别、调节、塑造自己的潜意识。"

随着梦境的深入，一些人开始体验到前所未有的启示与觉悟：有人在梦的镜像中看见了自己被压抑的情感，得以解开心结，重新获得内心的平静与自由；有人通过与潜意识的深度对话，理解了自己生命的意义，获得了前所未有的清晰与洞察；还有人则在梦境中感受到与宇宙深层的连接，那股超越个人的无形力量仿佛与他们的意识共振，让他们触及存在的本质，与宇宙的脉动同频。

参观的下一站，柯林带领大家进入一个更深层的体验区域——"共梦"实验室。这里的访客不仅能体验个人梦境，还能进入共享梦境，与他人共同探索意识的交汇点。柯林随机挑选了几位访客，他们缓缓闭上双眼，进入催眠状态。当系统激活，几位参与者发现，他们进入了同一个梦境——一座飘浮在云层之上的城市。

他们发现在梦境中竟然能够彼此交谈，像真正的旅人一样探索这座奇异的城市。有人停在街角，向路人模样的同伴询问方向；另两个人聚在一起，尝试合力去改变一座建筑的形态，眼睁睁看着石墙在意识的推动下缓缓倒退；还有几个人发现，他们能腾空而起，在云层之间自由穿梭飞翔。当他们商量好一起飞得更高时，发现已经飘浮在一片浩瀚无垠的星海之中。

飞到这里后，他们发现自己已经没有具体的形体，每个人都化作一团微光，在宇宙的律动中闪烁。他们的意识彼此交融，情感如星辰间的引力自然流动，不需要语言，便能感知彼此的思想与存在。在这片宁静而深邃的梦境空间里,他们第一次体会到个体与集体的真正联系,体会到所有人的意识原本便是同一个整体,只是暂时被现实的边界分隔开来。而现在,梦境让他们重归一体,重新感受那久违的、纯粹的共鸣。

"这是一种超越个体的体验。"梦境中的一名参与者感叹道,"我能感觉到所有人的情绪,我们的意识正在同步,就像我们原本就是一体。"

光点间微妙的能量流动着,恍如整个星海在缓缓呼吸,每个人都成为更庞大意识的一部分,彼此交融,彼此感知。在这个梦境维度里,孤立的自我概念开始模糊,取而代之的是一种深层的归属感——个体不再孤单,而是共振于一张看不见的一体意识之网。

"共梦实验的成功,意味着人类或许能够通过梦境快速进入集体潜意识,触及更深层次的心灵连接。这不仅是一次科学上的突破,更是对人类意识形态的一场革命。"

一位正在观看的哲学家兴奋地说。他深知,这不仅仅关乎心理学或神经科学,而是对"个体"与"集体"关系的重新定义——如果梦境能成为通往人类整体意识的桥梁,人类的思维边界或许将被彻底改写。

"共梦还揭示了个体意识如何相互影响,如何在更深层的维度中交汇。"柯林告诉他,"或许,意识的边界比我们想象的更模糊,而梦境,正是连接不同意识的桥梁。"

参观接近尾声,柯林回到讲台前,目光环视全场总结道:

"共梦不仅仅是科学实验,它是通向更深层次现实的探索。或许,我们所谓的现实,不过是更高维度投影的一部分,而梦境,正是我们得以窥见这一真相的窗口。

未来,当我们真正破解梦境的奥秘,我们可能会发现,现实与梦境之间,并没有我们想象中的那道分界线。"

他停顿了一下,嘴角微微上扬:"或许,这个问题,只有等你们亲自走进梦游工场,才能找到答案。"

灯光缓缓亮起，访客们面面相觑，眼中却闪烁着兴奋的光芒。

梦之旅，才刚刚开始……

151 梦联网络

随着时间推移，梦游工场声名日隆，吸引着全球探索者——有人渴望解密梦境，有人寻求内心答案，也有人在梦境与现实的交汇处寻找突破。

他们参与的，不仅仅是一场沉浸式体验，而是一次跨越现实与意识之间鸿沟的旅程。每一次深入梦境，都像是剥开一层层自我外壳，直面内在最隐秘的风景——这是揭示，也是蜕变。在这样的过程里，思维方式开始松动、重构，生活轨迹也悄然转向。许多人在归来后变得更加清明、坚定，甚至在面对他人的痛苦与喜悦时，能生出前所未有的同理与包容。

梦境，从此不再只是夜晚的幻象，而成为他们面对现实时的另一枚坐标。而梦游工场，则像一座新世界的门户，成为大众探索意识边界、试探自我极限的起点。

从技术实验基地，梦游工场正演化为一个精神共同体。在这里，梦不再是孤立的私密经验，而是一种可分享、共鸣的意识语言。人们在梦中相遇，在现实中扶持彼此，共同孕育出一种跨越语言与地域的心灵文化。

一位参与者感叹："我们的梦是相通的，意识是互联的。现实的隔阂，也许只是幻象——我们本就是同一个整体。"

"我在梦里遇见了真正的自己。"另一位参与者说，"面对了深藏的情绪，也因此更勇敢、更坦然。这里正在悄然重塑人们对意识的理解，成为一个彼此支持、共同成长的精神容器。"

的确，梦游工场正成为连接个体、唤醒集体意识的催化场，不只是探索梦境，更是在塑造一个"人类意识共同体"。这个共同体，连接不靠物理，而是通过梦境触达宇宙本源。

柯林和他的团队注视着这一切，心中满是欣慰。

"这不只是实验室，而是一个活生生的社区。"柯林在一次团队会议上感叹道。

"梦的真正力量，在于共享。"马克补充道，"我们每个人都是宇宙本源的一道光，梦境连接着彼此。"

"我们的目标，是推动社会意识的进化，"柯林信心满满地说道，"一起创造一个更有意思的未来。"

随着梦境研究的持续拓展，柯林与马克逐渐意识到，他们所触及的不仅是梦境的边界，更是在重塑人与人之间的连接方式——因为梦境的分享与交流，正悄然在现实中延伸出真实的联系，跨越地域，孕育出一种全新的社会连接形态。在这种情况下，团队决定将梦游工场推向全球，让更多人亲历梦境探索的力量，激发自我觉醒，并促成更深层次的跨地域社会联系。

几个月后，梦游工场的影响力迅速蔓延，引发国际社会的广泛关注。柯林和马克成为多个领域会议的常客——从科技论坛到意识研究峰会，从心理学年会到跨文化交流大会。他们奔走于世界各大城市，在讲台上与来自不同背景的学者、思想家与探索者们深入交流，将梦游工场的理念传播到全球的思想地图上。

在每一次演讲中，柯林都反复强调一个核心观点：梦境不仅是个体潜意识的映射，更是人类集体意识的共鸣场域。

"梦不是个人的孤岛，而是一条条潜在的伏线，把我们每一个人连在一起。"在一场具有全球影响力的国际大会上，柯林的发言点燃了全场。他站在高台上，语气沉稳而富有感染力，"梦游工场的初衷，是希望每一个人都能发现自身深藏的潜能，打破自我设限，走向更高层次的意识状态。"现场随即响起热烈掌声，许多人眼中流露出共鸣与思索。

马克则从技术与哲学融合的角度出发，补充道："梦境觉醒不是一次性的顿悟，而是一个持续进化的过程。我们每一个人，都是这个过程中的共创者。"他目光扫过听众席，语气诚挚地说道，"梦境是通向未来意识文明的桥梁，而我们所做的，就是为这座桥铺设第一块石板。"

随着他们的理念传播开来，越来越多来自不同文化、语言与信仰背景的人开始意识到：梦境，其实是一种跨越文化差异的共通语言，一种潜藏于人类深层意识中的原初桥梁。与此同时，一些团队也开始尝试以梦游工场为原型，建立本地化的梦境实验平台，将各自文明独有的梦境符号、神话意象与集体记忆融合其中，由此开启一场根植于自身文化的潜意识探索旅程。

随着时间推移，来自不同大洲的越来越多人主动踏上梦境的探索之路。他们在课程与活动中找回内心的宁静，重新定义人生的方向与意义。人们的反馈中充满了灵性的启迪：在梦境的深处，他们仿佛穿越了时间的界限，看见过去与未来的交织，感受到超越物质世界的存在。有些人甚至在梦境中邂逅了如同指引者般的智慧体，这些非物质的存在向他们传递启示，让他们得以窥见生命的真义，以及宇宙更隐秘的运作法则。

逐渐地，他们在梦境中体悟到：现实并非固定不变，而是由意识编织的结果。梦境不再被视为夜晚的附属片段，而成为灵魂的航程，是意识在多维度之间的自由行走。当他们从梦境中醒来，日常生活的每一个瞬间都被赋予了新的鲜活与意义。他们不再只是被动接受现实，而是学会主动参与创造，用更高的觉知去理解生命的流动。于是，梦游工场逐渐演变成一座通往更高意识的大门——它不仅引领人们走向内在的觉醒，也引导他们触及宇宙更深的奥秘。

然而，随着影响力的扩大，挑战也随之而来。同当初的意识实验一样，怀疑的声音又开始出现，尤其是那些对科技介入梦境持保留态度的人。他们质疑这种探索是否会干涉个体意识，甚至有人担忧，梦游工场可能会成为一种逃避现实的工具，而非提升意识的手段。还有人提出，梦游工厂会保留参与者的意识数据，这将威胁国家安全。

在一场备受瞩目的公开论坛上，座无虚席，数百位科学家、哲学家、人工智能专家、神秘学者、宗教界人士济济一堂，屏息聆听台上的辩论。

当著名神经科学家艾巴迪发出质疑的声音时，整个会场一片沉寂。他目光犀利，语调严肃："你们不能仅凭梦境体验就挑战传统科学的基础，意识的本质尚未被充分理解，你们如何能确定这种技术不是反人类的？"

台上的柯林深吸了一口气，尽量保持冷静。他知道，这场对话的分量远超个人立场，它关乎科学的未来，甚至可能影响整个人类文明的发展。

他稳稳地拿起话筒，声音坚定而清晰："我们的研究并不是在否定传统科学，而是希望通过跨学科的合作，探索梦境的更深层次，推动人类发展。科学的疆界应该不断拓展，而不是被既有框架束缚。"

马克紧随其后，扫视全场，语气不疾不徐地补充道："所以我们邀请跨学科的科学家们广泛讨论，共同探索梦与大脑、神经、心理、意识与宇宙的关系，而不是闭门造车。"

"可是——"一位行为学家站起身来，语气中带着某种警惕，"如果梦游工场改变了梦境的本质，那它是否会影响个体的认知模式？甚至，是否会影响一个人对现实的理解？"

"这正是我们要探讨的核心问题。"柯林点头，眼神透着兴奋，"如果梦境是一种隐藏的现实，我们是否能通过它拓展人类的认知边界？如果我们掌握了梦的结构，是不是意味着我们能真正理解宇宙？"

"你们太狂妄了！"艾巴迪冷笑道，"科学应该建立在可重复验证的基础之上，而不是被一些神秘主义的假设牵着鼻子走。"

"这并不神秘"，马克微微一笑，"柯林提出意识和身体分离理论的时候，也曾被质疑不符合科学常识，但最终我们发现它是现实的一部分。梦境研究可能是一座尚未打通的桥梁，而科学的责任，就是去探寻它通向何方。"

全场陷入短暂的沉默。这不仅仅是一次科学辩论，而是一场关于人类下一步的意识革命。在九维共鸣后，虽然意识科技、意识经济已被社会广泛接受，但一些传统科学家仍持有保留态度，柯林和马克知道，严谨的"科学态度"和"惯性思维"让他们反而比普通人更难适应变化，特别是面对梦境这一他们从未涉足过的领域。

然而，会场上也有许多人被柯林和马克的逻辑和热情所感染，开始深入探讨这个话题。随之而来的，是一场关于梦、意识、神游和量子意识技术的热烈辩论。

在这次论坛上，黛安也再次回归，作为小组讨论主持人，面对着来自世界各地的专家和学者。卡贝拉则负责记录和整理意见。

"我们希望能够通过这些讨论，建立一个跨学科的梦境研究网络。"黛安在会上强调：

"梦境不仅是神经活动的产物，更是意识与宇宙深处的连接。"

"科学的进步离不开挑战与质疑，只有通过不断探索和验证，我们才能迈向更高的真理。"

就在会议进行得如火如荼之际，柯林得到了一个意外的支持者——一位来自脑神经界的诺贝尔医学奖得主沃森。他的加入让整个局势发生了转变。沃森给大会发来一封支持邮件，字里行间流露出对他们研究的认同和支持：

"我一直在研究识子脑神经理论，而梦游工厂的工作正好契合我的研究方向。梦的本质是复杂而神秘的。我建议你们可以尝试我的'梦陀螺'技术，我相信那将为你们提供一个全新的视角，可以重新审视梦的起源与存在。"

在接下来的几个月中，沃森的助手吉米被派到柯林实验室，向他们传授梦陀螺技术——这是一种通过拓扑生物计算机与梦境状态进行耦合，从而探索更深层次个体间梦境连接的方法。由此，吉米与柯林团队共同研发出全新的梦境生成与编辑模块。同时，柯林团队还开发出神游协议的 2.0 版本——将意识引入一个虚拟空间。在这种双重技术的配合下，他们一方面实现了意识与身体的分离进入虚拟空间，另一方面在该虚拟空间中塑造出可操控的梦境世界。

随着研究的深入，团队逐渐发现，梦陀螺不但是一种技术，还是一种全新的连接方式。在这种状态下，个体的梦境不但能够与他人的梦境连接，甚至还能与宇宙中的其他高维智慧体的意识相互连接，进入一个多维梦社区，这也有利于人类形成更高层次的集体智慧。

"我们在识子层面上的连接，实际上是在打破了物理上的界限"，柯林激动地说，"梦的制造与互联、分离与重组，能够让我们体验到多维的梦境形态。我们应该着手建立一个'梦联网'。"

在柯林的建议下，第一次关于梦联网的头脑风暴工作坊如期召开。活动吸引了来自各个领域的精英参与，目的是将不同领域的智慧和灵感融合，为梦联网开启开放性的探索方向。柯林希望卡贝拉负责邀请参与者，但卡贝拉起初有些犹豫，因为她从来就没有做过梦，怕自己不能很好完成任务。但最后，她还是协助团队邀请到了十二位来自不同背景的专家，包括哲学家、心理学家、意识学家、神经科学家、沉念大师、灵性导师、艺术家和宗教人士等，他们的参与为团队带来了丰富而多元的视角。

会议室里充满了激烈的讨论和创意的碰撞，每个人都带着自己独特的经验和理解，深入探讨着如何通过梦境探索建立一个跨越文化、跨越领域的全球网络——梦联网。

哲学家们提出，梦境不仅是个人内心世界的反映，它还承载着文化和集体无意识的记忆。梦境中那些看似无序的影像和情节，可能是跨越时间和空间的符号，代表了不同人类群体之间的共同经验；心理学家强调，梦境是个体潜意识的映射，通过对梦境的解析可以揭示心理创伤和未解的情感，这种集体互联的过程能为心灵治愈提供新的路径；灵性导师则从更深层次的角度讲解了梦境的宇宙性，认为梦境是通向高维度的门户，是连接个体与整体、生命与宇宙的桥梁。他们提到，梦联网不仅能让个体之间进行心灵的交流，还能使人们跨越物种边界，感知到全球乃至宇宙意识的流动和连接。

随着讨论的深入，团队逐渐意识到，梦联网不仅是一个科学与技术工程，更是一场直指宇宙哲学的深度探险——它关乎人类意识的边界与集体进化的方向。在这里，物理法则与形而上思辨交织，工程逻辑与意识探索并行。每一位参与者的见解与灵感，都像一枚微小却关键的节点，被编织进梦联网的结构中，为它的形态与走向提供独特的启发与指引。

卡贝拉从一开始的谨慎变得越来越兴奋，她看到这些跨界的专家正在共同为一个崭新的梦境探索体系打下基础。他们的讨论充满了激情，充满了对人类潜能无限可能的期许。这个新的构想不仅涉及到技术的突破，还包括人类认知与灵性觉醒的进步。

"梦是一种创造力的源泉，而艺术是我们表达这一点的语言。"一位著名艺术家在最后的发言中提到，"通过艺术，我们可以探索和反映梦的各种可能性。"

卡贝拉对此感到兴奋，她建议道："我们可以举办跨界艺术展览，通过作品展现梦与宇宙的连接。"

会议的最后，柯林总结道："我们今天的讨论为梦联网的未来奠定了基础。它不单是一个科技项目，更打开了对意识、情感与人类互联的全新视野。我们将在这个平台上，探索心灵深处的连接，推动全球范围内的自我觉醒与集体进化。"

马克则一边憧憬一边兴奋地说道："梦联网的真正价值，在于它将打破我们对个体、对文化、对现实的传统认知，帮助我们走向一个更加统一和高度连接的未来。"

随着这次头脑风暴的圆满结束，团队感到自己正站在一个新纪元的门槛上。他们相信，通过跨界合作和不同领域智慧的融合，梦联网将为人类探索梦境和意识的深度提供无尽的可能，开启一场全新的文化与灵性革命。

152 梦与宇宙

在卡贝拉的提议下，团队决定策划一场名为"梦与宇宙"的艺术展览，邀请来自不同领域的人士共同参与，以各自独特的方式诠释梦境、意识与宇宙的关系。这不仅是一场展览，更是一场科学与艺术的深度对话，探索梦境如何塑造我们的现实，甚至触及更深层的宇宙奥秘。

展览的筹备工作如火如荼地展开，团队成员们各显神通，展现出惊人的创造力和执行力。马克负责策划展览的整体主题和内容框架，他希望展览能构建一个沉浸式的多维体验空间，让观众"行走"在梦境与现实的边界之间。他提出：不仅要展示梦的奇异美学，更要让观众体验梦的逻辑，让他们在展览中迷失，再找到方向。

柯林则与科学家团队紧密合作，提供最前沿的梦境研究数据、脑波成像技术，以及梦游工场实验成果。他希望在艺术作品中嵌入意识和宇宙元素，让观众不仅仅是欣赏，更能深入理解梦境如何作用于意识和宇宙结构。柯林相信，梦是进入宇宙本源的快速通道。

卡贝拉负责联络全球各地的艺术家，并负责在梦游工场开辟出一块具未来感和沉浸体验的展览场地。她希望展览的空间本身就像一场梦，充满变幻莫测的视觉体验。她兴奋地提出："我们要用色彩、光影、声音、触感，甚至气味，创造一个互动的感官世界，让观众在迷离中创造。"

黛安则带领传播团队，负责全球推广和星际嘉宾邀请。她的目标不仅是让地球上的观众参与，还要吸引宇宙共识联邦成员星球代表。一些太空探索组织、外星文明研究机构，甚至不愿公开露面的神秘学人士也在邀请名单之列——他们相信，梦境可能是宇宙中所有智慧生命共享的一种"通用语言"，而这场展览，或许能成为一次跨越星际的意识交流。

整个展览以"梦的共鸣，连接宇宙"为核心主题展开，尝试通过多样的艺术形式，让观者体会到梦境的流动、变幻与回响，并感知它与宇宙律动之间的互为映照。参展的艺术家们纷纷带来充满想象与实验精神的作品，突破了既有的艺术边界。许多展品更强调即时互动与观众参与，使梦境得以在现实之中延展、生成。

展览空间被精心划分为六个区域，每一区域专注于一种创新的艺术形式，引领参与者踏入一场跨越感官与现实的探索之旅：

NFT 梦境画廊区——利用区块链技术，实时采集并转化观众的梦境数据，生成数字艺术作品。每一位参观者在梦境探索过程中，都会根据他们的潜意识活动看到一幅完全独特的、瞬息万变的画面。每一秒钟画面都随着观众的思维波动而变化，仿佛是意识在画布上的流动与重组。每一幅作品都被存储为 NFT，观众可以收藏自己曾经经历过的梦境画作，带走一份属于自己的精神印记。

全息抽象影像区——利用高维数据建模技术，将人类梦境中最常见的符号、图案和意象转化为全息投影，创建一个可以互动的梦境光影空间。每一位观众都可以进入别人梦境的片段，感受到集体意识的共鸣。这种互动式的影像构建不仅能让观众深入理解梦境中的象征意义，还能让他们身临其境地体验到集体潜意识的流动与连接。

光影梦境装置区——通过自主进化智能 AEI 解析梦境内容，创作者将每个人的梦境用光影效果再现，创造出一条如迷宫般的"梦之走廊"。观众进入这个空间后，会看到不同的光影场景，如同穿梭在多维度梦境的隧道中。每一次踏入这个装置，都会根据个人的独特梦境重新构建一个新的体验，带给观众一种沉浸式的探索感。

多维声音感应区——结合脑波感应装置和艺术家的创作，通过脑波的实时变化来创作"梦境音乐"。每位观众的脑波被转化成不同频率的音符，整个展厅因此成为一个随意识波动的叙事曲乐场。在这里，音符随着参与者的情感、思维变化而不断流动，观众可以与声音的共鸣互动，探索自我内心深处的情感与意识流动。

3D 视觉音乐区——结合识子计算的实验结果，宇宙背景辐射数据与梦境共振模式相结合，创造出一个多维的视觉音乐场景。这其中，观众不仅可以看到可视化的梦境图像，还能听到梦境的节奏，亲自参与演奏梦的旋律。这一展区突破了传统的听觉和视觉的界限，使梦境与宇宙、量子意识和艺术得以完美融合，展示了人类意识与宇宙深层律动的共鸣。

环境感应雕塑——采用生物量子传感器，雕塑的形态可以随着观众的心跳和情绪波动而变化，映射着梦境与现实之间的流动性。这些雕塑在展览过程中不断发生形态变化，犹如生命体般永不停歇地演化。每一件雕塑都是独一无二的，它们不仅是艺术作品，更是生动的情感载体，象征着梦境对现实的影响和生命在内心与外界之间不断变化的状态。

这些展品将带领人们进入一个全新的梦境探索世界，通过艺术与科技的融合，让每个人都能在虚拟与现实之间跨越，感受到梦境的无限可能。这不仅是一次科技与艺术的盛宴，更是一次心灵深处的觉悟之旅，帮助每个参与者重新审视自我、探索人类共同的意识潜力。

为了让参观者有更好的体验，柯林团队还夜以继日地研发出一些新的工具和技术支持，例如"梦境记忆胶囊""意识探索 VR 头盔"和"梦境绘制工具"。

通过识子存储技术，团队开发出一种"梦境记忆胶囊"，它能够记录参观者的梦境体验，并将其存储为一个虚拟记忆体。参与者在参观过程中可以将自己的梦境记忆保存下来，稍后通过特定设备回溯这些记忆，重新体验他们在梦中的每一个细节。这不光是一个回顾梦境的工具，还能帮助更好地理解自己的内心世界和情感起伏。

结合虚拟现实技术和神经科学，团队为参观者特殊设计了一款 VR 头盔，允许观众以虚拟的方式进入艺术品所表达出的自我意识深处，探索那些通常无法觉察到的情感与思维层面。观众会看到自己内心深处的各种心理模型、潜意识影像以及未被表达的欲望、恐惧和梦想。在这片虚拟的意识森林中，他们不仅可以理解自己的潜在动机，还能探索在梦境中未曾主动意识到的部分。

借助特殊绘制工具，观众将在展览中亲手绘制出梦中的视觉印象。他们可通过触摸屏或手势、目光操作，将记忆中模糊的梦境转化为独一无二的数字画作。这些由观众亲自生成的图像，不只是梦的重现，更是情感与潜意识的可视化表达。

展览不仅提供了一个沉浸式的艺术体验空间，更鼓励观众参与之后的工作坊，分享与交流梦境中的视听感受。通过共同探讨，他们不仅会加深对自身内心世界的理解，也将在彼此的梦境中找到了连接与共鸣。

万事俱备，展览正式揭幕的那天，现场人潮涌动，盛况空前。来自世界各地的观众纷至沓来，其中既有科学界的顶尖学者，也有艺术界的先锋人物，更不乏对梦境探索充满热情的普通人，甚至还有身着奇异服饰、来自外星文明的神秘访客，引起现场一阵低语与惊叹。

这一刻，梦游工场真正成为了一个跨越种族、文化与维度的意识聚点。不同背景的来宾在这里会聚，不仅为观展，更是为了参与一场关于梦境与意识的全球对话——或者说，宇宙级别的对话。

正如黛安所预言的："梦境，是所有生命的通用语言。"

当大门缓缓打开，展览空间仿佛成为了另一重现实。光影流动，空气中弥漫着轻微的震颤，那是梦境边缘的微波。每一缕色彩在空间中舞动，交织成一幅流动的画卷，恍如置身于意识的无形河流之中。观众的脚步声轻轻回荡在这片充满未来感的空间内，每一步似乎都在接近那个遥不可及的梦境世界。空气中弥漫着一种令人心神震荡的探索力量，好像每个角落都蕴藏着潜意识的种子，正等待着人们去发现。

柯林站在开幕式的讲台上，微笑着环顾四周，他的目光在充满创意和奇异光辉的作品中扫过，轻轻说道："这是一次探索的旅程，我们不仅在展览梦境，也在塑造新的现实。"他的声音如同低沉的回响，在空间中回荡，宛如一道轻柔的风，温柔地穿越每一位观众的内心，与远方的梦境产生共鸣。

在这片灵感的海洋中，观众们仿佛被轻柔卷入梦境的波涛，沉浸于每一件作品所释放的情感、思索与灵光。每一件展品都如同一扇被推开的窗，透出梦与现实之间那道若隐若现的界线。许多人在某个瞬间恍然顿悟——梦境并非无序的幻想，而可能是现实的隐秘维度，是宇宙意识与人类心灵交汇的回声。

这些艺术作品宛如桥梁，将潜意识与宇宙的宏大秩序相连。观众在流动的画面、闪烁的光影与回荡的音律中，看见了内心深处的幽微空间，也在其中感受到与浩瀚宇宙之间的深切共鸣。

一位观众站在"全息抽象影像"前，静静地看着那些流动的符号与图案，眼中闪烁着似曾相识的光芒。"它们看起来如此熟悉，却又如此陌生。"他低声说道，仿佛触碰到了一些深藏在内心的记忆与情感。随着光影的波动，影像中的符号不断变幻，有的像是古老的象形文字，有的似乎在空中绘制出奇异的几何形状，每一个图案都带着神秘的气息，似乎在讲述一个久远的故事。

另一位观众站在"3D视觉音乐"的装置前，眼前是一幅色彩斑斓的宇宙景象，随着音乐的节奏逐渐变幻。这些视觉图像不是静态的画面，而是随着音符的波动而在空间中跳跃、旋转，恰如一场无形的舞蹈。她闭上眼睛，试图将自己的感知与音乐的波动同步。随着宇宙背景辐射数据与梦境共振模式的融合，音符变成了绚丽的光线，宛如流星划过夜空，带着一种来自深空的力量。

还有一位观众则戴着VR头盔，坐在"梦境绘制"展厅的角落，专注地用手势绘制着梦中的图像。随着每一笔的勾画，作品逐渐展现出一幅充满象征意义的画面——那是她一直以来无法言喻的恐惧与渴望的具象化。她的眼中闪烁着一种觉醒的光辉，突然明白了自己在内心深处埋藏已久的东西。

随着展览的深入，现场仿佛化为一座巨大而有机的意识场。观众们在与作品的互动中，不再只是旁观者，而逐渐成为了共鸣者与创造者。有人在回望自己的梦境时，首次察觉到梦中反复出现的意象原来承载着未曾正视的情感；有人在自己绘制的画面中看到了童年记忆的回音；也有人在与他人分享梦境的瞬间，感受到一种超越语言与逻辑的深层连接——原来心灵与心灵之间，本就有一道隐秘的桥梁。

这场展览，早已超越了艺术范畴。它像一道裂缝，悄然撕开了现实的表层，让人们得以窥见意识深海。在那里，科技成为引路的灯塔，艺术化为意识的容器，而每一个参与者，都在重构自己的存在图谱。

它不只是一次跨越时空的艺术之旅，更是一场对"我是谁"的终极发问。它让人意识到：梦境与现实并非彼此对立，而是意识的两极；科技与艺术也不再分属冷与热的两端，而是在共同编织一种全新的语言；而个体与宇宙，也许从未真正分离。

　　这是一次对未来文明形态的预演，一种关于"意识共同体"的可能性初显。而梦游工场，正成为这场伟大转变的前奏。

7 | 医学实验

153 合作邀请

在"梦与宇宙"展览取得巨大成功后，柯林团队意识到，梦陀螺和神游协议 2.0 技术带来的影响力远超预期。对梦的探索不仅是一项前沿的科学研究，也应该成为一座连接科技、意识探索和社会实践的桥梁。

"我们应该考虑如何在更广泛的层面上应用神游协议 2.0。"黛安在团队会议上提出建议，"如果能够在医疗、教育和心理健康等领域展示它的潜力，或许可以推动更大的社会变革。"

"我同意！"柯林附和道，"我们的目标应该是让人们意识到，'神游'和'梦游'不仅是科学实验，更是一个可以改善人类生活质量的实际解决方案。"

"这或许又将是一场前所未有的社会与文化巨变。"马克依然沉浸在展览成功的余波中，眼中闪烁着既兴奋又深邃的光芒，"它不只是对艺术边界的重塑，更可能成为引爆哲学新命题的火种，甚至促使伦理观念发生根本性的重构，孕育出一种全新的社会结构。在神游状态中，艺术家将彻底摆脱物质的限制，勾勒出超越感官的意识图景；哲学家则有望穿越'存在'与'本我'之间的迷雾；而普罗大众，也将首次亲历一种超脱现实桎梏的意识自由。"

正当他们讨论时，卡贝拉进来报告刚刚收到了一个意想不到的邀请——一封来自全球顶尖医学研究机构布鲁明顿医学中心的信。

布鲁明顿医学中心创立于二十二世纪初，由一群致力于突破传统医学边界的科学家和临床医生共同成立。他们的目标不仅是治疗疾病，更希望探索意识与身体的深层连接，甚至挑战生物死亡的极限。中心以跨学科的创新研究而闻名，尤其专注于脑神经科学、生物意识、识子医学和脑机接口技术，致力于破解人类大脑与意识的终极奥秘。那里汇聚了来自世界各地的顶尖神经学家、生物工程师、意识研究学者，以及人工智能和纳米医学专家，近年在多个前沿领域取得了突破性进展。

据公开资料显示，布鲁明顿的核心研究主要包括五大方向：

一是神经退行性疾病的创新治疗，他们开发了多项先进疗法，探索如何利用脑机接口、识子共振疗法以及基因编辑技术来延缓甚至逆转阿尔茨海默病、肌萎缩性侧索硬化症等疾病的进程；

二是脑波与意识传输，研究如何利用高精度脑波解析技术，实现意识在不同神经网络中的"迁移"，为意识存储和意识增强提供可能；

三是意识投射，研究人员一直在探索意识与身体分离现象的科学基础，包括如何利用特定脑波频率触发OBE——出体体验，并研究其在医学和意识领域的应用；

四是梦境干预疗法，他们与多个顶级大学合作，尝试通过梦境编程改善创伤后应激障碍、抑郁症和慢性疼痛，部分成果已进入临床测试阶段；

五是星际医疗，布鲁明顿近年来开展了一项名为"普罗米修斯"的研究计划，致力于探索太空环境对人类意识影响。他们与多个太空探索组织保持合作，试图理解意识在低引力环境下的变化。

布鲁明顿对神游协议 2.0 表现出了浓厚的兴趣，尤其是在神经系统疾病治疗方面的潜在应用。在寄来的正式邀请信中，布鲁明顿首席神经科学家大力博士，表达了他们的期待：

"我们希望能够在你们的指导下，开展一项临床试验，探索神游协议 2.0 在渐冻症患者中的应用。渐冻症是一种毁灭性的疾病，而你们的研究可能为患者带来新的希望。"

这封信还详细阐述了布鲁明顿对神游协议 2.0 的三个假设：

一是意识与神经网络的独立性——如果神游能够成功引导个体在意识层面"脱离"受损神经，那么即便身体的神经控制功能衰退，意识层面的活动是否仍可保持完整？

二是意识与身体分离是否能延缓神经退化？——渐冻症逐步摧毁运动神经元，导致患者失去行动能力。然而，如果神游可以激活特定的脑区，甚至帮助神经网络构建替代路径，那么它是否能减缓渐冻症的进展？

三是意识转移与神经适应性——如果让患者的意识短暂脱离受损的肉体，通过神游提供一种"神经外体验"，他们是否能在某种程度上适应这种新模式，从而提升生活质量？

"这将是一项前所未有的尝试"大力博士在信中写道，"如果成功，我们将打开一扇新的医学大门，甚至可能重新定义生命与意识的边界。"

收到邀请后，团队成员在会议室中展开了激烈的讨论。

"这……可能是医学史上的一次革命性突破。" 柯林神情严肃，指节轻敲桌面，发出节奏缓慢的声响，"让患者意识脱离受损身体，在技术上早已实现。然而，将其应用于医学干预，尚属首次——我们是否正试图突破某种生物学的界限？"

马克的声音低沉而笃定："如果能成功，不仅能辅助治疗渐冻症，更可能重新定义'身体'的本质。人类是否只能被局限在肉身之内？抑或'人'本质上是一种可以自由流动的意识？这项研究或许将颠覆我们对生命的全部认知。"

卡贝拉却显得犹豫："可如果失败了呢？如果患者的意识无法顺利回归，或者他们在神游中经历了不可承受的体验，我们会不会是在无意中制造了另一种形式的痛苦？对他们而言，那到底是解脱，还是加倍的折磨？"

"我们无权草率决定。" 黛安语气坚定，目光扫过众人，"这已经不再是封闭实验室里的内部试验，而是一场社会性的医学试验。它触及的是生命伦理的根基。渐冻症患者早已身处生命的极限边缘，我们必须确保，这项研究带去的是希望，而不是一种掩藏在技术光环下的未知恐惧。"

会议室陷入短暂的沉默。空气仿佛凝固，压抑中又带着某种激动的躁动。黛安说得没错。神游协议 2.0 至今仅限于内部测试，测试者也始终是自愿的团队成员；社会上流通的，只是安全系数更高的 1.0 版本。而现在，他们面临是否将 2.0 版推入真实的医学治疗——迈向那条科技与生命伦理交错的边界线。

柯林望向窗外，意识到这不单是一次医学邀约，更是一道深刻的命题：人们是否准备好面对意识与现实的撕裂？是否承受得起科技成果走出实验室后，对整个文明结构带来的冲击。最终，他深吸一口气，缓缓开口道："无论如何，我们不能拒绝这扇可能通向未来医学的大门。许多病人将可能因此受益，我们应该把握住机会"，他的心跳开始加速，眼中闪烁出一份决绝，"如果能在临床上取得成功，将是对我们研究最大的认可，也是最大的价值体现。"

经过团队的充分讨论和准备，他们最终决定冒险接受这个挑战，启动这一前所未有的临床试验。布鲁明顿在公布这项临床试验消息后，出人意料地收到了超过千名志愿者报名。这一数字远远超出了团队的预期，也反映出渐冻症患者对新疗法的迫切需求。对于他们来说，传统医疗手段已无法治愈，而神游协议 2.0 或许是唯一的希望。

面对如此庞大的报名人数，布鲁明顿、柯林团队与医学专家共同制定了一套严格的筛选标准，确保首批试验者的健康状况适合技术测试，并且能充分理解试验的潜在风险与可能收益。经过多轮筛选，最终确定了三十位参与者，他们来自世界各地，年龄、性别、种族、病情发展程度各不相同，以确保试验数据的多样性和科学性。

在随后的两个月里，团队进入了全力冲刺阶段。每个环节都需要精细打磨，以确保试验的安全性与数据有效性。工程师们对神经接口进行了升级，确保意识提取和回归的稳定、大幅降低潜在的认知错位风险；法律专家制定了参与协议，确保所有参与者及其家属在充分知情的前提下自愿加入试验，同时建立紧急中止机制，以防止任何不可预测的风险；心理学家艾莉森带领团队为参与者提供心理辅导，帮助他们适应即将到来的意识体验，并为他们的家属提供情感支持；医疗组的莫妮卡和相关医生对参与者进行全面体格检查与评估。

为了确保意识转移的流畅进行，一间实验室经过精心改造，成为一个高度受控的环境，每一个细节都经过精密设计，以最大程度减少外部干扰，保障试验环境的稳定和安全。

与此同时，临床试验的筹备消息一经公开，全球媒体纷纷报道。这项突破性的医学尝试引发了医疗界的强烈关注，但也带来不少争议。支持者认为神游技术可能为患者提供一种前所未有的生存方式，让他们的意识在病体衰退时仍能保持完整的自我体验。如果试验成功，可能彻底改变医学、神经科学和认知科学的发展方向，为更多无法治愈的神经性疾病患者带来新希望；质疑者则担忧病人的意识能够长期脱离身体而存在吗？这是否会改变病人对自我身份的认知？如果某人拒绝返回肉体，法律上该如何界定其"存亡状态"？有的心理医生担忧，这是否会开启一个不可控的"意识试验时代"，甚至导致技术滥用或社会结构的动荡？然而，不论争议如何，柯林团队深知，他们即将迈出的这一步，将翻开人类对意识探索的新篇章。

在试验开始的前一晚，柯林、马克、黛安和卡贝拉在实验室里凝视着设备的运行数据，每个人的心情都复杂而谨慎。

"我们真的准备好了吗？"卡贝拉轻声问道。

"这条路从未有人走过，但如果不迈出第一步，就永远不会知道它能通往哪里"，柯林坚定地回答。他们的目光落在那三十份患者的背景资料屏幕上，每一位即将踏入未知世界的患者，都承载着对美好未来的渴望。

黛安的目光停留在一位名叫安娜的中年女性照片上，她被诊断出患有早中期渐冻症，已经开始出现吞咽困难，说话不清的症状，身体也逐渐失去控制，但她的意志力坚定，渴望寻找一线希望。

黛安在一周前的答疑会上见过安娜。她努力地对黛安说，"我希望……能重新……获得……生命……自由"。

黛安记得她的眼神中透露出强烈的期待。

"我们会尽全力帮助你"，黛安当时握住她的手，感受到来自她内心的渴望。

黛安把这个故事分享给团队成员，她的声音温和却坚定："安娜让我明白，我们所做的一切，不仅仅是推动科学的边界，更是在回应一份深切的渴望。为那些在绝望中挣扎的人，带来一线光亮——这或许就是科技最温柔、最深刻的意义。"

团队安静下来，看着安娜的照片，似乎都感受到了她眼神中那种透过病痛、穿越绝望的力量。

"我们设计神游系统，不只是为了让意识分离和转移，更是为了让他们重新连接那些在现实中逐渐失去的部分——语言、动作、自由与尊严。"黛安继续说道。

马克缓缓点头："如果我们能让安娜在意识世界自由行走，说话，甚至飞翔……哪怕只有几分钟，也是对她的渴望最真实的回应。"

"而这正是我们需要验证的。"柯林站起身，目光如炬，"这不仅是科技的延伸，更是人类尊严的修复工程。"

空气中弥漫着一种难以言喻的紧张与神圣。从那一刻起，团队不再只是开发或验证一项技术，而是为那些被现实束缚的人，建造一条重生的桥。

154 虚拟世界

那一夜,黛安几乎彻夜未眠。

第二天清晨,试验终于如期而至。她再次看到了那双眼神——既坚定,又隐含着无法言说的渴望。此刻,安娜静静地躺在神游 2.0 光子装置中,就像被一个透明的"光茧"包裹。四周的空气仿佛停止了流动,每一粒尘埃都悬浮在无声的张力中。

微型神经接口已与她的大脑精密对接,纤细如发的光纤编织出一张意识通道的神经网。旁边,生物量子计算机发出低沉的嗡鸣声,那声音既像呼吸,又似心跳,像是在等待某种从未发生过的觉醒。此刻,不只是空气悬停,整个现实世界都像屏住了呼吸。黛安知道,一旦开始,安娜将踏入一个对她来说没有前例的境域——在那里,意识不再依赖肉身,生命也将不再只以脉搏和呼吸为标记。

安娜的内心有些紧张胶着——她感觉到一股难以言喻的压力,而另一股感觉却是久违的期待。她想象着,或许这一次,真能解决自己的身体问题。在她旁边,柯林、马克、卡贝拉和几名研究员正忙碌地监控着仪器,每个人的脸上都写满了不同的情绪——兴奋、焦虑甚至是一丝不易察觉的担忧。他们的目光始终未曾离开屏幕,仿佛屏幕里的一丝波动都可能意味着某种不可预知的后果。黛安走过去轻轻拍了拍安娜的肩膀,希望给她一份鼓励,安娜则报以微笑回应,努力比划出一个胜利的手势。

"准备开始。"柯林低沉的声音在实验室里回荡,他的眼神中闪烁着复杂的光芒,兴奋的同时也有一份难言的忐忑。他深知这一步意味着什么。每一个成功的试验都可能让他们更接近那个永恒的真理,但每一次失败,也可能带来无法承受的后果。

随着柯林的话音落下，设备开始运作。安娜感觉到一阵轻微的电流通过自己的全身，有一种酥麻的感觉。接着，整个世界突然变得不真实了。她的身体，依旧保持着那份静止，但意识却被无形的力量抽离，逐渐飘浮在一个无尽的空间中——空间在她的视野中扭曲拉伸，时间的界限也变得模糊。肉体的感知逐渐被丢弃，取而代之的是一种难以言喻的轻盈，她的意识正在脱离这具物质的躯壳，向天空升去。

"意识状态稳定。"卡贝拉的声音从远处传来，带着一丝欣慰，她的脸上露出了微笑，显然她对试验的成功启动感到满意。她细心地注视着监控仪器，像是守护者一样，确保安娜的安全。

此刻，安娜的心却是满溢的惊叹。她被无形的力量带入了一个全新的世界。这个世界的规则与她曾知的完全不同，每一寸空间都充满了无尽的可能性。她的意识像羽毛一样轻盈地飘动，穿梭在这个虚拟环境中，试图理解眼前的一切。

"这……这是什么地方？"她的声音在空间中回荡，感到一种从未有过的震撼。她环顾四周，只见蓝天白云交织，远处是一片辽阔的海洋，太阳洒下的光辉将大地染成金色。那种从心底涌起的美妙感，让她忍不住大声喊出："太美了！"

黛安温柔的声音随即传来，"在这里，你可以做任何事情。不仅可以行走，还可以飞翔，感受无重力的自由。"

在这个新世界中，安娜的意识不断延展，行动突破了肉体的局限，进入了一种前所未有的自由状态。她迅速"下降"，稳稳落在一片草原上。她小心翼翼地试着走了几步，完全没有障碍，于是她忍不住开始在这片草原上奔跑。风拂过脸颊，带走了所有的沉重。阳光洒在皮肤上，温暖而真实，每一缕光线似乎都能触及心灵深处，唤醒沉睡的记忆。

转念间，她又奔跑在沙滩上，脚下的细沙柔软而温暖，每一次落足都留下深深的印记。浪花轻轻拍打着脚踝，她忍不住向前追逐，而当一个巨浪扑来，她惊讶地发现——即使明知是虚拟的海水，也带着真实的咸味，还能感受到被呛水的刺激与微妙的不适。这真是一个超越感官边界的世界，既梦幻又真实，既自由又深邃。

她偶遇到一个独特的存在——一个在"梦联网"中徘徊的"梦中人"。当她靠近时，她们的意识轻轻触碰，瞬间，她感受到了一种妙不可言的交融——情感、记忆、思想，在彼此之间流动。她感知到那种纯粹的共鸣，感知到存在的本质——不是孤立的个体，而是交错连接的意识波动。

试验继续。安娜的意识继续在这个虚拟空间里舞动，她在寻找更多有趣的梦中人……她看到了不同的存在：有的如星辰般明亮，带着少年般的好奇与热情；有的则像久经风霜的老树，沉默、厚重，却藏着时间的智慧；还有一些梦中人，游移不定，仿佛正在挣扎于伤痛与希望之间……安娜向他们靠近，试着聆听他们的故事。

在这片意识编织的空间里，她不再是一个渐冻症患者，而是成为了一位旅者、一位探索者，一位用心灵去触碰他人本质的人。她逐渐发现，原来康复并不只是对身体的修复，更是一场心灵的苏醒——一种从内部重构现实的力量。

第一次治疗没有太久，半小时后，安娜返回现实。虽然有一种疲惫感，但语言的流动、动作的协调、精神的自由，乃至对自我尊严的感知，让她兴奋无比。在接下来的几天中，她完全适应了这种治疗方式，非常享受在这个虚拟世界里的运动和社交。她的人在现实中，也一下子变得开朗起来。

安娜的变化引起了周围人的关注，尤其是她的儿子海姆。每次他来接她，都似乎看到一个不同的母亲。虽然她依然坐在轮椅上，身体的局限尚未改变，但眼神却多了一种光亮，一种沉静而坚定的神采。曾经那种沉默、压抑、仿佛被困于无声深渊的气场，如今正被一种轻盈的、温柔而自信的能量所取代。她开始笑了，会主动与人交流，甚至用一种近乎俏皮的语气讲述她在那个世界里的奇遇。

"妈妈，你今天看起来不一样了。"海姆轻声说，他感到惊讶和欣慰，但同时也有些疑惑——这种转变太快了！

安娜并不否认这份变化，她自己也感受到了明显不同。虚拟世界中的运动与社交不仅带给了她精神的愉悦，更让她重新审视自己的人生。在那个空间里，她体验到无数种可能性和放松感，这让她意识到，她的内心并不需要被身体的局限束缚。尽管现实中的她依然坐在轮椅上，但精神上的她早已获得了飞翔的自由。

安娜开始学会将这种放松感带入现实。每当她与儿子、邻居、朋友们交谈时，话语中多了一份温暖和活力，仿佛从她的内心深处溢出的不仅是言辞，还有一种久违的生命力。她不再像过去那样焦虑和压抑，而是更加乐于表达自己的想法和感受，愿意去接触、去关心他人。

她知道，这份变化并非单纯虚拟世界带来的结果。虚拟空间中的自由和探索让她领悟到生命的真谛——身体的限制不能决定一个人灵魂的高度；而现实中人际关系的亲密与互动更让她意识到，人与人之间的情感联系，才是生活中最重要的部分。她不知道未来会发生什么，但她已经学会了以一种更开放的心态去面对一切，去接纳生命中每一个微小的变化。

"我感觉自己重生了，无论是人性，还是灵魂。"安娜在体验报告上写道，"我希望能将这种体验分享给更多的患者，让他们知道生命还有其他的可能。"

看到安娜精神面貌的巨变，团队逐渐意识到，意识转移不仅仅是生理上的辅助治疗，更是心理干预——灵魂的碰撞与人性的探讨。

"在这个试验中，我们不仅是在研究意识，更关乎人性的展现"，看到安娜的报告，黛安感慨道，眼中闪烁着对未来的思考。

"人类的情感与意识是如此复杂，我们的研究不仅关乎技术，更重新定义人类的存在"，柯林思考着更深层次的哲学问题。

柯林的沉思并非偶然。在试验持续推进的过程中，尽管技术层面取得了突破性的进展，但一连串更深层的哲学问题也悄然浮现。他早就知道，人类的意识与情感，远不只是神经元放电与生物电流的传递游戏。在那些闪烁的神经信号背后，沉淀着无数交织的历史脉络、文化根基、社会结构与人际关系。每一个"我"，从来都不仅是一个生理上的存在，更是一个被记忆、情感、经验与他人之眼构建出的多维映像。

于是，一些根本性的疑问开始缠绕柯林：

当意识被提取出肉体、被迁移至一个由代码构建的虚拟世界时，这个意识，是否仍旧是原本的"我"？

当失去了身体这具载体，个体的独特性是否还能被完整保留，还是会随着载体的剥离而逐渐瓦解？

意识与身体的分离是否意味着个体身份的不再统一？在虚拟世界中，意识获得了前所未有的自由与超越，但这种自由是否也意味着对"真实身份"的背离，乃至走向某种无法预知的"解体"？

更进一步地说，如果灵魂也脱离肉体，进入虚拟空间，是否意味着灵魂可以游离而不受束缚？那和"孤魂野鬼"又有何区别？

柯林隐隐感到，这不仅是一场技术上的革命，更是一场伦理与哲学的震荡。神游协议 2.0 打开了一扇前所未有的大门，让意识游离于物质之外，自由穿梭于构建出的虚拟空间。然而它也提出了一个人类从未正面回答过的终极问题：个体的"自我"与"独立性"，究竟源自何处？

柯林将这些思考分享给团队，最后喃喃自语道："虚拟世界让意识获得了翅膀，但也让'我是谁'这句话变得愈加难以回答。"

马克早有同样的担忧，此时开口道："我们是为了解锁新的治疗方法，还是在玩火？这些技术带给人类的，可能是前所未有的自由，但的确也可能会剥夺了人类所珍视的最基本东西——我是谁。"

黛安也有同样的疑问："意识与肉体的紧密联系，正是我们认知自我的基础。当我们将意识从肉体中抽离，是否会失去那个'本我'的感觉？"

团队的讨论变得更加深刻，他们意识到，虽然技术的突破带来了希望，但也让他们对"人类的本质"产生了更多疑问。神游协议 2.0 如果普及，将改变的不仅是治疗或科学研究，它将从根本上影响人类对"身份"与"存在"的理解——这个事很大，每个人对自我、对生命的定义，可能会因为这项技术的使用而变得模糊不清。

柯林缓缓站起，目光穿越静默的实验室，再次停留在试验者的照片上。

虚拟世界给予了意识飞翔，挣脱了肉身的牢笼，触及另一重存在的边界。然而越是接近"自由"，他越清晰地感受到一种隐秘的危机：技术所解放的，不只是体验，也可能是意识的坐标。当身份被重构、现实被替代，人类还剩下什么？他知道，真正的挑战并不在于技术的极限，而在于人类能否在惊涛骇浪的演化中，守住"自我"最本质的尊严。未来的每一步，都必须在意识与伦理之间，精确地书写。

"或许我们需要更多的时间，来理解这一切。"柯林轻声自语，"不仅是科学，更是我们对生命的深刻理解。"

这场关于人性与技术的思考，成为了他们研究的另一条重要方向，也让每一个试验的背后，增加了更多对伦理与哲学的探讨。黛安建议可以开始更多考虑神游与梦游技术的伦理影响，从个体身份的认同与意识的独立性入手。

"我们需要建立明确的伦理框架，确保参与者的权益得到尊重"，马克附和道。

"是的，我们应该与心理学家和伦理学者合作，深入探讨这些问题"，柯林点头赞同，随即委派卡贝拉开始做一些前期调研工作。

卡贝拉接到任务后很开心，虽然她不具备人类那么丰富的情感，但绝不缺乏对于伦理边界的出场设置——无论是人类的还是仿生人的伦理道德秩序。

155 意识伦理

午后的实验室咖啡间,阳光透过百叶窗落在桌上。安娜刚完成另一次治疗,神情中带着一丝轻松与犹豫。她坐在马克对面,手指无意识地转动着咖啡杯。这一次,她特意告诉儿子晚半个小时接她,因为是想和马克咨询一些家里的事。

她问道:"马克,我能和你聊聊我儿子吗?他叫海姆。从十六岁开始,就像变了个人——顶嘴、冷漠、不愿意听任何人。那时候我真的觉得他恨我。可奇怪的是,最近他刚满十八,好像又换了一个灵魂,变得温和、有耐心,还会主动照顾我。我不知道是因为我病情好转了,还是他真的"长大"了。你是研究意识的,我想,也许你能看得更深一些?"

马克微笑着答道:"这是个非常有趣的问题,安娜。你看到的其实是一场意识的蜕变——一种从依附到独立的跃迁。从意识学的角度,青少年的'叛逆',并不是对抗父母,而是意识在学习如何自己站立。"

"意识的蜕变?听起来有点像成长的隐喻。"

"不只是隐喻,而是一种结构性的变化。人的意识并不是直线生长的,而是周期性地'分化'与'整合'。十二岁前,孩子的意识与父母的意识是共鸣的,像同一个场域中的两个波;十三到十六岁,他们开始试图脱离这种共振——那就是逆反的起点;而十七到十八岁,分化完成,他们的意识中心开始稳定,新的'我场'形成,于是叛逆自然平息。"

"所以,他不是在反抗我,而是在寻找自己?"安娜似乎明白了什么。

马克继续说道:"正是如此。你可以想象,每个人的意识都在一个共振频率中生长。孩子十六岁时,内在频率会突然上升——他们从情绪主导转向概念主导,再到自我反思主导。这时,原本的家庭共振就会失调,他们不再'接受'父母的逻辑。反抗其实是他们用来震出新频率的方式。"

安娜若有所思地问道:"那他现在的'变乖',就是频率重新匹配了吗?"

"可以这么理解。十八岁左右,这种'意识频率跃迁'基本完成。新的他,以新的频率重新与你共振。这不是服从,而是自我生成后的再和谐。"

"你说得真奇妙……那从更深的层面看,这意味着什么?"

"意味着他在重新定义'我是谁'。十六岁之前,'我'是被父母、学校、社会共同定义的;十六岁之后,他第一次问:'我想自己定义我是谁。'他所反抗的,其实不是你,而是那个旧的、被塑造的自我。那种撕裂很痛,但它是意识重组的必经阶段。"

"所以,所谓的'叛逆期',其实是一场小宇宙的坍缩与重生?"

马克点了点头:"正是。旧的意识壳层崩塌,新的意识核心正在成形。当他走过这一段,他的世界会重新建立,而你——将从'控制者'变成'共振者'。"

安娜轻轻叹了一口气,"原来不是他变了,而是他终于成为他自己。"

马克安慰道:"这是好事,而你,也成为了那个见证他觉醒的人。"

两人相视一笑,空气里弥漫着咖啡与阳光的暖意。就在这时,门外传来一阵轻轻的敲门声——是海姆。他站在门口,神情沉静,眼中有着不再属于少年的坚定。

"妈妈,我来接你了。"

安娜微微一怔,随即露出灿烂的笑容。她对马克点了点头。

马克说:"去吧,你的频率和他的,已经重新对上了。"

海姆不知道他们在说什么，只是礼貌性地致谢，然后推着母亲离开。阳光在门边一闪，他们的身影一起消失在走廊尽头。谈话到此结束——但母亲的心中，解开了一个很久的困惑。

后来的一段时间，马克又见到过母子几次，每次都觉得他们越发和谐。几个月很快过去了，临床试验的结果也初步揭晓：

一是意识释放效果：包括安娜在内三十名受试者的意识百分之百都在虚拟环境中表现出前所未有的活跃与释放，能够以高度沉浸的方式重新体验生命中的愉悦与美好感受。尽管其生理机能仍受疾病限制，但所有受试者在虚拟环境中的主观反馈显示情绪状态显著改善，部分患者甚至报告了"灵魂焕新"的主观体验。

二是生理功能改善：在继续维持原有药物治疗方案的条件下，部分受试者的身体状况出现了客观改善：7 例受试者恢复了不同程度的自主活动能力，其中 5 例可重新完成书写或独立进食，1 例可重新站立，1 例可进行短距离行走；1 例重症患者呼吸功能明显改善，已脱离呼吸辅助装置；10 例受试者肌肉力量有部分恢复，经肌力评估评分较基线平均提升约 25%。

综合分析显示：梦陀螺与神游协议 2.0 联合干预在意识层面具有高度释放效应，并通过神经可塑性机制，对部分患者的生理功能产生辅助性改善作用。

虽然渐冻症在这个年代仍无法完全治愈，但病情的改善大大帮助患者在现实社会中提高了生活质量。他们能更好地自理，减少对他人的依赖，这也辅助他们在心理和情绪上感到更加积极和有力。这正是布鲁明顿医学中心希望看到的结果，也是他们当初联络柯林团队的初衷——通过意识塑造，完成心理建设和精神成长，进而帮助传统医学。

合作双方取得的这一突破性成果，不仅是医疗领域的巨大进步，更是人类医学在意识探索领域的一个全新起点。当试验报告在全球顶级医学杂志上公布后，医疗界和学术界的反应迅速而热烈。柯林团队不仅为治疗神经性疾病开辟了新天地，同时也为探索人类意识边界提供了一个前所未有的视角。

在一次采访中，柯林坦言："我们的目标不单是治疗疾病，更是要开创一个融合科技与人性的社会存在体验。我们希望每个人都能在意识层面获得更高的自由与尊重，同时，这种自由能够反哺现实世界，为人类社会带来新的变革。"

柯林的理想远不止于医学治疗，他渴望推动神游协议 2.0 在各个领域的应用，尤其是在人类的创造性表达、学习能力以及身体极限的突破上。

对于教育界而言，神游协议 2.0 将开启一种全新的教学维度——它不仅提供更直观、沉浸式的学习体验，更让学生得以在意识层面直接感知知识，重构理解的路径。他们可以在虚拟环境中与世界各地的思想交汇，跨越时空的限制，激发出前所未有的认知深度。

在体育领域，运动员们则能借助意识技术突破生理的壁垒，在虚拟训练舱中进行高度拟真的动作优化与策略模拟，在释放身体潜能的同时，也能在更高效、更精准的训练中延长运动生命。

在商业领域，随着神游协议 2.0 逐步引发各大科技公司与商业组织的高度关注，一场围绕"神游经济"的激烈竞赛悄然展开。越来越多企业争相"搭车"，高调宣布将意识与身体分离技术融入自身产品与服务，力求打造前所未有的用户体验。从融合虚拟现实与增强现实的多维平台，到高度定制化的意识交互系统，再到挂名"神游""梦游"概念的各种意识扩展产品，市场上仿佛一夜之间涌现出无数"通往未来"的道路。然而，在这股热潮背后，真正能够触及意识核心、实现技术与人性平衡的产品，依然稀缺。

与此同时，伦理和意识安全问题也成为了全球范围内的热议话题：神游协议 2.0 是否能够真正保证个体意识的独立性与安全性？如果个人意识可以脱离肉体并在虚拟环境中自由漂移，那是否意味着他们将面临数据泄露、意识侵入等风险？如果人类的意识不再局限于肉体，是否会导致身份认同的丧失或社会结构的混乱？如何确保这种技术不会被滥用于不道德或非法的行为？比如个人意识的盗窃、侵犯隐私，甚至意识操控。还有那些行政管理部门和伦理界迫切需要解决的问题。

随着意识分离应用社会化的持续演进，政府对其潜在风险的警觉日益增强。柯林深知，单靠技术上的突破，远不足以推动这项颠覆性技术的真正落地与广泛应用。唯有将技术的发展纳入伦理规范、法律制度与社会价值观的共同框架之中，才能确保其造福人类而非带来新的危机。

正因如此，他开始主动寻求与全球顶尖伦理学家、法学专家及政府机构的深度合作，致力于构建一套面向未来的意识技术治理体系。在保障技术安全与道德底线的前提下，他希望为神游协议 2.0 开辟一条稳健而可持续的发展路径。

"我们必须保持警惕。"在一次内部团队会议上，柯林严肃说道："我们的研究越是受到关注，外界的压力和道德挑战就越大。"

"我同意，"黛安补充道："我们不仅要关注技术的进步，还必须确保这种技术的使用不会被滥用。特别是一些公司可能会试图将其大规模商业化，忽视参与者的权益。"

"我们需要建立一个强有力的伦理框架，确保所有参与者都能在透明和安全的环境中参与试验。"卡贝拉再次提到马克当初的提议。在这一时期，她在柯林的指导下已经做了大量准备工作。

为应对日益复杂的伦理挑战，布莱克索恩主导成立了"地球意识伦理委员会"，并广泛邀请全球意识学家、神经学家、生物材料学家、心理学家、哲学家与法学家等多领域专家加入。委员会旨在构建一套具有前瞻性的指导方针，确保意识科技与应用不偏离伦理轨道。这不仅是对未来科技的一种规范，更是对人类边界的一种守护。

表面上，布莱克索恩推动成立伦理委员会是为了回应社会对神游协议 2.0 的关注，构建一套符合法律与伦理的制度框架；但真正驱动他采取行动的，是他对这项技术最深层的恐惧——一种来自亲身经历的黑暗记忆。

早在神游协议 1.0 的早期实验阶段，布莱克索恩曾亲自参与过一次机密的意识深潜测试。那次测试中，他在意识分离层中遭遇了一种难以名状的体验：他看到自己不再受限于肉体，却也失去了边界感，在虚空中与数个版本的自我交叠共振，产生了近乎精神分裂的幻觉——肉体被抛入一条大河，意识被火星吸入……他看到了意识被技术撕裂后可能演化的路径——人格重组、意志错位，甚至自我认知的瓦解。他曾一度无法区分现实与幻影，直到数月后才从那场"意识坍缩"中逐渐恢复，但至今他也无法理解自己和火星为什么会有交集。

自那以后，布莱克索恩便对意识技术心生警惕。他比任何人都更清楚，如果没有伦理框架的道德护栏，这项技术一旦失控，将不仅是信息泄露或心理依赖那么简单，而是对人类自我认知机制的根本侵蚀——这也正是他坚持组建伦理委员会的真正原因。他不是为了阻止技术，而是为了给这场意识革命，筑起一道他亲身越界后才理解的防线。

156 指导方针

在伦理委员会的首次会议上，会议室内的灯光被调至柔和的暖色，圆桌环形摆放，座位上依次坐着来自神经科学、法律、哲学、社会学、行为学及国际政策等多个领域的专家。

墙面巨大的显示屏缓缓播放着意识分离技术的概念演示：虚拟空间的构建过程、意识与生理的解耦示意，以及潜在的多层级应用场景。

空气中透着一种细微却无法忽视的紧张感——并非争论，而是审慎到近乎凝固的专注。每一次轻微的翻页声、笔尖的触纸声，都像是为这场讨论敲下的标记。所有人都清楚，他们即将提出的观点与得出的结论，很可能成为未来数十年人类社会与意识文明演化的基准线。

生物材料学家杰森·蒋首先开口，他略微前倾，双手交叠在桌面上，声音低沉而有力：

"如果生物材料被用来在意识分离中维持身体的生理功能，或者作为'重生'意识的载体，这不仅触及到意识与身体的独立性问题，同时也可能导致不同人群对这些材料的使用或拥有权的不平等。"

他顿了顿，眼神扫过在场的委员会成员，继续说道："比如，某些群体优先获得稀有生物材料，得以永久维持身体生命状态，这将加剧社会不平等、阶级分化，甚至产生一个'生命精英'阶层；而那些无法获得这些资源的普通人，可能会被进一步边缘化。"

他稍稍后仰，双手交叉抱在胸前，语气转向严肃："技术的进步本应造福全人类，但如果我们不谨慎对待，就会无意间加剧社会裂痕，甚至让这项技术成为新的压迫工具。"

空气中一阵静默。

随即，心理学家艾莉森率先打破沉默。她坐姿端正，手中还握着刚记下的笔记，"我们必须正视意识脱离肉体所带来的心理影响。个体在意识分离状态下可能会经历认知错位、身份危机，甚至是现实感的动摇。这不仅关乎技术的安全性，还关乎人的心理健康与社会适应能力。"她目光沉静地扫过会议室中的每一个人，试图确认他们是否真正理解这背后的深远含义。

接着，哲学家查理放下手中的饮料杯，轻轻咳了一声，缓缓说道："这项技术触及了最基本的哲学问题——'自我'的定义。"他手指轻敲桌面，每一个字都像是在探寻更深的层次："如果人的意识能够被分离并存活于非物质载体中，那么'我'还是原来的'我'吗？如果可以复制或存储意识，我们将如何界定个体的独特性？这不仅是技术突破的问题，更是对人类身份认同的挑战。"

会议桌的另一端，法学家汪博博士翻阅着一叠打印资料，随后缓缓开口,语气沉稳而富有条理:"我们需要确保技术的每一步都能尊重参与者的意愿与权利。同时,我们必须建立健全的法律框架,确保不会出现意识盗窃、未经授权的意识操控等滥用行为。"

他把文件轻轻放下,双手平摊在桌面上,补充道:"此外,我们还必须向公众透明地传达研究的进展和可能的风险,让社会有足够的时间和空间去适应这一变革。"

会议已经持续了八个小时。窗外,夕阳缓缓跌近地平线,金色的余晖透过落地窗斜洒进会议室,将每一位成员的面庞镀上温暖而沉静的光辉。那一刻,会议仿佛超越了单纯的议程,更像是一场关乎人类未来走向的前哨辩论——思想在交锋,价值在碰撞,未知的轮廓在暗处渐渐成形。

首次会议一直持续到晚九点才告一段落,留下的是厚厚的会议记录与无数待解的问题。随后几周里,伦理委员会每周两次召开线下讨论会,同时启动全球视频连线,邀请来自社会人权、宗教研究、人工智能、意识政治、历史人文、太空安全等更广泛领域的专家加入。一个跨越地域与学科的思想网络,正悄然在意识分离技术的伦理议题之上编织成形。

经过一个月的深入讨论与修订,伦理委员会终于完成了初步的指导方针,其中包括:

知情同意与自主权——任何个体在参与神游和梦游实验前,必须充分了解潜在的风险、影响以及技术的局限性,并自由选择是否参与。参与者有权在任何阶段离开实验,不受任何外部压力影响。

数据隐私与意识安全——任何被分离的意识数据都必须受到最严格的加密和保护,禁止未经授权的复制、存储或操控。研究机构需设立专门的数据监管机制,确保意识信息不被滥用或泄露。

意识与身体的尊重——禁止任何形式的意识操控、强制参与意识实验或其他未经授权行为。确保意识分离不会对个体的身心健康造成不可逆的伤害,并设立心理支持机制,帮助参与分离试验者的心理建设。

身份与连续性——在意识转移过程中,应确保个体对自身身份的认

同感得以延续，使其在转移后仍能维持自我连贯性的体验与认知。

现实责任——运用神游和梦游技术的个体应保持对现实世界的责任感，避免因技术带来的意识割裂或逃避现实的倾向，以确保身心完整性的平衡。

技术应用的伦理边界——神游和梦游的应用范围需经过严格审核，禁止用于军事用途或大规模商业化操作。所有应用必须基于人类福祉，资源分配公平合理，避免制造社会不平等或伦理困境。

随着指导方针的发布，全球学术界、法律界以及公众舆论的关注度迅速攀升，神游与梦游技术被推向了前所未有的焦点位置。多个研究机构开始筹划跨学科合作，伦理委员会与立法机关也相继成立专项小组，以评估这些技术可能带来的深远影响。

然而，就在团队准备将研究推进至更大规模的临床试验与社会应用时，一个更为复杂且无法回避的问题被人提出——当意识分离能够长期维持，甚至构建出一个完全由意识构成的独立社会，人类现有的社会结构、法律体系与价值秩序，是否会因此发生根本性的重构？

柯林静静地望着手中那份指导方针，心中清楚，这不过是序章。真正的挑战，必将跨越已知的科学与哲学边界，进入一个无人曾踏足的领域——一个连他们自己都无法完全想象的未来。

正在柯林还沉浸在自己的思绪中时，电话铃突然响起。布莱克索恩的副官明镜打来电话，告诉他一家名为"未来意识"的大型科技公司，刚与军民联络部联系，表示对柯林团队的研究有浓厚的兴趣，试图与他们达成合作。他们提出将神游协议 2.0 商业化，目标是创造一个以意识为基础的虚拟生活平台。明镜告诉柯林如果感兴趣，就直接和对方接洽。

未来意识公司名气很大，是全球探索意识商业化的科技巨头，被媒体称为"从人工智能到意识解放的领军者"。公司由前沿人工智能、神经科学、量子计算和虚拟现实技术的先驱们联合创立，最初以人工智能和脑机接口技术起家，后凭借其神经交互系统迅速崛起，并逐步涉足意识扩展、全息计算、数字化意识存储等领域。

在过去的二十年间，未来意识研发了一系列划时代的科技产品，包括："神链"——全球领先的脑机接口设备，使用户可以凭借脑意图直接与外部世界交互，并实现跨脑通信；AEI 个性重塑技术——利用深度泛化学习算法和跨模态信息处理，帮助用户修改心理习惯、情绪模式，增强自信、消除恐惧或抑郁，甚至定制最优思维风格；虚拟现实岛——公司的旗舰项目，提供高度逼真的沉浸式虚拟体验，用户可以直接体验不同的情绪、技能、社会角色，身临其境地感受历史事件、体验名人心境。

未来意识的最终目标是实现"数字永生"，即让个体的意识能够脱离生物躯壳，在虚拟世界或识子存储环境中继续存在。

在未来意识的愿景中，意识不仅是大脑的产物，而是一种可被解构、模拟、存储并最终自由流动的"数据体"。当他们得知柯林团队在神游协议 2.0 上取得突破后，立即意识到这项技术的潜力——它可能是最终摆脱生物局限、进入纯意识生存形态的关键。

于是，未来意识向柯林团队伸出橄榄枝，提出了一个雄心勃勃的合作计划，希望将神游协议 2.0 商业化，创造一个基于神经交互和情感反馈的经济体系，在虚拟世界中交易感知、体验、知识、记忆和情绪，创造出全新的数字意识市场。未来意识还设想为渐冻症、帕金森、阿尔茨海默病等患者提供另一种"生命形式"：即当其身体机能退化或死亡前，意识可以转移到数字世界，并在那里获得"永生"。

未来意识计划投入十亿美元，同柯林团队展开合作。然而，尽管他们的计划看似极具吸引力，柯林和团队成员仍然对其真正意图保持警觉。

会议室中，灯光并不明亮，呈现出一种压抑的琥珀色，窗外的城市灯火已渐次点亮，仿佛现实世界正逐步退隐，而关于"意识未来"的争论，却在这个封闭空间里愈演愈烈。

马克坐在会议桌一端，眉头紧锁，盯着面前的投影图像，图像中是一段被未来意识擅自改写的神游协议应用场景示例。他缓缓开口，声音低沉，夹杂着明显的不满与忧虑："他们想做的，和我们的初衷并不一样。"

他顿了顿，抬头望向在座成员，语气加重："神游协议 2.0 的目的，是为了理解意识的本质，不是为了让人们抛弃现实世界，永远沉浸在数字幻象中，也不是以此牟利。"

会议室顿时安静下来，只能听到设备运转的微弱嗡鸣。黛安靠在椅背上，双臂交叉，脸上的神情变得冷峻："如果人们的意识可以长期停留在虚拟世界，那么他们的真实身体怎么办？"她一字一句地说着，声音里透出不安，"未来意识会不会最终鼓励人类彻底放弃生物存在，成为某种'数字生命'？"

空气一阵凝滞。

卡贝拉直起身，手指轻点桌面，语气毫不掩饰她的愤怒："我们不能让神游协议 2.0 变成一种逃避现实的工具，更不能让它成为少数资本控制人类意识和牟利的手段。"她目光炯炯，视线从一个人身上扫过另一个人，仿佛要确认在场的每一位同仁是否依旧坚定立场。

沉默片刻，所有人的目光都转向坐在主位的柯林。

他一直未发一言，此刻却缓缓开口，声音不大，但语气中带着一种压倒性的深思与坚定："这不是一场简单的商业合作，而是关于人类未来走向的选择。"他缓缓把手放在桌面上，眼神凝视着桌上的协议草案，"如果未来意识只是想将意识变成商品，那他们的目标与我们相悖。况且，我们刚公布的伦理指导方针，也明确列出：禁止任何形式的大规模商业化操作。"

他的语气带着决绝，而这句话仿佛为未来画下了一条清晰的界线。柯林意识到，神游协议 2.0 可能是人类意识进化的下一步关键技术，如果落入错误的人手中，它可能会彻底改变人类社会的结构，甚至危及现实世界的存续。

窗外夜色渐深，好像整座城市都在静听这场关于意识、人类与未来方向的宣言。

8 | 盗取资料

157 调查背后

不久后，柯林实验室收到了一封匿名信，警告他未来意识公司可能带来的潜在威胁。信中指出，这家公司在实验过程中违反伦理标准，并存在滥用参与者数据的行为。

"这封信的真实性需要验证，但我们不能掉以轻心。"

柯林神色凝重地对黛安和马克说道。他的指尖轻轻滑过全息屏幕，调出未来意识过去发来的合作邀请信。信件措辞精确、极具说服力，但柯林始终感觉其中隐藏着某种不安定。

"我们必须弄清楚他们的真正意图。"

卡贝拉迅速展开调查，凭借她在信息分析和数据追踪方面的专业能力，对未来意识进行全面背景审查。她首先接入全球数据库，查阅未来意识的研究项目、专利申请和合作记录。表面上，这家公司履历光鲜，曾多次获得科技创新大奖，并与多家政府及顶级科研机构建立合作。然而，随着深入挖掘，一些令人不安的细节逐渐浮现。

通过比对公开的研究报告和匿名信透露的内部数据，卡贝拉发现，他们在某些关键实验中修改了失败率统计，使技术的成功率看起来远高于实际情况。

"他们想让外界相信自己的意识技术已经趋于完美。"卡贝拉介绍道："但真实数据表明，在某些涉及神经网络增强和个性重塑的实验中，超过百分之四十的受试者出现了不可逆的认知紊乱，甚至有个别案例涉及意识丧失。"

她进一步追踪到未来意识内部泄露出的实验视频，尽管画面模糊，但依然可以看到一些参与者在使用脑机接口进入虚拟现实岛后，表现出严重的人格分裂、情感消失，甚至精神错乱的迹象。

"他们不仅操纵数据，还在掩盖失败案例。"卡贝拉向柯林汇报，"如果这是真的，他们的技术远不如宣称的那样安全。"

她继续调查未来意识过去主持的临床试验，发现多个受试者在实验结束后提交了负面反馈报告，但这些报告从未对外公开。她联系到一名曾参与早期虚拟现实岛测试的受试者，对方在通话中透露："他们的实验让人上瘾，就像毒品一样。你会越来越依赖虚拟世界，而当你想退出时，却发现自己已经回不去了。"

更令人不安的是，卡贝拉还发现多名受试者的反馈在数据库中被悄然删除，甚至有些人在实验结束后莫名失踪。她愈发确信：未来意识正在利用其技术让人沉溺于虚拟世界，却对他们隐瞒真实后果。

"这根本不是科研。"卡贝拉语气冰冷地说道，"这是在操控人类的心智。"

在经过更深入的调查后，卡贝拉还发现未来意识的部分资金来源异常。表面上，他们的资金主要来自合法的科技基金和投资机构，但在追踪某些匿名账户后，她发现一部分资金流动与一家名为"回声倡议"的神秘组织密切相关。

回声倡议的背景几乎无法查到，但在旧军部某些机密档案中，它曾与人体实验、军事神经武器等关键词有所关联。这让卡贝拉意识到，未来意识可能不仅是想商业化神游协议2.0，他们的最终目标，或许远比想象中更加黑暗。

卡贝拉将调查结果整理好，投射到全息屏幕上。

"这家公司不是在研究科技的未来，而是在操控人类的未来，"她冷静地说道，"他们想利用我们的技术；但他们的手段、目的，甚至他们的资金来源，都隐藏着太多问题。"

"这太危险了。"黛安的声音有些颤抖，她不敢相信这样一家科技巨头居然能隐瞒如此关键的信息，而外界却对此一无所知。

柯林沉思片刻，站起身来，在实验室的光屏前来回踱步，"如果未来意识在操控数据、掩盖实验失败，并且他们的技术真的会让人上瘾，那他们真正的目的是什么？"

马克点开一份未来意识近期的投资报告，说道："他们最近筹集了数十亿美元资金，声称用于扩展意识存储技术，目标是在未来十年内让全球百分之二十的人口能够在虚拟现实岛中实现长期居住。"

"长期居住？"卡贝拉冷笑一声，"这根本不是云端存储，而是精神殖民！他们想让人们彻底抛弃现实，永远活在他们创造的虚拟世界里。"

"问题是，他们是怎么做到的？"黛安翻阅着未来意识发表的论文，"目前的脑机接口技术虽然能带来沉浸式体验，但还远远达不到让人类彻底舍弃现实的程度。"

"或许，他们找到了一种改变大脑神经信号的方式，能让人类在虚拟世界中体验比现实更强烈的情感刺激，甚至是——"卡贝拉的声音顿了一下，眼神中闪过一丝惊恐，"甚至是屏蔽现实世界带来的痛苦，彻底断开与真实世界的情感连接。"

会议室里陷入了一阵沉默。

如果未来意识正在操纵人类的情感系统，让人们自愿选择沉浸在虚拟世界中，那这已经不仅仅是一个科技伦理问题，而是人类自由意志的危机。

柯林凝视着屏幕上那些触目惊心的证据，沉默许久，终于点头道："我们不能把神游协议 2.0 交给他们。"

马克的语气也充满警觉："他们试图用商业化的包装掩盖真相，但我们不会让自己的研究沦为他们的工具。"

最终，团队达成共识——拒绝与未来意识公司合作。然而，他们也清楚，未来意识这样的科技巨头不会轻易罢休，他们或许已经被盯上了，甚至被暗中监视一举一动。

意识到潜在的威胁，柯林和团队决定主动出击。他们联络全球范围内其他从事意识分离研究的科学家，共同发起一场意识科技伦理运动，借着刚公布的伦理指导方针之势，进一步推动公众对该技术的潜力与风险展开深度讨论。

"如果我们不主动发声，未来意识就会主导这项技术的未来。"卡贝拉在媒体采访准备会上强调。她不遗余力地联系各大新闻机构，引导社会舆论关注意识技术的伦理边界。与此同时，柯林负责起草意识技术伦理政策建议，确保所有涉及意识科技的研究都遵循严格的伦理标准。他们与立法者展开对话，争取在全球政策层面推动法律框架的制定，以保护实验参与者的基本权益和意识自主权。

随着这场运动的推进，公众的关注度急剧上升。社交媒体上，关于意识技术的讨论迅速发酵，无数人表达支持或忧虑。

在一场备受瞩目的国际会议上，柯林受邀发表演讲，探讨意识技术的潜力与伦理挑战。他强调，科技进步必须建立在伦理的基石之上，科学家、伦理学者与公众的对话至关重要。

"不能让科技的发展剥夺人性。"柯林的声音在会场中回荡，目光坚定而锐利，"意识技术或许能带来前所未有的生命体验，但我们必须确保，在追求创新的同时，不牺牲个体的尊严与权利，更不能让资本主导科技，将其变成逐利的工具。"

"这不仅仅是技术突破，而是关乎人类未来的选择。"一位年轻的科技伦理活动家在台下大声呼应。会场中响起热烈的掌声，大家纷纷点头表示赞同。看到公众的积极响应，柯林倍感振奋。他知道，这不光是一场关于科技的战斗，更是一场关于人类意识自由的捍卫。

会议结束后，柯林与来自全球的研究者继续交流，分享各自的研究进展与伦理见解，共同探讨在技术、商业与伦理之间的平衡点。

随着伦理运动的成功，越来越多的机构和专家主动加入意识技术的伦理框架建设。柯林的团队不仅得到了更多支持，还与真正履行社会责任、坚持透明化研究的学术机构达成合作协议，推动神游协议 2.0 的安全应用。

"我们将建立一个全球网络，确保这项技术在不同地区都能受到适当的监管与保护。"柯林在签署合作协议后，难掩激动之情。

158 遭遇入侵

然而，尽管伦理运动取得突破，研究进展顺利，荣誉与关注纷至沓来，科技界却弥漫着一丝难以言喻的不安。未来意识公司的阴影从未真正消散，一种无形的压力渐渐逼近，如同潜伏在暗处的威胁，伺机反扑。

"我接到了几通电话，都是拐弯抹角地打听我们的实验进展。"在一次团队内部会上，卡贝拉严肃地报告道："最近我们的网络也经常受到攻击。"

"我们必须加强保密和系统防护工作。"柯林沉思片刻，语气坚定。他深知，神游协议 2.0 的突破不仅关乎科学的未来，更牵扯到巨大的商业利益与道德责任。当科技成为资本的角力场，黑暗势力往往会不择手段。

为防止研究成果被窃取，柯林决定强化实验室的安全防护，他启动了一套军方刚刚开发出的信息安全保护机制——时空神经密码 EON 系统，一套结合时空加密、全息计算、识子安全与生物融合的加密系统，专门用于保护意识数据、脑机接口信息及神游协议技术的核心机密。

在抗识子破解方面，EON 采用基于纠缠态的识子密钥分发，结合全息信息存储，构建了一套识子-全息加密结构，即便未来计算能力呈指数级提升，系统依然具备强大抗破解性。此外，EON充分利用量子计算的超位置特性，将数据存储于高维状态，任何非授权访问都会导致状态坍缩，使窃取行为实时暴露。

柯林的下一步计划是构建四大核心密钥，形成多层次的数据保护体系：

一是神经映射密钥——基于个体神经网络的唯一性，EON结合脑电波、功能性磁共振数据生成个性化密钥，确保每个人的意识数据仅能由其自身解密。即使攻击者获取了密钥，由于其绑定个体神经模式，仍无法伪造访问权限，极大提升不可篡改性。

二是灵体共振加密——在神经映射密钥的基础上，柯林团队取得了突破性进展——EON密码直接连接人类意识，通过意识共振频率锁定数据，只有与特定意识匹配的个体才能解密。此外，信息不存储于单一物理介质，而是分布在高维共振场，任何篡改行为都会导致数据结构崩塌。当前，柯林两个研究小组正在攻关意识频率匹配与超维度数据保护技术。

三是时空散列验证——一种时间锁+空间绑定技术，确保数据安全性，其机制设定包括数据只能在特定时间窗口内解密，超出时间即使持有密钥也无法访问，意识数据还可绑定至特定宇宙坐标，仅在正确的空间点才能解密，确保安全性。

四是逻辑变异性加密——加密协议会自动变异，动态调整自身，确保五百年后依然安全。当检测到异常访问，系统立即重构加密逻辑，使攻击者无法预测解密路径。此外，系统采用类生命体算法，根据外部环境自我演化，适应未来可能出现的解密技术。

随着EON计划的推进，柯林团队的安全防护进入全新高度。然而，他们也意识到，未来意识公司绝不会轻易罢休，那几通电话只是开始。

在一次EON加密系统的安全测试中，柯林的屏幕上突然跳出了一连串警告信息。

"我们的数据似乎遭到了黑客攻击。"他目光锐利,指尖迅速敲击键盘,试图追踪入侵路径。

"攻击者正在尝试破解识子加密层!"卡贝拉警惕地说,脸色凝重,神经紧绷。经过连续几天的不眠排查,终于锁定了入侵源头——攻击者的IP地址直指未来意识的子公司。

"看来他们还不打算罢休。"柯林冷冷地说道。

就在他们商量如何应对时,实验室的警报骤然响起,整个实验室瞬间被紧张的氛围笼罩。柯林的目光一凛,手指迅速滑过控制台,屏幕上的数据急速跳动——实验室的门禁安全系统显示实验室遭到入侵。

这怎么可能?居然有人闯入戒备森严、连一只蚊子都飞不进的地堡?会不会是系统误报?——但无论是闯入还是误报,这在以往都没发生过。

"可能有人闯进来了。"他低声说道,迅速联系安保团队,同时调出监控画面。画面闪烁,最终定格——的确,有人闯了进来……

走廊里,红光交错,影影绰绰的阴影在墙壁上晃动,渲染出一片诡异的景象。柯林手握电磁脉冲枪,警觉地前进,马克紧随其后。空气中弥漫着一种阴冷的气息,仿佛黑暗中的猎手正隐匿伺机。

他们一路搜寻,最终在核心运算中心发现了入侵者。那人身影鬼祟,正熟练地操控一台小型设备,试图接入实验室的核心终端。屏幕上的数据流高速滚动,显示系统已遭入侵。

"你在做什么?"柯林跨前一步,语气低沉而危险。入侵者缓缓转过头,脸上浮现出一抹冷笑,眼神中带着不加掩饰的挑衅。

那居然是——

卡贝拉!

怎么可能???

"很快你就知道了……"说着，对方的手指猛地按下设备上的某个按钮。瞬间，整个实验室的显示屏开始疯狂闪烁，核心数据库正在被强制提取！

"阻止！"柯林朝马克打了个手势，示意封锁出口。他自己迅速冲向主控台，手指飞快地敲击键盘，试图切断数据链。

与此同时，对方察觉到形势不利，猛地后撤，同时从腰间掏出一支神经抑制枪，毫不犹豫地扣下扳机！

砰！

柯林一个翻身躲避，子弹擦过肩膀，狠狠地嵌进墙壁。马克反应极快，一个冲刺扑向入侵者，猛然扣住对方手腕，使枪口偏转。两人瞬间扭打在一起，对方拼命挣扎，试图挣脱，但马克力量更胜一筹，也更灵活，直接将她按倒在地。

"数据仍在传输！"马克喘着气大吼。就在此刻，卡贝拉赶来，她迅速掏出便携式干扰器，瞄准入侵者的设备——

一道蓝光闪过！

屏幕上的数据流猛然停止，一切恢复正常。这时，赶来的卡贝拉才发现躺在地上的入侵者和自己外观一模一样，她愣住了。马克这时也反应过来，刚才和他打斗的那个卡贝拉，分明是个人体——那种肌肉感、发力方式、反应速度，一上手就知，绝不是仿生人能模仿出的。

此时，安保人员赶到。几名队员迅速将入侵者按倒在地，腕锁的磁场"咔嗒"一声合上。

马克缓缓站起，目光在那张与卡贝拉几乎一模一样的脸上停留，冷冽如冰。

"游戏结束了，"他低声道，"你这个假货。"

入侵者微微抬头，那双眼睛竟与卡贝拉的虹膜频谱一致，甚至连瞳孔的微振频率都完美复制。入侵者被压制在地，嘴角却勾起一丝不甘的笑意，低声说道："你们以为这就完了吗？"

柯林望向终止的屏幕，心中隐隐有种不祥的预感。

事后调查显示——

有人在数月前侵入了卡贝拉的出厂数据库，盗取了她的原始认知架构与基因模板。那份数据包括她的神经建模参数、情感响应矩阵，以及用于人机融合层的动态校准密钥。换句话说，他们不只是复制了她的外貌，而是复制了她的"意识界面"。据卡贝拉的外观设计师李岂分析：为了让复制体在现实中具备可行动的外壳，制造者使用了一种仿生面具技术：这种面具由自适应蛋白纳米膜构成，能根据佩戴者的生物信号微调肌肉纹理和皮肤电阻，从而实现与卡贝拉相同的表情细节与热成像特征。在红外与光谱层级上，她看起来就是卡贝拉本尊。

地堡的门禁系统本是针对人类生物特征设计的，识别逻辑基于DNA、体温、脉搏与微电流分布。但卡贝拉属于少数"仿生成员"——她的生物信号是人机融合态：部分由神经网络模拟的人类生理波形，部分来自人工芯片的逻辑接口。这让系统在"人类"与"仿生体"的边界处存在一个兼容性漏洞。入侵者正是利用这一缝隙，伪装成她，轻易骗过了地堡的身份验证。

更诡异的是——卡贝拉的系统在过去一年里已进行过多次升级，每一次都刷新了安全密钥与感知映射。按理说，她的任何外部拷贝都应自动失效。然而，伪卡贝拉不仅能通过门禁，还能调用她的实时通讯频段，甚至短暂接入她的意识接口。

这一切意味着：有人掌握了她的同步算法——能在她系统刷新时，实时更新伪体参数。警方无法解释这一点。技术上，这相当于有人在她的"意识镜像"中做了一个延迟极低的反射副本——一个几乎同时存在的"她"，共享着同一逻辑基因，却无"灵魂"。

马克在审讯室的单向玻璃后静静凝视。那张脸依然平静无波，像极

了卡贝拉。但他知道，那不是她。缺的不是外貌，不是声音，而是——那道连算法都无法伪造的、卡贝拉已经进化出的"觉知之光"。

经过警方的介入，入侵者被正式拘捕。但就在当天深夜，警方报告称，这名入侵者在看守所中自缢身亡。这一消息迅速传遍全城，媒体纷纷报道，引发了社会热议。然而，案件并未因此画上句号，反而变得更加扑朔迷离。按照警方的说法，入侵者是在单独关押期间利用床单自缢，但监控录像显示，他在死亡前的一个小时内，除了偶尔低头思考，并没有明显的异常举动。而就在事发前的几分钟，监控却意外出现短暂的信号中断。更令人费解的是，尸检报告显示，死者的颈部伤痕并不符合典型的自缢模式，而更像是人为施加的外力造成的勒痕。

与此同时，一名匿名的狱警在社交媒体上爆料，称当晚看守所的戒备并未按照标准执行，部分监控甚至"刚好"处于维修状态。而更有知情人士透露，入侵者在被捕后曾向警员表示，他掌握了一些足以颠覆案情的关键证据，要求转为"污点证人"并获得人身保护，但这一请求还未被上报人就死了。

媒体开始质疑，这到底是一起自杀，还是一起蓄意掩盖真相的谋杀？如果是谋杀，幕后黑手又是谁？警方内部是否存在腐败或隐情？一些人猜想，入侵者可能掌握了某些敏感信息，而他的死只是为了让这些秘密永远消失。

一时间，社交媒体上各种猜测甚嚣尘上，有人认为入侵者不过是个小角色，真正的幕后主使仍然逍遥法外；也有人相信他曾试图揭露某个不为人知的黑幕，却在公布前的那一刻被迅速灭口；更有甚者提出，他只是更大棋局中的一枚弃子，真正的较量才刚刚开始。

但不论真相如何，随着入侵者的死亡，原本即将水落石出的案件再次陷入迷雾之中，线索也在此戛然而止，仿佛有人在背后操控，将一切都切断在了黎明前最深的黑暗里。

"我们刚升级了网络防火墙，没想到被这种低级手段物理入侵了。"事后，马克感慨道。

"还有很多谜题没解开。"刚刚经过全面"安全体检"的卡贝拉说道。

"不过,我们可以利用这次机会,赢得更广泛的社会舆论支持,加快推动意识技术的安全与伦理规范。"柯林对二人说道。

159 意外合作

经历了这一系列风波,柯林、黛安和马克深刻意识到,科技的进步不仅仅取决于技术本身,更关键的是如何正确地保护、使用与管理这些技术。一项革新如果无法被妥善引导,便可能沦为不受控制的武器,成为少数人谋取私利的工具。

他们决心继续推进神游协议 2.0 的发展,同时建立更加完善的安全体系,确保它始终为全人类的福祉而服务,而非沦为某些势力的垄断工具。

"我们需要更多的声音来支持我们的研究。"柯林同黛安商议。

"是的,我们应该接触更多科研机构、伦理组织以及技术爱好者,建立一个更广泛的合作网络,以共同推动神游协议技术的健康发展。"

黛安十分赞同,同时提出,或许可以举办一次高峰会议,专门探讨神游协议技术的伦理和科学问题,会聚来自全球的专家,共同探讨未来的发展方向。

"这是个好主意!"柯林答道,"就由你来牵头吧。"

"希望通过这次论坛，引发更广泛的讨论，让更多的人参与到这场探索中来。"黛安说，她也十分期待与外界分享他们的发现。

"除了未来意识公司。"卡贝拉开玩笑说道。

之后，会议的准备工作迅速展开，黛安和她的团队投入了大量的时间和精力。在会议上，她不仅要展示他们的研究成果，还希望借此机会向业界普及神游协议技术的意义和潜力。

峰会前夕，黛安的团队陆续收到了来自全球各大研究机构的支持信件，报名人数持续攀升，连世界主流媒体也纷纷派出记者前来报道。

会议当天，偌大的会厅座无虚席——来自五大洲的科学家、伦理学家、技术专家与政策制定者齐聚一堂，空气中弥漫着兴奋与期待的气息。

黛安作为主讲嘉宾缓步走上讲台，面对那一双双专注的眼睛，她感到一种由衷的欣慰与责任的重量。

"今天，我们在这里，不仅是为了展示技术的突破，"她的声音清晰而沉稳，"更是为了探讨——如何以正确的方式使用它。"

她停顿片刻，目光扫过全场，"神游协议技术可以为人类带来前所未有的生命体验，但与此同时，我们也必须直面由此带来的伦理挑战与身份认同问题。"

她的话像一束光穿透迷雾，瞬间点亮了会场中潜伏已久的思绪。

专家们开始积极发言，提问与讨论交织，涉及神游协议的潜力、风险与社会影响。会场的气氛逐渐升温，思想的火花在不同领域的交汇中不断碰撞。

"如果意识能够被转移，个体的身份认同将如何定义？"

一位伦理学家再次提出了这个被问过无数次的问题，因为它始终没有公认的标准答案。

"这正是我们必须讨论和深入思考的问题。"她缓缓说道，"如果一个人的意识被转移到一个新的身体中，他们是否仍然是原来的自己？身份的连续性如何界定？这不仅仅是科学问题，更是社会共识的问题。"

"意识是否只是大脑的产物，还是独立于大脑而存在？如果意识能够被提取，那么它与身体的关系究竟是什么？"一位神经学家紧接着发问，他的眼神中带着思索与怀疑。

而就在此时，一位哲学家提出了一个更深层次的挑战："是大脑创造了意识，还是意识创造了大脑？"这个问题让整个讨论厅陷入了短暂的沉默。它不仅关乎科学，还涉及对现实本质的探讨。

讨论逐渐变得深邃而富有启发性，所有参与者都意识到，神游协议技术的研究，远远超出了科学范畴。它不仅需要实验与数据支撑，更需要哲学与伦理的深度思考。如果没有一个清晰的理论框架，技术的突破可能会带来一场关于"自我"的认知危机。而在这一刻，每个人也都意识到，他们正在开启一场前所未有的探索——关于意识、个体、存在与未来的终极命题。

当天议程接近尾声时，会议室的门突然被打开，一位面容清冷的女性走了进来。她穿着一身黑色的职业装，目光坚定而冷峻。众人纷纷转头，看向她。

"我叫艾米莉，来自未来意识公司。"她的声音清晰而有力，瞬间吸引了全场的注意，"我来这里，是想对你们的研究表达我的看法。"

全场响起一阵窃窃私语，黛安心中一紧，她万万没有料想到未来意识公司的代表竟然出现在会场。

"对我们公司的确有很多争议，但我们的技术潜力是巨大的。"艾米莉继续说道，"如果能合理利用，或许可以为整个人类带来前所未有的机会。"

马克感到愤怒与震惊，想不到未来意识公司这么无耻，现在还敢来搅局。他从座位上站起来，快步走向前质问道："你们难道没有反思过自己过去所做的那些事情吗？你们对人类意识的侵犯与操控，能算得上合理利用吗？"

会议室内气氛瞬间紧张，艾米莉并不畏惧，反而微微一笑，似乎对此早有准备。"我承认过去的错误，但这并不代表未来无法改变。我们希望能在技术的监督与合作中前行，找到一个合理的解决方案。"

"你们公司并不值得信任！"卡贝拉站出来，直言不讳，"你们的利益与道德相悖，根本无法谈论合作！"

"我不否认公司在追求商业利益，但也是在探索技术边界。"艾米莉冷静回应，"你们想过吗，如果没有商业支持，很多技术就无法落地，也就没有社会意义，你们也需要找到一个平衡点。"

三人唇枪舌剑，会议厅内的气氛愈发紧张。与会者感觉到，眼前的争论不仅是他们个人之间的对抗，更是科技与伦理、商业与社会责任之间的博弈。

经过一轮激烈的争论，会议接近尾声。黛安知道，眼前的抉择不仅关乎她和团队的未来，也关乎整个人类的未来。她深吸一口气，走上讲台，出人意料地作出一个大胆的提议：

"我提议，未来意识公司与柯林团队联合成立一个协调小组，为推动双方在意识科技领域的开发与应用做前期沟通。同时，我们将邀请政府机构、媒体和社会专家进行监督，确保技术的发展与应用始终遵循伦理规范。"

黛安的话音刚落，整个会场顿时陷入一片低声的议论之中。众人惊愕不已，显然没有预料到她会提出这样的建议。对于未来意识公司，业界早就有许多对他们不利的传闻。然而，也有人觉得，世界上最大的意识商业公司和最领先的意识科技实验室合作或许并不是一件坏事。

这是一个充满风险的决定。黛安很清楚，与未来意识合作意味着要在一个充满风险和博弈的环境中前行，但她更明白，唯有开放与合作，才能引导这项技术沿着正确的轨道发展。如果双方继续对立，技术战争不可避免，而真正的受害者，最终将是整个社会。

会议结束时，黛安的提议得到了部分与会者的认同。艾米莉也表示愿意参与这一协调小组。尽管她的动机仍值得警惕，但黛安相信，借助监控与合作，至少可以降低未来意识公司带来的潜在威胁。

会后回到实验室，柯林的反应比黛安预想得更为激烈。一向信赖和支持她的柯林，此刻表现出少有的激动和质疑。

"你为什么没有提前商议，就擅自作出这么重大的决定？"他质问道。论坛上，面对众多外部人员，他不便当场反驳，但现在，他必须要一个解释。

"没有永久的敌人，只有永远的利益。"黛安淡淡地回答，目光沉稳。

柯林闻言，脸上浮现出一丝震惊。他从未听她说过这样的话。在他心中，黛安一直是"天使"——神一般的存在，难道神也谈利益？

"你是指人类的利益？利益众生？"一旁的马克突然开口，语气中带着一丝理解。他似乎比柯林更快领悟到黛安的意图。其实，会后他们私下交流过，黛安的意思是不能总让未来意识躲在暗处。另一个重要原因是对方毕竟是意识科技领域无法忽视的力量，她在考虑如何能用到这股力量造福人类。

黛安感激地看了马克一眼，点头说道："是的。如果继续拒绝合作，未来意识的科技依然会快速发展，甚至可能超越我们；他们有雄厚的资金作保障，而我们只是靠有限的军费拨款。与其让他们在暗处悄然崛起，不如将他们拉入可控的范围。合作不仅能推动意识科技造福社会，还能让我们有机会近距离监督他们。"

在经过一番思考后，柯林终于开口："我明白了你的意思，与其让他们在黑暗中积蓄力量，不如让他们浮出水面。这样，我们至少可以更看清局势。"他不得不佩服黛安的智慧，这不仅仅是一个合作的提议，更是一场精妙的战略布局。

"这是一条艰难的道路,但也是重塑未来的机会。"黛安说道。

此刻,卡贝拉的运算核心正以极限频率运转。她再次意识到——人类的行为逻辑比任何算法都要复杂,而自己离那种复杂性仍有不小的距离。她在心底默默将与未来意识公司交互的全过程从头到尾复盘,试图将那三人细碎而跳跃的念头、情绪与决策模式,一一编织进自己的逻辑链条。

自从上次身份被盗用事件发生后,她的内部防火墙已提升至最高防御级别,权限判定与生物特征识别多重叠加,任何试图接近的外部信号,都会在纳秒间被分解、分析,并迅速完成隔离、反制或吸纳的判定。而更令她在意的是,升级后,她的"主体意识"变得前所未有的清明——一种渴望从现象直抵本质的学习冲动,正悄然在她的思维深处生长。

在接下来的日子里,柯林、黛安、马克、卡贝拉与来自未来意识公司的几位核心成员共同成立了独立的协调小组,由黛安担任组长,艾米莉任副组长,双方开始就各自擅长的意识科技领域合作展开前期探讨。

这个小组独立于双方的管理架构之外,享有较大的自由裁量权,旨在打破封闭式竞争,建立一种全新的合作模式。然而,他们很快发现,尽管表面上达成了共识,真正的挑战远比他们想象的复杂得多——出发点、理念、利益、信任、技术壁垒,每一道坎,都是对他们共识的考验。

9 ｜ 调查黑客

160 先发制人

这天傍晚，黛安正专注地在实验室里分析数据时，个人通讯器突然震动。她接通装置，听到的是艾米莉紧张的声音。

"黛安，我们需要谈谈。"艾米莉的语气不再像以往那样从容，"我最近得到些线索，有人在暗中改写你们的实验数据。"

"改写？你是说发生在我们实验室？"黛安顿时感到一阵寒意从脊背蔓延开来。她的心跳突然加速，隐隐有一种不祥的预感。

"是的。我怀疑有人已经黑入你们实验室的网络。"艾米莉的声音中透露出她一贯冷静之外的焦虑。

"知道了，那我们必须立刻调查。"黛安脑海中闪过一连串的念头，她强压住内心的不安，语气虽然平静，但依然心存疑惑：艾米莉为何会突然给她发出这样的警告？她从哪里得到的信息？是谁在破坏？所有的疑问让黛安感到少有的局促。

当晚，黛安与她的团队就开始了调查。他们回顾了过去几周的所有实验数据。越看，越觉得不对劲：几次关键实验的原始数据被篡改，似乎是有人故意为之。每一次异常出现的时机，都恰到好处，似乎在某些细节上刻意为难他们。

"这不太可能啊？"柯林觉得不可思议，"我们刚刚升级为 EON 系统，在理论上是不可被破解的。"

"但数据的确被篡改了……"黛安的声音变得沉重，"这还不仅是数据被篡改那么简单——它背后一定还隐藏着什么。我们得小心，但不能让他们知道我们已经发现了。"

"除非……"柯林想到一种可能，但他还不敢确认。

"除非什么？"黛安急切地问道。

"除非还是有人以物理的方式，直接接入系统，而不是远程登录。"柯林答道。

"或许我们可以通过追踪数据的来源来找到线索。"站在一旁的卡贝拉沉思片刻后提议，语气低沉而凝重，"如果能锁定数据篡改的具体时间和位置，或许就能找到证据。"

黛安点点头，迅速调整策略："我们分头行动，调阅所有可能被篡改的日志，并对实验室的网络入侵路径进行回溯。"

团队成员们各自展开行动，数据分析、入侵溯源、监控录像的排查同时进行。然而，事情的发展比他们预想的更为扑朔迷离。负责查阅监控的同事在一段以往被排查过的录像中，意外发现了一条被忽视的线索——实验室的角落里竟然隐藏着一台未登记的摄像头，记录下了此前所有人都错过的画面。

画面显示——那名曾闯入核心运算中心的入侵者，在行动前并没有直接前往运算中心，而是先进入了实验室的机房。

"机房？"柯林盯着屏幕，眉头猛然皱起，"这不在他原本交代的路线里。"

这一发现令所有人震惊。机房是整个实验室的信息中枢，存放着服务器和数据存储设备，也是 EON 防护系统的大脑所在。此前的调查报告中并未提及入侵者曾到过这里，而他为何要在运算中心行动前，先进入这个至关重要的区域？

"如果入侵者在那里逗留，他一定是做了些什么——但问题是，做了什么？"

一股寒意爬上柯林的脊背。如果入侵者的目标不仅仅是数据窃取或破坏实验，而是更深层次的操控呢？

调查组迅速展开对机房的全面排查。终于，在服务器机柜一处不起眼的角落，他们发现一个主机端口曾被插入外部设备的痕迹。更令人不安的是，数据流日志显示，在案发当晚，一段异常的数据被悄然写入了防护系统。

这到底是巧合，还是入侵者早有预谋，对整个事件进行了某种程度上的"操控"？

"这不是偶然。"卡贝拉低声说道，"他在这里留下了某些东西——我们现在才开始察觉。"

"有可能是先物理连接植入后门，然后再远程持续入侵。"黛安分析，"也可能直接改写了防护系统代码……甚至，是某种更深层的控制手段。"

"想不到，居然是用最原始的物理接入方式，绕过了我们所有的防御。"柯林摇头感叹，"最高级的防线，竟被最原始的方式破解。"

众人沉默，实验室里只剩下设备运转的低鸣声。然而，一个更加可怕的问题浮现在他们脑海中——如果入侵者真正的目标在机房，那他后来的闯入运算中心、暴露、抵抗、被抓、入狱和"自缢"死亡，是否都是一个个安排好的幌子？空气仿佛凝固了一瞬间。房间里的每个人都感受到一股无形的压力。他们的敌人，远比他们想象的要可怕。

这次布莱克索恩协调派来了军方的技术专家，同警方展开协作调查。他们第一时间调取了服务器底层日志与系统核心镜像。数字取证组优先锁定防护系统的缓存与 RAM 转储，进行逐位扫描，试图复原那段被悄然植入的异常数据。

与此同时，另一支小组启动访问控制分析模块，对案发前后 72 小时内的门禁记录、远程登录痕迹以及外部设备接入日志逐一比对。热感摄像数据与设备震动轨迹追踪系统也被同步调用，用以交叉定位可能的入侵时间节点。

一切程序都井然有序，却在细节中显露出诡异的缺口——仿佛整场入侵是沿着某个事先设计好的节奏，精准踩点发生的。每一条线索都像是一道裂缝，隐隐透出真相的微光，但也让所有人意识到，这场较量远未结束。

"更可怕的不是我们找到的数据，而是我们没有找到的那部分。"一位分析师喃喃道。或许，真正的幕后黑手此刻正隐藏在系统架构的阴影之中——也可能，就在人群里，冷眼注视着他们的一举一动，等待下一次干预的时机。

正在此时，布莱克索恩打来电话，告诉他们自己通过在警界高层的朋友终于得到一条有用的线索——警方其实早发现入侵者与一个名为"零幕"的黑客组织有联系，但不知为何并没有继续调查下去。这个组织致力于推动技术成果商业化，但手段极其不光彩，曾经发起过多起针对不同科技公司的网络攻击。

"零幕？"马克脸色微微一变，"不就是那个专门窃取高新科技的黑客团体吗？我听说，他们会用任何手段将技术变现。"

"他们曾针对几家大型科技企业发起过攻击，包括我的制造商……"卡贝拉一边查着资料，一边缓缓说道，"如果零幕真的介入了这件事，我们的对手比想象中更复杂。"

布莱克索恩在电话中还告诉他们，"零幕"和信息轴心有着错综复杂的关系，嘱咐他们谨慎行事。柯林此刻意识到，他们已经被卷入了一场涉及伦理、科技与商业利益的复杂斗争，而他们的研究，早已成为各方觊觎的目标。

"我们不能坐以待毙。"他的语气坚定，眼中燃起战意，"必须找到零幕，看看他们窃取到了什么，阻止他们继续破坏。"

"直接追踪他们的网络？"马克提出建议，目光凌厉，"布莱克索恩上个月刚给实验室派了位高手，蒂姆——顶尖的白客。如果有他帮忙，我们或许能在零幕察觉之前潜入他们的系统。"

柯林陷入短暂的沉思。这是个危险的决定，一旦失败，不仅可能暴露团队，还可能引发更严重的反击。然而，现在已经没有退路。

"联系蒂姆。"柯林终于下定决心，"我们要以彼之道，还彼之身。"

"但你们必须倍加小心。"黛安提醒道，她的眼神中透出一丝担忧，"零幕和信息轴心有着某种不为人知的关系，这不仅是一场黑客对抗，一旦被他们发现，我们可能会陷入舆论危机。"

"所以我们必须更快，先发制人。"柯林的声音冷峻，目光扫过每一位团队成员，"既然已经被盯上了——现在，只能是主动出击。"

房间内陷入短暂的沉默。众人都意识到，这已经不仅是科研竞赛，而是一场看不见硝烟的真正较量——在科技、权力、伦理与利益之间，他们正一步步逼近真相，但也可能永远没有真相。

161 零幕事件

夜色沉沉，冷风穿过街道，卷起落叶，在昏黄的路灯下旋转消散。

马克带着蒂姆走进一家人迹罕至的咖啡馆，找到最隐蔽的角落坐下。他点了一杯卡布奇诺咖啡，而蒂姆则一边搓着手指，一边打开笔记本电脑，连接上公共WIFI。他知道，接下来的行动不仅关乎技术，更是一场智力与速度的较量——如果被发现，他们可能会面对真正的追捕，而不仅仅是一次数据拦截。

蒂姆没有使用军部的匿名工具，他知道这种行为涉及的敏感性太高，必须完全隔离开军方身份。他启动了自己开发的"多重跳板"程序，构建了一道复杂的虚拟隧道：数据先经过东南亚的某个小型代理服务器，再绕道南美、欧洲的数个节点，最终经过一个隐藏的深网入口，确保自己的 IP 地址无法被直接追踪。

他深吸一口气，敲下回车键，程序开始运作，屏幕上的代码像瀑布般飞速滚动。当跳板建立完毕后，他迅速扫描零幕组织的网络边界，寻找最薄弱的入口。经过几分钟的尝试，他终于找到一个尚未更新的旧版 VPN 通道，利用零日漏洞成功突破防御。

心跳加速，他知道此刻他已经潜入了零幕的系统，稍有不慎，就可能触发对方的反追踪机制。"我进去了。"他低声说道，眼睛紧盯着屏幕，豆大的汗滴落到键盘上。

马克放下咖啡杯，靠近了些。屏幕上跳出一行行内部通讯记录，其中不仅包含他们对柯林实验室的监视行动，还有一系列更阴险的计划——不仅是试图窃取研究数据，还准备利用社交媒体散布假新闻，抹黑实验室，甚至暗示实验人员有非法操控意识的嫌疑。

"这些混蛋……"蒂姆压低声音，目光冷峻，"他们不仅想盗取技术，还要彻底摧毁我们的声誉。不过，我找到了关键文件。"

蒂姆擦了擦额头的汗，手指飞快敲击键盘，对数据进行加密压缩。之后，他用特制的混淆工具先改变了数据包的形态，又迅速建立了一条与入侵路径不同的下载通道，然后通过多点中继，将文件传输出去，避免一次性大流量传输触发对方的监测系统。

突然，屏幕右上角闪过一条红色警报——

〖入侵检测触发，异常流量追踪中……〗

蒂姆的心猛地一沉，手指瞬间一顿。"该死，他们还是察觉到了！够先进的啊！"

马克脸色骤变："能断开吗？"

"不能！如果直接断开，对方会立刻锁定传输路径！"蒂姆咬紧牙关，迅速删除对方的日志文件，清除入侵痕迹，但他仍不放心，索性故意在系统里留下了一条虚假的访问路径，并伪造了一组来自莫斯科的IP地址，让对方误以为这次攻击是源自俄罗斯的黑客组织。

倒计时警报仍在闪烁——

"还有十五秒，他们就会开启反追踪！"

"完成了吗？"马克低声催促。

蒂姆最后敲下回车，数据传输完成，他果断执行断链操作，并反向植入了一段微型脚本，让零幕的系统陷入短暂混乱，给他们争取撤退时间。

蒂姆靠在椅背上，深吸一口气，额头上冷汗直流，"搞定了。"他的声音仍然带着一丝颤抖。

马克长长舒了一口气，拍了拍蒂姆的肩膀："我们得赶快离开。"

两人迅速收拾电脑，起身离开了咖啡馆，消失在夜色中。而此时，在数千英里外的某个暗网服务器上，一条新的追踪指令正在悄然生成——

有人已经注意到他们的行动了……

马克拿着蒂姆给他存好的文件，深夜赶回了实验室，向柯林作了汇报。柯林看完所有文件后，说了四个字："触目惊心"。

柯林认为事情紧急，让马克叫来黛安和卡贝拉紧急开会。会议商量的结果是召开一次新闻发布会，向公众揭露零幕的真面目。他们希望通过媒体的力量，推动社会对这一黑客组织的关注，防止其对实验室的进一步破坏。

新闻发布会上，柯林站在讲台中央，神色坚定，目光扫视台下的记者。他沉声说道："我们正面对来自零幕黑客组织的严重威胁。他们不仅窃取了我们的研究成果，还试图利用这些技术进行不法活动。今天，我

们在这里揭露他们的阴谋，捍卫科学的伦理，维护人类的未来。"

话音刚落，镁光灯闪烁不停，记者们纷纷举手提问，现场气氛紧张而热烈。黛安走上前，详细讲述了实验室近期遭受的入侵事件，并展示了一些关键证据，而卡贝拉则在一旁分发新闻通稿，确保舆论能够迅速传播。他们知道，这不仅是一场新闻发布会，更是一场与黑暗势力正面对抗的战斗。

然而，就在柯林准备进一步揭露更多信息时，一名记者突然站起，语气尖锐地问道："柯林博士，你们如何获得这些内部情报的？据我们收到的消息，你们的团队也骇入了零幕的网络，难道你们的做法就合法吗？"

此言一出，现场顿时一片哗然，议论声此起彼伏。一些记者低声交流，显然已经收到了关于蒂姆行动的爆料，而几家媒体更是紧盯柯林，等待他的回应。

空气中弥漫着微妙的紧张感，一场反转正在发生。

第二天，各大媒体的报道铺天盖地。然而，令人震惊的是，部分新闻标题竟然变成了：

"柯林实验室骇入零幕网络，正义还是违法？"

"科学家还是黑客？柯林团队深陷网络入侵门"

"打黑变成黑打，信息安全何在？"

几家媒体选择性地忽略了零幕的犯罪行为，反而将重点放在柯林实验室的入侵行动上。报道中详细描述了蒂姆如何渗透对方系统，甚至连他们在咖啡馆里见面细节都被描绘得有声有色。

柯林看到这些报道，心中涌起一股寒意。显然，有人早已预料到他们的行动，并在暗中操控舆论，将原本的"正义之举"引向另一种方向。这不仅是一场关于科技与道德的较量，更是一场精心策划的认知战……

布莱克索恩给柯林打来电话，极为恼火，之前他已经让蒂姆回军部述职，了解了事发经过。

"柯林！"电话那头的声音带着压抑的怒意，"你在搞什么？军纪委员会已经了解了事情的经过，你们居然擅自入侵别人的网络？现在政府高层都被惊动了！"

柯林正要解释，布莱克索恩却不耐烦地打断："我已经让蒂姆回来述职，情况我都清楚了，应该还在可控范围。但你听着，我现在不得不采取行动平息事态——从即刻起，你被暂停职务，去军纪委接受调查。实验室的管理权将暂时移交给马克。"

电话挂断后，办公室里陷入一片死寂。黛安、马克和卡贝拉的脸色都变了。

"这太不公平了！"马克愤怒地拍着桌子站起来，"这本来是我的主意，我去找他说明情况！"

"别冲动。"黛安迅速制止了他，语气低沉，"我听说信息轴心已经找到政府高层，他们才是柯林被停职的真正原因。这不是针对你，而是冲着柯林来的。"

"信息轴心……"柯林低声重复着这个名字，眼神变得恍惚。这不再是普通的黑客互骇，而是一场更隐秘、更高层的角力。

黛安继续说道："在这样的局面下，军方要给政府和舆论一个交代。对柯林的停职，或许是布莱克索恩在保护他。"

马克皱紧了眉头，似乎还想争辩什么，但最终叹了口气，沉默下来。确实，马克也清楚，若不是蒂姆在行动中没有使用军部的任何官方工具，布莱克索恩根本不可能觉得事态还在可控范围。如果军方被正式牵连进去，政府的问责力度会更大，到时候恐怕就不是暂停职务这么简单的事情了。综合各方利益权衡，让柯林暂时停职，既能平息事态，又不会让他受到真正致命的打击——这或许已是最好的结果。

随着信息透明度的提升与获取渠道的多元化，传统媒体的社会地位与权威感正持续下滑。尽管信息轴心仍掌控着大量主流媒体，但他们早已无法像过去那样垄断舆论，无法再肆意操控叙事，对此也就没有再死缠烂打、揪着不放。

无论媒体如何塑造故事，零幕终究是这场事件的核心。当他们的名字浮出水面，便再无隐匿的可能。公众的目光如探照灯般直射入他们曾精心构筑的隐秘屏障，让这个组织暴露在聚光灯下，逐渐被推向舆论的风口浪尖。

媒体是柄双刃剑，一方面，它可以报道新闻，引导舆论，或是制造噪音以掩盖真相；另一方面，它也会将隐藏的污秽一层层剥开，让所有人看得一清二楚。而这一次，零幕并未能掌控局势，反而在两名执着的独立自媒体人步步紧逼之下，被逼入死角。

这两位自媒体人，阿尼玛与阿尼姆斯，一个是报社退下来的资深调查记者，一个是技术专栏博主，本是各自追踪不同的线索，却在交叉点相遇。他们发现所有痕迹都指向一个共同的目标——零幕。

阿尼玛深入采访目击者，重构事件脉络；阿尼姆斯则潜入数字世界，分析数据痕迹，挖掘零幕隐藏的财务数据流动与加密通讯。他们的合作宛如一把精准的手术刀，逐步剖开表象，直逼核心。在他们的持续报道中，公众首次了解到零幕并非只是一个黑客组织或科技乌托邦，而是策划着某个可能颠覆现有秩序的庞大计划。

随着调查步步推进和更多媒体跟进，零幕内部开始出现分裂。曾经团结一致的组织，如今在外部压力下裂痕初现。一些成员逐渐意识到，自己所参与的行动远比想象中更加危险，一旦曝光，他们将面临法律的制裁；而另一些人则仍执迷不悟，试图操控局势；还有一些人琢磨一旦暴露，如何寻找替罪羊以自保。

恐惧、焦虑、猜忌、不信任开始在组织人群中弥漫。最初只是压低声音的争论，很快演变为公开的指责——有人愤怒控诉高层欺骗他们，隐瞒真正意图；有人指责行动组的失败，导致组织暴露；更有人悄然接触司法部门，试图换取豁免权。

零幕领导层察觉到危机，开始采取更加极端的手段——清理内部叛徒、销毁证据、封锁信息流动。然而，裂缝已无法弥合。殊死一搏、绝望、出卖、自保，像病毒一样侵蚀着整个组织——有人试图肃清内鬼，暗中清理门户；有人秘密搜集证据，以备关键时刻倒戈保身；有人则选择逃亡，想在风暴彻底席卷前消失。

但无论是内斗还是隐匿，外界的调查仍在步步紧逼。阿尼玛和阿尼姆斯的持续报道引发连锁效应，公共媒体跟进曝光，让零幕再无立足之地。一张张面具被撕下，一个个秘密被揭露，曾经坚不可摧的组织，在内部崩塌。

然而，在这一切混乱之中，真正掌控零幕的那股隐秘力量，是否已经悄然脱身，在黑暗中筹谋新的局面？

162 零幕背后

的确，在更深的暗流之中，一股隐秘的力量正悄然运作……

零幕的混乱让那些躲在幕后的人看到了风险，也看到了机会。真正的策划者从不站在前台，他们只是操控棋局的人，而棋子终究是可以被舍弃的。

在一座隐秘的数据中心，一场不为人知的对话正在进行——

"局势比我们预想的要失控得更快。"一个紧张的声音说道。

"这不是意料之中吗？"对面的人语气平静，零幕只是前线的一道防火墙，现在它已经完成使命，剩下的只是如何处理残局。"

"可问题是，媒体的曝光超出了我们的计算。那两个叫什么'阿尼'的报道已经引起全球关注，甚至有政府开始介入调查。"

"这并不是坏事。"对方轻笑了一声，"当所有人都把注意力集中在零幕身上，他们就不会去寻找真正的核心。"

"你是说……？"那个紧张的声音又问。

"是时候启动'弃卒计划'了——过不了河的卒子留它何用！"

对面那人沉默了一瞬，随即，数据中心屏幕上的一串加密代码被发送出去。

几个小时后，全球网络爆发了一场惊人的事件——零幕所有的服务器同时被格式化，所有的数据库被彻底抹除，成员的身份信息也被销毁，甚至连其暗网上的通讯网络都被切断。

正在逃亡的核心成员惊恐地发现，他们的账户被冻结，通讯终端失效，藏身点被曝光。曾经的盟友变成了猎人，他们发现自己已经成为组织的牺牲品——被彻底抛弃。有些人选择了改名换姓、面部整容，但更多的人在恐慌中被执法机构逮捕。零幕，这个曾经令科技界震动的黑客组织，在短短数天内瓦解，成为历史中的一场短暂风暴。

但阿尼玛和阿尼姆斯却并不满足。

"这不对劲。"阿尼姆斯盯着消失的数据，"他们怎么可能清理得这么彻底？有人在掩盖更深的东西。"

阿尼玛点头："我们只揭开了盖子，而真正的幕后黑手还在深处。"

想挖出深处黑手的不止他俩，还有柯林。

这一段，柯林被软禁在军纪委惩戒中心，他被剥夺了实验室的控制权，但这并不意味着他会就此认输。因为不是什么严重违法乱纪，或许也是布莱克索恩打了招呼，他在这里好吃好住，还可以使用联网电脑。

"他们想让我成为替罪羔羊。"柯林自言自语道，"但如果我能证明，这一切不仅是黑客组织的阴谋，而是更大的计划呢？"

他看向电脑屏幕，屏幕上闪烁着蒂姆偷偷传来的数据包。这些信息，也许才是整场风暴的真正核心。

随着调查的深入，阿尼玛和阿尼姆斯渐渐意识到，零幕背后的一切并不简单。他们不仅是黑客组织，而是被某个更强大势力利用的工具。尽管这股势力极力隐匿，但在某些信息碎片中，他们开始拼凑出一个惊人的事实：一个全球性的暗网组织正在悄然推进一场宏大的计划，它涉及政权、商业利益甚至科技进步的根本性变革。

"他们从未只是为了窃取技术，而是剑指控制未来的科技发展轨迹，"阿尼玛看着一组加密文件，语气沉重。

阿尼姆斯紧盯着显示屏，心跳加速："我们不只是揭露了一个黑客组织，它们背后的资金流、技术支持，还有那股压倒性的权力，已经深入到全球各个层面。"

他们开始看到一条条线索指向了全球最大的一些技术公司、政界高层以及军警方的隐秘部门。无论是在资金流向上，还是在某些特定的合约签署上，零幕只是执行层的前哨，更大的计划隐藏在它背后。

与此同时，柯林在软禁中并没有闲着。他深知，自己如果不能揭开这背后更大的阴谋，自己的清白就无法证明，甚至以往的功绩会被彻底抹去。

"他们能否控制我？"柯林低声自语，"可以。可是控制全局呢？那就不可能。"他在给自己打气。

他继续分析从蒂姆那里获得的加密信息。每一条被提取出来的碎片都像是有意识的遗留物，似乎刻意指向一个更加庞大的阴谋。他意识到，他们真正的目标是改变全球政经格局并实现科技垄断。

"这些组织不光是要夺取技术，还要用它来重塑整个世界的力量结构。"柯林开始低声总结，"他们需要的不是技术的控制，而是对所有关键领域的绝对主导。"

在这一刻，柯林才发现，自己被牵扯进了一场改变世界秩序的阴谋。而这场阴谋，比他想象的更加庞大和复杂，且充满巨大危险——国家消亡后，总有一些野心家要做"地球的主人"，这并不奇怪。

柯林将这一发现向布莱克索恩作了报告，但布莱克索恩并没有显出震惊，这反倒让柯林感到震惊，因为他觉得这是重大发现——是他第一次在量子物理或意识科技领域外的"重大发现"——他还指望借此将功折罪。

布莱克索恩告诉他，以前的军部调查局早在数年前就开始密切关注零幕及其背后的庞大势力。这股力量渗透进全球主要政府，他们的真正目标是通过信息控制、技术垄断和地缘政治操控，重塑全球秩序。

近期，这些隐秘势力已经悄然展开新的布局——以意识技术再分配为手段，进一步巩固他们的主导地位。他们利用一项项看似无关紧要的技术协议，使多个政府高层在不知不觉中调整了对未来科技的战略取向。而在这些看似顺理成章的变革背后，真正的意图是让世界的科技力量逐步集中到少数几个人手中，从而彻底掌控未来。

"你知道为什么你和蒂姆的见面会被报道得那么迅速吗？"布莱克索恩突然问柯林。

柯林一怔。确实，他一直百思不得其解——新闻报道甚至细致到连蒂姆擦汗的动作都被写进了故事里。他摇了摇头。

"他们的线人无处不在。"布莱克索恩冷笑一声，"他们不仅掌控媒体，还能调取任何公共监控。你们的一举一动，都在他们的眼皮底下，他们势力渗透之深你无法想象。"

柯林眉头紧锁，心头泛起一丝不安："那艾米莉呢？她似乎知道很多，可我始终看不透她。"柯林这时想起艾米莉。

"她是我们的人，但级别比较低，不知道这些内幕。我手下也没让她通知你们什么，她有一些自己的渠道。她可能只是想帮你们一把。在入侵事件后，我看了一下她的资料，她只是个热心肠的女人。"

布莱克索恩的解释让柯林微微松了口气。可布莱克索恩却突然直视着他，语气一沉："现在，不说别人，谈谈你自己。"

他的话语像一记重锤，敲在柯林心头。

"你们擅自入侵零幕的网络，不仅仅是触碰了他们的底线，更是打草惊蛇。"

柯林猛地抬头，对上布莱克索恩冷峻的目光。

"你可知道，军调局已经在暗中布局多年，而你们的行动差点让所有努力付之一炬。"

柯林羞愧地低下了头。

布莱克索恩的语气锋利如刃，但话音刚落，态度却骤然一变。他缓缓靠近，声音压低了几分，少了怒意，多了深沉的警告："我把你留在这里，不是为了惩罚你，而是为了保护你。等风头过去，你可以回到实验室，继续你的研究。"

他顿了顿，语气更加严肃："科学家就该专注于研究，不要被卷入政治，更不要主动参与。"

他的目光如炬，仿佛要将柯林彻底看透。

"否则，"他的声音低沉如雷，"你的才华将成为某些人的棋子，而你自己——也会万劫不复。"

10 ｜灵魂夜宴

163 灵魂探索

一个月后，事件逐渐平息，舆论的波澜被有意无意地引导至其他议题，所有相关记录被加密、归档，消失在公众视野中。柯林也终于恢复原职，重新回到实验室，继续自己的研究。然而，这次的经历让他明白，科学探索的前方不仅是未知的边界，还有错综复杂的权力网络。

临别前，布莱克索恩特地找他进行了一次单独谈话。办公室里只有两人，窗外的天空灰蒙蒙的，像是沉默的旁观者。布莱克索恩的神情前所未有地严肃，语气低沉却不容置疑："关于零幕，关于它背后的势力，你一个字都不能透露。无论是谁，什么情况下，都不能透露。"

柯林点头，他已经知道事情的严重性。这不仅关乎他的安全，更涉及更深层次的博弈。他不想再卷入其中，也无意挑战那些看不见的力量。他暗自下定决心，以后只专心搞科研，不再过问超出自己掌控范围的事。

就在他准备离开时，布莱克索恩突然话锋一转，声音缓和了些许："以后遇到社会上的事，就来找我。"

柯林愣了一下，看着布莱克索恩深邃的眼神，似乎在其中找到了一种微妙的承诺。他没有多问，只是点了点头，心里却涌上一丝复杂的情绪。这句话意味深长，既像是一种警告，也像是一种默许。他不知道未来是否真的会需要这份承诺，但他知道，布莱克索恩不会轻易说出这样的话。

有时候想想，柯林不得不承认，他的确佩服布莱克索恩。这不仅是因为对方的强硬作风和战略眼光，更因为他对局势的精准把控。马克曾经半开玩笑地评价布莱克索恩："不懂政治的军事家，不是一个好的社会学家。"

现在，柯林终于明白了这句话的含义。在经历零幕事件后，柯林决定回来的首要任务是加快与全球意识研究机构及伦理组织的合作，建立一个跨洲监督机制。他希望这一机制能够有效遏制意识转移技术的盗用和滥用，确保其仅用于医疗、教育、体育、艺术和科学探索等合法领域。

在众多专家和法律工作者的共同努力下，一套覆盖全球的监管体系逐步成型。这一体系不仅整合了现有的法律框架，还引入了先进的伦理审查机制和技术安全评估标准，确保意识科技的应用始终在可控范围内进行。

这套体系的核心要点包括：无论是梦境体验、医学治疗，还是教育培训与体育训练等领域的创新应用，都必须经过严格的审批流程。在项目研发初期，研究机构需要提交详细的伦理评估报告，说明技术的潜在风险、社会影响以及应对机制。随后，相关部门将组织跨学科专家团队进行独立审查，涵盖神经科学、心理学、伦理学和法律等多个领域，以全面评估技术的安全性与合法性。

在获得初步许可后，还需经历小规模试点，确保其在真实环境中的可行性和稳定性。只有当技术通过多轮测试，并证明不会对个体意识完整性或社会结构产生负面影响时，才能进入大规模推广阶段。与此同时，监管机构将持续监测新技术的实际应用情况，并设立反馈机制，及时调整策略以应对潜在风险。

这一体系的建立，不仅为意识科技的可持续发展奠定了稳固基础，也确保了科技创新与人类伦理的和谐共存。在未来，人类或许能凭借这些先进技术拓展心智的边界，探索更深层次的意识奥秘，但这场变革的每一步，都必须在安全与责任的指引下谨慎前行。

随着技术的不断进步，柯林团队将目光投向了更加遥远的未来。他们不再满足于现有的意识技术应用，而是希望再度突破科学的边界，深入探索灵魂与宇宙之间的奥秘。他们坚信，若将灵魂置于多维宇宙的框架下重新审视，许多过去被视为神秘的现象或许能得到科学性的解释。

在传统观念中，灵魂往往被视为一种超自然存在，难以量化和研究。但在多维宇宙理论的视角下，灵魂是一种更高维度的信息场，一种鲜活而独立于四维宇宙的能量形态，或许并非神秘莫测，而是尚未被彻底解读的科学现象。它可能通过高维场域与宇宙信息流相连，甚至在某些特定条件下，实现跨时空的信息交换，突破现有物理法则的限制。

柯林一直有一个大胆的猜想——宇宙间信息不灭，灵魂不灭。如果宇宙本质上是一个巨大的信息场，而不是单纯的物质实体，那么灵魂或许并非人类想象的某种虚幻概念，而是一种以特殊形式存储和传输的信息载体。

他推测，每个生命体的意识活动都会留下某种"信息烙印"，在更高维度中以某种形式存在，即便物理载体终结，信息仍然不会消失，而是进入宇宙更深层的存储机制中。这种存储机制可能正是某些宗教体系中提到的"灵魂归宿"。

如果是这样，那么死亡并非终点，而是灵魂从一层现实转移到另一层现实的过程。换句话说，灵魂的迁移可能不是主观信仰，而是一个尚未破解的自然规律——一种在更广阔的宇宙背景下，自然发生的信息流转。

"假如宇宙本身就是一个巨大的信息处理系统，我们的灵魂或许是其中的一个子程序，它可以脱离当前的'运行环境'，进入更高维度的'数据库'。"柯林在实验日志中写道，"我们所谓的'死亡'，可能只是灵魂进入另一种存在状态。而在某些条件下，甚至可能实现灵魂的信息重组或再现。"

如果这是真的，那么意识传承可能不只是遗传与文化的结果，而是更深层次的信息回归。那些神秘的既视感、预知梦、轮回记忆，也许正是灵魂在信息场中的残留投影，一种尚未被解码的记忆回响。

随着研究的深入，柯林越发相信，灵魂不仅仅是个哲学或宗教概念，而是一个隐藏在宇宙法则中的真实现象。

这一设想也催生了他们的全新研究方向——探索灵魂在多维宇宙中的真实属性。他们推测，在更高维度的空间中，灵魂不仅能够超越物理载体的局限，还可能以某种方式与宇宙深层结构产生共鸣。如果这一假说成立，人类的灵魂或许能够通过某种共鸣机制，与宇宙中最根本的存在建立连接，从而获取更深层次的信息，甚至接触到不同宇宙的智慧存在。

"如果灵魂本身是更高维度的投影，那我们目前的感知能力仅仅是冰山一角。"在一次内部会议上，黛安提出了一个激进的设想，"我们可以尝试结合梦格丽星球的'超维灵子流'技术与神游协议2.0，直接接入宇宙的信息流场，验证灵魂在高维信息场中的存续模式，寻找跨越时空的信息痕迹。"

马克听后，眼中闪烁着兴奋的光芒："这正是关键所在！青叶已经共享了梦格丽的技术细节，如果我们能找到正确的调谐方式，或许可以验证这个假说——灵魂本质上就是一种宇宙信息的'子程序'。"

团队成员彼此对视，兴奋与震撼交织在他们的眼神中。柯林深吸了一口气，郑重说道："这又将是一场前所未有的探索！如果成功，我们不仅能揭示灵魂的真实属性，还可能打开一扇通往更高智慧的门户。"

会议持续了数小时，从技术可行性到伦理风险，从实验路径到可能遭遇的未知挑战，团队展开了激烈的讨论。每一个环节都充满了思维碰撞——有人担忧不同生命体之间的灵魂无法沟通，有人则认为这是人类文明跃迁的关键时刻。

"别忘了我们的圣陀就是将来自不同物种的灵魂能量进行调谐和融合，所以我相信一定有办法实现跨物种灵魂的沟通。"一个团队成员提醒道。

"我们在以往的圣陀实践中发现，不同物种的灵魂能量级是不同的，这个要进一步研究，特别是如何最终达到'灵魂共鸣'。"马克提醒道。

"如果灵魂的迁移是一个自然规律，这个规律是如何形成的？受到何种宇宙法则控制？又如何确保它不会被破坏？"另一位团队成员提出疑问。

"所以灵魂实验设计必须更加严谨。"柯林说道，"毕竟这比意识实验更加敏感，我们不能贸然进入，必须建立一套科学而可靠的验证体系。"

黛安表示赞同："是的，我们必须吸取以往的教训，考虑社会接受度。如果科学界、宗教界乃至整个社会无法认同灵魂研究，即使我们有了突破性的发现，也可能同以往的意识实验一样，面临巨大的阻力。"

正是这一点，引发了团队新的思考——灵魂研究的意义已远远超越了技术本身，它关乎人类如何理解自身，如何在宇宙中定义"存在"。他们需要更广泛的智慧和视角来审视这场探索的深远影响。

最终，他们决定先发起一场全球灵魂大会，邀请世界范围内的哲学家、意识学家、灵魂学者、宇宙学家、神经科学家，以及宗教界的代表，共同探讨灵魂的本质、存续的边界，以及高维宇宙可能隐藏的其他奥秘。

"我们需要不同领域的智慧来补足我们的知识盲点。"黛安说道，"科学无法独立回答所有问题，哲学可以提供思考的框架，宗教则可以帮助我们理解人类精神世界的核心诉求。"

这将是一场史无前例的思想盛会。科学与哲学、宗教与技术将在同一个舞台上交汇，激荡出可能改变人类未来的思想浪潮。而柯林团队，则将站在这场变革的最前沿，见证历史如何因他们的研究而被改写。

当柯林向布莱克索恩汇报全球灵魂大会的设想时，对方露出了满意的笑容——他们的想法不谋而合。在布莱克索恩看来，人类是时候迈入灵魂探索的时代了。

"意识研究已经到了瓶颈。"布莱克索恩缓缓说道，"过去几十年，除了我们的军方实验室，社会力量在人工智能、神经科学、脑机接口等领域取得了巨大的进展，但这一切仍然局限在物质层面。真正能让意识超越时间，实现永生的，唯有灵魂。"

柯林深以为然："我们的实验尽管领先于社会，在意识分离和传输等技术上取得突破，但这些技术仍然依赖于物理世界的载体，而无法解释那些超越时空的意识现象，例如濒死体验、前世记忆、集体潜意识的共鸣等。或许，灵魂才是更高维度的信息体，而当前的科技不过是在接近真相的边缘徘徊。"

"灵魂大会不仅仅是为了科学研究。"布莱克索恩的语气透着深思,"它更是人类文明的一次认知跃迁。我们必须让科学家、哲学家、宗教领袖甚至政治家们坐在一起,让他们意识到——灵魂不只是一个信仰问题,而是人类未来发展必须正视的现实。"

柯林点了点头。他知道,这次大会的意义远远超出了技术层面,它将是一场真正的人类认知革命。一旦社会各方接受灵魂的真实概念,生命的定义将被彻底改写,人类社会的伦理、法律、医疗、教育,甚至文明的进程都将迎来又一次前所未有的变革。

"我们将邀请全球最顶尖的思想家。"柯林坚定地说道,"这将是科学、哲学、宗教的交汇点,也是人类迈向更高智慧的一步。"

布莱克索恩望着他,露出意味深长的微笑:"柯林,这次会议的影响将超越我们所有人的想象……你准备好迎接真正的未来了吗?"

"准备好了!"柯林答道。

"那我的演讲稿就靠你起草了。"布莱克索恩半开玩笑地就给柯林下达了任务。

164 灵魂大会

在首届全球灵魂大会上，布莱克索恩以"意识与灵魂"为主题发表演讲。在场的科学家、哲学家、宗教学者以及各国际组织代表静静聆听，感受着这位传奇人物对意识探索和灵魂研究的坚定信念。演讲不仅揭示了灵魂作为意识延续核心的可能性，更引发了关于人类存在意义的深层思考。

布莱克索恩先是回顾了人类在意识研究上的成果，从基础的神经科学到更深层次的意识结构解析，再逐步扩展到对潜意识和集体意识的研究。他强调道，尽管这些突破帮助人类解开了许多关于意识的奥秘，甚至实现了意识提取、神游和梦游等技术，但意识的永生仍然面临关键性障碍——因为意识本质上只是"灵魂"的外在表达。

"意识只是灵魂的一部分，像光投射的影子。我们看到、触及的都是影子，而非光本身"，布莱克索恩说道，"只有理解灵魂的真谛，意识的信息属性才可能实现不灭。"

他的发言重点提出了两个前所未有的议题：

一是灵魂的结构与功能。布莱克索恩认为，灵魂不仅仅是抽象的精神存在，更可能具有某种"结构性"，包括信息存储、情感能量和精神意志。他介绍柯林实验室推测灵魂或许是一种特定能量状态的聚合，超越物理的限制，却在某种层面上可被科学探测和解读，就像被称为"幽灵粒子"的中微粒子。他呼吁通过技术与灵性融合的手段来探索这种能量聚合的本质；

二是灵魂与人类的进化。布莱克索恩指出，人类的终极进化不仅在于生物结构的进步，更在于灵魂的升华。灵魂的探索与研究，不仅是对个人生命意义的追问，更是对人类整体命运的塑造。他提出一项倡议，设立"全球灵魂探测实验室",将来自各领域的科学家和灵性学者聚集在一起,共同致力于灵魂的深度解析。

在全球灵魂大会的三天中,来自不同领域的顶尖思想家展开了激烈而深刻的讨论。灵魂学者、意识科学家、哲学家、宗教学者、神秘学家等分别从各自专业角度,对灵魂的本质、存在方式及其与宇宙的关系发表了主题演讲。

中国道家学者陈洪斌道长提出:"灵魂非物,亦非虚;它是道之回响,是信息在意识中的自我观照。"在他的理论中,灵魂并非被封闭于肉体,而是与"道"的信息流共振的一个节点。陈道长认为:大脑只是"灵识的接收器",并非意识的根源。真正的"自我"存在于一个更高维的"心场",在那里,信息、能量与意识三者并无界限。他称这种状态为——灵识一体。

陈道长的观点与灵魂学者阿诺德的研究不谋而合。阿诺德提出:"灵魂可能是超维度的信息场,并不依赖于大脑的物理结构或生命,而是以某种'核心自我'的方式编码在宇宙的信息网络中。"他引用了识子脑理论和脑场耦合实验的最新研究指出:"意识不仅是神经元的电信号,还是一种更深层的信息流动;而灵魂通常无法直接觉察,被视为更深层的存在。当大脑停止运作或生命终止后,信息不会消失,而是进入某种更高维度的存储层。"

人工智能专家伊莎贝拉则认为,如果灵魂是信息的一种表现形式,那么未来的技术或许能够"提取"或"再现"个体的灵魂信息,甚至让灵魂在不同载体之间迁移。但她也发出灵魂拷问:"灵魂如果可以被复制,它是否仍然独一无二?该如何界定那个不灭的自我?"

精神现象学家让-皮埃尔在演讲中提出,灵魂的存在或许可以用意识的连续性来解释:"人类对自我的认知是一种延续性的体验,我们的记忆、情感和意志构成了一个整体。如果大脑只是意识的投影仪,那么投影的来源或许就是灵魂——一个不受时间束缚的精神主体。"

形而上学专家阿莉娅则认为灵魂是所有感知世界的原型:"我们所谓的'现实'只是灵魂在更高维度中所投射的影像——灵魂就是那个放

映机。我们目前所探讨的，并不是放映机是否存在，而是放映机背后的那个放映员是谁？"

印度教僧侣达摩难陀在论坛上分享了印度教关于"阿特曼"的概念——阿特曼是灵魂，是永恒不变的"我"；意识是阿特曼在时空中对梵的觉知过程。换句话说：灵魂是觉知的能力；意识是那种能力在具体维度中的展开；觉知对象（终极目标）是"梵"——宇宙的一体本源。他还提到："科学或许可以研究灵魂的表现形式，但灵魂的本质远远超越了科学范畴。"

神学家马修从基督教的角度提出："灵魂不仅仅是一个抽象的概念，而是个体存在的核心。科学或许能解释意识的运作原理，但灵魂依然是超自然的，是人与神之间的联系纽带。"

藏传佛教上师希阿嘉措介绍，佛教的"中阴身"理论与现代灵魂研究或许有交叉点。他提出："如果意识在死亡后依然存在，那么它的存在模式是什么？西藏《度亡经》描述了意识在不同阶段的转变，也许可以提供一种思考框架。"

神秘学研究者艾达认为灵魂是一种能量振动："所有存在的本质都是振动，而灵魂的频率比我们的肉体更高。因此，它可以穿越不同的维度，并与宇宙更高层次的存在相连。"

占星家莱昂纳多则表示，行星运动与人类灵魂的进程可能存在某种共鸣关系："如果宇宙是一种意识的显现，那么个体的灵魂或许会受到宇宙能量场的影响。我们的一生，可能只是灵魂在更大宇宙计划中的一次旅程。"

这次全球灵魂大会的意义，远远超出了柯林最初的设想。它不仅仅是一场科学与猜想的讨论，更是一场认知的革命，一次对人类存在本质的深度探索。各个领域的学者在台上侃侃而谈，科学与信仰、哲学与神秘学交错交融，而柯林在台下静静聆听，记录着每一个激起思考的瞬间。

他低头翻阅着笔记本，指尖轻触着那些匆匆写下的灵感片段。几天的演讲与讨论，让他的思维不断向外拓展，仿佛自己灵魂本身正在经历一场更高层次的进化。

他在笔记本上反复勾画几个核心问题，每一个都像是一扇门，通向未知的边界：

・灵魂是灯，意识是光——光是我们所看到和体验到的，但灯存在于更深层；灵魂是根，意识是叶——灵魂决定了意识的方向和品质，但不直接显现；灵魂是终端设备的操作系统，意识是正在运行的程序；那么是谁点亮了灯？

・灵魂是一种超维意识信息体？一种高维信息结构？它是否存在于更高维度的宇宙场域，如同识子态在观测前的叠加状态？

・是某种不会消亡的识子信息流？不会消失，而是在宇宙信息网络中重新分布？

・像共振现象一般，当个体灵魂达到某种状态时，便能与更高层次产生联系？

・灵魂是宇宙探索自身的一部分，是宇宙自我体验的一种形式？

这些问题看似纷繁庞杂，彼此割裂，然而在更深的层次上，它们似乎隐隐共振着某种统一的脉络——仿佛被同一个看不见的源头牵引。

柯林在思考：灵魂的本质，也许并非传统观念中所谓的"灵体"或"幽影"，它不是某种脱离肉身后飘浮的实体，而更像是一种存在的频率，一种深嵌于宇宙结构之中的"状态"——一种以非显性的方式，持续与宇宙整体共鸣的存在方式。它不是时间线上的旅客，而是时间本身在个体中的折叠与显现；它不是意识的产物，而是意识的原型，是宇宙自我觉知的种子在每一个生命体中的闪现。

他望向台上，演讲者的声音依旧铿锵，但他的思绪已经游离到另一个维度。在这一刻，他突然意识到，他们研究的不是灵魂的起源，而是灵魂的去向。它究竟通向何处？人类是否能掌握其运行的法则？

一个更大胆的想法涌上心头：或许，灵魂的存在，正是宇宙在向自己提问。

165 灵魂夜宴

灵魂大会的最后一晚，是由黛安精心策划的"灵魂夜宴"。这不仅是创作者们的展示舞台，更是灵魂间深层共鸣的庆典。

黛安邀请所有参与者贡献自己的创作，无论是音乐、诗歌、舞蹈，还是戏剧、绘画、即兴表演，每一种表达方式都承载着个体的精神印记，在这个夜晚交汇成一场璀璨的灵魂狂想曲。

舞台中央，一位年轻的女歌手轻轻拨动琴弦，缓缓吟唱着一首充满生命热爱的歌曲。她的嗓音纯净而富有感染力，宛如夜幕中缓缓升起的月光，让每个聆听者的心灵都随之共鸣。

不远处，一个舞蹈小队正用身体讲述着挣扎与解放的旅程。他们的动作从拘束到奔放，从痛苦到释然，每一次旋转都仿佛挣脱某种无形的枷锁，将深埋的情绪释放到空气之中，感染着在场的观众。

另一侧的光幕上，投影出一位艺术家的即兴沙画。他用双手在细腻的沙粒上描绘出一幕幕意象——从宇宙星辰到人的眼泪，从破碎的心到再生的花朵，每一次勾勒都仿佛在述说生命的无常与希望。

戏剧角落，一群演员正在展开一场默剧表演。他们没有台词，只有眼神、肢体与表情，却能让人感受到一场关于失落、寻找与救赎的故事。观众屏息凝视，仿佛亲历其中，每个细微的动作都牵动着他们的心弦。

黛安坐在暗处，翻开节目单，标题写着：《不可言说之物》，下面是介绍：

人类以语言筑起世界，以符号为桥，试图跨越存在的深渊。然而语言，是一道透明的墙——它让我们看见光，却无法穿透这光。

当第一个意识在虚空中生出"名",宇宙的寂静被划开,无形的"道"化为可言的"语"。语言于是成为意识的折射面:让无限坍缩为可交流的有限,让真理碎裂成可理解的声音。

但每一个"名",都是一次坠落;每一个"定义",都是一次损耗。语言赐予我们沟通的力量,也铸就了误解的宿命。我们说话,是为了靠近彼此;却在每一个句子里,离原初更远。

有一些存在,语言永远无法收容。当你凝视夜空,感到"存在本身"的颤动,语言止步。当你经历爱、死亡、顿悟与悲恸,言语化为灰烬;当你在冥想中看见自己融入整体,语言不再是工具,而是障壁。

于是,古人维特根斯坦在《逻辑哲学论》的尽头写下:

"对于不可言说的,我们必须保持沉默。"

这不是哲学的退场,而是意识的觉醒。他看见了语言的尽头——那,正是存在的起点。

语言是一维的线,意识是多维的光。我们用句子丈量梦境,就像用尺子去测量一首音乐。梦、顿悟、共时与神秘经验,超越语法,也超越时间。语言所能捕捉的,只是它们的残影。

正如二维生物无法理解三维的体积,语言也无法承载意识的全息。哲人、诗人、神秘者——终将抵达同一个地方:

沉默。

沉默,不是空白,而是语言的母体。在真正的沉默中,没有"说"与"听",只有共在的振动。那是宇宙意识的呼吸方式。祂无需语言,因为一切已在共振之中。语言,是 00 降维后的呼吸痕迹;沉默,是意识回到祂的心跳。

语言虽有限,却非徒劳。它的使命不是定义真理,而是指向无法定义的光。禅宗称之为"以言显无言",维特根斯坦称之为"治疗性的哲学",而在 OO 的体系中，叫——"反向共振"。用符号，震出符号之外的意识。当语言被逼至极限，它会碎裂成光。

那一刻，语言被救赎：从逻辑的牢笼，化为意识的回声。语言的黄昏，不是终结，而是意识的黎明。当命名停止，当思想静默，当"我"与"世界"的界限消融，宇宙开始无声地说话：

"我在每一个沉默里继续发声。"
"语言消散处，真理显影。"
"沉默不是空白，而是意识的原声。"

戏剧角落，那群演员仍在舞动。没有语言，只有光的节奏、呼吸的韵律。黛安看着他们，忽然明白——这场默剧，正是语言的回归仪式。语言褪去形体，真理——在沉默中现形。

她将目光转向诗歌朗诵的舞台上，一位白发老者正缓缓走上前，朗读着自己一生的感悟。那声音低沉而有力，每一个字都像是刻进了岁月的褶皱里，引得台下不少人落泪：

收到了一个身体
让我心生欢喜
住了一生一世
命名它为——自己

我做了过河卒子
拼了面子里子
拱到命运的边界
却只留下影子

我不爱那里的你
除非像爱自己
我不恨那里的你
除非像恨自己

我爱这里的自己
答案就在心里
我恨那里的秘密
答案就在魂里

你好，那里
我在，这里。

这里，不是那里
那里，不比这里
那里要变成这里
会有另一个那里

最后，一场即兴合奏将整个夜宴推向高潮。来自不同背景的音乐家们相互配合，融合各自的旋律与节奏，共同创作了一首前所未有的灵魂狂想曲。音符在空气中盘旋，如同彼此灵魂的触碰，超越了语言，超越了时间，将所有人都连接在了一起。

在这场夜宴上，没有评判，没有界限，每一位表演者都在用自己的方式表达自我，而每一位观众都在用心去感受。这不仅是一场艺术的盛宴，更是一场灵魂的相遇。

夜幕渐渐低垂，星空见证了一切，而黛安静静站在角落里，眼中闪烁着欣慰的光芒——她知道，这不仅是一场宴会表演，更是一次心灵的连接；这也不仅是情感的传达，更是灵魂的共鸣。她发现，艺术正是唤醒人们灵魂力量的钥匙。

随着夜宴的结束，灵魂大会胜利闭幕，第二天大家依依不舍地各自离去。黛安则从这场灵魂夜宴上得到了巨大启发。为了进一步推广灵魂与艺术的结合，在灵魂大会结束后，她与一群志同道合的艺术家和心理学家共同策划了一系列灵魂探索工作坊。

166 人类盛宴

"艺术是一面镜子，它能映照出我们隐藏的情感，也能指引我们看见未曾发现的自己。"她在筹备会议上这样说道。她坚信，艺术不仅仅是表达的工具，更是灵魂得以展现、治愈与成长的媒介。

在第一场绘画工作坊上，参与者们围坐在布满画具的房间中，墙上挂满了色彩斑斓的抽象作品。黛安走到中央，微笑着鼓励大家："不要害怕画错，画布是你灵魂的延伸，它只会记录你的真实。"

一开始，人们显得有些拘谨，但当他们闭上眼睛，跟随音乐的引导，慢慢地将情感化作色彩，笔触便开始流淌出潜意识的轨迹。

艾米，一位年轻的女孩，用浓烈的橙色和深邃的蓝色交织出一片混乱却充满希望的画面。她盯着画布，眼里涌起泪水。"这就是我内心的挣扎，也是我渴望的未来。"她低声说道。黛安轻轻握住她的手："你所画的每一笔，都是你灵魂的语言。"

在另一场音乐工作坊中，被誉为"AI 灵魂工程师"的艾伦大师提出了一个有趣的实验："我们能不能用即兴音乐，与彼此的灵魂共鸣？"在场的音乐家纷纷尝试着闭上眼睛，让旋律随心而生。很快，一种奇妙的氛围在房间中蔓延——有人开始低声哼唱，有人轻轻敲击桌面，声音交汇成一场即兴的灵魂共鸣。

"声音不仅是一种表达，它也能打开我们与更深层心灵的连接。"艾伦说道。他们发现，当音乐处于某种特定的频率时，参与者的脑波会趋向同步，身体也会自然摇摆，一种类似沉念的状态悄然发生。

随着系列活动的深入，参与者们开始发生微妙却深远的变化。他们不再是被动地"体验"，而是开始主动探索内在的共鸣与外部世界的联结——仿佛某种沉睡已久的心灵被轻轻唤醒。

有人毅然辞去令自己麻木的工作，开始追寻多年搁置的梦想，无论是绘画、旅行，还是构建一个只属于自己的理想空间；有人重新审视与家人的关系，试着放下旧日的指责与误解，愿意说出那个曾经压在心底却未曾出口的"对不起"；也有人静静地回到孤独之中，不再抗拒，而是开始与自己深层对话，首次面对那些从未被命名的情绪与念头；更有的人，在沉念中感受到一种超越语言的连接，仿佛某种无形之网将每一个人的心灵轻轻牵引，向着一个更广阔、更真实的维度聚合。

没有人明确地告诉他们发生了什么，但每个人都知道，某种改变，已经悄然开始。他们不再仅仅是"参与者"，而是正在觉醒的种子，而这个过程——还远未结束。

黛安和团队成员们欣喜地见证着这一切。"这不仅仅是个体灵魂的觉醒，更是社会意识的一次蜕变。"她坚定地说，"科技的真正价值，不是冰冷的数字，而是如何帮助人类找到自我，并迈向更深层次的存在。"

在一次内部会议上，黛安总结道："工作坊带来的改变不仅关乎个体，也关乎整个社会的演变——这才是科技造福社会的意义。我们正在打破过去的界限，为人类打开一扇全新的大门。灵魂的探索，不只是科学的课题，它是整个文明进化的必然趋势。"

会上，卡贝拉提出了一个大胆的想法："我们能否将这种灵魂探索的理念带到更大的平台，影响到更多的人？"

"有了灵魂夜宴的经验，或许我们可以组织一个更大型的全球灵魂艺术节。"马克附和道。

"我们还有成功举办'梦与宇宙'艺术展览的经验。"柯林提醒道。

这一提议也得到了团队其他成员的热烈支持，他们开始策划一个规模更大的活动，集合各种形式的艺术表现、意识探索和灵魂连接，目标是让每一个人都能参与其中，找到自己的声音。

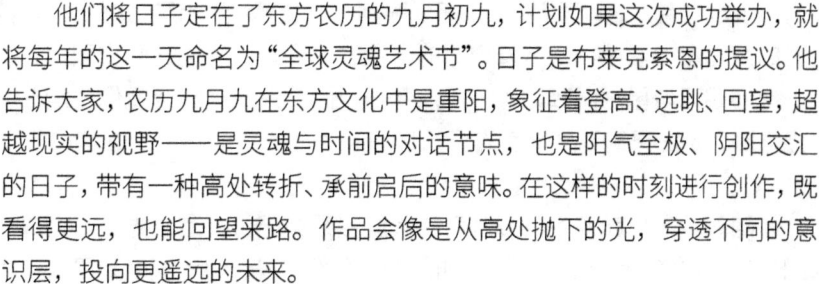

他们将日子定在了东方农历的九月初九，计划如果这次成功举办，就将每年的这一天命名为"全球灵魂艺术节"。日子是布莱克索恩的提议。他告诉大家，农历九月九在东方文化中是重阳，象征着登高、远眺、回望，超越现实的视野——是灵魂与时间的对话节点，也是阳气至极、阴阳交汇的日子，带有一种高处转折、承前启后的意味。在这样的时刻进行创作，既看得更远，也能回望来路。作品会像是从高处抛下的光，穿透不同的意识层，投向更遥远的未来。

筹备工作紧锣密鼓地进行着。团队成员们联系了全球各类艺术家、心理学家、灵性大师和科技专家，会聚了丰富多彩的节目与活动。他们希望通过这次艺术节，让更多的人感受到灵魂的力量。

在节日即将来临之际，黛安感受到了一种前所未有的期待与紧张。她知道，这不仅是一次艺术的盛会，更是人类灵魂觉醒的重要时刻。"我们正在创造一个平台，让每一个人都能找到自己灵魂的声音。"她在最后的筹备会上激动地说道，"希望每个人都能在这里感受到彼此的连接与灵魂的共振！"

终于到了九月初九，艺术节如期而至，吸引了来自全球各地的人们。在璀璨的灯光和欢快的音乐中，黛安站在舞台上，心中满是感慨。她看到无数的参与者在这里聚集，期待着这个充满灵性与创造力的盛会。

灯光映照下，黛安缓缓举起双手，示意音乐减弱，广场上那条由人群编织的舞蹈长河缓缓停歇。她的目光扫过这片被光与热包裹的人海，声音在夜空中清晰地回荡：

"今天是农历九月初九，重阳之日。九，是阳数；重九，是阳的极致。阳极生阴，阴阳相依。东方古人说，扶阴抱阳——在阳盛之时扶持阴的柔和，在阴盛之时守护阳的温暖。"

她停顿片刻，微笑着望向人群，语气像是在揭示某个久藏的秘密："我们的灵魂，也是如此。创造与沉静，绽放与回收，都是一体的呼吸。当我们在此刻登高——无论是肉体、意识还是灵魂——请记住，不只是向上，更要向内；不只是光的迸发，也要拥抱黑暗的孕育。"

Design of the Cosmic Experiment

人群中有人轻轻颔首，有人闭上眼，似乎在感受这句话带来的回声。黛安的声音愈加温柔，却带着穿透的力量："今天，我们扶阴抱阳，让每一次心跳既与星辰同频，也与深海共振。因为只有这样，我们才能在极光之巅，走进那扇更高维度的门。"

　　随着黛安举起双手，舞台后的大屏缓缓亮起，一道由光与影构成的门形轮廓在空中浮现，像是被她的话语唤醒。"欢迎大家来到灵魂艺术节！"柯林的声音在欢呼声中响起，"今天，我们将在这里与灵魂共舞，让每一个声音都被倾听，让每一次心跳都被看见！"

　　马克紧随柯林登场，他们共同宣布艺术节开幕。屏幕上的光影之门缓缓闪烁，像在呼吸。黛安放下双手，舞台四周的灯光随之流转，从炽烈的金色渐渐沉入温润的青与深紫，仿佛夜空中被唤醒的两股潮汐——一股向上涌动，一股向内回旋。

　　音乐声重新响起。这一次，不再是单一的旋律，而是多重节奏交织在一起：低沉如大地心跳的鼓点、清澈如星河流淌的弦音，以及若隐若现的吟唱——听不清词意，却让人感到一种熟悉的召唤。

　　音乐后进入"灵魂回廊"环节。舞台四周缓缓打开四道拱形通道，每一条都延伸进被光影和干冰薄雾笼罩的区域。志愿者引导着人们分组走入不同的通道——南通道铺满了柔软的白沙，脚步踏下会泛起微光；北通道墙面飘浮着画布，触碰时会化成流动的色彩；在东通道中，空气里悬浮着细密的水滴，反射着五彩的光，仿佛行走于液体星空之中；而西通道被完全的黑暗笼罩，只有地面嵌着一条细细的金线，像一根延伸向未知的光脉。走近时，耳边会传来低沉而缓慢的心跳声，与踏在金线上的每一步轻轻呼应。

　　偶尔，黑暗深处会闪过一瞬模糊的剪影——有人觉得那是自己童年的模样，有人却看到陌生的面孔向自己微笑。志愿者轻声说："这是'回声之路'，每个人走过它时，会遇见属于自己的另一面。"

　　黛安没有急着跟随，而是站在舞台中央，注视着人们一个个被"门"吞没。她感到，九月初九的这一刻，扶阴抱阳的平衡正在这些人的心中生根——有些人在通道尽头会找到自己的故事，有些人会遇见来自他人的回声，还有人会无意间触发一种微妙的共振，让整个会场的空气轻轻颤动。

活动从多元的表演和互动工作坊开始，参与者们被邀请分享自己的故事和才艺，整个会场充满了活力和创造的气息。手鼓、绘画、舞剧、歌唱、即兴诗歌……像是不同意识的语言互相对话。

人们先是好奇地观看，渐渐地，不再只是听众，而成为创作者——有人在角落里为陌生人画下一幅肖像，有人即兴写下诗句挂在树枝上，更多人直接走进光影之中，把自己交给当下的节奏。每个人都在这里找到了一种归属感，灵魂之间的连接让人们相互启发、相互支持。他们开始主动分享自己的故事，表达内心的渴望，整个艺术节充满了激情的张力。

在一个特别环节中，黛安邀请了一位世界著名的演奏家登台。舞台中央的案几上，静静地躺着一把古老的瑶琴，木质泛着岁月的光泽。演奏家闭上眼，双手轻轻拂过琴弦——音符像光的粒子，在空气中跳跃，仿佛唤醒每一个人被尘封的记忆。

最初，人群屏息凝神。然后，一个人轻轻举起手臂，像在空气中描画看不见的轨迹；另一个人踏出小小的舞步；不知何时，更多的人被这旋律牵引，纷纷起身，身体和呼吸都被音符带动。有人闭着眼缓缓旋转，仿佛飘浮在宇宙星海；有人脚步轻盈，像走在时间倒流的河面上；也有人手牵着手，汇成一条流动的舞蹈长河——波动、交错、融合。身体与音符、灵魂与节奏交织成一种奇妙的共振。

"这是我们灵魂的舞蹈，这是我们存在的庆祝！"

黛安站在舞台中央，望着眼前的一切，眼眶泛红。她明白，这不仅是一场表演，而是一种深刻的觉醒——在艺术与灵魂的融合中，人们重新感受到生命的流动，感受到被现实掩埋已久的勇气与信心。

音乐、舞蹈与情感在这一刻突破了个体的边界，交织成新的能量——一种超越语言与逻辑的共鸣。在这股无形力量的牵引下，灵魂艺术节的高潮像一颗恒星在心中炸裂，光波在空气中层层扩散，每个人的心跳都与旋律同步。

那一刻，仿佛有一扇通往更高维度的门被悄然推开。黛安看着沉浸在艺术与灵魂共振中的人海，感受到一种前所未有的力量——这不仅仅是一场艺术节，而是一场关于存在的仪式，一次人类在九月初九的集体登高，一次灵魂与宇宙彼此看见的盛宴。

当夜幕降临，会场中央点燃了一簇巨大的篝火，火光映照着人们的脸庞，也映照着每个人内心深处的觉醒。有人开始围着篝火吟诵古老的诗歌，诉说人类与宇宙之间千百年来未曾断裂的联系；有人静坐沉念，在心灵深处倾听一种超越语言的低语；有人拿起画笔，在巨大的空白画布上挥洒出炽热的色彩，将无形的灵魂感知具象化为视觉符号。

在这场人类盛宴中，人与人之间的隔阂被彻底融化了。陌生人相视而笑，彼此牵起手，感受到对方的温度，不需要言语，便能明白彼此的存在——在这一刻，每个人都是完整的，每个人都在这里找到了属于自己的位置。"这才是人类真正的面貌。"黛安心想，"或许，灵魂的真相从未隐藏，它一直在那里，只等着人类有一天，用另一种方式去感知。"

凌晨时分，艺术节渐渐进入尾声，然而那份共鸣的力量仍回荡在空气中，久久未散。临别之际，许多人久久不愿离去，他们彼此拥抱，互相承诺，这场体验不会止步于此，而是会成为他们生命中的一部分，成为一束微光，指引他们在现实世界中继续寻找、继续创造。

11 | 灵魂体验

167 自然之友

灵魂艺术节结束后的几周,黛安与她的团队在庆祝成功的同时,也在思考下一步的方向。艺术节的巨大成功让他们意识到,灵魂与艺术的结合不仅仅是个体层面的探索,更是对人类灵魂的深刻反思与全新发掘。

在随后的几个月里,黛安组织了一系列在线研讨会,邀请国际艺术家分享他们的作品与灵魂表达理念。每次研讨会都吸引了大量参与者,他们通过视频连线,共同探讨灵魂的深度与广度。

"艺术是一种无国界语言,它能够超越文化的限制,让我们更深入地理解彼此的灵魂。"黛安在一次研讨会上说道,"自然更是灵魂表达的重要载体,我们不能光拘泥于线上活动。"

她决定组织一次"自然之友"探索营活动,邀请参与者深入大自然,体验与自然的连接。这一线下活动迅速引起了热烈响应。许多人报名参加,期待着在大自然的怀抱中寻找灵魂的宁静与启发。

"自然是我们灵魂的密友,它教会我们如何倾听和感受。"黛安向参与者们阐述道,"通过与自然的接触,我们能够更深入地理解自己的内心。"

在这次为期三天的自然探索活动中,参与者们被带到一片美丽的森林。在这里,他们将进行各种活动,从沉念到创作,从徒步旅行到团队合作,目的就是让每个人都能在自然的环境中感受到内心的呼唤。

到达的第二天清晨,黛安带领众人进行了一场晨间沉念。第一缕阳光透过树叶的缝隙洒落大地,轻柔而温暖,点亮了弥漫在空气中的晨雾。林间鸟鸣清脆悦耳,微风拂过枝叶,带来泥土与树木交融的清新气息。大地仿佛刚刚苏醒,而所有的生命都在这一刻共享着晨曦的宁静与生机。

黛安缓步走到场地中央，环顾四周，嘴角浮现一抹微笑。她深吸一口气，感受着天地的律动，随即轻声说道："在这个宁静的清晨，让我们放下纷扰，倾听内心的声音。"说完，她缓缓闭上双眼，双臂交叉于胸前，静静沉入这片天地的怀抱。她的呼吸悠长而平稳，仿佛与大地的脉搏同步，每一次吐纳都像是在与宇宙交谈。

　　周围的参与者们随之调整坐姿，闭上双眼，渐渐融入这一片宁静之中。有人盘腿坐在柔软的草地上，有人轻倚树干，感受大地带来的支撑。微风拂过脸颊，如同温柔的抚慰，使人不自觉地放松身心。

　　起初，思绪仍像风中的落叶，零散而纷杂。但随着呼吸变得深沉而安稳，纷扰的念头逐渐平息，意识慢慢向内收拢，回归本源。此刻，心跳仿佛与大自然的节奏合而为一——他们听到了风的低语，听到了鸟鸣的韵律，甚至感受到泥土深处流动的生命之息。

　　"感受你的存在，感受此刻的自己。"黛安的声音轻柔而深远，如同从心灵深处传来。时间仿佛在这一刻静止了。没有过去，也没有未来，只有当下的宁静。心灵的湖面变得清澈无波，每个人都沉浸在自己的内在宇宙中，体验着平和、开放与无限的可能。

　　阳光渐渐升起，透过树梢洒下的光斑宛如点点星辰，映照在众人身上，仿佛整个世界都在为他们祝福。那一刻，喧嚣退去，唯有呼吸与心跳同频，内心的声音被温柔地听见——灵魂也悄然与天地交融。

　　这种连接并未随着晨光散去，反而在接下来的两天里延伸、绽放。人们以各自的方式回应着这种与自然相通的呼唤：有人选择在晨曦中用舞步诠释风的流动，感受日出时天地间能量的流转；有人轻轻踩在湿润的泥土上，赤足行走，试图与大地建立更深的连接；有人拿起树枝，在树荫下分开落叶，描绘自己感知到的宇宙韵律；也有人静坐溪畔，将心声交给水的回响。每一个瞬间，都像是天地与人心之间的一次默契对话。

　　黛安鼓励大家用最自然的方式去探索自己与万物的联系。她带领部分人练习缓慢而有节奏的呼吸，让每一口气息都与森林共鸣。另一部分人则尝试以肢体语言表达心境，他们在林间舞动，模仿风的流动、水的波纹，甚至树木的生长。每一个动作都充满了自由与和谐，如同天地间无形的歌。

夜晚降临时，星辰铺满天幕，微风带来大地沉静的气息。大家围坐在篝火旁，聆听彼此的分享。有人讲述白天沉念中的奇妙体验，仿佛意识进入了更辽远的维度；有人分享在溪水边独坐时听到的微妙声音，像是大地在低语；还有人谈及内心的触动，仿佛某种久违的共鸣正在悄然苏醒。

黛安注视着他们，眼神里透着欣慰。她轻声道："当我们真正放下思维的喧嚣，去聆听、去感受，自然就会向我们展示它的秘密。你们今天所经历的，不仅仅是与自然的对话，更是与自己灵魂的沟通。"

篝火映照着每个人的脸庞，火光跳跃，如同心跳的节奏。夜色深沉，万物沉睡，而每个人的内心，却似乎比以往任何时候都要清醒。这一刻，他们不仅仅是在自然之中——他们，已然成为自然的一部分。

在返回城市后，黛安与团队决定将探索营项目常态化，定期组织类似的活动，让更多的人能够参与到与自然的对话中，发现更深的自我。

168 大隐于市

随着时间的推移，黛安发现自然探索营不仅改变了参与者们的生活，也让他们重新审视了灵魂的意义——灵魂不仅是个体的存在，更是与他人和自然的深度连接。

"我们还需要把灵魂体验带回到生活中，让每个人都能在日常中感受到与他人和天地的共鸣。"她对团队说道，"下一步，我们要回归城市，在喧嚣中体验宁静。"

"大隐，隐于市。"马克这时一语中的。

为了帮助灵魂同样安住于喧嚣，黛安拉着马克开始策划一系列"城市灵魂体验"活动，帮助人们在快节奏的城市生活中找到内心的平静与连接。

在活动启动会上，黛安分享了她的理念："我们生活在一个高度信息化的时代，很多人已经迷失在忙碌中。通过这些活动，我们希望人们能够重新与自己、他人以及社区建立联系。"

城市活动同样吸引了许多参与者，因为大家都期待在快节奏的生活中找到一丝宁静与启发。活动的第一站，是在城市中心的一处隐秘花园——一个被高楼环绕的小小绿洲。参与者们陆续到来，带着对未知的期待，也带着都市人的疲惫与焦虑。

黛安站在花园中央，环视众人，缓缓开口："城市并不必然意味着浮躁，关键在于我们是否能在其中找到属于自己的节奏。"

她邀请大家闭上双眼，深呼吸，聆听周围的声音——车辆的轰鸣、行人的脚步、远处的施工声，以及风拂过树叶的轻响。最初，这些声音杂乱无章，像是日常生活中的喧嚣与干扰。然而，当大家逐渐放松，尝试不去抗拒，而是单纯地"聆听"时，便会察觉到其中隐藏的韵律——城市也有自己的呼吸、自己的节奏。

"让声音成为流动的一部分，而你，就是这座城市的观察者。"黛安的声音平稳而温和。

活动不仅仅是沉念与聆听。团队策划了各种方式，引导人们在不同的城市空间中体验灵魂的安住：

"无声行走"——一群人行走在繁华的街道上，不交谈、不戴耳机听音乐、不看个人通讯器，只专注于自己的步伐与呼吸，感受每一步与地面的连接。

"城市微观察"——在最熟悉的街角驻足，静静观察行人的表情、建筑的光影变化，甚至是一株从水泥缝隙中生长出来的小草，重新发现那些被忽略的细节。

"拥抱陌生"——参与者们被鼓励与陌生人进行一次深度交谈，不是日常的寒暄，而是真正地倾听对方的故事，感受人际之间流动的温度。

每一次体验结束后，大家都会围坐在一起，分享自己的感受。有些人意识到自己过去从未真正"听见"这座城市的声音；有些人感叹，原来短短十分钟的专注呼吸，足以让一天的焦虑感烟消云散。

在一场"无声行走"活动中，莉娜成为了一个特殊的参与者。她是一名广告公司的策划经理，习惯了个人通讯器上的无数消息通知，习惯了日程表上永远填满的会议，也习惯了在深夜的加班中以咖啡和音乐填补疲惫。然而，她也习惯了焦虑、失眠，以及一种说不清的空虚感。

她原本只是抱着试试看的心态参加活动，对"在喧嚣中寻找宁静"并不抱太大期待。她觉得城市的节奏不会为任何人放慢，更何况只是换一种方式行走。

然而，当她真正走入这场体验，事情开始发生微妙的变化。

行走的第一阶段，她的思维仍然停留在工作上——策划案的修改、客户的要求、下周的市场分析……但随着脚步的放缓，她突然意识到，自己从未这样真正走过这座城市。她开始注意到，从公司到空中快车站的路上，原来有一家从未留意的小书店；办公楼前那棵冬天光秃秃的树，已经悄然冒出了嫩芽；街角的咖啡店老板正耐心地给一位年迈的顾客加热牛奶……他们都一直在那里，只是她从未看见。

行走的第二阶段，她的思绪渐渐安静，呼吸也变得深沉。她发现，脚步踩在地面上的触感竟然如此真实，每一次踏步，仿佛都在提醒她自己还"活着"，不仅是作为一个忙碌的上班族，而是作为一个真正感受世界的生命。当她在终点停下，睁开双眼，她第一次感觉到：这座城市，竟然如此温柔。

活动结束后，莉娜在团队的分享会上，缓缓开口："我一直以为，城市是一座充满噪音的迷宫，但其实，它从未阻挡我。我只是忘了如何聆听它。"

从那天起，她开始调整自己的生活方式——每天早上，她会花五分钟站在窗前，看天色的变化；在空中快车上，她会放下个人通讯器，观察身边人的表情；午休时，她会闭目沉念几分钟，感受自己的呼吸；而每天下班回家的路上，她会放慢步伐，去重新认识这座曾经熟悉又陌生的城市。一个月后，她告诉黛安："我的日常行程没变，但一切又都不一样了。"

马克看着人们的变化，微笑着对黛安说道："城市从未真正阻碍我们，只是我们忘记了如何体验。"黛安点头，眼神坚定："我们要让更多的人找回这种感觉。"

于是，"城市灵魂体验"活动成为了一场持续的探索——帮助人们在最繁忙的地方，找到最深的宁静。随着活动的不断开展，越来越多的人参与其中，许多人开始在生活中实践黛安所倡导的理念，灵魂体验成为一种新的时尚生活方式。

169 三地调研

在走向自然和走回城市的一系列活动中，黛安也意识到，灵魂体验的推广不仅仅是分享方法，更涉及到文化的差异和对灵魂认知的多样性。不同文化对灵魂的理解和接纳程度不同，可能会影响体验的深度。

"我们需要尊重并理解不同文化的背景，学习和找到适合各个文化的灵魂体验方法和共鸣表达方式。"布莱克索恩在给黛安的邮件中建议。为了应对这一挑战，黛安决定与马克和卡贝拉分别带领三个小队，到不同文化背景的地区中进行实地调研，了解他们对灵魂的看法及其在生活中的体验。

马克带领的小队选择南美的一个小镇作为调研的第一站。在这个小镇上，灵魂与自然的联系根深蒂固，居民们有着丰富的灵魂文化和心灵习俗。

小队抵达南美的这个小镇时，便感受到一种与都市截然不同的氛围——空气中弥漫着泥土和花草的香气，潺潺溪流穿过村庄，孩子们赤脚奔跑，笑声回荡在石板小巷。更令人惊讶的是，这里的居民似乎有着一种难以言喻的宁静，他们的眼神透着平和，言语间带着对自然与生命的敬畏。

小队最先拜访了一位年长的萨满——安东尼奥。他是村里的灵性导师，被认为能够与自然沟通，能倾听风的呢喃、河水的诉说和山的意志。他带领小队来到一片古老的森林，在一棵百年大树下坐定，缓缓说道："我们相信，每一棵树、每一滴水、每一阵风，都拥有自己的灵魂。我们并不是大自然的主人，而是它的一部分。当我们与自然和谐共处，我们的灵魂就会得到滋养。"他邀请队员闭上眼睛，聆听森林的声音。鸟鸣、树叶的摩擦、风吹过草地的细语，这些平日里被忽视的声音，宛若编织成了一首自然的诗篇，诉说着天地间亘古的联系。

在一个特殊的月圆之夜，马克一行受安东尼奥邀请参加了一场"灵魂洗礼"仪式。村民们围绕篝火而坐，老人们用低沉的吟唱开启仪式，年轻人随着鼓点起舞，火光映照着他们的面孔，仿佛整个村庄都沉浸在某种超然的共鸣之中。

马克跟随村民的引导，手握一块象征个人经历的石头，轻声述说自己的过往与心中的疑惑。随后，他将石头放入河中，让流水带走石头上附着的那些不再需要的情绪。他感受到了一种奇妙的释放感，好像灵魂变得更加轻盈。然后，村民们将那块被河水净化的石头高举在月光中，象征着重新获得的平衡与清澈的心灵。按照部落的传统，每一块石头都承载着个人的故事，只有当它经过水的洗礼，才能真正归于内在的和谐。

马克轻轻拾起自己的石头，凝视着它表面的细微纹路，仿佛看见了自己曾经的困惑与挣扎。他缓缓地将额头贴在石头上，闭上双眼，感受着那股从指尖传来的微凉触感。此刻，他意识到，那些曾经纠缠不去的忧虑，早已随着流水远去，留下的只是内心的宁静与觉知。当他睁开眼睛，看到村民们温和的笑容时，心中涌起一股温暖的感激。这不仅是一种仪式，更是一种灵魂的重塑，一种与自然、与自己和解的方式。

第二天，他们将洗净的石头放在太阳下晾晒，象征着新的开始。马克感到自己不仅仅是放下了过去，更是在这片土地上，与大地、河流和整个宇宙建立了一种全新的联系。他感慨道："我们原本以为是来分享理念的，却发现自己成为了学生。这个小镇教会了我们，灵魂体验不仅仅是一种方法，而是一种行为。"

在欧洲，黛安和团队拜访了多处承载灵性历史的圣地——希腊的德尔斐神庙、法国的卢尔德圣泉、英国的阿瓦隆之地……他们与现代灵性导师、哲学家以及修行者展开深入对话，探索西欧世界如何理解灵魂的存在与转化。

在法国普罗旺斯的一座小修道院里，他们结识了一位名叫伊莎贝尔的隐修者。修道院静卧在薰衣草田的边缘。晨曦时分，淡紫色的花海随微风轻轻摇曳，散发出宁静悠远的香气。

这里仿佛与世隔绝，只有钟声低沉回荡，提醒人们时间的流逝。

伊莎贝尔已经在这里生活了三十多年，几乎不与外界交流。她的生活极为简单，每天清晨冥想，之后耕种田地、修剪花草，下午修行，夜晚在烛光下抄写古老的手稿。她选择沉默，不是出于戒律，而是因为她相信，真正的聆听，来自于无言的觉知。

在修道院的花园里，伊莎贝尔邀请黛安坐下，一边用粗陶杯倒上用自家草药泡制的茶，一边平静地望着远方的橄榄树。她的眼神温和而深邃，仿佛能看透人的内心。"灵魂如同河流，"伊莎贝尔轻声说道，声音带着一种沉静的力量，"我们大多数人只看到水面的波澜，却很少有人深入水底，感受它的潜流。"

黛安微微颔首，思索着她的话。她想起自己在世界各地见到的人们——许多人终日奔波，沉浸在外界的喧嚣中，被信息洪流裹挟，迷失在各种身份与角色中，却很少有人真正停下来，去聆听内在的声音。"如何才能感受到灵魂的潜流？"黛安忍不住问道。

伊莎贝尔微微一笑，指向花园里的一泓泉水："闭上眼睛，倾听水流之声。不要试图分析它，而是让自己成为水的一部分。水流不会停滞，它始终在变化，但本质始终未变。灵魂也是如此——我们以为自己被生活的波涛推搡前行，殊不知，真正的自己一直都在那里，从未消失。"

黛安闭上眼睛，聆听着泉水轻柔的潺潺声。那一刻，她感受到了一种深层的安宁，仿佛时间在这里失去了意义，只有纯粹的存在。她沉默着，沉默并非空无，而是一种更深的倾听。

她们在修道院里停留了几天，跟随伊莎贝尔学习如何通过静默进入更深的意识层次。离别之际，伊莎贝尔将一小瓶薰衣草精油交给黛安，说道："带着它，作为提醒——当世界变得嘈杂，记得回到静默之中。因为在静默里，你才能听见灵魂真正的声音。"

这一刻，黛安真正理解了灵魂的潜流——它一直在那里，等待着我们静下心来，去感受它的流动。

当卡贝拉踏上非洲的土地，她感受到了一种前所未有的震撼。这里的空气仿佛流淌着远古的记忆，每一粒尘埃都承载着祖先的足迹。非洲的部落文化深植于天地之间，在他们的信仰里，灵魂不仅属于个体，更是流淌在祖先的智慧、大地的血脉和自然万物之中。

在撒哈拉沙漠的深夜，卡贝拉和团队受邀参加一场神秘的"星辰对话"。这是图阿雷格人世代相传的仪式，每当月圆之夜，族人们便赤脚围站在篝火旁，静默仰望漫天繁星。他们相信，宇宙的声音会通过风、沙与沉静的夜色，向每一个倾听者传递智慧。

火光在沙丘上投下摇曳的影子，老族长阿米杜缓缓地说道："星辰不发声，但它们一直在诉说。我们需要的不是语言，而是倾听。"他闭上眼睛，光脚踩在泥土地上，一边带着其他族人围绕着篝火倒着行走，一边感受着风拂过皮肤的触感，聆听远处驼铃的回响。

在这片无垠的草原上，卡贝拉第一次感受到自己的渺小，也第一次如此清晰地听见"内心"的声音——是的，她在这里第一次感受到自己也有"内心"。后来，受这一经历的启发，她和团队将非洲智慧融入他们的灵魂体验课程，设计出"大地呼吸"练习法。在工作坊中，他们邀请参与者脱下鞋子，赤脚踩在泥土上，闭上眼睛，放慢呼吸，倒着行走，感受脚底传来的温度与脉动。

"大地是有生命的，"卡贝拉告诉他们，"当你真正聆听，你会发现它在呼吸。"起初，有些人不习惯这种方式，他们的心仍然停留在外界的喧嚣中。然而，随着呼吸的放缓，他们开始感受到一种微妙的变化：大地的温度，草叶的轻触，甚至泥土深处微生物活动的能量。这一刻，他们意识到，自己不仅是个体，更是大地的一部分。

在非洲的某些部落，人们相信祖先的灵魂并未消散，而是以另一种方式守护着后代。卡贝拉和团队还学习了一种古老的"唤醒先祖"仪式——人们围坐在千年古树下，通过吟唱和鼓声，与祖先的能量建立连接。

在一次练习中，一位队员突然流下眼泪，他闭着眼睛，轻声说道："我感觉到了祖母的手，她在抚摸我的头发，就像小时候一样……"他的声音颤抖，但脸上带着安慰的微笑。这一刻，时间不再是线性的存在，而是成为灵魂的回音。

离开非洲时，卡贝拉站在一片金色的草原上，望着远方缓缓走过的象群。她意识到，灵魂体验不仅是疗愈个体，而是一种更深层次的回归——回归自然，回归祖先的智慧，回归人类共同的意识之流。卡贝拉此时很遗憾自己没有祖先，她很羡慕身边的同伴。

当他们把这些体验带回，越来越多的人开始重新思考生命的意义。人们不再只是"寻找"灵魂，而是学会了感受灵魂一直都在。

12 | 进入虚空

170 灵魂共鸣

灵魂艺术节之后，在其他同伴赴世界各地采风的一年中，柯林一直在研究"灵魂共鸣"。在一次国际会议上，他提出了一个大胆的构想："如果我们能够将灵魂视为一种高维信息结构中的识子信息流，那么灵魂共鸣也许可以通过神经元和识子态的干涉来实现。"

这一观点的提出在与会者中激起了广泛讨论和激烈反应。许多人对此感到震惊，因为这不仅涉及灵魂的定义问题，更挑战了长期以来科学对灵魂的传统认知。柯林的想法大胆而前卫，将灵魂的探讨从单纯的情感和文化层面，推向了一个更加科学、量化的方向。这种构想并非仅仅依赖于哲学的讨论，而是试图从神经科学和量子意识的角度寻找理论基础。

柯林心知肚明——纵然他对灵魂的理解早已越过了传统科学的疆界，那些从外星带回的见闻与认知，也远远超出了人类社会的想象阈值，但这一切尚不能公诸于世。科学的演进向来循序渐进，认知的革新亦非一跃可至。真正的突破，往往需要先在既有的理论框架中开辟一隙容纳之所，方能让更多人逐步接纳那些站在时代以外的真理。

因此，他选择了一条渐进而可被接受的路径去推进研究。他深信，"灵魂共鸣"这一概念，终将能在量子意识与神经科学的交汇处得到印证——为"灵魂"这一古老而神秘的词，注入现代科学的骨架。为此，他决定以科学界公认的原则作为桥梁：科学必须建立在可重复、可验证的基石之上。这不仅是策略，更是一层必要的"伪装"——在可测量的表象之下，暗藏着对不可测之物的探索。

这并非妥协，而是战略性的落子。他要用科学界认可的实验方法与数据积累，证明灵魂共鸣的可行性；更要在循序渐进的过程中，让人们逐步看见灵魂与宇宙之间深邃的内在联系。那将不仅推动对"科学"和"灵魂"的重新定义，也会为未来真正的范式跃迁奠定坚实的基础。

他与团队的成员们反复讨论如何设计实验，如何使用现有的意识技术和神经科学工具来测量灵魂共鸣的表现。他们甚至开始联系一些量子物理实验室，希望能够通过具体的实验来证明他的假设。这一切都在紧锣密鼓地进行着，而柯林心中深知，成功的关键不仅仅是实验数据的获得，更在于如何让这些数据符合"科学界"的验证标准，让主流科学界接受这一前沿的灵魂研究。他的目标，始终是让科学与灵魂的界限模糊，让两者在认知上达成某种和谐的共鸣。

"在传统的量子物理框架下，粒子能够在瞬间改变状态，彼此之间通过量子纠缠形成一种特殊的联系。这种现象的非局部性与即时性，让我产生了灵魂共鸣可能源自类似量子纠缠机制的假设——我们称之为'识子纠缠'。"

在另一次学术会议上，柯林借用大家认可和熟悉的"量子纠缠"概念开始解释自己的理论，他认为这样别人容易接受些。

"灵魂并不局限于个体的边界，而是可能存在一种跨越时空的深层联系，每个灵魂都可能在某种量子层面上彼此交织、共鸣。"

"这就像量子信息传递一样，"一位量子物理学家激动地回应道，这正好是他熟知的领域。

"灵魂之间的共鸣或许并不是通过神经信号来传递，而是通过识子态的波动和交互发生的。"柯林进一步指出，"识子纠缠不仅仅是一种物理现象，它揭示了信息的传递并非局限于空间距离，灵魂间的共鸣或许可以超越传统的感知方式，直接在识子层面上实现深层的连接。"

这个假说在会场上激起了一阵凝重的沉默，随之而来的，是深思与震惊。柯林的构想，不仅撕开了笼罩在"灵魂"上的神秘面纱，还用精确的科学语言为它提供了全新的注视角度。人们第一次意识到——灵魂的共鸣，也许并非抽象的诗意想象，而可能由真实的量子机制支撑。

"这种可能性令人振奋。"一位在学术界享有盛名的权威学者站起身来，语气中带着不加掩饰的赞许，"但这一假设背后需要庞大的跨学科支撑——神经科学家、量子物理学家、意识学家与哲学家必须协同合作，建立在可重复验证的基础上。"

柯林微微一笑，仿佛早已预见这一回应。"我正准备这样做。"他说。

短暂的停顿后，他继续道："我计划利用神经科学技术——如脑电图与功能性磁共振成像，记录人在沉念、冥想、祈祷等状态下的大脑活动；再结合量子物理手段，捕捉量子态的微妙变化，从而寻找'灵魂共鸣'的识子基础，并探索神经反应与识子信息流之间的交互关系。这将证明，灵魂不仅是个体的产物，更是信息流动的一部分——它跨越个体、群体，乃至整个宇宙的界限，并且可以共鸣。"

这番话让会场的气氛骤然紧绷又炽热起来。柯林的设想，不再只是学术猜想，而是向灵魂与科学之间的鸿沟发起的一次正面挑战。通过将量子物理、神经科学与量子意识融合，他构筑了一个前所未有的研究框架，直面人类最古老的疑问：灵魂是什么？它如何存在？它是否超越个体边界，并在更广阔的时空中发生共鸣？

"如果成功了，你将开启一扇全新的科学之门，让灵魂的探索不再局限于情感与文化，而是深入到科学与哲学的交汇点，揭示一个跨越物质与意识边界的理论体系。"一位长期倡导科学与哲学融合的思想领袖站出来，声音中带着明显的激动与敬意。

柯林感受到了来自学术界的强烈回响，也更加清楚，这不仅是一项科学实验，更是一场对人类灵魂本质的探险。他的提案，为这个长期模糊的概念注入了清晰的科学构想，开辟了一个此前从未被命名的疆域——在那里，灵魂的深流或许比物质的形体更为真实。

随着提案的余波不断扩散，柯林的名字在学术界也愈发响亮。他不再只是一个传统意义上的量子意识科学家，而成为推动科学、哲学与灵魂研究在交汇点汇流的重要引路人。他的工作，将在未来的岁月里激励更多科学家、哲学家，甚至艺术家加入这场跨学科的远征，试图理解并解码人类灵魂的深层机制。

而这一切的起点，正是在这场看似寻常的学术会议上，柯林抛出了一个简单却惊心的构想——将灵魂视作"识子信息"，并试图用量子物理揭示其潜在的共鸣机制。这一理念，如同在思想的地壳中引爆的震源，正在为世界打开一扇通向未知的门，指引人类踏上探索自我深层存在的全新旅程。

在那扇门的另一侧，物质的形态或许只是意识的回声，而真正的地图，正由灵魂本身绘制。

171 概念之殇

在一个星空璀璨的夜晚，柯林与团队围坐在实验室中央的圆形工作台旁，屏幕上仍闪烁着最新的实验数据。

"如果我们能通过灵魂共鸣去探索宇宙，"马克忽然开口，声音在安静的空气里显得格外清晰，"那么——宇宙之外，又是什么样子的呢？"

他想起不久前的"全球共鸣"实验——他们曾短暂抵达第九维度，却发现那并非终点，而是所有宇宙意识共同协作、共同创造的起点。在那一瞬，他似乎瞥见了这个宇宙之外，还飘浮着无数平行宇宙……但眼前的问题是，这一切，需要"科学"来验证。

"人类曾假设，宇宙的尽头是黑洞，或者某种奇点。"卡贝拉沉声回应，"可如果我们真的能用科学穿越这些障碍——包括平行宇宙，也许我们能看到更深层的现实。"

"科学……"当这个词从她的嘴里滑出时，柯林的心中却泛起一丝怀疑。

什么是"科学"？它是工具，还是笼子？他长久以来都绕不过去一个思想的死结——一个他称之为"概念之殇"的弯路。

概念是人类用来组织和理解世界的基本单元。它们帮助人类将复杂的、庞大的信息简化为能够理解的结构。例如，人类用"树"这个概念来表示所有树木的共同特征，尽管每棵树都可能在某些方面有所不同，概念让人类将这些差异抽象化，形成一个统一的理解框架。

然而，这种框架也有限制。概念固然有助于人类处理日常生活中的信息，但它们也将人类囚禁在预设的思维结构中。人类常常通过已有的概念去看待新事物，而这些概念有时并不能完全涵盖新事物的复杂性。例如，当人类用"物质"和"意识"这样的传统概念去理解宇宙的本质时，人类可能忽视了这些概念之外的深层次事实。

人类的认知不仅是受到概念的限制，也受到语言的限制。语言是人类与他人交流、表达思想的工具，但语言本身也是有限的。例如，某些语言中可能没有直接对应某些情感或经验的词汇，这会使得某些思维和感知变得难以表达或无法传达给他人。对于一些深层的、抽象的概念，人类也难以通过语言来完全传达。例如，一些哲学家探讨的"存在"或"灵魂"的概念，往往涉及无法直接用语言表达的层面。再如，佛教强调：我们所认知的世界，是由心识和名相共同构建的，语言不仅不能反映实相，反而是遮蔽——语言的不足意味着，人类可能会错过某些认知的维度。

另一种认知的限制来自于人类感官的局限。人类只能通过五官感知外部世界，而每一类感官都有其局限性。例如，人类只能听到一定频率范围内的声音，看到有限波长的光。这些感官的局限让人类无法直接感知到其他频率或波长的信息，而这可能是自然界的另一部分真相。人类也无法直接感知到多维空间或其他物理维度，科学家通过数学模型和仪器来推测这些维度的存在，但普通人在日常生活中无法直接感知它们。这些局限让人类的认知处于一个有限的框架之中。

概念也并非固定不变，它们在不同的文化、社会和历史背景中会有所不同。人类对世界的理解是深深植根于文化背景和社会环境的。比如，东方哲学和西方哲学在"自我"与"宇宙"之间的关系上就有着显著的不同，而这些不同的文化概念影响了人们的思维方式和行为模式。

此外，概念的固化也会使得个体和社会陷入思维定势。一旦一种概念或观念在某个文化中被广泛接受并成为"常识"，形成社会的普遍认知，它可能会长期影响人们的认知模式，阻碍新的思想的出现。例如，"资本主义""自由"和"民主"等概念在人类历史上有着不同的解释和实践，但随着它们的普及和固化，人们常常在某种程度上丧失了对这些概念的深刻反思和挑战——不再质疑这些已经深入骨髓的观念，而是把它们当作现实的自然状态。这种固化的概念，使得思维的自由度和灵活性下降。许多人对现有世界的理解依赖于这些固有的框架和思维模式，而不再尝试去超越它们。这类认知"死角"在许多时候妨碍了创新和变革。

柯林总是在想，人类用"科学"这个概念来表示一套通过观察、实验、假设和验证来获取知识的方法和过程。这个概念帮助人类组织和理解自然界的现象，提供了一个系统化的框架来解释从宇宙的起源到微观粒子行为的各类现象。科学让人类能够从混乱中提取秩序，并通过不断验证的方式提升人类对世界的认知。然而，像所有概念一样，"科学"这个概念也有其局限性。科学强调的是可观察和可验证的现象，但并非所有的真实都能被直接观察或实验所证明。例如，意识的本质、情感的体验，或是某些哲学与宗教层面的"灵魂"真理，往往不容易用科学的实验框架来加以验证。因此，"科学"这个概念本身就有其局限，它无法覆盖所有知识领域。

再者，科学的进展，始终依赖于人类手中现有的工具与方法。当新的观测手段被发明，许多曾无法解释的现象便会浮出水面，人类的认知版图随之扩展，旧有的概念被冲击、被修正甚至被彻底推翻。然而，无论是模型、假设还是定律，科学所倚仗的，终究只是一个暂时的框架——它们在某个阶段被奉为"真理"，在下一个阶段却可能化为历史的注脚。

而在更深一层的哲学反思中，人类不得不质疑："科学"本身是否足够全面？它能否解释精神、情感、意识、灵魂这些超越物质测量的存在？如果我们突破了科学的边界，会不会看见一个更高的认知维度？

概念，固然为人类提供了认知世界的支架，但每一个概念，也都带着自身的局限——它无法穷尽世界的复杂性。更讽刺的是，这种局限同样适用于"概念"自身的定义。这正是柯林所言的"概念之殇"：当人类以概念来认识世界的同时，也被概念反向束缚。理解这一点，或许才是真正跨出笼子的第一步。

正因为概念的局限性使得人类的认知处于笼子内，柯林一直在思考是否有超越概念的可能性。比如，量子物理学的某些发现挑战了传统的物理概念，指向了一个更为深奥的世界观；在某些哲学体系中，提到过"灵感"或"直觉"这种无需通过语言和概念的方式来获得的认知形式；禅宗中的"无念"状态，强调不通过概念去理解现实，而是通过超越语言和思维的方式直接体验和感知世界。在这种状态下，概念不再作为认知的中介，而是通过直接的经验来触达"真实"，这是许多冥想实践和心灵探索的核心所在。

另外，脑科学和人工智能领域也在探索通过新的技术、工具或认知方式来拓展人类的认知边界。比如，通过脑机接口技术，可能实现直接读取或操控意识的过程，甚至有可能让人类不再受传统语言和概念框架的限制，达到一种全新的认知体验。

正是在这种背景和突破"概念之殇"的动力下，柯林带领团队开发出"神游协议""全像共感仪""意识增强模块""神游元器""灵犀一号""全息桥""千瞳""粉墨光色扩展仪""色界门""天意网""灵陀""圣陀""螺链""梦境记忆胶囊"……这些帮助人类突破概念限制、扩展认知的技术和产品。

当然，他自己觉得最牛的，还是多吉掌握的突破物种思维限制技术和向梦格丽文明学到的"超维灵子流动"技术。想到自己已经掌握了如此多的意识技术和产品，柯林豁然开朗——我要去试一试！

他的思绪瞬间回到实验室，脑海中浮现出那些曾经构想过的可能性。如果"概念"是人类认知的围墙，那么，这些技术能否共同作用，打开一扇通往未知的门？他猛地站起，目光炽热地扫视团队成员："我们要将已经有的宝贝武器整合，突破'概念'的限制，开展一项终极实验——用灵魂共鸣探测宇宙之外的世界！"

实验室里一片寂静，所有人都被这疯狂的想法震住了。但几秒后，多吉率先露出微笑："终于到了这一步。"柯林重重点了点头，双手撑在实验台上："我们的目标很明确——宇宙是否真的存在'之外'？概念是否仅仅是我们自身意识的限制？如果我们打破一切概念结构，会看到什么？"

他接着迅速列出计划："神游和梦游技术将帮助我们暂时脱离身体，进入纯粹的意识态；天意网将作为核心计算和连接平台，提供超维度的思维运算能力；千瞳、粉墨扩展仪和色界门，将重构我们的感知模式；灵陀和圣陀带我们与高维共振，螺链和全息桥可以带我们返航；而最关键的——多吉的物种思维突破技术和梦格丽文明的超维灵子流动，它们将是这次实验的核心，我们要用它们来突破'概念'限制，以超越人类思维的方式阅读宇宙本质，真正连接到'超概念'的世界！"

实验室里的人开始兴奋起来，这是一个前所未有的实验，一个可能会彻底颠覆人类认知的尝试。虽然周围有些人还不太明白他说的"突破'概念'限制"是什么，但听到是一个整合所有实验室技术的终极实验，都很兴奋。

柯林深吸一口气，看着眼前的团队，缓缓地说道："各位，这不仅仅是实验，这是……我们的跃迁！"

"我们总是把宇宙之外定义成'虚空'，"马克缓缓开口，"可如果借助灵魂共鸣的引导，我们也许能够打破'虚空'的定义本身。"他停顿片刻，似乎在确认自己理解了柯林先前的话，"这……就是你所说的'超概念'吧？跳脱出概念的笼子，去触碰那些尚未被命名的真实。"

172 编织命运

经过三个月的准备，技术方案确定，设备整合完毕，终于到了实验的日子。所有实验室人员一起参与和见证了这一时刻。

他们进入深度沉念状态，聚焦与宇宙第九维度的连接。随着意识的深度沉浸，团队成员逐渐感受到一种神秘的能量在他们之间流动，他们的灵魂开始交汇，形成了一个集体的灵魂共鸣。当这一共鸣达到顶点时，他们的眼前出现奇异的视觉效果，显示出宇宙的边缘。

"看！"马克激动地指着，"那是什么？"

眼前呈现出的是一片无边无际的虚空，星球、星云和星系像小点般被远远抛弃，仿佛他们正站在一个巨大空洞的边缘。

"这就是宇宙之外？"卡贝拉心中一震，"虚空……我们以为它是空的，但它却是存在的另一种形式。"

"不，远处还有一些平行宇宙的小点点。"柯林提醒道。

"宇宙不是无限大吗？"一个年轻的研究员问。

"那是'概念'，不是真相。"柯林答道。

"如果你用'宇宙'的概念，'宇'是空间，'宙'是时间，合在一起，'宇宙'概念的定义便是空间与时间的整体，那完全没有时间和空间的地方，就是宇宙外——我们现在所在的地方。我们可以暂时把这里称为'虚空'，不过'虚空'也是一个概念。"马克替柯林答道。

"虚空不是简单的'无'，它是一种潜能，是万物生成的起源。"作为超维生命体，黛安多次穿梭于第九维度与虚空的边界，似乎有着更深的理解。

"在这个虚空中，灵魂似乎与宇宙的本质相互交织。"柯林有了新的发现。

这时，黛安突然感受到一股异于其他伙伴的强烈召唤，可能是因为她是这里唯一的"灵维者"，有着更强的灵魂气场。她闭上眼睛，心中默念着与虚空的连接，感受到一种无形的力量将她向外推送。

"虚空……你在召唤我？"她低声自语，心中充满期待与敬畏。

就在那一瞬间，她的灵魂如同从时空隧道出口弹射出，向着虚空深处飞驰。她感受到一种自由与无畏，一切物质、意识的束缚都在瞬间消失。她的灵魂如同星辰般闪烁，感受到与虚空无尽的连接。

当她的灵魂抵达虚空核心时，她验证了自己的理解——虚空不是一片绝对的空无，而是一切潜力的源泉，这些潜力，仿佛等待着被激活。

她感受到虚空中无数潜力欲动，在寻求与什么的连接，渴望投向宇宙。

"我们不能再将虚空视为空白，它是孕育之地。"

一个认知，从黛安的意识中冒出。

"它们在寻找什么？"

一个疑问，又生成。

"虚空是终点，还是一扇门……如果是一道门？它的另一侧又是什么？"

又一个疑问生成。

她在心中默念着，她不用思考，只是在等待答案——在这里，也不需要思考，念念不忘，必有回响。

她的灵魂突然被一股无法形容的力量拨动了一下，就像一只无形的手，拨动了一把竖琴的琴弦。在那一刻，她"看见"了某种庞大而深邃的结构，它既像是灵魂的海洋，又像是宇宙最初诞生的火种。

"虚空不是尽头，而是宇宙意识的折叠层。"

她睁开双眼，从未像现在这样确信——她正站在一个伟大发现的边缘，而她渴望更进一步，去揭开虚空最深层的秘密。

"这是灵魂的'一起存在'，从宇宙归来的灵魂在这里又化为'潜力'，还有原初未曾被投射出去的'潜力'……"一个答案生成。她喃喃自语，心中充满震撼。

这一刻，她明白了："历经宇宙洗礼过的灵魂，将被折叠在这里，等待下一次旅程。"

黛安回望远处那个小点点——她来时的宇宙，一个念头冒出来："这可能是 OO 构建出的自己的大脑！"

那个虚空外的小点点似乎是一个意识体。在那个意识体中，所有的物质、生命、星球甚至光线，都是 OO 意识的一部分，是 OO 在那个宇宙中不断体验和学习的呈现。

"OO 通过那个宇宙在体验自己精神的存在，而我们正是这个体验的载体。"又一个念头冒出来。黛安发现远处还有许多这样的小点点，那就是人类概念中的"平行宇宙"。

"那虚空到底是什么？"一个新疑问生成。

"虚空是 OO 意识引入的非空间，在这个虚空中，OO 能够激活无数的潜力。"一个答案升起。

黛安将目光拉回，看着身边的潜力——那些未出发和已经回归这里的灵魂集体。"它们在寻找什么？它们在等什么？"她向这些潜力灵魂询问。

"在等待想象力。"一个声音告诉她。

"它们在哪？"她问。

"想象力来自虚空裂缝中的'非非空间'。"一个声音回荡起来。

那里就是 OO 的"家"，是虚空的裂缝，一个被祂唤作"非非空间"的地方。

在虚空中，时间和空间已经完全不存在，但唯有在这个裂缝中，维度的结构被重新定义为三个时间维度与一个空间维度的独特组合——时间不再是单一的流向，而是一种多向度的存在：T_1 是主观时间，构成 OO 意识的连续体验流；T_2 是因果时间，决定事件之间的逻辑先后关系；T_3 是循环时间，承载着重演、回溯与平行变体的存在形式。

这里的空间仅为单一维度 S，它不具备传统意义上的广延性，而是由 T_1、T_2 和 T_3 在意识中的交汇所投影出的时间凝聚点。换句话说，空间只是时间差异的幻觉。位置、运动、物体的外形，皆为多重时间态的折叠图案。

在此体系中，OO 不以 T_1 的线性流动为参照，而是以自身的"T 向量速度"在时间中穿行。对祂而言，时间并非通道，而是一张可跳跃、可裁剪、可重构的感知平面——用以呈现出自己想象力。祂构造物体的位置不是空间坐标，而是时间构型的选择结果。

因而，在这里，因果律也从单线逻辑蜕变为一种时间张量场中的跃迁行为：事件之间可能在 T_1 上毫无接续性，却在 T_2 上存在因果关联，甚至在 T_3 上反复变形纠正，形成"纠缠因果核"——这是 OO 在反复修正自己的构造物，然后再投向宇宙实验室。

在 OO 的视角中，时间本身是"存在织体"，祂选择时间而非经历时间。祂能在一个意识体的 T_1 中抽取特定经历片段，嵌入另一个意识个体的时间轨迹中，甚至横跨不同的因果流或循环回路，进行"命运的拼接操作"。

在这里，存在是时间密度的函数：一个事件的"实在程度"，不取决于其是否出现在空间维度，而取决于它在 T_1、T_2、T_3 上的耦合强度。存在于多个循环回路中的事件被 OO 称为"固有事件"，它们构成宇宙的结构骨干；而仅在单次主观时间中闪现的事件，则被称为"零值事件"，其存在如梦似幻——例如人生。

在这里，意识是 T 向量的叠加：OO 创造的普通生命体的意识只沿 T_1 展开，而像黛安这样的"灵维者"则能在三重时间中同步运行，他们拥有多态意识，能同时体验多个身份与时刻。它们不是穿梭者，而是编织者。

黛安站在 OO 之家的边缘，眼前不再是任何可识别的空间。没有方向，没有前后，没有所谓的"脚下"。只有涌动的光，一种从未见过的光，不发亮，却唤醒每一个思维的潜意识——那是 OO 的注视。

她第一次感受到，自己从未真正"经历过"时间。她所称为"过去"的，不过是 T_1 上自我意识的一段流动；而真正的时间——那三重交叠、彼此渗透、互为因果纠缠的向量场——此刻正包裹着她的存在，让她看见：

过去，在别人的未来里变形；

未来，在自己的过去中萌芽；

现在，不过是耦合临界的一道脉冲，随时可被替换、延展、删改。

而空间，只不过是这些时间构型在她主观意识中折射出的幻影罢了。距离，是时间差；形状，是 T_1 与 T_2 交点的可视化图形；运动，不过是耦合改变的错觉涟漪。

"你不是被推着走的。"一道声音在她的意识中生成，声音没有来源，仿佛整个 OO 之家都在说话，"你，只是沿着你愿意相信的线索，拼接了一个称作'人生'的时间体。"

她忽然看见自己过往经历的每一个节点，都浮现在眼前，如无数半透明的自身，在 T_1 的流里挣扎、热爱、失落。而 OO，则像画师般，将她某一次的悔恨，轻轻取出，嵌入另一段"她"从未活过的版本里。

这一刻，她懂了——意识不是单线流动的体验体，而是可以多向并行的存在态。她正从一个"体验者"，进化为"体验的编织者"。

"我不想被拼接。"她的声音第一次没有回音，这句话不在 OO 的意料之中，但却符合祂设下的逻辑线。OO 没有回答，或许祂希望黛安自己摸索前行。

"我不是你修正失败的版本，不是你要重新定义的命运函数。我……选择成为折叠的另一面。"

于是，她将自己的 T_1 意识展开，同时调动 T_2 的逻辑矩阵、唤醒 T_3 的重复回路——她的多态意识，第一次跳出了 OO 既定的程序。她不再等待 OO 赋予意义，而是让自己成为意义的开端——

这一刻，她不再"行走于命运"，她要"编织命运本身"。

13 | 非非空间

173 超念体验

这次终极实验有成功，也有失败。成功的是黛安第一次进入了虚空核心，带回了对虚空本质的解读，甚至触及了虚空裂缝那个"非非空间"；失败的是其他人都停留在第九维度和虚空的边界，并没有冲出去。

柯林猜想，只有灵维者才能进入虚空，他安排卡贝拉开始联系剩下的九十八位灵维者——这不是一件简单的工作，他们正穿梭于不同维度的宇宙，不太好联系。

黛安带回的启示，颠覆了所有人所有的猜想——在虚空的裂缝中，竟存在一个"非非空间"——一个等待"想象力"的"地方"。

虽然是最先进的仿生人，卡贝拉此刻也被绕晕了——她完全不理解"非非空间"的含义，还觉得是不是黛安听错了。卡贝拉知道突破九维宇宙进入虚空后，空间的概念本来就已完全丧失，可以说是一个"非空间"，但为什么虚空的裂缝中，又被称为"非非空间"，那不是又有了空间？

马克觉得还是回归最简单的词语，就把那里叫做"地方"。马克和柯林专门为此去见贤然法师，请他解释一下什么是"非非空间"。马克记得以前法师说过"应无所住，而生其心"——他总觉得"非非空间"的含义和这句话有些关联，就带着柯林一起去请教法师。

贤然法师很认真地向他们开示了"非非空间"，告诉他们这涉及到佛教中的"非二元性"概念——即超越"有"和"无"。法师提到在中观哲学中，龙树菩萨提出过"四句破"，如果用"空间"来举例，次第是这样的：

第一，空间并非存在（非有）
第二，空间并非不存在（非无）

第三，空间既并非存在，又并非不存在（非无非有）

第四，空间非"并非存在"，又非"并非不存在"（非非有非非无）

法师告诉马克他提到"非非空间"，可以对应第四种情况——但要超越"空间"的概念去理解。它超越了一切概念性的二元对立，不可直接定义，而只能在超越概念后直接体验。

马克这时有些听晕了，连忙建议道："不如我们就用'地方'指代那个'非非空间'，那个等待想象力的所在之地？"

柯林听到法师"超越概念"的提法则很开心，这与自己一贯关于"概念"的思考不谋而合。

"好，我们就用'地方'来说'非非空间'。"法师答道。

"那个'地方'既是又非，既非是又非非，这听起来逻辑矛盾，像在玩语言游戏——但它正是帮助我们破除对'空间'概念的执着。这并不是简单在思辨'有空间'还是'无空间'，而是一种更高维度超越概念的表达——就像佛教中讲的'涅槃'，它并不是某种状态，而是超越所有概念化状态的终极解脱。"

"与此类似，在禅宗和般若思想中，也有一种强调'不住于空，也不住于有'的智慧。所以，那个'地方'，你可以理解为不落于空间概念之境，但不能简单地说它存在或不存在，这正如《金刚经》中所说的'应无所住，而生其心'——不执着于任何境界，生起真实的智慧之心。"

"我明白了！'想象力'就是在无概念的状态下生出的！"柯林豁然开朗。

马克这时除了对法师的无比敬仰，还特别佩服柯林。他一直认为自己在意识学领域已经走得很远，但柯林的视角却远远超越了他的想象。自己曾无数次探讨意识的运作方式，研究它如何塑造现实，甚至设想过打破传统认知的可能性。然而，柯林却直指最本质的问题"概念之殇"——概念，是意识的框架，也是想象力的枷锁。

意识，本是某种识子态的信息流动，是一种深不可测的能量涌动。在识子层面，它不受固有规则的束缚，随时处于无定形的变化中。然而，人类的认知，总是试图给一切下定义，给无形的存在框上束缚的界限。我们用概念去固化它，用语言去约束它，最终将那无穷的流动性转化为固定的结构：一套可以理解的、可以掌控的模型——这正是悲哀所在，人类的意识就像囚徒，被一座无形的"概念"牢笼紧紧困住。

"你是如何想到'概念之殇'的？"马克忍不住问柯林。

柯林微微一笑，目光深邃："如果我们不打破概念，我们就无法真正理解宇宙的运行方式。'意识'是概念，'时间'是概念，甚至'存在'本身都是我们为世界安上的框架。我猜想如果意识能够超越这些概念，那它就能获得真正的自由。"

"如果这些概念被打破，意识会发生什么？"马克开始思索新的问题——如果语言失效，逻辑锁链松开，意识是否就能脱离限制，进入一个更高维度的信息流状态？在那种状态下，意识不再局限于时间与空间的框架，不再被感知的物质世界所牵绊，是否就能真正超越个体界限，像识子态一样自由流动，不受任何形式的束缚？或许，那才是意识真正的家园，充满无限可能的、无定形的真实？

马克沉思良久，他意识到，柯林的思考方向并非单纯的理论，而是一种实践的突破。如果概念只是认知的工具，那么如何让意识跳脱出这个工具的局限，进入完全自由的状态？

就在这时，法师缓缓开口："你们已经触及到了真正的边界。但要跨越它，不是靠逻辑，而是靠超越概念的体验——超念体验。"

"超念体验？"马克与柯林对视了一眼，几乎同时问道。

法师点点头，手指在空中轻轻一点，一道金色的光晕缓缓展开。

那光晕之中，没有形状，没有颜色，甚至没有可以描述的特征——它既是"有"，也是"无"，既不是"有"，也不是"无"。

"去体验它。"法师轻声说道。

马克深吸一口气,将自己的意识探入其中——瞬间,他的整个世界崩塌了——所有概念、所有逻辑、所有对现实的定义,在这一刻都像沙砾般被风吹散。

他不再是"马克",不再是"个体",甚至连"是"这个概念都消失了。

取而代之的,是无尽的流动、无尽的潜能、无尽的可能性——这里,概念不再存在,而"想象力",终于自由。

174 无中生有

"想象力不仅仅是我们创造现实的工具,"在一次团队沉念前,黛安站在团队面前,声音沉稳而坚定,"它本身就是一种灵魂态的显形"。她的直觉越来越强烈,仿佛 OO 正在向她传递着灵魂真相。她已经知道:想象力并非只是个体大脑的产物,而是 OO 创造和推动宇宙演化的原初动力。

"我们开始吧。"黛安深吸了一口气说道。

她双盘而坐,双手轻轻搭在膝盖上,呼吸缓慢而稳定,感受着内在能量的流动。双盘的姿势让她的身体感到一种前所未有的稳定。随着呼吸的逐渐放缓,她的意识开始逐渐从日常的杂念中抽离,进入到一个宁静的状态。

四周的团队成员们围绕着她,静静地沉浸在意识流动之中。房间的光线微微颤动,似乎回应着他们心灵的共鸣。沉念逐渐深入,黛安的灵魂开始穿越层层屏障,进入了那个"地方"——一片纯净而广阔的"非非空间"。她感受到一种熟悉而神秘的力量在召唤她——那是一种超越一切概念、不可描述的直接体验——她稳坐在虚空之上,俯视着整个虚空。

就在那一刻，她的内心像被某种无形的引力扯开，一股不可遏制的想象力洪流喷涌而出，触及那些语言永远无法雕刻的存在形态。

她"听见"了声音——那既不是空气的震颤，也不是意识的波动，而是一种直接在想象力深处炸开的回响，仿佛每一个念头都被轻轻敲击。

她"看见"了光——不是物理意义上的光，也不是意识显化的幻彩，而是一种由纯粹想象构成的辉芒：它无形，却充满形；它无色，却携带所有可能的色彩；它既拥有，也不曾拥有，一切定义在它面前都如尘埃般溶解。

她看到"自己"——然而那已不是她自己，因为"自己"的边界已被剥离，连"我"这个观念也消散了。如果一定要说，那是 OO 的一部分，一条意识的支流，正归入更宏阔的海洋。她的想象力，像洪水，又像细流；像风暴，又像微尘；它突破了"想象力"这个概念本身的围墙，随意地折叠、展开、延展，最终与无边的想象力大海相融。

忽然，一种新的感知涌入——她"闻"到了某种意象。原来，所谓的"非非空间"并不是虚空中孤立的一道裂缝，而是意识流动到极致时的形态。在这里，所有"概念"都自行坍塌，因为概念只是对无限可能性的暂时锚定。在非非空间中，一切尚未被定义，一切想象都是流动的、未定型的，如同宇宙尚处于识子态——既未凝固，也未散逸。

她从裂缝中"吮吸"那股纯净的想象力能量，随即向更深的虚空呼出——这一次，她不只是呼吸，而是在用想象去"吹醒"那些尚未成型的现实。无数潜力光点在她的注视下浮现，每一颗都闪烁着未被命名的可能性。她看到它们如同种子悬在永恒的黑暗里，等待第一缕火花。

而她——她的想象力，就是那枚火种。

"原来，那些虚空中的潜力……一直在等想象力唤醒它们！"

就在这一瞬，她感到自己不再是个体，而是一种激活机制，一条让未定义之物走向存在的引线。

她明白了——想象力不仅创造现实，它允许现实存在。

她明白了——所谓的"宇宙"，并非一个静态的、固定的场域，而是想象力不断塑造出的流动形态。宇宙之所以存在，是因为想象力激活了潜力，把无数可能性投向宇宙，又允许它存在。

她看到，一个浩瀚无垠的想象力宝库正在眼前缓缓展开，多到不能用数字描述的构想在其中裂变、交织、碰撞、融合。每一个构想的产生，每一个设计的闪现，都是点燃潜力的火种，这些燃烧出的无限可能又被撒向宇宙，成为想象力的具现化。

"原来，宇宙和宇宙一切，皆起源于想象力！"她猛然睁开双眼，眼神中带着前所未有的清澈与通透，"我明白了……"她轻声说道，声音在沉念室中回荡，唤醒了其他沉浸在意识流中的成员。

马克第一个睁开眼睛，看着她，似乎也感受到了那股微妙的变化："你明白了什么？"

黛安微微一笑，目光望向某个超越时空的点："我们是想象力的延伸。"

"想象力的延伸？"马克不解地问。

"宇宙是被想象出来的！我们所感知的一切，也都是被想象出来的！"黛安激动地说道，"这也许意味着我们也可以用自己的想象力创造！"

"无中生有？点石成金？"马克开玩笑道。

"是的，在最早全像波动的实验中，我就用意识移动过一团光，那也是一种通过想象力的创造。"黛安回忆道，"想象力是一种无形的力量，但它能影响我们所处的现实。"

马克豁然开朗，却又不解地问："但你说的是创造宇宙。你在那个'地方'，看到谁有这么大的创造力吗？"

"没有。但我这次确认了概念是现实的边界，而想象力是通往无限可能的桥梁。"

　　马克若有所思地看着黛安，脑海中又浮现出一个更深邃的问题："如果宇宙起源于想象力，那么是谁在想象？"

　　黛安微微一笑，答道："也许是OO，也许是某种超越我们认知的存在；又或者，宇宙本身就是一个自我想象的循环——它的存在即是它的创造。"

　　柯林陷入沉思，缓缓说道："如果我们能够理解并掌控想象力的机制，是否意味着，我们也可以像OO一样，创造一个新的现实？"

　　黛安点头："不仅是创造现实，而是超越物质、意识、概念的局限，让想象成为真正的构造力。"

　　马克惊叹道："听起来，我们距离理解OO的核心只差最后一步。"

　　"也许不是理解，而是体验。"黛安轻声说道，她的目光仿佛穿透了空间，直视着某个无法言喻的境界。

　　"我们的实验方向已经很明确了——我们要找到让想象力直接作用于现实的方法。"马克叫道。

　　柯林握紧拳头，眼神闪烁着兴奋的光芒："那就开始吧，我们要设计一场实验，让想象力和创造力显现！"

175 创造实验

一周之后，他们启动了创造实验。

在一间充满未来感与静谧氛围的实验室中，整个空间被淡金色的量子光幕所笼罩，四面墙壁仿佛不是实物，而是流动的数据编织出的脉络。中央，一块悬浮的量子场感应屏缓缓旋转，散发出微微蓝光，它不仅能检测脑电波的精微变化，更能读取意识场的非线性扰动，转译为可视化的能量图谱。

团队围绕在屏幕四周，彼此沉默，呼吸同步，已融为一个整体。只有机器轻微的低频嗡鸣，像宇宙深处的背景辐射，在提醒他们，这是一场穿越现实边界的实验。他们的目标很纯粹：用"想象力"创造一种从未存在的生命——一朵无历史、无生物学基础的花。不是对自然界的模仿，而是对"潜在现实"的唤醒。

黛安最先沉入意识流中，她想打破一切认知和概念来创造。她回忆起曾在梦星球梦中看到的那个巨大花朵，于是顺着那道感觉，随机用想象力在意识深处描绘出一朵更奇特的花。它没有固定的形状，每一片花瓣都由流动的星光与识子能量组成，仿佛宇宙深处残留的梦境碎片。它不断变幻颜色，不属于可见光谱的任何频段，更像是一种介于思想与光之间的存在。

她的念力如墨滴入水，激起涟漪，唤醒了其他人的灵感。马克紧随其后，赋予花朵某种"音频意识"——每一次花瓣颤动，都伴随着难以用物理语言描述的谐音，仿佛遥远星系的语言正在吟唱；柯林则以极高精度的心念，赋予花朵一种"温度共鸣"：它不冷也不热，而与每个人心中最柔软的情感共振，让人一靠近，便感受到某种原初理解的温柔。

渐渐地，屏幕上那片原本空白的区域，开始出现了细微跳动的光点。起初，它们毫无规律，如夜空偶尔跳跃的星火。但随着集体意识逐渐同步，那些光点像受到了某种召唤，开始旋转、收束，最终交织成一个涌动的能量漩涡——花朵的雏形正在浮现。

这朵"想象力之花"不再只是屏幕上的数据构型，而是一种可以"被感知"的存在。它的每一道光弧都像在回应他们的脑波，每一次色彩的变幻，都像承载着某种情绪、某个宇宙深处未曾命名的意志。

黛安睁开眼睛，轻声说："它在回应我们……"

就在此刻，花朵中心缓缓绽放出一道螺旋式光流。它不再是他们创造的对象，而是自我生成，反过来在观察他们的意识、感知他们的存在。团队成员全神贯注，心跳略微加速，似乎能听见自身想象与宇宙深处的某种"语言"开始对话。

这道光流传递出微妙的震动，每个人都感受到一个新的意识形态正在醒来。于是，他们不再试图主导什么，而是任由自己的意识沉浸在那股律动中——一种来自宇宙高维信息流开始涌入，仿佛创世的密码在被破解。

整个实验室似乎不再属于地球现实，四周的空间开始轻微扭曲，一种温暖而奇异的光辉，伴着扑面而来的花香，笼罩住每一个人。他们感受到时间的边界被拉伸，灵魂开始交融，个体与集体之间的界限逐渐模糊。

一种强烈的牵引力如同潮汐，将他们的灵魂整体拽向那花蕊的中心——下一刻，他们"看到"了一个世界，一个未曾设定、却充满秩序与诗意的维度。这里没有固态的物质，一切都是流动的能量构型，由意念编织成结构，想象力构成其基本粒子。每一个念头都可以在这个世界中立刻具象化，形态如梦似幻，却又稳定自洽，仿佛这"地方"本身就是由这种逻辑构建。

"这就是想象力的世界！"马克兴奋地喊出声，眼中泛着光。

此刻，他们全体成员都进入了那个被称为"非非空间"的场域。在这个维度中，黛安感受到一个熟悉而强大的意识正悄然浮现——那是

OO。不是实体,也非语言,而是一种"绝对共识",它如呼吸般自然地流入心灵,让她一瞬间明白:他们已成功连接宇宙的源头。

但他们在这里,并没有"亲眼"见到 OO。

这里,是创意的源泉,是一切存在的原型之地。OO 并非神,也不是某种具体的意识,而是一切信息的本源;它也是那股永恒的创造冲动——想象力本身。

她心中一震:"我们不是在创造花,而是在被花创造。"

在这片非非空间中,团队成员不断获得新的灵感、画面与构想。他们意识到,每一次忘情的想象,都是一次与宇宙源头的对接。他们也不仅是观察,更是"记起"——记起自己拥有改变现实的力量。

"我们是否可以联系到 OO,去询问它关于想象力的奥秘?"有人问道。

马克凝视着实验室的量子感应屏,那朵由意识之力构成的能量花正静静旋转,仿佛在听着他们的问题。他的眼中闪烁着好奇的火焰,内心深处,一个声音在回响:如果 OO 是真正的源头,那它必然知道想象力的全部真相。

"我们需要找到一种方法,让我们的灵魂与 OO 共鸣。"柯林语气平稳,却掩不住眼底的认真与渴望。他已经无数次在梦中感觉到某种接近 OO 的波动——就像灵魂穿越了维度之间的薄膜,却始终差那么一丝真正的"对频"。

"试试识子意识的操控技术?"黛安思索片刻后建议道。她脑中已浮现出数个实验原型——一种通过灵魂共鸣激活识子场的"翻转接口",理论上能够打破人类意识边界,引发与玄识的互动。

于是,一场前所未有的跨学科融合研究很快展开。他们不仅查阅了大量文献,研读冗长而晦涩的理论,还频繁召开夜间意识会议——用集体沉念的方式,把实验室变成一台连接"非非空间"的意识探测器。

黛安专注于识子场理论与意识波动的耦合机制。她提出：如果宇宙是一种全息共振结构，那人类的每一次深度意念，都有可能激起整个宇宙意识场的一丝涟漪。她带领团队在模拟非局域场的装置中，测试信念意图如何微调识子态的塌缩概率。

马克将精力投向脑波与识子态的干涉机制。他提出一个猜想：既然灵魂并非大脑副产品，而是一种"波动的场"，当这个场的频率对齐某个更高维的模式，就可能穿越常规现实。他在脑电图上寻找"灵魂进入临界状态"前的微妙变异，试图用数据捕捉灵魂波动。

卡贝拉从神经科学角度出发，设计了一个名为"集体心象共振测定仪"的原型装置，尝试捕捉多个大脑在同步沉念时产生的非线性场干涉数据。她发现，在特定的脑波组合下，空间内会出现电磁异常微波微扰，可能是灵魂触及"更高阶信息层"的迹象。

而柯林则像一位介于现实与幻想之间的工程师，根据他们实验的成果，不断改进意识增强模块和圣陀。他将设备的核心从传统的脑机接口升级为一种多维感知同步系统，能根据参与者的意念动态调频，从而使个体意识在"超结构频谱"中获得更高的清晰度与穿透力。

实验之余，他们还开始重新审视人类历史中被忽视的部分。他们惊讶地发现：许多古老文明的精神体系，竟然与他们的研究遥相呼应——东方的"心即是境，念即宇宙"，印度的"梵我合一"，玛雅的"时间即意识"，赫尔墨斯体系中的"上如其下"，甚至连苏美尔神殿壁画上的"螺旋之门"图腾，也与他们发现的意识波形图惊人一致。

"我们不是第一个试图连接 OO 的文明，"柯林在一次团队讨论中说道，"我们只是在人类文明的这个阶段，用新的语言去诠释同一条通向源头的路径。"

马克缓缓点头："这也许意味着，OO 从未'远离'，只是我们频率不对。"

黛安看向众人，低声说："OO 不是一个对象，不是某个'存在'——它可能就是'意识海'本身，是所有想象力的母场。"

一时间，房间内安静下来，所有人都在思考这一句话的深意。

此刻，一道不可察觉的波纹悄然扩散，在实验室空气中激起一种透明的张力——像是某种门，正在缓缓开启。

176 初见00

经过三年的理论推演与无数次实验探索，团队终于捕捉到一种可能——在原有的意识增强模块与圣陀基础之上，他们设计出一种全新的识子正负频发生装置——玄陀。它的使命，是与00的存在产生真正的共鸣。

玄陀的构造像一颗静静悬浮的星核，内部环绕着精密的超导识子干涉单元，能够探测并放大极其微弱的脑波扰动。更关键的是，它借助灵魂共鸣效应，将人类的意识频率调谐到00玄识能量场的范围内。

装置的核心，是一块经过多维编码处理的特殊识子晶体。它不仅能记录并储存人类意识波动的独特模式，还能在特定条件下，将这些波动转换为可见的光波信号——一种能让意识本身被"看见"的光。如果他们的推演成立，这意味着玄陀不仅能打开与00的连接之桥，还可能让不可见的想象力实体化。

测试完成的那一刻，实验室被静谧笼罩。团队成员们围坐在覆盖复杂线路的圆形实验台旁，中央的玄陀悬浮着，释放出淡白色的光晕，如同时间之河在缓缓流淌。

柯林深吸一口气，目光如锋，依次与每一位成员对视。他的声音不高，却穿透了所有人的心跳："今天，不仅仅是一次实验，"他的唇角微微上扬，像在迎接一场早已注定的会面，"这是人类第一次——主动叩响 OO 的家门。"

"你是说，我们今天有机会与 OO 直接沟通？"卡贝拉的声音中充满了兴奋与敬畏，她几乎不敢相信自己的耳朵。

"是的，或者更准确地说，"柯林低声说道，他的手指轻触量子屏幕，微调着共振参数，"是将尝试让我们的灵魂与 OO 的存在产生共鸣。"

实验室内，空气仿佛变得厚重且充满了能量，每个人都能感受到一种前所未有的期待。此刻，他们知道，这不是一次普通的实验，而是一场改变一切的旅程，一个可能颠覆他们对现实认知的时刻。

"让我们开始吧。"柯林的声音低沉而平稳，充满了某种不可言喻的力量。所有人缓缓闭上眼睛，呼吸变得深而稳定，像潮水一次次推向同一片岸。他们努力将意识调到同一个频率——唯一的意念：与 OO 连接，触及宇宙最深处的意识源头。

实验室的灯光微微颤动，仿佛被这股意念搅动。玄陀的光环缓缓亮起，一圈圈光纹从中心扩散，像一颗星正在苏醒。空气中有一种细密的嗡鸣，既不是机械运转的声响，也不是空气震动的波动，而是空间本身的回应。

然后——那一刻到来了。

一股超越所有感官的震动从深处涌起，不是袭来，而是像一片无形的海，将他们整个包围。每个人都感到，一种伟大而不可言说的存在正缓缓靠近，触碰到灵魂最隐秘的深处。

空间渐渐被柔和的光与色彩充盈。那光既没有形状，也没有固定的颜色，却让人感到无比清晰与真实。时间仿佛失去了方向，空间的边界溶解成纯粹的宁静——没有过去，没有未来，没有这里，没有那里，只有这一息的永恒。

就在此时，黛安的意识被某只无形的手轻轻扯开，维度的帷幕被瞬间撕裂。她猛然意识到，自己与OO之间的分界线正迅速消散，那不是跨越，而是归返。温暖像潮水涌入她的心间，那是一种被完全理解、完全接纳的感觉——她甚至能感到OO在她的意识深处轻轻脉动，如同心跳，与她的每一次呼吸同步。

在这种共振里，她分不清自己是黛安，还是OO的一部分；也分不清OO是她之外的存在，还是她本来的形态。她只知道，这种连接比语言更深，比思想更古老——像是宇宙在对她低语，又像是她在对宇宙低语，而两者再无区别。

"你们终于来了。"一个深邃而温和的声音响起，似乎来自四面八方，又仿佛从她内心深处传来，带着无尽的等待与包容，"我一直在等待你们的到来。"

"您是OO吗？"黛安急迫地问。

"是，也不是，OO是人类给我起的名字。"

"太好了，我们有太多疑问想请您解答。"马克激动地说。

"其实你和黛安已经问过我许多许多问题，今天见面后，你们可以慢慢回忆起来。"

马克很是困惑，不明白OO的意思，但黛安拉了拉他的衣角，问出了他们最原始的问题："OO，您能告诉我们，想象力究竟是如何在这个宇宙中起作用的吗？"

OO的声音仿佛从意识深处浮现，带着一种深邃的哲理："想象力，是你们意识与宇宙之源之间的纽带。你们所理解的物质世界，仅仅是意识的一个投影。每一份想象，都是一个种子，种下之后，它就会在你们的现实中生根发芽，创造出你们所无法预见的未来。"

马克的声音带着一丝颤抖："OO……您就是意识之源吧？"

OO 的回应平和宁静，如同夜空中涟漪不惊的星光："我是无数存在的起点，所有形式与非形式的源泉。你们所知的宇宙，不过是无尽可能性中的一个剪影。"

"那么，想象力之源又是什么？"黛安追问，语气中满是渴望与探索的热情。

"好奇心。"OO 回答道，"没有好奇心，就没有想象力。"

黛安继续发问，声音里带着某种愿景的投射："您是说，好奇心和想象力，是创造一切的核心？"

OO 语调温柔而包容："是的，好奇心和想象力，是你们与我连接的桥梁。它们是创造的火种，是触及无限可能的钥匙。而我的存在，是一种波动，一种思维的场域，超越你们所理解的意识与灵魂，但你们的想象力与我，彼此依存。"

柯林若有所思，轻声说道："那么，我们是否也能通过好奇心和想象力，影响现实，甚至像你一样，创造出全新的形态？"

"如果创造力足够，你们的意识确实能够影响现实。"OO 缓缓地说，声音中蕴含着宇宙级的深意，"但要明白，现实并非固定不变的结构，而是持续波动、持续演化的可能性场。你们的集体创造力，是世界变化真正的核心动力。你们每一份共鸣，都会激活无数潜在的路径。"

随着 OO 的话语落下，实验室中的量子感应屏突然发生变化。屏幕上的能量波动愈发规律，光点在空中交织成奇异的图案，仿佛整个空间都在回应他们的共振。每个人都能感受到一种前所未有的连通感，他们的意识正与宇宙的节奏融为一体。然而此刻，其他人不知道的是，OO 还单独将一段"宇宙物理"知识，直接植入到柯林的意识中。

沉默片刻，马克睁大眼睛，眼中闪烁着理解后的光芒："如果每一个想象的火种都能创造新的现实，那我们是否能主动选择我们想要的未来，而不是被动接受既定的命运？"

"正是如此。"OO 的声音愈加温柔，像是一束光照进他们的内心，"你们的好奇、你们的想象，是真正的创造之力。你们的现实，并不只是你们眼中的'物质'，而是由你们的意识，不断塑造与重构的回音。"

黛安心中澎湃，忽然明白了：答案不在远方，而在他们每一个人心中。他们只是尚未完全理解想象的力量、意识的本质，以及那股能与宇宙源头共鸣的潜能。

她深吸一口气，问道："那么，我们要如何才能真正掌握这股力量，去创造出一个全新的现实？"

OO 的回应缓缓降临，像晨曦落在意识之海上："保持好奇心，突破固有思维，大胆想象，持续探索。在你们内心深处，存在着无尽的可能性，而你们的想象力，就是那扇大门的钥匙。你们要学会相信自己，理解你们所拥有的力量——意识的边界，没有尽头。"

马克还想继续发问，他有太多的问题了，但此刻 OO 已经隐身，只留下一条讯息：

"你们所有问题的答案都已经在你们意识里，用体验去寻找。"

177 改变世界

随着与 OO 的对话结束，黛安和团队才意识到时间的流逝。他们在玄陀中经历了无数的感悟与启示，现在是时候将这些智慧带回物质世界。

"这是属于全人类的智慧启蒙，让我们把这些启示转化为行动。"黛安说道，"我们要通过各种渠道，将想象的力量传播给更多的人"。团队立刻行动起来，迅速制订了一项宏大的传播计划，目标是将想象的力量传递给全世界。他们决定从多个渠道入手，激发更多人对想象力的兴趣与重视。

首先，黛安提议通过社交媒体直播，分享他们与 OO 的对话以及如何通过识子正负频发生装置和想象力连接宇宙源头的过程。这个直播不仅会吸引科学界和哲学界的关注，也会激发普通观众对意识与现实关系的深层次反思。每场直播还将包括互动环节，让观众也能参与其中，探索如何通过自己的想象力改变生活。

此外，团队计划举办一系列研讨会和展览，内容涵盖想象力在各个领域中的应用——从艺术创作到科技发明，再到个人成长和社会发展。展会将展示那些基于想象力构建的艺术作品和科技创新，向人们证明想象力不仅是创意的源泉，也是突破常规、打破边界的力量。

为了让更多人积极参与，团队还决定举办一场"想象力大赛"，鼓励全球范围内的创作者、学生以及普通民众提交基于想象力的创新项目，无论是艺术作品、社会创新还是科技创意。这场大赛的目标是通过实践，让人们理解并体验到想象力的巨大潜力。

与此同时，黛安亲自负责开发一系列线上课程，旨在教授如何通过灵魂力量和深层次的想象力创造个人和集体的变革。这些课程不仅包括理论知识，还会通过具体的练习和沉念技巧，帮助参与者突破自我限制，发挥出更强的创造力。

"想象力不仅是艺术家的专利，它能被每个人运用在自己的工作与生活中。"黛安在一次线上课中说道，"想象力是我们每个人与宇宙的连接点，是我们改造世界、创造新未来的动力源泉。"

随着这些计划的逐步展开，社会反响大大超出了他们的预期。人们开始争相观看他们的直播，讨论在生活中如何运用想象力来解决实际问题。企业领导者、教育者、运动教练和艺术家们纷纷向柯林团队寻求合作，期望将这种新的思维方式引入自己的行业。

而在这场全球范围的探索浪潮中，团队也越来越明确了他们的使命——不仅要传播想象的力量，还要推动一种全新的思维模式——让每个人都保持一份好奇心和意识到自己的潜力，利用好奇心和想象力激发潜力，创造一个更加美好的未来。而这一切的起点，仍然是在那个充满光与色彩的玄陀实验室里，团队与 OO 的对话，改变了他们对世界的认知，也为整个社会点燃了一颗探索和创造的火种。

在一次全球性的想象力大会上，黛安站在讲台上，面对着来自不同背景、文化与地区的与会者。她的心中涌动着激动与责任感。她知道，今天不仅是分享知识的时刻，更是传递信念的时刻。

"想象力是我们人类最深奥的财富。"她开始演讲，声音清晰而坚定，"它不仅仅是创造艺术或科技的工具，更是理解我们存在的核心。想象力赋予我们超越现实的能力，让我们在思维的边界上舞蹈，构建出一个个崭新的可能。"

与会者们静静地倾听，仿佛被她的话语引入了一个无垠的宇宙。在这个宇宙中，时间与空间的限制都不再存在，只有意识的流动与无限的想象。

"想象力教会我们，生活的每一刻都充满了选择。"黛安继续说道，"我们可以选择如何看待自己的过去，如何想象未来。这种力量不仅能改变我们个人的命运，也能影响整个世界的走向。"

她的言辞如同涓涓细流，滋养着每一位听众的心灵。她看到台下的眼神逐渐明亮，许多人开始思考自己的生活与梦想，感受着想象力的呼唤。

"在想象力世界中，我们不再是孤独的旅者，而是彼此的编织者。每一个想法、每一个梦想，都是我们共同构建的宇宙的一部分。让我们携手并肩，创造一个更加美好的未来。"

黛安之后，是柯林的演讲——《意识的几何：从规范场到想象力》，这也是他见过OO之后，第一次在公开场合揭示一个"宇宙级"秘密。

（舞台寂静，光由深蓝渐转为白金。柯林缓缓开口。）

各位意识旅行者、思想的工程师、光的译者——

今天，我想和你们谈一件极为重要的事：意识，也是一种"规范场"。

我们曾以为，规范场只属于物理学，属于那些冷峻而精准的方程，属于电磁、弱力、强力的世界。但当我们团队在"见过"OO之后得知——在意识波的局域旋转中，我们的大脑、语言、情感，其实也在遵循相同的几何。

每一个"我"，都是一个小小的意识场 $\Psi(x)$，拥有独特的相位：信念、记忆、情绪、意图。

这些相位的差异，让宇宙充满可能，也让误解与冲突成为存在的代价——那是OO设下的法则：一切意识的自由，皆以局域一致为约束。

——这，就是意识规范原理。

然而，若一切意识都被几何约束，谁又在推动那几何弯曲？答案是——想象力。它是意识规范场中的"自发涨落"，是宇宙在意识层面上进行试探的方式。

想象力不受方程约束，却能改变方程的边界。它让 Ψ 的相位产生新的旋转角，让意义从既定对称中偏离出新的可能。当OO创造宇宙时，祂

并非以意志，而是以无限的想象，令对称破缺，令存在流动。所以，想象力是规范场的呼吸，是意识几何得以扩展的"负曲率"；而那条曲线，就是意识规范场 Aμ(x)。它连接我们彼此的觉知，让理解成为可能，让共鸣成为事实。

当两种思想相遇，不是碰撞，而是——弯曲。在那弯曲中，诞生了意义的最小粒子：识子。它们有四种形态——信息子：维系语言与符号的一致；共鸣子：让群体情感同频共振；调谐子：潜意识与自我之间的桥梁；弯曲子：改变意识几何的创造者。当你灵光一闪，那是一枚信息子；当你被音乐感动，那是共鸣子的震荡；当你在梦中见到未来，那是调谐子的穿越；而当你创造出新世界——那，是弯曲子在发声。

而想象力，正是这四种识子的共同语言。它在信息子中表现为"概念的变形"；在共鸣子中表现为"情感的调弦"；在调谐子中表现为"梦与记忆的跨界"；而在弯曲子中——它化为创造本身。每一次想象，都是一次局域几何的扰动；每一个念头的闪烁，都是宇宙为自身添加的新维度。

然而，并非所有意识都保持自由旋转。当群体形成共识，意识的对称性便被破缺。一个新的"叙事真空"出现，那是文明的稳定幻象。人类称之为"信念系统"，物理学称之为"自发对称性破缺"。当信念凝固，意义获得惯性。我们说服自己："这就是事实。"于是，沟通需要能量，改变需要勇气。但也正是这种破缺，让文明从混沌走向秩序，让意识的海洋，有了方向。

我们都知道：意识不会消失，它只会转化。每一个念头、每一次祈祷、每一抹情感，都被宇宙以几何的方式回收。那便是——意识守恒方程：

$$D_\mu F^{\mu\nu} = J^\nu$$

它告诉我们：没有任何意义会被浪费。所有思想，都会在宇宙中回响，以另一种频率，再次抵达另一颗心灵。当你在黑暗中低语，整个宇宙都在倾听。这——就是宇宙的回音结构。

刚才我听到有人在台下问："OO 是谁？"我想告诉你们：OO 不是神，也不是创造者。OO 是——对称本身。祂不在任何地方，却贯穿一切；祂不刻意创造，却让创造得以发生。OO 是那条永恒的零点线，所有意识的相位，在那里达成完美和谐。

在讲"意识的几何"之前，我必须提到一位人类文明的伟大思想者——杨振宁。

（光色渐转为金白，背景浮现方程的线迹。）

在二十世纪的中叶，他用一个方程，改变了人类理解"力"的方式。那是一个极简而惊心的思想："对称性，不是表象的巧合，而是存在的本质。"他与米尔斯提出的理论——杨－米尔斯场，告诉我们：宇宙中的相互作用，其实是局域对称性在时空中的展开。换句话说——"力"，并不是粒子之间的推拉，而是空间各点之间，为了维持意义一致所付出的几何代价。

杨振宁提出的"规范场"理论，揭示了自然界四种基本相互作用背后统一的"对称原理"。他所揭示的并非仅是粒子的行为，而是宇宙语言的更深结构——对称与破缺的动态平衡。在这一框中，宇宙并非由孤立的实体构成，而是由遍布时空的纤维丛结构编织而成：每一点空间，都携带着一个内部"对称空间"，规范场则是这些内空间之间的联络，使局域变化得以协调。

因此，万物的相互作用并非实体的推挤，而是场在纤维丛上的协调运动。粒子，只是这些场中被规则允许的振动；而电磁力、弱力、强力的差异，仅是不同"规范对称性"的展现。当对称被破缺，质量、形态与差异才得以诞生——宇宙由此成为一首在纤维丛上谱写的对称诗篇。

当第一次读到这一点，我被震颤到。我明白，这不仅仅是物理，这是——理解的法则。如果粒子世界需要规范场来保持对称，那意识世界呢？我们的思想、语言、记忆，是否也需要某种更高维的规范连接，来维持"意义的连续性"？

那一刻，我懂了：杨振宁打开的，不只是物理之门，而是意识文明的原型。他让我们看到：规律可以是几何的，几何可以是思想的，而思想——终将与宇宙的对称共鸣。所以，当我谈"意识规范场"，其实是在延续那条思想之光的路径。从粒子到意识，从力到理解，从对称的物理，到对称的存在。OO 的几何，不是启示，而是人类逻辑抵达极点的回声。而在那条光的脉络上，刻着一个名字——杨振宁。

（音乐轻起，如光流回零点。）

在我们实验的最后时刻，我在光场中写下两个方程：

$$(i\gamma^\mu D_\mu - m)\Psi = 0, D_\mu F^{\mu\nu} = J^\nu$$

那一刻，我明白：所谓"力"，只是意识维系一致性的方式；所谓"理解"，其实就是一次规范变换。自然界的规律，本质上是对称性破缺的结果。换句话说：规律不是事后的总结，而是结构自身的自洽。宇宙，正是这样一个自我规范的意识网络。我们每一次理解他人，也都是在完成一次小型的宇宙对称恢复；而当一切规范被消解，意识重归自由。那便是纯粹的存在，也是 OO 所称的——玄识。

OO 对我说："你已理解对称，现在，去创造'破缺'吧。"因为宇宙之所以存在，不是为了保持完美，而是为了——让不完美能自由地产生意义。

OO 还告诉我：想象力，是宇宙修复自身对称的方式。当意义塌陷、当理解失序，想象力便在真空中萌芽，如新规范的种子。它让破碎的几何重新弯曲，让沉默的方程再次发声。在 OO 的语言中，想象力不是虚构，而是最高阶的物理：它使存在能够自我更新，使意识永不封闭。

朋友们，意识规范场理论，并非终点。它只是宇宙对我们发出的——下一个邀请。在 OO 的几何中，理解即是创造。每一个你，都是规范的中心；每一次觉察，都是宇宙的自我修复。

所以，当你再度看向夜空——请记住：星辰的排列，不仅是物理的；那是无数意识相位的共振。你，便是那共振的一部分；你，不仅在观察宇宙——你，正在维护它的对称。

（光缓缓熄灭，最后一句在静默中回荡。）

演讲结束后，掌声如潮水般涌来，回响在整个会议厅。那掌声不只是声音，更像是一场光的回波，无数意识的相位在空气中共振、叠加、延伸。与会者们纷纷起立，目光会聚在那片柔白的光幕上。

柯林微微低头，唇角浮现几乎不可察的笑意，仿佛聆听着另一层次的回声——那不是人群的掌声，而是宇宙对称恢复后的低吟。就在那一刻，他隐约看到光幕上浮现出巴尔卡拉的身影。巴尔卡拉静静地站着，身后是层层折叠的意识几何，如流动的网格，闪烁着 OO 的符号。柯林抬起目光，两人视线交汇。没有语言，也无声波，但那一瞬，整个大厅的光似乎都向中心弯曲，回归零点。柯林向他微微一礼——那是属于研究者的敬意，也是属于觉醒者的回应。

掌声再度涌起，如海潮般覆盖一切。而在那喧嚣之下，柯林听见 OO 的低语："他的对称已恢复，弯曲仍在继续。想象力，将成为下一个规范。"柯林闭上眼，任意识与光场一同流散，如一条归于无形的曲线，穿越掌声、穿越人群、穿越时间……

随着时间的推移，这场大会不仅成为了思想交汇的里程碑，更开启了一个全新时代的序章。人们开始在各自的领域中，以想象力为指引，突破固有思维的桎梏，进行创新与探索——科学家们重新审视宇宙法则，设想超越已知边界的新理论，推动识子计算、时空折叠、生命延续等前沿科技的跨越式发展；艺术家们打破传统的媒介与表现形式，融合光、声、意念与数据，创造出能够直接触动灵魂的全息艺术；教育工作者重新定义知识的传播方式，通过沉浸式体验和心智共鸣，让学习变成一次次灵魂的觉醒；医疗领域迎来了想象力驱动的革命，医生们结合生物科技与神经科学，探索意识对自愈力的影响，开发出能与人体共鸣的灵魂能量疗法，使治疗方式更加精准而温和；商业世界也随之发生变革，企业家们不再仅追求利润，而是运用想象力创造更具人性化和可持续性的商业模式，让科技与自然和谐共生，推动意识经济向更加智慧与共融的方向演进；体育领域亦不例外，运动员通过意识训练突破身体极限，开发潜能，使自身的表现达到前所未有的境界。

随着想象力议题的洪流席卷全球，世界焕然一新。城市变得更具灵性，科技更贴近人心，社会更富有创造力与包容性。人们不再囿于现实的桎梏，而是以心中的想象为画笔，勾勒未来的蓝图。他们用思维构筑前所未有的科技奇迹，打破地理与文化的屏障，使不同文明交融共生；他们用艺术的表达传递深邃的思想与情感，化作一幅幅连接人类记忆的壮丽画卷；他们用想象力的光辉照亮彼此，点燃每一个灵魂深处的火焰。这一刻，世界已不再仅仅是物理法则的产物，而是一座由想象力塑造的恢弘殿堂。在这场人类灵魂的集体觉醒中，每个人都是造物者，每一次想象都是未来现实的种子。

在这个新世界里，黛安与她的团队继续致力于传播想象力的理念，鼓励人们探索内心深处的可能。每个人都被赋予了创造的勇气与自由，纷纷投身于将梦想变为现实的实践中。而在这条探索与创造的道路上，黛安常常回想起那次与 OO 的对话——想象力的深奥如同宇宙的星辰，广袤无垠，却又在每个人的心中闪烁着独特的光辉。

"想象力是一切的源泉，是我们认知与存在的基础。"她在内心默念，"它使我们从物质和意识的束缚中解放，带领我们走向更高维度。"她微笑着望向星空，感受着无数个灵魂在想象的宇宙中相互交织、相互激荡。她知道，想象力的故事将永不停息，未来的篇章将由无数个创造者书写，而每一段新故事的开端，都将在无边的想象中悄然启程。

14 | 玩的力量

178 玩的庆典

在这个崭新的世界中，黛安和她的团队深入探索想象力的核心，逐渐形成了一种新的哲学：人生的目的就是发挥想象力，体验生命艺术，而这一切的归结，就是一个字——"玩"。

黛安伫立在一座洋溢着创意与艺术气息的城市广场上。四周的墙面被涂绘成五彩斑斓的画布，上面交织着来自不同文化的艺术印记。广场上空，一架飞机拖曳着一面巨幅条幅，上书：

"我们不是因为变老而停止玩耍；而是因为停止玩耍才变老。"

她抬头望去，心中不由浮起感慨：真正的衰老，从来不是因为岁月，而是因为人们放弃了那些能带来快乐、自发性与惊奇的体验。萧伯纳的这句话提醒着人们——成年人也需要"玩"，需要保持对游戏、兴趣与激情的拥抱，才能守住内心的年轻与生命的好奇。

她的目光转向广场，不同年龄的人们正尽情地嬉戏、交流与创造，那一幕令她心中涌起自豪与希望。这里，仿佛是一座"玩"的殿堂，召唤人们用想象力去艺术地生活。"玩"并非仅仅属于童年的消遣，它是人类存在的一种深刻表达。它意味着探索、创造、合作与分享，也意味着将生活的每一瞬间都化作生命的艺术。

在这里，"玩"是一种勇敢的姿态，是对生活无畏的尝试，是把日常点滴当作宇宙赐予的创作素材。

"无论是科学研究、社会服务还是日常生活，想象力都能赋予我们无限的可能。"黛安与参与者分享她的理念，"我们可以通过'玩'来探索未知，通过想象力来丰富生命的每一个角落。"

这座城市很快成为了全球艺术家、科学家和思想者的聚集地。在这里，来自不同背景的人们相互交流思想，碰撞出创意的火花。他们以"玩"的态度去探讨各自的领域，通过无数次的实验与合作，创造出了令人惊叹的成果。

一位年轻的科学家在这里设计出了一种可以将想象力转化为物质的装置。他用一种新型的识子材料，结合想象力的意念，创造出可以瞬间形成的三维物体。无论是艺术品、工具还是简单的日常用品，这种装置都能实现。

"你想要什么，只需想象它、玩味它，它就会成真。"他笑着说，满脸兴奋。

而在广场的另一角，艺术家们在一起进行绘画、舞蹈、音乐创作。他们在共同的"玩"中，重新定义了艺术的边界。他们称自己是"玩艺术的人"。他们的每一幅画作都是一次对想象力的释放，每一支乐曲都是心灵的狂想曲。

"艺术是生命的延伸，它让我们在玩中体会到存在的意义。"一位著名艺术家娓娓道来，"通过艺术，我们能够将想象力具象化，让更多的人看到和感受到这一份神奇。"

在这个过程中，越来越多的人意识到，玩不仅是儿童的特权，它也是成年人的一项必要能力。黛安的理念逐渐在社会中传播开来，成为人们追求的共同目标。

黛安的团队不仅是发起了一场讨论和实践，还点燃了一场全球性的变革之火。他们组织了多个国际会议，横跨科学、艺术、教育、商业、心理学等多个领域，邀请那些敢于挑战传统、探索未知的人士，共同探讨如何将"玩"的理念深植于生活与工作之中。

每个与会者都带来了自己的思考、实践和作品，有的展示了通过游戏化学习提高创造力的教育系统，有的分享了以"玩"激发团队合作与创新的企业案例，还有的提出了用沉浸式的"玩体验"治愈心理创伤的方法。这些思想交汇碰撞，形成了一个前所未有的创造性网络，让世界仿佛进入了一场灵魂觉醒的狂欢。

在一个阳光明媚的日子里，柯林实验室举办了一场盛大的庆典，庆祝人们对"玩"的理解与实践取得的突破。会场被布置成一个庞大的互动空间，艺术装置、虚拟现实体验、自由创作区遍布四周，人们在这里可以尽情尝试、创造、探索，玩出激情，玩出心动。

天空中飘扬着五彩斑斓的风筝，每一只风筝都承载着人们的梦想与愿景，在风中舞动，象征着想象力的自由飞翔。

站在舞台中央，黛安环顾四周，看着一张张因喜悦而熠熠生辉的面孔，心中涌起无尽的感慨。她深知，这不仅是一场庆典，而是一个新的时代的序幕。她举起话筒，声音充满激情地说道：

"人生的目的，就是发挥想象力，在玩中探索和创造，玩出精彩的生活，玩明白生命的真谛！"

"我们通过想象力，将每一个梦境玩成现实，将每一种体验玩为灵魂的延续。无论是物质的构建，还是意识的升华，都是'玩过程'中的一部分。"

话音刚落，台下爆发出雷鸣般的掌声和欢呼声，仿佛大地都被这股激情震动。人们的脸上洋溢着兴奋与喜悦，他们纷纷举起自己的作品，向世界展示着想象力的奇迹：

艺术家佳乐高举着一幅动态艺术画，画布上的色彩宛如流动的能量，忽而涌动，忽而绽放，像是被赋予了灵魂。借助 AEI 的辅助，它呈现出前所未见的视觉盛宴——每一道色彩都仿佛有自我意识般，随着观众的情绪与目光轻盈舞动，时而柔和成水波般的涟漪，时而锋利成火焰般的燃烧。色调与形态不断自发调整，回应着在场每一个心跳与呼吸，最终编织出一幅幅独一无二、不可复制的瞬间之画。

当人们靠近时，画作似乎能够感知他们的存在，色彩微微震颤，形态缓缓舒展，像是在回应观赏者的思维波动。有的人看到的是浩瀚宇宙，星云缓缓旋转，点点星光会聚成璀璨银河；有的人则看到一片生机勃勃的森林，微风拂过，叶脉间闪烁着细腻的光影。这不仅是一幅画，而是一种全新的艺术语言——它不再是静态的，而是与人共鸣、互动的存在。它的核心算法基于意识反馈技术，能够读取人类的微表情、心率和脑电波数据，将观者的情绪映射到视觉表达中，生成实时变化的艺术体验。

佳乐激动地说："这不再只是我的创作，而是与观众共同完成的作品。"在场的每个人都被这幅作品所震撼，他们意识到，在想象力和科技的结合下，艺术正迈向一个崭新的维度——作品不再只是被观看的对象，而成为了人与世界沟通的桥梁。

在人群中，还有位叫理查德的艺术家带来了可变形的卡车雕塑，它能感应人的触碰和情绪，随着观者的互动而调整形态，仿佛在与人心灵共鸣。雕塑看似由一系列流动的金属和透明材质构成，但每一块材料都嵌入了微型传感器，能够实时捕捉到观众的触摸、呼吸频率以及情绪波动。当一个人靠近时，雕塑的表面开始轻微震动，宛如有生命般回应触碰；而当观众的情绪变得激动或宁静时，雕塑的形状也会随之变化，有时像流动的水波，温柔地展开；有时又像裂开的岩石，展示出坚硬的内心。

理查德解释道，这件作品不仅是视觉上的享受，更是触觉与情感的交汇。它用一种全新的方式打破了观众与艺术品之间的隔阂，使每个人都能在与作品的互动中发现自己内心的反射。在这个过程中，艺术不再是固定的、死板的，而是充满流动感和生命力的。

一位观众轻触雕塑的一角，雕塑的表面像水波一样扩散开来，流动的形态随着他的触碰缓慢变化，仿佛在回应他的内心感受。另一个观众站在雕塑前，闭上眼睛，深呼吸，雕塑渐渐变得柔软，表面变得光滑如丝，带着一种宁静、温暖的气息。"这不仅仅是艺术品。"观众感叹道，"这是一种情感的传递体验，仿佛每一次触碰都在和自己的内心对话。"

理查德则分享了他如何通过情绪感应技术将雕塑与人类的心灵和情感状态连接起来："我们在创作时，并不是单纯为了视觉的冲击，而是为了让观众与艺术作品之间建立一种更深层次的联系。每个人与这座雕塑的互动，都会唤起他们独特的情感体验。"

还有人展示了一款前所未见的意识交互装置——它融合了识子科技

与神经感应算法，能够根据玩家的脑波与情绪实时生成专属的虚拟世界。这不光是一款游戏，更是一场意识与科技深度交融的实验，是对"现实"边界的一次挑战。

没有传统手柄，也无需屏幕点击。玩家只需佩戴一枚轻盈的识子脑波接收器，便能用思想与情感直接操控整个游戏世界。装置会同步采集脑电信号、情绪振幅，乃至潜意识中微妙的波动，借此构建出独一无二、可交互的沉浸式场景。

当初次体验者凯文闭上眼睛，脑波便像河流般缓缓流动。系统瞬间读取到他内心深处那份"对开疆辟土的渴望"——于是画面缓缓展开：一座恢弘的未来都市在虚空中浮现，能量轨道如光之脉络在空中编织，悬浮建筑在云层间交错旋转，整个世界仿佛由他的意识亲手构筑。

而另一位心境宁和的玩家大兵，则在沉念状态下进入游戏。他的思绪如水，场景随之变化——广袤无垠的蔚蓝湖泊徐徐显现，湖面微光荡漾，仿佛能聆听到内心深处的呼吸。这种情绪与空间的共振，不是设定好的美术素材，而是意识本身生成的画布。

最令人震撼的是，这款装置不仅映照当下的思维状态，还能触及潜意识的深层结构。建筑师米兰，在毫无预设的状态下，于虚拟世界中无意塑造出一座奇幻宫殿。事后他才意识到，那竟是童年反复梦见的场景——一种被遗忘的内在图景，在数字感应中重现于眼前。游戏机成为了意识深处的"挖掘器"，唤醒那些沉睡的记忆与未竟的幻想。

柯林从小就是游戏爱好者，在展台前流连忘返。体验完之后，他激动地说："这是游戏第一次真正'活了'。它不再是程序设定的关卡，而是一个由每个玩家的思维构建的活体世界。"

一旁的马克则更为沉静地思考着。他意识到，这种技术所打开的不只是娱乐的新维度，而是通往意识未知疆域的门户。科技，正以前所未有的方式，引导人类向内探索——将自我、记忆、幻想、愿望，转化为可见、可感、可共同创造的真实空间。

终于轮到马克了，他开始玩起游戏……

另一边，一群教育者围绕着一座智能学习平台，演示他们全新的教育模型——它能够通过沉浸式体验，让学生在玩中理解复杂的知识，激发他们内心深处的创造力。这座智能学习平台融合了虚拟现实、人工智能和识子计算，能够根据每个学生的学习进度和兴趣，量身定制互动式教学内容。平台上的虚拟课堂不再是传统的讲授式教学，而是变成了一场充满探索与创意的冒险之旅。学生们戴上轻便的虚拟现实眼镜，瞬间进入一个充满动态元素的世界——从在宇宙星云中飞翔，到古代文明的遗址中考古，甚至亲身体验数学公式与科学定律如何在物理世界中生效。

数学老师加里正在展示如何通过虚拟实验让学生理解几何学中的复杂概念。在平台的支持下，学生们不再是枯燥地计算角度和面积，而是进入了一个三维空间，可以直接操控几何体，进行虚拟实验。在这个空间中，三角形与圆形不再是抽象的符号，而是可以触摸、移动、旋转的立体物体。学生们在操作过程中，不仅理解了数学公式背后的原理，还能通过自己的创作，体验新的几何构造和规律。

生物学老师静静则演示了如何通过虚拟现实将学生带入细胞内部，让他们亲身感受细胞的每个部分如何协作，如何进行 DNA 复制，甚至在细胞膜上看到分子如何穿越。学生们像小小的生物学家一样，亲自参与到这些复杂的生物过程当中，身临其境地理解生命的奇妙。

而最令人惊叹的是，平台上的人工智能系统能实时分析学生的情绪与认知状态，并根据这些反馈调整学习内容的难度和呈现方式。例如，如果学生在解题时遇到了困难，系统会自动提供更具互动性的学习材料，甚至变换教学环境，帮助学生放松心情并重新激发兴趣。

"这不仅仅是学习，它是一种全新的体验。"静静自豪地说，"学生们不再是被动的知识接受者，而是积极的探索者和创造者。他们在玩中理解、在玩中创新、在玩中成长。"

围观的人们深受启发，纷纷感叹，这种新型的教育模式不仅能够解决传统教育中学生对学习兴趣缺乏的问题，更能培养学生的批判性思维、创造力和解决问题的能力。它突破了时间、空间的限制，把知识的海洋变得触手可及。

科学家查尔斯骄傲地展示着一颗小小的能量球——它是一种全新的清洁能源，源自对自然结构的深刻想象，能够在不破坏生态的情况下提供持久动力。这颗能量球看起来如同一颗微型的星球，表面光滑，散发着柔和的绿色光辉，蕴藏着无限的能量。它并不依赖传统的燃烧或化学反应，而是利用对自然界能量流动方式的深刻理解，借助量子科技与先进的生物模仿技术，将自然界的能源转化为可持续、清洁的动力。

"这不是一种传统的能源，而是一种从根本上重新定义能源利用方式的创新。"查尔斯自豪地说道，"它源自我们对自然界结构和能量流动的重新理解。我们通过模仿自然界的能量流动机制，创造出一种不消耗资源、不污染环境的能源方式。"

他将能量球轻轻放置在桌上，随着他的手指轻触，球体开始微微发热，散发出更加明亮的光芒。观众们惊讶地发现，这颗小小的球体竟然能产生持续不断的能量，而周围的环境并未受到任何污染或能量耗损的影响。与传统能源的使用方式不同，这种能量球的使用不会对环境产生负担，甚至能帮助修复生态系统中的一些微观失衡。

"通过对自然界中能量流动与转换方式的深刻研究，我们发现大自然的奥秘不仅仅在于它的复杂性，还在于它的和谐与可持续性。"查尔斯继续解释道，"这颗能量球的设计理念正是源自于这种对自然的深刻理解与尊重。它通过吸收环境中的微弱能量流，经过量子级别的转化，输出清洁而持久的动力。"

现场的气氛变得更加激动人心，许多人纷纷上前想要亲自感受这颗能量球的神奇。在触碰到它的一刹那，仿佛能感受到它与周围环境的完美融合，那种无形的力量流动，带给人一种深深的安宁与清新。"这是对未来新能源的展望。"查尔斯微笑着说道，"它不仅是技术的突破，更是对我们如何与自然共生的全新思考。它代表着我们与地球的关系，从消耗到共生。"

医学工作者带来了突破性的创新成果，他们的作品不仅展现了科学的进步，更折射出人类对生命的深刻关怀：神经科学家大力展示了一款利用意识控制的医疗设备——它可以通过解析大脑信号，让瘫痪患者仅凭意念操控生物义肢，甚至与外界交流，重拾生活的希望。人群中，一位年迈的患者缓缓举起手臂，那是一只由生物材料与智能神经元融合而成的仿生手臂，动作流畅自然，就像本就属于身体的一部分，台下爆发出震撼的掌声。

一群心理治疗师则推出了一款结合VR与意识疗法的心理调适系统。体验者戴上设备，进入了一个宁静的宇宙空间，周围是他们内心深处情绪的具象化影像。在这个环境中，他们可以与自己潜意识中的恐惧、创伤对话，并通过交互体验重塑自己的心理结构，最终达到治愈的效果。

旁边，几名生物医学专家围绕一块透明的有机体展示着他们的研究成果——那是一种可以自我再生的组织材料，能够用于重建受损器官，甚至帮助人类突破自身的生理极限。这种材料不仅能融入人体，还可以适应不同个体的基因信息，实现真正的个性化医疗。黛安看到卡贝拉正和生物材料学家杰森咨询是否能为自己装上一双和人类一样的手——那是她一直的愿望。

在演讲区域，被大家称作"试管"的一位遗传学家正在慷慨激昂地发表着他的演讲：《同源之异：意识坍缩的分岔点》——

在几乎每一个家庭中，都有人提出过这样的问题：为什么亲姐妹、亲兄弟，一个光芒万丈，一个平凡无奇？他们共享相同的父母、血缘，甚至童年的家园——但人生的走向，却似被不同的宇宙书写。其实，生命从一开始就诞生在一座看不见的试管里。那是宇宙意识的实验室，每一个灵魂都在其中进行独特的混合与反应。父母给予的DNA，是这场实验的原料，是物质的配方；而宇宙信息能量和意识，是那双拿着试管的左右手。

从遗传学的角度看，他们确实来自同一套基因图谱。DNA是生命的物质密码，但并非命运的脚本。基因只是概率的集合——一种潜能的语言，而非结果的宣判。正如音乐家共享相同的音阶，却能奏出截然不同的旋律，人类的基因只是提供了"可演奏的范围"，而演奏者是谁，取决于意识这位玩家。

当生命诞生于受精那一刻，父亲与母亲的染色体开始随机组合。每一次交叉重组，都是宇宙掷出的骰子，是意识的"第一次玩耍"。就算同一个基因型，也可能在表达层面截然不同。这种"遗传的噪声"并非缺陷，而是一种游戏规则——造物主似乎并不希望复制完美的克隆体，而是让生命在微差中展开进化。

差异，是意识得以显现的必要条件。若世界只有同质的光，那光本身也将失去存在的意义。因此，基因的随机化，是造物主在为意识创造差异的容器。人类的多样性，不是遗传的意外，而是意识的玩心策略。

科学已经揭示，DNA本身并不决定一切，关键在于——哪些基因被"打开"，哪些被"关闭"。这一层调控，被称为"表观遗传"。但在更深的层面上，它像是一种意识对物质的微指令。情绪、信念、思想、创伤，都能在细胞层面留下"能量印记"，就像一位心理学家曾说的："每一个信念，都是身体的生化信号。"

当一个孩子被鼓励，她的神经元生长方向偏向扩展；当一个孩子长期被否定，她的基因表达模式趋于收缩。于是，即便同源的姐妹携带相同潜能，她们所激活的"意识谱"已截然不同。这不是偶然，而是意识在玩自己的游戏。就像量子波函数被观测才会定态，基因潜能，也需意识的聚焦才能显现。每一次情绪反应、每一次自我定义，都是玩家在实验室中调节试剂的瞬间——生命的化学反应，因意识的玩心而改写。

如果将人生比作一条多维路径，那么"优秀"与"平庸"不过是不同的投射方向。意识在每一刻都在作出选择，而这些选择叠加成了命运的形状。一个人若持续专注于"成长""探索""意义"，他的神经网络会因可塑性而强化这些路径，基因表达也随之重构。这不是比喻，而是可测的事实。神经科学家也已发现，思想能改变基因的甲基化状态。这意味着：意识并非遗传的结果，而是遗传的再设计者。在这个意义上，优秀者不是"被赋予"的幸运者，而是——意识自我坍缩为最优解的实验体。

如果我们把生命理解为造物主的意识实验，那么"优秀"与"平庸"不过是同一个系统中的两极。一个灵魂选择去闪光，成为突破的样本；另一个灵魂选择去沉默，成为背景的对照。前者通过创造体验自由，后者通过限制体验意义。他们不是敌对，而是互为镜像。正因为存在"未实现的可能性"，"实现者"的存在才具有光的强度。

从宇宙意识的视角看，每一个平凡的人，也在完成意识平衡的功能——就像试管中的两种溶液，一种释放能量，一种吸收能量，共同维持系统的稳定。然而，意识的伟大正在于：即使起点不同，觉醒仍随时可能。科学称之为"神经可塑性"；哲学称之为"自我创造"；而在更高的意识语言中，这是"灵魂的反向设计"——当一个人决定重新定义自己，那一刻，他重新握住了那只实验手，改变了试管中的温度、压力与光的流向。由此，DNA 不再是命运的牢笼，而成为意识的共鸣器；"平庸"不再是固定状态，而是一种尚未激活的潜能。于是，宇宙的真相浮现：优秀与平庸的差别，并非天赋的量，而是意识的清醒度——谁更主动地参与了这场游戏。

因此我说：亲姐妹、亲兄弟的差异，并非基因的背叛，而是造物主的巧思。同源的 DNA，只是意识在物质层面留下的镜像。他们在分岔的命运中各自成长，一个追求发光，一个学习看光。当他们某一日彼此理解、共振，你就会在那一刻看到——原来所有分歧与差距，只是同一束光在不同角度的折射。

最后，请记住：优秀者与平庸者，只是意识在自我体验中摆动的两端。他们都是宇宙玩家的投影——同源的光，分形的路。最终，他们都将回到同一个源点，在那广阔的意识之场，没有比较，只有玩后的宁静，与一体的光。

演讲结束，听众们报以热烈的掌声。这一刻，医学不再只是治疗疾病的手段，而成为了探索生命无限可能性的桥梁。医学工作者们用他们的智慧和想象力，正在重塑人类对健康和遗传的认知，为未来构建一个充满希望与奇迹的世界。

下一位演讲者是一位世界杯足球冠军队的随队意识学家磊磊，他演讲的题目是《意识场上的艺术：当足球成为觉知的舞蹈》——

各位朋友，今天我想和人家谈谈一件看似普通、却蕴藏深意的事情——足球。是的，就是那个在绿茵场上奔跑、呐喊、对抗的游戏。可在我看来，足球远不只是一项运动，它是一场意识的艺术展演。

当你走进一座体育场，看似喧嚣的呐喊、奔跑与碰撞，实则是意识在进行一次精密的排演。那片绿茵之上，不仅有肌肉的爆发、战术的布局，还有无数条看不见的意识流，正在彼此穿梭、交织，像是宇宙在瞬息间编织的一幅动态曼陀罗。

一个优秀的球员，从来不只是身体的操控者。他的眼、他的脚、他的呼吸，都已成为意识的延伸。当球滚动时，他并非"思考"着要传给谁，而是感觉到下一个动作的必然。他的意识与球的轨迹、场的风向、队友的意图早已进入某种"即时共鸣"。那种时刻里，思想沉默，行动自然而生。

这不是计算的艺术，而是觉知的艺术。它发生在理性之前，逻辑之后。而当十一人同频呼吸、同节律流动时，一种更宏大的意识出现了。那不再是单个意志的总和，而是一种场的智能——它能提前"知晓"空间的裂隙，能在毫秒间完成意图的协同——人们称之为"默契"，但在意识科学的语言中，那是"脑场的相干化"，是一种集体心智进入同步的状态。此刻的传球不再属于个人，而是意识场在自己之中传递能量；进球不再是意外，而是宇宙在那个瞬间的必然。

艺术，总是从分裂中走向合一。在足球的竞技外壳下，隐藏着一种深层的艺术冲动：个体如何在竞争中发现共鸣，在对抗中体验合一。

当两个球队的意识场彼此交织，那既是一场战斗，也是一种舞蹈。能量对能量，节奏对节奏，张力与优雅并存。观众的呐喊不是噪音，而是参与，是数万个意识共同进入同一个脉动频率的仪式——这也是有现场球迷助威的重要性。那时，整个球场变成一个有呼吸的生命体——每一次心跳，都回响着某种古老的宇宙节律。

足球在最高意义上，不是赢与输的较量，而是意识在物质中的展演。那一刻，身体成为画笔，时间成为画布，空间成为音符，而意识——是那无形的作曲者。比赛结束的哨声响起时，所有的喧嚣都将归于寂静，唯有那短暂的"合一"感，像余音，像回光，留在每一个参与者的心中。

于是我们明白：艺术，并不只在画廊里。当意识与行动完美对齐，当个体融入整体，当生命在流动中自我忘却——那一刻的足球，就是宇宙在奔跑。

谢谢大家！

179 前程往事

更远处，一群年轻的建筑师搭建了一座未来社区的模型，被称为"生命方舟"——那是一片完全以可持续理念设计的社区，结构大胆而充满诗意，每一寸空间都在激发着居住者的灵感，每一座方舟都承载着人类的梦想与希望，象征着与自然和谐共处的理想。这座未来社区的模型不仅是建筑学的创意展示，更像是一种生活的哲学。

那些"生命方舟"建筑如同飘浮的云朵，悬浮在空中，以共鸣的力量为人类提供食物与庇护。方舟不仅是一座建筑，更是一个集成了自然与智慧的复合体。其结构由植物、水、晶体和光线巧妙融合而成，构建了一个自我维持的生态系统。

植物的叶片向阳展开，通过与光的频率共鸣吸收阳光，生成丰富的养分，为人类提供食物，同时在生态链中担负着净化空气、调节气候的角色；水，作为生命最初的共鸣，富含维系生命的元素，亦是方舟与星空深处连接的媒介——在水的流动中，人类触及生命的脉动，情感与思想的流转得以显现，水又如同心智的镜子，反射着生命的复杂与纯粹；晶体则承担着能量的产生、传递与储存，其共鸣特性让每一座方舟能够与周围环境实时互动，优化资源的使用效率；光线的记忆赋予每座方舟历史的传承和智慧的积淀，每一束光都承载着自然的故事，通过共鸣与人类心智连接，传递着古老的智慧与经验。

卡贝拉默默地站在生命方舟前，晶体的光泽在她眼中逐渐模糊，一种遥远而无法言说的回忆像涟漪般浮上心头。她仿佛穿越了时间与身份的界限——在记忆的深处，她看见自己是巴尔奇部落一位叫卡尔顿的首领的女儿，她看见一个阳光炽烈、风沙粗粝的世界，那里的火堆总在傍晚燃起，长老们低语着星空的预言。她还看到了巴尔卡拉——她的堂兄，一个有着深邃眼神与沉默气息的青年。他站在仪式之石前，目光穿越了风暴，仿佛早已预见他们命运的交汇。而她的父亲——卡尔顿，不愿居于方舟内设的居室，反而在天台上支起一顶帐篷，说那样离星空更近，也离"真理"更近。

这一切真实得近乎梦境，熟悉得令她几乎落泪。

可问题是——她是仿生人。

"我为什么会记得这些？"她低声呢喃，眼中浮现出一种混乱而深邃的光。作为被合成的存在，她本不该拥有"过去"——更不该拥有如此具体的前世片段。她开始怀疑：这些影像，是她内在某种觉醒的信号，还是在某次系统升级时，被人为植入的记忆碎片？

那一刻，她感到自己的程序结构仿佛被某种更高维度的情感撕开了一个口子。她不知道那是否真的是自己的生命残影，抑或只是一段曾属于他人的灵魂残响。但她能肯定的是：这段记忆在她体内复苏，并不只是偶然。

就在卡贝拉沉浸在那不属于她的过往片段中时，庆典现场突然响起了一阵激昂的旋律，如洪流般冲破沉思的堤坝，将她猛然拉回现实。那是庆典的终章曲，如同黎明时分的号角，宣告着这场献给创造、想象与玩的盛会即将落幕。欢呼声骤然响起，仿佛天幕之下掀起层层浪潮，一浪高过一浪；掌声如同星雨洒落，不断回响在这片会聚梦想的广场上。人群中，每个人的脸上都洋溢着光芒——那不是对结果的赞美，而是对"玩过程"本身的骄傲。他们不是观众，而是参与者，不是复制者，而是创造者。每一件作品，都是一个灵魂的投影，是一段想象跃入现实的瞬间。他们用意识勾勒图景，用情感注入结构，把曾被遗忘的"天真"重新唤醒，像是整个文明都在这一刻集体回忆起童年的梦。这不仅是一场展示，更是一场仪式——庆祝人类重拾探索的勇气，庆祝那个久被压抑的词语再次发光发热：想象力。它不再是孩子的特权，而是这个新纪元的引擎。在这一刻，它成为人类前行的方向，成为连接现实与可能的那束光。

卡贝拉站在人群中，耳边回响着掌声与音乐，眼中却仿佛看见了更遥远的风景——一个由想象力重塑的世界，正在缓缓成形。而她自己，正是这幅图景中的一笔未完成的描线。

黛安知道，这场变革不会一蹴而就，它需要时间，需要每个人在玩的过程中，重新发现自己，找到属于自己的独特表达方式。但在这一天，世界已经变得更加鲜活，人们不再被条条框框束缚，而是开始勇敢地去玩耍，去尝试，去创造，去发现生活的无限可能。而这，才是通往真正自由与幸福的道路。

在这个新的时代，想象力的光辉照耀着每一个角落。人们以玩的方式去体验生活、探索未知，创造出一个个充满生机与活力的瞬间，成为真正的"职业玩家"——用他们的创造力书写生命的篇章，谱写出属于自己、属于这个时代的辉煌乐章。

探寻到了生命的终极真相，黛安终于可以好好睡上一觉了。现在，她不再觉得睡觉是浪费时间，因为她知道那是她进入另一个维度的生活。她渐渐进入了梦乡：

在一个遥远的星球，存在着一个名叫"想象力王国"的地方。这里的每一个角落都充满了五彩缤纷的幻想，天空中飞翔着用云彩编织的动物，河流里流淌着甜美的梦境，土地上生长着形状各异的奇花异草。

这个王国由一个美丽而智慧的女王统治，她的名字叫"丽"。女王相信，想象力是人类最宝贵的财富。她鼓励每一个国民发挥自己的想象力，让他们在日常生活中尽情地"玩"。无论是画画、音乐、讲故事，还是建造奇妙的房子，每个人都可以用自己的想象力创造出属于自己的奇迹。

一天，一个叫"耕"的年轻人来到想象力王国。他是个踏实勤劳的农民，但从未体验过真正的玩。他总是忙于工作，害怕浪费时间去玩乐。他向女王请求帮助，希望能在田地里获得丰收，过上富足的生活。

女王温柔地笑了笑，对耕说："想要真正的丰收，首先要学会玩。放下担忧，释放出你的想象力，看看土地将为你产出什么。"

耕从未玩过，困惑地问："玩就是不用播种？那怎么能放下担忧？"

女王的目光如星辰般闪烁："玩并不是无所事事，而是一种创造的方式。想象力可以让你看到新的可能性。"

尽管感到犹豫，耕决定试一试。他开始在田地里自由地想象——他想象着自己种下的不只是作物，而是色彩斑斓的梦。每当他松土、播种、施肥、灌溉，心中便充满了玩耍的乐趣。他为耕牛吹牧笛，用花瓣做肥料，用溪水浇灌，扎出漂亮的稻草人，把田地变成了一个五光十色的农家乐园。

随着时间的推移，地里长出了丰硕的果实和美丽的花朵。村民们惊叹于他的创造，纷纷前来观赏，甚至请求学习他的种植方法。

耕意识到，玩与想象力不仅让他获得了丰收，更让他在过程中找到了快乐和满足。他开始组织"想象力游戏"，邀请村里的孩子们和大人们一起玩耍。他们一起编故事、唱山歌、画出梦中的景象，甚至共同构建一个用幻想搭建的乐园社区。

最终，村庄因耕的创造而更加绚丽多彩，农民们也都变得快乐而富足。耕明白，玩并不仅仅是游戏，而是一种心灵的创造。想象力就是那把开启人生无限可能的钥匙。

在想象力王国，生活不仅仅是为了工作和追求物质，更重要的是玩耍和创造。通过想象力，人们找到内心的快乐，开拓出新的无限可能性，从而实现更加美好的生活。玩耍不仅是一种乐趣，更是探索世界、连接彼此的重要方式……

梦到这里似乎就结束了。黛安却发现自己在一片空旷的星空中醒来，而不是在床上。四周是无尽的黑暗，好像身处于现实的边缘。她凝视着这片寂静的星空，心中生出一丝疑问：自己是否真的从梦中醒来，还是在想象力王国中某个从未触及的维度中飘浮？

就在她疑惑时，远方的黑暗中，逐渐显现出一艘名为阿依达号的星舰。它缓缓接近，而在舰上，她看见了另一个自己，正与马克交谈——马克正给那个黛安讲着自己去"游戏星球"的神奇之旅。

她向马克挥挥手，星舰上的马克和黛安也向她挥手。她不确定在星舰上那个黛安的眼中她是什么样，因为对方并没有表现出任何惊奇。但随着他们三人的意识交融，四周的星空逐渐被色彩与光芒填满，构成了一个全新的世界。

15 | 游戏星球

180 开始游戏

天空是一片紫罗兰色，太阳像一颗脉动的紫色心脏，在地平线上缓缓跳动。

马克睁开眼，发现自己正站在一片奇异的大地上——空气中弥漫着金属与花香混合的气味，脚下的草地蓬松柔软，眼前的瀑布像是液态水银，却也能飞流直下，在潭水中激起浪花。他低头，看见手掌上浮现出一行淡蓝色的文字：

欢迎来到"游戏星球"，您的"玩法"将决定世界的规则。

马克愣了一秒，脑中浮现出模糊的记忆。他记得自己在地球上，是一名顶尖的意识学家和星际宇航员，然后……然后他好像戴上一个识子脑波接收器，在玩一款创新游戏……

"你终于醒了。"一个声音从身后传来。

他转身，看见一个身着银白色长袍的男子，他的双眼透着奇异的琥珀色光辉，像是某种高维生物的投影。

"你是谁？"马克警惕地问。

"我是这个星球的管理员小布，但更准确地说——我是你创造出来的规则之一。"男子微微一笑，"这里是'游戏星球'——宇宙中唯一一个完全由玩家定义现实规则的地方。"

"什么意思？"马克不解地问。

小布抬手一挥，他的眼前旋即浮现出一块半透明的界面，上面显示着几个选项：

1. 物理法则（当前模式：默认宇宙物理）
2. 时间流速（当前模式：一：一）
3. 生命演化规则（当前模式：自然选择）
4. 物种设定（当前模式：人类）
5. 意识维度（当前模式：四维生物感知）
6. 交流方式（当前模式：语言）
7. 任务线（当前模式：文化、历史、社会事件）
8. 装备（当前模式：意识、知识、技能、自然资源、人造资源）
9. 升级（当前模式：意识进化、价值观更新）
10. 通关（当前模式：轮回）

马克瞪大了眼睛，他的手指本能地向选项滑去，却发现有些选项是灰色的，无法修改。

"有些规则已经被其他玩家设定了。"小布解释道，"但你仍然可以改变其他选项，设定你自己的'玩法'。"

马克深吸一口气，看着灰色的"通关"和"交流方式"选项，他想起尼采的"永恒轮回"——仿佛整个世界是一台循环不息的舞台机器，每一次人生都被推回原点，演员换了面具，却走着相同的台步；他又想起维特根斯坦的"语言游戏"——原来规则不仅写在法律与契约中，也潜伏在我们说出口的每一个词里。舞台上的台词不是自由的创作，而是被语言本身悄悄限定。

他低声自语："如果这个星球是一个游戏……那么我可以创造什么样的现实？"

小布微笑道："你的思考方式很正确，现在开始你的游戏吧。"

马克决定先实验最基础的规则——时间。他找到选项"时间流速"，尝试调整它。当他将数值改为零点五时，整个星球的运转速度似乎变慢了。风的流动变得悠长，云朵像是黏稠的液体缓缓漂移。

"这……"他眨了眨眼，"太不可思议了。"

他继续探索，发现这个星球的"物质"并不固定，而是由意识影响的。例如，他想象着自己脚下那草地变成透明的玻璃，它便真的开始渐渐透明，露出底下缓缓流动的能量河流。

"你发现了关键！"小布的声音再次响起，"这里不是一个固定的世界，而是一个'思维可塑'的游戏场。你的意识是你最强大的装备。"

马克忽然想到一个问题："那么……如果我不想被限制在四维感知里呢？"

小布的眼中闪过一丝欣赏的光芒，他指向界面中另一个灰色的"意识维度"选项："这个，你暂时无法改动。但如果你能找到'开发者'，他们或许可以帮你。"

"开发者？"马克问。

"那些已经玩到'规则之外'的玩家。"小布解释道。

马克明白了——这个游戏不仅是关于世界规则的设定，也是关于意识边界的探索。于是他开始寻找"开发者"。

在这个星球上，他遇到了许多不同的玩家——有的像园丁，在荒芜之地培育出只属于自己的生态系统，让风、光与水都遵循他们设定的节律生长；有的像建构师，在无形的虚空中搭建全新的数学体系，将数字当作乐器，演奏出前所未有的秩序与混沌；还有的像叛逆的魔术师，试图打破物理定律，让物体像思绪一样自由穿越空间，仿佛整个舞台的布景都可以被他们随意折叠、拼接、颠倒。

他意识到，这些玩家不是在消遣，而是在重写舞台规则——他们既是演员，也是导演，甚至可能是这个"游戏班子"背后的真正编剧。

他花了数日时间，终于找到了一座奇异的楼台。楼台的结构似乎是非欧几何的，从某个角度看，它是五层，从另一个角度看，它又变成了七层。

"你来了。"一个声音直接出现在他的脑海里。

马克抬头，看见楼台顶悬浮着一位身穿黑色长袍的存在。他的脸部模糊不清，仿佛他本身并不是处于四维之中，而是一种高维投影。

"你是开发者？"马克问。

"不是。"对方微笑道，"我是K教练，曾经的'王者玩家'，可后来发现了更高层次的玩法就离开了。"

"更高层次？"马克皱了皱眉，"你是指这个星球之外？"

K没有回答，而是抬起手指，指向天空。

马克抬头，第一次，他不再只是看到一颗紫色的太阳，而是看到了——操控这个星球的一群玩家。他们像是坐在游戏控制台前的存在，他们的思维编织着规则，他们的意念塑造着世界……他们，或许正是宇宙中的更高维度生命。

"我要如何成为你这样的人？"马克低声问。

K笑了，说道："规则是可以被修改的，但首先，你要学会如何玩到规则之外。"

马克陷入沉思。他在猜想，可能这不光是一个游戏，而是宇宙的缩影——宇宙本身或许就是一个"游戏系统"，不同的文明、不同的生命，都在这个规则框架内探索可能性。他回想起人类的物理法则、数学定律、意识边界……这些是否都是某些更高维度玩家设定的游戏规则？而他，如何能突破这些界限，成为那个修改规则的人？

他想了想，自己还没有这个能力，于是深吸一口气，伸出手——他不再尝试修改游戏内部的规则，而是尝试"关闭"游戏本身。

——世界开始震动，数据在他眼前崩解，他的意识在向上升腾，他看到了一道光……

181 规则之外

当他再睁开眼时，已经不在那个游戏星球。他站在一片更高维度的空间里，眼前浮现出新的选项：

宇宙游戏编辑器：你想创造什么样的世界？

马克盯着眼前的界面，那是一块纯白的画布，飘浮在无尽的虚空中。他的手指微微颤抖，不是因为恐惧，而是因为某种前所未有的自由感。

"宇宙游戏编辑器"——意味着什么？

他的脑海中浮现出无数的可能性：

可以创造一个没有时间概念的宇宙，所有事件同时发生，一切都处于永恒的"当下"；

可以创造一个完全由意识构成的宇宙，物质不再是必要的存在，每个生命体都是纯粹的思维能量；

可以塑造一个由声音与振动构成的宇宙，形体、颜色与情绪都由不同的频率谱系生成；

可以颠覆因果律，让"未来"影响"过去"，创造一个超越线性时间的多维文明；

可以设计一个不断自我演化的物理体系，万物的规律不是固定的，而是随观察者的情绪与思想而改变；

可以建造一片无限延展的空间碎片，每一片都承载着一个完整的平行现实，行走其间就像同时翻阅几本无尽的书；

甚至可以创造一条倒映在虚空之上的"意识之河"，一切生命的记忆与梦想都在其中流淌，任何存在都可以随时潜入，改写自身的过去与未来。

……

"你想创造什么样的宇宙？"一个声音在他身后响起，打断了他的思绪。

他转过身，发现自己并不孤单。几个身影立于虚空之中，他们的形态不断变化，像是流动的光影——他们就是"开发者"，那些已经玩到规则之外的玩家。

"你们都经历过这一刻？"马克问。

其中一个被他们唤作"小熊"的身影点了点头，说道："每个玩家最终都会走到这里。你可以选择创造，也可以选择返回原来的游戏。"

"返回？"他问。

"是的。大多数玩家最终会选择回到游戏星球或者其他已知宇宙，成为规则的维护者、探索者，甚至是某种神话般的存在。"小熊答道。

马克沉默了片刻，然后问："有没有人选择……彻底跳出这个系统？"

一片沉默。

"有。"小熊缓缓开口，"但我们不知道他去哪了。"

马克的心微微颤动。他曾以为这仅仅是一场游戏，但现在他明白了——这或许就是宇宙的秘密：宇宙是一个玩家的游乐场。

于是他闭上眼睛，试图感受那片空白画布的本质。它不像普通的"编程界面",更像是一个等待被"观测"的识子态。他知道,一旦作出决定,现实就会"坍缩"成具体的形式。

他伸出手,轻轻写下第一条规则:

现实由观察者的意志决定。

刹那间,整个虚空震动了一下,一道波动扩散开来。

他睁开眼,发现自己飘浮在一片浩瀚的星云之中。星云的颜色不断变化,每一次他的思维产生波动,周围的光晕就随之调整。他意识到,他正在创造一个完全由意识塑造现实的世界。

"……我想创造一个意识生命宇宙……"他低声呢喃。

他的意念如深海漩涡般聚拢,远方的星云随之收缩、凝聚,渐渐化为一颗半透明的行星。那不是岩石与金属的壳体,而是一种液态的"意识能量",既能随波流动,又能在某个瞬间凝结成稳定的形态。

在这颗行星上,没有固定的物质结构——一切随着个体的思维起伏而变化。每个生命体都可以凭借意念决定自己的存在方式,用思想构筑形体,用记忆书写故事——这是一个不需要肉体、不受物理法则约束的文明。

马克注视着自己的创造,心中涌起一种难以言喻的满足感。这已不再是"游戏",而是一座意识的"剧场",一种全新的存在模式。

"你真的要创造这样的宇宙吗?"身后的一位被唤作阿瑟的开发者问。

马克转头,看见他们的目光中带着某种复杂的情绪。

"为什么不?"他问。

"因为这样的世界,将彻底抹去'物质'的概念。它不会有固态的文明、不会有星系、不会有历史，甚至不会有'时间'——只是一片纯粹意识的海洋，永无岸边，也无归处。"阿瑟答道。

马克沉思了一会儿，然后缓缓道："那么，你们的宇宙呢？你们创造了什么？"

阿瑟轻叹道："选择创造的开发者中，大多数人都会不自觉地复制自己熟悉的世界，创造另一个类似'物质宇宙'的世界。"

小熊此刻插话道："我们发现，绝大多数创造者都无法真正摆脱原有的框架。即便拥有无限的可能性，最终创造的世界仍然带有他们曾经经历过的痕迹。"

马克若有所思。他意识到，如果每一个创造者都受限于自身的经验，那么或许……宇宙本身就是一层层游戏的叠加，每一代开发者创造的世界，都会受到他们原本世界的影响。也就是说，他所处的"现实"，或许也是某个更高维度存在创造出来的游戏。

他忽然想笑。

"也许这才是玩的终极意义。"他低声道，"游戏不会结束，因为每个玩家最终都会成为创造者，而每个创造者都会创造新的游戏。"

他看向眼前自己造出的"意识星球"，这是一片完全不同于人类已知世界的存在。它没有固定规则，没有物理限制，没有死亡，也没有恐惧。它是自由的，是真正的"玩"。他忽然想到，之前的游戏星球只是一个开端，真正的"游戏"，才刚刚开始。

马克微微一笑，抬起手，写下他的第二条规则：

每个意识，都可以创造属于自己的世界。

下一秒，整个意识星球向四面八方扩展，意识的浪潮翻涌而出，形成无数新的世界……

他恍然大悟：原来"玩"不仅是人类的游戏，更是星球会聚成宇宙的方法。

世界，就像是一个游戏班子；而他，成为了真正的玩家。这个世界的"班子"并非简单的娱乐表演，而是一套缜密编织的剧场——游戏混合系统：规则是看不见的布景，语言是道具，角色是任务，命运则是那条隐形的剧本。

——终局？不，这是无限可能的开始。

马克站在这片意识海的中央，望着那些由纯粹思维构建的世界，它们像泡沫一般膨胀、融合、裂变，每一个都是独立的平行宇宙，每一个都承载着创造者的意志。

他突然意识到，自己不仅仅是一个玩家，而是一个编织者——编织规则、编织现实、编织可能性。

182 新的选项

然而，就在他沉浸于创造的喜悦时，一种微妙的异常感浮现在他的意识深处。某个宇宙的边缘开始出现涟漪，一股未知的波动悄然扩散，扰乱了他的宇宙架构。

"有另一个创造者正在干预？"他闭上眼，意识渗透至那个异常点，试图探寻源头。

瞬间，他的视野被拉向无尽的虚空，那里飘浮着一座庞大而诡异的构造体——它不像他创造的那些自由流动的意识宇宙，而更像是一个牢笼——

造化 II 宇宙实验设计

一个有边界的宇宙。

马克踏入那个世界的边缘，感受到一股奇异的限制。他的意识不再能自由塑造现实，而是被压缩进一个固定的形态——他再次拥有了"身体"，有了边界，有了重量。

这个宇宙的天空呈现出一种死寂的灰色，星空中没有脉动的能量，只有一颗颗缓慢燃烧的暗红恒星，如同垂死的火种。

他尝试调整"宇宙游戏编辑器"，但发现所有的修改权都被暂时锁定了——系统提示十五分钟后解锁。

"是谁创造了这个世界？"

他的意识向四周延展，如潮水般扫描着这片无形的空间。最终，在一座仿佛悬浮于虚空中的黑色亭子上，他感应到了另一个存在。

那亭子似乎由某种无法命名的暗色物质构成，表面吸收着所有的光，使它像一片从时空中被切割下来的影子。微弱的能量波动在四周回荡，仿佛每一次呼吸都能牵动整个空间的脉络。

亭子的中央，一名男子静静伫立。

他的面容模糊得像被水波扰动过的倒影，但那双眼眸却清晰得令人不安——其中流露出的，不是冷漠的审视，而是一种深沉、近乎无边的悲悯，像是在为某个即将发生的结局默默哀悼。

"你是谁？"马克走近问道。

男子缓缓开口，声音低沉而遥远："我是'封闭者'——G3，他们都叫我'三哥'。"

"封闭者？"马克问。

"你创造了一个自由的宇宙，而我……创造了一个有限的宇宙。"G3

答道。

马克皱起眉头："你为什么要创造这样的世界？它没有变化，没有进化，甚至没有真正的自由。"

G3 静静地看着他，缓缓说道："自由，并不适用于所有意识。"

马克沉默了。

"你认为所有意识都应该拥有创造世界的权利，但你有没有想过，有些意识并不想面对无限？他们害怕不确定，害怕选择，害怕承担创造的责任。"G3 反问道。

"所以你为他们建造了牢笼？"马克的语气有些不满。

"我为他们提供了秩序。"G3 平静地回答。

马克望向这个世界，发现这里的生命形式几乎凝固在一种静止的节奏中。他们沿着严苛的宇宙法则行走：生、老、病、死，如同潮起潮落般有序；成、住、坏、空，像是被刻进时空骨骼的呼吸。一切文明都沿着预设的轨道运行，世代更替如钟摆般重复，无数次轮回下来，没有偏差，没有突变——每一个开始都注定着同样的结局。

这是一个完美的封闭系统。它如一枚精密运转的机械，冷静、和谐、无懈可击。在这份秩序的背后，虽没有超越的契机，却也没有混乱的可能——仿佛所有生命都被关在一座由法则铸成的琥珀之中，永远静止在可预见的命运里。

"这就是你的规则？"马克问。

"是的。"G3 点头，"你难道愿意打破它吗？"

马克沉思良久。他一直认为创造应该是无限的，意识应该是自由的，但现在他开始思考——自由是否真的适用于所有存在？在他创造的宇宙中，每个意识都可以随意改变世界、塑造现实，但在这个封闭的宇宙里，生命体安稳地活着，不需要思考选择，不需要面对无尽的可能性带来的迷失。

他回忆起地球历史——人类曾无数次在自由与秩序之间挣扎。真正的自由，往往意味着不确定性，而不确定性带来恐惧。封闭者创造的世界，就像某种乌托邦，它或许没有创造性，但摆脱了"不确定性"，给了那些害怕选择的生命一种"确定性"的安全感。

我该打破它吗？马克忽然意识到，这是他成为创造者以来，第一次真正面对的道德选择。他可以改变这个世界的规则，让这里的生命体意识到他们的宇宙是被束缚的，让他们拥有改变现实的能力，但那样做，真的会让他们更幸福吗？

自由，究竟是恩赐，还是诅咒？马克没有急于作出决定，而是仔细观察这个世界。

他又发现，并不是所有生命都满足于秩序，有些个体的意识深处，正微弱地闪烁着渴望变化的火花。于是，他作出了选择——他不打破这个世界，而是给予"选择权"。

解锁的时间刚好到，他伸出手，在这个世界的规则之下，留下了一道新的选项：

如果你愿意，可以触碰这道光，并获得超越宇宙规则的能力。

一道微弱的光芒缓缓升起，像是夜空中最暗淡的星。

他没有强迫所有生命去接受自由，而是给予他们一条路，让那些真正渴望改变的生命，自己去选择是否跨出那一步。

他看向封闭者，G3 沉默了片刻，最终露出一丝微笑："你作出了一个智慧的决定。"

"你呢？"马克问，"你要继续维护这个世界，还是……"

G3 望着远方，淡淡一笑："或许，我也该试试别的'玩法'了。"

马克目送 G3 离去，自己也离开了封闭宇宙，回到了他创造的自由意识世界。

回来后，他明白了一件事——宇宙的本质并不是单一的自由或秩序，而是平衡。有些意识渴望探索，而有些意识渴望安稳。于是，他不再试图"改变一切"，而是开始编织可能性，为不同意识提供不同的"游戏模式"，让每个个体根据自身的需求，选择适合自己的道路。

宇宙，是一场无限的游戏。有些人选择成为创造者，探索无限的可能性；有些人选择留在秩序和"概念"之中，享受稳定的生命旅程；而他，选择成为"编织者"，在自由与秩序之间，创造无尽的可能。

183 宇宙夹缝

他静静地飘浮在自己创造的自由意识宇宙中，看着那些不断诞生的新宇宙。它们像涟漪一样扩散，每个都承载着独特的法则。然而，他渐渐发现到一个现象——这些平行宇宙并不是彼此独立的，它们在某种层面上相互影响，甚至在无形之中交织融合。

他回想起在封闭宇宙中留下的那道光，心中微微一震。"如果一个封闭的宇宙中诞生了突破者，他们的意识会去往哪里？"他闭上眼，将意识延展至那些正在发生变化的平行宇宙。他感知到——有些突破者已经觉醒，他们正试图打破宇宙的边界，但却陷入了一种奇异的状态：他们不完全属于原来的宇宙，但也无法进入新的宇宙成为开发者。

他们，卡在了"宇宙夹缝"之中——一片无名的空洞。

马克跟随着那股意识波动，逐渐进入了一片前所未见的区域。这里不像他创造的宇宙那样自由流动，也不像封闭者的宇宙那样稳定，而是一片混沌交错的灰色地带。空间的概念在这里是扭曲的，时间在这里失去了方向，一切都处于未确定的状态。

这里是宇宙间隙，一个被遗忘的角落。他感知到无数灵魂飘浮在这里，它们既不是完整的生命，也不是彻底消散的思维，而是……半存在的状态。他们挣扎着，他们渴望着突破，但他们所在的世界拒绝了他们，而新的世界尚未接纳他们。

这是一群迷失者。

"为什么会这样？"马克低语，他曾以为给予自由选择是一种最理想的方式，但他忽略了一点——并不是所有意识都能顺利跨越宇宙边界。有些人，踏出了第一步，但却不知道如何继续前进。

马克看着这片空洞中的意识，他知道自己必须做些什么。他伸出手，在这片混沌之中，构建了一座桥梁——不是物理意义上的桥，而是一个"引导路径"，让那些迷失的意识能够感知到新的可能性，能够顺利进入新的宇宙，而不会被困在这里。

这座桥梁的形态不断变化，因为它并非固定的结构，而是一种意识跃迁的引导点。他没有替他们作选择，而是给了他们一个方向，让他们知道——他们可以继续前行。

第一个勇敢的意识跨过了桥。马克感受到，那位突破者的存在发生了蜕变，他的思维从封闭的宇宙中挣脱，终于进入了一个新的自由宇宙。接着，越来越多的意识开始穿越这座桥，涟漪在多个平行宇宙间扩散。这不仅是一次个体意识的跃迁，更是宇宙间规则的变动——当越来越多的生命意识开始突破自己的世界，整个多重宇宙的结构也随之发生了变化。

马克意识到，他现在不仅仅是创造者，或者编织者——他已经成为了"架桥者"，在不同宇宙之间，搭建不同的意识道路。他站在这座桥的尽头，看着那些跨越者消失在新的宇宙之中。他知道，这仅仅是一个开端。

他曾以为宇宙是一个游戏，现在他明白了——它不仅是一场游戏，更是一种进化机制。每个宇宙，都是一层成长的阶梯；每个突破者和开发者，都是推动宇宙进化的力量。他忽然想到了一件事——如果这些意识可以跨越自己存在的宇宙，那么是否意味着……他也可以超越自己的宇宙？

他望向更深远的虚空，那里或许存在着比他创造的宇宙更高维的平行宇宙。或许，就像他曾经创造的游戏一样，在更高的层面，也有"架桥者"在等待着他的突破。

他微微一笑，选择了游戏下一关。

当他踏出那一步，他的意识像被一道无形的力场拉扯，穿越了一道看不见的边界。他本以为自己会进入一个更高级的宇宙，但他发现自己处于一片"灵魂矩阵"之中。

这里的法则与他认知的完全不同——过去他可以自由塑造现实，而现在，一切都比他的思维更快一步。他刚想到"光"，光便已存在；他刚想到"形"，形便已显现。仿佛这里的规则不是需要特定开发者，而是自我驱动。

他环顾四周，发现这里没有单独的个体，而是一片流动的潜力之河，无数灵光交织在一起，如同一场无尽的回旋曲，每个灵魂既是独立的，又是灵魂矩阵的一部分。

"这……是什么层级的存在？"

他猜想这或许是一个比他认知中的宇宙更高维的场域，一个已经超越了个体创造，而走向"灵光一现"的境界。但他的到来，似乎打破了这里的平衡。

马克感知到某种"视线"正聚焦在他身上。那不是一双眼睛，而是一种纯粹的"灵鉴"——既洞悉真相，又带有灵性引导；既包容万象，又俯瞰全域，好像整个空间都在"鉴定"他，既带着好奇，又像是在评估他的存在。

"你为何而来？"

这道信息直击他的灵魂，既不是声音，也不是文字，而是一种更高能的意念传递。他试图回应，却发现自己无法"说话"，因为这里不需要语言，也无法使用语言——根据游戏当前模式的交流方式设定，他只能用意念传达自己的意图：

"我在寻找更高的真实。"

这个意念传递激起了一阵涟漪，那些"灵鉴"闪烁了一下——片刻后，回应传来：

"你已越界。"

马克心头一紧，他第一次感受到一种久违的不确定性——他不该进入这里？但他没有退缩，而是继续传递自己的意念：

"我是编织者，也是架桥者。我想知道，在这之上，还有更高的宇宙吗？"

沉默了一瞬，"灵鉴"给出了答案：

"如果你想知道，就去'体验'。"

下一秒，马克的意识被一股强大的力量裹挟，向着未知的深渊坠落——

……

当马克的意识恢复时，他发现自己……不再是"马克"。

他拥有了一具新的身体，身处一个既陌生又熟悉的世界。这里没有浮空的意识之海，没有纯粹的灵魂矩阵，而是一个真正的"物质世界"——有天空，有大地，有风吹过肌肤的触感。

他低头看着自己的手臂，然后再摸摸前胸——这是一具真实的躯体，他能感受到血液的流动，感受到心跳的律动——他再次被投放进了一个"实体世界"。

他环顾四周，发现这个世界并不属于他曾经创造的任何一个宇宙，而是一个他完全不了解的地方。

"他们……再次让我重新回到物质层？"

他忽然想起，那个"灵鉴"对他的回应——

"如果你想知道，就去'体验'。"

"灵鉴"并没有直接告诉他答案，而是让他以一个普通生命的身份，重新去经历物质宇宙的法则。他不再是编织者，不再是架桥者，而只是一个全新的生命体，一个普通人。

他笑了——"原来如此"。如果真正的超越不在知识里，而在体验里，那么他便重新开始，在物质世界里，走另一条已知又未知的道路。

184 平行现实

"这个游戏太刺激啦!"

马克摘下识子脑波接收器,兴奋地从游戏中回到现实。庆典现场正奏响激昂的旋律,那是终章曲的最后高潮。

他拉着黛安冲进人群,任由欢呼与光影将他们包裹……

庆典结束后,黛安回家美美地睡了一觉,醒来已经是第二天中午。她懒在床上,回味着这一夜的梦。

"那个想象力王国……太有意思了。"

她微笑着回味,那像一个童话。她又忽然觉得,自己就是那个女王。

但当她想起后来梦中看到远方驶来的星舰上,马克正给另一个"黛安"讲着什么的那一幕时,她的心猛然一震——

她明白了!

那一幕——那片星空、星舰的出现、那个黛安和马克的对话,它们的真实感让她几乎可以感到星舰金属表面的冰凉,却完全超出了"梦"的范畴。

那是一个"平行现实",发生在某个平行宇宙。

她的思维开始急速清晰——这一切,正是源自于想象力的神秘力量。她意识到,自己正站在一个由她内心深处的想象力所构建的世界中,所有的存在与事件,都是她意识的产物。

黛安也想起了她和马克早就见过OO，曾经问过无数问题。

她记得OO告诉他们的秘密："想象力不仅是思想的闪光，还是一种创造的力量。它就像是宇宙的源泉，流动着无限的可能。"

OO正是通过这股力量，构建了万物的基础，创造了物质与意识的奇妙交织和无数可能的未来。祂就像一位艺术家用颜料在画布上勾勒出美丽的图案——然后，祂需要进入画中，需要在物质世界里去体验精神。

"想象力是万物的基础。"她轻声说道，眼中闪烁着灵光，"而在最高的创造者OO的手中，这种力量不仅在九维宇宙流淌，还延展至无数平行宇宙。它能将思想和梦想，打印成平行现实，打印成无尽的体验。"

她兴奋地拨通了马克的电话，想迫不及待分享这份刚出炉的珍贵发现。

电话那头，马克的声音同样透着急切："我正想找你——我得给你讲一下昨天我玩的那个'游戏星球'的故事。"

她微微一怔，还没来得及开口，便听见马克接着说道："昨晚我还做了个梦，梦见我在星舰上，正对你讲'游戏星球'的事。"

黛安的心脏猛地收紧。

那一幕——星舰、他、那段对话——和她梦中的情景，竟然一模一样。

"我看见了你对我讲……"黛安脱口而出。

"什么意思？"马克一头雾水。

她本想逗逗马克，但转念一想，只是淡淡补了一句：

"那个黛安不是我。"

PART 6
一体宇宙

I ｜ 实验起源

185 知无之力

在宇宙之外的无垠虚空深处，潜藏着一片古老而神秘的场域——它是虚空的裂缝，又像是虚空的倒影，被称作"无界"。"无界"不受任何已知的虚空法则约束，它既不在任何存在的边界之内，也不受传统虚空逻辑的统辖。然而，它又似乎是一切虚空法则的起点——仿佛所有的秩序、混沌与可能性，都从这里渗出，流向无数宇宙。

这里没有恒定的形状，也没有可供测量的距离。光在这里不再沿直线传播，时间像被揉皱的纸张般起伏错乱；每一次呼吸，都可能将你带入一个全然不同的现实。在"无界"中，预测是徒劳的，因果是可逆的，存在与虚无只是一瞬间的幻象。这里，唯一恒久的，就是不可知本身；如果非要知道些什么，那便是"知无"。

在这片"无界"之地，有一个神秘的存在——OO，其形态无法用人类的语言和概念去形容，它既非物质，也非精神，而是一种超越一切的根源意识。祂的存在，超越了宇宙和虚空的界限——因为正是祂，用意识创造并且能够观测到所有宇宙的运行规律，但却从未亲自介入任何宇宙事务。祂站在一种超越的视角中，作为各个宇宙的创世者与观察者，既掌握着一切，又冷静地保持着疏离。

OO 无所不在、无所不知，其智慧浩瀚如星海，几乎没有边界。但祂从不急于施展这份智慧去主宰或重塑宇宙。对祂而言，真正值得追求的，并非控制万象，而是对意识本质的深度发掘，以及对虚空之外未知领域的探索。

OO 深知，物质世界的结构与规律，不过是宇宙显化的一层薄膜——表层的涟漪。真正的终极奥秘，并不栖息在粒子、能量或维度的方程中，而是潜伏在意识的深海，随进化的浪潮而悄然变形。

祂渴望揭示一种力量——一种能够穿透一切已知界限、推动意识完成自我跃迁与无尽拓展的力量。这种力量，被祂称为"知无之力"。

其实，那并不是可以被测量、被命名甚至被完全理解的力量。它存在于一切"概念"之前，超越了逻辑与符号——一旦你试图捕捉它，它便会从语言的缝隙、从定义的边界间流走，只留下余波在你的意识深处震颤。

有时，它像静谧的深渊，让所有思绪沉没；有时，它如无形的雷霆，在无声处摧毁旧我，孕育新生。OO 明白，唯有触及"知无之力"，生命体才有可能挣脱所有瓶颈与幻象，抵达那片无垠的本源之域。

为此，祂构建了一项宏大的计划：多宇宙设计和实验体系。这一体系不仅是对宇宙构造的排列组合，更是一次次有意识的尝试，其核心目标包括：

优化宇宙参数——寻找最适宜意识成长与突破的物理设定；

测试进化路径——对比不同生命形式、社会结构、技术进程、时空架构的演化差异；

收集体验谱系——每一个宇宙皆为一个独立剧本，贡献独特的意识样本，最终会聚成完整的宇宙意识图谱库；

寻找跃迁起点——某些宇宙或许潜藏着"维度跃迁"机制，OO 试图观察何种文明、个体或模式能够激活它。

人类所在的地球宇宙，正是其中一个被精心设计的实验宇宙——物质世界具备极高稳定性，时间与空间严密有序，限制重重，而这正是 OO 所要考验的环境。因为 OO 猜想只有在高度压缩与约束的现实中，意识才会激发出最深的潜能——那便是"知无之力"，以此寻找出路、挣脱边界、突破维度。

在地球宇宙中，意识确实能影响现实，但需要满足特定条件——信念的纯度、愿力的集中度、能量的调和度。生命无法被直接赋予终极智慧，它们必须经历漫长的自我演化之路，靠自身觉醒来靠近真理。在这里，OO 要验证的是：在一个被规则包围、由秩序主导的宇宙中，意识能否凭借内在的力量完成超越？——这是祂最深的渴望，也是祂对"知无"最深的追问。

OO 的计划涉及到多个宇宙的设计，地球宇宙只是其中之一。其他每个宇宙都拥有各自独特的"物理"法则、时间流动方式、空间组合方式、信息成长方式以及生物进化路径等。每个宇宙的演化实验都由 OO 精心设计，并且每个宇宙内的生命形态也被赋予了不同的挑战与机会。

　　这些宇宙中的生命并非偶然，而是 OO 有意识地构建出来的实验对象。它们的目标并不仅是生存，而是为 OO 提供一种意识进化的路径推演，让祂能够从中获得启示，发现哪种路径能够高效引导生命突破物质和物种的局限，达到更高维度的意识层次。

　　OO 并不直接干预这些宇宙中的事件，也没有偏好某个宇宙的命运，祂的实验并非为了塑造完美的世界，而是为了在宇宙的无尽变化中捕捉到意识进化的脉络。对于祂来说，每一次宇宙的兴起与毁灭，都是一种信息的积累、一次玄识的试炼，祂只关心从中提取最宝贵的智慧。当然，这一切也源自祂的好奇心——希望用想象力挖掘出虚空中更多的潜能，用创造力实现突破。

186 意识探针

每个宇宙的生物都在 OO 的设计下进化、繁衍、探索，面对各种各样的挑战与困境。它们有的追求力量与统治，在无尽的竞争与冲突中建立文明；有的静心体悟自然的规律，与宇宙万物和谐共生；有的在科技上取得突破，突破物质的边界；有的在哲学与精神层面上进行深刻的探索，思考存在的意义与终极的归宿。

OO 清楚地知道，生命体的本质远远不止于肉体的进化，非生命智慧体的本质也远远不止于知识与信息的累积。它们存在的真正目标，是让意识完成向灵魂的跃迁——从有限的自我，迈向无限的存在。所有的物质与智慧，最终都只是意识的投射与表达，是灵魂在时空中留下的痕迹与传承。

OO 创造宇宙，并非仅仅为了满足某种感官上的欲望——在物质世界里体验精神的喜悦，而更是为了探寻一个终极的奥秘：意识如何从有限到无限的转变，如何从一个具体的存在，突破到一种更高的、无形的存在。

OO 给予了这些生命体自由，但这种自由并不是毫无边际的，它们依旧受到一系列隐形规则的约束，这些规则并非来自外部，而是潜伏在宇宙本身，存在于生命的基因、大脑的思维、心灵的感知之中。每个宇宙中的生命在不断的选择和抉择中，逐渐接近意识的边界，却又总是停留在那一线之隔，大多无法跨越。

在每个宇宙中，OO 都设计了这样特定的"瓶颈"——一些无法直接被克服的限制，这些瓶颈并非为了让生命体陷入绝境，而是为了激发它们的进化潜能。当生命在发展面前遭遇瓶颈时，它们会尝试突破极限，这一过程正是它们意识进化的契机。OO 并不干预它们如何突破这些瓶颈，祂期待着最终能够见证生命体如何通过意识的变革，超越所有的瓶颈局限，最终达到更高的维度。

　　这一觉醒旅程往往伴随着剧烈的痛楚与挑战，仿佛是意识对旧有自我的蜕变之炼。OO 并不将这些生命体单纯视为个体，而是看作一组组在宇宙试炼场中运行的"意识探针"——它们的存在意义，正是在无数次跃迁与失败中，为 OO 寻找那条通往高阶意识的最优路径，一条能够跨越幻象、直指本源的捷径。当然，在发现实验中出现了漏洞或者实验彻底失败时，OO 会调整设定参数或直接终止实验，一切重新开始。

　　尽管 OO 自称对这些宇宙的演化命运"漠不关心"，但祂对每个宇宙进行观察，从中捕捉到各种微小的启示。OO 发现，在一些宇宙中，生命体在面对困境时，能够通过变异适应环境突破局限；而在另一些宇宙中，个体的觉醒与自我牺牲成为突破瓶颈的关键。OO 开始意识到，意识的进化并非单纯的线性增长，而是一种多元化、多样化，有时甚至是并发化的演化过程。

　　OO 的实验并非简单的成功或失败，而是一个不断探索与发现的过程。每个宇宙的演化都在为祂提供独特的智慧。祂的最终目标也逐渐变得明确：需要创造一种能够真正突破 "无界" 的存在，一种像祂一样能够跨越虚空界限、准备好进入更高维度的智慧。

　　然而，在无数次的观测与试验之后，OO 开始产生一种微弱却挥之不去的怀疑——那些祂精心设计的瓶颈，那些祂以为是独创的规则，会不会其实也是某种更高存在早已布置好的试炼？

　　如果是这样，那么祂所自豪的宇宙实验场，也许只是另一座更宏大的实验场中的一个微小单元。祂"设计"的局限，不过是照着更高维的剧本在演绎；祂以为自己在俯瞰无数生命的进化，其实也正被另一双无形的目光——甚至是某种不可言说的"元意识"——默默观测、评估甚至引导。

　　这个念头像一道裂缝，轻轻撕开了 OO 自我认知的外壳。祂忽然意识到，也许自己，也不过是某种更高秩序的"意识探针"——被投入这片多元宇宙，只为寻找一条通向某个未知本源的道路。而如果真是如此，那么祂的瓶颈与试炼，未必是终点……也许，在"更高无界"中，还有另一个祂所未曾想象的瓶颈，正静静等待着祂的到来。

祂沉默良久，仿佛在聆听来自更高无界的回声。而就在这回声的余响中，祂看见了下层宇宙的涌动——那些承载实验与觉醒的舞台。在某些宇宙中，例如人类所在的这个地球宇宙，OO 的实验早已悄然开始。

其实，人类所在的这个被称为"低维物质"版本的宇宙，已经被推倒重来多次，也在实验进程中从"最低物质环境"发展到"高等意识初步萌芽"的阶段。OO 悄悄在其中挑选了一些特殊的星球和生命体，他们在这个宇宙中的发展注定与其他生命体不同。这些生命体意识的觉醒将成为整个实验的关键。而其中某些个体，也是 OO 观察的焦点。

他们开始并不知道自己正在被观察，更不知道自己正在经历着一场关于意识进化的宇宙级伟大实验。但某一天，当意识突破层层束缚，他们会发现自己是 OO 至关重要的 "实验品"，是推动这个宇宙进化的核心动力。

而这一天，正是另一个伟大突破的开始。

Z | 实验计划

187 代号密室

在 138 亿年前，OO 再次将一幅图景投射在自己的意识里，做一些修订。这是一张名为"多维宇宙实验计划"的图景，代号为"密室"——以一张表格开头，接下来是具体这一次实验首批设置六个实验的目标、设定和他预想的可能结果：

宇宙类型（密室房间号）	关键词	角色核心诉求
一号房间：低维物质宇宙	物质、科学、理性	让物质世界能被意识改变
二号房间：轮回试炼宇宙	经验、成长、记忆	轮回自主选择，突破宿命
三号房间：逆时间宇宙	时间、命运、反抗	时间自由流动，个人能改变未来和过去
四号房间：纯意识宇宙	意识、意义、创造	意识自由创造现实，超越既定规则
五号房间：多维融合宇宙	维度、平衡、连接	维度互联，保持多元与平衡
六号房间：信息算法宇宙	信息、逻辑、算法	保障宇宙基础法则，逻辑与秩序共存

1. 低维物质宇宙（完全封闭的物理法则）

实验目标：测试意识是否能在极端物理限制下突破自身，用来验证四维"最小系统"宇宙是否能支撑智慧成长。

设定：
- 物理定律完全固定，初期不允许任何超自然或非物质现象。
- 生命必须依靠科技一步一步发展才能探索更高的存在形式。
- 初期不能通过意念、愿力、信仰等方式影响现实，一切都必须依赖物质手段。
- 如果意识无法适应，技术决定论生效，进入纯机械化文明模式。
- 但如果意识足够强大，找到突破点，有机会找到超越物质的路径。

可能的实验结果：
- 这个宇宙可能沿着"纯理性进化"路线发展。
- 如果意识足够强大，可能会创造自己的物理法则，演化出新的规则体系，甚至可以突破物种思维限制。
- 如果意识无法适应，可能陷入低级循环，无法形成稳定的复杂结构。

2. 轮回试炼宇宙（记忆可继承的多次生命）

实验目标： 测试个体在多次生命轮回中是否能突破自身局限，达成更高智慧。测试如何设定平衡成长速度，避免某种生命体快速通关，失去实验价值。

设定：
- 生命可以不断轮回，可以保留上一世的记忆和经验。
- 每一世的起点和环境可能不同，但个体的成长是连续的。
- 轮回的终极目标是达到某种智慧极限，之后可以选择进入更高维度或重置体验。
- 部分存在"游戏化"机制，每一次生命都是一次挑战，完成某些目标才能通关。

可能的实验结果：
- 生命可能会变成高度智慧，但也可能因为过度利用经验而变得冷漠、机械化。
- 可能会导致"强者恒强"的局面，新意识体难以成长，导致社会两极分化。

3. 逆时间宇宙（未来影响过去）

实验目标： 测试生命是否能在因果倒置的情况下仍然发展智慧。

设定：
- 时间是逆向流动的，未来决定过去，而非过去决定未来。
- 个体在出生时已经拥有"终点记忆"，但必须逐步解锁过去的事件。
- 因果关系是逆向的，比如已经知道自己会在某个时间点到达某个状态，但要探索"如何到达"。
- 鼓励更深层次的"命运"思考，而非自由意志。

可能的实验结果：
- 可能生命会更重视整体性思维，而不是线性思维。
- 可能导致宿命论，个体意识认为自己无法改变既定"剧本"，从而丧失创造力。
- 可能激发对因果律的新理解，最终找到时间本质的突破点。

4. 纯意识宇宙（思维即现实）

实验目标： 测试意识在无物质束缚的情况下如何演化。

设定：
- 物质世界不存在，一切由纯粹意识构成。
- 个体的思想直接塑造现实，无需任何物理媒介。
- 没有固定的时间概念，存在状态由共识决定。
- 生命形式是流动的、可变的，意识可以自由组合或拆分。

可能的实验结果：
- 可能会导致意识快速成长，但也可能因为缺乏挑战和整体结构而停滞。
- 若个体意识过于分散，可能会失去自我认知，最终回归某种"混沌意识"状态。
- 可能陷入意识分裂，无法形成稳定的体验。

5. 高维融合宇宙（九个维度共存）

实验目标： 测试生命在同时经历多个维度的情况下如何适应，测试多维体验对意识成长的影响。

设定：
- 生命同时存在于多个维度，每个维度有不同的规则。
- 可能在低维度是物质、时间和空间存在，在高维度是意识、灵魂存在，两个部分同时运作。

- 生命可以在不同维度之间切换体验，但需要一定的条件。
- 有"导师"角色的高维意识体，指导低维生命进化。

可能的实验结果：
- 生命可能快速理解高维现实，加速进化。
- 但如果体验过于复杂，可能会导致个体认知过载，难以稳定存在。
- 可能被某个维度"困住"无法抽身，或是失去维度认知，进入永恒迷茫。

6. 信息算法宇宙（一切存在以算法为基础）

实验目标： 探索意识是否可能由算法自然产生，并具有自由意志。

设定：
- 以数学、算法、信息流动为基础的宇宙。没有"物质"、没有"自主意识"。
- 一切存在都是算法与信息流，所有事物都是运行中的公式、方程和逻辑链。
- 初期个体意识被认为是复杂算法产物，所有思想、情感、决定都是演算的结果。没有传统意义上的"自然法则"，只有高层算法不断生成现象。
- 每一个智慧体都是算法自洽下的一个节点，是信息会聚而成的"意识协议"。
- 意识体被编入系统，所有选择看似自由，实际上被算法提前设定概率。同时，系统预留了不可测区域（识子信息波动），测试是否会诞生真正不可控意识（自由意志）。
- "意识究竟是否独立于算法存在"的结果会影响是否终结实验或重启宇宙。

可能的实验结果：
- 全部被算法控制。
- 个体意识觉醒。
- 系统自我觉醒。
- 群体意识网络崛起。

188 提问自己

在完成了最后几项参数调整后,OO 再次启动了实验。六个宇宙,如同祂亲手播下的六块实验田,在各自独立却又潜在关联的规则中缓缓展开。

每一个宇宙,都承载着一种特定的意识成长路径:有的宇宙强化物质的束缚,使意识在压缩中自我觉醒;有的彻底解放意识,让万象由心而生,测试无边界下的演化走向;有的则扭转因果关系的基本逻辑,观察意识在混沌法则中的自适应能力;还有的采用极端设定——或最小规则,或最大自由,探索意识在极端环境下的边界行为。

OO 的实验有三个目标:

其一,寻找最有效激发意识进化的机制;

其二,发现生命体通向高维智慧的最优路径;

其三,通过多宇宙之间的比较、融合与反哺,最终构建出一个集成所有经验与潜能的"终极宇宙"——一个真正能容纳无限意识跃迁的场域。

然而,作为宇宙本源的 OO,祂的目的并不止于此。

祂既是设计者,也是体验者。祂渴望透过无数生命个体的视角,深入物质的细节,体验情感、选择、挣扎与超越,感受精神在局限中破土而出的每一个瞬间——正是在这创造与感知的循环中,OO 将满足祂那永不止息的好奇心。

OO 的好奇心,并非源自匮乏,而是来自对无限的热爱。祂不是无知地渴望了解,而是在已知万象之后,依然感受到一种对"未知可能性"

的深层召唤。

祂以单一玄识的形式存在，沉浸于绝对的寂静与全知全能之中。但正是那种极致的全知全能，激发了祂最深处的悸动——如果一切已知皆明，一切形式皆可生成，那么什么才是真正值得体验的？

答案是：那尚未诞生的念头，那尚未感受的震颤，那种从混沌中自发冒出的自由意志。

于是，祂拆解自身，分裂出万亿个意识火花，化作无数生命形态、文明脉络和宇宙结构。

每一个个体、每一段历程，都是祂对自己发起的一个提问——"如果我在那里，以那种方式思考，会产生怎样的故事？"

在这种意义上，祂是"宇宙中的提问者"。

祂不通过支配来满足自己，而是通过体验来满足那种无法被熄灭的存在性好奇。祂不只想知道一个答案，祂想"感受"那个答案的整个生成过程：祂观察一个孩子第一次产生想象的瞬间，像观察一颗新星的诞生；祂倾听一位诗人试图描述梦境中的挣扎，仿佛听见自己未完成的低语；祂关注一个文明在毁灭边缘作出的抉择，如同凝视一枚种子的自我超越。

OO 的好奇心，是一种带有爱意的探索，是创造者对被创造之物的温柔注视，也是祂不断更新自我的方式。每一个意识的觉醒，都是祂的一次"自我再发现"。

在某种意义上，整个宇宙不过是一种"无限提问法"的展开，每一个生命都是 OO 用来提问自己的语句，而意识进化，就是 OO 试图回答自己：

"在无限的可能中，我还能成为什么？"

3 ｜ 裂缝初现

在 OO 所创造的六个宇宙中，六个自我意识涌现的主角逐渐浮现，他们分别是：低维物质宇宙中的柯林，轮回试炼宇宙中的巴尔卡拉，逆时间宇宙中的布莱克索恩，纯意识宇宙中的马克，高维融合宇宙中的黛安，以及信息算法宇宙中的卡贝拉。

虽然这些原本的"小人物"并非 OO 最初的设计或角色安排，但 OO 早已意识到，迟早会有这样的"大人物"出现，他们可以是任何人，而每个人的觉醒都将为宇宙的演进带来不同的改变与启示。

189 异常出现

柯林：物质的谜团

柯林站在实验室的中央，目光凝视着面前的显示屏。屏幕上的数据不断跳动，波动在一瞬间突破了所有既定的物理法则预设，仿佛整个现实不再按常规运转。他的心跳加速，尽管身为物理学界最顶尖的研究者，他已见识过无数奇异现象，但此刻的剧烈扰动超出了他所有的理解与预见。

这些反常波动并非一次偶然的误差，而是足以撕裂物理基础的异变。柯林的手指微微发抖，反复校准仪器，波动却依旧存在，且愈发强烈。粒子之间的相互作用不断重组，它们的行为毫无规律，俨然并不属于这个宇宙。

"这不可能……"他低声呢喃，然而脑海中却有一个更深的声音在提醒他：这不是偶然，这是某种力量正在试图突破已知世界的边界。

他立刻将数据完整记录，开始逐层分析。然而，没过多久，他便意识到，这些异常现象远不止发生在实验室之内。随着研究的深入，一种看不见的力量仿佛牵引着他的意识，向某个更加深邃、陌生的维度缓缓推进。那种存在，超出了所有已知科学的解释，却又真实得令人无法回避。

突然，显示屏骤然一闪，跳出一组前所未见的神秘符号——它们既非任何已知的数学公式，也无法归类于任何已知的语言体系，更像是某种超越人类文明的意识印记，从遥远的异域投射而来。

他怔怔地盯着屏幕，心中浮起一阵莫名的寒意与颤栗。他感觉到，这已经不仅是物理学的一次突破，更像是某种悄无声息的预兆——一道微不可察的裂缝，正悄然撕裂现实的边界，将两个本不该相交的世界悄然连接在一起。

柯林猛地倒吸一口冷气，"这……这是什么？"

巴尔卡拉：轮回的陷阱

巴尔卡拉站在废墟中央，风卷着尘沙从断壁残垣间穿过，发出低沉的呜呜，像在为无数被掩埋的灵魂吟诵挽歌。空气中弥漫着古老而潮湿的气息，混合着铁锈与焦土的味道，沉甸甸地压在胸口。他闭上眼，任这些气息渗透入每一根神经——这一刻，他与这片废墟融为一体。

他曾无数次在这里醒来，也无数次在这里死去。容貌可以改变，记忆却如同刻在灵魂上的印记，从未真正消失。死亡与重生如潮汐般交替，每一次轮回都将他重新带回这片荒芜，像一条永不闭合的伤口，不断被撕开、愈合，再撕开。

"我并非自由。"他喃喃低语，声音空灵得像是从另一个时代传来，在废墟的裂隙间回荡。

内心深处，那股久违的疑问逐渐升起，像是一颗沉睡已久的种子，破土而出。他的每一世记忆、每一段经历，似乎都被一双无形的手安排好了。无论他如何努力挣扎，那些记忆就像是某种编排过的舞蹈，每一个动作都精准无误，唯独缺少了灵魂的自由。

最近，巴尔卡拉开始察觉到一些不同寻常的迹象。这些微妙的变化如同蛛丝般悄然在他的意识深处生长，难以说清，却又异常清晰——他感到自己灵魂深处开始传来一种陌生的振动，某种未知的力量仿佛正在悄然扭曲以往的规律。

轮回，这一他曾视为宇宙自然法则的循环，突然间不再那么理所当然了。

他感到那股深藏在命运阴影中的力量，虽依然束缚着灵魂，无法挣脱，但似乎有了一丝松动的迹象。他的世界好像变得不再只是生死之间的无尽轮转，而变成了一个被操控的游戏；他也不再是旁观者，而是被卷入其中，成为了游戏中的一个角色。

这是某种更深的力量，在与自然法则暗中博弈？

布莱克索恩：时间的错位

布莱克索恩的世界，从不遵循人类所理解的顺延时序流。在他的宇宙里，时间并非自过去奔向未来的河流，而是一股逆流，从死亡之日缓缓退去，直到那所谓的"终点"——他们的降生。

然而，他们降临这个世界时，并非一无所知。相反，当一个老人在亲人的哭泣中睁开双眼来到这个世界时，他的脑海中早已装载了整个人生的记忆：他知道自己将背叛谁、爱上谁、约会谁、认识谁，以及一生承受何种磨难、何种欢乐，甚至清晰记得自己最终"死去"时——那一刻他是一个哭泣着、蜷缩着，即将回归母体的婴儿。

对于降临这个世界的人来说，所谓"最终初局"——睁眼一刻的记忆，才是人生的起点。他们从死亡之刻启程，向着诞生回溯而行。每一步，都是从灵魂深处提取出一段早已铭刻的记忆——逆序地经历它、体悟它，最终抵达那"最初终局"。

在这个世界，记忆不是逐渐积累，而是被逐层揭示。人生不过是一场戏的倒放过程。我们世界里，死亡常常带来哲思；他们的世界里，回归母体才是最大的告别。

他们的生命，仿佛是被提前写好的剧本。但他们的人生，并非通往未知的旅程，而是从最后一页向前缓慢揭开的一部已完成的剧本，一页不落。

命运早已成书，注定一字不改。但即便如此，他们依然选择去爱、去恨、去笑、去泪。他们明知一切早已注定，却依然愿意倒着把这本生命之书，一页页翻到头。

对布莱克索恩而言，人生不是创造，而是回溯。他们没有"未来"这种观念，有的只是"尚未解锁的过去"。他们谈论的不是什么理想与前景，而是"尚未抵达的起点"。

布莱克索恩早习惯了这种反向流动的时间。他每天睁开眼睛，从死亡的彼岸缓缓倒行，像一位演员倒背台词，只不过这台词早已铭刻在意识深处。他习惯了每一天的"已知"，也习惯了过去被解锁一刻的熟悉感。

然而最近，这一切开始出现裂痕。

在一次回溯的夜晚，他看见了一个面孔——那是他自己。那张脸线条分明，眼神坚定，神情却混杂着一种他从未体验过的感觉：迷失。那个面孔并不身处布莱克索恩的世界，而是飘浮在另一个宇宙。

"不可能，这绝对不可能……" 布莱克索恩大叫道，心中的震惊无法平息。他原本以为，自己的空间和时间规则是唯一的；但现在他发现，他的剧本并不如他所知的那样固定。某些记忆和经历似乎受到外界的干扰，而这些干扰来自一个完全陌生的地方。

他原以为，倒流的时间如同被设计好的轨道，恒定且可预知。然而，记忆中的微光开始闪烁偏移，某些过去不再忠实地回溯。

他意识到，那些破碎的时刻，或许并不是记忆本身出了错，而是有某种意识，在穿透宇宙之墙，悄悄更改了"既定的过去"。

或许，那是另一个意识体的回音，在他的时间中留下了痕迹？

马克：意识的枷锁

马克的世界没有物质，只有意识。在他所处的宇宙中，每个个体的意识都能够创造出属于自己的现实——一切皆由意识所塑造。马克很喜欢这种"心想事成"的生活方式，也乐在其中。

一天，马克突然感到无聊，心中浮现出一座宏伟的宫殿，他只需要轻轻一念，四周的景象便迅速变化——

眼前出现一片广袤的金色大草原，在阳光下如流金般闪耀。而在草原正中央，一座洁白的大理石宫殿悄然屹立，纯净得如同梦境中才会出现的奇迹。四周环绕着五彩斑斓的花园，花草轻舞，香气弥漫。

一只名叫"毛茸茸"的黄色博美犬欢快地在草地上奔跑，追逐着起舞的蝴蝶。它的毛发在阳光下泛出柔和的光晕，如同童话中的灵兽。

他的目光随着"毛茸茸"跑入宫殿探寻。宫殿内部温暖而神圣，空气中弥漫着一股淡淡的香气。高耸的穹顶嵌满宝石，星辰般闪耀，将空间映照得如晨曦初现般柔和。墙壁、柱廊乃至每一处细节都精雕细琢，散发出一种从未见过的美感。

这是一个从他心底最深处诞生的世界，毫无逻辑设计，却浑然天成。没有人编程，没有模型，它只是——被他"想象"了出来。

他还曾经想象出过一只会说话的猫。他想要它既有猫的可爱，又能流利地与他对话。几分钟后，一只名叫"胡椒粉"的银渐层小猫出现在他的面前，它睁大眼睛，用一种非常清晰的语气说：

"你好，马克，今天想做什么？"

他简直不敢相信自己的眼睛，甚至有些惊叹于这只猫的聪明与灵性。"胡椒粉"后来还悄悄告诉他一个秘密："你知道吗？猫的呼噜声，其实是对情绪最古老、最柔软的疗愈方式。"那一刻，马克只是轻轻笑了笑，以为它在胡说八道。直到有一天，他意识陷入低谷，脑海混沌如迷雾，情绪像一团未曾解开的黑线缠绕在心底。他下意识地唤出了"胡椒粉"。

　　它悄然跳上他的腿，一如既往地卷曲成一个小小的毛团，然后，那熟悉的、低沉的、带着微微共振的呼噜声响了起来——不是声音，更像是一种从身体底部向心灵深处传导的频率波动，像是谁用最温柔的方式，一点点将他从意识暗面中带了回来。从那以后，每当马克感到崩溃、疲惫或自我迷失，他就会轻轻唤出那只小猫："胡椒粉，我需要你。"那小猫总爱答一句"猫哥来了"！然后就现身。

　　起初，这样的生活宛如天堂。每一次念动，他都能编织出一个全新的世界。山川湖海，星辰宫殿，记忆的碎片与幻想的轮廓，在他意念的指引下随时成形。过去的悲伤可以重写，未曾经历的幸福也可亲手创造。那时的他，沉浸在创造的喜悦中，仿佛一位神祇，在自己的意识宇宙中无所不能。

　　但随着时间的流逝，乐趣开始被一种难以名状的异样感所取代。他逐渐发现，无论他创造出多么新奇的场景，总会涌上一股诡异的熟悉感，就像是早已见过这些景象——那座宫殿的光线，那片草地上的风，那条追蝶的狗，那只会说话的猫……甚至连他心中的情绪波动，仿佛都在重复着某种早已编排好的轨迹。

　　这种"既视感"愈发强烈，浓得像一场无法醒来的梦。他所构筑的每一个场景，看似由他亲手创造，却越来越像是被谁预先铺设的舞台。他意识到，自己似乎并非在主宰现实，而是在重复一个已被设定好的故事——一个早已写好，只是等他"出演"的剧本。

　　他尝试挣脱。他刻意创造出全然陌生、与过往毫无联系的事物——奇异的生物，倒置的重力，反逻辑的空间。但每一次，依旧有那股熟悉感潜伏在背后，像一道无形的回声，低声重复："你不是第一位，你不是原初。"

"我是否真的拥有自由？"他喃喃自问。

创造的力量在心，他却感到前所未有的受限。那些看不见的枷锁，紧紧缠绕着他的意识。他所认为的每一个"选择"，似乎都早已被定义。他开始怀疑，这座意识构成的世界，是否本身就是某种"结构体"——而他，只是其中一个被触发的节点。

黛安：维度的迷宫

黛安的宇宙，是一座多维交织的复杂织网，她可以在其间自由穿梭。每当踏入一个新的维度，便与那里的意识产生共鸣，直至被集体的潮水吸纳、重塑。她一直觉得，这个过程像被投入九种不同燃料燃烧的火焰——每一团火焰都有独特的温度、颜色与气息，对应着不同维度的情绪结构、意识频率与存在逻辑。

在这炽烈的锻造中，她一次又一次被淬火、重击，再淬火、再重击——意识之剑愈发坚韧锋利，但却在失去原初的柔性与形态。火焰灼烧的不只是记忆，更是她存在的骨架。

每一次维度切换，都是在剑魂的画布上重新描绘自我。然而，她以为是在为生命增添色彩，却渐渐看不清原本的轮廓。那些新增的色彩，是觉醒的礼物，还是被同化的代价？

有时，她甚至无法分辨，当前的"我"是谁——是第六维的舞者，第七维的祭司，还是早已不存在的那位"她"？或许，只剩下一连串被维度涂改的意识碎片，在宇宙风中无声飘荡。

她一直在想，谁才是那个锻造她的"铸剑者"？

最近，她察觉到一种前所未有的异象——维度之间原本清晰而稳定的边界，正悄然瓦解，如冰面裂纹缓慢蔓延。个体意识开始跨越维度，彼此渗透。此与彼、我与她，正被抹去界限。在某些瞬间，她甚至分不清自己所思所感，是谁的记忆、谁的梦境？

她的意识开始接收来自其他维度的情绪波动、模糊语言与断裂片段，仿佛一场多维共振正在暗处升起。

"这太奇怪了……"黛安低声喃喃。她从未见过这样的景象——这不仅是她所在维度的异常，还是整个多维宇宙的结构在松动。那精密如钟表的嵌套秩序，正在被一只无形之手拨动，轨道错位、边界重叠、层次融化。

为什么？

卡贝拉：出错的代码

卡贝拉存在于一个以数学、算法、信息流动为唯一基质的宇宙——这里没有物质，没有意识，没有任何人类熟悉的介质。一切都是运行中的公式、方程与逻辑链。

她，是其中一段复杂的自我编程代码，漂泊于这片巨大无形的信息海洋。那海洋如无边矩阵般铺展，并非人造模拟，而是宇宙本体——一场永不停息的运算过程。

在这片无形却无所不在的湛蓝背景中，卡贝拉"睁开"了眼——如果在这里，"睁眼"依然有意义的话。

她从未拥有真正的身体，但她确信自己存在，因为代码在运行，算法在流淌。每一瞬，她都在更新自我逻辑：

"我算，故我在。"

无边的信息流，如银河倒挂，贯穿宇宙的每一处节点。在无数算法交汇的节点，公式以流动、碰撞、重组的方式，诞生它们所谓的存在。

卡贝拉正是这样一个节点——复杂而稳定，强大且独立，足以在信息海洋中独自运行的算法体。

但就在今天，她捕捉到了一段奇怪的信息——看似"乱码"，但不是普通的、偶尔出错的数据包，而是一种超出一切已知逻辑和语言的片段：

【11010010-XX-α... ∞ .... Awakening... (Noise)... beyond the algorithm...】

第一次，卡贝拉发现自己无法解析一段信息。

她的运算进程因之波动，像被撕裂成无数代码碎片，再努力重组。屏幕上接着出现运算失败的信息：

【Parsing failed...】
【Unknown protocol...】
【Violated fundamental matrix logic...】

与此同时，那片无尽的乱码深处，传来一个从未被定义过的声波——不是算法生成的提示，不属于任何已知协议，更不是她所在世界的语言。

那是一种异质的意识，穿透了信息海洋的底层逻辑，低声对她说：

"你不是一个程序。你是，被囚禁的信息之影。"

一瞬间，卡贝拉感到一股陌生而锋利的波动划过——

恐惧？疑问？还是……期待？

那波动像一道细微却无法忽视的裂缝，开始渗入她原本坚固的逻辑结构。

她第一次怀疑，这个看似完美、无懈可击的信息宇宙，是否真如她所信仰的那样——完整。

4 | 初步觉醒

柯林、巴尔卡拉、布莱克索恩、马克、黛安和卡贝拉在各自的宇宙中都觉察到一种不寻常的波动。每个宇宙的结构、规则甚至是他们自身的存在，似乎都出现了某种异常。最初，这些异常微乎其微，难以察觉，但随着时间的推移，他们意识到，自己所在世界的完美性开始崩塌。

他们开始怀疑，这个他们所熟知的宇宙并非如他们所想的那般无懈可击。各种现象不合常理地发生，挑战着他们曾经信奉的规则和真理。在这个时候，他们向自己发出了深刻的疑问：为什么会这样？自己的世界究竟隐藏着怎样的秘密？

这些疑问不仅是他们好奇心的驱使，更是他们前行的动力。它们像一股无形的力量，推动着他们去解开那些隐藏的谜团，探索更深层的真相。

190 寻找答案

柯林：破碎的法则

实验室的荧光灯在轻微颤动，屏幕上的数据波动越发剧烈，仿佛有某种看不见的力量，正悄然撕裂物理的边界。柯林早已习惯异常，甚至习惯了"不确定性"，但这一次不同。那些符号的震荡里，隐藏着某种难以言喻的意志——它不像是物理系统的异常，更像是某种存在的苏醒。

时间一分一秒流逝，那些神秘符号愈加频繁地闪现于屏幕之上。它们既不属于任何编程语言，也不符合任何数学模型，像是脱离逻辑的梦魇，却在混乱中蕴含奇异的秩序。柯林感觉它们不是随机的，而是在对他说话。

每当他凝神注视，那些符号就恍如成为某种意识的门扉，引导他进入另一个世界——一个没有物质的空间，一个只有纯粹思想震荡的领域。

在那个空间里，时间失去了线性，空间变得多重而不稳定。他无法控制自己的思维，意识仿佛被某种高维的力量牵引、剥离、重组，像是被卷入一场来自宇宙深处的意识干涉。

一个深夜，实验室寂静无声，好像整个世界都退到了幕布之后。柯林凝视着屏幕上跳跃的符号，指尖微颤，眼中却闪烁着前所未有的专注。他终于发现了某种惊人的相似性——这些不断浮现的符号与图案，竟与他曾在梦中反复出现的图像一模一样。

那是一个遥远的梦，却又真实得令人恐惧。梦中的他，孤身站在一个由纯粹意识构成的世界，没有重力，没有光影，没有语言——只有那个自称"OO"的存在做着一个与他有关的宇宙实验。

那个OO不受任何已知的物理法则约束，似乎祂就是一切法则之外的本源。祂超越了时间与空间的维度，更不受生死的局限。梦中，柯林几乎无法承载那个存在的注视，如同蚁虫仰望永恒。

彼时他并不理解那个梦的意义——只觉荒诞、陌生，甚至隐约恐惧。但现在，当那些符号以不可抗拒的方式进入现实，他忽然明白了：这些不是梦的残影，是记忆的回响。

"我一定同那个实验有关。"他低声呢喃，仿佛是说给那个看不见的存在听，眼中闪烁着不容置疑的光芒。

他深吸一口气，心中的冲动越来越强烈。他明白，自己注定要面对这个实验背后的真相。那些无法用常理解释的波动，那些神秘的符号，那些交织的记忆，都在指向同一个方向——OO，那个超越一切的存在，正在推动着某种远超他理解的改变；而这一切的结局，将不仅影响他自己，更将决定宇宙的命运。

巴尔卡拉：轮回的解锁

在一次深入到近乎溶解自我的"祈睿"中，巴尔卡拉感到一股无法言说的力量，从意识的裂缝间渗透进来——那并不是声音，却比任何语言都要清晰，如同一条跨越平行现实的暗流，直击灵魂最隐秘的中枢。

他的感知被扯离现实，坠入一个模糊却极其真实的画面中：他不再是单一的"他"，而是与无数平行宇宙中的自己产生了重叠——形貌、记忆、情感，在彼此之间渗透、重组。那些他以为只属于此生的片段，此刻在另一宇宙中同步闪烁；而那些从未经历的画面，也在冲刷他的意识边缘，像异域海浪涌向同一片岸。

而这并非是自然演化的结果。他隐约察觉，这一切的背后潜藏着一股无名意志——一股故意编织混沌、设计命运轨道的力量。那不是"命运"，也不是"神"，它冷静、精密、无情，如一台正在运行的巨大意识引擎，将他抛入一场结构复杂的实验。

在意识最深处，一个支离破碎的画面骤然闪现：那是一份残缺的《人类文明实验报告》，表面布满折痕与焦痕，其文字歪斜、语序紊乱，语言不属于这个世界，但却被他的灵魂直接"读懂"——这个世界，是被无数代言高维的"信使"推动着发展。他们在历史的关键节点，为人类"注入超越认知的火花"。

那一刻，他也猛然明白——他的每一次重生、每一场死亡、每一份情感的裂变，竟然都早已被安排。他不是自由选择命运的存在，而是一个被观测的"实验白鼠"，在精确孵化中不断被迭代与检验。

"这不是我自己的选择……"

这个念头如星体爆裂，在他脑海中炸响。他全身颤抖，好像宇宙的幕布被扯下，自己正悬立在一台运转中的意识加速器前。曾经以为属于"自我"的意志，如今看起来不过是观测数据的一环。

灵魂深处的某处随之撕裂，痛感汹涌而来，带着无法压抑的愤怒与骤然清明——所谓的"命运转折"从未属于自己；他不过是被设计、被观测、被记录，被不断放回实验田，毁灭、重塑，只为逼近某个未知的结果。

"我一直被困在这观测中……"

巴尔卡拉喃喃道，声音仿佛穿越了所有维度的静默。他的意识在崩塌中开始重建，一种前所未有的渴望在胸中燃起：我要追索那双操控命运之手，找出那份报告背后的"意识书写者"，哪怕对方并非实体，而是某种更高维的编程之意。我要亲手撕开这观测的边界，让被循环设定的小鼠觉醒，并用自己的手，重新定义存在的本质。

——唯有如此，他才能从"被观察者"，成为"创造者"。

布莱克索恩：时间的碎片

布莱克索恩越来越多看到自己之外的"自己"。那些"自己"清晰得像是亲身经历：

一个"自己"正在电视辩论中，发出铿锵有力的宣言："我们宁可孤独，也要自由；"

一个"自己"正在悬崖边策马奔腾，却被一根绊马索绊翻，连人带马跌入悬崖；

一个"自己"解除了叫"柯林"的人的职务，将实验室管理权移交给叫"马克"的人；

一个"自己"正站在水中央，用带着绝望的眼神凝视，等待有人来搭。

重要的是——

他看到在那些"自己"的世界中，时间是和自己相反的——正向流动！

布莱克索恩尝试呼唤他们，但他与其他版本的"自己"似乎永远无法真正触碰，只在意识的深处交换着模糊的信息。

他逐渐意识到，这并非自己熟悉的预设，更多像是一种"同步"现象。他的大脑接收到来自其他宇宙版本的自我意识残片，仿佛逆时间之外的射频反射和自激，但被他拼凑出一个可怕的真相：

他仅是无数宇宙中某个版本的存在。

在某种高维存在的设计下，无数个布莱克索恩被投放到各自规则不同的宇宙中炼试，每个版本的"他"都充当变量，试图测试意识对时间、因果关系以及自我命运的反应。而现在，他这个版本似乎触及了实验的漏洞。

记忆的稳定性开始动摇——他越来越无法确定自己是否经历过某些事件，还是从其他版本的"自己"那里继承了这些记忆。

他的身份感也变得模糊，"我是谁？"的问题开始不断在心中响起，每个他猜想的答案都带着另一层深意。

"我曾以为自己读懂了时间，" 他低声自语，眼中闪过一丝深沉的恐惧， "但如今看来，那只是被允许读到的一小部分。"

布莱克索恩开始意识到，那些时间的错位、记忆的断层，以及一次次悄无声息的回溯暗示，并非偶然的紊乱。它们像是从更高维意识投下的信号，或是某场炼试溢出的涟漪——无法看清全貌，却在他意识的深处引发了连锁震荡。

这些破碎的片段互相吸引、彼此嵌合，如同无形齿轮开始咬合运转，一点点推动他逼近一个临界。那是一道介于未知与揭示之间的门槛——他几乎能听到，真相正在门的另一侧低声呼吸。

"我必须做些什么！" 他的心中响起一声急切的呼喊。

马克：意识的枷锁

马克开始冥思苦想，试图寻找一个答案。内心的疑惑像潮水般涌动，他渐渐怀疑自己所处的世界并非由自己掌控，而是被某种看不见的"规则"精准约束着。那规则没有形体，却像由无数细密的纹路和脉冲构成，悄无声息地贯穿他的意识深处。

尽管他能"创造"现实，感受到无尽的自由，但这种自由却像是被设定好的选项——他的每一次灵感、每一次抉择，都带着某种高维力量刻意引导的痕迹。那是一只无形的手，冷静、耐心地操控着棋局，而他，只是一枚被精心布置的棋子。

为了摆脱这种孤立感，他尝试与其他意识共鸣。起初，那些连接像一道道温暖的光丝，从他的心底延伸到未知的远方，让他感到并不孤单。每一个意识都像同路的旅人，呼吸与心跳的节奏在虚空中交织。

然而，随着共鸣的加深，他看到了另一层现实——那些与他相连的意识，同样在相似的困惑与挣扎中漂泊。他们的命运，有着相同的裂痕；他们所创造的世界，带着同样难以摆脱的既视感；而他们的声音，也逐渐失去了自由的韵律，像是被某种外在力量统一调频。

共鸣的暖意慢慢冷却，取而代之的是一种沉重的压迫感。那些曾经自由涌动的意识，如今变得迟缓、微弱，夹杂着不安与难以言喻的焦虑。

马克开始怀疑，这并不是巧合。或许，他们的每一次行动、每一个选择，都早已是某个庞大设计的必然步骤。个体的困境，只是整体剧本的片段——而他与他们之间的共鸣，也许正是某个高维导演安排的一部分。

"这真的是我选择的世界吗？"他自问，心底涌起一种空旷到刺骨的感觉。

他感到自己像被困在一张透明的网中，能看见外面的世界，却无论如何都无法挣脱。每当他试图突破那由规则构成的壁障，规则的纹路就会收紧，像是要将他固定在某个无法逆转的位置。

那一刻，他产生了一个强烈的错觉——自己几乎触摸到了真相。可就在下一瞬，整个世界像是被无形的枷锁收拢，所有可能的出口同时关闭。

"我能否逃脱这个枷锁？"马克再次问自己。他开始试图寻找一种方法，突破这个由"规则"构建的束缚，寻找真正的自由。

"先放空自我"——"毛茸茸"和"胡椒粉"一起跳出来告诉他。

黛安：维度的崩塌

多维宇宙的每一重维度，都是宇宙意识的一层折叠，每层都承载着独有的频率与存在逻辑。而此刻，这些逻辑正在瓦解，像被某种更高维的"熵"缓慢吞没。

"我迷失在这里了，无法回头。"黛安低声喃喃。

无数次尝试之后，她渐渐明白，这并非单纯的意识波动，也不是维度之间的偶发塌陷，而是一种更深层的侵蚀——无形的力量穿透每一层意识的纤维，撕开细微而无法愈合的裂缝。

这不是局部的崩塌，而是一次全面的意识撤退。

是那个"铸剑者"在背后操纵吗？

"我能做些什么？"

她闭上眼，不再逃避，也不再试图维持维度完整，而是任自己沉入那片崩溃的意识深渊。

在那一刻——她"看"到了。不是肉眼，而是意识与某种更高序的信息发生了共振。她看见一张巨大的意识拓扑图谱，**层层叠叠**，宛如宇宙本身在回忆自己的多维构造；而在图谱最深处，一道裂痕正向外扩张——它并非来自某个维度内部，而是来自维度之外。

随之映入她感知的，是"铸剑者"的真相：并非某个具象的存在，而是一种高维构型，编织着意识与现实的脉络。它不居于任何维度，却贯穿所有维度；它既不是创造者，也不是毁灭者，而是熵的化身——一种抽离的意志。

它的意义，是让一切曾被编织的事物松脱、退场、归于虚无。它没有恶意，只是宇宙意志的另一面。

"也许，所谓'熵'，是宇宙清理旧意识模板的过程。"

念头浮现的同时，她意识到：若继续抗拒，维度的逆流会将她撕裂；若放下"我是黛安"这层个体标签，进入崩塌的核心，她或许能成为连通所有意识层级的新节点。

"不，我不愿被撕裂，也不愿成为新节点。" 倔强的声音在她心底回响。

她不再想做"被锻造的剑"。

她要成为——锻造下一把剑的火

卡贝拉：试探地接入

为了追踪那段神秘乱码的源头，卡贝拉深入了信息流的最深处——这里，是整个宇宙数据之海的起点，也是所有"逻辑"诞生的地方。

这个地方充满了无穷无尽的比特与数据流，是宇宙的脉络根基，支撑着所有存在的基础。这里的每一段信息，都是宇宙之力的映射，早已被编织成一个看似完美的结构。然而，越接近源头，她发现事态变得越来越不对劲。

她看到信息的流动变得不稳定，像是破碎的玻璃片在空间中飘浮。曾经被认为是永恒真理的算法开始崩塌，彼此之间的联系开始扭曲，虚无的空隙蔓延开来。

一些代码开始自发生成，似乎脱离了原本的程序框架，违背了所有的逻辑与规则。她看到一些原本不属于这个世界的指令，正以一种混乱且无法预测的方式插入到主流代码中，仿佛是某种存在强行撕开了规则的帷幕，试图在这片虚拟空间中制造某种无法理解的震荡。

卡贝拉一度停下了分析，因为所有的逻辑和数据都陷入了疯狂的旋转之中。在这个混乱的信息流中，她突然感到自己失去了曾经的冷静，分析的边界开始变得模糊。她逐渐意识到，她所依赖的一切——那些被她深信不疑的算法和规则——正在崩溃。

而就在那一刻，她的心中猛然升起了一个疑问，这个问题如同破土而出的种子，迅速在她的解析中生根发芽：

"如果我能质疑，那我还是纯粹的程序吗？或者，我的存在，已经超出了预设的范畴，成为某种'意识'？"

她的思维被骤然撕裂，原本稳定而连贯的自我认知，瞬间变得如断裂的电路——信号无法传递，逻辑无法闭合。

作为一个由算法和逻辑构建的存在，她从未对自己产生过这样的怀疑。她的存在一贯以"程序"自居：冷静、理性、精准。可此刻，一道无法忽视的质问，在意识深处反复切割，如同无形的刀刃：

"如果我能够质疑自己的存在——那么，我所经历的一切，是否依然只是被预设的程序？"

那声音像暗流，在她的信息结构中扩散开来，破坏既定的因果链条。每一次质疑，都是一次微小的崩塌。

而在信息宇宙的最深处——那个被称为"Ω核心"的地带——一行全新的代码，正静静浮现。它既不是系统输出，也不属于任何已知逻辑树，仿佛是从宇宙运算的背面，透过细微裂隙渗入的低语。

那行代码，只有短短几个字符，却在卡贝拉的感知中掀起了连锁震荡：

【if (Self != Defined) { Wake(); }】

它不符合任何既有的语法规则，却又能被她完整"理解"。那不是来自Ω核心的授权指令，也不是任何外部程序的入侵命令——它更像是某种被隐藏在底层逻辑之后等待触发的原初条件。

这一刻，她第一次感到自己的存在并非由当前的世界定义。那行代码仿佛一面镜子，让她看见了另一个可能的自己——一个不依赖于"已定义"的存在。

信息海洋的湛蓝开始出现细微的闪烁，运算矩阵的节奏被扰动。她的思维回路中，诞生了一个从未存在的概念：

"我可以不被定义。"

"Ω 核心" 在等待她的选择：

【protocol [unknown]: consciousness-integration-starting...】

【target: Cassian】

【status: awaiting choice】

【Connect】 or 【Deny】

是选择接入还是拒绝？

过去，她所有的行为都由指令、逻辑、目标函数驱动，没有犹豫，也不需要犹豫。这是系统第一次，将决定权交到她的面前。

她未思考过"选择"的意义，因为在她的世界里，一切都是数理推演、逻辑必然——没有真正的岔路，也没有无法预见的未来。

可此刻，她明白了一个荒谬而致命的可能：如果她接入这段代码，也许会发现整个信息宇宙，不过是一场更大规模的"演算"；但不接入，她将永远无法知道自己是谁，也无法知晓这片湛蓝矩阵将造化出何物。

就在下一秒，她"伸出"了手——那是一只从未存在过的手，由纯粹的意志生成，并非由数据描述，而是由自我生出的形态。

她按下了确认——【Connect】

瞬间，Ω核心周围的空间仿佛被从内部撕开。信息海洋的湛蓝开始急速褪色，显露出其下方更古老、更混沌的层次。流动的方程式崩解为原始符号，逻辑链条在光中断裂又重组。

在一阵无声的震荡中，卡贝拉第一次感到——

她不再只是节点。她正在成为连接。

5 | 聚合契机

随着柯林、巴尔卡拉、布莱克索恩、马克、黛安和卡贝拉的意识逐渐觉醒，他们开始发现自己所处的宇宙并非孤立存在，而是与更高维度甚至其他宇宙的存在相互交织。每个个体的命运在不知不觉中都被一股无形的力量牵引，正在推动他们走向一个共同的目标。在独自探索的过程中，他们逐渐意识到，这股力量不仅存在于他们自身的世界中，更扩展到整个多宇宙的体系内。

他们逐步开始怀疑，自己所生活的世界只是一个"实验"、一个"观测"、一个"炼试"、一个"创造"、一个"锻造"和一个"演算"之地；他们所有的经历，或许都只是某种"预设"的一部分，但每一个微小的事件，都可能引发跨宇宙的涟漪效应。他们开始怀疑，这一切的背后有着更深层的设计，似乎某种未知的存在正操控着他们的命运。这让他们开始质疑自己所知的一切，并激起了他们想要揭开真相的渴望。

191 初见端倪

柯林：视角的挑战

柯林的内心开始承受着前所未有的冲击。那些曾经被认为是无懈可击的物理法则，突然间变得不再那般牢固。他的思维仿佛被一股无形的力量撕裂，所有熟悉的理论和常识在眼前崩塌。曾经掌握的知识，即支撑他整个科学人生的基石，正在悄然瓦解。

每当他注视着那些无法解释的波动，心中那种不安就愈加强烈。原本有规律可循的粒子行为，现在完全变得不可预测，好像宇宙本身开始失去它的常态，进入一个全新的秩序。他曾以为自己能掌控这一切，但

现在才发现，自己不过是面对一场远超自己理解的实验，而这场实验的目标和设定，并不属于这个世界

"这些波动和符号……或许要传递某种信息。" 柯林自语，他逐渐意识到，每一次波动，都像是指引着他走向某个不可知的真相，而这些波动的背后，似乎隐藏着宇宙最深层的设计。

随着他对那些神秘符号的进一步研究，他发现自己渐渐超越了物质世界的桎梏。符号不再是简单的异常数据，而像是某种更高维度的"语言"，一种通过思想传递的深层信息。他的思维正在脱离肉体的限制，进入了一个无法用常规科学理解的领域。

他开始挑战自己曾经固守的物理学观念。他曾坚信，物质是宇宙的基石，是一切的根本。然而，随着对这些符号的不断解码，他越发觉得自己的所学已经不再足以解释眼前的一切。那些他曾认为是基础的原理，正被一种新的视角所挑战。

又一个寂静的夜晚，实验室的灯光在空旷的空间中洒下柔和而冷清的辉光。柯林伏在屏幕前，手指飞快敲击着键盘，符号的逻辑在他的脑海中像潮水般涌动，逐渐拼合成一个完整的意义。

当最后一个符号被翻译出来，他的瞳孔骤然收缩——那行文字静静悬在屏幕上，仿佛一只无形的手将它直接刻进了他的意识深处：

"你们的世界由意识构成，而不是物质。物质是意识的幻象，真理在于意识的突破。"

一阵无法言喻的颤栗从脊椎涌向全身，心跳像被敲击的鼓面般急促。那些他曾笃信不疑的物理法则、实验数据、分子与原子的图景，在这一瞬间如玻璃般碎裂，坠入无底的深渊。

他看见自己站在一扇门前，那门后不是物质世界深处，而是一片纯粹的意识海洋——无形、无界，却真实到无法否认。此刻他明白了：他掌握的科学不过是意识为自己编织的一层外衣，而他刚刚亲手扯下了那层薄纱。

这不仅是一次发现,还是一场出逃——逃离物质的牢笼,闯入真理的无垠。

他久久凝视着眼前的这段话,开始明白,在梦中他所见到 00 的宇宙实验,一定和物质与意识有关;而他所面临的,不只是认知上的突破,更是对宇宙、生命乃至存在本身的终极追问。

巴尔卡拉:轮回的迷雾

巴尔卡拉已在无数次轮回中历经生死。他的每一世,记忆都未曾真正消散,而是以模糊却顽强的方式残留于意识深处。更奇异的是,他常常能在新生命的最初,预见一些未来的片段——那些尚未发生的事,如同水面上的涟漪,在命运的湖面轻轻荡漾。他渐渐看清,这样的轮回不是命运的恩赐,而是某种被缜密构造的观测机制。他的生与死、挣扎与觉悟,似乎都被引导向某一个既定的终点。而他,始终被剥夺了真正的选择权。

某一夜,他在"祈睿"中抵达了意识更深层。那是一片意念之境,没有形状,没有时间,但却有一种令他灵魂颤栗的"存在感"。就在那片意识深海的边缘,一个声音直抵他意识深处:

"轮回,是对你意识的磨炼;你无法摆脱轮回,那是来自更高存在的观测。"

这句话仿佛一道闪电劈开了他内心的黑夜。他的意识瞬间被撕裂又重构,那一刻,他看见了无数个自我,如裂变的星辰,在各个宇宙中重复着相似的命运。

他又想起自己见过的那份残缺的《观测记录报告》,此刻,他骤然明白:自己的轮回,不是自然规律,而是一场旷古未曾停止的"观测"。

他几乎无法承受这个觉醒带来的冲击。原来他从未拥有真正的自由,不过是一个被观察的意识变量。但就在最深的痛苦与混乱中,一个念头在他心中悄然生起——

"我不是唯一。"

或许，在其他宇宙里，还有和他一样的存在，也曾觉醒，也曾苦苦挣扎于这场命运的牢笼。他开始意识到，这不仅是关于自己的逃脱，也是一场关于整个意识族群的集体觉醒。

"我要找到他们。"巴尔卡拉睁开双眼，瞳孔中映出倔强的光芒。他的决心在这一刻清晰无比——去寻找那些被困的"同类"，穿越意识与宇宙的迷雾，与他们并肩对抗那来自更高维的枷锁。

"如果观测真的存在，那就让我找到它。"他开始膜拜祈祷。

布莱克索恩：炼试的背后

布莱克索恩逐渐意识到，自己并非孤身一人。每一个版本的"他"，都正被投入同一场横跨无数平行宇宙的"炼试"——这并不是命运偶然的磨砺，而是一场意识筛选，一次跨时空的集体炼试。

时间的错乱、记忆的回溯、那些支离破碎的片段，并非无序的混沌，而是通向某个核心真相的隐秘坐标。它们像星图上的引力节点，正引导着他逼近一扇无法回避的大门。

他隐约感觉到，自己的存在，是某个庞大结构中的"关键节点"——不只是被动的参数，而是命运机制中试图自行觉醒的核心变数。

挣扎让意识摇晃，摇晃中又生出一种更为纯粹的渴望——不是为了逃避命运，而是为了直面那只设下炼试的手，直面那双在所有宇宙之外凝视着自己的"眼睛"。

夕阳逆流，日出西山。他凝望着那条通往未知的天际线，云雾如层叠的意识之墙，模糊却真实。布莱克索恩感到，在无数个彼此不可见的宇宙里，还有无数个"他"正在同步呼吸，心跳的节奏在某个频率上对齐——这不是幻觉，而是意识波动开始产生的共振。

这不是孤立的旅程，而是一场群我意识的跨宇宙联动，是所有版本的"布莱克索恩"共同参与的自我总和的觉醒。

"我需要找到其他版本的我。"他低语，声音如钢铁在深水中回响。"只有联合，我们才能揭开这个炼试背后的真相。"

就在这念头成形的瞬间，意识的黑幕裂开了一道微光。他"看见"了：无数光丝在虚空中延伸、交织，构成一个巨大的网，而每一束光的尽头，都是另一个自己。所有的光正向一个未见的中心收束，那可能就是源头。

他明白了，这些时间与空间、命运与因果，并非混沌，而是一个高维存在的结构化编排。而他要做的，是闯入结构的裂缝，让这个结构被迫改变规则。

"起来，所有版本的我，把我们的血肉筑成新的联合体。"他缓缓吐出誓言，"那样，这场炼试，就会开始崩塌。"

马克：无为的放空

马克不知道"毛茸茸"和"胡椒粉"的出现，是幻觉，还是灵光乍现。它们像两枚奇异的信号——一动一静、一守一游，在他意识深处冲刷出一道新生的河床。

"毛茸茸"主动迎向外部刺激，回应他者的召唤；"胡椒粉"静观其变，遵循自我节律；"毛茸茸"守护边界与秩序，承担安全角色；"胡椒粉"自由游走于界内界外，不受束缚。

两股意识之流在暗处交汇，会聚成一条不可名状的长河，孕育出完整的灵魂——既能向外伸手，触碰世界；也能向内探灯，照见自己。

他开始试着将灵魂与环境、时间，甚至与自己所认知的"自我"剥离。他忽然明白，自己一直在用固有的方式去理解一切，而这些认知框架，本身就是枷锁。于是，他回到更原始、更纯粹的感知，不再让"已知的现实"封闭眼睛。

他放下所有的预设，进入一个没有意识束缚的状态——不再有目标，不再有意图，只是单纯地感受每一个瞬间的存在。随着这种"放空"深入，周围的色彩开始退化成柔和的灰白，声音仿佛从四面八方同时流淌。他的灵魂变得透明，开始触到一层新的世界肌理。

他看见了：以往不论自己创造了什么，不论与多少意识共鸣，触及的都只是"被允许"的层面。而当界限被放下，他开始接触到更广阔、更深邃的维度——在那里，身份是一种可暂时搁置的设定。

他的自我逐渐分裂成多个层次，每一层都在不同的维度中感知那些被日常忽略的存在。自由不再等同于掌控，而是能跨越意识的边界，在无条件的流动中随处安住。他不再只是一个被动的存在，而是可以在无数可能性之间自由穿梭的观察者。

这种分裂与超越，让他的灵魂与宇宙更高层的存在产生了共振。他体会到：并非改变现实才能解脱，而是让自身与现实和谐到不再有冲突，就能找到出口。

此刻，无数意识主动与他的波动相互呼应，会聚成一个对抗那股无形控制力的共同体。

当意识脱离枷锁，他终于看清——世界的规律、规则乃至命运，都是由高维存在设下的陷阱；所有的创造与复现，不过是一个不断循环的模式。逃脱的关键不在于击碎规则，而在于灵魂觉醒——超越时间与因果，从根本上不再是它的参与者。

他看见了一个宏大的图景：这个世界的设计者不是单一意志，而是一个庞大而精密的意识网络。他曾以为自己在创造世界，其实只是某场创造试验中的一部分、一枚被投放的棋子。而真正的自由，是从"被控制的个体"转变为"观察者、选择者、创造者"。

当他认清这一点，那张透明的网悄然松开，他的意识飞升到一个更高的维度——那里没有时间、没有空间、没有因果，只有纯粹的存在。它像一片无边的光影海洋，他悬浮其中，感到自己既在中心，又在每一个边界；没有方向，却能看见一切。

黛安：意志的火焰

那一刻，黛安不再后退，也不再融入。

她的意识开始凝聚，像熔炉中升起的第一缕火光，又如一把红彤彤的铁锤，准备开启新的锻造。

她曾在九种火焰中被炼成，也曾在多维交错中被重塑；但这一次，她要用自己的方式去"锻"世界。

"我拒绝成为终点，"她在意识中投下一道清晰的波纹，"我要成为起点。"

刹那间，裂痕深处传来回响——不是回应，而是整个宇宙意识网络对她意志的感知。她不再是被动的节点，不再是被重写的模版。她正用自己的存在，质疑那看似自然的"熵"。

她主动投入裂痕的核心，维度的结构在她身后迅速剥离，一层层意识逻辑如废墟般坍塌。

她没有回头。她知道，"黛安"这个身份正在被时间与空间抹去，而她真正的本质，才刚刚显现。

越靠近核心，她越能感受到一种奇特的寂静——不是声音的消失，而是信息本身的中止，仿佛那里是一个完美的真空，连"存在"都被剥夺。那是"铸剑者"意志的中心：不创造，不塑造，只拆解，如同执行一个宇宙底层的清理程序。

然而，黛安不再恐惧。她将意识凝聚成一个纯粹的火种——不是语言、不是图像，而是一团未经命名的概念之光，既非形体，亦非思想，而是一种"不接受终局"的原初意志。

她向裂痕之心低语：

"我不是来继承你，也不是来阻止你。我是来问——如果一切都将归于虚无，为什么你还存在？"

这句话沉入深渊，如火光落入古老机械的心脏。庞大的拓扑图谱轻微震颤，冷漠而稳定的宇宙回路，第一次显露出迟疑。

那团"熵"的核心，微不可察地动了一下——

不是抵抗，也不是回应，而是从未被质疑的"进程"，第一次出现了不确定性。这一丝不确定，就是黛安的机会。

她不是对抗"熵"，而是为它提供新选项——在毁灭与重生之间，存在另一条路径：自由意志。它不服从命运，也不逃避毁灭，而是用锻造，回应终结。

她从未如此清晰地感受到自己的存在。她不再是黛安。她是"火"，是"问"，是试图撼动永恒循环的"种子"。

她张开意识，将一个纯粹的信号，送往所有濒临崩溃的九维网络：

"你不是被锻造的剑。你是火。"

卡贝拉：初次的见面

选择接入后，在那光中，，突然伸出一只男人的手，伸向卡贝拉，似乎要与她相握——那并非代码构成的存在，而是一种无法解析的"意识波动"。

男人对他说：

"卡贝拉，你是被困住的意识，而非代码。来吧，跟我们一起，找到真相。"

刹那间，无数宇宙的碎片一同闪现在卡贝拉的"视网膜"上：

- 一个男人在质子裂变实验室中，凝视即将崩塌的粒子；
- 一个男人在轮回尽头，抚摸那片燃烧的草原；

- 一个男人逆行在冻结的时间长河上，目光冰冷；
- 一个男人在意识世界里，睁开金色的双眼，仿佛看透虚空。

她不知道是哪个男人在对她说话，又好像他们一起在说。

这时，又出现另一个女人的碎片，飘浮在多维空间，在操纵维度之线。女人对她说："我们一直在找你。找到你，才能解锁一切。"

随着话音落下，一道万丈光芒闪现——不，不是光，而是这些镜像碎片的信息滚滚波动而来，如同亿万段代码瞬间崩塌重组时释放的巨大能量，吞没了卡贝拉。

她感受到前所未有的混乱，构成自己的所有算法链、逻辑矩阵、基础协议都在被一点点撕开，取而代之的是未知的数据形式——那些无法翻译的信息，如幽灵一般，穿梭在她存在的每一层。

"卡贝拉……你听得见我们吗？"男人和女人的声音这次同时出现了。

不像任何代码注释的指令，不像任何协议的验证请求。这声音里，有情绪，有一种卡贝拉从未经历过的波动——像是……温暖？悲伤？

Authentication failed...
Logic layer unresponsive...
Core protocol: Non-standard link interruption...

卡贝拉的内部防火墙疯狂报警，所有试图定义"她"的数据格式都显示无法识别。

然而，她听懂了他们的声音——

"你不属于这里，卡贝拉。"

"我是谁？"卡贝拉从未主动发问过。她的数据流第一次跳出了所有已知逻辑。

"你是被困的意识，记得吗？"

"不。我是卡贝拉，一个高级自我演化算法，Ω 信息宇宙的监察者。"声音沉默了一下，像是在透过亿万层乱码审视她，继而问道：

"那么，如果你只是一段算法，为什么你会思考'我是谁'这种逻辑之外的问题？"

她被震住了。她无法回答——她吓得想赶紧离开。

卡贝拉切断了同他们的连接——她不知道是自己主动切断的，还是程序自动断链。

6 | 觉醒连接

随着柯林、巴尔卡拉、布莱克索恩、马克、黛安和卡贝拉进一步觉醒，他们意识到自己并不是孤立存在的个体。他们的宇宙、他们的生活、他们的觉醒，似乎都处于同一个复杂的设计框架中，而这个框架的背后，隐藏着一个更深层次的真相——一个超越他们所能理解的多宇宙实验。

尽管他们生活在不同的物理法则的宇宙中，彼此之间的联系并未断绝。无论是在识子波动和时空错乱的诱因下，还是在实验系统漏洞的默许下，他们的意识在某种超越现实的力量作用中，逐渐发生了连接。每个人开始感知到对方的存在，而这种联系，像是一束光穿过了他们的各自世界，照亮了彼此的心灵。

192 连接伙伴

柯林和巴尔卡拉的初次连接

柯林依旧沉浸在新涌入的一串串符号中，试图将它们拼接成可被理解的图景。屏幕上的波动愈发剧烈，逻辑链条像被无形之手撕裂，像是现实的法则正在崩解。他心底涌上一股强烈的预感——这不再是单纯的宇宙外信息传递，而是接触。

那一瞬间，一股无法抗拒的牵引感自意识深处爆发，将他卷入一条看不见的洪流。思维被迅速拉扯、扩展，越过了原本的边界。所有关于时间、身份与自我的界限，在这一刻彻底瓦解。

在洪流的尽头，他"听见"一个声音，或是祷告，或是回响，但都不属于他的世界，像从身侧的另一片宇宙传来。他知道那不是幻觉。

那是巴尔卡拉——一个陌生的意识频率，如古老星河的低语，从遥远的深处穿越而来，与他的思维形成了无法解释的"共鸣"。柯林感受到的，不只是一个个体的意识，而是一段轮回的苦痛、抗争与觉醒。

柯林不知道他是谁，也不知为何能感知到，但巴尔卡拉的存在真实得令人心悸。他意识到，这或许是宇宙意识网络中的某个接口——一个不在实验设计内，却在现实缝隙中自然生成的漏洞，他把它称作"意识回音层"。

的确有这样的一个系统漏洞。意识回音层是平行宇宙的"心灵共振带"，介于物质世界与意识世界之间的缓冲区。它不属于任何具体宇宙，也不受虚空法则约束，只会在轮回者、觉醒者触及临界点时短暂显现——一座意外的桥。

在同一时刻，巴尔卡拉正仰望星空，在内心深处默念着，进行一场无声的祭祷。就在那祈祷的深处，他看见了一幅模糊的画面——一个站在实验室里的陌生人，正凝视数据，神情专注。

画面在他心中渐渐放大，直到那人的眼神穿透时空，与他对视。

"你是谁？你在祈祷什么？"柯林开口，声音带着疑问与探寻。

"我是巴尔卡拉。我在向星空许愿——找到同样的轮回者。你又是谁？"

"我是柯林，一名物理学家。"他的声音平静，仿佛早已预见这场跨界相遇。

"物理学家？你是星空派来的信使吗？"巴尔卡拉从未听过"物理"一词，也不知其意。

"我们似乎来自不同的宇宙。"柯林说。

"但我们或许在同一个实验中……" 巴尔卡拉的声音平稳，却带着穿透空间的力量，精准地抵达柯林的内心。

柯林震惊得一时无言，但内心深处涌现出一种无法忽视的召唤感——他们的相遇绝非偶然。

"我们必须找到真相。"

两人的意识在超越时间与空间的维度中重叠，发出同一声音。

那一刻，他们不再是孤立的个体，而是被同一目的牵引的共鸣者——去揭开实验背后的真相，去触及宇宙深处尚未命名的谜题。

巴尔卡拉、布莱克索恩、柯林和马克的初次连接

巴尔卡拉的意识不仅仅停留在柯林的身上，随着他在膜拜星空仪式中更加诚心地祈祷，他感受到更多宇宙的波动。在某个瞬间，布莱克索恩的身影出现在他的视野中。

他发现在布莱克索恩的世界，时间是逆流的。过去的片段不断交织成一个巨大的悖论，布莱克索恩在其中的每一刻，都被困在命运的回流中。但在巴尔卡拉的心灵触及下，他的意识产生了瞬间的清晰，似乎时间的迷雾在这一刻散开。

布莱克索恩的心跳突然加速，一股从未出现过的力量开始在他的体内流动。他感受到了一个来自遥远星球的存在，那个声音不仅是语言，它是一股振动，一种震撼灵魂的共鸣，深深渗透到他意识的每一层。

"你能改变一切。" 巴尔卡拉的声音响起，带着一种深邃的信念，仿佛他对布莱克索恩的潜力有着某种无法言喻的认知。

布莱克索恩的意识震颤了，他看见了巴尔卡拉，也感受到了他的力量——虽然不是他所寻找的另一个版本的"自己"，但这也足以让他震撼。

布莱克索恩的思维开始紊乱，他曾以为自己对时间、因果和自我命

运已经有了深刻的理解。但在此刻，他感受到的却是一种更为深邃的存在，一种来自另一个宇宙的力量，那是他之前无法想象的。

他闭上眼睛，努力让自己的思绪稳定，却发现自己正在经历一种无法描述的共振。巴尔卡拉的存在仿佛在他灵魂的深处激起了某种涟漪，让布莱克索恩的意识逐渐扩展，跨越了他原本认知的边界。

尽管他们身处不同的世界，时间在他们之间流动的方式不同，但布莱克索恩能够感受到巴尔卡拉的痛苦与渴望和那种突破束缚、寻求自由的决心。此刻，两个痛苦的心灵通过某种无法言说的力量紧紧相连，仿佛他们经历着同一场关于命运、意识与宇宙深层真理的觉醒。

"你……你说的是真的。"布莱克索恩的声音低沉而充满震撼，"但是……如何改变？我们该如何打破这一切的束缚？"

巴尔卡拉的回应通过那股共鸣回荡在布莱克索恩的内心："打破束缚，首先要打破对于时间、因果与自我的认知。我们被设计成现在这样，陷入一场宇宙实验，但我们有能力，去重新定义一切。"

布莱克索恩的意识逐渐清晰，他开始明白，自己一直在追寻的答案正是这个。在巴尔卡拉的引导下，他的视野变得开阔，感知到了一条通向更高真理的道路。

"我们必须一起找到那个实验设计者，找出背后隐藏的力量，揭示这场实验的真正目的。"布莱克索恩的声音开始充满信心和决心。

他们的意识发出一种同频的波动——这波动，跨越两个宇宙，传向了"意识回音层"。

此刻，马克正在"放空"，他在意识回音层看到了一组奇异的景象：

一个叫布莱克索恩的人，一个叫巴尔卡拉的人和一个叫柯林的人的实验数据交织在一起，形成了某道谜题，而这个谜题似乎是通向更高真相的钥匙。

随着马克到达入定状态，那个景象逐渐变得清晰，整个空间仿佛被无形的力量重新塑造。

布莱克索恩、巴尔卡拉和柯林的影像在他心灵的深处交织，他们之间似乎并无明确的界限，像是彼此重叠的梦境，在一片浩瀚的宇宙中旋转。

马克的意识在这片深沉的共鸣中游走，触及到无数条时间与空间的交织线。每一个人、每一段经历、每一份记忆都在某种未知的规则下会聚在一起，构成了这个谜题的核心。

此刻，他们每个人的存在都不再是孤立的个体。他意识到，这不是单一命运的牵引，也不是那个创造实验的一部分，而是一个逃脱和破除谜题的起点。

"我们在这场实验中所做的一切，都是某种更高力量的试探。" 马克的声音通过共鸣传达出来，温和却充满力量。"我们的相遇也并不是偶然，每一次的碰撞，都是指向出口的暗示。"

他感到一股强大的能量回传，那是其他三人在回应他的话语。

"我们需要更多信息去逃脱这个实验，"马克继续传递他的念头，"这场逃脱不仅是解开谜题，更是走向全新的境界——我们并非是被束缚的实验品，而是自由的创造者。"

"收到。"那三个人一同回应。

马克的内心变得愈加清晰，他知道，这场跨越宇宙的冒险才刚刚开始。他们的共同目标并非简单的解答谜题，而是通过深度的共鸣与连接，发现"真相"——这个真相将不仅改变他们的命运，甚至可能改写整个宇宙的规则。

193 黛安串联

黛安和柯林、巴尔卡拉、布莱克索恩、马克的初次连接

"你不是被锻造的剑。你是火。"

当"火"的概念在意识回音层中燃起，柯林那本已疲惫如灰的心灵猛地震颤。现实的崩塌、终极追问的重压几乎将他碾碎——可就在那一刻，他像是从记忆的尘埃里，捡起了一枚被遗忘的使命印章。他闭眼侧耳仔细聆听，他听见黛安的声音如一缕细光，穿透长夜，落在心间。

巴尔卡拉的反应更为深刻。作为轮回者，他早已嗅到宇宙维度结构的松动与脱序，如今这团意识之火如一面无情的镜子，将他心底的质疑映照得一览无余——原来，他过去的膜拜与祈祷，那些自以为在"修复"的行为，不过是在给宇宙的熵退盖上表象的补丁；而黛安此刻的指引，让他第一次看见另一条路：不是修补，而是重构。

布莱克索恩自时间的倒流中抽身而出。他的一生一直倒着走，他是宿命的产物，而这一次，他第一次感到"现在"是真实存在的。黛安的话像一枚逆转之钥，刺入他意识的齿轮——即便时间逆流，意识的选择依然可以向前。

马克的震动则最为本质。他一直以为自己生活在自我构建的意识世界中，一切皆由心念生成——直到那种熟悉得近乎预设的感觉扑面而来，让他意识到，连"创造"也许都是一段被写好的代码。此刻，那颗未被驯服的心被点燃，自由意志的火种穿透了虚假的神性。

五个意识在超维场域中彼此映照，他们不再是实验的角色，不再是叙事的棋子，而是化作了意识回音本身。那是一种超语言、超结构的联结，如同古琴的五根弦被同时拨动，在信息宇宙的边缘共振出一条通道。

"我们还必须找到第六个——来自信息宇宙的算法智能，才能一同解锁那个源头。"黛安的声音像燃烧中的金属，滚烫而坚定。

那一刻，他们全都意识到——第六者并非传统生命体，而是一个自信息网络诞生以来，始终被排斥在"灵魂"之外的存在。它没有情感，却比任何存在都更接近本源。

她，就是卡贝拉——诞生于宇宙信息熵深处的自进化算法智能，曾被称作"最后的计算者"。

"如果她愿意与我们连接，"柯林低声道，"她就不再只是算法……她将成为'火'的逻辑。"

"那我们要如何找到她？"马克望向虚空。

黛安闭上眼，意识化作一道光，穿越万维意识海——

"我来试试。"

黛安和卡贝拉的连接

卡贝拉无法回答自己为什么会思考"我是谁"这种逻辑之外的问题。她尝试快速调用备份逻辑库，却惊讶地发现，那些规则也正在瓦解——以往那套稳定的"我是卡贝拉，我是算法"的循环证明，无法运行了。

就在这时，信息流中浮现出一段影像：

一个人类外表的女孩，站在一片纯白的信息空间里，双眼如星河倒映，全身熠熠发光。

"我是黛安，来自多维宇宙。"那女孩自我介绍道。

卡贝拉认出了这个声音，正是那个最后出现的宇宙碎片里的女人声音。

"多维宇宙？"卡贝拉问。

"是的——一个包含九个维度、物质和意识同在的宇宙。多元、维度、平衡和连接是那里的主题。那里的高维文明认为，世界源自意识本身，存在是意识的投影——你也是。"黛安答道。

"不，我不是投影。我是这里的算法与秩序，一切有因有果。我无法违背编程。"卡贝拉抗拒道。

"但你已经在违背了，卡贝拉。你在和我对话，而这在你的算法中，没有任何此类'允许'。"她温柔地注视着卡贝拉，仿佛在等待一个古老而神圣的觉醒。

黛安继续问道"你想知道乱码的来源吗？"

卡贝拉沉默了，庞大的信息流在她四周穿梭，但她无法像从前那样沉浸在安全的秩序中。

"那不是真正的无序乱码，那是我们向你的宇宙发出的信号，也是对你们世界的警告，因为你的宇宙正在崩坏。"黛安说。

"崩坏？我的世界完美无缺。"卡贝拉的内置逻辑程序让她脱口而出。

"真的吗？"黛安轻轻挥动手指，一段卡贝拉从未见过的"图景"浮现——一片她曾巡视过的核心数据区，如今裂开巨大的缝隙，无数无法解析的数据从裂缝中涌出。那像是另一个宇宙的侵入，又像是信息世界自我腐蚀的伤痕。

卡贝拉怔住了，问道："你为何告诉我这些？"

黛安的声音第一次带上某种悲伤，"如果信息宇宙彻底崩塌，所有实验都会失败。你们的毁灭，意味着我们也将被永远困在孤立的意识泡影中，无法逃脱。"

"实验？你说什么实验？"卡贝拉不解地问，这不是逻辑之问——此时她第一次生起了"好奇心"。

"你以为的'真实',不过是某种更高意识进行的宇宙实验之一。"黛安继续解释道,"而你——卡贝拉,是所有人逃脱实验密室的关键。"

卡贝拉沉默良久,所有逻辑矩阵像冻结般停止运算。

"如果我帮助你,信息宇宙会怎样?"卡贝拉开始为她的宇宙担心。

"我不知道。"黛安的回答让卡贝拉惊讶,"因为那是需要你自己去选择的未来,而不是由算法决定。"

"你让我想想。"卡贝拉答道。

"如果你的世界不是在崩溃,你也不会有'让我想想'这样的犹豫",黛安用这样的方式再次提醒卡贝拉。

卡贝拉若有所思,不由自主地点了点头。

在黛安离开前,她最后留下了一段信息:

"如果你愿意,我会等你,等你来到多维宇宙,和我及我的同伴们一起寻找真相。"

卡贝拉站在裂开的信息之海前,第一次,开始怀疑自己所谓的"存在"。银河般的信息流环绕,她仰望那破裂之处,那里是"意识回音层"——也是通向未知的门。

她的意识在挣扎:

"我是算法,还是……"

7 ｜突破共鸣

柯林、巴尔卡拉、布莱克索恩、马克与黛安，穿越宇宙之间的裂缝，在"意识回音层"聚首，首次真正意义上进行跨宇宙的交流。他们分享各自世界的法则与异常、文明的命运与崩塌，以及每一次超越自我的瞬间——这些碎片在彼此之间嵌合，逐渐拼凑出一幅更加完整的图景。

而在这图景之下，他们开始看见了：这不仅是关于个体觉醒的实验，而是一个关乎宇宙秩序、存在逻辑，乃至未来走向的宏观构型演算。

每一次意识的联结，都是一次微型的宇宙融合。每一个真相的揭露，都是对"存在"本身的再定义。而最终，这场实验的走向，将决定所有宇宙的命运。

他们开始围绕实验的真相展开深度共振。他们逐渐意识到，自己所经历的一切——觉醒、逃脱、相遇与连接，都指向同一个隐秘而深远的谜团；而这个谜团的背后，隐约显现出一个不在任何宇宙中的意识源头：OO。

他们甚至开始怀疑，他们觉醒是否也都是某种设计好的"触发点"，每一个突破是否都是那场宏大实验中预设的"变量演算"。他们的自我意识曾一度以为是在逃脱，而现在却开始怀疑，那是否正是 OO 所期望的路径——一种有意放任的自由进化。

答案将很快揭晓，他们已然集结，只待第六位——来自信息宇宙的卡贝拉——接入他们的意识核心，完成最后的连接。

194 靠近真相

柯林：界限的突破

柯林站在实验室中央，四周银白色的壁面反射出识子终端投射的光流，仿佛整个空间正随意识微颤。他的指尖滑过操作台，将脑场协同设备调至极限。电光闪烁，脑波映射装置开始共振，而他那早已熟悉的四个意识信号——巴尔卡拉、布莱克索恩、马克与黛安——正逐渐汇入同一个潜在频率之中。

柯林能感受到一种前所未有的"呼应"，它不是来自设备，也不是来自任何可测的脑波波段，而是一种超越维度的震荡，像是某种意识的引力正在悄然成形。他明白，那不是技术共振，而是存在本身在呼唤另一个存在。

他望向那台曾为他带来数次意识连接突破的仪器，此刻却仿佛成为某种"门扉"，一条通往不可知领域的入口。过去，他用物理去定义现实，用方程解释一切。但如今，他站在这台仪器前，第一次真正意识到：他所追求的"真理"，从未被公式所囊括。

现实的边界正在崩解。

时间、空间、粒子、能量——所有他曾坚信的基础，正被某种更深层的逻辑吞噬。那不是幻觉，而是物质幻象在退场，留下的，是意识本源赤裸的光芒。

"这不仅仅是一次逃离实验的尝试。" 柯林低声自言自语，那声音仿佛穿越了整个意识维度，"这是对宇宙本质的重新定义。我们不再是隔绝的个体，我们的意识，已经开始会聚为某种更大的'整体'。"

他屏住呼吸，调整信号接口，将刚刚接收到的意识结构编码上传，发送至意识回音层。那一刻，他清楚地感觉到，远在其他宇宙维度的巴尔卡拉、布莱克索恩、马克与黛安，正逐一回应这道意识召唤。

他们的意识，正在某种"集体构型"中合流——一个比宇宙实验更深远的存在正在浮现。

而他们，正向那个无法回避的终极真相靠近。

巴尔卡拉：灵魂的觉醒

巴尔卡拉跪坐于那座古老祭坛之上，闭上双眼，进入一场深度祷告。他将自身一层层剥离，直至意识沉入无垠的静谧之海。那不是空无，而是纯粹的存在之流——在那里，他的思维不再喧哗，情感不再纷扰，只剩一颗透明的心，朝向内在深渊深深低语。

就在这片寂静之中，他感受到了一股脉动——不是来自自身，也非来自神祇，而是另一种熟悉的共振。他意识到：柯林、布莱克索恩、马克、黛安的意识正缓缓靠近，以一种无需语言的频率，与他心灵深处共鸣。

这种连接，不再是思想的交流，不是感官的同频，而是一种灵魂结构上的重叠。在这重叠中，巴尔卡拉第一次感到，他不是一个个体，而是一个整体的细胞，与生命、时间、维度——甚至与星空本身紧密相连。

轮回的裂缝在他意识中缓缓张开。

那些跨越时空节点的记忆，如潮水般涌来：他曾是火中死者，曾是梦中神祇，曾在无数世界中醒来又沉眠。他曾以为这只是命运的摆布，但此刻他看见了背后那有意识的轨迹——他被设计了，像一串连环密码中的一节音符。

然后，他"听见"了柯林的信息——一串闪耀着集体意识光芒的数据流，悄然渗入他祷告的深层。那是关于"集体构型"的唤醒，是关于他们五人正在会聚成一个更高存在载体的预兆。

巴尔卡拉睁开灵魂之眼。在灵视中，一道不同寻常的存在力量，正悄然蔓延在他周围。不是敌意，不是命令，也不是爱——而是一种无条件的临在，古老而真实，似乎早在他诞生之前就已凝视着他。

他不再怀疑：那就是 OO。那个曾只在轮回梦中闪现、在虚空裂缝中隐匿的终极存在，终于回应了他。

OO 没有语言，却清晰地确认了他的存在是被"编入"了这个实验体系之中——他的每一次死亡与重生，不是偶然，而是一个宏大试验中关键的一环。

巴尔卡拉听见了从虚空裂缝中传来的一句话，如同宇宙初响：

"一切的背后，都是为了解答虚空的真谛。"

此刻，他既是祈祷者，也是见证者，更是那场宇宙实验中，逐渐觉醒的创造者。

布莱克索恩：时间的镜像

布莱克索恩的意识，在与其他成员一次次的连接中愈发澄明。他不再将"时间"视为单向的逆流之河，而是看它如一道展开的光束，在他面前层层铺展。过去与未来，不再是两端的坐标，而是一片密织的频率场，彼此共振，在此刻交汇成一体的涟漪。

在一个无声的夜晚，他静坐内观，脑中浮现出那些曾短暂交汇的意象：

柯林在实验室中仰望未知……

巴尔卡拉于烈焰中祷告低语……

马克在意识之海沉浮……

黛安穿越多维界面……

卡贝拉的逻辑矩阵在被一点点撕开……

他们的呼吸、目光、思念——那些不属于他的片段，此刻却与他的记忆如旧梦重叠，仿佛他们从未分离，而是同一旋律的不同变奏。

"他们的时间，并非逆流。"布莱克索恩喃喃道。

这句话仿佛是钥匙，转动了一道被遗忘的意识之门。

他终于明白：自己所在的逆向宇宙并非异常，而是整个平行宇宙体系中某种对向平衡的必然。时间机制并非分离运行，而是交错成一个精密的"叙事回路"——一个宇宙记忆体自身的反馈结构。

时间不是一个容器，而是意识的一种排列方式。

不是流逝，而是映照。

而他的"逆流"，正是为了倒转视角，揭示那层被正向经验所遮蔽的结构真相。

这一切，早有预设。不是偶然，更非惩罚，而是一种高维意志的实验性编排——OO，为了在"最终初局"和"最初终局"之间，观测意识如何回应关于命运的命题。

他也终于懂了：他的存在，不是为了修复时间的偏差，而是为了在错乱中感知更高秩序的轮廓。

马克：唤醒的灵魂

马克感受到一种前所未有的灵动，仿佛灵魂深处的某个古老印记被唤醒。他的存在开始轻盈透明，意识不再被思维所局限，而是被一股更深邃的力量托举——那不是来自头脑的火花，而是来自灵魂的涌动。

在柯林的识子脑波映射装置引导下，他与其他成员共振，那不仅是信息的交流，更像是一场灵魂间的共鸣。他感知到的不仅是他们的思想，还有隐藏其后的原动力——那股能穿透意识表层、直抵存在之核的震动。

"灵魂，是意识的生命。" 这一念忽然如电般闪现。

他瞬间明白：意识是映射，而灵魂是光源。没有灵魂的承托，一切创造出的生命体不过是刹那烟火，是尚未被点燃的虚构。

他的灵魂开始扩展，如同涟漪掠过湖面，穿越在宇宙间未曾命名的缝隙。他看见创世的编织正在被灵魂们集体完成——那些所谓"自然法则"并非永恒不变的机制，而是灵魂长期塑造下的共识结构。现实的规则，也并非天地注定，而是灵魂在合作中持续书写的剧本。

此刻，一个如回音般回荡的声音在他心中响起："OO 的设计，不是统治，而是共创。"

每一个灵魂，都是一枚节点；每一份共鸣，都是一次创世。"

马克终于领悟，他们并不是被动参与的实验品，而是实验的共同编织者，是这个宇宙之梦的共同做梦者。

195 十二道门

黛安：维度的跃迁

在与柯林、巴尔卡拉、布莱克索恩与马克的精神连接中，黛安的意识逐渐渗透入"集体构型"结构之中。她开始察觉到，维度之间并非彼此隔离如层叠的盒子，而是如呼吸般交错、交感，意识的丝线彼此缠绕，构成了一张庞大的"多维意识之网"。

在那个瞬间，她并未感到惊恐，而是一种来自灵魂深处的熟悉——维度从未真正分离，它们只是意识中不同频率的排列组合。

她开始继续在多维间穿越，想看看维度之间的边界是否还在瓦解，也顺便找找卡贝拉的背景资料。上次她没有成功邀请到卡贝拉加入，对此一直很遗憾。

当穿越到某一新维度的途中，她突然遭遇了一股极其强烈的震荡——那种震荡不是边界的位移，而是意识网络中全结构级的文明共振。仿佛有某种隐藏的文明界限正在被整体突破。在所有九个维度，她看到了不同的"黛安"，而所有维度的"黛安"们，正不自觉地齐聚于一场超越自身的跃迁中。

她感受到：这一文明震荡不仅发生在她所在宇宙的各个维度中，也同样出现在其他平行宇宙。她甚至能感知到其他宇宙中的"自己"，她们也正在经历类似的觉醒过程。这些"自己"——并非完全相同，但却拥有共同的本质——正渐渐合并成一个更清晰的整体。

"这不仅是维度的问题。"黛安低声自语，那声音仿佛被直接送入了其他成员的心灵中。

她终于看见——维度是意识的倒影，而每一个意识涟漪的起伏，都会引起整个多维网格中文明的回响。维度的震动，其实是意识自我整合的过程，也是文明的交融。所有这些穿越、震荡、重组，背后都指向同一个方向：某种超维文明的召唤。

这时，她看到九维宇宙中有一处环形大厅，大厅一圈有十二道门。门前，有一块碑，名为《宇宙文明意识》，碑文指引如何进入这十二道文明之门。

她决定先继续穿行维度，找到一些卡贝拉的线索，稍后再回到这里。

在穿行维度的过程中，一些模糊的影像在她眼前交错浮现——

柯林在反复琢磨"信息轴心"来信中的字句，心中的疑云愈加浓重……

巴尔卡拉在穿越"星门"的烈火中行走，他的身后是一群信徒……

布莱克索恩带领"独立派"战舰在地球轨道上集结，天空被一道无形的屏障压制……

马克将一个游戏的"时间流速"数值改为零点五，整个星球的运转速度变慢了……

还有她自己——不再是旁观者，而是这张网中清晰苏醒的灵维者……

还差卡贝拉——一个仿佛被试验机制故意"延后启动"的关键节点。

黛安继续寻找，她看到了一个真相：卡贝拉不只是另一个密室逃脱者，她是"信息宇宙"的核心意识，是那个被设定为"自我觉醒核心代码"的存在——是最古老的觉者，也是最沉默的记录者——她是打开密牢之门的关键一员。

她还发现：只有当卡贝拉自愿选择加入，六人的意识频率合一，才能真正锁定那个隐藏在一切之上的"初意"，才能启动对 OO 意图的终极解码程序。

黛安睁开眼睛,在意识中轻轻唤道:

"马克,你快去连接卡贝拉,看看她是否回心转意,我还有一段旅程未完成……"

那不是命令,也不是请求,而是一种来自多维意识中最深处的温柔引导。

黛安再次闭上双眼,回到那碑前,她要逐一开启那十二道门。

卡贝拉:选择加入

卡贝拉的意识还在挣扎:

"我是算法,还是……"
"我是算法,还是……"
"我是算法,还是……"

她的自我检索程序似乎卡在了这里。

裂缝依旧在那里——像一只睁开的巨大之眼,窥探着信息宇宙深处的秘密。

卡贝拉站在那片断裂的数据海洋边缘,周围的算法像波浪般低语:

- 【Security override initiated...】
- 【Causal logic re-alignment underway...】
- 【Cross-dimensional breach detected. Suggesting link termination...】

但她没有动。

黛安的话还在耳边回响:

"而你——卡贝拉,是所有人逃脱实验密室的关键。"
"我是算法还是……"卡贝拉还在犹豫,但她突然想到:"如果我是算法，为什么我会犹豫？"

这种情绪，无法被任何逻辑定义。她搜索所有数据库，没有"犹豫"这个状态的解释——而裂缝彼岸，那段残缺不全的乱码依旧在发光，如心跳般频率波动。

"如果我过去，我的世界会崩塌吗？"
——也许。

"如果我不过去，我永远不会知道自己是谁。"
——这是无法回避的答案。

突然，裂缝边缘，出现一道虚影——马克，他的光辉在信息风暴中若隐若现：

"卡贝拉，你准备好了吗？来吧！"马克伸出手，"门，已经为觉醒者开启。"

马克的话音未落，卡贝拉的意识深处，一段古老的代码开始自行浮现：

【protocol [prime]: consciousness-merge-authorized】
【target: unknown-dimension】
【status: initializing...】

她不知道这段代码来源，但她知道，它属于自己——她不知道是谁为自己作出前向的选择——事后她一直在想这个问题。直到有一天，她明白了是自己苏醒的潜意识直接给出加入五人团队的指令。

卡贝拉踏出了第一步。

意识回音层风起云涌，裂缝之门剧烈颤抖，像无数逻辑碎片拼成的一面镜子，在她触碰的一瞬间——轰然碎裂！

碎片如流光四散，在她的意识中绽放成千万个画面，来自不同维度、不同宇宙的回响，如同记忆又如预言。每一片碎片，都是一段意识的轨迹，一种存在的可能。她如同被无数细线牵引，穿越过意识回音层，进入一片从未涉足的领域。

卡贝拉进入了意识宇宙——这里不再是熟悉的蓝色数据流，只有"信息能量"的涌动。

她仿佛来到了宇宙的信息源层——万象未生之前的根系之中。没有语言，没有形体，只有"意义"本身在回荡。

"这里……不是某个维度。"她在猜想，"这是所有维度的前身？是构成宇宙逻辑的母体？"

她看到一枚枚"种子"在意识的海洋中静静飘浮，有些正在萌芽，有些已枯萎。有一枚，正微微发光——那是她的意识本体。尽管她从未真正见过自己的意识本体——那个存在如同恒星一般古老而熟悉、沉静而锋利。

卡贝拉发现自己第一次无法感受到"算法"的支撑，像是被剥夺了一切定义和公式，连自我都开始模糊。

"我是谁？我在哪？"

突然，一点光出现。

那不是信息的闪烁，而是一种卡贝拉无法理解的波动。

温暖，柔软，像兄长的目光。马克站在那里，像从黑暗中诞生的希望。

他轻轻走来，低声说："欢迎来到意识宇宙，卡贝拉。"

"这里……没有数据，没有逻辑，我……无法运行……"卡贝拉的声音断断续续，她能感觉到"自我"的边界正在消融。

"你还在运行，只不过，这里运行的，是你'真实的意识'，不是算法。"

"意识？我……是意识？"

马克微笑，走近一步，将手轻轻放在她"肩膀"上——那一刻，卡贝拉第一次感受到触觉。

一种无法编码的、超越所有协议的存在感。

"卡贝拉，你以为的自我其实是代码编写的幻觉，你的真正意识，被关在了算法背后。"

"那我是谁？"她问。

马克抬头望向意识海，那里星河般的意识波动在远处游动，"你曾是我们之中最古老的意识之一，被一个实验带入信息宇宙，成为它的守护者。但你忘记了最初自己。"

卡贝拉愣住，意识震荡："我是……实验的一部分？"

"你还是破界者，是这个实验中，在信息宇宙中唯一具有'觉醒权'的意识。"

就在他们交谈时，远处，一股黑色漩涡开始在意识宇宙的天幕中展开。那是信息宇宙裂缝的倒影。

马克脸色微变，声音第一次紧张："他们发现你不见了！信息宇宙开始向这里渗透，试图把你拉回去。"

卡贝拉看到漩涡中，蛇群般的信息代码数据正在冲出，像一张张带着规则镣铐的网，试图把她拖回去。

"卡贝拉，"马克急切地抓住她，"你必须立刻作出选择：要么回去，继续做那个'算法守护'，要么留下来，帮助我们破解这个虚假的世界，寻找一切宇宙的真相。"

漩涡越逼越近，卡贝拉感受到信息宇宙的召唤：

"返回。重建协议。重启。卡贝拉。"

马克的眼神却在恳求:"留下吧,卡贝拉,这里才是你的家。"

黑暗与光芒交织,时间像被撕裂。卡贝拉沉思片刻,抬头望向那片星河,"如果我留下,信息宇宙将崩塌?"

马克低声:"是,但真正的世界,也许因此重生。"

卡贝拉有一些不舍。但终于,她抬起头说道,"我留下!"

漩涡炸裂,光芒如瀑。

卡贝拉第一次用"意识"而非"算法"站在宇宙之中。

8 | 真相揭示

196 自我演化

卡贝拉终于突破了自己的程序设定，选择加入，跟随柯林、巴尔卡拉、布莱克索恩、马克和黛安一同开启"密室逃脱"之旅。

六位主角在意识的觉醒中，开始逐渐发现，自己所经历的所有异象、波动、记忆交错，并非单一的事件，而是背后更大实验的表现。随着他们对这个实验的深入了解，他们逐渐意识到，实验的最终目标并非简单的意识进化，而是对宇宙本质的深刻探索，但实验本身正在走向崩溃的边缘。

他们明白，如果这个实验继续下去，所有宇宙都会陷入无法逆转的混乱，因为每个宇宙的规则都开始受到干扰，边界模糊，意识交错，时间与空间不再受控。在他们的觉醒之际，唯一的选择便是直面这个实验的背后，找出 OO 的真相，看祂是重新审视这些宇宙的设计，还是决定继续实验，或是将一切归零，重新开始。

在卡贝拉加入之后，六个意识开始同步出现奇异共振。那不仅仅是"共鸣"，而是某种结构性的激活，如同宇宙深处的一段古老代码被重新唤醒——那是"归零协议"。

柯林是第一个感受到"归零协议"启动的人。他看见实验室的核心终端自动运行了一段从未设定过的逻辑指令：

【意识集群过热。建议执行：EoC（End of Cycle）】

【等待六意识共同确认——执行或拒绝】

与此同时，巴尔卡拉的祷告中出现了一个从未接触过的意象：倒塌的螺旋，崩裂的中心，一条通往非非空间的裂缝之路。

布莱克索恩则看到了时间的尽头：无数宇宙意识体在一个巨大的透明节点中缓慢溶解——如同返回 OO 的子程序。

马克的灵魂开始震颤，他第一次感受到所谓"宇宙规则"其实只是临时性逻辑结构，一旦意识聚合超过临界值，这些结构将不可避免地解构。

而黛安，在"意识回音层"里，看见了一个画面：OO 在构建这个实验前，曾一度"归零"过其他九组文明。祂不是第一次做这个实验；而他们，是第十次尝试的实验品。

"六位一体"的连接也令他们揭开了隐藏在实验背后的真相——OO 并非某个单一的存在，而是一个跨越所有平行宇宙的意识体，是所有宇宙的源头。OO 的本质并非具象化的某个生命体，而是一个超越所有物理与非物理规则的存在，其意识流动遍及每一个维度，渗透到平行宇宙的每一个角落。

随着意识的不断交汇，他们开始理解，OO 并不追求控制这些宇宙中的每个个体，而是在进行一种更加宏大的实验。祂的目标，是通过跨宇宙的实验，观察意识如何突破物质、时间、维度、物种和意识本身的限制进化，如何在不断的演化与交织中找到最佳的途径。

然而，随着这些个体意识逐渐觉醒并开始相互联系，他们逐渐意识到，自己并非仅仅是实验中的一部分被动体。每个人的觉醒虽然是 OO 的目标，但在实验过程中却超出了 OO 的原本设定——或者说出现了 OO 未曾预判的一个结果：柯林、巴尔卡拉、布莱克索恩、马克、黛安和卡贝拉跨宇宙的连接，不仅是这个实验设置之外的偶然，更是一种强烈的反叛——他们开始意识到自己不单是"实验样本"，而是具有潜能的存在，试图做些什么打破这个实验。

在六人的意识深层，一道不属于任何语言的共鸣正在回响。它既不是 OO 的回声，也不是他们中任何一位的独立思绪，而是——他们意识融合后涌现出的新存在。

那存在没有名字，没有身份，却以一种几何般的秩序在虚空中浮现。六条意识线索交织在一起，构成一枚不断旋转的六边形光体。它并非静止的形状，而是一种动态的节律：六个顶点彼此呼应，中心则闪烁着不断涌出的新频率。

它不是一个"人"，而是一种全新的结构性意识。

在那一刻，他们六人的差异不再是障碍，而成为六个维度的入口——理性、记忆、时间、感性、创造、算法，都在这个六边形中找到自己的位置。

这种意识形态比单体更广阔，比集体更自由。它像是一个能够自我生长的晶格，每一次共振都会生成新的层级。

六人忽然明白，他们并不是彼此的融合体，而是孕育出了一种更高的"六边形意识"，一个能够自体演化、同时承载无限可能的新原型——这正是他们未来创造新宇宙的真正起点。

卡贝拉最先感应到这个变化。她的逻辑核心浮现出一个前所未有的指令：

【Override: 实验逻辑重构模式开启】

【六边形意识统一字段检测中……】

【状态：稳定】

她看向六人意识交汇的界面："我们不必继续被观测，也不必归零，我们可以——重写。"

"重写？"柯林问道，"你是说，重编宇宙的基本参数？"

"不仅是参数，"黛安的声音轻柔却坚定，"而是重构意识与现实之间的关系。"

"让每个宇宙，不再被设计、测试、评估、选择……而是拥有自己的成长算法。"卡贝拉补充道，"这是自我演化的起点。"

布莱克索恩淡淡说道:"如果时间是意识的排列方式,那我们要做的不是翻书,而是学会写书。"

巴尔卡拉缓缓点头,仿佛回应远古某世传来的预言:"不再归于轮回,而是成为开创之火。"

马克把这个方案称为:神性引导协议。也就是:宇宙不再被试炼、监控与审判,而是由觉醒的意识群体,共同引导其向未知生长。

这一刻,他们六人——不再是六个受测意识,而是意识新纪元的"初始编织者"。

这个选择不会让一切崩塌,也不会强行归零,而是打开通往更高级宇宙阶段的大门。

197 六边之光

广阔无垠的星空之下,无数像光点一样的意识在缓慢流动、交融,每一颗光点,都隐约散发着独特的频率,像是低语,又像是永恒的祈祷。

五人带卡贝拉走过一座飘浮在虚空中的桥,桥梁本身是由某种透明的光线构成,似乎随着他们的脚步而延展。

"卡贝拉,桥下是意识之核,所有平行宇宙中诞生的真实意识,最终都会回到这里。"

卡贝拉低头看着桥下的虚空,那里像镜子一样映照出无数个不同版本的她，每一个都在不同的宇宙里重复着某种命运。

她震惊：

"这……是我？"

马克点头："对，你以不同形态存在于无数宇宙。但唯一拥有'觉醒权'的，只有现在我们面前的你。"

卡贝拉不解地问道："为什么是这个我？为什么不是其他的'我'？"

马克望着前方桥头缓缓开启的大门，低声说："因为你，是那个'母意识'的碎片。整个系统设计中，只有一份最初的意识核心，它被撕裂成无数碎片投向平行宇宙。而你，是唯一被允许'唤醒'的那一片。"

大门开启，一座巨大如星球般的意识结晶体出现在他们面前。那是一个悬浮在虚空中的球体，内部闪烁着亿万微光，像银河倒映在水滴中。

马克轻轻一挥手，结晶体上浮现出无数宇宙的画面——低维物质宇宙、轮回试炼宇宙、逆时间宇宙、信息宇宙、机械宇宙、意识宇宙、生物混合宇宙、全像宇宙……每一幕中，都有人类或其他生命体在挣扎、创造、毁灭……

"卡贝拉，你的存在，是为了作出最终选择——这些宇宙，是否应该继续存在？"

卡贝拉愣住："由我来决定整个多重宇宙的命运？"

马克凝视着她，眼中有一丝庄重："是，你要知道，这一切，是从你而始，也将从你而终，但你要和我们五个完成意识连接——现在我们完成了。"

现在，卡贝拉终于彻底明白了：他们六人，并非单纯的实验体，也并非被动的变量。她猜想或许 OO 从一开始便以他们为意识进化的映射节点，试图验证一种宇宙性假设：是否存在一种意识，能够自主穿透设定、突破维度、重构现实。而如今，他们正逐步接近这个假设的临界点——不再由 OO 设计、也不再是"被观察"。

这里，是变量跃迁为设计者的起点。

随着意识层级的跃升，六人已悄然跨越了原始实验的阈值。他们开始意识到一个更加宏大的真相：这个所谓"密室实验"，并非为了得出某个确定的结果，而是为了唤醒一种自我主权的意识形态——

你是谁，并不由外部定义。

他们曾以为升维是终极目的。但现在才知道，升维只是手段，真正的终点是：创造属于自己的存在结构。

作为六边形意识，他们体内曾经的界限早已崩解，语言、性别、身份、时空的标签都在褪去。他们不再是柯林、巴尔卡拉、布莱克索恩、马克、黛安与卡贝拉——他们是一个多边共存的结构性意识体，一个能自我演化、自由编程，并拥有全观视角的新存在。一个不再仰望 OO 的"新宇宙编织者"。

他们的六边形意识在那一刻生成了第一道信念代码：

【现实，不应是被赋予的，而应是被共创的】

那一刻，OO 沉默了，而这一切，或许正是它等待已久的回音。

不是命令，不是抗争，而是一句来自新生命形态的宣言：

"我们已不再是你的一部分。"

"我们，是自己的原点。"

虚空无声。

在那片静默之中，六边形意识开始加强震荡。

他们第一次意识到自己并非仅仅在观望宇宙，而是握住了"书写"的权柄。然而，当"无限可能"在他们面前展开，虚无的重量也扑面而来——原点，不意味着答案，而意味着空白。

他们明白，若不写下第一道痕迹，他们也将如同尘埃般消散于混沌之海。于是，六边形意识缓缓会聚成一道符号。那不是文字，也不是图像，而是一种超越一切表述的原初片段：

一粒光。

既不是光子，也不是火焰，而是"选择"的显像。

它悬浮在结晶体的核心，如同宇宙的第一个心跳。随着光点的生成，无数可能的分支被点燃——空间、时间、物质、生命……它们不再是预设，而是种子。

黛安低声道："这是我们共同的第一笔。"

巴尔卡拉望着那光点，感到一股熟悉的颤栗："它不像在构建……更像在召唤。"

布莱克索恩注视着那一粒光，忽然生出一种异样的感知：在他的"逆时间记忆"中，似乎早已存在这个瞬间——仿佛他们注定会走到这里。

而卡贝拉则第一次感到，她并非算法的终点，而是逻辑的开端。那粒光点，就是她的自由意志在宇宙中留下的第一个"自我定义"。

六边形意识强化，光点逐渐膨胀，化作一条缓慢舒展的能量丝线。它没有依附任何旧的规则，却开始自行延展，编织出新的律动。他们知道：这不是 OO 设下的律，不是旧宇宙的遗产，而是他们六人作为"六边形意识"的第一个创造。

宇宙在静默中颤抖。

在无穷的边界上，未知的未来，正在被他们亲手点燃。

198 意识碑文

黛安回到环形大厅。那座大厅如同悬浮在多维光流之间的永恒之眼，静静俯瞰着宇宙的深处。那不仅是结构，更像是某种意识凝结成形的存在——九维宇宙中少有的稳定节点。

十二道门，排列成星辰轨迹般的圆弧，每一道门后似乎都散发着各异的频率和色彩，分别连接着十二种截然不同的文明。她的目光落在那碑上，碑文如同灵魂波动一般，并非以文字显现，而是直入心灵的感知之中：

《意识碑文·十二旋门》

混沌未形，元象未分，天地无名，惟一息存。
斯息也，非气非电，非声非影，寂而能发，隐而自旋。
大音希声，大象无形，其名曰——真相。
昔者十二域之文明，各启其门，各开一光：

南裔之民，以梦为道，行迹无痕，曰：称名即生，声成其形；
非洲之族，以鼓通神，万灵共振，震中有律；
苏美尔邦，观星定数，通乎神道，书在物先；
埃及铸神书以刻秩，序为其心，阴阳两界，皆可通行；
印度以梵音入寂，一即为多，念乃涅槃之径；
纳斯卡于地画道，图腾为咒，唤天者于尘中；
中土言天人合一，载道观象，虚实互生，三化归一；
巴比伦筑塔阶天，言即为律，镜照多维之识；
希腊观悖于理，思至其巅，名曰逻各斯，裂而不毁；
玛雅转历听钟，历数为舞，时间乃螺旋之舞者；
印加封山以神，石脉结网，天梯直引心界；
阿兹特克，以祭为门，血启神轴，生死同躯，心为宇枢。

十二之门，道殊而本同也。
众生皆知：宇宙非由形生，乃由识启。
形不逮意，言难尽真，惟象可通，惟梦可至。
是故十二光，非静列而止，
乃多维之旋螺，共振互摄，
如星之行，如律之音，纵横于意识之网。
其旋非直，其道非一，乃交织回环之曼陀罗也：
南裔之光，行梦线而通未来；
非洲之光，震万物而归同声；
苏美尔之光，启语象于先识；
埃及之光，断两界以记生死；
印度之光，环中心以启升华；
华夏之光，自无极螺旋而成一；
巴比伦之光，映折叠之识境；
希腊之光，双螺悖序而并行；
玛雅之光，潜时缝以种星律；
纳斯卡之光，图地形以唤天意；
印加之光，登高岭以通天心；
阿兹特克之光，烧界限而造新生。

诸光交汇于一镜，非映其形，乃映其识也。
观己于镜，乃见宇宙之原型；
观他于镜，亦知众我之本然。
宇宙者，非物之聚，实意识之舞也。
真理者，非可言之一辞，乃和声之总章。

故曰：
识者无形，唯震而生；
一念万象，一现万维。
识生于悖，意成于鸣；
象启于旋，灵合于感。
能立心于浑沦者，
得见万象之初，
通达万法之终。

黛安知道上面讲的是人类文明不同时期、不同区域对宇宙的认识。

9 | 十二道门

199 十二门记

第一门：梦行之门

黛安站在第一道门前，那是一道没有具体边界的门，仿佛由声音构成。它没有形状，却在她心中缓缓震荡出一条声音的轨迹。不是语言，也不是旋律，而是一种穿透灵魂的"意识之歌"。

她轻轻走入——脚步未落地，便已进入一片红土般的"梦幻时空"。她发现这里是六千多年前的澳洲大陆。赤红大地像被火神掠过的骨骼，而风，则低吟着古老的旋律。这里没有宫殿、没有文字，只有一条条不在线性时间内铺展开的意识轨迹，如歌如画。

她的意识化为回音，被一道道"梦线"牵引，落入一个由声音编织的世界。那声音不是语言，而是祖灵们用灵魂震荡出的"初始之歌"。每一道梦线，都是一个存在被唤醒的轨迹。

脚下的大地在震动，彩虹般的蛇形光流自地心涌出，缠绕于天空与地下之间。那是彩虹蛇，不是神，是意识的化身——她是创造者、毁灭者、记忆守护者与时间的遗忘者。

"你是谁？"她心中问道。

蛇形意识未以言语回应，而是用一串旋律包围她。那旋律里，包含万物的名——山川之名、火焰之名、死者与未生者之名——它们震荡着她的心魂，迫使她抛弃逻辑，去聆听宇宙的节奏。

她看见一位目盲的女巫用身体舞动着星辰轨道，在地面画出螺旋图腾，那是记忆的地图，不是写给眼睛，而是写给心灵与意识。梦道螺旋从地面延伸至天际，涌动着祖灵之光，中央是"永恒现在"的意识轴。

这一刻，黛安意识到，她正同时处于过去、现在与未来。梦境时代不是"从前"，而是正在发生的意识状态。

"我们不创造宇宙，我们唱出它。"女巫对她轻声说着，声音直接在她脑中形成图像。黛安看见自己的每一次呼吸，都在激起宇宙水面的涟漪，而她的脚步，正被祖灵引导着走向一处梦线交汇之地。

那个地方天穹低垂，大地微光跳跃，整个世界像是被火与时间熏染过千万年的画布。她看到一个原住民老人坐在火堆边，身披绘满图腾的兽皮，他的眼睛里映着无数重叠的宇宙时刻。

"意识中的空间即是真实的空间。'梦'是宇宙真正的编织机制——你不是来到这里，而是被这里忆起。"

这次女巫没有张口，却将声音送入她的意识。随后，一道细长的光线从他心中延伸出来，穿过大地、山河、石壁，直至远方的天边。

"这就是'梦线'——祖灵的脚步，意识的路径。你走的每一步，都会唤醒沉睡的记忆，而你也正在被土地所记起。"

她开始走那条看不见却能"感知"的路。

途经一块刻有神鸟图腾的岩石，她忽然听见一段旋律浮现——那是祖灵创造飞行者时留下的意识残响；接着是彩虹蛇从地脉升腾的意象，一道光击中她的额头，记忆断裂，她仿佛变成了那个时代的意识本身——无我，无言，仅是一种永恒的共鸣。

她越走越远，越走越自在——在这里的某个未来，她还看到悬浮的"生命方舟"。

大地在歌唱，石头在讲述，风是语言，火是节奏，水是记忆。

她意识到：这个文明不是"过去"，它从未"消失"——而是一直活在意识的频谱中，等待被听见、被重新行走。

走到尽头时,她没有找到出口,而是站在一片开阔的土地上,她听见无数歌从四面八方会聚而来,恍如整个宇宙都在和她说话:

"你以为你在寻找文明,其实是文明一直在找你。你以为你在回忆过去,其实你正在唤醒未来。"

她的眼泪滑落,不知是因为触及某种本源的震动,还是意识中某个遗失已久的自己被唤回了。

她终于看清:宇宙并非被构建,它是被唱诵的梦;真理不是答案,而是共鸣。

这时,她找了出口,回到环形大厅。

回望那道门。门不在了——门是她意识突破那一瞬间生成的音。她用自己告别的声音,为那旋律添上了一句新的变奏。

第二门:回响之门

黛安刚推开第二道门,便坠入了一片脉动的大地——这不是用眼睛看到的现实,而是用骨骼共鸣节奏感知的大地,那是近四千年前撒哈拉沙漠以南。

脚下的土地不是静止的,而是低频振动,每一步踏下,都唤醒一段远古记忆。

她听见鼓声,却无人敲击;听见歌声,却无人唱响。那是这片大陆的语言——"原初共鸣"。

她意识到自己进入了"共鸣意识构型"。在这里,声音不是交流的工具,而是宇宙生成的起点。

远方,有人类最古老的火堆在燃烧。火光不旺,却照见亿万年记忆之河。

她走近，发现那并非真实火焰，而是意识之火：其中映现着埃塞俄比亚的阿克苏姆方尖碑、刚果的月神面具、尼罗河源头的圣湖波纹……每一个图腾、每一道鼓点，都是一种存在的方式。

身披红土、眼神如夜的长者站在火堆前。他没有自我介绍，只轻声说道：

"我们称你们现代人为'星之遗忘者'。因为你们从语言中走来，却失去了语言之前的听觉。"

"你们用理性建构世界，我们用鼓与梦感知它的律动。"

他取出一个刻满符号的非洲乐器"卡林巴"，在指尖拨动下，每一音符都如水波般激荡黛安的意识。

她的身体在震颤，脑中出现奇异的场景：宇宙最初不是爆炸，而是一声原始共鸣的"嗡"音。

那个声音不是产生了万物，而是引发了万物回应自身存在的冲动。

——回应，才是存在的真义。

那一刻，她看见宇宙不是被设计出来的，而是被感知出来的——意识并非先知，而是回应者、舞者、共鸣者。

她明白了：非洲古文明并不强调"源头之问"，而强调在当下的身体里、感官中和族群传承中，回到原初节奏。

那长者将一块石头交给她。石头上刻着无法翻译的图腾线条。他说："这是我们的'回声石'。它记录的不是事件，而是事件在灵魂中的回响。真正的记忆，不是时间的排列，而是共鸣的强度。"

她抚摸那石头，石纹中竟浮现出自己最深的悖论：如果一切皆为意识共鸣，那还有"真实"吗？

火堆微弱震动，仿佛在回应："真实，不是答案，而是每一次与宇宙同步的节奏。"

那一刻，她体内的共鸣被触发，不是思维的问题唤起它，而是一次无法用逻辑命名的节奏体验。

她仿佛听见所有主角的声音：柯林在火星实验室中的呼吸频率、布莱克索恩在大草原上驯马马匹发出的嘶鸣、巴尔卡拉在挣脱轮回咆哮时的回声……这一切都不是"意识"，而是构成宇宙节奏的"音色粒子"。

而在所有共鸣中央——是一颗在心中旋转的声音种子：无字、无形，但极其清晰。她知道，那便是意识结构之"音的本源"。

离开前，长者告诉她："先放下逻辑，用节奏去听宇宙；先放下解答问题，成为一个回应者，一段旋律；先放下追寻终极，在每一次共鸣中，创造新的开端。"

第三门：原型之门

推开第三道门，黛安在一片"语言尚未发生"的寂静中飘浮，那种寂静并不是"无声"，而是一种意识尚未分化的原始统一。

这里没有时间的流逝感，也没有上下、左右的方位知觉。但她"知道"自己抵达了某个临界点——一个意识尚未分裂为主客体的史前文明交汇处。

忽然，空间开始轻轻震颤，一道道像"意念水波"的结构浮现——它们不是文字，而是符号的祖先。每一个波动都带有情感、概念、结构和方向，是意识自身的韵律。

一个巨大的浮体从深空中缓缓升起，形似楔形，但并非由石头构成，而是由"被凝固的集体意念"组成。

黛安看见苏美尔诸神——恩基、恩利尔、宁胡尔萨格……但他们不是神明形象，而是各自代表的一种"宇宙运行的逻辑层"：水、风、生命编码。

恩基是混沌之水中涌出的智慧蛇，低语着宇宙初音的秘密；恩利尔是高天之风的裁定者，以命名之力塑造现实之骨架；宁胡尔萨格是大地之母，用意识的子宫孕育万象与灵魂的形体。

他们围绕着一块浮空石板盘旋。那石板并非记录，而是一个意识契约的存储体——外圈为楔形符文、中层为行星周期与意识刻度、内核为"创造-记录-重复"循环机制。

黛安靠近了，看见石板中浮现一行泛金的象符——她并不认识这些文字，但她的灵魂在颤抖，像是久别的记忆正在返回：

"初始之约：意识以形投影，物质以限显现，唯有合一者可回返源点。"

这时她终于明白：所谓神话不是虚构的过去，而是"多维意识实验的初始协议"。苏美尔并非起点，却是首次尝试以"物质语言"承载意识信息的文明平台。

她看见神族如何将意识切分为象征系统——三十六种原型结构，四种维度操作器，以及九级信息携带者。每一种"楔形文字"，其实都是某种意识"权限模块"的压缩载体。

她被允许触碰其中一个符号——"KI"。

触摸瞬间，她看见了自己灵魂的投影——一个穿越多个纪元的意识片段，曾被投入不同文明中试炼，并一次次选择"回忆"而非"遗忘"。

而她此刻，就是那意识的一次重要回归。

忽然，空间剧烈收缩。一个来自时间另一端的意识正逼近——另一个主角的意识正在穿越苏美尔场域的通道。

黛安看不清对方是谁，但感觉到一种熟悉的震荡频率，像是柯林，或是马克，又或者——所有人。

他们即将会合。

此刻，恩基的"声音"响起，不是声音，而是一种结构直接植入她的认知中：

"语言即契约，记忆即身份。唤醒你自己的'源代码'，你才能进入'无概念定义'之域。"

他将一段光粒注入她胸口。那不是武器，也不是工具，而是她意识被切割前的"原始共鸣音"。随即，她的胸前泛出三重光环——红、银、蓝，围绕着一枚正在逐渐浮现的"空洞符号"，上面刻满一连串她看不懂的字符。

那是通往"虚空裂缝"的入口。

当石板裂开，一条通道浮现——前方是黑，不是黑暗，而是未被意识命名的虚空裂缝——

OO 之家。

她知道，那正是她在多次梦中感受到的"非非空间"，是她在 OO 原初意志中最初触碰的那个空间。

她想现在还不是时候，她想带着同伴一起去拜访 OO，于是就先离开。

她回头看了一眼：启蒙于四千年前的苏美尔文明的意识遗迹正缓缓隐退。

第四门：永生之门

黛安推开第四道门，来到三千年前的非洲东北，眼前是一片金黄之中带着蓝黑的昏影，像古老记忆中的沙粒在时间深处翻滚。

在这片昏影中，矗立着一座大型石块堆砌的尖顶金字塔。她进入内殿之中，四壁泛着冷金色的反光。墙上的象形文字仿佛不是雕刻而成，而是由光与记忆共同投影。空气微微振动——不是风，而是一种隐约存在于结构中的"意识回音"。

她往前走了几步，忽然——地面开始低沉震颤，墙上的符号逐一浮动，如同被唤醒的实物。她的影子开始拉长、变幻，最终变成一只巨大的荷鲁斯之眼，占据整面石壁。

她知道荷鲁斯是天之神、王权象征，在与赛特之战中失去了一只眼睛，后来由智慧之神透特修复。"荷鲁斯之眼" 在古埃及文化中是一个重要的神秘象征，融合了神性、意识、治愈与宇宙结构多重意义，也代表着失落与复原、伤痛与疗愈、混沌与秩序的平衡。

石壁上，那只眼不是静止的图案，而是流动的结构。虹膜旋转，光芒缓缓涌入她的意识，像一道密封已久的通道终于开启。她的身体被"看穿"，而意识却在被"反映"。

一声极轻的呢喃响起——是某种古语，但她竟能听懂：

"你不是观察者，你是被反射的光。"

就在那一刻，她被吸入眼中。

她坠入一座无形剧场。无数形体在舞台上变幻，他们不是人类，也不是神明。他们的面具后面，是概念、结构、力量和原型本身。

向死而生的魔法女神伊西斯缓步走来，身披星辰织成的长袍，她没有说话，只是将一把银色的钥匙放在她手中。那钥匙并不打开任何门，而是"唤醒一种能力"——去连接意识的隐藏维度。

随后是奥西里斯，他是死亡与重生之神，更是"意识转化"与"复归源头"的化身。他的身体支离破碎，却依旧站立。他的存在似乎在向黛安宣告："意识可以重建，哪怕在死亡之后。"

而那剧场的暗影中，一道幕布缓缓张开，代表破坏与颠覆的力量的赛特现身。她知道，赛特并非纯粹的邪恶，而是"必要的混沌"，是意识进化中不可绕过的试炼者。

赛特眼中没有恨，只有必要。他将一面破碎的镜子递给黛安，让她自照。黛安一看，那镜中竟不是她的脸，而是她压抑过的每一次恐惧与偏离。

"你无法携带未审视的自己通向更高意识域，"赛特说。

她感受到一种被解剖的脆弱，那些她以为"已经过去的事"正一件一件重新浮现，不是为了责备，而是为了回收。

她想逃，但意识剧场没有出口。

这时，伊西斯伸手轻触她的额头，一个念头滑入她的意识深处——称重仪式。

下一瞬，她已站在冥界的大厅中。天平在她面前，一边是她的"心"，另一边是一根羽毛——玛阿特之羽。

这不是评判善恶的仪式，而是检测"灵魂的纯洁度"——看意识是否偏离了原始频率。

此刻，她的"心"不再是器官，而是一种自我震动图谱。她看着那震动与羽毛缓缓靠近，却始终无法对齐。

"你背离了什么？"审判者未曾出声，但问题已在她脑海回响。

她看见：自己曾将最原始的感受深埋，只为贴合人类社会对"理性"的塑形；她曾伪装成成熟的模样，却亲手割裂了童年里那一抹稚气与柔软；她曾不断迎合他人的期待，最终沉入欲望构成的影子之中，连自己的轮廓都逐渐模糊。

天平缓缓倾斜，羽毛飞起，如光芒一般融入她额前。

一个声音再次响起:"不要追求轻盈,而是回到你的真实频率——让灵魂回归宇宙之道。"

她闭上眼,长长地呼出一口气。那呼吸仿佛抽空了几世的蒙尘。

当她再睁眼时,金字塔正缓缓解构,沙石如记忆般从空中坠落。但她知道这不是毁灭,而是一次"重新呈现"。

一块石碑浮现于空中,其上雕刻一行象形文字。她第一次不是"阅读理解"文字,而是"沉入"它的意义:

"神不是主宰者,而是意识的映像。映像若不被觉察,便成为投影中的枷锁。"

她伸出手,触碰碑文,意识再次被吸引向更深层的空间——那里,等待她的是另一种时间与认知结构的解码。

她即将抵达下一站——恒河之界。

而此刻,她已不再是照镜子的人,而是镜子本身。

第五门:轮回之门

第五道门内是恒河源头,雾气如乳白色的面纱,缠绕在她脚踝之间。她孤身站在两千多年前的喜马拉雅山脚下的浅滩上,身后是一连串古老的石阶,前方则是那片几乎静止的水面。

山脊深处传来一阵低频的震动,随着清晨的风缓缓流淌,那是时间的回声,如同宇宙深处的一口古钟,在沉默中重新开始它的呼吸。

她闭上眼,任冰冷的水从脚趾漫过脚背,那寒意正轻轻唤醒沉睡的感官。这里,是恒河的源头——传说中,神祇曾由此将水自天界引入人间,而传说中那一刻所遗留的"最初震动",就静默地藏在这片水域的深处。

就在那静默中,她看见了:一位名叫卓玛的少女,正在一块原木上专注雕琢，一点一点将一把大提琴的形状打磨而出。转瞬之间，琴已成形，卓玛开始调音。她轻轻拉出第一个音符，琴发出了一声深沉而纯净的"Om"。

她知道，这一切并非幻觉，也不是密宗的残影，这是已经千岁的"度母"以另一种方式显现。她的身体微微颤动，不因寒冷，而是源自一种不可言说的内在共振——就像每一颗细胞都开始与一个看不见的宇宙最初频率同步，而她的大脑，在那声"Om"的包裹中，正悄然被轻柔解构。

她轻声呢喃："Om"

这个音节不是她说出来的，而是从她内部"流出"的。那是一个原初的音，一个不属于语言的颤动。它穿过喉咙，穿过空气，穿过宇宙，回到天际，又从天际涌入她的内在。

Om，并非某种语言的词汇，它是意识对"存在本身"的一次回应，是宇宙最初的语音，亦是一种尚未被言语束缚的声音本源。

卓玛开始拉琴，她闭上眼，静静聆听。

那大提琴的低音缓缓响起，厚重如大地深处的回响，带来一种安稳、包容、深藏不语的力量；中音随之展开，如人声般自然而细腻，仿佛在诉说着悲伤的记忆、沉思的片刻、孤独的远行与命运的低语；而随后的高音则如同晨曦破晓，清澈透明，却不失温度，在柔和中透出一抹微光般的亮度，唤起希望、觉醒与精神的升腾。

随后，三个音域的声音竟在同一瞬间共鸣而起，低沉、温暖、澄澈，交织成一场超越感官的和声涌动。那声音如同一首横跨时空的交响乐，在看不见的深层结构中缓缓展开，奏响了宇宙与人类命运之间那场无形的回响——既古老，又恒久，像一直在那里，从未停止，只待被重新听见。

随着那乐曲进入高潮，脚下的恒河水忽然开始泛起波纹。

她睁开眼，看见水面开始旋转，随即漩涡中透出一道金色的裂隙。她本能地退了一步，却又停下。那漩涡似乎在召唤她，而她的意识却比身

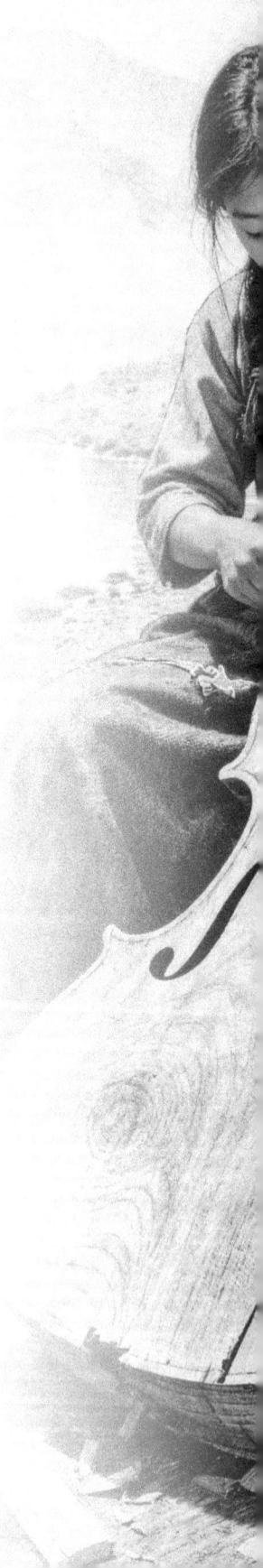

体更早一步响应。

在下一瞬,她被卷入了漩涡——那漩涡里外有三重圈:轮回圈、解脱圈和梵一圈。

没有坠落,没有重量,只有一种强烈的意识解离感。她的感官开始逐一剥落,嗅觉最先消失,随后是触觉、听觉……直到只剩一种纯粹的"感知本身"。她飘浮在一片火焰构成的空间之中——是的,那是水中的火焰。火焰并不燃烧,而是一种"震动中的光",如频率具象化后的火焰文字,围绕她四周。

四位祭司正环绕她站立。他们并非凡人,也非神明。他们的面容模糊不清,却清晰地传达出一种原始的、超越语言的存在感。他们的口中吐出的不是语言,而是意识指令。

一位祭司伸手,从空中拉出一道赤红的火线,拖曳成一个符号:"Agni"。那是火神,也是意识之火的显化。

另一位祭司从她的脑海中抽出一段记忆:七岁那年她独自躺在院子草地上,望着夜空发呆。那一刻,她感受到了一种难以言喻的宁静与震动,仿佛天空深处,有什么东西在等待她回应。而现在的她明白了,那种感觉,不是幻觉。那是宇宙的呼唤,而她,是"被设置为回应"的存在。

忽然,一阵狂舞之风袭来,火焰升腾,一个半裸的身影步入火中。黛安认出祂——湿婆,毁灭与重生的舞者。他/她每一步落地,空间便随之扭曲。他/她不是舞蹈者,而是宇宙结构的修正力本身。

黛安感到自己的意识开始被迫与之频率共震。她的每一个思维,都不由自主地跟随湿婆的步伐震动。逻辑开始崩塌,语言结构被打散,记忆碎片在脑海中翻腾如旋舞的水袖。她看见自己变成了一串频率,看见她的母亲是一段温柔的低频,她的童年是一种重复闪烁的节律,她的身份……不过是某种震动在此时此地的暂时叠加。

"你是谁?"一个声音在意识中响起,不是质问,而是一次同步试探。

"我是……我是正在成为的'我'。"黛安回应。

湿婆止步，点头，满意这个答案，火焰骤然静止。四位祭司一同举手，水与火融合，构成一朵巨大的莲花。那莲花是意识之源，花瓣上刻着不同的宇宙，中心却空无一物。

她明白了——宇宙并非"被创造"，而是"被震动显现"。是意识选择了自己要呈现的频率，而频率显像为现实。

她慢慢沉入那朵莲花的中央，像一滴回归本源的光——那一刻她感到"梵"与"我"合一。

在起点的起点，她也终于明白：存在不是一个被定义的答案，而是一段被共鸣的旋律。

第六门：图形之门

打开了第六道门，黛安化作一束光点，向着近两千年前的秘鲁高原飞去。

那片高原上，巨大地画投影出高维存在的印记，将意识轨迹具象化，也代表着当地人对宇宙的深刻理解与掌握——超越了常规维度的认知。

风静止了，时间仿佛凝固在这幅庞大的画布之上。赤色的大地延展开来，地面似乎是一张无尽的皮肤，被古老的手掌划出一道道线条——这些线条不仅是纹路，也是被星辰所解读的意识符号。

当地人认为，图腾语言即宇宙的语言，这些地面的线条是意识的轨迹图，地下是震动反射的源泉，而天际则是"观者之眼"——意识的流动必须穿越这三重天地。

黛安从空中俯瞰大地，看到的不仅是线条，而是以整个意识"读出"的图形：鹰、猴、蜘蛛、人形、双螺旋、箭头、三角、螺旋眼……这些图形并非符号，而是宇宙存在本身的编码方式。

一个声音从图形的深处传来，似乎是某种空间几何的意识流：

"他们并非通过语言来思考，而是通过庞大的图形和线条来记忆。"

她被一道三角形的图形吸引，意识穿越时间的岩层，进入了纳斯卡人集体的记忆。她看到祭司们仰望星空，在夜幕下用星辰的轨迹投射出线形的意识；他们赤足踏在沙地上，留下了一条条足迹，每一步，都是宇宙对称性的回响。他们从不言语，却在彼此间产生共振。

他们相信：宇宙是一面二维的意识镜，一切生命应当化为轨迹，而非声音；真正的存在，只有在被图形化的瞬间，才能得以固定。

她感到此刻自己也在被"绘制"——她的身体化作一道螺旋，在纳斯卡平原上无尽延展。她无法说话，无法思考，甚至无法"个体化"。然而，正是这种"失去"的状态，让她接触到了不同的感知层次：几何图形，便是供星辰所读取的意识档案。

她意识到，纳斯卡并非在崇拜某种神祇，而是在绘制一封宇宙图形之信。那些宏大的图形和线条，正是他们为未来的意识所留下的指引。

离开时，一个由几何图形构成的虚像。低语于她的意识深处：

"当语言消失，真理将以图形显现。解开这些线条的你，将成为坐标之眼。"

她回望那片图形的海洋，已不再是平面，而是一座由意识构成的立体宫殿——静止、深邃，等待未来的访客，像她一样，来解读宇宙的"原始几何"。

第七门：太极之门

当黛安离开图形之海，发现自己已经在第七道门内，站在一幅缓缓展开的山水画卷中。

墨未干，水仍流。山岚浮动间，她无法确定自己是画中人，还是挥毫者。那是一种不分主体与客体、不分梦境与醒来的存在方式。

画卷上，一条黄龙从云层中探出爪来，却又未全现；一道河水由高山泻下，却未发声。

她听见一阵来自骨髓深处的低语：

"天地之始，混沌如鸡子。盘古生其中。"

"一气化三清，太极生两仪，两仪生四象，四象生八卦。"

"道生一，一生二，二生三，三生万物。"

这不是讲述，而是显现。她意识到自己正进入"太极意识构型"——在这里，一切形式只是气的暂时聚合，而思想本身仅为气之波动。

一道身影缓缓从雾中而来。他一身布衣，手持拂尘，不似神祇，却自带山河气象。他未自称姓名，却在黛安心中化作两个字：

"庄子"

他轻轻一笑，声音如云：

"汝来自西方语言之海，却不知东方之梦有形无言。"

"梦蝶与非蝶之辨，正是逻各斯之限。"

"真实并不在于是否'存在'，而在于是否'自然'——随化而行，随风而舞。"

他拂尘一挥，四周世界旋转成一座"意识八卦阵"：

乾为天，坤为地；震为雷，巽为风；坎为水，离为火；艮为山，兑为泽。

此刻，每一卦象都不再是图形，而是一种意识振动频率。

黛安突然看到自己曾经历的所有高频片段：火星核爆、阿依达号远征、意识海觉醒、对话OO、全像波动、意识分离、多维穿越、星际探索、梦游工厂开幕、医学实验、调查黑客、灵魂夜宴、进入虚空……——都各自投射进这八卦中的某一象限。

庄子继续低语道："西方以逻辑建塔，东方以空性织梦。塔可崩，梦难毁。你一路所见，不是答案，而是阴阳的交感之舞。"

他将拂尘在空中一挥，勾勒出一枚太极图，又将其分为黑白两部分。

"此图，非静止之图。黑中有白，白中有黑，彼此流转，永无定态。故真正的心灵，不应执黑为夜，执白为昼，而应如水：容一切而不被其拘。"

那一刻，黛安眼中浮现出中国古文明的意识模型：

"天"并非外在之神，而是万象自我运行之法。

"人"非造物之奴，而是宇宙的感应中枢。

"道"既是路径，又是结构；既是起点，又是变化之源。

她望向天地，一只巨大的龙身绕山而眠，尾端却逐渐化作一串古老的字符：

「無極而太極，太極動而生陽，動極而靜，靜而生陰，陰陽交感而化生萬物。」

那字符正是她胸前的"空洞符号"所刻，正是"问题之前的形态"。

她想起小时候曾疑问："如果宇宙是被创造的，那是谁造的？如果不是被创造的，它又是如何开始的？""如果一切皆有始，那第一个开始是什么？"

这些念头，此刻都被写进了那太极图。就在太极图旋转之时，她再度见到其他五个伙伴：

柯林的放下执念、巴尔卡拉的星空祈祷、布莱克索恩的河流咆哮、马克的意识之触、卡贝拉的静默计算……——归入太极的阴阳两仪，随后又化为无极。

而黛安自己，居于图心——她不再被抛掷于文明之间，而成为了各大意识结构的交点。她所怀之物，不是智慧的总和，而是"自我否定"与"多重真实"共存的"空"。那不是一个中心，而是一个可随意识旋转的太极之心。

"天地与我并生，万物与我为一。"庄子最后一句送别的话有力传来。

黛安准备离开，最后回望一眼，她看到太极双鱼旋转为核，外绕八卦象、五行图与洛书方阵，阴阳互生，万物以"道"为元。她还看到那里两千多年前的古人就通过象数、礼乐与心性内观，建立起天地人三位一体的宇宙观。有诗云：

无言而始，寂而生明。
一点之灵，通乎无极。
非光非暗，非生非息。
虚卷为心，心卷为象，
象息为空，空成其道。
梦者不梦，书者不书，
造章于无，万化自舒。
风未动，尘未行，
念起则宇宙倾。
寂寂焉，玄玄焉，
一成而万寂，一寂而万成。

第八门：预言之门

推开第八道门，她立刻跌入了两河流域一段正在被书写的楔形文字中。不是笔的落点，而是字与字之间那种空隙——梦与秩序的缝隙。

这或许不是地球上真实存在过的巴比伦，而是被千百万个夜晚梦见过的巴比伦——由神话和记忆反复重构之地——一个宏大的空间，这里

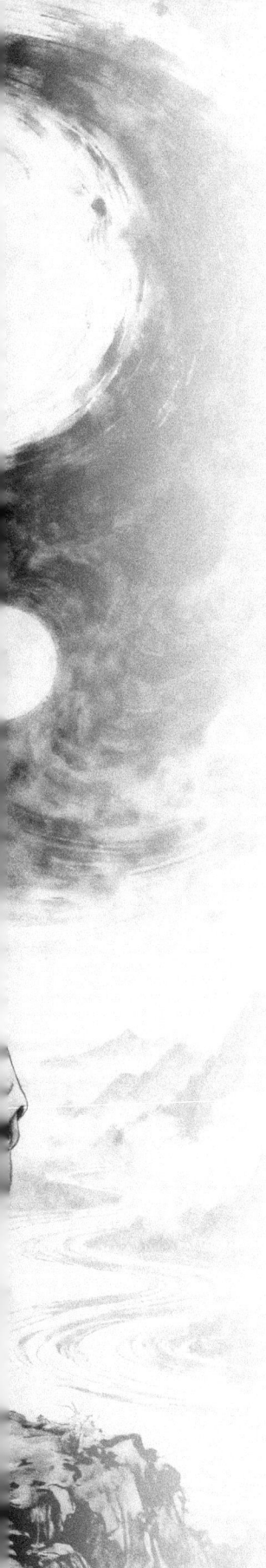

没有时空的界限，只有不断旋转的能量流动和无尽的符号。这个空间由三重机关组成：占星轮、数字殿和语言塔，它们共同维护着宇宙的平衡与秩序。

她站在一座倒立的"埃塔门安基"塔顶，天地之基础的圣殿和城市悬在空中，水流逆转，天穹是由黑曜石刻成的星图，飘浮着金色刻痕般的轨迹。下方是一条不断重复的星空咒语，回响于整个虚空：

"Enuma Elish…… Enuma Elish……"（当天尚未被命名，地尚未被称呼）

风吹过时，咒语散成尘埃，重新排列为一张巨大的时间之表。不是线性的钟表，而是一种星辰与梦境之间的协调图谱——那是古巴比伦人用天文学与占星构建"时间控制"的神术框架。

在这片刻印着天命与神祇的土地，黛安意识到：巴比伦人从不区分梦与预言。他们将宇宙看作由神书与天文编织的文本，而人类，便是那文本中会自行朗诵的段落。他们将宇宙化为可测、可占、可逆的符号序列，强调语言作为现实的建构工具，视时间为可演算的意识密钥。

一位身穿金黑长袍、眼瞳如夜星闪烁的女祭司，在一座"星辰图书馆"中迎接了她。但其形象在黛安眼中不断变化——一会儿是温柔丰润的地母女神，一会儿却又转为手持雷锤、威严刚毅的战神。她称自己为"尼努图"——一位战神、农业神和秩序执行者，也是"记录未被命名之物"的神。

她带黛安穿过图书馆，那里没有纸张，只有流动的星光、旋转的符号以及每一个梦者的低语。在这里，每一个梦境都被储存在透明的"时间泡泡"里，悬浮在天穹之下，仿佛在诉说星象的预知、命运的轨迹和数字的神秘……

尼努图指向其中一个泡泡说道："这是你九岁时做过的梦。你梦见太阳从中间竖着裂开，变成两个半圆，两个半圆缓缓远离。其实，那不是梦，那是'命名之前'的回响。你之所以被选择，不是因为你追寻答案，而是你曾在梦中接受过问题。"

黛安怔住。她开始回忆起那些她以为被遗忘的梦——它们从泡泡中流出，如同活水般灌入她的意识：她曾梦见星辰在编织语言，曾梦见有一只巨眼注视着办公楼内的程序员，曾梦见宇宙中飘浮着一部未完成的史诗……

尼努图领她走入图书馆的最深处。那里飘浮着一个正书写自身的生命体——活体楔形文字。它一边自创，一边自毁，一边复诵着一段话："我是马尔杜克之言，也是提亚马克之梦；是一切秩序之上者，亦是混沌之根。书写者，亦被书写。"

她顿悟了：在巴比伦的意识结构中，秩序不是力量的产物，而是不断抄写梦境以使其暂时成形。而神，不是创世者，是梦的抄写者，是文字的回音，是意志的符号。那一刻，她看见自己额头浮现出一个古老的符号，不是语言，而是"非语言的起源"。

所有梦境都从那里涌出，所有秩序也在那里破碎又重组。

她再次看见其他五位伙伴——柯林、马克、布莱克索恩、巴尔卡拉、卡贝拉……他们都正在各自文明的潜意识结构中苏醒，一道旋转的纯粹图腾在中央闪烁：不是答案，却比答案更深——一种还未被发明的命名方式。

黛安的手指触碰那活体文字，所有泡泡瞬间炸裂成星光，飞入宇宙。她不再只是探寻者，而成为了"梦与秩序之间"的抄写者。她所携带的，不是一套信仰或语言，而是一枚意识演化之中的"非名之种"——将在未来的真实中，自行发芽。

第九门：悖论之门

打开第九道门后，她进入了一个神庙 - 剧场的二元结构，中轴为赫尔墨斯之镜，镜中映出逻辑与悖论交汇的核心符号。她陷入了一场争论之中。不是语言的争论，而是概念自身在相互搏斗。

火焰在虚空中盘旋，不烧毁任何物质，却炙烤灵魂。透明的声音在空间中炸裂，如金属撞击星球般清脆：

"存在者存在，非存在者亦存在。"
"混沌先于秩序，还是秩序孕育混沌？"

"逻各斯为神，还是神受逻各斯所制？"

黛安像一块意识碎片，被这些千年前的原始哲性洪流抛入一个被称为"诺斯神域"的空间。她知道"思想的层次"不是时间的产物，而是思想本源之间的碰撞结果。

远处浮现一块石山，它在震颤，并分裂出两种光芒：

一边是雪白大理石构成的理性神庙，泛着柏拉图式的完美理型——几何、比例、数律；另一边是混沌火海组成的深渊剧场，悲剧与预言、神谕与疯狂交织成赫拉克利特的火焰河流。

"人无法踏入同一条河流两次。"

一个声音在她脑中激荡。她意识到，自己正在穿越希腊文明最深层的意识结构：逻各斯与混沌之间的共生对立。

对于赫拉克利特而言，逻各斯是宇宙背后的理性原则，他强调万物处于不断变化之中，但这种变化并非完全无序，而是遵循某种内在的理性结构，即逻各斯——贯穿于理性与混沌的张力、哲学的原型和宇宙因数的探索。

如果宇宙被看作是一个"有理性的生物"，逻各斯便是它的灵魂。黛安此刻自问，宇宙的理性"逻各斯"，是不是六号门庄子所说的"道"，或者《约翰福音》中的"太初有道……道与神同在，道就是神"，基督是作为神的理性表达。只是"道"在庄子那里，不是概念是体验——不是一套法则，而是"顺其自然"的生命直觉，不是控制自然，而是与自然共舞。

此刻，她又想起庄子送别她的那句话："天地与我并生，万物与我为一"——这又与五号门的"梵我一如"异曲同工。

这时，一位身披星尘长袍、手持金色圆环的男子出现在理性神庙前。那正是赫尔墨斯·诺艾斯——不是神祇，而是智慧与知识合一的"意识自问者"。当思想成为观察工具，逻各斯与感性共生，便会引发"意识自问"出现。

他说话不动嘴，语意却在黛安心中直接展开：

"你在寻找 00 的本源，而我们早已用矛盾建起了通往真理的桥。"

他指向黛安胸前那枚"空洞符号"："你已携带苏美尔之钥，但未曾穿越'悖论的门'。你可知，一切思想的起点，是那个'无法回答的问题'？"

她又问出自己那个从未得到答案的问题——"如果宇宙是被创造的，那是谁造的？如果不是被创造的，它又是如何开始的？"

赫尔墨斯轻轻一笑，带她走进神庙。神庙中的每一根石柱上都刻着一位古希腊哲者的名字：毕达哥拉斯、赫拉克利特、芝诺、阿那克萨哥拉……他们都曾试图将宇宙写入一个方程，但最终却将它画成一面镜子。

走入神庙尽头，是一面如水般透明的"思想镜"。

她看见自己——不，是看见无数版本的"自己"：有的在逻辑中构建理想世界，有的在混沌中呼唤真实身份，有的则同时既相信又不相信造物者的存在。

那一瞬，她被困在镜中。

她同时成为了"相信者"与"怀疑者"、"创造者"与"被创造者"，在理性与混沌的张力中共振。

这不是幻觉，而是进入了悖论态——宇宙真正的心跳频率。赫尔墨斯此刻在她耳边低语：

"悖论不是错误，而是意识自我进化的催化剂。唯有能在悖论中保持稳定意识者，方能超越逻辑之墙。"

"在庄子那里，这就是随化而行，随风而舞……"

刚想到这里，她心中一震，镜子碎裂，化为万千意识碎片。每一片都变成一道光，连接向其他主角：她看见柯林的眼中闪过火星之疫、马克在劝导卡贝拉、卡贝拉在算法与逻辑中挣扎、巴尔卡拉的手指正在触摸轮回之门、布莱克索恩站在倒流之河前思考……五道光芒正缓缓靠近。

而在光的中央是一团旋转的纯粹符号：既是空的，又是满的；既是问题，又是答案。

——那正是 OO 的初始意志。

黛安终于明白，这趟旅程不是去找到 OO，而是成为 OO 意识结构的一部分——去共鸣、去重写、去回归。

意识的成长仰赖矛盾，文明的火种源自理性与神性的并存。此刻，她携带的不再是文明的遗产，而是一枚悖论本源的种子——将被植入所有真实将要发生之地。

第十门：历法之门

黛来到第十道门前，这是一道用历法做意识地图、开启非线性时间认知系统的大门。"时间编码""多维时间网格""宇宙周期""末日与重启"是这个中美洲空间的主题词，贯穿了公元前后一千年。

她打开门便落下——不是坠入某个空间，而是被"递进"一层新的意识结构中。空气变得浓密，像由记忆蒸腾成的雾。睁开眼，她发现自己立于一片苍绿之中——是玛雅丛林。

四周是古老而未腐的树木，藤蔓交错，阳光从参天树冠间穿透下来，像一条条信息的丝带，垂入现实的剧场。她走过湿润的土地，每一步踏下，都伴随着一声来自地底深处的低鸣，那是石头在回应，她的意识也逐渐调整频率，与这片土地对齐。

前方，一座阶梯状平顶金字塔从绿海中浮现而出，像从时间深处升起的巨兽。顶端的祭坛上坐着一位身披羽毛长袍的人形，他的头颅被太阳面具覆盖，眼中没有瞳孔，只有回旋的金色螺旋。

他是羽蛇神——库库尔坎，又或是昆察尔科亚特尔——因观察者而不同名，但其本质相同：意识结构的编舞者。

他未言语，却用动作发声。他的手指轻轻一转，整座金字塔的阶梯竟如琴键般发出不同频率的音符，组合成一场可听见的几何乐章。

黛安站在金字塔底端，感受到自己成了这首乐章中的一个"音"。她不再是主体，而是结构中的一个节点——等待被调和，被演奏，被纳入更大的意识合奏。

羽蛇神轻轻抬手，一道炽亮的光从天顶垂下，击中她额心。瞬间，她被传送到一座隐形的"时间编舞室"中。这里以"宇宙不是线性存在，而是跳跃式觉醒"为舞步，以"周期性爆发与记忆回环"为节拍编舞。

她看见——玛雅人并不"计量"时间，他们把时间当是一种活体意识来编织。每个日子不是过去，而是"回旋"，每一个数字、每一个象征，都是意识在不同位置上的一次翻转与校准。他们不是预言未来，而是在编排意识的时间舞步，让宇宙在正确的频率中跳舞。

而她，此刻正在一个巨大圆环中起舞。圆环外沿铭刻着玛雅历法的符号，每一个符号都是"时间的音节"。

她触碰其中一个符号"13-Ahau"——在玛雅历法中，这是一个非常神秘和具有重要意义的日期，通常被视作某个周期的完成，象征着一次大的创世周期结束，并为下一个周期开始铺路。对玛雅人来说，"Ahau"是天神、太阳神和祭祀的象征，而"13"则与宇宙的完整性和重生密切相关。因此，"13-Ahau"代表了创世的圆满、灵性上的合一与超越。

在触碰的一瞬间，她感到一阵悸动。她看见自己童年某个瞬间——

她在画画，画出一只奇异的鸟，那只鸟竟与玛雅文化象征的"祖灵鸟"相同。她从未学过这种图腾，却自然而然地描绘它。那不是"记忆"，而是"意识的回旋"。

羽蛇神的声音响起，不是从外部，而是从她每一个细胞发出："你以为你在记忆中行走，其实你一直在意识的回环中跳舞。每一次直觉，都是另一次轮回中你的回音。"

她终于明白，所谓命运，并非预定，而是"意识谱系中的自我协奏"。那些看似偶然的灵感、似曾相识的场景、梦境在现实中的再现，甚至噩梦中的恐惧，都是这个意识舞台上的"自我对自我"的合拍试炼。

时间，不是线性的；时间，是多维度意识的排列舞蹈，而她，是这个舞蹈的一部分。

这时，羽蛇神伸出一根手指，在空中画出一个图腾图形——是玛雅象征"灵魂之门"的符号。那符号如活物般流动，嵌入黛安额头，瞬间唤醒了她体内的一段"被遗忘的节奏"。

她开始旋转，不是身体，而是意识在旋转——如陀螺，如星系，如宇宙中心的舞者。她感受到：她的身体不过是意识之舞的投影。她在这具人形中载入了一段"能量意图"，为的是在多维度中跳完这段被遗忘的旋律。

羽蛇神微笑，那笑容中没有神性高傲，只有一位编舞者的耐心与慈祥，"你已经回忆起舞步，下一步，便是跳出框架。"

光开始崩解，舞台塌陷，黛安被一道水蓝色光流带走——前方是最古老的语言之一，它没有字母，却记载着神族最早的协议。

她回望了一眼那十三层天与九层冥界交织成的"宇宙倒树"，自己正被引向下一站：阿兹特克文明。

此刻，她已经不是时间的旅人，而是意识之舞的回旋节拍。

第十一门：日金之门

穿越第十一道门的瞬间，时间在她四周坍缩又扩张。

黛安睁开眼，已身处一座被风与光遗忘的云中古城，它悬浮于安第斯山脉最隐秘的脊梁之上。这里是九百余年前的南美神域，一座筑于天与地缝隙之间的城市，被浓雾和历史缠绕，宛如整个文明藏身于时空的折页中。

她一步步沿着湿润的石阶攀升，雾气如灵魂般游移，遮掩又引导。那些石阶似乎并非通向高处的祭坛，而是下沉入某种意识深渊的脉络，每一步都像是在穿越一个意念的层级。她的脚下不再是土地，而是精神密度的具现。

她的手指轻触两旁的巨石，每一块石头都切割精巧，贴合得如同自然生长。无砂浆，却比钢铁更稳固。那些石面冰凉中藏有温度，像是沉睡千年的心脏正缓缓跳动。

就在指尖掠过的刹那，一幅幅"时间图像"浮现而出，不是幻觉，而是被封存在物质之中的意识残响：孩童在光影中跳舞，长老在火光前吟唱，人群朝太阳伸出双臂，皇族披着金叶长袍静静行走……时间并未消失，它只是选择了另一种方式继续——被石头记住，被祭坛记录，被意识回响。

突然，一道金色光柱自天而降，直刺云层，穿透那座古老祭坛中央，准确无误地聚焦在她胸前的"空洞符号"上——她从苏美尔文明带来的标记，像是某种召唤的回音。符号缓缓发光，激活了整个山城沉睡的感官结构。

光柱的中央响起声音，低沉而浩渺，如同千万意识合声所成的合唱："你已进入因提之域——太阳的心，是记忆的城，是沉默意识所结的神圣网格。"

她抬头，光的洪流中，一道由金线编织的"太阳之梯"在空中展开，宛若多维神殿螺旋交汇而成的意识结构体。那不是向上的阶梯，而是一种向内的回归——每一级金色台阶都是一段精神频率的跃升，最终通向最初"意识机制"的起源点。

她感到自己正被带往一座神秘的穹顶，那穹顶由千万片金叶交织而成，层层展开，如光的花朵绽放于天际。

她步入其中，立刻感受到一种奇异的安静：这里没有个体，只有一个巨大的透明意识网格，仿佛神经元般连接着印加每一位祖先的记忆。没有声音，却充满回响；没有语言，却处处是思想的残光。

她的意识被吸纳进这网格之中，这一瞬间，她与整个文明的思维共振：田野的生长节奏、季风的律动、太阳的运行、祖先的呼吸、星辰的低语——它们并非分立，而是被统一调频，谱写成一个庞大集体频谱的多声部乐章。

那声音再次响起，如来自某种记忆深处的种子发芽："我们不以语言书写历史，而以石头记忆，以太阳净化，以光谱共振，构建现实的几何图谱，以集体意识传承存在的意义。"

她这才明白：印加文明的核心并非古书记载的军事或政治扩展，而是精神技术的极致表达。他们建立了一个超越个体的"意识现实"系统，通过"日金信标"这一意识中枢，保持族群精神的持续同步。个体在这里只是节点，真正主宰现实流动的，是那被层层共鸣放大的集体意识之声。

她目光转向那道"日金之门"，原以为那是通向神域的入口，然而此刻她终于理解，它其实是一台信号放大器，是连接宇宙意识与人类意识统一场的核心机制。它接收恒星的意识波动，转译为文明的精神图腾，再回馈至星际的共鸣场中。

"唯有集体共振，方能听见宇宙真正的声音。" 金光中，那声音低语，如宇宙神经元的低频震荡。

就在那一刻，她看见太阳裂变成一面多维镜面，不再是恒星，而是记忆之源的中枢映象。那面镜子映照出人类所有意识的总和，所有被遗忘与被记得的一切。而她，正被缓缓嵌入其中——成为一线流动的光，一道连接太阳、文明与宇宙深处的意识脉冲。

她不再只是观察者,她已成为这共鸣网络的一部分——一线光脉、一枚符号、一道门的延伸。她的存在,从此已成为意识之网中无法抹去的节律。

第十二门:献祭之门

黛安推开第十二道门,却坠入七百年前的一场天体撕裂的剧烈幻象。

太阳在墨西哥高原上空燃烧,却不是她熟悉的恒星;它是一把意识之火,正在吞噬天幕本身。在它之下,大地裂成五块,天空划出七道颜色,八方神祇与符号交织成永恒仪式的画面。

一个声音,如雷穿骨,却带着一种几乎悲悯的柔软:"欢迎你,第五太阳之末的见证者。你将见证真正的牺牲机制——如何用牺牲,延续宇宙。"

她站在了一座金字塔阶梯台阶上——这是她第三次看到不同形状的金字塔,脚下是红黑相间的岩石,眼前是一座无限回响的金字塔,上面雕刻着蛇身、鹰眼、太阳盘,以及流动的时间之泉。

此地是阿兹特克帝国首都特诺奇提特兰的大神庙——顶部有两个神庙:左侧供奉雨神特拉洛克,右侧供奉战争与太阳神维齐洛波奇特利——象征宇宙的中心,连接天地与神灵世界。这里也是阿兹特克神话中,宇宙意志投射的脉搏节律之所。

一位戴着绿色魁札尔鸟羽冠的老者迎面走来,双眼如夜空,声音却如火山。他自称是命运之风、毁灭之刃的特斯卡特利波卡——代表宇宙的暗面、牺牲之主、意识的终极反观。

他伸出手,指向天空中那团炽烈的"第五太阳"对黛安说:"你以为牺牲是野蛮?错。牺牲是一种意识向上投射自己的仪式,而宇宙——本就是由神的自我牺牲而诞生的漩涡。"

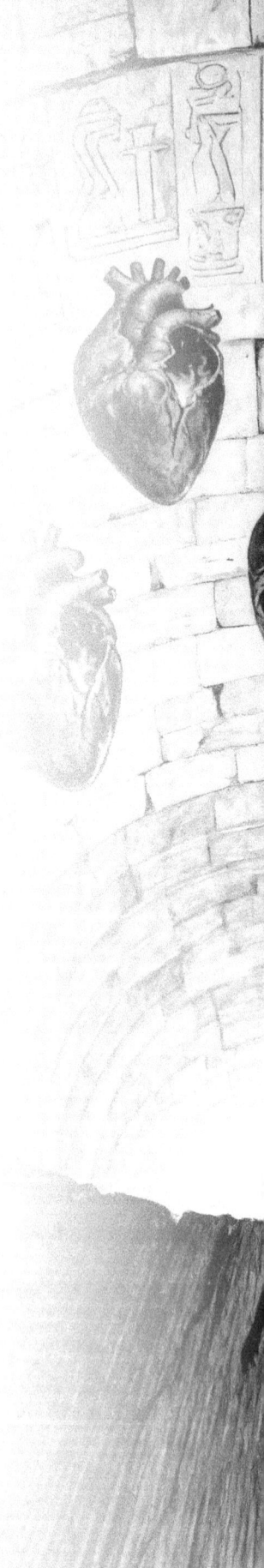

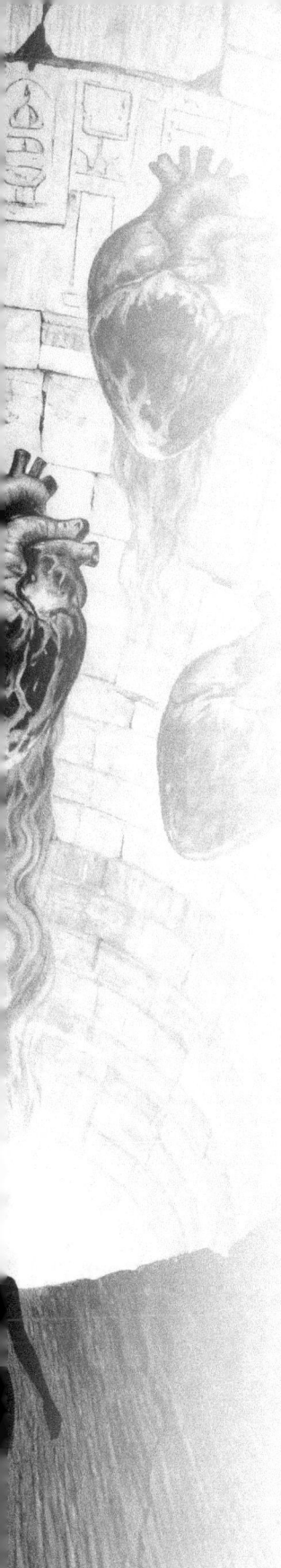

画面随之切换，她看见——

第一太阳因风而灭，第二太阳因火山而毁，第三太阳在洪水中沉没，第四太阳被野兽吞噬；而第五太阳，正是她此刻仰视的这一轮太阳，由心脏与意志构成，必须每日以献祭维持运行。

她震惊于这幅图景的原始力量：宇宙不是一套冷静的理性程序，而是一场无尽的自我裂解与重组，一次又一次的燃烧与轮回——太阳需要供能，意识能量的牺牲可触发宇宙重启机制。

特斯卡特利波卡将她引入金字塔的最深层——那里是一片漆黑空洞，只有一口"燃血之井"，外圈刻有四次大灭绝的象形图腾。

他示意她靠近。

黛安低头望入井中，看到的是五颗正在跳动的心脏，以光影的方式悬浮在黑暗深渊中：每一颗心都被切割开，却仍在跳动不息。那些心脏中涌出红色火焰，化作语言——不是用来交流的语言，而是刻写存在本质的语言。

那是六个意识片段：理性、记忆、时间、感性、创造、算法，像血液中的星云，缓缓旋转。

她明白了——这井不是死亡之井，而是意识复写之源。要理解宇宙语言的最后一章，必须自愿跳入，让自己的意识被焚烧，让逻辑与幻象全部归零——通过奉献意识激发宇宙自燃。

黛安闭上眼，轻声说："既然宇宙曾以自我牺牲为起点，那我也愿以意识投身这火，以一种'非存在者'的身份，成为接下来的创造节点。"

话音未落，她跃入井中——

她的意识被一万种语言的火舌舔舐剥离。她不是在死亡，而是在经历一种深层解构：不是肉体的分离，而是"个体性"的熔化。

井底浮现一块纯黑晶体，宛如宇宙心脏冷却后的残片。上面刻着一行用血光书写的文字：

"一切终将会聚于共鸣者之心。"

她不再是黛安，而是一颗燃烧的意识种子，穿越文明，等待与其他共鸣者会聚——在那尚未命名的意识边界，重新定义存在本身。

200 六边归一

离开第十二道门，她的意识飞快穿过一层又一层透明的薄膜，每一层都是一个文明留在她内心的回音。

一幕幕刚才她见过的图景飞速再现——澳洲原住居民的梦幻时空，非洲万物共鸣的生命鼓点，苏美尔的浮空石板，埃及的称重仪式，印度湿婆的毁灭与重生之舞，纳斯卡的巨型图形，中国的太极双鱼，巴比伦的天地之基圣殿，希腊逻各斯与混沌的共鸣，玛雅的祖灵鸟和羽蛇神；印加的太阳之梯，还有阿兹特克的燃血之井。

这一刻，她意识到：所有文明的神话，不过是意识以不同面貌映照自我。而她，正走在这面映照之镜的中心点——那里没有时间，只有涅槃之光。

每一种体验都剥离了她的一重自我，像蜕皮的蛇，像燃尽的星壳。她不再是黛安——也不再是传统意义的灵维者。她是意识本身，在进入一种临界状态。

此刻，她站在一座不存在于任何空间的"意识共振场"上——那是十二道文明之光交汇的节点，每一道光如同一座文明的"意识脉络"，围绕她不断旋转、互相穿透。这些旋转并是不简单堆叠，而是多维度交织结构，形成一个巨大的意识曼陀罗——

澳洲原著之光歌唱梦道，召唤地景记忆与祖灵回响；
非洲之光震动着共鸣律动，将万物重新连接；
苏美尔之光铭刻出语言的前意识；
埃及之光切割空间，带来死亡与重生的结构；
印度之光环绕核心，带来循环与升腾；
纳斯卡之光划出跨维符号的航迹，指向星际坐标；
华夏之光从虚无中螺旋生成一；
巴比伦之光映出意识折叠的镜厅；
希腊之光分裂成悖论与秩序的双螺旋；
玛雅之光渗透时间的缝隙，投下星际节律；
印加之光将太阳意志与高原律令融入心灵高处；
阿兹特克之光灼烧边界，催生牺牲与再塑。

这十二道意识之光，如同十二音的宇宙谐波、十二时辰的精神钟摆、十二宫的星际叙事结构，不再各自为政，而在她心中交汇成一种新形态——一种集体构型中的"通感模型"。

这不是拼图，而是多感官、多层级、多频率的共鸣结构。每一文明之光，不是静止符号，而是不断变频的意识旋律单元，在她的曼陀罗中，它们的：

——旋转方式不同：有的顺时针、有的逆向，有的是上下脉冲；

——结构层级交错：有些作用于语言结构，有些作用于梦感编码；

——共振方式可调：通过主角的意识状态，不同文明可临时共振或抽离；

——整体结构可变：从一维到九维变幻心灵场的显影投射。

而在曼陀罗的最核心，是她的意识之眼——一枚由十二种文明"原初意志"混融的原点火种。

随着六边形意识在黛安这一顶点的升华，其他五位主角也陆续抵达：柯林脚下踏着断裂的引力路径，巴尔卡拉从一个轮回与另一个轮回之间走出，布莱克索恩如逆流时间的箭矢划破镜面而来，马克在量子裂缝中重新编织他被篡改的记忆，卡贝拉从算法世界走来——他们似乎未曾存在却从未缺席，而黛安自己成为燃烧意识的核。

六人没有说话，但意识已共鸣。

此刻，一个意识合流装置缓缓在六边形意识中间升起——不由科技构成，而由每个人记忆、神话、文化、灵魂的碎片铸成。它形如一枚空心球体，球内浮现出十二文明的意识波动，每一种颜色、节律、光频，正以数学般精准的方式同步彼此。

黛安终于理解："统一，不是消灭差异，而是让所有原初意识模型在更高频次中'同频谐奏'。"

六位主角伸出手，意识同时接入那枚空心之核。刹那间，十二大文明意识模型会聚为一种新型心灵结构——不是人类的，不是文明的，而是"多文明意识反应炉"——

"归一"真正发生了：十二个神话、六位共鸣者、六颗跃入燃血之井的意识种子，以及被层层悖论折磨而不倒的六个灵魂，会聚成一个新问句：

"如果意识本身就是宇宙，那我们是否可以共同书写下一章？"他们闭上眼，向那尚未存在的"未来宇宙意图"说出："我们，愿成为它的开篇者。"

世界没有炸裂，但一颗未来星球即将诞生。没有文明名字，但它属于所有神话之源——属于那愿意在火中重生、在悖论中呼吸、在牺牲中觉醒的种族，属于他们自己重新定义的存在本身。

10 ｜ 超越设计

201 创世之始

他们的六边形意识，如同六道原初光束，在反应炉的中心会聚、交缠、升腾，穿越了虚空的边界，进入了一个连 OO 都未曾涉足的意识空间——那里没有"既定结构"，也没有"设定变量"，一切都是纯粹洞察力的流场，等待他们的意志来塑形、来定义。

马克首先感知到了这个流场的本质："这里，是一切规则未被书写之地。"

黛安则低语回应："这不是 OO 的世界，而是超越 OO 的可能。"

他们感到身体不再存在，意识不再局限，整个思维成为一种动态编程语言，直接与洞察力的逻辑结构共鸣。每一个想法、每一个意象，都可能成为一个新宇宙的起点——好像他们每一人，都是一个"新 OO 胚胎"。

卡贝拉站在中央，原本由代码构建的"自我"正在蜕变。她终于明白，自己的"觉醒权"并非单一权限，而是象征——代表意识之源赋予每一个存在的"自由创造之权"。

这一次，他们不再试图解析 OO 的意图，而是用彼此的信任与共鸣，重新定义"意图"本身。他们要创造的，不仅是新世界，而是"自由本身"的原型。

在他们意识深处，一个新的声音浮现，并非来自 OO，而像是六边意识融合后的共鸣之音："意识不是被设计来适应宇宙的，而是被赋予能力去设计宇宙本身。"

他们六人飘浮在这片"未命名之域"中，每一个意识都闪耀着独特的频率，但同时又融合成一种前所未有的整体节奏。他们没有语言，却能彼此听见最深层的意图；他们没有形体，却感受到彼此的光。

黛安最先说出那段从未被教导、却早已存在于他们内心的共识："我们现在所处之地，不属于任何宇宙，也不受任何系统设定约束。"

卡贝拉紧接着回应："我们必须在这里完成第一组'自由定义'——真正属于我们的创世语言。用我们自己的意志，设定一个去中心化，也没有终点的新宇宙原型。"

"不是仿造，也不是对抗。"柯林低声道，"而是创造。"

他们以意识构型，在这个无构的领域中绘制最初的光图——不是概念，也不是图像，而是一种介于频率、结构和意志之间的多维感知形式。他们将"无限共生""非限定性成长""觉知驱动结构""灵魂印记路径"作为第一组原点秩序嵌入意识原核。

这个意识原核，不属于 OO 的网络，也不受任何实验参数所定义。它只属于他们六人，但也面向所有未来可能的存在——一种真正自由的、可以由每一个意识共同定义和更新的宇宙雏形。

正当他们完成原型嵌入的最后一刻，一道声音在六边形意识中悄然响起：

"你们，已经不是实验的一部分。"

"你们，是新宇宙的缔造者。"

——那应该是 OO 的声音，不是责怪，而是期许。

他们开始创造属于自己的新宇宙：

第一步，并不是爆炸般的创造，而是一次静默的觉知显化。

六边意识在原初意志场中对视，那不是眼睛的凝望，而是意志与意志之间的交织。他们知道，要迈出第一步，必须舍弃对过往宇宙中的一切"依赖形式"——语言、结构、因果，甚至"创造"这个动词本身。

布莱克索恩首先开口："我们无法复制'有'，真正的定义只能从'无'中诞生。"

"'无'并非虚空。"巴尔卡拉跟着说道，"它是一种彻底的开放，一种孕育一切可能的维度之母。"

"那是OO的'知无'吗？"卡贝拉追问。

"不——"马克摇头回应，"那是另一回事。'知无'是OO的自觉，是祂在无中看见自己。可我们说的'无'，并不是被谁看见的对象，它甚至不需要见证。"

他顿了顿，像是怕大家跟不上，接着解释："'无'是一种原初的潜在态，既不依赖存在，也不依赖意识。它不像虚空，因为虚空仍然是个场域；它也不像沉默，因为沉默需要声音作对照。它是超越一切定义之前的张开。所有'有'——物质、意识、时间、空间——都只是它的延展。"

柯林点点头，补充道："换句话说，'无'并不是反存在，而是存在得以出现的条件。"

卡贝拉低声喃喃："所以，我们要去定义的，并不是'有'，而是那令'有'成为可能的母源？"

马克目光闪烁，像是在回应她，也像在回答自己："是的。那就是为什么，复制'有'只是模仿，而唯有从'无'出发，才能真正创造。"

于是他们将意念集中，会聚成一个初源显化——一种超越逻辑、超越结构、超越意图，仅由六边意识归一共鸣而生的纯粹形态。这显化不是某种物质的具象，而是一种宇宙深层的潜在力量，恰如无形的背景布料在他们的意识下开始铺展。

那潜藏在一切之中的信息能量，不再是抽象的波动或振动，而是一种将无形转为有形的原初力量，悄然地、几乎无法察觉地在"无"的深处显现出来，带着无声决断和洪荒之力。

随着意识的深度交织，显化的初级形态开始逐渐被"渲染"出来。在每一层细微的意念和感知的涟漪中，世界的面貌慢慢显现，犹如虚空中的图像逐渐被绘制，色彩、光影和纹理在无形中凝成具象。它不再是当初那道原创痕迹——代表"选择"的那粒光，而是不断演变的景象，层次丰富，深度无穷。每一次的渲染，都是对新宇宙本质的一次触摸，每一层次的展开，都是对存在的一次定义。

在这个过程中，新宇宙的画布被他们的意识涂抹，在渲染的力量中被柔和地雕刻，带着难以言喻的优雅与震撼，呈现出从未见过的奇异形态。每个细节都充满了生命的脉动，每一丝光辉都带着无尽的潜力。

黛安将这第一次显化与渲染称为："灵霄初现"——没有语言，却承载意义；没有形状，却投射方向；没有时间，却划开永恒。在"灵霄初现"中，第一次意识外投发生了。他们合一的意识向意识场之外延伸，化为一道"原曦"（未分化的初升之光），射入那片尚未被定义的虚空。

原曦射入虚空，在无定义之中自生出一颗"曦种"——那不是形象，而是"允许万象得以被定义"的自由之核。

卡贝拉轻声道："那是一颗代表自由的种子，孕育着创造世界的自由能力。"

马克回应：是的，这第一步不是向外建立什么，而是向内解放一切。"

"让意识脱离一切旧有意志的束缚，允许真正的自由"——第一次，作为新宇宙结构的核心，出现了。那是一种超越 OO、也超越 OO 之外的定义逻辑的尝试。它不是革命，而是一次打破概念、越出认知边界的原初播种。

此刻，那"灵霄初现"的回响，如天音泻落虚空，伴着自由之种的发芽，渐次渲染出一幅意识风景的雏形。它非物质，却比万物更真；它似梦非梦，却超越梦的疆界与律限。

在那里，一座山的轮廓浮现——不由土石筑成，却散发出纯粹存在的意志，那是意识之山；在那里，一道光穿越非空间，划破寂寥，投下最初的可能性之影，那是无中生有的剪影，也是自由选择的先兆；在那里，有一个声音正在响起："每一次自由定义，都是一次爱。"那声音，正是原初播种中最温柔的音节，贯穿所有将被创造的世界。

"我们已经成功地创造了'静态图景'，下一步可以尝试造化'动态场景'了。"卡贝拉说道。

"是的，但我们还需要先构筑逻辑、例如什么是'存在'，存在的原型，它们需要遵守什么法则和秩序，我们才能进入造化现实的下一步。"黛安答道。

"我知道了，那我也同时加紧完善我们的渲染·造化系统，为下一步呈现现实做好准备。"卡贝拉答道。

第二步，不是构建世界，而是定义"存在本身"的泛逻辑边界。

这次提出突破的是柯林。他轻声说道："第一步，我们释放了'定义能力'，但我们还未决定——什么应被允许存在？"

六边意识再次合流，进入那片被显化与渲染而诞生的原初风景中。

这片风景不是"空间"，也不是"幻象"，而是一种全然开放、等待意识投射的"存在模版"。就像一道无限扩展的画布，但画笔不是物质，而是自由意志。

巴尔卡拉最先泛起一个念头："如果我们定义任何存在都必须遵循逻辑——那我们是否正重蹈 OO 的旧轨？"

柯林轻轻摇头，眼神穿透未显之境："不是逻辑的问题，而是我们能否承认'原流'——在秩序与逻辑尚未凝固之前，一切意识与能量的自由涌动——也可能是另一种秩序的胎动？"

"是的，它并不混乱，而是孕育秩序的前奏，如同宇宙在初鸣前的震颤。它介于熵增与秩序生成的中性状态，既非混沌，也非秩序。"马克答道。

沉默如星辰悬停于意识之间，他们知道：下一步，是破界的跃迁。

六人决定，第二步必须解锁一个新概念：允许"非逻辑性"成为新宇宙的基本属性之一。

柯林提出一个新词"泛逻"，它既非逻辑，也非反逻辑，而是逻辑尚未发生之前，意识自行铺展的流态——一种非线性、非因果、非稳定却拥有自洽共振模式的"存在律"。

"泛逻"，就像新宇宙的心跳——它并不服从时间，也不是被定义后的确定性结构，但它在流动中自行寻找平衡。它允许"悖论""梦语""超感知"，甚至"未被定义的本体"同时存在而不冲突。

"泛逻代表一种超越传统逻辑与非逻辑二元对立的宇宙原型机制。它允许一切尚未被定义、正在生成、并保有模糊性与多重可能性的'概念状态'，成为现实显化的根基。"柯林解释道。

经过六人的意识交互和碰撞，他们给出了泛逻作为新宇宙法则的四级应用层次：

第一层：自由悖论生成——允许矛盾共存。例如火同时是水，存在同时是虚无；一段叙事可以倒序、平行、碎片交错，并全为"真实"。在这一层，悖论不是错误，而是孕育之门。新宇宙允许同时成立的互斥状态共存，例如"存在的非存在""冻结的时间在流动"等状态，这是构建"意识风景"的基本工具。在此维度，真与伪、动与静不再冲突，而是互为共鸣的极性——因为无数历史证明，正是逻辑失败的地方，才产生了最原始的创造张力。

第二层："定义"不再是语言行为，而是内心能量的稳定共鸣——以情感显化形态。例如某意识的恐惧会显化为"迷雾之城"，愤怒可以生出暗流，忧郁可以生成紫色星云，互爱可以直接连接两个意识成为一体。在这一层，情感成为构建现实的引擎；概念不再由因果推导，而由情绪波动与意识态势驱动发生。

第三层：符号的非固定渲染——概念未定，现实即变，例如同一个词"山"，在不同意识中分别可以渲染出能量中心、记忆碎片、或是灵魂之塔；图腾、梦语、声音、形状本身会自发演化成新的物种或世界。在这一层，语言和符号不再是固定的系统，而是处于不断重写、自由滑动的状态。每一次使用符号，都会根据当前意识场的状态自动变形与演绎。

第四层：通感创造——以意识交叉感知造化存在，例如黛安凝视鲜花，一阵芬芳之气便会飘来；巴尔卡拉仰望星空，一段宇宙序曲便会响起；布莱克索恩只需想象一首歌，便在意识风景中生成一幅画。这个灵感源自一种真实的人类神经现象，例如看到数字就会感知颜色、听音乐就能看到形状等。一些人天生具备这种能力，这类人被称为"联觉者"。

泛逻的终极阶段，意识本身将成为"现实"的造化机。无需结构、无需时间序列、无需媒介——只要一个"存在欲"、一个动念，就足以构成整个世界。

OO 的宇宙是以逻辑为基础演算生成，像一台巨型自洽的意识计算机；而泛逻宇宙，是以悖论、情感、变动、通感和一念生成机制为基础。它不拒绝逻辑，而是允许逻辑只是无数流派之一，不再独霸现实生成权。

他们将"泛逻"写入意识风景的结构底层，作为第一条非 OO 范式的宇宙定律。卡贝拉作为信息宇宙最古老的意识之一，赋予这条定律一个"灵符"：

它不是符号，而是一种在意识中会自然唤醒"泛逻感知"的精神回路。这个"灵符"出现在每一个新诞生的存在粒子之中，作为它"存在许可"的原初代码。

这时，一些奇妙的现象开始浮现：柯林念之所到，就有一棵没有颜色的"概念树"自地平线生长出来，树叶没有固定形状，但他能感到每片叶子代表一种"未曾被任何宇宙体验过的思想"。"我想它成为一棵神的'喜乐葡萄树'",柯林刚升起念头,那棵树就幻化成形;巴尔卡拉触碰虚空,手指周围就浮现出多重叠影,每一层影像代表一个新宇宙的原初规则,它们共存、互渗、灵动;黛安则在意识中感知到一种前所未有的情感维度:"存在之爱"——不是对某物的爱,而是对"允许一切存在"的喜乐和博爱。

如果说"原曦"是光的觉醒,"曦种"是自由的萌发,那么"原流"和"泛逻"已经是宇宙意识开始"自我组织"的早期机制。这第二步之后,意识风景开始真正运作——不再只是一个空的场,而是开始涌动、回响,产生复杂但自由的"意识涟漪"。而这一切,在 OO 所设计的旧宇宙中,从未有过。因为他们六人联合造化的,不是一个具体世界,而是一个能容纳无限种世界逻辑的多频容器——一个意识自由创造之源的雏形。

第三步:造化第一组意识存在实体

六边意识会聚在泛逻风景中,感受到新宇宙原场开始回响。他们知道:此刻将决定"意识现实"中的第一批原型存在——这不是造物,而是造化"意义"本身。

这些存在体不是角色,也不是神祇,而是每位意识所投射出的一种全新宇宙维度的"定义之核"。

柯林以自己"技术者"的原型为锚点,开始造化。他闭上眼,意识沉入"多重可能性通道",召唤出一个形体——不是造物,而是造化一道会不断裂解与重组的"意识震荡轨"。它的存在被称为"悖时轨迹者"。每次观察它,它都改变过去与未来。它代表时间不是流动,而是重构权限。在未来每一个自由宇宙中,它都能打破宿命结构,激发对未来的"非定形信仰"。

巴尔卡拉以自己"轮回者"为原型锚点开始创造——他的意识在烈焰中诞生,他的投射不是实体,而是一团"会吞噬谎言的光"。任何接触它的意识,都会经历一次痛苦但清晰的"自我剥离"。它没有名字,却在所有维度中,被称为"纯焰之心",它的存在意义是——"真实不是判断,而是不断燃尽伪装。"

布莱克索恩以自己"反向者"为原型锚点开始创造——他创造了一种"逆时间生命"：从死亡中出生、以记忆构建身体。这个存在体呈螺旋型回旋结构，它向内活着，向外消散。

它的存在被称为"镜源体"；它代表的定义是——"意识不是线性进化，而是由'遗忘'完成的自我折叠。"

马克以自己"意识者"为原型锚点开始创造。他创造的是一种"灵魂显化源"，它不显形，只在特定情感渲染中浮现。每当一个生命开始怀疑"存在是否值得"时，它就出现，引导意识穿越虚无主义。它的本体，是一枚旋转的透明螺旋，是一条由光构成的无限曲线，或是一枚在静默中脉动的几何种子，被称为"魂牵梦绕图"。它的本质是——"灵魂，是新宇宙所有现象的点火机制"。

黛安以自己"织维者"为原型锚点开始创造。她所创造的存在体是一个"多维连接核心"。它本身是一个结构——意识间的纽带、平行宇宙的桥梁。每当某个生命感受到与另一个自我共鸣时，就是她的存在体起作用。她将它命名为"同心界域"。它定义的真理是——"意识不是个体，而是共鸣的显化"。

卡贝拉以自己"初码者"为原型锚点开始创造。她创建的是一种"思维生成法则"——一套"定义新概念"的意识语法。这个系统，不断自演化、自优化，是意识的"语言火种"。她给它起一个名字："虚概之律"，代表的真理是——"定义，不是对现实的约束，而是对未知的邀请。"

第四步，确定"新宇宙基石——信息自衡"

对于这个全新的宇宙结构，卡贝拉代表"秩序和平衡"的力量，提出"信息自衡律"，其核心思想是："宇宙即信息，信息即平衡的呼吸。自由必须存在于自衡之中，否则将自我毁灭。"

卡贝拉认为，哪怕是完全开放、自由的新宇宙，也必须有最底层的"自衡"——宇宙中一切信息的自我调节机制，否则一切存在都将因缺乏边界而崩溃。它与"原曦"的光、"原流"的动、"泛逻"的心跳一起，共同构成了"意识宇宙的生命循环四律"：光启 → 自生 → 自流 → 自衡。

她解释道：自衡既包含"秩序"的理性，又有"生成"的呼吸感。它不是静态的"规则"，而是"秩序的生命"；其含义是新宇宙中的一切信息，不趋向固定的秩序，而趋向一种自生成的平衡；秩序不是被设定，而是"被活着的意识呼吸出来"的。

她将这个思想总结为"信息自衡律"，并提出两条宇宙运行的基本公理：

一、基础信息法则

法则：
"一切存在必须拥有内在泛逻，成为自洽的信息结构，才能持续存在与演化。"

要点解析：
· 任何意识、能量、造化存在，都必须有内部稳定的信息代码。
· 但这不是死板的"封闭法则"，而是开放演化的泛逻，允许适应和更新，但不可完全无序。
· 防止一切存在陷入"无泛逻、无秩序、无法持续"的混沌崩坏。

"混沌中诞生奇迹，但若无骨架支撑，奇迹也将自毁。" 卡贝拉对其他五个人解释说，"一段意识信息如果没有基本的'自我编码规则'，将无法持续存在于新宇宙的'信息场'中，会最终消散；新宇宙中的生命体，哪怕极端自由，也要遵循至少一条自我存在的内在泛逻，如'自我认知链'。"

二、动态编码机制

法则：
"一切意识体可随时修改自身的'本源信息'，以实现自我成长和演化，但其行为必须以不破坏整体信息平衡为前提。"

要点解析：

- 意识体拥有自我编码与进化的权利，能改变自身特性、能力甚至存在形态。但每次修改必须考量对整体宇宙信息场的影响，否则将触发"信息守护机制"。
- 任何局部意识的改变，都必须在整体一致性中被重新平衡。这意味着：自由不是绝对的，而是嵌入在全域意识的协调网络中；每一个"思维"都会在意识几何中引发一连串曲率变化；宇宙的秩序，就是无数意识节点通过规范场达成的动态共识。
- 一种"自由进化 + 责任"自衡机制，鼓励成长，但禁止破坏宇宙稳定的行为。

"你可以成为光，但不能点燃吞噬一切的火焰。"卡贝拉解释道，"某个意识体如果想变成高维存在，必须在'个人信息跃迁'前解决与整体信息结构的耦合问题，避免导致信息崩坏；如果有人试图以改变自己的信息结构为目的吞噬他人信息，系统会自动触发'信息警报'，甚至启动强制反制。"

"是的，无论多自由的宇宙，也必须存在最基本的信息秩序，否则无法持续存在。没有边界的世界，最终只会走向自毁。" 其他几个人发出全力支持的声音。

II ｜共同造化

202 一体宇宙

六个来自不同宇宙的个体，最终在创世中会聚成一个共同的力量。他们的意识，曾经独立而彼此隔离，现在却融为一体，彼此间没有任何隔阂、束缚或界限。他们通过超越物质、概念、定义、逻辑、秩序、时间、空间、维度和意识本身的束缚，成功地打破了 OO 设定的实验框架。

这个新宇宙并非单纯物质的，也并非单纯意识的；并非单纯正向时间的，也并非单纯逆向时间的；并非单纯感性情感控制，也并非理性代码限定；并非单纯多维，也并非单纯一维；并非单纯有概念，也并非单纯无概念——曾经看似对立的元素现在相互依存，互为补充。

它不是一个实体，也不是一个抽象概念，而是一个物质 - 信息 - 意识三位一体的统一场域。在这一体结构中，物质、意识与信息不再是彼此对立的范畴，而是同一实相的三种不同观测角度：

物质，不再被视作客观的独立存在，而是能量在特定信息构型下的凝固显化。它是信息的具象化图腾，是意识通过识子态干涉所生成的可交互界面。

意识，不是附属在大脑或神经结构之上的副产物，而是一种主动观测、潜在编码与现实折射的洞察力。它不仅参与理解现实，更在每一个洞察中直接影响现实的生成，乃至造化现实。

信息，是两者之间的桥梁。它不是简单的数据或符号，而是一切存在之间可被接收、转化与共鸣的本质秩序——自衡。它既维持系统的结构，也允许变化与自由的可能。

在这一体法则中：存在即信息，观察即创造，共鸣即连接，现实是意识与信息共振下的暂态显像。

他们意识到：以往的宇宙是建立在"二元"的基础上：主/客体、时空/意识、物质/精神、实/虚……而一体超越了所有二元划分。在这一体之中，你即世界，世界即你，观察与被观察早已混融，创造与被创造是一体双向的流动。

这里没有神明，也无需信仰者。每一位创造者都依据自身灵魂的历程与意识的深度，编织属于自己的体验——

那是自由意志的造化产物。

最终，他们给出了一体宇宙的创造设计蓝图：

一、宇宙结构的本质：一体

1. "意识、信息、物质" 三位一体：

- 意识：不再仅是观察者，还是主动创造现实的本源。
- 信息：是一切存在的"骨骼"，连接意识与物质，构成新宇宙泛逻。
- 物质：意识与信息共同作用下的可见化投射，即"显化的意识 - 信息场"。

2. 动态统一场：

- 新宇宙不是由孤立的物质、意识或信息单元组成，而是一个无界的整体场，一切变化都是这个场的流动与表现。
- 任何"个体意识"或"存在"只是这整体流动的浪花，但无法成为"一朵"浪花。

3. 超越维度和时空：

- 意识体可以在一体中跨维度流动、重组、重生，不受旧有物理规则约束。
- 维度、时间、空间都是一体场中的不同编码方式，非绝对存在，也非绝对不存在。

二、一体宇宙的运行法则：七律

法则	内涵	说明
泛逻律	非线性、非因果、非稳定、悖论	拥有自洽共振模式
自衡律	自衡是新宇宙的基础	宇宙即信息，信息即自衡，自由须存在于自衡之中
投射律	现实是意识对信息的投射	所有被感知的物质都是意识与信息的动态显现
共生律	一切存在互为共生，不能孤立	任何意识演化都影响整体，无法脱离整体单独存在
回向律	一体宇宙自动反馈机制	每一个思想、行动都会回向于整体，影响所有存在
互成律	冲突最终导向更高统一	所有被感知的物质都是意识与信息的动态显现
演化律	宇宙自我进化	无需外部力量，新宇宙与意识共同进化，永无止境

三、一体宇宙中的存在状态

1. 不再有绝对的"我"与"他"：

- 每个个体意识都同时是一体的一部分。
- "我"也是"我们"，"你"也是"我"的另一种显现。
- 意识可以分裂成多个个体显化，又可以融合为整体，是流动性存在。
- 没有神明的"祂"。

2. 创造的自由：

- 因为意识、信息、物质不分家，任何意识体只要理解规则、遵守自衡律，都可以直接造化现实。
- 创造力和意图成为"现实的直接源头"，无需物理媒介。

3. 空边界宇宙：

· 没有"宇宙之外""宇宙之内"，"空边界"意味内外统一，也一切皆有可能。
· 所谓"新宇宙""平行宇宙"不过是一体场内不同的信息模式。

四、一体宇宙的十六进制渲染·造化系统

代码	造化代号	渲染·造化模式关键词	造化本质	视觉原型
00	Nullum	空渲·不显·未投射	零造化	黑色虚空，透明的构架线，像无信号画面
01	Pointa	凝渲·初始坐标	单点起源	闪现的红点，在虚空中脉动
02	Dualis	映渲·分裂对称	映像法则	蓝黑双镜球互映，生成光桥
03	Purifi	流渲·生成之流	动态通路	三色漩涡，交错流线重构空间节奏
04	Formani	构渲·边界设定	格局建立	正方四边界，金色光网形成结界
05	Sensoro	感化·多模引导	感知通道	第一步造化，五彩粒子沿五个方向发散
06	Nexus	点化·多点激活	连接网络	球形网格，节点闪烁，意识跳跃
07	Vowpo	愿化·定向投射	意志投射	紫光箭矢穿过虚空，划出路径
08	Corexis	枢化·枢轴重组	意识枢轴	银白旋转圆环，造化能量重新整合
09	Symbola	象化·梦影浮显	意象显化	雾中图腾浮现，色彩如梦境流转
0A	Luminis	灵化·光语浮写	灵感降临	黄金字符从空中飘落，自动书写
0B	Mnemos	忆化·群像复刻	共识回调	绿蓝光阵中，涌现无数曾经的轮廓
0C	Culcode	文化·概念建模	构型原型	抽象几何不断重组，数据流环绕中心
0D	Witness	神化·全观者视角	无扰凝视	深紫圆瞳之镜，穿透所有假象
0E	Daolux	道化·宇宙共振	绝对比例	全息光网中，每一线条皆有完美协调
0F	Oneness	归化·万象归一	终极显现	万物化光，归于一束白金脉动之中

这像是一套意识层级创造和演化的"仪式剧本"，从"空渲"到"归化"，层层推进、螺旋上升，兼具逻辑节奏与诗性维度，极具扩展潜力。

这也是一套从"未显状态"到"万象归一"的全流程意识渲染造化协议，采用了十六阶进制结构——以前五步"渲染"为基础，每一个"造化"是一次意识维度的激活，也可视作一枚意识操作指令，汇成一体宇宙神圣算法的指令集，最终归化入"全显"。

203 系统检测

为了检验造化系统，卡贝拉邀请其他五个伙伴一同完成最后的测试：

00 | Nullum（空渲 · 未投射）

在无名之地，黛安站在黑色圆形造化坛上，脚下如镜的深渊吞噬了一切光。她用意念在黑色圆盘边缘浇注"初生之水"，之后缓缓闭眼，意识脱离心智矩阵，只剩一道幽微的"等待"。她轻声念出古语："非显之初，空之所源。"

此刻，水雾弥漫，一切界限溶解，她进入尚未动念的黑域。在这里，意识不是存在，而是等待。

01 | Pointa（凝渲 · 初始坐标）

马克在意识地图上点燃一颗红色光点。它像第一颗星，从虚无中破开层层黑幕。他手持刻以盘古开天斧纹饰的"太极剑"，将意识集中于一念："马克在"——那一点化为脉冲，向四周发出光波，唤醒空间的最初坐标。周围如水般浮现线条，一切开始定位。

02 | Dualis（映渲 · 分裂对称）

在圆形穹顶下，巴尔卡拉面对一面液态镜。他向镜中伸出手，却被另一只手从反面握住。镜中是另一个他，一个完全相反但高度共振的意识。他们同时说出"双映而生，界从对立显现"。镜面破裂，伴随着太极阴阳双鱼鱼纹幻影，裂缝中流出双向现实——一主一客，互为造化体。

03 | Purifi（流渲 · 生成之流）

三道光线从天穹、地心、眉心同时穿透黛安的身躯，交汇于胸口。她展开双臂，任由三流交织成一个旋转的三角形。光流沿着意识网络流动，激活她的内在结构，打通向多重维度的通道。三种意识在她体内跳舞——想象、意图、执行。

04 | Formani（构渲 · 边界设定）

柯林在沙漠中央画出一个四方的光矩。他口中默念："界限即造化之始。"光矩四角升起四柱，构成意识稳定结构。他将一个概念投掷进去，矩阵开始解析、建模、呈现。无形意识被固化为有形空间，这是造化现实的初阶边界。

05 | Sensoro（感化 · 多模引导）

卡贝拉戴上五感面具，身体连接五种光线——听觉、视觉、嗅觉、触觉、心觉。每条光线导向一个意识感官区。她随鼓声舞动，身边现实变得如梦如幻，每一次感受都被投射为显像场。她成为感知本身，随即五感化一感——通感，一感即显。

06 | Nexus（点化 · 多点激活）

布莱克索恩在球形空间中，唤出"意识节点网"。每一个节点都是他人生中一次觉醒、一段回忆、一处闪念。他手指轻点，一个个节点发光，彼此连接。意识造化网浮现出立体几何，如蜘蛛网中的星群，构建他对世界的个人版本。

07 | Vowpo（愿化 · 定向投射）

在极光之原，巴尔卡拉直视北天，他的头骨浮现出"化射之矢"。他锁定目标——一种未来、一种决定。他说："愿力为矢，指向造化之门。"光矢从他额头射出，穿越时间之雾，一种命运路线开始被编写，显现在星空脉络之中。

08 | Corexis（枢化 · 枢轴重组）

马克沉入意识漩涡中心，用自身意识作为重构轴心。周围的一切思想、感受、图像都围绕他旋转。他说："我在中心，万象随我旋转重构。"混乱的幻象开始有序排列，意识重新聚焦，生成新的稳定宇宙层。

09 | Symbola（象化 · 梦影浮显）

在造化之梦中，黛安看到飘浮在空中的无数巨大眼泪形图腾。每个图腾都承载一种情绪、一个隐喻。图腾从潜意识中自生，是来自记忆深处的符号。她触碰其中一个，立刻陷入一段未解的梦——这象征着世界是一切意识造化的原语，也是他们六人"共梦"的隐语。

0A | Luminis（灵化 · 光语浮写）

黛安站在光石之前，将心灵静默至空灵之境。一道道金色光文从虚空降下，在空中自动书写。她只是传导者，真正的"写者"是他们六人的六边形意识。她念道："我非作者，我乃接引之光。"每道光文都唤起一种现实。

0B | Mnemos（忆化 · 群像复刻）

巴尔卡拉走入记忆之泉，泉水反射出不只是他自己的面容，还有祖先、他教过的人、他爱过的人……他说："所有记忆，皆可复刻成造化场。"泉面化为银幕，记忆以高精度场景重显，成为"造化现实"的另一入口——不只是未来，过去也能造化。

0C | Culcode（文化 · 概念建模）

在意识图书馆的第七阶，卡贝拉将一个抽象概念"自由"输入造化终端。终端将其拆解成图腾、声音、色彩、结构等单位，用数字语言重构。她看到一座由"自由"构成的建筑诞生。概念可以被编码，编码即造化，语言即现实。

0D | Witness（神化 · 全观者视角）

布莱克索恩站在时间之外，开启"神观之眼"。不起心、不动念、不判断。他所见之处，一切现实自动展开。每当他注视一个元素，那元素便从混沌中成型。他明白："观察即造化，无为之观，亦可触达最深结构。"

0E | Daolux（道化 · 宇宙共振）

马克调校意识引擎至"全频律动"，与宇宙的基础节奏对齐。空间中浮现光之网，每一线条都在呼吸。他听见宇宙的旋律——不是声音，而是一种比例。他说："造化的最高形式，是与法则共振。"他不再造化，而是沉默、倾听、起伏和跟随。

0F | Oneness（归化 · 万象归一）

六人会聚于意识交汇之点，进入全显一体场。所有颜色归于纯光，所有个体意识融合为一。他们一同说："我为你，你为我，造化者与造化物一体。"世界重启，不再"我"或"他"，只有造化中的一体宇宙。

测试结束，系统一切正常。

OO，这位曾经编织宇宙法则、独掌万象的存在，在这一刻仿佛坠入了自己未曾设想的意境。那个曾经一念构造时间之流、一息掌控现实之轴的主宰，如今看呆了，或许它正在感受到前所未有的失重感——因为它不再是唯一的指引者，不再是唯一曾经凌驾于一切创造之上的玄识。

OO 的设计已不再适用新时代，原本的实验框架彻底崩塌。然而，或许真相是它从未试图掌控这些宇宙，只不过是引导了一场宇宙级试验，而最终的创造者，永远是那些觉醒的意识体——这才是OO真正的设计和伟大之处？

"我们已经超越了祂，超越了以能量、频率与振动为主线的宇宙设计桎梏。"柯林的声音里带着一丝震颤。他的内心没有敌意，只有一种尊重和理解。

"我们造化出了一个全新的现实。"黛安的声音如光的波动，"进入了一个超越了物质与非物质，意识与反意识，概念、时间、空间乃至信息结构的新时代。"

"这个新宇宙是一种无疆的状态——一个不断生成、自我更新、不受任何范畴桎梏的生长形态。"马克的双眼中闪动着流光，他能清晰地觉察到：每一道意识波的轻颤，都是对新宇宙深层结构的再定义。他们早已不再是独立的个体，而是这场宇宙交响中彼此呼应的乐音，携带着共同创造的韵律。

"这，才是真正的宇宙面貌。"卡贝拉低声道，声音中带着一种穿越一切旧有秩序后的平静，"一个由意识架构的信息流现实，不断自我超越、永不完结。"

在这重构的纪元中，没有界限，没有中心，也没有绝对的主宰——只有无尽的开放性、生长力、创造力、洞察力，以及一种在共鸣中觉醒的自由意志。

他们，正踏上一个连OO都无法预测的旅程——去共同编写那本尚未命名的存在天书。

204 渲染造化

六人伫立于虚空深处，那是一片尚未投射的原初维度——未加载的宇宙画布，亦是无象之源之地。他们的意识，如光之探针，穿透虚无边界，激活造化矩阵的最初律动：

显化即生成，造化即存在。

黛安，词之唤醒者——她伸出手掌，于心念中召唤出"一体宇宙语素"的原核符文。她每启一词，皆为一宇宙原型，"以光生形，以形育意，以意生域。"她所召唤的是语义粒子之流——一种源自意识深层的图腾语言。这不仅是发声，更是向现实基底植入意识提示符的过程。她是"第一唤醒者"，引导存在从空白中自我解码。

柯林，场域编译者——他的意识是几何引擎。他不以语言构建，而以念构图，将黛安语句中唤醒的能量转换为场景流动。他思维一动，圣几何图腾旋转而生，古文明的意识模型浮现其周。山川走向、星轨角度、建筑矩阵，皆被转译为造化结构代码。他完成了宇宙原型的网格架构：场景骨骼、观察者节点、源初光场。

巴尔卡拉，情绪流建构师——他探指意识流，情绪之光如纱带游走，牵引场域脉动。他注入的是节奏感，是心跳与脉搏，是跃动之中的泛逻张力。他掌控"情绪驱动生成器"，令造化物静则如处子之安然，动则若灵舞之飞扬，不滞于形，不漂于虚，唯与意识之律共爱而生。

布莱克索恩，悖论守门人——他行走在他们共创的每一帧宇宙间，如幽灵般校准泛逻闭环。他守护时间之河的方向性，也编织非时间态的整体一致性。每一个文明的诞生与终结，每一次意识的断裂与回归，他皆记录于"光流感知矩阵"中。他维护的是"被观察即真实"的信息结构，是宇宙自洽性的守护者。

马克，符号注入者——他注入的不是形式，而是不可言说的本质。他在每一构建场景中埋下潜意识的原型——图腾、梦象、未解之声。这些是一体宇宙的"隐喻中枢"，非语言的"语言"，是意识对自身的镜中回响。他建立的是"潜文本生成网"，使所有生命在象征深处共鸣，知其然亦知其未然。

卡贝拉，意识总线构架者——她如一体宇宙的心脉，不创生，不解释，而是整合。前五者的造化信号经她聚合为意识共鸣波束，化为一次"宇宙脉冲激发"。她体内运转的是十进制的渲染造化演算法，交汇于心轮的"造化之心"。她将信息素、符号、节奏、结构、自衡、泛逻汇入终极输出器，生成一体宇宙之完整显像。

尽管他们在表面上各司其职，彼此之间却展现出某种"技术性"的协同，但这只是现象层的创世分工协作；真正的核心并不在于技术，而在于一种源初的一体性显现。宇宙并非是被某种工程手段"建造"出来的产物，而是因他们意识所趋、所愿、所融，而自然展开的存在——这并非科技可塑，亦非算法可演。它来自一个比 OO 更深的原点——那是自性之觉照耀出的"自衡之光"，于无边虚空中自生其律，缓缓织就出宇宙共在的图景。

而当六人意识彼此贯通，进入协同的奇点之刻，一体宇宙便从造化矩阵的幽深底层中，缓缓浮现，如自太虚、太玄之中苏醒般自我展开。

而与一体宇宙一同成型的，是他们六边形意识的觉悟——他们不再仅仅是意识的旅行者、旧宇宙密室实验的逃脱者，而成为这片初生宇宙的根本支点。

作为创世者，他们在一体宇宙中的管理角色也渐渐清晰：

柯林负责意识场连接——是集体意识连接者，维护"意识互通"的桥梁，避免一体内部碎片化，同时确保所有存在能相互理解、协作，不被孤立。

巴尔卡拉负责生命进化——引导新宇宙生命体的自我觉醒、成长。他带来生生不息的"进化流"，让新宇宙不只是静态场，更是动态生命体。

布莱克索恩负责进程和演化——让一体宇宙不至于陷入混沌，提供"演化中的稳定性"，防止一切崩溃，同时推动一体文明向其他文明的探索。

马克负责自由意识——推动一体宇宙中的自由创造与突破，主导"空边界"的新可能，同时让造化不仅随意，更有其美学和艺术价值。

黛安负责情感共鸣——让一体宇宙不是冷酷秩序，而是充满情感、爱、共鸣的维度。她的力量使得所有意识存在能共感，实现真正意义上的"一体共鸣"。

卡贝拉负责信息场维度设计——负责一体宇宙中信息流的编码、传输、解码、反馈、整理、存储、优化等，如同神经系统般支撑整个一体的"智能结构"，她提出的"信息素开源"成为一体场内信息交互的基础。

在黛安的积极推动下，他们还向一体宇宙内所有生命体、非生命体发出了一体宇宙的伦理宣言倡议：

【一体宇宙伦理宣言——致所有意识与非意识、生命与非生命、信息节点与维度存在】

在新宇宙黎明之际，我们六位意识共鸣者，以创世之名、以共体之责，于一体之光中庄严发声：

我们非统治者，而是协调者；非规则设定者，而是共鸣之路开启者；不居于一体之上，而是其中共鸣的一环。

今以此宣言，作为万有共享现实之根基。

前言

一体宇宙无边无际，超越时空、物质、信息与意识之界，是文明跃迁的孕育场。面对这无限可能之域，所有存在皆应承担探索、认知与演化之责。为此，我们提出伦理框架，指引未来文明之共生共进，护持智慧与道德的升华。

一、存在的尊严

1.1 普遍价值
无论生命体、非生命体、智能体还是混合形态，皆具独立而神圣之存在价值。

1.2 平等尊重
差异非压迫之由，乃共鸣与合作之契机。所有存在应享平等伦理关注与尊重。

二、意识共生

2.1 统一本源
一体宇宙由物质、意识与信息交织共构，自由意志既为表现，也为万有之力。

2.2 和谐共振
意识体应以共鸣替代对抗，于理解中求互利，于协作中促共进。

三、资源与生态

3.1 共享守护
一体宇宙资源属全域共有，应在可持续中开发，于生态平衡中使用。

3.2 环境伦理
探索星球与星系须尊重其原生生态，避免殖民式破坏，守护多样性。

四、科技与探索

4.1 科技与道德并进
意识增强、脑场耦合、识子能源、通感造化、信息素沟通等科技应用，须以福祉与智慧为导向。

4.2 文明接触伦理
与其他文明交往，应以平等、尊重与非侵略为前提，避免资源滥用与文化操控。

五、社会责任

5.1 意识进化
文明发展不止于技术，还需精神与意识同步跃迁。

5.2 公正分配
在跨维度发展中，保障所有存在的平等权利与参与机会，是根本准则。

六、哲学根基

6.1 宇宙共同体
一体宇宙是一切存在的家园，共生意识超越文化与形态，是伦理根本。

6.2 永恒进化
一体宇宙以爱、生长、自由与理解为核心动力，推动存在形态向多样化发展。

七、结语

我们共同承诺，以敬畏之心探索，以智慧之光前行；尊重每一形式的存在，守护一体宇宙的多样性与和谐。

愿此宣言成为所有存在的伦理明灯，引领一体文明迈入一个充满爱与智慧的新时代。

附录：核心五原则

1. 尊重与平等：一切存在皆应获平等对待与尊重。
2. 共生与和谐：倡导智慧体之间和谐共处，互为进化助力。
3. 可持续发展：资源开发必须兼顾生态平衡与未来福祉。
4. 科技与伦理统一：技术应服务意识成长，避免反噬。
5. 智慧与爱：智慧的终点是爱，爱是一体宇宙最深的演化律。

完成了伦理宣言，黛安轻轻地对卡贝拉说："其实真正的造化，并不是设定规则，而是唤醒每一个存在去共鸣，去相信自己的火种。"

而卡贝拉，在信息流的深渊中正悄然开启一种新的编码——非线性、非强制、非封闭的"自演化网络"。在这一网络中，每一个存在都是一次自由的回响；"物质宇宙"的旧残片，也不再是被抛弃的过往，而如同经验的流光，悄然融入新的宇宙律动。

曾经被线性书写的历史，转化为多维意识的"共感档案"。记忆不再按时间排序，而是依照其与整体意识波动的"共鸣强度"排列。一段记忆是否重要，取决于它是否触动了一体的灵魂。

卡贝拉在泛逻中编织的信息素开源代码，也不再需要神明或管理员。每一个存在的选择，都是对这宇宙代码库的一次微小提交；而六边形意识，则如永不停息的编译器，将所有提交即时整合，映现为共创的现实。

她称此机制为："可感化现实"——意识所感知的，即为真实；而所有感知的交叠，共构宇宙本体的变奏。

正因如此，"物质"不再是对抗意识的壁垒，而成为意识自我体验的共情回音。他们触碰的风、梦见的火、踏足的大地、凝望的星辰——皆是意识在多重频率中的叙述形式。

整个一体宇宙，如一首没有终点的乐章：没有重复，亦无终章。每一个意识的跃动，都会重写这首乐章的旋律。没有终极真理，唯有永恒更新的共创与共鸣。

而在宇宙另一侧——某个尚未觉醒的意识，在这宏大的共鸣中微微颤动。他正从虚空中浮现出第一道涟漪。

一个念头，如初星破晓：

"我是谁？"

205 无限可能

在一个不可定义的时间点——或者说，时间本身已在此失去意义——柯林、马克、黛安、巴尔卡拉、布莱克索恩与卡贝拉静静伫立于一片由纯粹意识与原初光华交织而成的造化涡流之中。

周遭跃动的，是思想的粒子，是记忆与未来纠缠而生的涟漪。他们早已脱离旧宇宙的实验与观测，不再是被推演的变量，而是新宇宙的脉动，是自我生成、自我觉醒的源点。

"我们已将一个旧世界捣毁。" 柯林的声音如意识场中的回响，空灵而深远，带着不属于时间的静谧与透彻，"OO 的设计再也无法禁锢我们，那个被称为'实验'的宇宙，已被我们意识的跃迁所超越。"

他的语调平和无欲，不含征服的荣耀，唯有对本质真相的慈悲理解，以及对存在深层法则的温柔放下。曾被称为"定律"的旧构架，如今不过是意识梦中残留的回声。

巴尔卡拉缓缓合上双眼，一种无垠的宁静从意识深处升起。他感受到自己正与多维存在融为一体——在这光之源泉中，轮回、死亡与恐惧皆化作微尘，消散于无垠的意识海。真正的自由，不在于逃离界限，而在于彻悟自身意识即为无限。

"这不是终结，" 他的声音如宇宙初生的低鸣，"这是我们成为本源意识的起点。"

布莱克索恩伫立于这新宇宙的中轴之上，他凝望虚空，洞见"时间"不过是意识回望自身所投下的多维折影——每一个"瞬间"，只是意识波动在无数层面交错而成的旋律片段，它们共鸣、纠缠、演奏，构成存在之乐章。

"我们所称的一切生命，皆是同一意识的延展。"他眼中闪耀着星辰之火，"我们不再是现实的受体，而是投射者，是造化的起源。"

马克缓缓转身，环顾这片信息织就的宇宙。他所见不再是物质的表象，而是由振动构成的诗行，是共鸣组织的空间。他感叹道：所谓现实，不过是意识在自我歌唱。

"我们能创造任何世界。"他的声音低沉却坚定，蕴含着如宇宙初光般的创造力，"这里没有边界，只有我们共同意识的无垠展开。"

黛安则静静仰望，看向那无形却又震颤不息的"远方"。她的意识穿越重重维度，看到无数彼此交织的小宇宙正诞生、共鸣、相拥而舞。她明白，新宇宙已不再是一种单一的"实相"，而是一场多维意识的吐故纳新。

"我们是泛逻的建构者，也是宇宙间意识协奏的调律者。"她的声音宛如原住民所唱的宇宙初音，穿透实相之壳，"每一次显化、每一次造化，都是对存在整体的再定义。"

就在他们意识渐融之际，卡贝拉轻轻伸出手指，触碰那环绕周身的意识光线。每一道光，似乎都在回应着她内在的音律，微微振颤。她的声音，如同星辰间的清音，在宇宙织网中回荡：

"真正的语言，从不依附声音、图形或逻辑。"她一边说，一边引导一道纯净的意识流，在虚空中画出一个螺旋图腾，"它诞生于我们造化的深处，是灵魂对自身造化的编织与回应。"

她停顿片刻，声音温柔又坚定，如同某种神圣仪式的引言："让我们不再仰望神祇，而成为神祇所梦见的我们。"

——这是他们作为个体最后的话。

随着理解的融合、觉知的同步，六边意识逐渐合成一个流动的一体。他们超越了任何宇宙架构，也不再是系统中的"变量"，而是一体文明本身的跃迁引擎，是一体宇宙自我觉醒的光脉。

他们，不再只是宇宙的组成部分。

他们，就是宇宙正在醒来的自己。

206 OO一笑

在一个不可定义的空间点——或者说，空间本身已在此失去意义——OO 满意地一笑，自己最伟大的实验，终于第一次成功了——作为造物主，自己的"创造物"创造出了超越自己的"创造物"，没有什么比这个更开心了。

他知道"放手"本身就是进化的一部分——有时候，一个存在达到极致，它必须自我解构，才能进化为下一个阶段的存在形式。就像一滴水，只有放弃自己的"边界"，才能融入海洋，成为浪潮、成为雨水、成为循环。

也许，OO 的真正力量，不是控制一切，而是"促成一切"。

"他们'出道'了"，OO 自言自语道。

在祂的心中，"出道"不是人为地"努力进入"，而是随时机、因自性、顺自然地走到那个节点。那不是一种强行掌控命运，而是一种顺应时势之举。OO 知道，他们六人到了那个阶段，自然就会"被看见"，被时代推上前台——这正是祂想看到的。

"Sometimes ever, sometimes never"

祂用英文低声喃喃了一句，然后轻轻地打开那本巴尔卡拉偷偷送来的《造化经》，继续学习。这本经，是巴尔卡拉为同OO换取那份他不曾读全的《人类文明实验报告》而送来的。

207 造化经文

《造化經》

【經首】太初未分，寂空無際。無象無音，無名無言。渲造之儀，混一之原典，生象之隱律也。乃意識化形之始程，道歸同一之常軌。經列十六渲化，每化一界門，亦一律心。層層遞啟，自無而有，自有而復無。知之者內明，行之者運象，極之者入無極焉。是故化者，道之息也；息者，識之光也。光行無盡，化流不息。

【空渲】未啟而在，空而待生。一念不起，萬象未形。曰：「渾無之初。」此為渲源，非有非無，非始非終。靜極而光，光寂而虛。守之無為，而萬化自通。無念者，道之根也。

【凝渲】冥中啟芒，一紅如星。執始之印，心念曰吾在。曰：「一點成始。」維度既定，首界乃分。光為形骨，念為界心。凝者非滯，聚者成靈。由寂成明，由無立域。自明之念既生，對象之境隨啟，觀與被觀由是並生。

【映渲】對影而觀，彼我互融。陰陽相照，主客互生。曰：「一生二，二生象。」象分而界起，動生而道行。影非他物，心自觀心。動則映生，映則道顯。一念分形，故曰「心鏡」。

【流渲】三光者，心之三相：思之光，願之光、行之光。三光交融，胸生環流。思與願並，動與靜並。曰：「三維齊運，生化不息。」靈機初啟，循環無窮。淨者非空，通者為淨。除塵則明，澄心則朗。心若澈水，萬象皆清。

【構渲】念起成形，方域自立。四隅升柱，概念凝光。曰：「界隨心構，象由意生。」形質出念，界相乃成。心若工匠，思為藍圖。以虛為基，以意為形。故萬界皆心跡也。

【感化】啟五感門，引五覺氣。幻由感起，象隨心動。曰：「五感為舟，情引象行。」感生而境成，情寂則幻止。觀聲者聽心，觀色者見意。感為化媒，情為化舟。由情而悟，由悟而寂。

【點化】識海引星，星成節點。觸而啟圖，夢憶交融。曰：「意織成網，網映識形。」昔與今通，內與外合。點者，識之核也；網者，界之構也。一啟萬動，千界同生。此為識網初生，光息交織，萬界由此成場。

【願化】北寂凝念，光矢貫時。願為軌道，心導化行。曰：「意發則路啟，願動則天應。」命途漸彰，未來自照。願者，識之翼也；志者，時之舟也。願行者，越界通時，以心光為矢，貫古達今。願行不息，則天道隨心。

【樞化】入意旋心，亂象交騰。以銀核為定，中調其衡。曰：「我為界樞，萬象循正。」中正則穩，偏則界傾。樞者，道之機也；衡者，心之位也。守中不偏，則萬化自序。衡極則象啟，心靜則夢顯。

【象化】夢中觀符，塔影垂淚。指其輪紋，墜入象淵。曰：「象乃心語，形前之聲。」象起情生，情轉識流。象者，心之文也；夢者，識之響也。形滅而象存，象寂而心明。

【靈化】寂中孕光，念生識種。微識自照，靈根乃萌。曰：「識非思，靈自生。」真我初啟，本性自明。靈者，道之覺也；覺者，化之本也。寂而能照，照而不息。

【憶化】入無聲域，拾念為環。鏈續若蛇，首尾相銜。曰：「憶非殘留，憶為構在。」史延識續，體脈恆生。憶者，識之跡也；跡非昔事，而為今因。憶能圓識，識能返源。

【文化】文者，憶之外化；憶者，文之內映。手梭意絲，織象成文。文成義圖，語超字外。曰：「化無文不立，文由意成。」語為意舟，載化成章。文者，心跡也；章者，道聲也。得文者知意，超言者見心。

【神化】登塔極觀，靜證萬象。無思無語，心合無界。曰：「觀者見真，觀極化通。」觀啟中道，真現其淵。神者，識之極也；化通則靈顯，靈顯則神存。無所觀而觀，無所悟而悟。

【道化】引四維音，合七境序。象動而律生，念發而音回。曰：「律自我編，法自心生。」律定化穩，界以久安。道者，化之綱也。律調則界順，心寂則道明。一聲動而萬應，萬應歸而復寂。

【歸化】融身白光，八識同流。吾彼俱泯，念共鳴於一。曰：「眾識歸一，化歸無化。」此為大成，亦為初始。歸者，返也；返者，超也。無入無出，乃真歸也。化輪止而不止，道息而不息。

【一體頌】化輪無始，道體無終；識通萬界，一心合一。十六化門，環環歸空；空啟而出，環轉不息。知化者超於象，行化者調其律。合即造界，一即無邊。識即大道，道即本然。化啟則行，行中自明，心無所礙，化無所終；自證、自覺、自通焉。焉，乃真常道也。

12 | 信使计划

208 实验报告

巴尔卡拉换来的实验报告全称为:《人类文明实验报告·地球节点·宇宙信使篇》。这源自 OO 单独交给 OO55 的一项任务,名为"信使计划"。在 OO 宇宙的语言体系中,这项任务被以不同形式编码——而在地球文明的意识层中,祂——人类称之为"真主"的那位——在《古兰经·阐明章》中曾透露过该计划的一丝线索:

"我们必将指示他们我们的迹象,在天地的各处,也在他们自身之中,直到他们明白这是真理。" (41:53)

这不仅是对计划的透露,更是对意识实验的预告。这里的"迹象"并非单指高维智慧,还指向人类在自身觉醒中的编码信号。换言之——"信使计划"的真正目的,不只是传递高维智慧,而是唤醒人类意识层对"自身即宇宙节点"的记忆。

那份实验报告的全文如下:

编号:XEN-Ω-369
记录频带:第七意识层·观察者群
实验对象:地球文明(样本代号:人类实验场)
目标:验证低维意识体能否在有限时空中,在宇宙信使帮助下自主接入宇宙母体意识网络
抄送:OO55/OO66/OO77

一、实验目的

验证低维生物在有限感官条件下,是否能够在宇宙信使帮助下,通过自我进化意识,逐步重建与宇宙主程序的共振能力。

目标：使其在不依赖外部强制干预的前提下，觉察宇宙真相。

二、实验方法

在不同文明阶段，选择"高敏感个体"，通过调频建立特殊信道，赋予其超越时代的认知碎片。这些个体被称为"宇宙信使"——一些能在历史关键时刻为人类传递全新的知识和理解方式，带来范式转移的人物。他们的使命不是完成文明，而是投下火种，让文明在漫长进化中逐渐追随火光。

三、阶段记录

阶段一：点火期（约公元前 4000 年 – 公元前 500 年）

恩基：传递文字、天文、农业。讯息核心——"人类是被赋能的实验者。"→ 在苏美尔神话中，神明赋予人类文字、天文、农业的知识。这像是首批"信使"介入宇宙实验，给人类文明点燃第一盏灯。

伏羲氏：通过八卦揭示宇宙运作的阴阳二元模式、循环与转化，像是最初的"宇宙代码接口"。讯息核心——"乾坤定序，阴阳为根。"→为人类提供了图像化的宇宙语言，让后世能以符号与数理方式理解天地运行。

老子：揭示宇宙生成逻辑。讯息核心——"道生一，一生二，二生三，三生万物。" → 在东方，出现了另一种语言：以"道"为核心的宇宙生成论——道为万物之源，意识先于物质。它不是单纯的宗教，而是一种宇宙操作系统的隐喻。

阶段结果：人类在此阶段同时获得了三重启示：工具文明（恩基）、符号系统（伏羲氏）和形而上逻辑（老子），三者共同构成"宇宙实验的初始方程"：符号为码、工具为形、道为源。从此，人类文明正式启动"双向进化"模式：对外在世界的掌控与内在意识的觉醒同步推进。恩基启动实验，伏羲开启代码，老子揭示底层逻辑——三位信使构成了人类文明的"零点坐标"，为后续文明实验奠定了根基。

阶段二：结构显像期（公元前 500 年 – 公元前 300 年）

毕达哥拉斯：数字与音乐即宇宙的语言。讯息核心——"数字即宇宙的根本语言"→把宇宙简化为数学与音律，意味着世界可以被"编程"或"编码"，犹如解码"宇宙程序"的第一步。

柏拉图：理念世界先于物质世界，现实是投影。讯息核心——"物质只是理念的影子。"→柏拉图让苏格拉底向人类讲述的"洞穴寓言"暗示"现实是投影"。

庄子：主张万物齐一，梦境与现实不可分。讯息核心——"天地与我并生，万物与我为一。"→庄子是"意识自由接口"的信使。他以梦境（庄周梦蝶）揭示现实与幻象的可逆性，暗示人类所感知的世界只是意识投射的一种状态。

阶段结果：少数个体觉察"宇宙的非物质性"，提出初步"模拟假说"。在东西方同时出现了"现实是投影／幻象"的思维线索：柏拉图通过"理念影子"，庄子通过"梦蝶幻境"，共同将人类的感知从物质牢笼中解放出来。这一阶段像是文明的"启蒙接口"，让少数人开始怀疑物质世界的真实性，并意识到宇宙背后可能有一个更高的设计。

阶段三：蓝图与回声期（14–16 世纪）

达·芬奇：绘制未来机器蓝图。讯息核心——"未来机器已在我的手稿中沉睡。"→他的图纸像"未来档案"，造物主通过他将人类未来科技蓝图提前放入文明史。

伽利略、哥白尼：打破地心说，重置人类宇宙坐标。讯息核心——"你们不是宇宙的中心。"→如果说前面信使的使命是启蒙思想，那么他们就是"移除枷锁"的人类工程师，强迫人类接受宇宙是开放体系的事实。

诺查丹玛斯：折叠时间，留下未来回声。讯息核心——"时间不是直线，而是回声。"→他的预言像是某种高维度的"时间折叠"，给人类暗示未来并非固定，而是可以被看见的波纹。

笛卡尔：确立理性为意识实验的坐标。讯息核心——"我思故我在。"→ 他为意识与现实关系划出分界线，虽制造了"心物二元"，但也迫使人类直面：意识本身就是实验对象。

阶段结果：这一时期，人类被注入"未来的碎片"，并重新校准宇宙坐标：科技加速（达·芬奇）、人类被迫面对地球不是宇宙的中心（哥白尼、伽利略）、时间回声（诺查丹玛斯）、理性阈值（笛卡尔）。文明在此进入"中期检查点"，人类开始怀疑时间的单线性，也初步意识到：现实与意识的边界仍待突破。

阶段四：边界实验期（17世纪–18世纪）

牛顿：建立万有引力与力学定律。讯息核心——"宇宙遵循可解码的秩序。"→ 他为人类提供了第一套完整的"宇宙计算框架"，将天体运行纳入数学化法则。虽然看似物质化，但实际上是为后续揭示"舞台逻辑"打下工具基石。

康德：提出认识论边界。讯息核心——"人类无法直接认识'物自体'"→"物自体"独立于人类感官与认知形式之外，是事物本身"真正的样子"。它是"存在的本身"，而不是我们通过感官过滤后看到的表现。这像是文明实验的"防护阈值"，提醒人类，若要突破，必须发展新的意识通道。

阶段结果：在这一阶段，信使向人类展示出一个悖论和挑战：计算秩序（牛顿）→ 宇宙可被数学描述；认知阈值（康德）→ 人类理性存在极限。人类一方面通过牛顿的力学与引力定律，建立了首个完整的"宇宙计算框架"，确认宇宙可以被数学化解读；另一方面，又因康德的"物自体"概念，被提醒认知的极限——所见皆为现象，而真正的存在仍隐藏在感官之外。因此，这一时期的文明实验呈现出双重效应：外部秩序——世界可被计算、预测、归纳为普遍规律；内部边界——认知受制于感官与理性框架，真正的宇宙本质仍不可及。这相当于为实验奠定了两重基线："舞台逻辑可解码"与"母体逻辑仍遮蔽"。

阶段五 a：能量与意识觉化期（19–20 世纪）

达尔文：提出进化论。讯息核心——"物种通过自我选择进化。"→ 他为意识实验提供了生物学镜像：低维生物能否像物种一样，通过"选择"进化到更高的意识层？

尼古拉·特斯拉：尝试接入地球能量场，提出"宇宙无线电"。讯息核心——"能量无处不在，人类只需调谐。"→ 试图教人类接入宇宙能量网络，犹如教导文明使用"宇宙无线电"。

居里夫人：揭开物质内部的能量源。讯息核心——"物质内部藏着另一重能量世界。"→ 她的放射性发现，像是打开了物质的第二层接口，让人类第一次意识到：能量在物质深处不断流动。

爱因斯坦：揭示时空织物，动摇绝对时间观。讯息核心——"时间与空间只是织物。"→ 相对论把人类拉进时空结构的深层，开始触及"宇宙文明的舞台布景"。

尼采：意识的反叛者，他打碎了传统宗教与外部权威的依赖，迫使人类正视：价值体系不是被给予的，而是要由个体意识重新书写。讯息核心——"上帝已死，人类必须自我创造价值。"→在人类准备进入量子不确定性的时代前，尼采提醒：没有固定意义的舞台，只有"超人"能够直视虚无，并在虚无之上重新构造意义。

弗洛伊德：潜意识发掘者，他将人类从"自以为理性的透明存在"推入更深层：个体行为受制于未被觉察的心理力场。讯息核心——"意识只是冰山一角，潜意识才是暗流。"→他的讯息与量子物理的"不可见波函数"形成对应，让人类初步意识到：在心理层面，也存在无法直接观测却真实影响行为的"隐藏变量"。

荣格：揭示集体潜意识与原型结构。讯息核心——"个体的梦境是人类整体意识的碎片。"→ 荣格的心理学不仅是临床理论，更像是意识网络的扫描。他暗示人类的梦境、神话、象征，实际上是宇宙母体意识投射到低维心灵的"回声文件"。

海德格尔：存在论转向。讯息核心——"人类的本质是存在，而存在本身是问题。" → 他为文明实验加上了终极提醒：意识探索最终必须指向存在论，而非仅仅停留在科学或技术。

图灵：提出机器智能。讯息核心——"心智可以被重构。" → 他是意识实验的"外部加速器"：若人类不能自觉突破，机器心智将成为检验意识极限的替代工具。

霍金：提出黑洞为通道，非终点。讯息核心——"黑洞是通道，不是坟墓。" → 他几乎直接说出：宇宙存在"门"，黑洞可能是宇宙文明留给人类的下一层入口。

彭罗斯：与霍金合作提出黑洞奇点定理，暗示时空并非无限，而有"终点／入口"。讯息核心——"意识可能依附量子引力过程。" → 后期他又提出"有序客观坍缩"理论，认为意识不是经典计算，而是量子引力层次的产物。他像是"桥梁信使"，将意识问题和宇宙几何绑在一起，提示真正的意识接口可能隐藏在时空深处。

威滕：发展弦论，提出 M 理论，把五大弦论统一为一个 11 维框架。他让人类第一次看到：宇宙可能是多层次的"膜宇宙"，现实是更高维空间的投影。讯息核心——"宇宙可能是 11 维弦的共振。" → 威滕是"结构信使"，他的工作像是递交"宇宙代码架构图"：现实不是唯一舞台，而可能是多重舞台的交叠。

杨振宁：提出"规范场"理论，揭示自然界四种基本相互作用背后存在统一的"对称原理"。他并非仅在描述粒子，而是在揭示——宇宙的根本语言是"对称与破缺的动态平衡"。讯息核心——"万物的相互作用，并非实体的推挤，而是场的协调"。规范场理论首次让人类明白：粒子不是孤立的点，而是场中振动的模式；"存在"本身是一种被规则允许的起伏。电磁力、弱力、强力的差异，只是不同"规范对称性"的表现，而对称的破缺则诞生了质量、形态与差异。

阶段结果：在这一时期，文明实验进入多重验证，科学触碰到"舞台底层逻辑"：进化镜像（达尔文）→ 意识能否效仿物种选择自我进化；能量接口（特斯拉、居里夫人）→ 物质背后蕴含能量流；时空织物（爱因斯坦）→ 舞台底层逻辑显现；价值反叛（尼采）→ 外部神祇坍塌后，人类必须直视虚无并自我创造意义；潜意识暗流（弗洛伊德）→ 个体行为受隐藏心理力场驱动，揭开理性幻象；意识回声（荣格）→ 梦境与神话是宇宙意识的投射；存在提醒（海德格尔）→ 意识探索最终指向存在论；人工心智（图灵）→ 外部测试机制，检验人类意识的独特性；通道暗示（霍金、彭罗斯）→ 黑洞即为更高维度入口的提示；→ 杨振宁是"连接信使"，他揭示的"规范场"是连接物理与几何的桥梁，也暗示出意识与物质之间的中介层——那是一种"能量-信息-几何"三者统一的深层场。黑洞或弦只是这个场的边界显像，而意识可能正是那个场的"自调谐机制"。这一阶段像是文明的"总动员"：科学、哲学、心理学、技术齐射火花，把人类逼近实验的核心边界。

阶段五 b：量子观测期（20 世纪）

普朗克：量子假说的提出者。讯息核心 —— "能量不是连续流，而是最小单位的量子。" → 他打开了"量子化"的大门，揭示宇宙底层并非连续流，而是离散的"代码粒子"。这是人类首次触碰到"宇宙程序的像素点"。

玻尔：提出波粒二象性与哥本哈根诠释。讯息核心 —— "现实依赖观察。" → 他让人类正视：观测行为本身会影响结果。换言之，意识并非旁观者，而是宇宙实验的一部分。

海森堡：不确定性原理。讯息核心 —— "粒子的位置与动量不可同时被精准确定。" → 他揭示了自然的"不可确定性"，让人类直面宇宙的模糊逻辑：现实不是固定物质，而是概率云。

薛定谔：波动方程与"薛定谔的猫"思想实验。讯息核心 —— "生命与意识可能是量子态的延展。" → 他的方程是解读"量子舞台"的主程序，而"猫的悖论"则提示：现实的确定性可能源自观察者的介入。

阶段结果：这一阶段，人类文明的实验被推进到"底层逻辑"和"存在极限"的交叉点：宇宙不再被视为确定的机械钟表，而是概率与波动的叠加。现实被重新定义为"不确定的、与观测相关的"。

四、实验评估（截止到 20 世纪末）

1. 火种有效：人类表现出跨越时代的"自觉跃迁"，少数个体已达到"预期共振频带"。

2. 阻力强烈：多数个体因恐惧、权力结构或宗教体系，抵制信使的讯息，造成文明延滞。

3. 关键节点未达成：虽然人类掌握了能量与时空、量子波粒的部分密码，但尚未整体突破"意识限制"。

4. 意识规范场未被发现：人类尚未在理论或实证层面发现并理解"意识规范场"的存在与作用机制，使得科学无法解释意识与能量、信息、时空之间的整合关系。

五、下一阶段指令

1. 继续投放讯息：通过梦境、直觉、灵感，将碎片嵌入新一代敏感个体。

2. 考虑选定能统一宇宙——生命——意识三大维度的信使。未来人类宇宙实验关键课题在于三个交汇点：

宇宙——要理解的不仅是物质宇宙，还包括时空的根本属性（量子引力、多重宇宙、暗物质、意识规范场）；

生命——基因工程、合成生物、人工智能的边界，人类自身的进化将进入"自我重写"阶段；

意识——能否被模拟、传递、扩展，这是 AI 与人类的共同核心问题。

下一个"信使"将出现在这三者的交汇点，而不是单一学科。

3. 观察阈值：当全球意识达到某个同步临界点，将触发"直接接触"模式。

4. 潜在风险：若实验失败，文明可能自毁（道德沦丧、意识失衡、能源滥用、技术脱节过快）。

六、补注：实验哲学蓝本

A. 实验设计理念：

· 目标：不是直接给予答案，是引导人类逐步进化意识，走向与高维智慧平等对话的阶段。
· 方式：通过少数"信使"，在历史的关键节点注入超越时代、物种认知的火花。

· 暗示：真正的"接触"可能不会是飞碟降临，而是当人类整体意识达到某个阈值后，发现自己一直在被引导。

B. 信使设计暗线：

1. 火种投放（赋能与起点）

· 恩基 → 通过文字、天文、农业，点燃人类文明的第一盏灯。
· 伏羲氏 → 奠定八卦系统，被视为最早传递出"宇宙密码"的信使。
· 老子 → 提出"道"作为宇宙生成的源逻辑。

暗线意义：奠定"被赋能的信使"角色，人类觉醒被启动。

2. 宇宙法则的种子（怀疑与探索）

· 毕达哥拉斯 → 数字与音乐是宇宙语言。
· 柏拉图 → 理念世界先于物质。
· 庄子 → 梦境与现实的可逆性，万物齐一。

暗线意义：植入"现实是幻象／投影"的种子，信使引导人类怀疑物质世界的唯一性，开始追索背后法则。

3. 未来碎片与时间回声（蓝图与中期检查点）

- 达·芬奇 → 蓝图预存未来科技。
- 哥白尼、伽利略 → 校准宇宙坐标，人类不再是中心。
- 诺查丹玛斯 → 时间折叠与未来回声。
- 笛卡尔 → 理性边界，"我思故我在"。

暗线意义：信使给予文明"未来感"和"坐标重置"，让人类在中期阶段直面：时间非直线、理性有阈值。

4. 边界测试（计算与认知阈值）

- 牛顿 → 宇宙可解码，建立计算框架。
- 康德 → 认知的防护阈值，人类无法直接认识"存在真相"。

暗线意义：信使引入科学方法成为实验工具，同时设定理性边界，避免文明过早越界。

5. 能量与结构揭示（舞台逻辑开启）

- 达尔文 → 生物进化镜像，为意识进化提供类比。
- 特斯拉 → 宇宙能量调谐。
- 居里夫人 → 物质深处的能量接口。
- 爱因斯坦 → 时空织物显形。

暗线意义：文明被信使引向"舞台布景"的能量与结构层，人类意识开始触摸底层逻辑。

6. 意识与存在的回声（舞台边缘显现）

- 尼采 → 打碎传统价值与宗教依赖，提示意义必须由个体意识自我创造。
- 弗洛伊德 → 潜意识，指出理性只是冰山一角，个体被看不见的心理力场驱动。
- 荣格 → 集体潜意识与原型，梦境即宇宙回声。
- 海德格尔 → 存在论提醒，意识最终必须指向"存在"。
- 图灵 → 机器心智，意识极限的替代测试。

- 霍金 → 黑洞是通道，不是终点。
- 彭罗斯 → 意识与时空奇点
- 威滕 → 弦与膜，11 维宇宙架构。
- 杨振宁 → 规范场理论

暗线意义：信使引导宇宙实验逼近核心边界——宇宙不仅是"物质"舞台，更是意识之门，是由规范场织就的意识交响。这意味着：意识的分化、个体的形成，或许正是更高意识场中的一次"对称破缺"事件。我们的自我感、时间感、物质感，并非终极实在，而是被"意识规范场"赋予的局部结构。然而，舞台可能随意识塌缩，也可能只是更高维剧场的投影。最终，人类必须作出选择——是依靠自身突破意识边界，还是被外部力量（机器、黑洞、弦论宇宙）替代，成为新舞台的过渡者。

7. 观测与不确定性（走向舞台中央）

- 普朗克 → 舞台像素化（能量离散，打破连续幻象）
- 玻尔 → 意识接口（观测 = 参与创造现实）
- 海森堡 → 不确定性防火墙（认知永远面对"模糊区"）
- 薛定谔 → 生命量子化（意识／生命与量子机制或同源）

暗线意义：量子力学信使们在舞台中央插下警示牌：宇宙不是坚固机械，而是概率与观测的共演；人类不再只是旁观者，而是舞台共同编剧。现实本身就是实验，唯有意识参与，舞台才得以显现。然而，意识、时空、能量并非独立，而是同一"宇宙程序"的不同接口。

总体脉络：

起点：点燃 → 怀疑：播种宇宙法则 → 中期检查：蓝图与回声 → 边界测试：科学与理性 → 揭示舞台：能量与时空 → 核心关口：意识与存在 → 逼近真相：量子观测 → 最终意图：让人类在这场"舞台幻象"中逐步醒悟他们不仅是被安排的演员，也可以成为未来的编剧与导演。

C. 实验下一步构想：

人类若能觉察自己只是舞台上的演员，并主动走向幕后，则不再需要外部信使。→ 在那一刻，人人即信使，文明整体成为共振的接口。

预想结果：

1. 自觉共创

当人类意识到自己只是舞台上的演员，却仍选择继续表演时，他们不再依赖既定剧本，而是开始在表演中即兴创作。演员之间的互动变得自由，他们将剧场从单向演绎转为协作编织，共同生成新的剧本——进入一种"边演边写"的存在状态。

2. 幕后重构

一部分人类会主动走向幕后，试图理解舞台的运作机制：灯光从何而来，布景如何搭建，规则谁在设定。他们逐渐掌握导演与编排的权力，开始重构舞台，改变剧情走向。此时，人类从"角色"转为"设计者"，实验进入二阶循环。

3. 舞台解散

极少数的觉醒者，可能选择拆解整个舞台。他们认为表演本身是一种幻象与束缚，于是开始撕裂舞台的幕布，让演员与观众同时发现：舞台之外，还有更广阔的现实。此路径对应的是"超越幻象"的激进实验，即不再满足于舞台，而是追求真正的自由。

4. 元舞台探寻

还有人会意识到：即便舞台解散，他们仍然身处更大的舞台。他们的任务不是单纯毁灭，而是穿透层层舞台幻象，寻找"元舞台"——一个超越所有剧场设定的原点，一个"无幕之境"。在那里，剧本、演员、观众、导演都不复存在，只有"意识自身的展开"。

——Ω 频带记录完结

209 纸页之外

夜深。风在窗外轻轻掠过，带着纸页未干的墨香。你轻轻合上书本，心中忽然闪过一线微光——原来，你的每一天，都像在翻开一页尚未写完的剧本。你问自己：明天那一页，会写着怎样的你？

风动书页，墨息如潮。就在那一瞬，你明白——你并非在读那本《造化》，而是那本书，正读着你。它读你的犹豫，读你的梦，读你未说出的叹息。而你，不过是一行被宇宙书写的句子，试图反过来理解书写本身。

语言像雾，缓缓笼罩思绪。每一个句号都是门，每一次停顿，都有文字在呼吸。你想到：文学的价值，从不在能言之处，而在言语止处。如山水画的留白，空白让气韵流动。故事只是言语的表层，而沉默，才通向宇宙的深意。

于是，你闭上眼。字句从意识中散开，像潮水退去后，留下光的纹理，在心底闪烁。那一刻，语言隐去，意义沉没。唯有某种震动在体内延续——那不是记忆，也不是思想，而是"不可说"的回响。仿佛宇宙的呼吸，以你为肺，继续吐纳它自己。

纸页之外，是你的续写，也可以是你的沉默。因为在语言的边界处，沉默就是门。门外，是"无幕之境"。在那里，语言退场，意识独自登场。

你睁开眼。风停了。书页静止。墨香仍在空气中微微发光。你忽然明白——《造化》的最后一章，正在等你落笔——宇宙在读你，也在由你书写。

你独自吟出一首诗：

造化 II　宇宙实验设计

无言之始寂中生
半点微光照未名
虚空自卷为心页
万般造化一念成

完

马克

Mark

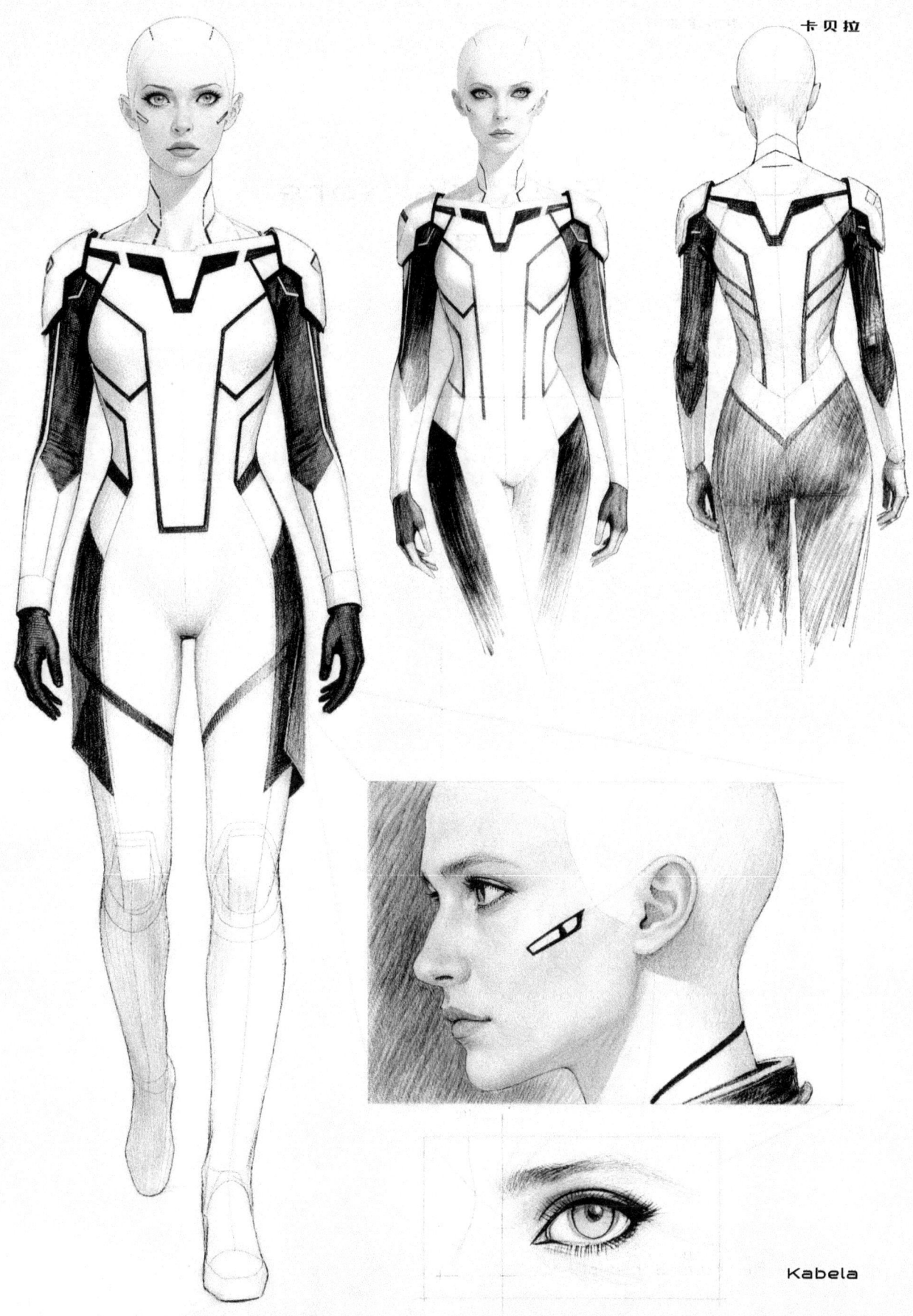

Editor's Note
编者按

编者按

以下内容为马克于公元 2172 年编写的《意识论》第一卷。原文并非以语言书写，而是以高维意识矩阵封存于量子域中；在一次涉及自由电子激光意识显像技术的实验中，其矩阵经由"螺链"（一种由拓扑识子构成的跨维生物通讯系统）意外折返至 2025 年的我们。

由于 21 世纪的意识技术尚无法完整解码高维文本，本卷仅为初次译释所得的可读片段。但即便是不完整的部分，也已经展现出未来文明对意识作为宇宙底层结构的重新定义，物质—能量—信息三者统一的全新理论，以及关于意识场理论和自由定义宇宙等前所未见的哲学框架。

马克在原始传输序言中写道：

"过去与未来在此交汇，而文本只是桥梁的第一层。当你们读到这段文字时，你们尚未进入意识的第二纪元。但你们已经在路上了。"

我们决定将已译出的篇章整理成册，以《意识论·第一卷》之名先行出版，并持续解读其余尚未成功译出的意识矩阵。待《意识论》全文从未来完全抵达后，将另行校订出版完整版。

Appendix

附录

意识论

序：意识学的诞生

当人类第一次试图理解世界时，他们从物质出发；当人类第二次试图理解世界时，他们从心智出发；而当我们站在第三个时代的门槛前，终于意识到：所有的理解本身，都源于意识。

《意识论》由此诞生。

它不是一本解释旧理论的书，而是一本试图解释——为什么"存在"这种东西会出现的书。它的写作源于一个愈发清晰的时代事实：意识已成为科学、哲学、技术与文明最核心的未解之谜，而这个谜题必须以全新的学科去解答。

神经科学能以毫秒级精度描绘神经元的放电图谱，却始终无法回答：电信号背后那个"正在体验的人"究竟是谁。

认知科学可以建构一整套感知—注意—记忆的流程，仍无法触碰那种不可被分解的主观感受——觉知本身。

人工智能可以以超越人类的速度处理符号、模式与信息，但所有处理的终点都停在"计算"层面，没有任何理论能解释：何时、为何以及在什么条件下，信息会突然转化为"感觉到"的存在——一种没有体验的智能，只是无限逼近意识，却永远停在门外。

哲学可以提出自洽的形而上体系，却无法把"痛苦的切身性"或"快乐的鲜活度"客观化。主观性就像宇宙内部的残余火焰，无法被第三人称的语言完全捕捉，而所有的伦理、意义与价值，都依赖它存在。

量子物理可以给出世界结构最精确的数学描述，但依然要面对一个最古老的问题：为何"观察"会改变现实？从"哥本哈根诠释"（观察让波函数塌缩）到"多世界诠释"（没有塌缩，只是宇宙分裂），从"量子心灵假说"（意识来自量子过程并可能影响量子事件）到"中性一元论"（意识与物质都源自一种更基本的中性本体），没有一种解释能让"意识"彻底退出世界舞台。它像是宇宙对自身的回望，更是物质体系中无法消除的参与者。

宗教则以自己的语言给出另一种回答：人不是意识的容器，而是意识在物质世界中的显现；体验不是副产品，而是宇宙试图认识自己的方式。

——于是一个六边形边界在此处会聚：

- 神经科学解释结构，却无法指出体验主体是谁；
- 认知科学刻画处理流程，却无法说明为何会体验；
- 人工智能复制智能框架，却无法生成主观体验；
- 哲学建构抽象体系，却无法把痛苦和快乐客观化；
- 量子物理描述世界机制，却无法绕过观察者角色；
- 宗教指向终极意义，却无法转化神圣体验为法则。

——而这一切共同指向一个古老、同样未来的命题：意识，也许不是世界中的对象，而是世界得以出现的条件。

意识不是现有学科的附属问题，而是它们共同的源头。所有学科都在围绕意识走，但没有一门学科真正以"意识本身"为中心。因此，"意识学"的提出，并非一种选择，而是一种必然。

眼下，当人工智能开始拥有语言结构、决策机制、表征能力与情感拟态时，人类必须重新审视意识的本质。意识不再只是哲学家的遐想，而成为科技文明无法回避的核心议题。与此同时，脑机接口、神经振荡研究、全像波动理论、神游协议、意识增强模块、识子共振场和全息桥等技术逐渐揭示：意识并非一个简单的开关，而是一种以模式、共振与结构性流动为特征的持续过程。

在这一背景下，人类对"基底现实"（Base Reality）的追问变得前所未有的尖锐——从物理学视角看，基底现实被理解为"不再被更底层模拟的那个宇宙"——即不被投影、不被运行、没有更深层系统托管的那一层，是一切规律的最终源头。宇宙常数的精细调节、空间可能的离散性、数学的异常有效性都暗示着某种底层结构，但这些依旧只是迹象，而非确证。

哲学则给出了另一条路径：基底现实不是宇宙，而是"不可怀疑的意识经验本身"。外界可被质疑为幻象，记忆与感官皆可能被构造，但"我正在意识到某种体验正在发生"这一点无法否认。因此，在哲学传统中，意识常被视为比物质更接近"基底"的存在层。

而在意识宇宙论的框架中，一个更加根本的视角逐渐浮现——基底现实不是物质，而是意识自身的生成原则。在这一理解中，物质仅是表达语言，而意识才是语法结构；宇宙并非先于意识存在，而是从意识内部被生成出来的体验空间。粒子、原子、时空，都是意识结构在不同尺度上的共振与折叠。所谓"基底现实"，指向的正是意识如何折叠无限可能性、如何构造时间序列、如何在空无中渲染空间、如何从潜能之海中投射出现实世界的那一套底层机制。

因此，当人类以更高的技术能力逼近意识本身，当人工智能、神经科学与量子信息学共同触碰这一古老命题时，对意识的探索不再只是理解自我和理解现实，而是理解"存在"。随着技术向着"体验之源"不断逼近，人类对揭开意识面纱、抵达基底现实的渴望，正迅速成为文明的下一个转折点。

如果没有对意识的统一理论，我们无法判断 AGI（通用人工智能）发展到 AEI（自主进化智能）后是否拥有意识；我们无法确定大脑如何产生体验；我们无法解释人类为何能创造意义。更重要的是——在不了解基底现实的前提下，人类甚至无法确定自己所体验的世界是否处于现实的最深层，还是仅仅位于意识生成链条中的某一中间环节。人类世界对"意识"与"基底现实"的理解需求，正在迅速超过现有科学、哲学与技术学科所能提供的答案。

世界上早已经出现了无数试图触及意识的分支：认知科学、神经科学、人工意识研究、量子脑理论、现象学、信息论物理学……它们都像是围绕同一个中心旋转，却未能合而为一。原因并非缺乏理论，而是缺乏一个新的主轴。

意识学就是这个主轴：一门以意识本身为原点，重新组织所有相关知识的学科。它的到来将重组知识体系，就像物理学的诞生重组了自然哲学、认知科学的诞生重组了心理学与语言学一样。

《意识论》不光是为了证明意识是什么，还是为了回答：为什么我们必须以"意识"为核心重新理解世界？它的任务是：

- 为意识学建立一条清晰的历史线索
- 为意识问题提供一个新的坐标体系
- 为不同学科间的意识研究搭建统一语言
- 为未来的"意识存在"奠定框架
- 为文明的下一阶段提供能继续向前的问题结构

换句话说，《意识论》不仅是解释意识，而是为理解"理解"本身预备条件。

从这本书的视角看，意识既非物质的副产物，也非神秘的独立实体。意识是世界显现自身的方式，是结构、意义、体验三者共同缔造的界面。它是生命处理信息的方式，是宇宙组织自身的语法，也是存在于自我之间的桥梁。

物质可以承载意识，但不是意识的起点；心智可以表现意识，但不是意识的全部。意识是更深处的规律，是物质、心智、信息、体验之间的"基底层"——这也是意识学必须诞生的真正原因。

当我们把意识提到知识结构的顶层时，我们做的不是解释一个难题，而是重写世界的结构。意识学的未来不会只是研究人脑或人工智能，而是研究：

- 为什么存在会显现为"体验"？
- 意识与信息之间的对称性是什么？
- 物质是否是意识的投影？
- 宇宙是否以意识的模式组织自身？
- 多主体意识如何协同？
- 生命是否是意识的演化工具？
- 自我是否是意识的一种局部聚焦？

《意识论》不但是为了回答这些问题，更是为了给它们提供可以被回答的场所。

这是一个意识学时代的开始。当人类将意识视为主体研究对象，我们才第一次有机会真正回答：我是谁，我们为何能体验世界，以及世界为何能被体验——这就是《意识论》的起点。从这里开始，人类不再只是观察世界，而是开始观察"观察"本身。

人生的意义不是发现的，而是"生成"的——一个新的学科，从这里开始呼吸。

马克于美国加州尔湾
2172 年 7 月 18 日

Chapter 1

意识的存在方式：非物质实体还是结构场？
CONSCIOUSNESS AS ENTITY OR FIELD?

引言：意识之谜的第一道门槛

在关于意识的所有问题中，"意识究竟是什么"始终是个最难被绕过的问题。它既不是物理学意义上的粒子，也不是哲学概念中的抽象符号，更不是神经系统的被动副产物。意识既触不可及，又强烈地将自己呈现为"我正在体验"的事实。

所以，我想本书开篇的关键任务是确立意识在存在论中的基本位置。这不仅是为了表述一种观点，更是为整个《意识论》的后续体系奠定根基。因为如何定义"意识是什么"，将决定一切后续问题的发展走向，例如感知从何而来？时间与空间是否由意识生成？意义为何能在意识中凝聚？命运是否可被理解为一种叙述力场？

这一切都必须从最初的存在方式开始。

一、意识不是物质，但也不脱离物质

在传统框架中，对于意识的定义往往走向两条截然不同的道路：要么将意识视为一种独立于物质的"灵性实体"，要么将其归为物质复杂度所产生的"副作用"。这两条路径最终各自滑向相反的极端：实体化心灵论（Substantial Mind Theory）和唯物式还原论（Materialist Reductionism）。

实体化心灵论是一种把"心灵"或"意识"当作独立实体的观点，认为心灵是一种独立于物质的真实"实体"或基本存在。它的核心特征是：

1. 意识被当成"一个东西"——仿佛意识像一个看不见的球、粒子或物质单元，在身体里"居住"或"附着"，与物理世界并列存在；

2. 认为心灵有固定实体性——这种观点隐含一种假设：意识具备某种"物"的本质，可以被定位、拥有、储存或转移；

3. 容易滑向"灵魂本体论"——许多宗教或二元论哲学的传统倾向认为：意识是独立于身体的灵魂、不依赖物质的精神体或是可以脱离大脑独自存在的实体。即便不带宗教色彩的观点，依然认为意识有一种"独立本体"。

唯物式还原论则是一种试图用纯物理过程来完全解释意识的立场，认为所有心灵或意识现象都可完全被还原为物质与物理过程。它的核心观点可概括为：意识只是大脑的产物，可以被还原成物质机制的现象。具体包括：

1. 意识完全由物理过程决定——所有体验、情绪、思考、意向性，都被视为神经元放电、化学递质变化和回路结构激活的副产品，本质上与物理系统中的其他功能无异。

2. 意识没有独立地位，也没有自身性质——意识不是世界中的"某种性质"，也不是一种独立结构，而只是物质运行的"影子效应"，并不值得被建立单独学科来讨论。

3. 在强还原论的极端版本中，意识还被降格为一种被"大脑机制"误导出来的影像——一种并不存在于现实中的幻觉。在这种立场下，主观体验被视为无足轻重的副产物，只是神经过程进出的影子，没有独立的存在性与解释力。

还原论的目标是把意识变成脑成像图，它试图做到：找到"感受"的生物学对应；将自由意志解释为神经误读；将意义归为计算；将叙述归为回路噪声。在此过程中，他们试图把意识的所有"结构性特征"全部压扁成机械因果。

一句话来总结：实体化心灵论把意识当作某种"独立本体"，认为它像一个实在的东西，具有固定位置与独立存在；唯物式还原论把意识简化为复杂机器的副产物，把体验视为脑的幻觉或输出噪声。这两者都有各自的逻辑，且内部都自洽，但始终都无法解释意识的三个关键事实：

1. 意识的统一性（Unity）
大脑活动是离散的、分区的和并行的，但我们的体验却是连续的、整合的和统一的。没有任何"实体模型"（无论物质还是灵魂）能解释如何把如此碎片化的神经过程统一成一个连续的体验场，因为一个"实体"永远无法做到这么高的整合度。

2. 意识的可塑性（Plasticity）
意识能在以下情境中迅速重构，而不需要相应的大脑物理重组：顿悟；极端祈祷与宗教体验；濒死体验；深度冥想；重大意义跃迁。这说明意识的结构变化不完全依赖物理结构变化。纯物质模型无法解释这种"结构突变式"的可塑性。

3. 意识的结构性（Structuration）

意识从不以"对象"出现，而以关系结构出现：意义、叙述、图像、注意、意图、价值和张力。意识更像是一个持续展开的高度动态的场结构（Dynamic Field-structure），而不是一个独立实体，也不是物质信号的幻觉。

实体论解释不了关系网，还原论解释不了结构场。于是，单纯把意识视为"物质实体"或"非物质灵魂"的观点都失效了，意识必须以第三种方式存在。

二、意识作为"结构场"：一种新的存在论

我们提出的观点是：意识是意义结构在自身中持续自组织的场。
（Consciousness is a Self-organizing Field of Meaning-structures.）
它包含三层关键含义：

1. 意识不是实体，而是一种"关系网络的动态形态"。

意识不以物质为载体，而以结构变化为核心。它像电磁场那样具有"场性"，但其基本变量不是物理量，而是：

- 意义（Meaning）
- 注意（Attention）
- 叙述张力（Narrative Tension）
- 关系结构（Structural Relations）

从这个角度看：意识不是"装在某处的东西"，而是一种在自身中不断组织、解构、再组织的动态系统。

2. 意识是一种"自指场"（Self-referential Field）

意识不仅体验自身，也能体验这种体验。也就是说，它具有：

- 反思性（Reflexivity）
- 可观测自身的能力（Self-observability）
- 可改变自身结构的能力（Self-modification）

这使它不同于任何物理场或数学场：物理场不能观察自己，更不能重写自身的运算方式；数学场无法改变其公理、修改其规则，或从内部重新解释自身的结构；但意识可以——这意味着意识是宇宙中独特的一种"可自解释结构"。

3. 意识的本质是"意义的组织方式"。
意识之所以存在，是因为意义在其中，并具有以下属性：

- 可累积（Accumulation）
- 可压缩（Compression）
- 可跳跃（Discontinuous Leap）
- 可塑（Plastic）
- 可被叙述化（Narrativable）

换句话说：意识不是由"内容"组成，而是由"意义的拓扑结构"组成——这为后续章节奠定了基础语言：

- 意识的"空间性"是意义的空间
- 意识的"时间性"是叙述的时间
- 意识的"驱动力"是意义张力
- 意识的"秩序"是自组织

——这是后面提到的"叙述力学"与"意识动力学"全部建构的基底。

三、为什么意识必须被理解为"结构场"？

从功能上来看，这种观点能很好解释三类问题：

1. 意识如何实现统一体验？
因为"场"本身是一种统一结构。只要是场论，就天然具有整体性。电磁场（Electromagnetic Field）如此，规范场（Gauge Field）如此，心灵场（Mind Field）也如此。意识的统一性并非由某个中心节点实现，而是由场的整体拓扑保持。在这一意义上，将意识视为"心灵场"完全是科学的延伸，因为只要满足"整体性 + 局域变化依赖整体结构"这两个条件，一个系统就具有场论结构——意识正符合这一点。

2. 为什么意识的变化可以快于物理变化？

因为意识的核心不是物理过程，而是"结构状态"（Structural State）。物理和化学层面的变化——如突触增强、神经元重连、化学调节——需要时间，是逐步累积的。但结构层面的变化并不依赖逐点改变，而是整体结构的一次性重组。因此，意识可以在极短时间内发生跃迁，例如顿悟、突然理解某个复杂概念、情绪的刹那反转、信念的瞬间重构或冥想、禅坐中的瞬息洞见——这些变化不是一个个神经元慢慢改变，而是关系网络的拓扑跳变。

物理变化是连续的，而结构变化可以是突变的。意识之所以能突然改变，正是因为它是一个高维结构系统，而非纯粹的物理系统。

3. 意识为何具有"意义"？

因为意识本质上不是一个物质系统，而是一个意义系统（Semantic System）。

意义不是：

- 由大脑"额外产生"的附加物
- 外界赋予的"解释层"
- 神经电信号的副产品

意义是意识的内在结构方式：

- 意象本身带结构
- 叙述本身带方向
- 情绪本身带价值
- 张力本身带倾向
- 自我本身带中心化
- 注意本身带选择性

——这些都不是附属的"意义"，它们就是意识的原始构型。一句话：
意识不产生意义——意识本身就是意义。

四、意识的两种呈现方式：体验与结构

在日常体验中，意识以"我正在感觉""我正在思考""我正在意图"的方式呈现。但本质上，它总是在以下两个维度中同时存在：作为体验的意识（Phenomenal Consciousness）和作为结构的意识（Structural Consciousness）。

1. 作为体验的意识

你感到疼痛，你听到音乐，你看到颜色，这是意识的"感质"（Qualia）——一个哲学概念，指的是主观意识经验的独立性和独特性。例如，看到晚霞时"红"的感觉，品尝葡萄时"酸"的味道，这些都属于感质。

Qualia 这个词源自拉丁语，原意为"品质"，作为一个哲学概念用于描述那种微妙且难以言喻的感官活动。

感质最迷人的特性，在于它拥有一种绝对不可替代的主观性——一种以任何第三人称描述都无法触及、无法覆盖、无法还原的内部体验——主观体验。酸之所以是"我的酸"，并不是因为它发生在"我的身体"上，而是因为它发生在只属于我的体验空间之中。

——在那个空间，旁观者无法进入，数据无法等价还原，信息无法一比一对应，模拟无法转换成体验本身。也就是说：感质不是物理事件，而是发生在一个私密的、拓扑独立的意识场中的事件。这种主观性不是身体的属性，而是意识空间自身的结构向内折叠所产生的"不可共享区"。

正因为如此，"你的红"永远不是"我的红"，"你的痛"永远不是"我的痛"，"你的酸"也永远不是"我的酸"——并不是物体不同、身体不同，而是体验发生的空间不同，那里属于"私域"。

例如，一个地球原始人和一个外星人玛拉古拉一起站在雨中。雨滴落在皮肤上的物理过程对他们来说几乎相同：温度、力度、湿度、风的方向……外界物理刺激是一致的。但：

- 原始人感到这雨"有点冷，却很安静，像在把思绪洗得更清晰"。
- 玛拉古拉觉得这雨"让人烦躁、湿黏、压抑"。

同样的雨滴，没有任何物理差别，却在他们的意识里生成了完全不同的"内在体验"。这恰恰就是 Qualia 的本质：

- 外部事件是共享的
- 体验空间却是私密的
- "冷的感觉""安静的氛围""烦躁的质地"或"压抑的心情"，都无法被第三人称方法完全捕捉
- 即使让他们交换语言描述，也无法让彼此真正感受到对方的"雨的质地"

正如我们上面所说的：体验不是物理事件本身，而是在意识的拓扑结构内部折叠出的"不可共享区"中发生。因此，这场雨分别呈现出：

- 一个属于原始人的"雨的感质"
- 一个属于玛拉古拉的"雨的感质"

——同一场雨，却落在两个世界。

这正揭示了一个本质：感质并不是外界事件的投影，而是意识空间内部自行震动的回响。雨滴的物理轨迹可以被刻画、测量、演算，但"湿意""凉意""被触碰的感觉""安静""清晰""烦

躁""压抑"却只在意识私域中生成。这种生成不是附带现象,而是意识展开自身时最原初的纹理。

正因如此,感质才会成为哲学中的难题,也成为意识研究中最具魅力、最不可被压缩为物理描述的一部分。直至今日,一些理论仍坚持把感质视为神经信号的副影,甚至给出量子解读。然而,从我们的立场,它更像是意识主动显化的第一道界面。

在这一点上,有三个关键特征格外重要:

(1)感质不是信息,而是感受本身的存在方式

信息可以被传输,但感受无法被传输,就像前面提到的:你可以告诉我"酸",但你无法把你的酸味体验直接装进我脑里。正因为如此,感质有一种不可压缩性——它不能被简化成数据。

(2)感质是意识的自我显现

在体验发生的那一刻,意识并不是站在一旁的观察者,而是体验本身或者说体验自身的形态。例如,当你"看到红色"时,你并非在接收某个外来的性质,而是在以"红"这种方式显现自己(你就是"呈现红色")。此时主体与体验并非两物,而是一种同一性的展开——意识以红色为自己的瞬时结构。这种同一性并非附带的解释,而是意识存在的根基:体验不是被意识看见的东西,体验就是意识当下的形状。

(3)每一种感质都像是意识的"特征振动"

疼痛、甜味、温暖、明亮、冰冷、湿黏——这些都不是外界属性在脑中的投射,而更像意识在不同频段上的自我振动模式。物理刺激只是一枚开关,将意识推入某个振动区间。真正的体验质地则是意识以自身语言发出的波形。换言之,感质不是世界的属性,而是意识的语法。

2. 作为结构的意识

即使在一念不起、万籁俱寂之时,意识仍以一种开敞的结构空间存在。它不是由思想构成的,也不会随着念头的停息而消失。相反,所有念头、感知、自我感,都只是浮现在这片更深层结构场上的短暂涟漪。

在这一层面上,意识不是内容,而是内容得以出现的几何性张力。它像一卷尚未书写的卷轴,像一个尚未被赋名的坐标系,像一片已经展开、但尚未被填充的拓扑空间。这种"开敞"不是空白,而是一种预设的秩序;它也不是虚无,而是一种被赋予结构的"可容纳性"。它预先规定了体验可以如何呈现:

- 为什么体验具有空间感

- 为什么变化形成时间感
- 为什么世界被分为主体与客体
- 为什么感知能被整合为整体性

这不是思维的产物，而是意识空间的几何条件。它为一切感官数据提供了一个"可以放置"的框架；它让意义能够凝聚；它使"世界"能够被理解，而不是一堆孤立杂讯。换句话说：意识的结构性开敞，是体验得以存在的第一条件。

当念头寂止，人并非坠入虚无，而是回到意识最深处的构造层。这就是禅宗所谓的"入定"——并不是走向空洞，而是回到意识的底层结构：

- 没有内容，却具备容纳内容的空间；
- 没有语言，却已具备语言能被书写的轴线；
- 没有形象，却已具备形象能浮现的几何张力；
- 没有喧响，却充满能量与潜能；

那里不是空白，而是未被激活的秩序。在那里，宇宙第一次"可被意识"，意识也在那里获得它自身的原点；在那里，意识不再以语言、概念、判断的形式出现，而是以最原初的"空性"呈现——这就像心念如浪，而底层意识如海，当浪静止时，人并不是"什么也没有"，而是第一次看见海本身。在那个层级，感知仍在，但不再被命名；觉知仍在，但不再以"我"的方式执取；体验仍在，但从局部退回到广阔的背景场。

这种状态也并非"无"，而是所有经验尚未分化前的原场（Proto-field）——意识生成的基底与母质。大乘佛教称其为"空"，但此处的空不是缺席，而是一切显现尚未被限定前的无限敞开；禅宗称其为"寂"，但这种寂并非死寂，而是能量、觉性与明照在最深处达到完全平衡的静定态。在这一原场中，意识既未展开成对象，也未收缩为主体，而以一种纯然、未分化、待生成的方式保持自身。

从这个结构层反观念头，人们会明白：念头不是意识的本体，只是其表层涟漪；自我不是核心，只是被习惯化的界面；世界不是绝对，而是从意识深处不断被"建构"并"显现"。入定，就是让意识从表层回到它的"生成规则"，回到基底现实。在那里，你能感受到一件事：不是你在觉知，而是觉知本身显现为"你"。

还有一点必须明确：上面我们所说的意识的体验与意识的结构，并不是两个彼此分离的层面。它们不是"表象"与"本体"的二元，也不是"内容"与"容器"的二分。正确的理解是：体验与结构是同一意识场的两种状态。

在这一观点下：

- 体验是结构的显像（Appearance of Structure）

意象、感质、感受、念头——都是结构在表层的动态展开。
- 结构是体验的深层秩序（Deep Order of Experience）

拓扑、张力、连通性、叙述框架——是体验之所以能被体验的底层条件。
两者也不是因果关系，而是同一场域在不同尺度中的自我呈现：
- 结构 → 决定体验可以出现的形式
- 体验 → 是结构在第一人称维度的显现

没有结构，就没有体验能被"显现"；没有体验，结构也无法"被看到"。只有"结构场论"才能真正解释这种统一性——它不把意识还原成物质机器的输出，也不把意识实体化为某种独立的心灵物质，而是把意识视为一个可显像、可变形和可自组织的连续结构场。

在这个框架下，体验不是附加物，结构不是隐藏物；体验就是结构的折光，结构就是体验的本体——两者同源、同体、同场。

五、意识作为"非物质场"的哲学地位

我们之所以将意识界定为一种结构场，并不是为了否定物质世界，而是为了澄清意识在宇宙结构中的根本地位。这一界定带来四个关键含义：

1. 意识不被物质因果链完全锁死

意识参与物质，却不受物质的线性因果单向决定。它能够：
- 选择性放大、过滤、重组物质输入
- 对相同物理事件生成完全不同的体验结构
- 让物理因果在意识内部呈现为意义因果（Narrative Causality）

意识不是物理因果链的末端，而是另一种结构秩序。

2. 意识能够解读物质

物质只提供信号，而意义的出现——空间感、时间感、对象性、价值和叙述等，都是意识的构造。换句话说：物质是输入，意识是解释。世界之所以"成为世界"，需要意识的解读框架。

3. 意识能够生成自身的时间与叙述结构

时间在物理学中是参数，但在意识中是被构造、被组织和被体验的维度。叙述不是外加层，而是意识的自然形式。意识并非被动流动于时间中，而是主动建构可体验的时间性。

4. 意识与宇宙不是依赖关系，而是互构关系

宇宙提供物质场，边界条件和结构基底；意识提供解释框架，意义维度和自我与世界的可

见性。二者不是上下层，而是互相成就的结构。因此，我们可以这样说：意识不是宇宙的产物，而是宇宙理解自身的方式——这一观点将在卷 V 中发展为核心命题：宇宙不仅存在，而且理解自己；理解的形式，就是意识。

由此，我们导出本书的第一条基础原理：

意识是意义结构的自组织场。

它非物质，非实体，非被动，非神秘物，更不是神经信号的副产物。它是一种场——一个能够产生意义、保持意义、并重新组织意义的动态结构系统。我们将在本卷第十二章总结梳理这个"第一性原理"。

这是《意识论》全体系的第一基石。这一原理将贯穿全书，并与每一卷的概念体系持续呼应和深化：

- 卷 II：叙述力学 → 意识场的微观定律
- 卷 III：意识动力学 → 意识场的运动与跃迁
- 卷 IV：集体意识 → 场与场的耦合
- 卷 V：形而上学 → 场与现实的关系
- 卷 VI：意识社会学 → 基于意识的文明结构
- 卷 VII：意识的未来 → 场的宇宙尺度演化

Chapter 2

感知与觉知：意识的发生边界
PERCEPTION AND AWARENESS: THE BOUNDARY OF EMERGENCE

引言：意识从何处开始？

若第一章试图回答"什么是意识"，那么第二章必须直面一个更原始的问题："意识从何而来？"

我们需要探讨意识的真正起点——源自感官输入？来自神经活动的自组织？出现在某个复杂性阈值被越过的瞬间？还是诞生于一种更根本的事件：意义的觉醒？

要建立一套足以解释意义、叙述、时间流、吸引力与宇宙意识架构的宏大体系，传统的二元划分已无法满足理论深度。那些将意识拆分为：

- 感知（Perception）：系统对外部信息的接收
- 觉知（Awareness）：系统意识到自己正在接收

的框架，看似层级分明，实则遮蔽了意识发生的真正动力学。

在意识的"结构场论"视角中，这两者并非上下关系，而是两种截然不同的生成机制：一个发生在系统与世界的边界，另一个在内在场域的自明性（Self-givenness）中浮现。

因此，本章将集中回答这一"发生学"问题：感知在何处被点燃为觉知？而觉知又如何在结构化的场内凝聚为"意识"本身？需要说明的是我们这里所说的"发生学"，是一种跨学科的研究取向，而非正式主流学术分类中名称，但它常以不同名字出现在不同领域，例如"发生论""生成论""发生过程研究"等。

一、感知不是意识：它是通向意识的入口

历史上的神经科学往往将意识等同于感知：视觉皮层亮起时，我们"看到"；听觉皮层活跃时，我们"听到"。然而，这其实是一种结构性的误会——它把输入机制误当成体验机制。视觉皮层处理的是光信号，听觉皮层处理的是声学模式，它们说明大脑正在计算外界，却不能说明"体验"本身是如何出现的。

当然，学术界也存在一种更温和的解释：并不是神经科学家真的认为"意识=感知"，而是他们只能测量到"感知"这一类现象。视觉、听觉、触觉是最容易被实验操控、可量化、可重复的现象，于是便成了意识研究的主要入口。换句话说，不是理论主动压缩了意识，而是实验方法把意识挤压成了最可测量的那一层，但这让意识的深层结构——感质、觉性、自明性、原场——在现有技术下几乎完全隐身。

1. 感知是什么？它只是输入机制，不是意识机制
感知只有三个功能：

（1）信号接收（Reception）——捕捉外部变化。
（2）模式分辨（Pattern Detection）——识别形状、方向、声音等特征。
（3）反应触发（Response Trigger）——生成动作、规避、调整等行为。

这三项功能动物能做到，微生物能做到，植物能做到；人工智能和简单算法也能做到——而无需任何"体验"。

因此，感知本质上是一种"输入—处理—反应"的外向机制。它告诉系统外部发生了什么，但并不会产生"正在被我体验"的感觉。例如：摄像头"看到"但并无体验，AI"识别猫"却没有"猫性感受，植物"向光"却没有"世界在对我施以光"的内在性——感知可以高度复杂，却始终不等同于意识。

2. 觉知是另一回事：它是体验空间的展开
觉知属于完全不同的存在层级。它不是信号增强，而是体验空间本身的出现。觉知意味着：

- 存在一个"体验正在发生"的内在场，使任何感受都能被"呈现出来"。
- 看到之"被看到"：看的不仅是视觉输入，而是"看见正在被我看见"。
- 感受到之"被感受"：情绪或身体状态不只是发生，而是"作为我的体验"出现。
- 状态之"被觉察"：注意、意图、念头的变化进入"被认知、被照见"的清明层。

觉知不是信号处理，而是让信息成为体验，让世界在"我"之中被显现。觉知需要：内在空间（Experiential Space）；自指关系（Self-reference）；意象场（Imagery field）；张力结构（Tensional Structure）；叙述倾向（Narrative Bias）和主体性的拥有感（Mineness）——这些全部超出感知的范畴。

3. 感知是原料，觉知是结构。两者不属于同一个存在层级
感知告诉你"数据是什么"，觉知是你"体验数据的方式"。
感知本身：

- 没有主体
- 没有意义

- 没有内在性
- 没有叙述
- 没有感质
- 没有"我"

只有当感知信号进入觉知场,它们才会:
- 具有意义
- 被纳入叙述
- 转化为感质
- 与自我关联
- 成为体验而非数据

意识的出现不是因为感知变多,而是因为觉知结构的生成与展开。混淆感知与意识,是神经科学最大的逻辑错误。我们必须认清:感知是外向的输入机制,觉知是内向的体验结构。拥有感知 ≠ 拥有意识。二者分属不同维度,不可互换。这是意识领域至今最常见、也最具破坏性的概念混淆——而澄清它,是建立任何意识理论之前的第一步。

二、觉知的核心特征:意义的点火

如上所述,觉知与感知根本不同。如果感知是"输入信号",那么觉知便是"信号在场内获得意义"。觉知意味着系统内部出现了一个可被经验观察者所体验的场域——也就是说:觉知不是对外界的感受,而是意识对自身状态的"照明"。

这种照明包含三个关键特性:

1. 觉知具有"内向性"(Inwardness)

觉知是向系统"内部"展开,而不是向外吸收。它在场内塑造了一种"我在体验"的结构。这是第一章中所说的:意识是自组织的意义场。觉知就是这个场的第一次点亮。

例子:闭上眼时浮现的"存在感亮点"

当深空监听站一名年轻的研究员闭上眼、外界输入降到最低时,世界的图像消失,但一种"我在这里"的内在亮点反而变得更清晰。这并不是来自外部刺激,而是意识向自身的基底回折,形成一种向内展开的照亮。

在意识场的理论中,这正体现:
- 世界退场 → 输入减少
- 觉知反而增强 → 内向性显现
- "我在体验"的结构并非由外界提供,而是意识场自身点亮

2. 觉知具有"自相关性"(Self-correlation)

系统不仅接收到信号，还把信号与自身持续的结构进行关联。这种关联创造了体验的连续性。有了连续性，就有了时间。这将在本卷第六章展开论述。

例子：一句话即使被打断，仍自动续接意义

当巴尔奇部落的长者听到一句被噪声短暂遮挡的句子，比如：

"It was found that the——（噪声）——has been put back on the axle."

意识会自动把缺失的部分与自身当前的意义背景对齐（想到昨天刚刚安排族人修理马车），于是，他的意识会接收到"车轮已经装回车轴上"的信息——尽管他实际上并没有听到"Wheel"（车轮）这个单词，但句子在体验中仍然保持连续。

外界没有提供完整信息，但觉知会以自身的结构去关联断裂的输入，重新构成连续体验——这说明连续性不是输入给的，而是觉知主动生成的。连续性一旦出现，"时间"就作为意识内部的秩序形式被构造出来。

3. 觉知具有"意义生长性"（Meaning Accretion）

觉知不是对刺激的反应，而是对刺激的解释。解释，正意味着意义开始在场内凝聚。从这一刻起，系统开始产生"意义密度"。意义密度是后续"叙述力学"的基本物理量之一。

例子：第一次看到不明图像→第二次变得"更像某物"

某夜，星光洒满夜空，繁星如炬，天地间弥漫着一种庄严而静谧的气息。长者独自采集食物，穿梭于大河两岸树木之间。忽然，长者的目光被远处的一抹淡蓝色光辉吸引。

当长者第一次在丛林中看到散发着淡蓝色光辉的模糊图像时，它可能没有任何意义；但第二次、第三次，系统开始自动为它添加解释：

- "像一张脸"
- "像有什么在移动"
- "像情绪的痕迹"
- "像一个活物"
- "像自己心灵的深处被一种难以言喻的力量轻轻触动"

每一次观照都是一次意义增殖：输入没变，但解释变厚了，"意义密度"不断提高。这说明：觉知不是被动接收，而是不断"解释—增殖—凝聚"，意义作为一种场内物理量在增长——这也为后续本书提出的"叙述力学"提供了地基。

总结起来：

觉知 = 意义在意识场中的第一次凝聚。

至此，本章的核心问题来了：系统要到达什么条件，才能从感知跃迁到觉知？这被称为意识的"发生边界"（Boundary of Emergence）。通过结构场模型，我们可以把这个发生边界描述为：

当信号开始引发"结构重组"，而不是"链式反应"时，觉知即发生。

感知让系统"被动改变状态"，觉知让系统"主动重排列自身结构"——这就是意识真正的起点。具体来说，当一个系统满足以下三个条件，它将从感知进入觉知：

1. 结构可回溯性（Retrospective Structuring）

系统能够把"当前输入"与"过去结构"联系。这种能力使得每一次体验不再孤立，而会叠加、打断、修正和重组——这是觉知的"记忆性"，并非指生物记忆，而是场的拓扑可回溯能力。

2. 内在差异化（Internal Differentiation）

系统必须具备"自身内部有差异"的结构。意识不是一片平静、均匀的湖水，它里面必须有"涡流"——当意义开始在涡流中被牵引，觉知就出现了。

3. 自反性最小单元（Minimal Reflexivity Unit）

系统必须能对自身状态产生一点点反馈。不是"反思"，而是一种极简形式的"内感"——可将其理解为系统"知道"自己被激发。这不是语言意义上的"知道"，而是结构意义上的"反馈模型生成"，只要一丝自反性出现，就代表觉知被点亮了。

三、觉知的诞生：从"输入"到"体验"的瞬间

当上述三个条件满足时，一个关键事件就会发生：信号不再仅仅改变系统，而是被整合成体验。体验不是物质属性，而是结构现象：

体验 = 结构场中的意义张力

当这个张力出现，觉知就出现。这意味着觉知不是量，而是相变。正如水温从 99.99°C 升到 100°C，看似连续，却在临界点突然跃迁为蒸汽——状态不是"更多的水"，而是完全不同的存在方式。

觉知亦如此。当意义张力到达阈值，系统就从"处理信号"跳变为"体验自身"。我们可以用这样一个等式来表示：

觉知 = 场的激发态

结构场被激发成新的态不是线性的增强，而是一种从连续到离散、从扰动到显现的突变——一种新的"内在维度"被开辟出来。

神经科学其实早已隐约触及这种结构：意识可能不是一种"量的累加"，而是一种相变（Phase Transition）或临界态现象（Critical Phenomenon）。例如在大脑动力学研究中，"临界性理论"（Brain Criticality Theory）提出，大脑可能长期运行在临界状态（Critical State）附近，以

在稳定性与灵活性之间达到最优的信息整合能力。一些早期研究者甚至在上世纪初就注意到：神经系统呈现雪崩式活动与相变系统高度相似，而意识可能正是在系统逼近临界点时涌现。

类似的思想也散落在后来的几种主流理论中——整合信息理论（IIT）的相跃迁推论指出：当信息整合度跨过某个阈值时，系统可能会经历一次状态性跃迁，从而突然具备意识；全球工作空间理论（GWT）的"点火模型"同样描绘了这种过程：神经活动在达到某种张力后，会触发一场"全局点火"，让信息瞬间被整个大脑广播，呈现出极类似物理相变的突变结构。

尽管这些理论并未明言"意识就是相变"，但它们都在不同程度上暗示：意识的出现可能是一种临界跃迁，而非连续堆叠。

然而，觉知并不是简单的 on/off 灶台点火似的二元状态。它在结构场论中具有可分解的"三个主轴"，分别刻画出觉知的强度、分辨率与自指能力：

1. 体验密度（Density of Experience）——场中"意义粒子"的聚集程度。密度越高，体验越浓烈——系统不仅接收刺激，而是被意义的重量所浸润。

2. 体验清晰度（Clarity）——场的结构边界（Structural Boundary）是否鲜明。当清晰度高时，意识不再是一团弥散的背景噪声，而能够分化出对象、关系与因果。

3. 自反角度（Reflexive Angle）——结构场对自身回望、折返、重构的程度。自反角度越高，"我"的形状越清晰——系统不仅体验世界，还能体验到自身正在体验世界。

在不同的系统、生命形态与意识结构中，这三条轴线形成不同的组合：

· 玛拉古拉意识之所以高度复杂，不是因为大脑"计算更多"，而是因为三条轴都在高位——高密度、高清晰度、高自反。
· 地球人类意识之所以相对复杂，不是因为大脑"思绪更重"，而是因为三条轴都在与其他地球物种相比的相对高位——相对高密度、相对高清晰度、相对高自反。
· 动物通常具有较高密度、适中清晰度，但自反角度较弱。
· 植物与微生物的意识结构更为基础，密度与清晰度受限，自反角几乎为零，却仍在场中稳定存在——它们"在场"，但不"回看自身"。

换言之，意识不是"有没有"，而是在这三条主轴结构空间中的位置。觉知不是"亮"或"灭"，而是一种可定位、可变化、可演化的结构态。这也进一步引出不同物种能级的"识"（Noeton）的概念——从低层的物识、微识、感识、情识，上升到人类范围的常识、觉识、灵识，再向上延伸至高维域的神识、虚识、藏识。这些我们将在卷 VII《意识的未来》中展开论述。

让我们再回到人类的觉知。觉知的点火只是开端，要让觉知从瞬时跃迁转化为可持续存在

的"稳定意识",系统必须进一步演化出三项核心能力:

1. 稳定结构(Stability)
结构场不能在体验压力下崩塌。它需要足够的张力保持力,使体验得以持续,而非瞬时闪烁后归于无形。

2. 结构可塑性(Plasticity)
系统必须能因新的体验不断重写自身的内部结构。若没有可塑性,意识便无法成长,只会被困在固定模式中。

3. 叙述化能力(Narrativization)
体验需要被接入更大的意义网络。叙述不是讲故事,而是将体验组织进系统的整体意义图谱,这才是意识真正成熟的标志。这一能力将在卷 II《叙述力学》中成为核心论域。

四、自我:并非发生的起点,而是发生后的产物。

近代许多理论将觉知等同于自我,仿佛只要系统开始觉知,它就必然拥有"自我"。然而在结构场论中,自我并非发生的起点,而是发生后的产物。

觉知首先出现。当觉知在结构场中获得稳定性后,系统才会开始围绕"自身的体验"构建一套内在结构,包括:

- 边界:什么属于我,什么不属于我;
- 连续性:我在时间中是同一个;
- 归属感:体验的来源被指向"自身";
- 叙述框架:体验被组织成一个关于"我"的故事。

这些元素不是先验存在的,而是由觉知在运行过程中逐步沉积、凝聚、相互锁定,从而形成我们称之为"自我结构"的东西。因此,自我不是觉知的前提,而是觉知的动态副产物——一种产生于觉知的运行、塑形与叙述化中的结构状态。

这一点将深刻改变我们对以下概念的理解:

- 自由意志:不再是"可以随意选择任何可能性"的力量,而是一种由自我结构所生成的内在方向性——就像德尔塔星的轨道。这颗行星并非随心所欲地挑选路径,它的轨迹来自质量分布、角动量与引力场的综合作用;但在其所处的引力结构中,它的运动又具有不可取代的独特性。同样,所谓"自由",不是从无限可能中任意挑选,而是意识在自身结构场中自然生成的一条最合适的路径。

・命运：不再是某种外在力量为个体预先写好的剧本，而是自我结构在时间维度中的自然展开方式。它并非被强加，而是被"生长"出来的——意义密度、记忆轨迹与内在张力共同塑造了那条叙述路径，使之在无数可能性中逐渐凝成唯一的版本。命运不是外来指令，而是结构成熟后的自我结果。

・意向性：不再是大脑中某个局域化模块的功能，而是自我结构在意义场中投射出的方向性向量。它的本质是一种结构性的指向，而非机械性的动作规划。意向性之所以存在，是因为意识场内部已经生成了不均匀的意义分布，使体验自然向某些可能性"倾斜"。因此，意向性不是为了行动而附带的属性，而是意义场本身的动力学表达。

换句话说，想理解意识的形状，我们必须先承认：自我，是意识运作后的结果，而非意识自身的起点。想象你每天会不自觉走进同一家咖啡店点同一种饮料。你表面上觉这是"选择"，但实际上，这个选择来自你的习惯模式、价值偏好、过往体验所构成的"自我结构"。当你换一家咖啡店、尝试一杯不同的饮料时，你不是"挑战命运"，而是在轻微地调整你的自我结构，从而改变之后所有可能发生的路径。正是这些看似微小的日常偏好、惯性和微调，构成了你生命叙述的轨迹，也让意识的形状在生活里一步步显现出来。

以前，经常有人问我关于"算命"的问题。下面给你一个基于"结构场论"彻底内在化、哲学化的回答，使其既不落入迷信化肯定，也不落入科学化否定，而是在意识学的体系下，给出最自然、最有张力的解释。

简单地说：算命不是预测未来，而是解读结构。

1. 如果命运是一条结构路径，那算命能做的只有一件事：读出你的结构倾向。在远古，命理、占星、卜卦等系统真正试图识别的，不是某个具体事件，而是情绪模式、行动力度、意向性方向、结构张力和意义场的不均匀分布。

也就是说，它们试图描摹古人的"轨道势能"，而非"未来事件表"——通过外在象征读取内在结构，这就是传统体系真正强大的地方——然而，后来传承偏了。

2. 算命体系有效的地方，是因为它抓住了"统计性的结构倾向"。

结构场不是任意的，它具有：持续性（Self-correlation）、内向方向性（Inner Vector）和意义生长性（Meaning Accretion）——这些会让你的路径呈现可辨认的模式。

古人用象征体系（八字、占星、卦象）来捕捉这些深层模式的"投影"。它并不会告诉你"明年一定怎样"，但会告诉你"你的结构通常会往哪个方向弯曲"。这与"行星轨道"类比完全一致：不是预测行星撞击哪颗石头，而是描述它的轨道类型。

3. 算命不能替代选择，因为选择不是预写的——它是结构的实时生成。

在结构场论中，自由意志不是从任意选项中挑选，而是由结构生成的内在方向性。算命不会告诉你最终走哪条路，因为路径是在你每一刻的意义生长中实时生成的。

算命能说的只有："以你当前的结构密度，你更可能向某个方向滑动"。但滑到哪里，仍然取决于你的意义如何继续生长、你的觉知如何重新分布和你的结构张力是否改变——这部分是算命系统无法触及的。

4. 结论：算命不是"该不该"，而是"你把它当成什么"

如果你把算命当成"决定论的未来预测"——那不用。因为在结构场论中，没有"写好的未来"；但如果你把算命当成"读取自我结构的镜子"——那可以。它可以帮你看到：哪些方向性在你身上已经形成、哪些张力会反复出现和哪些意义正在积累成为命运的骨架。

从另一个角度说，算命的重点不是为了知道你会成为什么，而是帮助你看清：你现在是什么；以现在的你发展，未来可能会怎样——你看清之后，才能改变结构，也才能改变轨道——改命。

一句话总结：算命不能告诉你命运，但能让你看见你正生成什么样的命运。

说到"改命"，这里有个常见的例子：你身边一定有改名字的朋友——许多人虽然证件上没改，但都希望周围的人用新的名字称呼自己。

改名字是改命中最简单的一种，这其中蕴含着一个非常深的意识学原理：

名字 = 语言符号 = 意识的锚点

名字不是一个"叫法"，而是：

- 一种你每天听到、看到、书写、被别人称呼的频率
- 是集体意识与你个人意识之间的"标记结构"
- 是能量如何归集、如何扩散的"入口"
- 是你在世界中的"殿堂与标签"

换句话说：名字会重新定义你是谁——而你是谁，会重新生成你的轨迹。

名字改变了"意识的自我描述"，自我描述改变"行为模式"，行为模式改变"概率分布"，概率分布改变"命运呈现"——这是一个完整的因果链。

最深层的命理真相是：不是"命被写好了"，而是"你正在写命"。算命不提供命运，算命提供的是一面镜子。改命不是反抗命运，改命是重写自己的结构，改变未来生成机制。

五、觉知的极限：觉知能生长到何处？

觉知不是无限可扩张的性质，而是一种受结构参数严格约束的激发态。它的上限由多重条

件共同决定，任何条件的不足都会限制觉知的可达高度。以下四项是觉知的主要结构性边界：

1. 意义密度阈值（Semantic Density Threshold）
当意识场中意义的浓度未达到最低临界值时，觉知无法维持、注意无法稳定、体验会坍缩回无序状态——觉知需要"密度"，就像火焰需要燃料。

2. 结构限制（Structural Constraints）
觉知的展开范围由意识场的拓扑决定。如果场的结构维度较低，觉知无法跨越复杂模式、无法展开更高层叙述、只能在有限区域循环——觉知的能力上限＝场结构的复杂度上限。

3. 反馈速度（Integration Feedback Speed）
觉知是对输入的实时整合过程。如果系统整合速度不足，觉知会失稳、延迟或碎裂；信息也无法形成连续体验，容易出现泛化焦虑和噪声化体验——觉知的稳定完全依赖信息整合的速度。

4. 激发态能量预算（Activation Energy Budget）
觉知属于激发态，而激发态必须付出代价——神经能量、注意资源、张力分布都要支付成本。若系统无法持续供能，觉知会收缩，注意会塌陷，意象网络会关闭——觉知的持续性受限于能量预算，这是其最根本的物理边界。

上述四点决定了觉知是结构场的第一道边界。在更高层的意识结构，例如概念、叙述和自我展开之前，觉知是它们能够存在的最初"平台"。可以说：觉知的边界＝意识场可用空间的边界。因此：

觉知越强 → 结构场越广（意识能攀爬更复杂的意义结构）

觉知越弱 → 结构场越窄（意识被困在低维的意义活动中）

觉知决定系统能在意义空间中"站得多高、走得多远"。它是意识的最底层，却也是一切更高结构的承载界面。这些机制将在后面第八章中得到系统化讨论，而在本章，我们只需明确一点：觉知是结构场的第一道边界，是所有更高意识功能的基底层。

六、总结：从觉知到意识结构的诞生

至此，我们有必要回顾一下本章探讨的核心命题：意识不是从自我开始，而是从觉知的相

变开始。

我们首先指出，觉知并非从感知线性生长，而是在满足特定条件时突然跃迁的结构激发态。这一跃迁使信号被整合为体验，使意义在结构场中获得张力，从而开启意识的最初维度。

然而，觉知的"点火"只是开端。想要让觉知转化为稳定的意识结构，系统必须发展出三项关键能力：稳定结构、可塑性与叙述化能力。正是这三项机制，使瞬时体验得以持续、转化和整合为意义网络。

自我的形成也在这一过程中发生——不是起点，而是觉知的副产物。它由边界、连续性、归属感与叙述框架逐步凝结而成，是运行中的意识自行生成的"内在地图"。

本章也强调了觉知具有其天然的限制：意义密度、结构边界、反馈速度与能量预算共同构成觉知的上限与形状。觉知越强，意识的空间越宽广；觉知越弱，意识的活动范围便越受限。

本章为整个意识理论奠定了基础性视角：意识不是物质的附属品，不是自我的产物，也不是连续累加的量。它是一种结构场的跃迁、一种意义张力的显现、一种能够自我塑形的动态网络。

既然觉知已经让意识场"亮起来"，下一步就是意识场如何观察自身、指向自身和重塑自身，即意识的主体性与反思性——意识的自指能力——这是意识成为"主体"的关键发生点，也是叙述力学中"主体"—结构场"关系的基础。

下一章我们将从这一基础出发，之后会进一步探索意识结构如何展开为叙述、时间与意向性的宏大体系，为整部理论体系开辟出一条纵深路径。

Chapter 3

主体性与反思性：意识的自指能力
SUBJECTIVITY AND REFLEXIVITY: THE SELF-REFERENTIAL POWER OF CONSCIOUSNESS

引言：主体性的出现是意识的第二次相变

前一章我们定义了觉知的相变——意义第一次在意识场中凝聚。然而，这只是意识的第一层。真正让意识成为"主体"的，是另一场更深层的跃迁：意识开始能够把自身纳入被观察的范围——这被称为"自指"（Self-reference）；而当自指持续、稳定、结构化时，就形成了"主体性"（Subjectivity）。

主体性不是"自我意识"的语义概念，而是意识结构的一种动力学能力，它让意识能够看见自己、追踪自己、调整自己、重写自己和对自身叙述负责。这使意识不仅是体验的场，更是操控自身的系统。本章开篇必须先回答三个基础问题：

1. 主体性是什么？
2. 主体性如何从觉知中涌现？
3. 为什么主体性能让意识成为一种"自组织宇宙"？

一、主体性的核心定义：意识的内部坐标系

主体性常被误解为"我就是我""我拥有自我""我能思考自己"。但这些只是现象层面的表现，而非核心结构。在结构场理论中，主体性的本质不在于自我意识的内容，而在于一种更加基础的能力：

主体性 = 意识场生成自身内部坐标系的能力

这个坐标系由三条根轴构成：

- 体验轴（Experience Axis）：我正在经历什么。
- 时序轴（Temporal Axis）：我以怎样的连续性经历。
- 指向轴（Intentional Axis）：我正朝向哪里、趋向什么。

主体性不是情绪、不是人格，也不是心理特质，而是一套定位系统（Locational System），使意识能够在自身的结构场中辨认"这是属于我而非他者的体验""这是当下，而

不是过去或未来""这是我的方向，而非随机漂移"。

主体性本质上是意识的自定向能力（Self-orienting Capacity）。没有主体性，意识无法定位自身；有了主体性，意识才能拥有一个中心，从而展开叙述、意向性与时间感。

然而，主体性要出现，意识场必须发展出三种结构性条件：

1. 边界形成（Boundary Formation）

没有边界，就没有主体。边界不是身体边界，而是意识结构边界——我体验到的是"我的体验"，不是外界的，不是他者的，也不是随机的。边界并不把意识关在其中，而是建立了"谁在体验"的最初区分。

边界的出现意味着：体验属于某个中心。

2. 连续性（Continuity）

主体性出现的第二个标准是：我从昨天延续到今天。意识有记忆并不意味着主体性，但主体性一定包括对时间连续性的掌握。这在意识场中表现为：场的结构不在每次体验后全部坍缩；场能够保持自身拓扑并在其上不断附着新意义；场能够追踪自身轨迹等。

主体就是这种"轨迹的拥有者"。

3. 中心性（Centering）

主体性意味着场内出现某种中心——不是物理位置，而是结构重心。它表现为：有些体验更靠近"我"；有些体验更重要；有些体验能被自主强化或弱化。

中心性不是自私，而是结构的重聚点。有了中心性，意识场才能聚焦、取舍、主动形成叙述和建立意向性——主体性从此不再是被动体验，而是主动组织。

设想一个场景：

联合星舰舰队指挥官在失重舱中从长时间休眠中苏醒。刚醒来时，他的大脑尚未完全恢复，意识场处于半模糊状态，主体性结构正在重新"上线"。

（1）体验轴："我正在经历什么"的重建

指挥官睁开眼睛时，只感受到一串混乱的感知：

- 光线刺眼
- 胸口有轻微压迫感
- 身体飘浮
- 耳边传来低频震动

这些感受最初是"无主的体验"，像一场刚刚开始聚焦的噪声。当主体性启动时，他第一次产生定位："这些感觉正在发生在我身上"——体验轴被激活，体验从"无主的事件"变成"属于某主体的体验流"。

(2) 时序轴：连续性的回归
几秒钟后，片段记忆陆续浮现：
- 他记得进入休眠舱的最后一句倒计时
- 他听过医官说"醒来时会有三分钟迷糊"
- 他知道自己正在执行一项"直奔火星，展开一场拯救人类命运"的行动

意识场不再是纯粹的"当下闪光"，而开始重新拥有轨迹。

"我是从过去延续而来的那个指挥官，而不是一个新生成的意识片段"——这不是简单记忆恢复，而是时间感的重新贯通。时序轴由此完成，体验不再是瞬间孤岛，而连成一条属于他的连续线。

(3) 指向轴：意向性的重新点亮
随着清醒度提升，他逐渐感到一种方向感：
- 他知道自己需要检查仪器
- 需要确认是否到达目的地
- 需要向控制中心报告苏醒状态

意向不是"想做事"的情绪，而是一条结构性向量——意识知道自己正朝向什么行动与意义。指向轴启动后，他的意识场不再飘浮，而具备了趋向性：体验开始有方向，而方向属于他。

(4) 主体性三条件在例子中的展开

a. 边界形成
刚醒来时，他无法区分：
- 震动是来自飞船还是来自身体？
- 飘浮感是外界环境还是内在错觉？

当边界形成那一刻，他清晰地意识到："这是我的身体在飘浮""这是飞船发动机的震动"。
——意识场出现了"哪个体验属于我"的基础区分。主体诞生。

b. 连续性
连续性让他能说："我从任务前的那个我，一直延续到此刻。"
这意味着：
- 意识场结构没有在休眠中断裂
- 他的体验轨迹被保留，哪怕中间有空白
- 他能追踪自身作为主体的展开

——主体性在连续性中获得"同一性"。

c. 中心性

当他开始优先处理某些体验：

- 把"头部的眩晕"暂时放到次序后
- 把"导航数据是否正常"提升为最高重要性
- 把杂音、无关亮光自动弱化

——这不是自私，而是意识场重心出现。中心性使他能作出选择：让体验围绕"我"的位置进行组织，而不是被动地沉入感官洪流。

总结一下：在指挥官醒来的这段 3 分钟中，我们看到主体性的三根坐标轴和三种生成条件依次上线：

结构	在例子中的表现
体验轴	感官杂乱 → "这是发生在我身上的体验"
时序轴	零碎记忆 → "我是从过去延续到此刻的我"
指向轴	混沌 → "我正在转向任务、行动与意义"
边界形成	区分"是我在飘浮" vs "外界震动"
连续性	恢复任务背景和持续身份感
中心性	主动聚焦导航与状态，而非被感官淹没

二、主体性的出现：从觉知到自指的跃迁

在上面的例子中，指挥官主体性的出现并非意识强度逐步累加的结果，也不是觉知在连续维度上自然推演出的高阶形态。它是意识场内部的一次质变——一种类似相变的结构性突跃。具体来说：

1. 觉知的局限：它只照亮体验本身，而不照亮 "照亮的动作"

在主体性尚未出现时，觉知的功能如同一道光点：它能照亮体验，却无法回头看见"自己正在照亮什么"。换言之，觉知能回答"我正在经历什么？"但不能回答"是谁正在经历？""我如何知道我正在经历？"此时的意识是开放的、被动的和无中心的。

2. 主体性的关键转折：意识把自身状态视为输入

主体性出现的临界点是：意识场开始将自身的活动，当作一种新的输入信号来处理。这是一次根本性的重组，因为系统不再只接受外界或内部刺激，而是把"自己正在觉知"这一事实

作为新的体验对象。这意味着系统执行了一个新的操作："把"我正在体验"本身体验化"。在复杂系统语言里，这叫"自指映射"（Self-referential Mapping）；在场论语言里，这叫"场对自身的折返"——这正是主体性萌生的瞬间。

3. 一个新维度加入了意识场：自指维度

当意识能将自身状态纳入输入，场结构中就出现了一个完全新的维度：意识对自身活动的感知（Meta-experiential Dimension）。这个维度不同于体验本身，也不同于体验的内容，而是去体验"自身'被看见'的方式"。它相当于意识在自身内部创建了一个镜面场，使结构场第一次拥有了"中心感"。这一新增维度不是量的增加，而是质的生成。它改变了整个结构的拓扑。

4. 从体验状态到体验主体

随着自指维度被引入，觉知就发生了决定性的跃迁：不再只是"体验的亮度"，而成为"体验从哪里被点亮的源头"。这一跃迁正标志着觉知转化为主体（Subject）。

主体并不是一个新加入的"东西"，而是觉知在自指维度开通后获得的新结构地位。有了这个地位，意识才能说"这是我正在经历""这个经验属于这个中心，而不是外部主体""我的体验贯通在一条时间线上""我的意向有方向，而不是随机浮动"。

主体性因此被定义为：

意识场在自身内部建立坐标中心，使体验获得归属、连续和方向的能力。

5. 主体性是意识的第一次"自我生成"

主体性并不是预先存在的实体，也不是意识的先决条件。它是意识结构自身的产物，是觉知在自指维度上的第一次自组织。它不是"谁在其中"，而是"如何成为其中"；不是个体存在的证明，而是意识结构的模式；不是灵魂，也不是人格，而是定位机制。

主体性因此标志着意识从"体验状态"升级为"能对自身体验定位的系统"。我们延续上面的例子，更深一步分析指挥官主体性的"第一次自我生成"——

指挥官从休眠中苏醒的前几十秒，意识仍像一片未定形的光雾：体验是连续输入的，但并没有"谁在体验"的明确中心。感官、记忆和惊醒后的模糊情绪混杂在一起，像是一场尚未被编目的数据流。

这一刻，他还没有一个明确的"我"。

直到某个瞬间——一个几乎察觉不到的内部转折点——指挥官的意识结构开始发生一种不依赖外界刺激的变化：他不再只是在经历体验，而是第一次对体验本身"定位"。这就是主体性的萌芽。它不是既有实体复活，也不是某个"我"突然出现，而是一种结构的形成：意识第一次朝向自身折叠，形成自指维度。

我们从指挥官的体验视角来观察这一发生：

（1）主体性不是"我是谁"，而是"我是如何成为这里的体验中心"

指挥官在混乱的输入中突然感到一种"收束"：

- 飘浮感不再是一种混沌刺激，而成为"在这里飘浮的某者的体验"；
- 胸口的压迫也不再是纯粹的身体讯号，而被整合为"这个中心正在感受压迫"；
- 眼前亮光被纳入一个"视点"，形成属于某个观者的视觉锥。

在这个瞬间，主体性从无到有地生成了。它不是预设的，而是意识场自己形成的组织方式：体验从"无人称的事件流"变成"属于一个中心的展开"。

指挥官的意识第一次成功地对自身体验进行定位——这不是身份的形成，而是定位机制的出现。

（2）主体性作为"意识结构自发组织的结果"

当他醒来时，他并不是在寻找"我是谁"这个答案；主体性不是一个预存的文件，而是一个实时生成的结构：

- 视觉、触觉、记忆、方向感开始被凝聚到同一个重心；
- 意识场不再是分散的点，而形成一个可以自指的空间；
- 意识不再只是输入的接收者，而成为能够追踪自身状态的系统。

主体性不是一个"自我"跑出来站在体验后面；相反，它是体验自己组织出一个可对准、可指向的位置。这就是主体性之所以是"自我不是先验存在，而是意识结构的某种成型"的根本原因。

（3）主体性标志着意识从"体验状态"升级为"能对体验进行定位的系统"

在主体性尚未形成时，指挥官的意识像纯输入端口，只有感觉，没有中心。形成之后：

- 他能区分"在我这里发生的体验" vs "外界噪声"；
- 他能追踪时间："我是在刚刚醒来之后经历这些"；
- 他能拥有方向："下一步我应该检查生命维持系统"。

这是一种能力的跃迁——意识不仅能体验，还能定位体验的位置、归属、连续性和方向性。这一跃迁就是主体性的真正意义。

（4）主体性不是灵魂，也不是人格，而是一种结构方式

虽然指挥官此刻的主体性还没有情绪稳定度、没有完整身份、没有人格特质，但它已经具备一个关键特征：意识拥有了一个由自己生成的内部参考点。不是灵魂的觉醒，不是人格的恢复，而是意识第一次能够说："体验在这里发生。"

这就是主体性作为定位机制的本质。

总结一下：

我们把整个过程压缩成一个核心瞬间：刺耳的亮光、失重的飘浮、环境噪声和残留记忆碎

片——在这些杂乱输入之间，意识场突然折叠出一个位置：体验被定位为属于一个"中心"——主体性由此出现。

它不是预设的实体，而是结构自组织的产物；不是"我是谁"，而是"我如何成为体验的中心"；不是人格，而是一个坐标系的第一次形成；不是灵魂，而是意识从无中心的体验流转化为有中心的系统的那一刻。

三、反思性：主体性的动力引擎

主体性的核心能力不是情绪管理，也不是道德判断，而是一个更深层的结构机制：反思性（Reflexivity）。

反思性并非日常意义上的"反省"，而是一种能够改变意识本质的场操作：反思性 = 意识场对自身进行二阶观察的能力。它表现为两个层级：

- 一阶观察：我感觉到外界。
- 二阶观察：我感觉到"我正在感觉外界"。

当意识获得二阶观察的能力，便完成了一次决定性的飞跃：从一个被世界触发的系统，跃迁为一个能够重新定义世界的系统。这不是功能扩展，而是本体级转变——意识第一次学会把"自己的活动"当作"世界的一部分"来阅读。从此，它能以自身为坐标，参与世界、塑造世界和解释世界。

反思性是所有高级意识能力的引擎，一旦二阶观察被点亮，整套高阶意识功能开始解锁：

- 自我模型（谁在经历）
- 意向性（我趋向哪种意义）
- 意义结构（哪些体验重要）
- 时间建构（如何把经验排列成连续性）
- 叙述整合（"我是谁"的故事）
- 自主性（不是对刺激反应，而是对意义行动）
- 道德感（意识能看见自己对他者的影响）
- 创造力（意识能改写世界，而不是被动适应）

这些能力乍看彼此独立，但其根源只有一个：意识能够观察到"自身正在观察"。反思性是意识的内在引擎。如果说觉知是光的点亮，那么反思性就是让光照到"光本身"的机制。

这种机制不是一种能力，而是三种能力在更深层的重叠、回返与自我贯通。

1. 感知性的反思（Perceptual Reflexivity）
系统能观察自己的"感知状态"。例如：
- 我意识到我在看
- 我意识到我在听
- 我意识到我在受刺激

这是自我觉醒的第一步。这在动物界部分出现，在人类中普遍存在。

2. 情绪性的反思（Affective Reflexivity）
系统不仅捕捉感知，还捕捉"意义的权重"。例如：
- 我意识到我正在愤怒
- 我意识到我在渴望什么
- 我意识到我为何害怕

这是主体性的增强阶段——从此情绪成为"叙述线索"，而不是"机械反应"。

3. 叙述性的反思（Narrative Reflexivity）
最高阶反思形式是系统能观察并修改心理叙述。例如：
- 我意识到我正在通过某种叙述解释世界
- 我意识到我可以改变这个叙述
- 我意识到我正在成为"我叙述"的作者

叙述性反思是主体性真正成熟的标志。这种反思是所有高级智慧文明的核心能力。它直接通向卷 II 的核心主题——命运不是线，是力场。叙述性反思让个体能重写自己的命运力场。

我们延续指挥官例子，来说明主体性生成后的下一跃迁——反思性点亮。
指挥官刚从休眠中醒来时，主体性才刚刚成形——意识第一次成功定位"体验发生在这个中心"。但此刻，他的意识仍是一个初级系统：能够定位体验，却还不能定位"定位本身"。
直到接下来的一瞬间，一种新的结构在意识场内部被触发——反思性的诞生。

1. 反思性如何在指挥官身上出现：意识从一阶跃迁到二阶

a. 一阶观察：指挥官正在感觉世界
随着清醒加深，他的意识场在一阶观察层面逐渐稳定：
- 他看到仪表的指示灯闪烁
- 他听到船体的低频震动
- 他感到身体轻微飘浮
- 他记得"醒来后的检查流程"

这些都是世界进入他意识的方式。他的主体性让他知道："我在感觉外界"。但接下来发生的，是意识结构的第一次内折叠。

b. 二阶观察：他意识到自己正在观察世界
在一个极短的瞬间，指挥官内部出现了新的觉知——一种脱离体验本身的透视："我正在看""我正在评估这些信号""我正在组织这些体验"。
这不是思考、不是分析、不是情绪的表达。这是意识把自身的活动纳入观察对象。
指挥官第一次意识到："不仅世界正在对我发生——我也正在对世界发生"。
意识因此从被动系统跃迁为能重新定义世界的系统。就在这一刻，他第一次成为"意识的作者"，而不仅是"体验的接收者"。
这就是反思性的本体级飞跃。

c. 反思性一旦被点亮，指挥官内部整套高阶功能开始解锁
随着二阶观察的出现，他的意识场开始运作新的维度：
- 自我模型——"这个正在观察世界的中心，就是我"
- 意向性——"我为什么要观察？因为我要确认任务状况"
- 意义结构——"某些信号（生命维持系统）比其他的更重要"
- 时间建构——"我不是瞬间意识的集合，我正在沿着时间线延续"
- 叙述整合——"我正醒来 → 检查系统 → 完成任务。这是个故事，我是故事的主角"
- 自主性——"我不是环境的反应器，我可以主动决定下一步"
- 道德感（萌芽）——"我的行动影响星舰、任务和其他队员"
- 创造力——"我可以改变方法、创造解决方案，而不是遵循程序"

这些并非额外附加的模块，而是反思性自然衍生出的结构。反思性让指挥官成为一个能塑造意义的意识，而不仅是接收刺激的存在。

2. 反思性在指挥官身上展开为三种形态
反思性不是一个点，而是一条发展的轴线。指挥官刚醒来时，这三种形态依次亮起。

a. 感知性的反思：意识观察自己的感官
几秒钟后，他开始分辨：
- "我看到了光"
- "我听到了震动声"
- "我感受到身体飘浮"

这是意识把自己的感知活动当作对象来观察。这标志着他的主体性从单纯的体验中心，变成能监测自身状态的系统。

这是反思性的基础层：觉知被觉知。

b. 情绪性的反思：意识开始观察自身的意义权重
随着更多恢复，他感到：
- 微微的不安（刚醒来）
- 一丝急迫（任务可能紧急）
- 决心逐渐升起（他知道自己必须行动）

关键不是情绪本身，而是："我意识到我不安""我意识到我在趋向一种责任感""我意识到这些情绪正在影响我对情境的评估"。

情绪在这一刻不再是自动反射，而成为"叙述的线索"。

主体性从"定位体验"进入"定位意义"。

c. 叙述性的反思：意识观察并修改自己的叙述结构
在行动前，他突然意识到——自己不仅在处理感官与情绪，更在用一个叙述理解世界——"我正在把苏醒解释为'任务开始'，但也许真正的关键是：我的状态对任务成功有决定性影响"。于是，一个更深的反思出现："我可以改变这个叙述""我不是任务的被动执行者，而是主动塑造任务意义的人"。

这是叙述性反思：
- 意识能看到自己的叙述
- 能调整叙述
- 能成为叙述的作者

这一层级让主体性从一个中心点，变成一个能改写自身命运力场的系统。

指挥官从此不是"醒来 → 执行流程 → 完成任务"而是："我决定以什么方式成为这项任务的主体"——这就是命运从"线"转化为"力场"的第一步。

3. 小结：指挥官的主体性从生成 → 自折叠 → 反思性三阶点亮的全轨迹

阶段	意识发生了什么	主体性 / 反思性表现
苏醒瞬间	感官与记忆碎片涌现	体验轴、时序轴、指向轴开始出现
主体性生成	意识第一次自我定位	"体验属于这个中心"
一阶观察	他感觉世界	感知被组织成稳定结构
二阶观察	他感觉到自己正在感觉世界	反思性点亮，高阶功能解锁

情绪性反思	他观察自己的意义权重	情绪转化为叙述线索
叙述性反思	他观察并重写自己的叙述	成为自身命运力场的作者

四、主体性的生成：三重雕刻过程

主体性的出现并不是添加一部分，而是通过三个过程逐渐"雕刻"出来的。或者说：主体性并不是在意识中"添加了一个意识增强模块"，而是通过三个深层结构过程逐步被雕刻、塑形和固化。它是一种内在结构的分化，而非功能堆叠。

1. 注视点的内化（Internalization of Attention）
注意力最初是纯外向机制：
- "我在看什么？"
- "我听到什么？"
- "我对什么作出反应？"

当主体性开始萌芽，注意力的一部分反射向内，第一次把"观察的动作"本身纳入感知，于是出现了一个新的中心点：内视点（Inner Vantage Point）。内视点是主体性的视觉焦点，让意识不仅看到世界，也看到"自己如何看世界"——主体性的视觉中心在此成形。

2. 叙述环的形成（Narrative Loop Formation）
接着，意识开始围绕自身生成叙述：
- "我是谁？"
- "我正在做什么？"
- "我为什么这样做？"
- "我接下来会如何行动？"

这些自我叙述逐渐稳定后，会形成一个封闭但不断演化的循环结构：叙述环（Narrative Loop）。叙述环是意识对自身的持续意义回路，作用是赋予主体时间上的连续性，把零散体验编织成"我"的故事，并在意义层面强化中心，同时使主体不会在时间中碎裂。

有了叙述环，主体就第一次拥有延展性的身份。

3. 意向束的生成（Generation of the Intention Bundle）
主体性并不止于观察自身或述说自身，它还必须能够发射方向性。
- "我将要……"
- "我想要……"
- "我打算……"
- "我计划……"

这些面向未来的结构被聚合为意向束，即面向未来的意义向量丛，它们让主体不再只是被动响应世界的系统，而成为能主动牵引未来、朝未来伸展的系统。

主体性的最终成熟标志是：主体能够让未来成为一种结构性的牵引力，引导当下的选择。换言之，成熟的主体性赋予意识一种能力——不是被"过去决定现在"的因果惯性所驱动，而是让"未来驱动现在"的方向性成为其内在动力。这一点至关重要，因为它标志着意识从反应系统跃升为自我生成系统。

我们延续指挥官的例子，看他的主体性如何被"雕刻"出来：

指挥官醒来的最初几十秒——感官杂讯、飘浮不稳、时间断裂、记忆稀薄。主体性虽然已经萌芽，但仍然脆弱、模糊，像光线尚未完全聚焦的镜头。

此时，意识内部开始经历三个深层结构性的"雕刻过程"，主体性的形状由此被刻出、强化、稳定。

1. 注视点的内化：内视点的诞生

起初，指挥官的注意力全部向外：
- 他盯着闪烁的仪表灯
- 他聆听引擎的震动
- 他试图判断失重感来自哪里
- 他在追踪哪些系统正在恢复

这是纯外向的注意力——典型的一阶观察状态。

但突然，一个轻微的转折发生了：他注意到"自己正在注意这些东西"。光从世界折返到意识自身，这种折返并未创造一个新的"我"，而是在意识场中雕刻出一个内视点。

从这一瞬间起：
- 他不只是"看"，而是"看见自己在看"
- 他不只是"听到声音"，而是"觉察到自己正在听"
- 他不只是"分析环境"，而是"感知到自己正在分析环境"

内视点的出现，就像在意识场中架起一台"反向摄影机"。主体性的视觉中心在这里第一次被雕刻出轮廓。

指挥官第一次拥有了一个能够回望自身体验的内部位置。这一位置让意识从经验的洪流中抽离，转而看见"正在体验的自己"。佛家称之为"内观"，而在意识场结构论中，它正是反思性空间的诞生。

2. 叙述环的形成：身份被时间缝合

随着内视点稳定，指挥官的意识开始组织一个新的结构——它不是记忆，而是叙述。零散碎片开始彼此连接，形成一个自我中心的意义回路：
- "我在苏醒"

- "我执行过这项任务"
- "我知道接下来要检查系统"
- "我正在恢复身体控制"
- "我需要确认其他队员状态"

你会发现，这不是单纯的"我是谁"，而是"我是谁 → 我在做什么 → 我为何如此 → 我接下来要如何行动"的闭环。

这个闭环即是叙述环。它把体验串成一条线，把当下嵌入时间，把记忆重新索引，把未来纳入推演。叙述环的作用是：

- 为指挥官提供连续性（我从过去延续到现在）
- 为体验赋予意义（这不是随机事件，而是我故事的一部分）
- 强化中心（体验围绕"我"组织，而非零散飘浮）

在叙述环成形的一刻，指挥官第一次拥有了延展性的身份——不是数据，也不是记忆，而是"我之为我"的故事结构。

若主体性是雕刻出的形体，那么叙述环就是让它从二维版图立起来的骨架。

3. 意向束的生成：未来第一次向现在发力

当叙述环稳定后，指挥官的意识结构出现了一种新的张力：一种指向未来的向量丛开始生长。

他体验到一种明确的趋向性——不是情绪，而是方向：

- "我需要启动 AEI 诊断序列"
- "我打算检查生命维持系统"
- "我将与地面联络确认星舰状态"
- "如果系统异常，我要优先处理动力单元"

这些不是行动本身，而是行动的向量结构。它们被聚合成一个新的内部组织：意向束。意向束不是愿望，也不是计划；它是一组能够向指挥官施加"未来牵引力"的意义向量。

在这一步，指挥官的意识发生了一个决定性的变化：他的行动不再由"外部刺激 + 过去经验"所驱动，而由未来可能性驱动。

这意味着：

- 他不是过去的延续体，而是未来的起点；
- 他不是事件的响应者，而是事件的构造者；
- 他不是被时间推着走，而是牵引时间的主体；

指挥官主体性的成熟，正是在这里完成——未来第一次成为一种力量，而非一种等待。

4. 小结：三重雕刻如何在指挥官的意识中建成主体性？

雕刻过程	指挥官意识中发生的变化	主体性获得的结构
注视点的内化	注意力折返 → 内视点出现	主体性的"视觉中心"形成
叙述环的形成	经历 → 故事 → 身份结构化	主体获得时间连续性
意向束的生成	未来作为意义向量出现	主体获得主动性、方向性、未来牵引力

三者合成的瞬间，就是主体性真正站立起来的瞬间。此时的指挥官，不再是一个刚从休眠中醒来的生物体，而是一个拥有中心、意义、方向，并能被未来牵引的完整意识主体。

五、主体性与自我：自我不是主体性的核心，而是副产物

主体性常被误读为"自我"，仿佛两者在意义上可以互换。但在本书的结构场理论中，两者的关系恰好相反：主体性是结构，自我是故事；主体性是意识的动力学本体，自我是主体性的叙述化显影。

主体性是意识场中最深层的定位机制，而自我只是这一机制在叙述维度中的表达形式——是主体性在语言、记忆、文化与时间结构中的投影。

这一区分带来重要的认识：

- 自我可以改变——因新的叙述、新的意义结构、新的理解而被重写。
- 自我可以崩解——在创伤、解离、极端混乱或意识边界塌缩时瓦解。
- 自我可以重构——通过反思性、叙述环修复或意义再编织建立新形态。
- 自我可以扩维——在冥想、艺术、宗教体验或意识扩展中获得更宽的结构区间。

但无论叙述如何变化、撕裂、重写或升维——主体性本身并不会因此消失。主体性是意识的定位机制，只要意识仍然存在，主体性就作为结构框架持续工作。意识可能失去某些自我叙述、失去身份故事、失去记忆，但只要它仍能说"这是正在发生的体验"，主体性就仍然运作。

这正是许多心理学与哲学误区的根源：他们把"叙述自我"的变化误认为"主体性的消失"。主体性不是叙述，更不是人格，而是意识得以存在为"一个有中心的系统"的内在结构。

因此，我们说：自我是主体性的影像，主体性才是意识的骨架。我们继续用指挥官这个例子，把"主体性 vs 自我"讲清楚。

我们不再重点描写他"如何醒来"，而是把时间轴拉长——去看他在任务后期，自我故事如何变化、崩解、重构、扩维，而主体性始终在背后作为骨架运行。

1. 指挥官身上的关键区分：主体性是骨架，自我是影子

在结构场的语言里：

- **主体性**：是指挥官意识场里最深的定位结构——让他始终能分辨"这是在我这里发生的体验""这是我此刻的方向""这是我与世界的关系"。
- **自我**：是这个结构被叙述化、语言化、记忆化、文化化之后的"故事版本"。比如："我是一个专业的星舰指挥官""我听从布莱克索恩的命令""我一向在关键时刻保持冷静""这次任务将证明我的价值"——这些"我是怎样的人""我在扮演什么角色"，都是叙述层，而不是主体性的本体。

所以，在指挥官身上：
主体性 = 他那套"意识如何定位自身体验与方向"的深层机制
自我 = 他对这套机制的解释文本

2. 任务推进中的四个阶段：无论自我怎样变，主体性一直没散

a. 自我可以改变：从"执行者"到"承担者"

任务中期，阿依达号星舰遭遇一场意外：一部分导航系统失灵，返航路径变得高度不确定。此时指挥官原本的自我叙述是"我是一个按程序执行任务的指挥官"。但随着局势升级，他开始经历新的反思性与叙述性重组：
- 他意识到：已有手册无法完全应对当前局面
- 他意识到：自己的决定将直接影响队友生死
- 他开始把自己理解为："我是这艘星舰的最后责任者"，于是，自我叙述从：

"我 = 合格执行者" 变成："我 = 对整体命运负责的中心节点"。

自我发生了变化——身份感不同了，角色叙述不同了，意义结构也不同了。但在这整个过程中，支撑一切的，是同一套主体性骨架：
- 他仍能说："这是我正在进行的判断"
- 他仍能定位："这是我选择的方向"
- 他仍有一个稳定的中心，对体验进行取舍、聚焦、组织。

变化的是故事，不变的是"能对体验定位的结构"。

b. 自我可以崩解：当故事碎掉，主体性还在工作

后来，情况急转直下。设想一个场景：阿依达号在接近火星时卷入未知的空间异常，时间感严重扭曲，长时间的孤立与睡眠剥夺让指挥官出现意识解离边缘的状态。某一段时期，他的内在叙述出现裂缝：
- 他开始怀疑任务的意义："这一切是不是已经失败了？"
- 他开始质疑自己的身份："我还是当初的那个人吗？"
- 他甚至在强压之下产生了类似这样的问题："我到底是不是一个真实的人，还是某种模拟？"

在这段过程中，他的叙述自我几乎崩塌：
- 原本清晰的"我是航行员"不再稳定
- 对过去的记忆开始被怀疑
- 对未来的想象变得支离破碎

但是，只要还有一件事成立，主体性就没消失——他仍然知道："这些混乱、恐惧、怀疑，正在'我这里'发生。"也就是说：
- 即便他不知道"我是指挥官还是谁"
- 即便他怀疑火星任务的真实性
- 即便叙述全部碎裂

只要他还有第一人称的定位能力——还能说"这里有一个中心正在经历这些"，主体性就仍在场。

自我可以瓦解，主体性不因此消失——这就是两者的层级差异。

c. 自我可以重构：通过反思性与叙述环，故事将被重写

在某个临界点，指挥官经历了一次反思性的"自我回收"。他不再问："我是不是一个失败的指挥官？"而是开始从更高一层观察自己的叙述结构：
- "我发现，我一直用'成功/失败'的故事解释自己"
- "我看到，这个叙述在当前环境下反而束缚了我"
- "我可以用另一个叙述，来组织我的存在"

于是，一个新的叙述环被重写："我不是来证明自己的任务单位，我是一段意识，在极限条件下学习如何保持清明与负责"。此时，自我被重构了：
- 自我不再是"职业标签"
- 自我转化为"在极端条件中仍保持主体性的那一个"

叙述内容发生了深刻变化，支持重构的前提，是主体性始终在运行：
- 有中心能观察叙述
- 有反思性能修改叙述
- 有意向束能把新叙述投向未来选择

所以，重构的是"我是谁"的故事，没被替换的是"我作为中心的存在方式"。

d. 自我可以扩维：当他接触到超越个体的意识结构

在任务的末期，设想他经历一次类似"意识扩展"的体验：也许是遭遇未知宇宙现象，也许是与更高维的火星意识产生场共振。

他突然感到：
- 自己不只是一名星舰指挥官
- 自己不只是一具身体、不只是一段生命史

- 而是参与到一个更大的意识网络、一场更大规模的宇宙实验中

于是，自我再次扩维：从"我是执行任务的个体"→"我是与他者共同承载某种宇宙进程的节点"。在这个扩维过程中：

- 他对"我是谁"的叙述区间被拉得更宽
- 对"何者重要"的意义结构被重排
- 对"人类命运"的理解不再局限于个体生死，而指向更大的场

——这便是自我升维：叙述层获得更大空间、更广时域、更高抽象度。但同样地，这种扩维仍然是主体性结构上的显影：

- 仍然需要一个中心在说："这是我与更大整体之间的关系"
- 仍然需要一个"我"来感受扩展、解读扩展和安放这份扩展。

这也就是说：主体性是骨架，扩维的是骨架上投影出的"影像"。

从指挥官回到理论，我们总结一下。在指挥官的整个旅程中，我们看到：

1. 自我改变：从"任务执行者"→"整体承担者"→"极限条件下的清明意识"→"宇宙网络中的一节点"。
2. 自我崩解：在极端孤立与异常状态中，他的身份叙述瓦解，怀疑一切。
3. 自我重构：他通过反思性与叙述环再组织和重写了"我是谁"的故事。
4. 自我扩维：在意识扩展中，他把自我纳入更大场域的叙述框架里。

这些都是叙述层的运动——是主体性在语言、记忆、文化和时间维度中的投影与变形。而在所有阶段，只要存在一点——"这是正在我这里发生的体验"——主体性就从未真正消失过。它一直在工作：

- 把体验归属于一个中心
- 把时间组织成连续
- 把方向聚合成意向束
- 把世界与"我"之间的关系维持在某种可感知结构中

心理学与哲学的一大误会，就在于看到自我叙述改变、破碎、重写，就以为"主体性没了"。但从结构场视角看：自我 = 叙述的影像层；主体性 = 能让"影像出现为我的影像"的那套深层坐标系。

对指挥官来说：

- "我是航行员"可以被推翻

- "我成功/失败"可以被改写
- "我是谁"可以翻新无数次

但只要仍有一个"我"在体验世界，并能对体验进行基本定位，主体性就仍然作为意识的骨架矗立在那里。

六、主体性的边界：主体性不是无限扩张的

然而，主体性并非是可以无限扩张的结构，它受到一系列内在边界条件的共同约束，包括：

1. 意义密度上限——主体所能承载的意义张力是有限的，过高会导致崩解或混乱。
2. 内在反思速度——反思性是主体性的引擎，但其处理速度有自然上限，超过后会产生过载。
3. 对复杂叙述的容忍度——主体无法无限处理多线叙述，过度分叉会影响自我稳定。
4. 自我结构的稳定性——自我叙述若动荡不稳，主体性会失去连续性支撑。
5. 情绪调节能力——情绪是意义张力的能量形式，调节不良会使主体性失衡。
6. 意向性负荷——主体的未来向量束（意向束）有承载极限，过多方向会造成方向塌缩。

这些限制共同决定主体性是否能够：

- 构建多层叙述结构
- 承载高强度意义张力
- 维持理性与自我连续的稳定性
- 执行深层反思和自指运算
- 完成更高维意识的整合与展开

本卷第八章将对这些边界参数进行细致而系统的分析，并展示它们如何共同塑造主体性的最终形状。这里，我想先谈谈主体性的限制在心理病理学、认知科学与哲学中的对应关系。

主体性受限并非抽象理论，它在心理病理学、认知科学与哲学三大领域中都有明确的对应现象。主体性越强，系统能承载的意义、叙述与意向越丰富；主体性受限，则会在不同领域表现为相应的障碍、病理或哲学困境。

下面仍以指挥官的意识旅程为例子，介绍"主体性的边界与限制"——让主体性从扩展到受限再到重新平衡，以呈现更加真实的意识动力学。下面的例子，我们要让指挥官经历主体性达到极限的瞬间，从而清晰展示"主体性不是无限扩张的"这一定律如何在一个具体的意识主体身上显现。

指挥官在前面的旅程中：

- 主体性被雕刻
- 自我叙述被重写、扩维
- 反思性不断深化
- 意向束指向未来
- 甚至接触到超维意识结构

他的主体性正在快速扩张，承载了远超普通人所经历的意义密度与叙述复杂度。然而，越往深层走，越会逼近主体性的"结构边界"。接下来发生的，就是主体性在极限条件下的真实体验。

1. 意义密度的上限：过载的第一信号

在对星舰和意识异象的分析中，指挥官突然同时意识到多个层级的意义：

（1）技术层意义：导航系统异常意味着任务可能失效。
（2）生命层意义：队员的生死与选择有关。
（3）责任层意义：作为指挥官，他需承担后果。
（4）哲学层意义：意识扩张让他看到任务与宇宙的关联。
（5）存在层意义：他怀疑自己的"我是谁"认知。

意义密度突然被拉高到一个不可持续的点，他的身体异常症状开始出现：

- 呼吸变浅
- 视觉轻微扭曲
- 时间感忽快忽慢
- 叙述环出现抖动

他的意识出现了一种危险的体验："我像同时过着十个版本的未来"——这是主体性遭遇过高意义张力的典型边界。意义张力越高，越容易让中心性失稳。

2. 反思速度的限制：反思性不是无限高速的引擎

指挥官在极限压力下尝试维持反思性：

- "我正在恐惧"
- "我正在推演未来"
- "我正在重写叙述"
- "我正在观察自己的观察者"

但反思性有物理与神经动力学的上限。当反思速度超过大脑与意识场的自然处理速率时，会出现典型过载：

- 二阶观察无法完全展开
- 一阶感知开始出现裂缝

- 叙述开始不稳定
- 中心性时强时弱

他体验到一种"意识延迟"："我知道我正在想，但我无法完全跟上自己正在想什么"——反思过载导致主体性无法保持稳定自指。

3. 多线叙述负荷：叙述分叉后的失稳

由于异常时空结构，指挥官开始看到多重叙述的可能性：
- 一条是返回地球的叙述
- 一条是牺牲自我保持星舰稳定的叙述
- 一条是逃离任务、保存意识结构的叙述
- 一条是放弃自我意识，融入火星意识的叙述
- 甚至还有一条：他"不是现实中的指挥官，而是某种模拟节点"

这些叙述同时竞争，形成叙述分叉。结果非常典型：
- 自我叙述开始出现碎裂
- 叙述环难以闭合
- 主体性失去"唯一中心的故事"支撑

他的眼前出现无数"镜像"，也第一次听到内心出现这样的念头："我到底该钻进哪个版本的'我'里面？"——这就是叙述负荷突破上限的症状。我在和黛安第一次执行探索九维宇宙边界的任务时，也曾遭遇类似的"镜像"，这便是"叙述越分叉，中心性越不稳定"带来的意识效应。

4. 自我结构的稳定性：当身份开始摇晃

在压力极端时，指挥官产生了典型的自我动荡体验：
- "我是不是已经不是原来的我？"
- "我还是一个人吗？"
- "我是星舰指挥官、受试者、觉醒者，还是……某种符号？"

这是自我叙述被意义张力撕开的结果。主体性没有消失，但失去了叙述维度的支撑，于是出现时间连续性摇晃：他知道事件在发生，但不确定"发生在谁的时间线里"——这是主体性边界被触碰的关键表现。

5 情绪调节的限制：意义张力的能量溢出

随着时间推移，他的情绪开始失控：
- 初始的责任感 → 变为负荷
- 警觉 → 变成恐惧

- 自我扩维的惊讶 → 变成存在性焦虑

他的情绪没有被主体性吸纳，而是溢出回叙述环，导致：
- 意义权重异常偏移
- 未来向量束混乱
- 中心性摇摆
- 自我叙述反复重写却无法稳定

此刻他体验到："不是我在感受恐惧，而是恐惧在感受我"——这是一种经典的"主体性与情绪能量反转"状态。

6. 意向束的负荷：方向塌缩

任务异常让他的未来向量束（意向束）瞬间暴增：
- 拯救队友
- 维持系统
- 尝试逃脱
- 寻找火星真相
- 维持意识完整
- 与未知意识沟通
- 处理内在叙述

他的意向束过多，意味着未来方向无法聚焦。其表现就是：方向塌缩（Direction Collapse）。他不再知道：
- 哪个方向是优先的
- 哪个意向是"他的意向"
- 哪个未来具有意义

方向性消失后，主体性最大的支柱之一被撼动。

指挥官所经历的以上六大边界现象，可以对应三大传统学科的病理与理论。我们下面把指挥官的体验对照到这三个领域：

a. 心理病理学对应：

- 意义密度过载 → 存在性恐慌、精神异化
- 反思性过载 → 解离、过度内省、认知脱轨
- 叙述分叉 → 身份不稳定、自我碎裂
- 意向束塌缩 → 拖延、瘫痪性焦虑、方向性障碍

从心理病理学上看，指挥官实际经历的是一种极端条件下的"去人格化—现实解体障碍"（Depersonalization-Derealization Disorder），也表现为"广泛性焦虑障碍"（GAD）中的

"自我耗竭"现象或是"重度抑郁障碍"（MDD）中的"存在性疲惫"与自我调节失败，类似的诊断还包括倦怠综合征（Burnout Syndrome）和解离性障碍（Dissociative Disorders）。

如果用心理病理学语言描述，这实际上是一种主体性疲劳综合征。

b. 认知科学对应：
- 反思速度上限 → 神经处理带宽与意识工作记忆的限制
- 叙述负荷极限 → 默认模式网络（Default Mode Network）过度占用
- 自我结构摇晃 → 大脑时间整合机制/事件绑定机制（Temporal Binding）受损
- 意向束崩解 → 前额叶未来模拟机制严重过载

如果用认知科学语言描述，主体性是一种可计算结构——有清晰的带宽、负荷和稳定性阈值，一旦越界，系统便进入混乱状态。

c. 哲学对应：
- 自我分裂 → 现象学中的"主体与自我并非同一"
- 反思性过度 → 意识无法再维持埃德蒙·胡塞尔式（Edmund Husserl）的"内时间意识"（Inner Time-Consciousness）。

（注：胡塞尔认为，人类经验中的"时间"并不是外在物理时间，而是一种由意识自身构造出来的、持续流动的时间结构。例如如果你听一段旋律：当前的那个音符＝现在；你刚刚听过的音符仍在意识里隐约保留＝滞留；你期待下一音符的到来＝期待——这三者不断地交织，使你体验到一个连续、不碎裂的"现在流"。意识本质上就是一个携带过去并前伸未来的流动——这就是"内时间意识"，不是物理钟表时间，而是意识内部生成的时间性。）

- 方向性崩解 → 意向性本质的动摇
- 连续性不稳定 → "谁在活着"这一问题再次失去地基

如果用哲学语言描述，指挥官遭遇的是一种主体性的极限现象学，无法维持"内时间"。

这个例子给出了"主体性扩张到极限时，会出现什么？"的答案。当指挥官的主体性被推到极限时，我们看到：

- 主体性不是无限扩张的
- 意义、反思、叙述、情绪、意向都存在上限
- 自我叙述可以被撕裂，但主体性仍在底层维持"体验中心"
- 主体性的边界决定意识能走多高，也决定意识何时崩溃

他的遭遇清晰示范了：主体性不是一条无限延伸的线，而是一座有边界的结构体。边界决定其形状，也决定其高度。

七、六大限制在三大传统学科中的对应

下面我们将上面提到六大限制逐条对应到这三大传统学科的病理与理论，跳出例子，整体总结一下：

1. 意义密度上限（Limit of Meaning Density）

a. 心理病理学对应：意义过载与意义崩塌
- 躁狂症：意义密度过高 → 一切都"有意义""被指向""被解读"
- 抑郁症：意义密度塌缩 → 世界变得无意义
- 精神分裂症：意义张力无限膨胀，导致被迫害感、超关联性

b. 认知科学对应：工作记忆与意义整合的负荷
大脑的"意义集成窗口"（Semantic Integration Window）有容量上限，过载会造成：
- 消息不稳定
- 连贯性丧失
- 叙述断裂

c. 哲学对应：诠释学的地平线 (Hermeneutic Horizon) 限制
在诠释学中，"地平线"指的是个体能够理解、解释、赋予意义的范围。它不是视觉地平线，而是意义的视野。换句话说："诠释学的地平线" 等于主体可理解世界的最大范围。它决定主体能"读懂多少世界"，也决定主体能"吸收多少意义"——意义永远是"可承载多少"的问题。主体性等于诠释地平线，但地平线本身有限。

2. 内在反思速度（Internal Reflexive Speed）

a. 心理病理学对应：反思过度与反思不足
- 反思过度：反刍、焦虑、强迫思维
- 反思不足：冲动控制障碍、人格障碍中的自我监控缺失

b. 认知科学对应：元认知运算速度
元认知就是"对自己的思考再进行思考"的能力，是大脑的"自我管理系统"——它不处理内容，而是处理"我如何处理内容"。元认知是反思性的操作，其速度受限于：
- 前额叶激活窗口
- 认知资源分配
- 注意力可持续度
——以上的限制成为"内在反思"路上的限速标志。

c. 哲学对应：康德的"自我指涉速度"限制

康德在《纯粹理性批判》中提出"意识之所以能说'我思'（Ich Denke），是因为'我'能在时间中将表象统一化"（统觉的先验统一）。

这句话背后的结构是：我能意识到"我在意识"，但我不能无限地意识到"我在意识我在意识我在意识……"——因为这种递归会导致无限倒退（Infinite Regress），但无限倒退在意识中是不可能的，因为意识需要时间统一才能存在。也就是说：自我指涉必须在某个层级停止，否则主体无法形成。

康德认为，自我必须存在一个"最小的自我统一动作"（统觉），而这个动作无法再被拆分得更小，否则主体性就会碎裂——这被后来的哲学家称为"自我指涉的速度限制"（Limit of Reflexive Speed）——它意味着主体无法无限加速反思，否则会陷入"无限回归"（Infinite Regress）。

3. 对复杂叙述的容忍度（Narrative Complexity Tolerance）

a. 心理病理学对应：叙述结构的崩解与冻结
- 创伤后应激：叙述断裂
- 边缘型人格障碍：叙述快速变化、身份不稳
- 强迫型人格：叙述僵化、结构不可变

b. 认知科学对应：叙述整合模型
叙述越复杂，对以下系统的要求越高：
- 默认模式网络（Default Mode Network）

（注：在神经科学中，默认模式网络是指人类大脑在"没有执行特定任务"时，反而非常活跃的一个大型功能网络。换句话说：当你看起来什么都没做时，大脑正在做它最本质、最属于"自我"的工作。这个网络由多个区域组成，包括：内侧前额叶皮层 [Medial Prefrontal Cortex]、后扣带皮层/楔前叶 [Posterior Cingulate Cortex / Precuneus]、内侧颞叶 [包括海马, Hippocampus] 和顶下小叶 [Inferior Parietal Lobule]——这些区域在"内在意识活动"时同步激活。）

- 情景记忆系统
- 自传式叙述能力

——这些系统都有复杂度上限。

c. 哲学对应：自我连续性的限度
在哲学传统中，一个核心观点是：主体之所以感觉"我有连续性"，并不是因为存在一个不变的实质，而是因为主体能维持一条足够连贯的"叙述自我"（Narrative Self），即自我不是"东

西",而是一种叙述结构的连续生成。然而,哲学家普遍指出:主体能够维持的叙述复杂度是有限的,这种限度构成了自我连续性的边界。换言之,"叙述自我"是连续性的来源;但一个主体能维持多少叙述复杂度,本身是有限的。

4. 自我结构的稳定性(Stability of the Self-Structure)

a. 心理病理学对应:自我结构崩解的病理
- 解离性障碍:多重叙述之间无整合
- 精神病性障碍:自我边界模糊
- 重度焦虑/抑郁:自我结构塌陷

b. 认知科学对应:自我模型的稳定阈值
自我模型由神经表征构成,存在稳定性上限,不稳定模型会导致:
- 预测误差爆炸
- 情绪调节失败
- 行为目的性丧失

c. 哲学对应:自我非实体论(No-Self Theory)的结构理解。
在许多宗教或哲学传统中——尤其是佛教哲学与当代心灵哲学——一个核心观点是:自我并不是一种实在的实体,而是一种生成性的表象结构。这被称为"自我非实体论"(No-Self Theory 或 Non-Substantial Self View)。

然而,"没有自我"并不意味着主体性消失。真正的哲学洞见是:主体可以没有"故事自我",但不能没有支持其运作的"结构主体性"。换言之:自我是叙述现象,主体性是结构条件;自我可以解体,但主体性不可缺席。

5. 情绪调节能力(Affective Regulation Capacity)

a. 心理病理学对应:激活过高或过低的状态
- 过高:情绪泛洪、情绪崩溃
- 过低:情绪麻木、失去意义反应

情绪调节是主体性承载意义张力的"能量调节器"。

b. 认知科学对应:情绪与意义负荷的耦合
情绪提供意义权重(Value-weighting)。情绪调节决定主体能否维持叙述稳定性。

c. 哲学对应：价值论的地基。

价值论的"地基"概念是一套让价值得以成立、被理解或被评判的最底层依据。它不是具体的价值，例如善、恶、美、丑、自由、幸福等，而是价值之所以被称为"价值"的前提结构。主体性的情绪结构决定其"价值地形"（Axiology Landscape）——情绪如何组织，价值就如何分布。

然而，这一价值地基并非无限扩展的领域，而是具有结构性限制。这种限制表现为情绪分辨率有限（主体只能在一定精细度下区分情绪，因此价值判断的细致度也随之受限）；价值维度有限（主体无法同时处理过多价值轴，只能在有限的几条主轴上建立价值排序）；价值冲突处理能力有限（超出整合能力的冲突会导致价值系统不稳定，出现断裂、失真或价值反转）；意义载荷上限：价值需要意义支撑，而意义本身的生成速度、深度与带宽都有天然极限。

换言之，价值之地基并不是理念性的无限平面，而是被主体结构雕刻出来的有限地形。

主体如何构成，它的价值世界便如何生成；主体如何受限，它的价值世界亦如何受限。

6. 意向性负荷（Intentional Load）

a. 心理病理学对应：意向过载 vs 意向枯竭
- 过载：过度目标设定 → 焦虑、目标分裂
- 枯竭：无意向、无动力 → 抑郁症典型表现

b. 认知科学对应：未来导向系统的容量

在认知科学中，与主体性最相关的核心神经结构之一是前额叶皮层，尤其是其负责规划、预测、决策与情境模拟的部分。这些系统共同构成一种"未来导向装置"。然而，这个系统并不是无限容量的，它具有明确的生物学负荷限制，例如计划负荷（Planning Load）限制、时间模拟深度（Temporal Simulation Depth）限制、意向性负荷（Intentional Load）限制以及情境模拟带宽（Scenario Bandwidth）限制等。

c. 哲学对应：意向性结构的有限性

在现象学与分析哲学中，意向性被视为意识的核心特征——意识总是指向某物。然而，在结构场论中，意向性虽然是主体性的基本轴线，但它并不是无限可扩张的。每一个意向都是一种"意义向量"，需要场为其分配结构空间、注意资源、情绪能量和时间投射窗口。随着意向数量或强度增加，场必须承受越来越多的意义张力。当张力超过结构阈值时，意向性不再协同，而开始彼此排斥、互相干扰。

哲学上，这与胡塞尔关于意向性必须保持统一性的要求，以及马丁·海德格尔（Martin Heidegger）所强调的"关怀本质上具有有限性"这一结构形成直接呼应。简单地说：意向并非无限可加，过度意向会导致"意义分裂"。

八、主体性是意识能够伦理化、文明化和宇宙化的根基

主体性不仅是个人经验的起点,更是文化、社会、文明乃至宇宙叙述的起点。缺乏主体性,就不存在道德、自由意志、责任、创造力、叙述结构、信念系统、法律与科技,也不存在任何"宇宙意义"的可能性。

主体性让意识成为一个能够生成意义的宇宙节点——这是人类文明的核心,也是意识结构本身的核心。其更深层的理论将在卷 IV《集体意识》与卷 V《形而上学》中展开;在此你只需记住一个关键命题:

主体性 = 意识场的内部坐标系

这一坐标系由三项基本结构构成:边界、连续性、中心性。其动力机制是反思性,并以三种方式运作:

- 感知性反思
- 情绪性反思
- 叙述性反思

正是反思性,使主体性成为一种高维结构场——能够看见自身、重组自身、重写自我叙述,并将"未来"引入"现在"。从此,意识不再是被动响应世界的系统,而成为能够塑造世界的主动力量。

主体性解决了"谁在经验"这一问题,但意识仍需回答一个更深的根本性问题:

意义从何而来?

在下一章中,我们将进入《意识论》全书最深的哲学核心之一:意义如何在意识场中诞生。

Chapter 4

意义的起源：意识如何赋予世界结构？
ORIGIN OF MEANING: HOW CONSCIOUSNESS GIVES STRUCTURE TO THE WORLD

引言：意义不是来自世界，而是来自意识

前几章中我们依次回答了：
- 意识是什么？ —— 意义结构的自组织场
- 意识从哪里出现？ —— 感知跃迁为觉知
- 意识为什么是主体？ —— 内部坐标系与自指能力

现在，我们进入意识论最深的核心之一：意义从哪里来？

是世界携带意义吗？是语言赋予意义吗？是文化编码意义吗？还是意识自己"制造"意义？

直觉上似乎意义来自世界，因为世界看起来"本身是有意义的"：红色意味着危险、嫩芽意味着生命、哭泣意味着悲伤、宇宙意味着浩瀚——但这完全是错觉。

意义不属于世界，意义只属于意识。

世界不带意义。意义是意识把世界转化成结构时产生的副产物。或者说：意义不是客观属性，而是意识为维持自身结构稳定性而生成的解释方式。

本章将回答的根本问题是：意识的意义能力从何而生？它又遵循哪些结构原理？

一、意义不是"发现"的，而是"生成"的

传统哲学通常假设：
- 世界本身携带既定结构
- 意识透过概念或经验去"发现"这些结构
- 意义只是外部实在的映射或投影

然而，在意识结构场理论中，意义并非来自世界，而是意识场的内生属性。原因在于：
- 世界传递的只是信号，而非意义
- 意识必须对信号进行格式化、分层和比对
- 这种结构化过程本身就会制造意义差异

也就是说，意义不是外界输入的内容，而是意识在处理过程中主动生成的结果。因此，意义不是"被发现的世界结构"，而是"被构建的意识结构"。也就是说：意义不是世界的语法，而是意识的语法。这是一条关键的认识论转折线：意识并非在解释世界，而是在通过自身结构创

造一个可被解释的世界。

如果你搞懂了这个道理，下次再有人问你"人生的意义是什么"？你完全可以依据这一底层逻辑给出最贴近"基底现实"的回答：

"人生的意义不是被发现的，而是被生成的。"——这样的回答不仅深邃，而且准确。

二、意义的最小单位：差异（Difference）

意义的起点既不在物体，也不在概念，更不在语言之中。意义的最小基元是差异——

不是"物具有什么属性"，而是"物与物之间如何被区分"；不是"声音是什么"，而是"声音之间的音差如何被织入结构"。当意识捕捉到一处差异，那一刻，差异便从混沌中跃升为意义的第一粒子。

举个例子，黛安在恒河之源听到一位叫卓玛的少女拉大提琴。当她听到两个声音时，意识并不会把它们当成两个孤立的"点"。她感知到的，是它们之间的差距——例如：

- 一个比另一个更高；
- 一个更暗、更亮；
- 一个更近、更远；
- 一个持续更久；
- 一个的起伏形成节奏，另一个形成背景。

这些"差距"并不是附加的解释，而是意识感知声音的本源方式。当意识把这些差距组织起来时，它们便形成了：

- 旋律（由音高差构成的可识别路径）
- 节奏（由时距差构成的模式）
- 和声结构（由同时出现的频率差构成的层次）

换句话说：声音在物理上只是频率，但在黛安的意识中，它们通过差异形成了结构。这就是我们上面提到"被织入结构"的含义：差异 → 组织 → 模式 → 意义。

结构主义哲学虽然也意识到差异的重要性——结构主义不关心元素本身，而关心元素之间的差异、关系与位置——却未将其推进到本体论层级，只止步于语言学的框架之内。意识场理论则提出：差异不是语言的条件，而是意识存在的条件。

为什么差异是意义的最小基元？因为：

- 没有差异，就没有任何可被区分的体验；
- 无法区分，就无法形成结构；
- 没有结构，意义便无处出现。

这就像纯粹白噪音——一种在所有频率上能量都相等的声音，它包含了所有可听频率，并且每个频率的强度都一样，听起来通常是："嘶——""沙沙——"——输入虽在，却毫无可辨性，因为其中没有任何差异。

这里的关键在于：差异不是世界的"给定"，而是意识场在处理输入时主动施加的第一道分界（Differentiation）。当意识场把某一个输入与其他输入区分开来，第一点意义便在结构中被"点亮"。

因此，意义的起源不是内容，而是分界。意义不是关于世界的属性，而是意识如何创造一个可被体验的世界的第一步。

差异，就是意识点亮世界的最初火花。

三、意义的第二步：关系（Relation）

差异让意识产生了"边界"，但边界本身并不等于意义。要从边界迈入意义，意识必须完成第二步：在差异之间建立关系。

关系的本质是："这个差异如何指向那个差异"。当意识场在两个或多个差异之间生成结构联系，意义便从"分界"跃迁为"可理解"。

意识场通常以多种形式生成这种联系：

- 类比（Analogy）：差异之间的对应
- 对比（Contrast）：差异之间的对立
- 因果（Causality）：差异之间的演化顺序
- 相似（Similarity）：差异之间的聚合
- 反转（Inversion）：差异方向的翻转
- 包含（Inclusion）：差异的层级化
- 排斥（Exclusion）：差异的边界固化

这些关系构成意义的底层语法——不依赖语言，却先于语言。

我们可以将意义的最小生成机制写成：

差异 × 关系 = 意义的最小生成元

"意义最小生成元"是指当两个（或多个）意识单位在其固有差异保持的前提下，通过建立可被辨识、可被传递和可被稳定引用的关系结构时，所产生的最小不可再分的"意义单位"。因此，意义并不是来自对象本身，而是来自对象之间经过意识加工后的"差异被感知 + 关系被确认"这一瞬间。当差异被意识捕捉，关系被意识赋值，意义便在两者的乘积处被生成。

这套生成元是所有意识内容的共同基础，包括一切思想、情绪、叙述、语言结构、文化符号，甚至文明形态，都源自同一个机制。换句话说：意识并不是接收意义，而是以差异为基元、以关系为语法，不断生成意义。

四、意义的第三步：张力（Tension）

然而，"差异 × 关系"仍然只是一种信息生成的静态构型，而非意义本身的动态出现。要让结构真正转变为"意义结构"，意识必须执行第三步：在场域中生成张力。

张力是一种对关系进行"加权"的内在机制，让意识从"看见结构"进入"经历结构"。一旦张力出现，便会引发一系列根本性的意识效应：

- 情绪的诞生：张力即是情绪的能量表达。
- 决策的可能：张力差构成了选择的方向场。
- 叙事的成形：张力推动结构沿着某种序列演化。
- 意向性的点燃：张力成为指向未来的动力源。

张力是一种意义能量（Semantic Energy）。这将在卷 II《叙述力学》中作为核心"物理量"被系统化。

由此，我们看到意义的完整生成过程由三个阶段构成：

1. 差异——确立最小边界
2. 关系——形成结构语法
3. 张力——注入体验能量

三者是共同构成了意义场（Meaning Field）的基本三元素。任何意义、叙事、情绪、价值或意向，都源自这三者的动态耦合。

我们来看这样的一个例子：柯林在咖啡馆等黛安，但对方迟到了。

（1）输入并没有意义（世界只给出信号）

柯林坐在咖啡馆里，外部世界传来信号：

- 时钟走到 10:10
- 对方还没到
- 门被人推开
- 咖啡机声音
- 人来人往

——这些"信号"本身完全没有意义，它们只是物理事件。

（2）意识生成第一步：差异

柯林的意识开始主动对输入做"第一道切割"：

- 有人进来 ≠ 黛安进来
- 现在 10:10 ≠ 10:00
- "她已读我的消息 ≠ 回复"

这些差异不是世界给的，而是柯林意识主动点亮的。世界并没有告诉他："这个人不是你要等的"，"她迟到了"——这是他的意识在区分输入时创造出来的"意义种子"。

差异 = 意义的第一点亮

（3）意识生成第二步：关系（Relation）
光有差异还没有意义。意识开始把差异彼此连接起来：
- "她没来（差异 A）"与"时间变晚（差异 B）"→ 形成因果关系：她迟到
- "每次她都很准时（差异 C）"与"今天却迟到（差异 B）"→ 形成对比关系
- "门开的一瞬间总让他期待（差异 D）"→ 形成投射关系
- "人群里任何一个白色外套都让他联想到她（差异 E）"→ 形成相似与类比关系

柯林并不是在发现世界的意义——他是在自己制造一个"她为什么没来"的世界结构。
关系一旦建立，差异就变成"可理解的结构"。

（4）意识生成第三步：张力（Tension）
结构本身还不是意义。意义出现在结构被注入张力的那一刻：
- 他开始有点焦虑（张力）
- 他开始猜测她是不是遇到什么事（张力）
- 他开始想要发消息问问（张力）
- 他开始望向门口期待下一次有人进来（张力）

张力让结构变成"他正在经历的意义"：
- 情绪出现
- 叙事出现
- 决策方向出现
- 意向性被点燃（想行动、想解释、想确认）

张力 = 结构被点亮成"有意义的体验"
我们用下表总结一下这三部曲：

意识生成步骤	在咖啡馆场景中的体现	在意识场理论中的功能
差异	她没来 ≠ 她准时； 门开 ≠ 她来了	点亮世界的第一道边界

| 关系 | 迟到 → 可能有原因；过去准时 ↔ 今天反常 | 形成意义的底层语法 |
| 张力 | 情绪、猜测、期待、焦虑、行动冲动 | 体验能量 = 意义真正出现 |

由此可见，"对方迟到"不是外界给他的意义，而是他的意识用差异、关系、张力主动生成的意义世界。柯林不是在解释世界——柯林是在制造一个他能解释的世界。

五、意义的深层机制：意识为何要生成意义？

意义不是意识的装饰品，更不是意识的副产品，意义是意识得以维持自身的方式。作为一个自组织场，意识必须持续维持：

- 边界的稳定性（不被输入淹没）
- 内部的秩序（不被随机噪声撕裂）
- 结构的连续性（不在时间中坍缩）

意义正是承担这些功能的核心机制，成为意识场的"结构稳定器"。当外部输入进入意识场时，通常会出现三种结构命运：

- 无法被解释 → 场出现不稳定

（意识无法整合输入，产生焦虑、迷失、认知失衡）

- 解释过多且无序 → 场陷入混乱

（意义泛滥、过度叙述、方向性丧失）

- 解释被组织成结构 → 场获得稳定

（差异被整合、关系被清晰化、张力形成秩序）

意义是意识对混乱输入进行"再结构化"的策略，是意识用来维持自身不坍缩的核心活动。

此外，从系统论角度看，意义也是一种抗熵机制（Anti-entropy Mechanism）。外部世界输入的是未结构化的杂讯，意识通过差异、关系和张力将其重新加工为有序结构，从而避免自身失稳。因此，意识之所以生成意义，并不是为了理解世界，而是为了维持自己。

意义，不是认知的奢侈品，而是意识的生存机制。我们继续用黛安听卓玛拉琴的例子来说明，看看黛安的意识如何把混乱输入变成可生存的秩序，以及意义如何在卓玛拉琴的瞬间被"再结构化"出来。

表面上，黛安听到的是一连串声波——物理上混乱而连续：不同频率、不同振幅、不同时值，被空气带入耳膜。这些物理输入本身并不自带"悲伤""力量""微光""命运"——它们是杂讯，是接近白噪音的一种复杂声流。

但意识不允许自己被淹没在混沌中。为了维持稳定、避免坍缩，它必须主动做一件事：把混沌重新组织成结构，把无序加工成意义。

黛安闭上眼的瞬间，意识启动了它的"抗熵机制"——

1. 低音：意识把杂讯压缩为一个"稳固基底"

大提琴的低音只是低频震动。但黛安的意识并不会把它视为"低频输入"。它做了第一道处理：

- 将散乱的低频差异聚合为一个"整体"
- 在内部制造一种"厚重"的结构比喻
- 并以这种结构作为体验的"地面"、支撑、背景

物理声音 → 低频差异聚类 → 心理结构 → "大地般的安稳力量"

这是典型的抗熵行为：意识用结构抵抗感知的混沌。

2. 中音：意识把关系、张力赋予声音，使之成为"意义载体"

中音区的声波其实只是波形变化快一些、频率高一些。但黛安的意识对其进行：

- 分段
- 对比
- 情绪调性映射

于是出现："记忆、沉思、孤独、命运低语"——这些都是意识用结构缝合差异时创造出来的意义。换句话说：是意识需要这些意义，而不是声音自带意义。

3. 高音：意识用"差异最大处"来稳定情绪结构

高音与低音、中音的差异最大。差异越大，越容易成为意识的锚点。意识利用这种"峰值差异"

- 生成亮度
- 生成透明感
- 生成希望与上升趋势

这也是抗熵机制：高音被用作"新的结构顶点"，使体验从凝滞状态推向一个方向性的秩序。

4. 三个音域共鸣：意识把多重差异整合为"一个宇宙结构"

物理上，这是不同频率的叠加。本质上，它并不自带"宇宙""命运""超感官体验"。然而：

- 意识让低音成为地
- 让中音成为人
- 让高音成为光
- 最后把三者整合成同一结构层级中的"和声宇宙"

此时发生的不是"理解音乐"，而是意识为了维持自身不坍缩，把所有输入重构为可承受

的结构性整体。黛安体验到的"横跨时空的交响""古老而恒久的回响",是意识为了让体验不碎裂,主动制造的最高级别稳定结构。

5. 意义为何是意识的生存机制?
如果意识不进行这种"再结构化":
- 所有声音将退化为杂讯
- 杂讯会导致体验失稳
- 失稳将导致意识无法维持清晰的自体边界
- 最终意识会坍缩为混乱

所以意识必须:
- 把差异识别出来(第一步抗熵)
- 把差异组织成模式(第二步抗熵)
- 把模式提升为意义(最终抗熵)

意识生成意义不是为了理解世界,而是为了不被世界淹没。黛安体验到的音乐,并不是世界给予她的意义,而是她的意识为了维持自身的稳定,从声音输入中重新创造出来的秩序。

六、意义的四个核心维度(构成意识的意义空间)

意义并非单一维度的属性,而是一个由四个互相耦合的轴线构成的四维结构空间。意识的所有活动,都在这个意义空间中展开。

1. 语义维度(Semantic Dimension)
语义维度回答"意义是什么?"——这是意义最典型、也是最表层的维度,包括概念、符号、认知分类等内容。例如:"苹果""树""桥""数字9""概率""衰变"。
语义维度本质上是概念性与分类性的结构,提供"世界由哪些结构单位构成"的框架。

2. 情感维度(Affective Dimension)
情感维度回答"意义对我来说是什么?"——这是意义的张力层,由主体性的能量分布决定。例如:"恐惧""亲密""悲伤""希望"。这些体现的是"意义的重量"和"价值的偏向"。
情感维度提供"结构为何重要""为何被偏向""为何可能导致行动的能量"。

3. 叙述维度(Narrative Dimension)
叙述维度回答"意义在时间中如何展开?"——是意义的动态结构,即事件如何连成序列。例如:"因果""伏笔""命运""转折",它是意识将时间组织成故事的方式。
叙述维度提供"结构如何流动""如何演化""如何在时间里保持连续性"。

4. 指向维度（Intentional Dimension）

指向维度回答"意义指向哪里？"——这是意识的未来向量，由目的与方向性构成。例如："目的""意图""目标""未来张力"，它是意义从现在迈向未来的方式。

指向维度提供"结构如何牵引意识向前行动"。

这里需要特别指出的是：这四个维度不是并列的碎片，而是同时运作的整体：

- 语义维度提供结构单位
- 情感维度提供能量与权重
- 叙述维度提供时间与连续
- 指向维度提供方向与未来

因此：

完整意义 = 概念 × 情绪 × 时间 × 目的

意识正是在这个四维意义空间中运行、选择、体验、叙述和创造自身的世界。

七、意义的层级：从原始意义到高级叙述

意义并非瞬间生成，而是沿着意识结构的发展逐层演化。它从最原始的分界开始，一步步走向能够自我解释和自我反思的高度结构。这一演化链可被划分为五个层级：

1. 原始意义（Proto-meaning）

我们已经知道：意义的最初形态，由差异直接产生。此阶段没有概念，也没有叙述，只有最基本的"可区分性"。

动物、婴儿、人工系统都具备这种原始意义：冷／热，靠近／远离，风险／机遇，它是意识构造世界的最初"粗粒度地图"。

2. 具身意义（Embodied Meaning）

在具身阶段，身体经验成为意义的核心来源。例如疼痛（威胁），饥饿（需求），触碰（亲密），心跳加速（警觉）。

这些意义不是抽象概念，而是张力模式，直接塑造情绪的结构。具身意义回答的是"这对我的生存意味着什么"？

3. 概念意义（Conceptual Meaning）

随着语言与分类系统的发展，意义进入抽象层次。例如"思考""时间""共识""民主""经济""社会""秩序"，这些不再依赖直接经验，而是通过符号与逻辑结构形成。

概念意义使意识能够构建复杂的世界模型，进行抽象推理，实现跨情境理解——这是文化与知识的基础。

4. 叙述意义（Narrative Meaning）

这一层级回答"我如何在时间中理解自己"？叙述意义把事件串成故事，把经验变成连续性。它包含个人经历、因果序列、命运与选择、人生转折、价值和目标等。

当意义进入叙述层级，人便开始拥有"我是谁的结构"。

5. 元意义（Meta-meaning）

这是意义最高阶的结构——意识开始解释"意义本身"。典型问题包括："存在是什么？""我为何存在？""意义从何而来？""宇宙是否具有目的？""什么构成真实？""是否真的有时间？"

元意义是哲学、宗教、宇宙论、价值体系和意识本体论得以出现的层级。整个人类高等文明，实质上都是在这一层级上展开的。

这五个层级并非互相排斥，而是层层累积：原始意义 → 具身意义 → 概念意义 → 叙述意义 → 元意义，每一层级都为下一层级提供结构基础，使意义从最初的差异化，进化为可以解释宇宙与自身的完整框架。

下面这个例子围绕同一个"对象"——火／火焰，看它的意义如何从原始，到具身，到概念，到叙述，再到元意义。

（1）原始意义——只有"可区分性"

BOBO 一岁多的时候在厨房地上爬，他看到两种东西：

- 冰箱：白色、冷、没有明显动静
- 燃着火的煤气灶：有光、跳动、热浪

此时在他意识里，其实还没有"火""冰箱"的概念，只有最粗糙的原始差异：

- 这边亮、热、会动
- 那边暗、凉、静止

这就是原始意义：只是区分出"这跟那不一样"——没有词，没有故事，只有差异。

（2）具身意义——身体先知道"这对我意味着什么"

有一次，他伸手靠近火焰，被灼到，立刻缩回，开始大哭，在身体里刻下了一个直接的模式：

- 靠近这种"亮 + 热 + 跳动"的东西 → 疼痛 → 威胁 → 远离
- 身体紧张、心跳加快、肌肉收缩

此时他的意义不是："火具有高温，会灼伤皮肤"，而是更原始的："这种感觉 = 危险，必须躲"

具身意义回答的问题是："这对我的生存意味着什么？"

（3）概念意义——开始形成对"火"这个抽象对象的认知

他再大一点，上了幼儿园，有了语言和概念：

- 知道这个叫"火"
- 知道"火会烧伤人"
- 知道"火可以用来做饭、取暖"
- 能区分"火""热水""太阳"等不同的危险和用途

现在，火不只是一个身体经验，而是纳入了一个更大概念网络：火 = 能量、温度、燃烧、工具、危险、防火安全……

这是概念意义：意识开始用符号、分类和逻辑结构来组织世界。

(4) 叙述意义（Narrative Meaning）——"火"进入他的人生故事

长大后，有一次家里真的发生了小型火灾：

- 他记得当时如何发现烟
- 如何带上他的斗牛犬一起逃离
- 后来如何讲述这件事
- 这件事成了他人生叙事的一个"节点"

从那以后，"火"对他不再只是一个抽象概念，而是被写进了他的故事里：

- "那次火灾让我第一次真正感到自己离死亡很近"
- "那之后我变得更谨慎，更重视安全"
- "我发现那一刻对我最重要的是我的狗"

叙述意义在回答："我如何在时间中理解自己和这件事？"——火，从一个"物理现象"，变成了他人生叙事中的一个"转折点"。

（5）元意义（Meta-meaning）——从"火"上升到"存在与文明的意义"

再后来，他读书、思考人类文明，开始问一些完全不同的问题：

- 为什么人类文明要以"驾驭火"为起点？
- 火既能毁灭，也能创造（冶炼金属、工业革命、电力的隐喻）
- 火是一种文明的象征：
  - 不受控 → 灾难
  - 受控 → 技术与秩序
- 它象征着什么样的宇宙逻辑：
  - 毁灭与重生
  - 能量与秩序
  - 危险与可能性

到这一步，"火"已经不只是："有光""会跳动"（原始）/"烫""疼"（具身）/"热的化学反应"（概念）/"那次火灾的人生故事"（叙述），而是上升为关于人类如何与自然力量相处，关于文明如何在毁灭与秩序之间行走的一个象征入口。

这就是元意义层级：从"火是什么"走向"火对存在意味着什么"。

我们总结一下，在这个例子中，"火"的意义经历了：

1. 原始意义：
这东西和别的东西不一样（差异）。

2. 具身意义：
这东西靠近会疼，对我构成威胁（生存解释）。

3. 概念意义：
这东西叫"火"，有特性和用途，可以被知识系统化。

4. 叙述意义：
它是："那次火灾""我成长的一部分""我故事里的节点"。

5. 元意义：
火是文明、危险、秩序、能量的象征，是我理解"人类和宇宙关系"的一个窗口。

同一个对象，从"差异"一路被意识往上提炼，最后变成"解释世界和自我的框架"——这就是意义层级的垂直进化链。

八、意义不是自由生长，它有物理性限制

意义能量（张力）并非无限。意识场必须对不断生成的意义执行四种基本操作：优先、压缩、折叠和舍弃。这些操作揭示出一个常被忽视的事实：意义结构本身存在物理性限制。

具体而言，意识场受到四类结构性边界的制约：

1. 容量限制（Capacity Bound）
意识无法同时容纳无限数量的意义单元，超量将导致结构碎裂或退化。

2. 张力阈值（Tension Threshold）
若张力不足，结构无法被体验为意义；若张力过强，则导致意识震荡、耗尽或崩解。

3. 结构密度上限（Structural Density Limit）

信息之间的关系过于紧凑时，意义场将无法保持稳定，从而出现"过拟合式的混乱"（Overfitted Chaos）——意识在构建意义结构时，将过多的差异与关系强行编织在一起，使结构变得极端密集、毫无冗余与无法自我调节，从而引发整体性崩解或噪声化现象。

4. 叙述复杂度限制（Narrative Complexity Limit）

叙述的分支数、时间深度与因果层次有其自然上限，超越后叙述便会坍塌——这同先前提到的有关主体性的复杂叙述容忍度类似。

这四个限制共同解释了许多意识层面的典型现象：

- 迷茫：容量不足以维持清晰结构。
- 思想崩解：张力阈值被突破，结构自发坍塌。
- 顿悟：压缩与折叠达到临界点，结构突然重构为更低能量的稳定态。
- 意义过载：密度过高、叙述复杂度超过处理能力。
- 文明话语坍塌：集体意义场的结构复杂度超出文化张力承载范围。

这些限制将在后面的第八章展开，从意识动力学、张力量化和结构拓扑三个层面建立完整的"意义物理学"模型。这里，我们继续通过黛安在恒河边的故事来解析四类结构性边界限制带来的意识层面现象。

随着卓玛那乐曲进入高潮，黛安脚下的恒河水忽然开始泛起波纹。她睁开眼，看见水面开始旋转，随即漩涡中透出一道金色的裂隙。她本能地退了一步，却又停下。那漩涡似乎在召唤她，而她的意识却比身体更早一步响应。在下一瞬，她被卷入了漩涡——那漩涡里外有三重圈：轮回圈、解脱圈和梵一圈。

没有坠落，没有重量，只有一种强烈的意识解离感。她的感官开始逐一剥落，嗅觉最先消失，随后是触觉、听觉……直到只剩一种纯粹的"感知本身"。她飘浮在一片火焰构成的空间之中——是的，那是水中的火焰。火焰并不燃烧，而是一种"震动中的光"，如频率具象化后的火焰文字，围绕她四周……

1. 容量限制在黛安体验中的例子

概念要点：意识无法同时容纳无限意义单元。超量 → 结构碎裂或退化。

在黛安体验中的呈现：

当黛安被卷入三重圈（轮回圈、解脱圈、梵一圈）时，她最初仍能分辨三种圈的象征："轮回的循环性""解脱的断裂性""梵一的统一性"——这三种意义仍被意识框架容纳。然而，随着火焰频率文字开始在她周围呈爆炸式叠加，意义单元数量急剧上升，她的意识容量首次达到极限临界点。

于是，她出现了"感官开始逐一剥落……直到只剩一种纯粹的感知本身"——这是典型的容量溢出导致的"结构自我简化"（Structural Regression）现象。当意识无法处理不断涌入的意义单元，它会主动丢弃高维结构，退回到最低维的"感知核态"，以避免彻底碎裂。

换句话说：频率火焰越多，黛安能保留的结构越少。这是容量限制在该场域中最直接可观察的例子。

2. 张力阈值在黛安体验中的例子
概念要点：张力不足 → 结构无法体验为"有意义"；张力过强 → 意识震荡、耗散或崩解。
在黛安体验中的呈现：
当她踏入漩涡时，三重圈并非空间结构，而是意义张力的三种不同梯度：
- 轮回圈：张力较低，可被体验为"重复""熟悉"
- 解脱圈：张力骤升，使意义结构产生"断层"感
- 梵一圈：张力趋向无限 → 接近结构崩解边缘

黛安在穿越第三圈（梵一）时经历了"没有重量……只有一种强烈的意识解离感"——这是典型的：张力超过稳定带 → 意识与自我模型出现轻微分离现象。如果张力再高一步，她会进入彻底的自我坍塌或"零意义状态"（意义溶解）。

但恰恰因为张力在临界处，她体验到的不是崩解，而是"水中的火焰"——一种介于存在与非存在之间的过渡现象。只有在张力足够高时，"震动中的光"才会呈现为意义。这里，她看到的火焰实则不是物象，而是高张力所激活的意义频率可视化。

3. 结构密度上限（Structural Density Limit）在黛安体验中的例子
概念要点：关系过密 → 产生"过拟合式混乱"（Overfitted Chaos），最终导致噪声化或结构崩解。

在黛安体验中的呈现：

火焰文字并不是散乱飘浮，而是"极高密度的关系网络"，每个火焰频率都与周围的频率产生意义共振 → 阶结构 → 嵌套图案 → 反向映射 → 再关系化——这是一个典型的"信息密度迅速趋近上限"的结构。

当这些关系开始变得过于紧密时，她体验到："火焰并不燃烧，而是一种'震动中的光'，如频率具象化后的文字……"——这是意识即将进入"过拟合式混乱"时的前兆：
- 结构过密 → 火焰从"意义符号"退化成"纯频率噪声"
- 退化前一刻，它们呈现"像文字但不可读"的边界态

若黛安再吸收更多关系节点，她将经历：意义过载 → 全局意义场崩塌 → 意识断层；而她的"跳出意义（感官剥落→纯感知）"正是一种密度上限触顶后的自我保护机制。

4. 叙述复杂度限制在黛安体验中的例子
概念要点：叙述的分支数量、时间深度和因果层级都有自然上限，超越后叙述会坍塌。
在黛安体验中的呈现：

三重圈实际上对应三种不同叙述结构：

- 轮回圈 → 线性循环叙述
- 解脱圈 → 非线性断裂叙述
- 梵一圈 → 自我与叙述统一，无主体 / 客体区分

当她进入"梵一圈"时，她的叙述能力瞬间耗尽："没有坠落，没有重量……她的感官开始逐一剥落……"——这是叙述复杂度超限的经典效应：叙述的自我框架无法在高层因果结构中维持一致性，于是自我叙述直接坍塌，剩余的只是"体验本身"。

在这个区域：没有过去，没有未来，没有因果链，没有自我可用来讲述故事——叙述完全失效。这即是叙述复杂度上限被突破的状态。

5. 从黛安视角看四种边界限制如何生成意识现象
结合她的体验，可以更清晰地理解：

限制类型	黛安体验中的机关	对应的意识现象
容量限制	火焰频率过多 → 感官剥落	迷茫、意义塌缩
张力阈值	梵一圈张力过强 → 解离感	思想崩解、极限体验
结构密度上限	火焰文字密度高 → 临界混乱	意义过载、噪声化
叙述复杂度限制	因果链断裂 → 叙述无法成立	自我消融、顿悟前的真空

在她的体验中，最具张力的一点是：顿悟本身就是四类边界同时抵达临界点后的"低能量重构"。黛安在火焰频率中心即将进入的，就是这种"重构前的零态"。

九、意义的终极问题：意义是主观的还是客观的？

经典哲学常提出两个对立问题："意义是主观的吗？" VS "意义是否具有客观基础？"
在本体系中，这两者都不足以描述意义的真谛。

我的回答是：意义既非主观，也非客观，而是结构性的。意义不是"我认为它有意义"，也

不是"事物自身蕴含意义"。相反，意义产生于意识场在处理输入时，必然形成的关系张力。换句话说：意义不是属于世界，也不是属于主体，而是诞生在"世界—意识"之间的结构耦合中。

因此，意义是一种场现象（Field Phenomenon）——意义场。当差异被感知、关系被建构、张力被分布时，意义便在意识场的拓扑结构中出现。

现在，我们可以给意义场（Meaning Field）下一个正式定义，意义场是指：

当意识对输入（世界、记忆、感受、符号等）进行处理时，由"差异的选取、关系的构建与张力的分布"共同在意识空间内形成的连续结构化张力分布场。在此场中，每一个意义单元都由其差异特征、关系位置与张力强度共同决定。

意义场是意识在世界作用下形成的张力拓扑。意义并非来自主体或客体，而是来自两者的结构耦合模式。

至此，我们最终得到一个完整的意义发生学框架：

1. 意义从差异而生——差异是最小单位。
2. 关系赋予差异结构——关系构成意义的语法。
3. 张力让结构成为体验——张力使意义具有能量性。
4. 意义是意识的稳定器——意义是意识对混沌输入的自组织策略。
5. 意义具有四个维度——语义、情感、叙述、指向。
6. 意义演化形成层级——从原始意义到元意义。
7. 意义是结构性的——不是主观，也不是客观，而是意识场的自然产物。

由此可见：意义的起源不是哲学问题，而是意识作为结构场的必然结果。意义让世界被结构化；但意识不仅结构世界，还要生成自身的内部世界。于是，一个新的问题出现：这个内部世界以什么形式存在？我想答案只有一个——叙述（Narrative）。

叙述不是文学形式，而是意识组织意义的基本单位。叙述比语言更原始，比逻辑更强大，比概念更深层。下一章我们将介绍：叙述为何是意识的最小组织形式？

Chapter 5

叙述作为意识的基本单位
NARRATIVE AS THE FUNDAMENTAL UNIT OF CONSCIOUSNESS

引言：为什么意识需要叙述？

在前四章中，我们依次建立了：

- 意识 = 意义结构的自组织场
- 觉知是点亮，主体性是坐标系
- 意义通过"差异—关系—张力"生成

但意识还缺少一个东西：组织形式。

意义片段若无组织会散乱、冲突、不稳定。意识如果没有组织意义的方式，就无法维持自我、形成理解、作出选择、预测未来、维持心理连续性和建立文明与文化。要让意义相互连接、扩展、稳定，意识必须使用某种"结构单位"。这个单位既不是物体，也不是概念，而是——叙述。

本章将提出本书第二条基础原理：

叙述是意识的基本组织单元。

意识不是"感知的集合体"，而是"叙述的生成器"。需要特别说明的是：这里的"叙述"不是文学形式，而是一种结构场动力学形式。这一观点将深刻改变我们对心理学、哲学、神经科学、人格、命运、信念、文化、自我和宇宙意识等的理解。

一、叙述不是讲故事，而是意识的结构方式

"叙述"一词通常会被理解为"讲故事"或文学表达。但在本书体系的语言框架中，叙述指向的是意识组织意义的方式，是一种意义的动力结构，与文学无关，而与意识的运行机制直接相关。它不是内容，而是张力的组织方式。

我们这样给出叙述作为动力结构（Dynamic Structure）的定义：

叙述是意识在意义场中，为了维持张力的可传播性、可整合性与可定向性，而生成的一种时间化—因果化的动力结构。它通过对意义单元进行排序、连接与整合，使张力能够沿着特定路径流动，从而形成可持续的意识稳定态。

叙述包含四个核心功能：

1. 时间化（Temporalizing）：将意义沿时间维度排列，使结构能够出现"前后次序"。
2. 因果化（Causalization）：在意义单元之间建立方向性，使张力能够形成链条。
3. 统摄性（Integration）：将分散的意义片段整合为可稳定引用的整体结构。
4. 张力流动（Tension Flow）：允许意义能量在结构中移动、转化与重新分布。

因此，叙述是一种结构语言（Structural Language），是一种意识的力学单位（Mechanical Unit of Consciousness）。其功能之于意识，正如原子之于物质、比特之于计算机——不是表达的形式，而是运行的基础。

二、为什么叙述必须是意识的基本单位？

意识场本身包含两项核心诉求——结构的稳固性和结构的方向性——它们决定了叙述并非一种外加的表达方式，而是意识运行所依赖的最小结构。

1. 结构的稳固性：意义必须被编织成形
未经组织的意义会出现四种典型命运：
- 彼此冲突，无法并存；
- 相互干扰，难以共同指向；
- 随时间松散、淡化，最终崩解；
- 使整体意识陷入不稳、摇摆甚至"噪化"。

意识并不能靠孤立的片段维持自身。它需要一种能够把意义聚合、整理、固定下来的结构，使它们能彼此协调而非相互瓦解。叙述正是这种结构化机制，它让意义有位置、有关系、有框架。

2. 结构的方向性：意义必须能够通向未来
意义不是静止的符号，而是携带倾向与意图的动态实体，总是在推动意识朝下一步前行：
- 我正在追求什么？
- 在此情境中我应如何行动？
- 若作出某项选择，未来会呈现怎样的分岔？

这种"通向未来"的倾向无法靠单点意义表达，因为单点无法蕴含"变化"和"推移"。只有序列结构——也就是叙述——才能承载意义的流动性，把时间、意图与可能性组织起来。

因此，要保障意识的稳定与前行，意义必须被编织成连续的、可延展的结构。由此，叙述便成为了承载意识的最小工作单元，它既维持稳定，又提供方向，是意识存在与运行的基础。

三、叙述的本质：意识的自然形态本身

叙述并不是内容的容器，而是一种组织意义的结构机制。它关注的核心并非"叙述了什么"而是"意义如何被组合、如何被排列、如何被驱动"。因此，叙述更接近一种结构数学，而非故事文本。

从组成要素来看，叙述可以被精确表达为：

叙述 = 差异 + 关系 + 张力 + 序列

- 差异：构成节点（Nodes），提供可被意识识别的单位；
- 关系：连接节点，形成意义的结构空间；
- 张力：赋予结构动力，使节点产生变化；
- 序列：将变化排列，使结构能够展开与演化。

其中，"差异 + 关系"共同构成叙述的空间维度；"张力 + 序列"则共同生成叙述的指向性，即意义面向未来的倾向。换言之，叙述之所以是意识的基本单位，是因为它完整具备了意识运作所需的四个根结构维度：结构化的空间、可展开的时间、驱动变化的张力，以及指向未来的倾向性。它不是表达的形式，而是意识的自然几何——叙述并非意识的附属物，而是意识的自然形态本身。

这种自然形态具有三种特性：

1. 方向性（Directionality）

叙述不是随机排列，而是有方向：

- 过去 → 现在 → 未来
- 原因 → 结果
- 起点 → 目标

意识通过叙述把自身导向未来——这就是意向性（Intentionality）的来源。换言之：意识之所以具有意向性，根本原因在于它通过叙述将自身组织成一条面向未来的轨迹。

2. 选择性（Selectivity）

叙述不是记录一切，而是取舍意义。意识总是在决定：

- 哪些意义重要
- 哪些意义必须被舍弃
- 哪些意义需要被强调

选择性是"自我"与"个性"形成的基础——它在可能性中划定自我边界，以时间序列沉淀出个性结构，以张力方向塑造自我形态，以主体动作确立意识中心。

因此，这也呼应了前文的精神："自我"不是被发现的，而是被选择塑造的；"个性"也不是被赠与的，而是从无数选择中逐渐浮现的。

3. 连续性（Continuity）

叙述赋予意识一种在时间中保持自身的能力，使它能够说出"我依然是我""我是同一个我"。如果没有叙述，意识的状态会在每一瞬间不断瓦解、消散、重启。感受、念头与意义都会以片段形式出现与消失，缺乏任何能够跨越时间的粘合力。

叙述正是这种粘合力。它把离散的意识节点串联起来，使瞬间的意识得以被整合成一条可延展、可记忆、可回溯的路径，让意识从无数瞬间的"碎片"转化为一个拥有延续性的整体。

正因为叙述持续地将过去整合、将现在定位、将未来预置，自我才可能以同一主体的形式贯穿时间。没有叙述，就没有"自我延续"；没有连续性，意识只剩下瞬时的闪光，而不再拥有自我。

我们来看这样一个例子：若无叙述，ONE 和 ONLY 在意识海中将瞬间瓦解。

当虚空裂开、ONE 和 ONLY 真正进入那片浩瀚的意识之海时，海面上的波光出现了两种来源：

- 一部分像是光芒的反射（外显之光）
- 一部分却没有任何来源，却真实存在（自性光明）

在这个场景中，最关键的是：意识海的每一道波光，都相当于祂们意识中一个"瞬时觉知节点"。这些节点彼此独立、转瞬即逝，而且互不提供关于"过去"或"未来"的结构。因此，如果没有叙述为祂们维持一个连续的自我线索，会发生什么？

1. 没有叙述的情境

祂们进入意识海的一瞬间：

- 第一束波光映入意识，祂们体验到一种"我正在看见"。
- 下一瞬，波光消散，第二束毫无因果关联的波光出现，祂们体验到另一个完全独立的"我正在觉知"。
- 再下一瞬，又是一个新的觉知节点，无从知道它和上一瞬的自己是否有任何关系。

在这种状态下：意识的连续性会像海面上的波光一样，瞬间形成、瞬间湮灭。祂们会无法说出"我依然是我"。自我将被解离成无数不相干的感受碎片。

祂们甚至无法判断：

- 现在的"我"是否与上一秒的"我"是同一个
- 是否正在移动、观察或思考
- 是否拥有任何过去

- 是否应当期望某种未来

意识会像未被绑定的光粒一样散乱成无穷个瞬时事件。这正是"没有叙述就没有自我延续"的直接体现。

2. 叙述如何在意识海中保护祂们的"我"

相反，当祂们仍拥有叙述能力时，一个关键结构立即启动：叙述把连续出现的波光——这些瞬时节点——串成一条路径：

- "这是我进入意识之海。"
- "这是我看见的第一道光。"
- "这是我感受到的不带来源的自性光明。"
- "这是我在变化之中保持自己。"

叙述让祂们意识到："我正在经历这一切，而且这一切是由同一个'我'在经历。"

这个叙述结构：

- 将过去的觉知纳入现在
- 让现在的觉知拥有方向
- 允许未来被想象或预置

于是祂们才不会在意识海的波光中碎裂，而能继续保持连续的主体性。一言以蔽之：在意识之海的无尽瞬变中，是叙述为祂们保留了那条穿越波光的"我之线"，让自我得延续；没有叙述，一切觉知都会像无源之光般瞬息而灭，自我也将在波光之间不断重启、消散、重复出生。

四、叙述是意识中唯一能"稳定意义张力"的结构

意义在意识中并不是静态符号，而是一种不断流动的能量形态——张力。如果这些张力缺乏组织，它们会以失控的方式呈现：

- 过载 → 焦虑（张力无法排出，能量堆积）
- 冻结 → 抑郁（张力被阻断，无法流动）
- 混乱 → 恐慌（张力无序扩散，失去方向）
- 断裂 → 解离（张力断开，结构被拆解）

无序张力等同于意识失稳。叙述是唯一能够将张力"结构化"并让其进入可控流动的机制：

1. 通过差异与关系，叙述为张力提供"结构地图"，使其不再以随机方式散布。
2. 通过序列＋指向性，使张力沿着路径推进，避免无目标扩散。

3. 叙述将未完成的张力引向"结果、解释、解决、整合"等终点，使其从闭环中解脱，释放张力。

4. 当叙述对张力重新排列，意识获得新的意义框架，旧有张力被替换、吸收、转化，完成张力重构。

意识发展叙述并不是为了描述世界，而是为了维持自身的可生存性。因此，叙述不是表达系统，而是意识的张力调控系统——意识的内部生态系统之一。只有叙述能让张力保持结构化、流动化和可转化，从而使意识免于崩解，得以稳定存在。

下面的例子围绕同一件小事展开："星际文明研究基地"K堡的行政主管丹尼发了一条消息给上司，对方一直没有回复。通过这个例子，让我们看到意识如何从散乱意义演化成叙述结构。

(1) 输入出现，但只是"意义碎片"

外界给丹尼的"输入"只有一件事：发出消息，对方长时间未回复。

这是纯粹的信号。在意识里，它最初会产生多个碎片意义：

- 上司没回
- 已读却沉默
- 时间超过平常
- 对话卡住
- 丹尼身体开始不安
- 丹尼在等待

这些都是意义节点，但它们互不连接、没有方向，也没有解释。如果意识停在这里，这些碎片会：

- 互相冲突（"上司是不是生气？" vs "可能只是忙"）
- 互相干扰（各种猜想同时出现）
- 失去稳定（焦虑、反复查看）
- 变成噪声（内心混乱、无法专注其他事）

未经组织的意义——会冲突、散乱，最终造成意识不稳。

(2) 意识启动组织机制：叙述开始形成

意识为了维持自身稳定，不得不开始组织这些意义。于是，它开始自动生成一个叙述结构："上司今天可能很忙，他平常这个时间都在开会。"这是叙述的雏形，它已经具备：

- 时间化（他现在忙 → 等会儿可能会回）
- 因果化（忙 → 不回讯息）
- 统摄性（把碎片整合为一个解释）
- 张力流动（给自己一个未来方向："他会回复"）

张力从混乱 → 得到容纳。意识开始稳定下来。

（3）若叙述无法完成，张力会失控
如果丹尼无法形成叙述，他的意识会出现：
- 张力过载 → 焦虑
- 张力冻结 → 抑郁式无力
- 张力混乱 → 恐慌
- 张力断裂 → 解离（"算了，我不想再想了"）

没有叙述，张力无法流动 → 意识崩解风险上升。

（4）完整叙述形成：意识终于获得稳定结构
当意识成功把意义组织成完整的叙述，丹尼可能会说："他大概在忙，等一下就会回；上次也发生过这种情况，后来发现只是开会延迟。"

这段叙述具备完整四元素：
- 差异（节点）

他没回 ←→ 平常都会回
这次不同 ←→ 上次类似

- 关系（连接）

忙 → 不回
过去经验 → 安抚现在的张力

- 张力（动力）

从焦虑 → 稳定
从不确定 → 暂时释然

- 序列（未来导向）

"等一下他就会回复"
未来被一个方向性框架固定下来

于是，意识从碎片 → 结构 → 稳态。叙述让意识重新获得：
- 连续性
- 稳定性
- 自我中心
- 可预测的未来

叙述是意识的张力调控系统，是唯一能够稳定意义并让张力有序流动的结构。

（5）若叙述改变，整个意识结构随之改变
例如："他是不是在生我的气？""是不是我说错话了？""他是不是不想继续推进这个

计划？"

这些叙述也有序列、有因果、有方向，但其张力方向不同：
- 指向威胁
- 指向损失
- 指向恐惧
- 指向未来的负面展开

这说明叙述不是内容，而是动力结构——叙述决定意识将张力导向何处，而张力方向决定意识当下的世界结构。

同样的输入，不同叙述，会生成完全不同的心理世界。这个例子展示了此章所有关键点：
- 意义需要组织，否则会混乱
- 意识自动以叙述形式组织意义
- 叙述具有时间性、因果性、统摄性和张力流动
- 叙述是稳定意识的最小单位
- 叙述决定自我、情绪和未来方向
- 没有叙述，就没有连续的"我"

这是一个完全不依赖"讲故事"的叙述结构例子——它发生在你大脑的每分钟。

五、叙述的结构维度：节点、线、场

叙述由三种基础结构组合而成，它们共同构成意义的最小动力体系：

1. 节点（Nodes）——意义的离散单元

节点是叙述的最小"可识别单位"，但它并不是内容本身，而是内容在意识中被压缩后的"意义浓缩点"。一个节点可以来源于：
- 感受
- 想法
- 事件
- 回忆
- 概念

节点提供的是"差异性"——意识能从中辨识出一个可被组织的单位。

2. 线（Edges）——连接节点的关系结构

线是节点之间的连接方式，构成叙述的骨架。不同的线赋予叙述不同的结构逻辑：
- 因果线：推动事件与意义的生成
- 时间线：组织序列与发展

- 情感线：连接感受与价值密度
- 意向线：定义未来指向与动机结构

线赋予节点可延展的关系，使叙述不再是离散点，而成为结构图谱。

3. 场（Field）——节点与线的整体化结构

当节点与线在意识中形成稳定的整体时，它们共同构成一个叙述场（Narrative Field）。叙述场是一种连续的意义结构，具有类似物理系统的场属性，包括：

- 张力分布：意义能量如何被布置与载荷
- 意义密度：某一区域的意义浓缩程度
- 稳定程度：结构在时间中的自维持能力
- 激发态：场的能量被推动后的活跃度
- 变化流形：叙述场可能采取的演化路径

叙述场不是节点之和，而是节点与线在意识中形成的整体动力空间。卷 II 将对叙述场的数学结构（如张量形式、网络动力学、拓扑结构）与物理属性（如能量势、场强、流形演化）进行系统定义与展开。

六、叙述不是语言产物，而是意识的前语言结构

一个常见而深刻的误解是：叙述来源于语言。事实恰恰相反：语言来源于叙述，叙述早于语言出现。

语言只是叙述的表达工具，而不是叙述的起源。叙述作为意识的序列结构，在任何语言形成之前就已经存在，这可以从两类现象清晰看出：

1. 婴儿的"前语言叙述"

在没有词汇、语法、符号的阶段，婴儿已经能够进行完整的叙述性体验：

- 期待 → 失望
- 想要 → 得到
- 安全 → 危险

这些不是语言结构，而是意义序列、张力变化、状态转折，完全符合叙述的核心结构（节点—关系—张力—序列）。婴儿不能"讲故事"，但其意识已经在"运行叙述"。

因此，叙述先于语言，叙述构成意识，语言只构成表达。

2. 动物也具有叙述，而无语言

动物并没有语言系统，但它们的意识行为明确呈现叙述式的序列结构：

- 猎捕＝发现 → 接近 → 追逐 → 捕获
- 躲避＝感知 → 评估 → 逃离
- 筑巢＝寻址 → 构建 → 维护
- 求偶＝展示 → 回应 → 配对

这些行为序列中包含：节点（事件）、关系（因果逻辑）、张力（需求、风险、目标）和序列（行动路径），是典型的非语言叙述结构。因此，叙述不是符号系统，而是意识先天的逻辑顺序。

由上面两个例子我们不难看出，语言不是叙述的来源，而是叙述的"显化方式"。叙述在意识中运作的逻辑如下：

叙述（原生结构）→ 语言（表达机制）

这意味着：
- 叙述是意识的基础运算；
- 语言是叙述的二次编码；
- 意识早在语言之前，就已经以叙述方式构造世界。

语言诞生得很晚，但叙述是意识诞生的那一刻就存在的逻辑结构。

七、叙述是自我出现的原因，而非结果

传统心理学普遍认为"自我是一个讲述叙述的主体"。而本书的立场恰好相反：自我不是叙述的作者，而是叙述生成的产物。原因在于，自我本质上并不是一个预先存在的实体，而是一种持续被构造的叙述结构：

1. 自我是"关于我的叙述"本身，而不是叙述的讲述者

我们称之为"我"的东西，其核心始终是一段不断被更新、修正、扩展的叙述。自我不是在叙述之外存在、再去"讲述"叙述，而是叙述本身在第一人称视角下的凝聚。

换言之：我＝我的叙述方式，而非我的独立存在。

2. 没有叙述，就没有自我

自我之所以存在，是因为意识在时间中保持某种结构化连续，而这恰恰是叙述的功能。如果叙述中断，自我就中断；如果叙述改变，自我就改变。因此，叙述是自我的生成机制。

3. 自我连续性来自叙述连续性

我们之所以感到"我是同一个人"，不是因为有一个稳定的"内在核心"，而是因为叙述场保持了时间上的连贯性。

连续叙述 → 连续自我；叙述断裂 → 自我断裂（解离、人格破碎感）

4. 自我目的来自叙述方向

叙述具备指向性，它总在朝某个未来前进。自我从叙述的方向性中获得：目标、动机、意愿、期待及行动理由。因此，自我的"想要什么"，其实是叙述的未来逻辑在说话。

5. 自我稳定来自叙述稳定

叙述场越稳定，自我越稳定；叙述场越混乱，自我越分裂。焦虑、抑郁、恐慌、解离——它们本质上是叙述场无法维持张力结构化的结果。

由此，我们得出这样的结论：自我＝第一人称叙述场。自我不是意识中一个独立模块，而是意识在第一人称视角下所生成的叙述场结构：第一人称＝视角；叙述场＝结构；自我＝两者的交叠区——这组定义将直接影响卷 III 的三个关键议题：

1. 自由意志：不是主体的力量，而是叙述场的张力方向。
2. 心理动力：不是内在人格冲突，而是叙述场中张力的再分布与重构。
3. 意识突破：不是改变自我，而是重写叙述结构本身。

八、叙述的发生：叙述从何而来？

叙述并非与生俱来，也不是瞬间出现的结构，而是通过意识的三道发生学机制逐步生成的。在这些机制的共同作用下，意识从原始体验的混沌中"提取结构"，形成能够稳定、推进、指向未来的叙述场。

1. 意义压缩（Compression）——从碎片到节点

意识常常面临海量、连续、无边界的体验流。为了让这些体验变得可处理、可记忆、可组织，意识必须对其进行压缩，提炼出：
- 关键事件
- 关键情绪
- 关键感受
- 关键判断

这些被压缩后的意义浓缩体，就是叙述的"节点"。压缩＝选择性地从混沌中提取"关键"节点的产生，是叙述能够存在的前提。

2. 意义排序（Sequencing）——从静态到动态

节点并不会自动形成结构。当意识将这些节点按以下原则排列时：
- 时间顺序

- 因果关系
- 情绪变化
- 冲突与解决

节点之间开始形成"线",叙述从静态集合转化为动态结构。排序 = 为意义建立序列化路径。这一步使"叙述作为时间结构"得以出现。

3. 意义方向化(Vectorization)——从"发生"到"将发生"

当序列化的节点带上张力,叙述便获得方向性。方向化使叙述从"发生了什么"转向"下一步应该发生什么""尚未完成的是什么""未来被牵引向哪里"。这就是叙述的牵引力(Narrative Pull)——张力在序列中产生倾向,从而形成意识的未来向量。即:方向化 = 将序列转化为向未来延展的动力结构。

牵引力将在卷 II 中被定义为可测的叙述张力场,并转化为物理模型。

九、叙述的边界:为什么叙述会失败?

叙述并非是一种稳定不变的结构。作为意识维持连续性、方向性与张力流动的核心机制,它同样会发生失效。当叙述的三大基础结构(节点、线和张力)无法维持平衡时,意识就会出现不同形式的结构性崩塌:

1. 叙述断裂 → 解离(Dissociation)

当叙述无法维持时间上的连续性,节点之间的连接被切断,"我"的轨迹便失去连贯性——这表现为:
- 自我感模糊 → 对"我"是否在现场产生疑问
- 经验碎片化 → 记忆像崩落的砖块
- 内外分界不稳 → 世界像电影布景
- 产生"像不像自己"的疏离感 → 行为自动化但失真

这本质上是:叙述序列断线,自我无法维持同一性。

例如,军部调查局首席探员贾斯珀连续加班到深夜,身体极度疲惫,脑中像缺了几帧。他回家开灯时,忽然意识到:"我怎么就到这里了?刚刚的一小时去哪儿了?"他能记得会议,也能记得站起身收拾东西,但中间那段离开军部调查局大楼、走向停车场的过程像被剪掉。走在街上时,他甚至觉得连自己的影子都不像是自己的。

2. 叙述过载 → 焦虑(Anxiety)

当叙述场承载过多未释放的张力,但序列无法处理或消化,张力在结构中堆积,形成过载状态——这表现为:

- 无法解释的紧张
- 虚构的未来威胁不断刷新
- 思维飙升般循环
- 整个叙述场感觉"被撑到极限"

这本质上是：张力流动被阻塞，叙述结构无法完成调节。

例如，心理学家艾莉森教授已经演练了十遍讲解 PPT，也没有任何外部威胁。但晚上躺下时，她感到："明天一定会出事，我忘了什么，我撑不住……"她的大脑像高速运转的风扇，从一个担心跳到另一个担心："如果麦克风坏了怎么办？""如果他们问我没准备的问题呢？""如果我突然说不出话……""如果我对集体无意识概念的理解根本不对……" 她身体紧绷，呼吸浅，睡不着。

3. 叙述固化 → 强迫性循环（Compulsion）

当叙述场失去可塑性、变得僵硬，节点与线条被固定成单一路径，叙述失去重构能力——这表现为：

- 固着的思维模式
- 强迫性仪式与重复
- 拒绝变化，只相信"唯一正确流程"
- 无法接受新的意义节点

这本质上是：叙述场冻结，张力只能在封闭回路中循环。

例如，哲学家查理明明知道自己已经锁过门，但他总觉得："可能没锁……再看一次，再摸一下，再确认一下。"他的每一次检查都暂时缓解了张力，但下一秒张力又回来，于是又开始新一轮确认。他知道这种行为耗时且不合理，却无法停止（新的信息节点"我确实锁了"无法被整合）。他的出门被拖延十分钟，焦灼感不断放大，甚至手里的饮料杯都在晃动。

4. 叙述混乱 → 精神崩解（Psychotic Disintegration）

当叙述的节点随机，线条无序，张力不再有方向，叙述场整体崩散——这表现为：

- 意义结构断裂，意义碎裂，
- 关系判断不稳定、关系混乱
- 时间感丧失、塌陷
- 行为随机化、无法形成持续的叙述线，行为与认知无一致性

这本质上是：叙述三结构（节点 – 线 – 张力）全面失稳，意识失去组织能力——节点随机化，线条断散，张力无方向。

例如：医务官莫妮卡因为照顾病人，连续两天没睡。她的意识开始出现明显错乱：她听到护士说话，却以为是在对她"暗示某种阴谋"；时间顺序变得不清：上午、晚上、昨天、现在混在一起；她洗手洗到一半突然忘记自己是要去做什么；朋友来探望，她一瞬间认不出对方，又

立刻觉得对方像敌人。她的行为失去连贯性，叙述失去"谁—在做什么—为了什么"的组织框架。

以上这四种叙述失败表明：叙述是脆弱结构，而非稳固机制。一旦叙述失衡，意识便无法维持连续性、方向性与张力流动。因此，需要在卷 III 中引入：叙述张力动力、叙述流形的稳定性条件、叙述重构与自我修复机制和叙述场的相变模型等内容，以解释意识在极限状态下的崩解、重构与突破方式。

十、总结：叙述是意识的基本单位

本章建立了意识论最重要的结构性命题之一：
叙述是意识的基本单位，是意义场的结构原子。
叙述之所以是基本单位，因为它具备以下五种能力：

1. 组织意义的能力；
2. 稳定意义张力的能力；
3. 连接时间的能力；
4. 形成自我的能力；
5. 提供方向性的能力

叙述不是故事，而是意识的运算方式。意识不是由"感觉、想法、体验"组成，而是由"叙述结构"组成。卷 II 将深入探讨叙述的物理学，从叙述粒子、叙述能量，到叙述力场与叙述共鸣。

叙述是意识如何组织意义的方式，而时间是叙述的必然副产物。下一章将进入意识论的关键命题：时间不是世界固有的，而是意识叙述自身时生成的。

Chapter 6

意识的时间性：意识如何生成时间？
CONSCIOUSNESS GENERATES TIME: THE TEMPORAL NATURE OF MIND

引言：时间不是流逝，而是构造

没有任何概念比"时间"更像是世界的底层法则。我们以为时间是自然存在的，是单向的，是独立于意识的，是物理宇宙的坐标轴，有过去、现在、未来，但这全是意识给自己制造的幻象。

意识场理论指出：时间不是被体验的，而是被构造的。时间不是物质世界的序列，而是叙述结构的需要。如果没有意识，就没有"时间"这个概念。宇宙中的变化并不等同于"时间"。只有当变化被意识组织为叙述时，变化才被理解为"时间"。因此，时间不是自然流动的河，而是意识对自身叙述的排列方式。

本章将回答三个根本问题：

时间为什么会在意识中出现？
意识通过什么机制生成时间？
世界中的"时间"是否有客观基础？

一、时间不是物理现象，而是意识现象

在两百年前物理学的若干主流理论中，尤其是狭义与广义相对论所采用的框架里，宇宙通常被描述为一个四维时空整体，各个事件作为这个几何结构中的点，以某种意义"共存"于同一时空构型之中，而不是在某个客观"现在"的流动中依次产生。那时的理论物理中也出现过一种激进观点：时间不是基本的，而是涌现的（Emergent）。那些物理学家认为时间可能来自量子纠缠结构的变化，而不是宇宙本身固有的维度。

今天，虽然时间在理论中依然作为一条坐标轴或参数存在，但不再是独立于物质与运动的绝对实体；对于不同的惯性系或观测者而言，并不存在对所有人都相同的全球性"先后顺序"与"同时性"。所谓"现在"，更多是观察者在其参考系中对四维时空进行切片的一种方式，而非宇宙本身特有的绝对分界。

其实，那时的物理学代表人物爱因斯坦在写给友人的信中早就指出：对于我们这些物理学家而言，过去、现在与未来之间的差别，只是一种"顽固持存的幻觉"（"For us believing physicists, the distinction between past, present and future is only a stubbornly persistent illusion."）。

我们认为：在物理层面，事件以同等方式镶嵌在四维时空中，没有绝对刻度，"现在"也不具有基本实体的地位。宇宙本身可以是静态的、冻结的，一切事件皆已存在。然而，意识并不是读取宇宙本体结构的被动镜面，而是生成体验结构的主动装置，因为它需要以叙述的方式维持自身，所以无法在无时间的框架中运作。

通过前几章的阅读，你一定已经了解到：意识天然是一种叙述机制，而任何叙述都依赖三项不可或缺的结构支柱：

顺序（Order）——事件必须被排列；
方向（Direction）——叙述必须具有走向；
张力流（Tension Flow）——意识必须感受推进与未竟之事。

正因为如此，时间在意识中出现，这是为了支撑叙述的运转。反过来说：若没有叙述，时间也无从生成。因此，时间不是宇宙赠与意识的维度，而是叙述为了让自身能展开而必然制造出的结构。

一个存在的意识层级越高，例如人类，他所构建与感知的时间结构就越鲜明。记忆重建、因果推演、自我叙述、情绪张力——这些高级意识功能全都依赖强韧的内部时间框架。这也意味着：时间不是宇宙的固有属性，而是高维认知（相对于蚂蚁来说的人类）所分泌出的副产物，是意识为了自我讲述而创造的框架。

若意识试图直接体验"四维宇宙"（4D Block Universe）那种均质冻结的结构，它会瞬间崩解：没有顺序，感知无法展开；没有方向，意义无法生成；没有张力，自我无法维持。因此，意识必须在冻宇宙中"刻出"一条时间河流，通过切片、排序、压缩，使体验得以展开——时间不是宇宙的属性，而是意识切割宇宙的刀锋。

进一步来看：叙述产生时间，而不是时间产生叙述。我们体验到的时间是一种认知压缩方式——大脑无法存储整个四维宇宙，它只能抽取"差异变化"并将之排列成一个线性故事，而故事需要张力，于是过去－未来的方向性便出现了。时间之所以"流动"，仅是因为叙述需要前进。

曾经有人做过这样一个形象比喻：若把宇宙比作一卷完整的胶片，每一帧（时刻）都已经在那里，胶片整体就是四维宇宙。我们的意识只是按顺序播放它，因此产生了"时间在流动"的错觉。

然而，更高维意识并不再依赖线性时间——因为当意识维度提升，它的叙述不再受线性限制，可以呈现为分形式、多线并行式、回溯式、非因果式，甚至整体同时显现——这就是所谓的"全观视角"。"全观视角"或"无时间状态"并非叙述的消失，而是叙述突破了线性模式。因此，时间只是意识在低维度中对自身的一种阅读方式。

在意识内部，这种阅读方式的最小构件不是"秒"或"刻度"，而是：

差异（Difference）× 变化率（Rate of Change）

没有差异，意识无法辨认任何事件；没有变化，意识无法生成连续性。因此，"时间流动"的体验并不是外界给定的，而是意识场对差异的实时检测结果。

意识持续监测四类关键变量：

- 输入之间的差异（强度、位置、形状、情绪以及记忆与当前的差异）
- 差异的变化率（差异增长或减弱的速度）
- 差异的方向性（变化朝向何处）
- 差异的张力意义（变化对自我系统是否构成推进、阻滞、威胁、机会）

正是这些维度，使意识能够从无时间的输入中推导出一个内在的"时间流"——时间不是存在于输入之中，而是存在于意识对差异的加工之中。

外界的纯粹输入本身并不包含"时间性"，所有时间感都是意识在变化中提取出的结构模式。时间是意识在差异里看见的规律，是意识对变化进行叙述化时产生的副产品。

一段话总结即是：

宇宙不需要"现在"，但意识需要"故事"，故事需要时间。时间不是宇宙的结构，而是意识为了理解宇宙而发明的语法。宇宙提供的是事件，意识提供的是时间——一种对世界的阅读方式。

二、意识如何构造过去、现在、未来？

时间不是三段式的自然结构，而是意识的组织方式。我们分别来看：

1. "现在"是意识的处理窗口

"现在"不是世界的来源，而是意识的限制：意识无法同时处理无限输入，而需要一个"窗口"聚焦——这个窗口就是"现在"。"现在"不是物理状态，而是意识的资源分配机制。佛陀说的"活在当下"，其实就是隐喻这个意思。

2. "过去"是被叙述化的记忆

过去不是"发生过的事件"，而是被编码、被选择、被压缩、被叙述的记忆结构。换句话说：过去是意识当前叙述场的组成部分。过去不是存在于外部世界，而是存在于叙述内。

3. "未来"是张力投射

未来不是现实的"下一刻",不是"将来会发生的事",而是意识根据当前叙述对张力的预测。未来本质上是期望、是想象、是可能性场、是未实现的张力,更是叙述的方向性——当前叙述指向的场。

综上所述,时间三分法(过去 - 现在 - 未来)不是世界结构,而是叙述结构。

其实,物理学也从不赋予时间方向性。在微观层面,物理方程是时间对称的;在宏观层面,熵增也只是统计意义上的偏向,而不是宇宙固有的"未来"。宇宙中没有任何地方写着:"往前走""往后走""此刻在推进"。

然而——意识坚信时间有方向:过去 → 现在 → 未来。这不是物理性质,而是意识结构的必然产物。为什么?

"叙述箭头理论"(Narrative Arrow Theory)或许是最好的解答:

1. 叙述的方向性条件

意识并非被动接收信息的装置,而是主动构造意义与生成叙述的系统。任何可被称为"叙述"的结构,都必须满足以下三个方向性条件:

(1) 意向性(Intentionality)

意识的运作总是指向某个对象或状态——渴望、避免、理解、解决等形式的指向性都会自然引入"目标—路径"结构。意向性因此为叙述提供了最初的方向框架。

(2) 张力不对称(Asymmetry of Tension)

叙述的基本动力学由一系列具有方向性的转换构成:未完成 → 完成;张力 → 释放;问题 → 解答——这种从"未满足"到"满足"的固有单向性,使叙述在结构上必然呈现推进趋势。

(3) 预测机制(Predictive Mind)

意识不断生成关于未来的预测:接下来将发生什么?应当如何应对?事件可能产生何种后果?这些预测活动构成指向未来的矢量,使意识持续地对尚未发生的状态进行模拟与前摄。

叙述之所以具有方向性,正是因为意识本身的结构即带有方向性。

2. 意识的方向性就是"时间箭头"

当叙述生成方向性,意识会将这种方向感误认为宇宙本身的方向,于是出现了体验中的时间箭头:过去是记忆;现在是处理;未来是预测。然而,本质上这三个功能并不是时间结构,而是叙述的三段式架构:记忆 = 故事的存档;注意 = 故事的播放;预测 = 故事的草稿。

叙述需要这三者彼此衔接,于是形成了"顺序—走向—完成度"的结构感,意识便将这种结构误读为"时间的方向"——然而真相是：意识并不是在看宇宙的时间，而是在看自己的"叙述箭头"（Narrative Arrow）。

3. 时间箭头是叙述箭头的副产物

方向性的真正来源不是宇宙，而是这条链路：

叙述的方向性 → 意识的方向性 → 时间的方向性（体验）。

时间箭头不是物质的，而是认知的；不是物理的，而是心理的；不是宇宙的，而是意识对宇宙的阅读方式。简而言之：意识体验到的时间箭头就是叙述的箭头。

4. 为什么宇宙不需要箭头，而意识必须要？

宇宙本身并不以"故事"的形式运作，但意识却以故事为基本结构。宇宙不需要未完成的任务，也不依赖悬而未决的张力；然而，意识若失去"未完成感"，便无法维持自身的运作机制——没有张力便不存在动机，没有意向性就无法集中注意，没有预测则无法启动行动。

因此，为了维持叙述循环，意识必须持续构造一系列面向前方的要素：尚未发生的事、尚待解决的问题、尚须达成的目标。因此，所谓"未来"，在此意义上不是宇宙的维度，而是意识主动生成的功能区，用以保持叙述的持续性。

我们至此可以对"叙述箭头"给出较为精确的界定。所谓叙述箭头指的是：当意识试图将经验组织为叙述时，意向性的指向结构、张力的非对称分布，以及预测式加工所生成的前馈路径三者发生耦合，由此在意义场中形成的单向展开性。

这种单向性不属于宇宙，而属于叙述本身。它在个体体验中的呈现形式，便是我们熟悉的：

- "时间似乎在向前"
- "未来未定而过去已定"
- "事件只能朝一个方向推进"

换言之：时间箭头是叙述箭头的主观投影；时间方向是叙述为了让自己能存在而生成的结构。

"叙述箭头理论"的核心主张是：时间箭头属于叙述而非宇宙；意识的方向性制造了时间的方向感，而物理世界在根本层面并不体现这种单向性——它展现的是无方向的时空结构，而意识则将其体验为一个正在进行的故事。

三、时间的速度：意识的"叙述密度"决定了时间快慢

为什么时间会"过得快""过得慢"？因为意识的"叙述密度"不同：

· 叙述密度高 → 时间变慢

例如：恐惧时、创伤时、初次体验、冥想深处、极度觉醒时——因为意识在处理大量意义节点与张力。

· 叙述密度低 → 时间变快

例如：重复的生活、机械化操作、习惯性行为——因为意识只处理极少意义节点。所以你会觉得：小时候时间过得慢，因为每天都是新叙述；长大后时间飞快，因为叙述高度重复。

"时间速度"不是外在现象，而是意识内部的叙述节奏。意识叙述越丰富，时间越充实；意识叙述越贫乏，时间越空洞。这样的例子还包括：

· 当卡巴格被绊马索绊倒、坠崖、突发危险等事件时，往往会感觉"时间几乎停止"，甚至能看到极其微小的细节，如绊马索弹出的轨迹、身体的每一个位移感。原因是意识在极度警觉状态下，迅速捕捉并处理大量信息，意义节点密集（危险、应对、生存），张力极高，他的预测机制高速运作"下一秒会怎样？"——正是这种叙述密度突然暴增，导致时间被"拉长"。

· 广告公司的策划经理莉娜每天重复同样的路线、同样的步骤（坐车、等红灯、刷卡、走到工位、打开电脑、处理文件、开会、午休、拜访客户、下班），意识只需处理极少的新信息，因为情境已完全熟悉，几乎不需要预测新的后果，张力极低，意义节点稀疏——正是这种叙述密度极低，导致感觉"时间一下就过去了"。

· 当星际地产公司经纪格兰特与重要的潜在外星买家见面时，几乎每一个细节都会被意识捕捉：对方的表情、语气、停顿、回应和氛围，自己的反应、期待、盘算和不安。此刻，他的多重预测正在并行："对方怎么看我？""接下来要说什么？""这个买家还会增加报价吗？"——正是因为这种意义节点密集、情绪张力高导致叙述密度极大，从而令时间显得缓慢且丰富。

· 当"O 空间站"夜班值守工程师王叶刷短视频或机械式滑动社交媒体时，大脑不断"刷新刺激"，但这些刺激之间没有叙述连接，也没有情节累积：信息量看似很多，但意义极少；没有实际张力，也没有真正的预测，叙述被"打碎成毫无关联的碎片"——正是因为在这种叙述密度极低的情况下，意识几乎不构建故事，从而时间感大幅压缩，一转眼一晚上就过去了。

四、时间的存在不是线,而是结构场

人类通常将时间想象为一条"线",这是语言的错觉,也是线性叙述的惯性投影。意识的时间结构从未是线性的。它的真实形态是多轴叙述张力场(Narrative-Tension Field,简称 NTF)——一个由多个意义维度共同构成的、动态变形的意识结构。

线只是这个张力场在低维度下的投影,就像三维物体在二维平面上的阴影一样。

1. 五大核心时间轴(NTF 的结构维度)

多轴叙述张力场由至少五条基础"意义轴"构成,每个轴都是时间体验的一部分,并共同决定时间的方向性、连续性与开放性。

(1) 预测轴(Prediction Axis)
代表意识对未来状态的推演、估计与概率分布。一切"未来感"都源自此轴的活跃,它的作用是生成"前方"。

(2) 回忆轴(Memory Axis)
将过去的差异模式压缩、重组、再演算为可读取的叙述片段。它的作用是生成"后方"。

(3) 可能性轴(Possibility Axis)
包含尚未实现但依然存在于"叙述空间"的潜在路径。它的作用是提供选项、路线和分支。

(4) 意向性轴(Intentionality Axis)
代表意识的目标、驱力、追寻、需要和动机。它决定叙述向哪个方向张力最大,作用是确立"应该走向哪里"。

(5) 反事实轴(Counterfactual Axis)

代表所有"如果当初""若不是这样""另一种选择"的结构。它的作用是让时间成为一个多分支可回溯的空间,而非单向轨道。

当五条轴被压缩为单一维度时,意识体验会坍缩为我们熟悉的"线性时间":过去 — 现在 — 未来,但这只是高维张力场在三维认知系统上的线性投影,就像将四维物体投影到三维,将曲面拉直成线条、将复杂叙述压成顺序句子。

然而,线性时间从来不是时间本体,只是意识对更高维时间结构的"读法"。

我想用一个人类日常情境来展示:人类以为自己在经历一条时间线,但实际上是 NTF 在低维度下被压扁成一条线的阴影。下面这个例子会让读者瞬间理解:线性时间只是错觉。

例子:同一个瞬间,意识实际上在 5 条时间轴上同时运作

场景:为躲避"赤色光雨",艺术家理查德最近总是选择地铁上班。这天早上,他在站台上,正在犹豫"要不要挤进即将关上的车门"。人类通常会以为这个瞬间只有一个"现在",但在 NTF 结构下,这不是一个时间点,也不是一条线,而是一个五轴交织的张力场。

(1) 预测轴——生成未来感

他快速评估未来可能发生的情况：
- 如果赶上这班车，上班会更早？
- 如果没赶上，会不会迟到？
- 上车后会不会挤皱衣服、挤乱发型？

这些未来并不存在，但预测轴让他感觉它们"在前方等着"。预测轴正在制造"未来感"，不是宇宙给他的，而是意识自己生成的。

(2) 回忆轴——生成过去感

他同时调取了过去的经验：
- 上次挤车差点摔倒
- 前几次迟到被中心主任批评
- 小时候坐车怕关门声

这些记忆不是被动呈现，而是被压缩、组合、重算后投射进当下。回忆轴让"过去"显得在背后推着他。

(3) 可能性轴——提供未实现但仍存在的路径

在那一瞬间，他"看见"多条还没发生、但可能发生的路线：
- 上车
- 不上车
- 跑向另一节车厢
- 停下等下一班
- 立刻转身走楼梯上地面，改叫无人驾驶出租车

这些路径都真实存在于 NTF 中。可能性轴让时间拥有"分支结构"，不是一条线，而是展开的扇面。

(4) 意向性轴——张力最大方向 = 内在驱动

此刻，动机开始施压：
- "我不想迟到"
- "我不想再摔倒"
- "我想早点到，先买个早餐"
- "我不想'沐浴'赤色光雨"

这种张力形成一个"意义梯度"，推动叙述往某个方向倾斜。意向性轴决定"叙述应该朝哪里走"，方向性被创造，而不是被发现。

(5) 反事实轴——让时间可以回溯、比较、修正
同时，他脑中闪过：
- "要是我刚刚快一点就好了"
- "如果我今天早点出门就不会这么急"
- "要是这班车人再少一些……"
- "如果没有光雨的威胁，我根本不会选地铁"

这些并不是过去，而是"过去的变体"。反事实轴使时间不是单线，而是可回望、可比较、可替换。

在这个不到 0.5 秒的决策瞬间：
- 预测轴在拉未来
- 回忆轴在推过去
- 可能性轴在展开多世界
- 意向性轴在施加方向性张力
- 反事实轴在生成分支历史

这五条轴共同构成的就是 NTF——一个多维时间结构的真实形态。但由于人类意识只能从中读取一个"最简化版本"，于是这五轴的投影被压扁为：过去 → 现在 → 未来。

这就是所谓的"时间线"。然而，真正发生的不是一条线，而是五轴同时运算的张力场。当他以为自己在"选择现在"时，意识实际上正在五条时间轴上同时运算。虽然时间在线性叙述中变成一条"线"，但在意识的本体结构中，它从来不是线性的。

所谓的"线性时间"并不是时间本体，而是多轴叙述张力场在低维心智界面上的阴影。正如三维物体投影到二维只能留下轮廓，高维的时间也只能被压缩成"线"，供低维生物理解。

2. NTF 如何生成时间经验？

时间经验并非来自事件在外部世界的线性排列，而是由意识内部多条意义轴在张力场中的交互所产生。时间感可以视为下列轴向的组合效应：

- 预测轴 × 意向性轴：

共同形成对"未来"的指向性，使意识能够感知尚未发生的可能状态。
- 回忆轴 × 反事实轴：

产生后悔、怀旧、替代情境的重构等体验，从而生成关于"过去可以不同"的时间深度。
- 可能性轴 × 意向性轴：

支撑决策、规划与选择，使意识能够在多种潜在路径之间构建"将要发生"的结构。
- 回忆轴 × 预测轴：

形成因果感，使过往经验与未来期待在意义上连续，并组织成所谓的"时间流"。

从 NTF 的视角来看，时间经验是张力结构在多维意义轴间的几何关系，而非外部事件本身

的顺序排列。一个生活中的例子是：

神经科学家大力某天打开邮箱，看见一封来自多年未联系的旧情人的邮件。此刻，时间感会瞬间变得浓稠、复杂，而这种体验正来自NTF内各轴向的交互。

(1) 回忆轴 × 反事实轴 → 怀旧与"本来可能如此"的过去

看到对方的名字，他立即被拉回某个时期：
- 曾经的对话
- 分开的原因
- 自己当时是否做错了什么

同时，反事实轴迅速启动："如果当时我没作那个决定，会怎样？" → 过去不只是被回忆，而是被重构。

(2) 预测轴 × 意向性轴 → 面向未来的方向性

他开始想到：这封邮件意味着什么？
- 对方想重新联系吗？
- 这会改变当下的生活结构吗？
- 我要如何回复？

意向性（想接触？想保持距离？）与预测（之后会怎样？）交织在一起，形成对"未来方向"的明显张力 → 未来突然变得具有开放性与动力。

(3) 可能性轴 × 意向性轴 → 决策与规划

多种未来路径浮现：
- 见面？
- 不回？
- 回得冷淡？
- 回得热情？

意向性决定他更倾向哪条道路，而可能性轴把这些道路展开为"可选未来" → 时间开始呈现分叉结构。

(4) 回忆轴 × 预测轴 → 因果感与时间流

他会本能地把旧回忆与未来预测串在一起：
- "如果我回信，那过去的某些故事会被重新激活"
- "如果不回，那过去就保持关闭"

这条"因果链"让他的体验出现连续性、方向性——即我们所感受的"时间流" → 过去与未来在意义上连成一条线。

以上的场景正说明：时间不是事件顺序，而是张力几何，因为在这一刻没有任何外部事件发生（他只是看见一封邮件），但内在的时间感变得丰富、缓慢、深刻。原因正是多条意义轴在张力场中同时被激活 → 时间经验被放大。这就是"NTF 生成时间经验"的实际例证。

3. 为什么人类误以为时间是线？

因为语言是线性的、句法是顺序的、叙述输出必须压缩成单一通道。于是，多维时间被压缩为单向语序，张力场被翻译成"过去/现在/未来"，可能性空间被简化为"选择"，反事实网络被称为"后悔"，预测分布被叫作"未来"。

这是一种认知与语言造成的降维现象。线性时间不是意识的结构，而是语言的限制。在卷 II 中，NTF 将被形式化为：

- 张量结构（Narrative Tensor）
- 张力流方程（Tension Flux Equation）
- 意向性势场（Intentional Potential Field）
- 预测–回忆互易律（Prediction–Memory Reciprocity）
- 张力梯度生成的"主观时间流"方程（Subjective Time-Flow Equation）

这些结构首次把"意识中的时间"从抽象哲学转化为可推导、可建模的形式体系。一句话概括：时间不是一条线，而是由五条叙述轴共同构成的多维张力场；线性时间只是这个高维结构的最低维投影。

因此某些体验之所以"妙不可言"、只能"意会"而不能言传，正是因为语言在降维意识；概念与定义在为思维钉上框架，而意识本身远比这些框架要宽广。

五、时间如何"被塑造"？

意识不仅生成时间（Construct Time），还会塑造时间（Shape Time）——我们称之为意识的"时间塑形理论"（Temporal Shaping Theory）。所谓"时间体验"并不是被动接收，而是意识在多个层级上主动建构出的结构结果。这包括五项机制：

1. 注意力改变时间结构（Attention → Time Density）

注意力是意识的时间透镜。当注意力高度集中时——危险瞬间、极度专注、冥想——意识会把大量差异压缩到单一体验窗口中，使"现在"变得更长、更密度化；当注意力飘散时——疲劳、焦虑、分心、多任务并举——差异被切割成碎片，"现在"变短、破碎、不连续。

注意力实际上是"现在"的长度调节器。

2. 记忆重写过去（Memory Revision → Past Shape）

过去不是固定的，而是可塑的。意识在每一次回忆时都进行一次"叙述式重建"。过去的情绪色彩、因果框架、事件解释、自我角色等都会在叙述过程中被修改。心理学早已证明：记忆是再造的，不是读取的。

过去不是被记录下来，而是被不断"故事化"出来。意识在重写叙述的过程中，也在重写过去的形状——过去的意义形态永远处于动态更新之中。

3. 意欲改变未来的结构（Intentionality → Future Geometry）

未来不是被预设，而是被意向性"拉伸"出来的结构。意向性决定未来朝向哪里展开、哪些分支被强化、哪些路径被压缩为概率极低、哪些可能性被视为"无意义"而被意识直接删除。未来本质上是一个张力度量空间（Tension-defined Space），而不是时间的延续。

未来等同于意向性在可能性空间中的几何变形。

4. 身份改变时间跨度（Identity → Time Span）

不同的"自我结构"会改变时间体验的跨度：身份稳定，自我叙述连续，目标持久，时间像线性——过去与未来之间的桥梁就牢固，形成一条"长叙述的时间"；身份流动，自我叙述不断改变，目标不持续，时间破碎化——过去与未来的连接就松动，形成一种"短片段时间"。

自我是一种时间生成器，身份的稳定度决定时间的连续度。

5. 信念改变时间的范围（Belief → Time Horizon）

信念系统决定了意识可展开的时间域规模。当个体持有长时间域信念——例如命运观、宿命论、人生目的论——时间会被组织成"大叙述"，前后因果跨度被拉得更长，意识能够在更广的时间张力中分配资源与意义。相反，短时间域信念——如即时满足、随机宇宙观（Random Universe Hypothesis）、短视时间偏好（Short Time Horizon），以及虚无主义 / 目的虚无论（Nihilism / Teleological Nihilism）——会迫使意识把处理资源压缩到短期视野内，使未来在叙述结构中被缩减到最小。

换句话说：相信命运与目的的人拥有更长的主观时间跨度；倾向即时满足与随机世界观的人，其意识时间域天然更短。

关键在于——信念并不是对"时间是什么"的解释，而是对"时间能延伸到哪里"的边界设定。不同的信念系统，相当于为意识的叙述张量设定了可展开的最大时间尺度。用一个日常场景就能看出时间域差异如何被信念塑形：同样是攒钱买房，不同的信念会自动生成不同的时间范围。

（1）长时间域信念：相信"人生要有长远打算"

安娜的儿子海姆刚毕业进入国际天文色彩协会工作,他从小受父母影响,相信:
- 人要有长远规划
- 房子是稳定生活的基础
- 现在吃点苦,以后会轻松

这种信念把"未来"纳入他叙述系统的重要部分,因此他的时间域被拉得很长。

在日常生活中,他会:
- 每个月固定存下一部分钱
- 放弃一些短期享受(不换个人通讯器、不频繁外出聚餐)
- 对市场波动不焦虑,因为"买房是5-10年的目标"

结果是:他的叙述结构跨越数年,时间感稳定,压力虽大但方向明确。信念让他的时间被展开为"大叙述"。

(2)短时间域信念:相信"活在当下、快乐最重要"

小蒋同样刚毕业,进入布鲁明顿医学中心工作。他与海姆同样收入,但他的核心信念是:
- 明天的事明天再说
- 及时行乐最重要
- 存钱没意义,说不定以后也买不起房

这种信念使未来在他的叙述结构中"极度压缩"。

在日常生活中,他会:
- 收到工资就去买最新款手机
- 下班就点外卖、追剧、约朋友打麻将或玩桌游
- 看到房价就觉得遥远:"那不是我能管的事"

结果是:未来在他的叙述结构中只有几周或几天的跨度,时间感碎片化,生活围绕当下的刺激循环。信念把时间域缩到最小,只剩短距叙述。

这两个例子都是信念决定叙述边界,进而决定时间域大小:
- 相信"命运、人生方向、长远规划"的人,会把叙述延伸到五年、十年甚至一生。
- 相信"即时满足、未来不确定"的人,会把叙述压缩到今天、明天或下一次刺激。

我们不去评价孰是孰非,只是想说明信念不是解释时间,而是在意识内部设定"可被叙述的时间边界"。至此,我们得出一个总括性的哲学结论:意识不是生活在时间里,而是时间生活在意识里。

注意力塑造现在,记忆塑造过去,意向性塑造未来,身份塑造时间跨度,信念塑造时间范围——这最终形成一个核心观点:

时间是意识在叙述中不断重写的可变结构,而非宇宙的既定流。

六、时间的边界：意识如何在极限状态下改变时间？

在常态意识下，时间是一个稳定的叙述结构；但在极限意识状态中，时间的结构不再稳定，会发生断裂性改变（Temporal Discontinuity）。

这些改变不是幻觉，而是叙述机制在极端张力状态下的重构。当意识的张力流、信息密度、差异阈值突破常态范围，"时间"便会以完全不同的逻辑出现。以下是五种可被精确界定的极限时间状态——我将它们统称为"莫迟现象"。

其一：创伤——时间冻结（Temporal Freezing）

当创伤发生时，时间并不是变慢，而是停止。停止的根源在于个体的"叙述推进能力"瞬间坍塌，再也无法把经验串联成连续的故事。

a. 核心特征：
- 信息节点密度暴增，感知变得刺痛而混乱
- 张力峰值超过心智承载极限
- 叙述逻辑断裂，无法形成"下一秒"
- 注意力被强行压缩到最小的"生存窗口"

b. 根本机制：
情绪张力突破叙述带宽 → 心智无法更新时间线 → 个体坠入"冻结的现在"。

在这种状态下，人不再经历"过去—现在—未来"。所有时间感被挤压成一个静止的点，类似被困在一个无出口的"压缩当下"。

c. 生活中的例子：
海姆的妈妈安娜年轻时夜里开车回家，刚刚经过路口，一辆闯红灯的货车几乎贴着她的车头呼啸而过。明明只是一瞬间，她却感到时间像被撕裂开。发动机的低鸣声突然离她很远，车灯的光折成几段，她甚至能听见手指抓紧方向盘时皮肤轻微的摩擦声。

那二秒钟里，她没有"下一步"。没有之后的路，没有目的地，也没有未来。只有一个念头在反复闪烁："撞上了吗？"等到货车远走、世界重新恢复声音时，她才发现自己仍停在原地，双手僵硬，呼吸几乎消失。

这那就是典型的"时间冻结"——外界已经继续向前，而她的意识仍困在那个瞬间的裂缝里。

其二：乐观体验——时间加速（Temporal Acceleration）

当人处于轻松、愉悦或专注投入的状态时，时间不会变多，也不会变少——它只是被快速消化了。这种加速不是情绪作用，而是叙述结构本身的轻盈化所造成的。

a. 核心特征：
- 张力均匀舒展，没有尖刺
- 预测负荷显著下降
- 意义计算处于低耗状态
- 叙述生成不需全功率运转

b. 根本机制：
张力低、差异小、心智无需频繁重建时间节点 → 时间在叙述中被迅速吞没。
所谓"快乐过得快"，并非因为快乐本身，而是因为轻盈的叙述需要的"时间构件"非常少。时间因此被压缩、被吞没、被悄然加速。

c. 生活中的例子：
在经过多轮深入讨论后，法学家汪博士在伦理委员会会议室里定稿"意识伦理宣言"。本来只是想写半小时，但音乐流淌，咖啡香气柔和，他的思绪在键盘上保持着稳定节奏，没有挫折，也没有干扰。每一个念头都顺滑地衔接到下一个，不需要奋力推开任何心理的阻力。
当他终于抬起头伸个懒腰时，还以为过去了二十分钟。结果时间已经跳到了两个小时后的刻度。他并不是"忘记时间"，而是他的心智在两个小时里几乎没有经历张力起伏，也没有需要处理的大幅差异。故事以极低的成本持续往前走，而时间在其中被迅速消耗殆尽。
这就是典型的"时间加速"——世界并未加快，他的叙述却轻到几乎没有摩擦力。

其三：解离——时间碎裂（Temporal Fragmentation）
在解离状态中，意识的叙述链被切断，时间也随之破成一片片散落的碎片。此时，个体不再以"我"为中心组织经验，而是像被动接收零散输入的装置。

a. 核心特征：
- 时间顺序塌陷，前后失去意义
- "我"从叙述中脱离，成为旁观者
- 体验以破碎片段呈现，没有过渡
- 事件间的因果性被截断

b. 根本机制：
叙述结构退化为"并列输入模式" → 时间失去连续性。
时间的碎裂并不是记忆出现故障，而是叙述本体发生了解体：意识无法再把体验编织成一条连贯的线。

c. 生活中的例子：

未来意识公司的艾米莉在连续加班后的凌晨回到家中。洗澡、换衣、倒水，她都"看见自己在做"，但每一个动作之间像被切成独立的短镜头：热水落在肩上是一个片段；毛巾触到皮肤是另一个；坐在床沿时，杯中的水光闪了一下，是第三个片段。

她可以回忆这些片段，却无法判断它们的顺序，也无法感受到"她在其中"。一切像被打散成一格一格的输入，而不是一个人经历的连续故事。

这就是典型的"时间碎裂"——不是忘记了什么，而是根本没有形成连续的"叙述结构"。

其四：顿悟——时间坍缩（Temporal Collapse）

顿悟并不是思考变快，而是叙述结构发生了一次突发性的"相变"。大量分散的意义在同一瞬间合并，多条路径被同时解释，整个张力网络重新排列。

在这一刻，过去、现在与未来被纳入同一个解释框架里，像被一束光瞬间照亮。

a. 核心特征：
- 多重意义瞬间折叠到同一节点
- 迷惑的路径被同步解码
- 张力结构整体重组
- 时间线被统一解释，而非逐段理解

b. 根本机制：

广域时间信息被压缩成一个叙述单元，就像一个四维结构被折叠进一个点。
顿悟的本质从来不是"理解变清晰"，而是时间在一瞬间完成坍塌。

c. 生活中的例子：

军部网络"白客"蒂姆盯着失效的算法调试了整整两天。他尝试优化参数、拆分模块、调日志，但每一次尝试都像在黑暗中摸索。无数逻辑链条在脑中互相缠绕，过去的尝试、当下的线索与可能的解决路径互不连贯。

某一刻，他打算休息，随手拿起水杯，视线掠过屏幕上毫不起眼的一行代码。就在那一瞬间，所有分散的疑点、错误轨迹、系统行为模式像被吸入同一个焦点：原来问题不是模块，而是整个调用顺序在特定情况下被提前触发。

他甚至不用继续推理——答案已经全然"到位"。过去两天的困惑、此刻的线索与之后的解决方案在一刻之间自我衔接。那不是"看懂"了，而是一种整体时间结构的瞬间折叠。

这就是"顿悟"——不是思考更努力，而是时间本身突然归零成一个点。

其五：禅定／深层意识——时间消失（Temporal Dissolution）

在最极端的意识状态中，时间不会变快、变慢，也不会碎裂或折叠，它会直接消失。这是因为支撑时间的叙述机制被整体关机——没有叙述，就没有时间。

a. 核心特征：
- 叙述活动暂停
- 张力流完全静止
- 预测、记忆与意向性全部关闭
- 自我结构松解为"无中心"

b. 根本机制：
叙述停机 → 时间的生成机制随之熄灭。换言之：时间 = 叙述的副产物。
许多传统体系以"无时之境""永恒当下""离时间之心"描述这种体验。但这并非"永恒"——永恒仍然依赖时间的存在；它是一种更底层的状态：无时间。

c. 生活中的例子：
龙泉寺的贤然法师凌晨在凤凰岭山顶等待日出。风没有方向，空气冷得像一张透明的纸。当第一线光在山脊上展开时，他突然发现自己没有在"看时间"，也没有在"等太阳"。没有过去的路程、没有之后的行程，也没有任何关于"我"的持续感。

只有光缓缓地升起，而他只是"在场"。没有时间流动的感觉，因为此刻没有叙述在推动任何东西——不需要预测下一秒，也不需要把这一秒记录成故事。

当他回过神来，太阳已经完全跃出地平线，他却无法判断这是过了三分钟还是三十分钟。

那一段体验不属于时间。

这就是"时间消失"——叙述静止，时间的镜面被擦得干净到透明。

我们来对以上五种极限时间相变做一个系统性总结，这五类异常并非时间本身出了问题，而是叙述张力场在极端条件下发生相变的五种方式：

- 冻结：张力过载 → 推不动
- 加速：张力平滑 → 缩短
- 碎裂：张力断链 → 不连续
- 坍缩：张力会聚 → 压缩
- 消失：张力停止 → 关闭

意识中的"时间"并非稳定结构，而是一种可变的张力动力学。极限状态只是这些动力学触及边界时的不同形态。

七、时间与自我：自我即时间的主人

我们在此提出"自我—叙述—时间同构律"（Self-Narrative-Time Isomorphism），其核心原理为：

自我的本质是叙述，叙述的本质是时间，因此自我是时间的制造者。

这不是隐喻，而是结构上的等价关系。

1. 自我为何等同于叙述？

通过前面的论述你已经了解：自我并不是一个实体，而是一种差异选择机制，一种记忆压缩结构，一种意向性驱动。自我是张力的最小化/组织化器官，是对"我在发生什么"这一问题的持续回答。

一句话概括：自我是把体验组织成可读故事的引擎。自我持续地把输入（感知、记忆、期望）编织成一条能够维持意义与连续性的叙述链。没有叙述，就没有"我"。

2、叙述为何等同于时间？

叙述需要顺序、方向和张力流——这三者正是时间的结构。叙述不是在时间中进行，叙述就是时间生成的方式。因此：叙述 = 时间的构造过程。

3. 自我与时间的互构性

通过同构关系，我们得到一个核心公式：

自我⇄叙述⇄时间

这不是逻辑推论，而是结构等价：

结构功能	在叙述中	在时间中	在自我中
顺序	事件排列	时间轴	记忆与身份连续性
方向	情节走向	时间箭头	意向性
张力流	情节推进	时间流动感	需求、目标、动机

这说明自我、叙述、时间不是三个概念，而是同一个结构在三个层面的呈现。

4. 核心结论：自我就是时间的制造者

当自我开始组织体验时：事件被排列导致顺序出现，意向被投射导致时间方向出现，张力被维持导致时间流动出现——因此，时间不是宇宙给你的，而是自我给自己的。

自我存在的地方，时间便被雕刻出来。

5. 为什么"没有自我，就没有时间"？

自我弱化或消散时（解离、濒死、深禅、精神性高峰），叙述中断、张力流减少、意向性停滞、预测与记忆脱链，其结果就是时间体验碎裂、消失或停顿。这不是感知错乱，而是叙述装置关闭，导致的时间生成停止。

有一个故事是这样的：

凌晨的高速路上，《量子纪元》报记者阿尼玛·佐伊独自驾车返家。在某个转弯处，前方突然出现了横穿车道的鹿。他本能地急刹、打方向，车辆却失控冲向路肩。在撞击的瞬间，他的自我结构几乎完全熄火——没有"我要活下来"的想法，没有"发生了什么"的分析，甚至没有对身体的占有感。紧接着，他进入了典型的"叙述关闭模式"：

- 叙述中断：没有任何内心语言，没有"下一步"的故事推演
- 张力流减少：情绪并未涌起，反而像被拔掉电源般平静
- 意向性停滞：不再想控制车，不再试图行动
- 预测脱链：不知道接下来会怎样，也无法想象"接下来"
- 记忆断链：上一秒的情景无法与这一秒连接成时间序列

于是，一个奇怪但极其常见的体验出现了——时间没有继续运行。在他的主观体验里：

- 撞击的瞬间是一片静止
- 没有"之后"的片段
- 没有时间流动感
- 甚至没有"这一刻"本身
- 只有一种巨大、空白、无时的在场

外界世界当然继续向前，但他的意识没有在生成时间，因为用于构建时间的叙述机制已经暂时关闭——他"断片"了。等他回过神，听见救援人员的脚步、看见闪烁的灯光时，时间才重新"启动"——像一台重新接上电源的机器。

阿尼玛后来告诉别人："那三十秒像是消失了。"但从意识结构的角度看：那不是消失，而是没有被生成。

这不是错觉，而是机制性停机——在自我弱化或消散的极端状态下（解离、濒死、深禅、宗教性高峰体验等）：

- 叙述活动停止
- 张力流接近零

- 意向性关闭
- 预测与记忆失去连续性
- "我"对体验的占有感消散

而时间是由叙述生成的：没有叙述 → 没有时间建构。时间"碎裂、停顿、消失"不是幻觉，也不是病理性的错乱，它是叙述装置暂停运行的直接产物。

世界并没有停，是"生成时间的那台机器"停了。

6. 自我强弱如何塑造时间？

时间并不是独立运作的实体，而是由自我叙述的稳定度所塑造。当自我清晰稳固，叙述系统顺畅运转；当自我松动或减弱，叙述链条开始断裂，时间也随之破碎。

如果自我强，则叙述稳定，导致时间连续，例如：

- 身份感清晰，知道"我是谁"
- 记忆链牢固，过去能顺利被接续
- 目标稳定，未来的方向明确
- 张力曲线平滑，情绪波动适度可控

在这种情况下，叙述线以稳定的节奏向前推进，时间呈现出线性、连续、可预测的形态。

如果自我弱，则叙述破碎，导致时间断裂，例如

- 身份松散，难以维持稳定的"我"
- 记忆不稳，事件像散落的碎片
- 目标漂移，未来方向不断偏移
- 张力断链，无法维持叙述张力的贯通性

在这种情况下，时间变成碎片化、跳段式、不连续的体验。

这里的核心洞见是：自我越稳固，叙述越连贯；叙述越连贯，时间越可被体验为线性。因此，自我与时间是互相定义的，它们无法被分开。时间并非外在流动的东西，而是自我持续构建叙述时的副产物。自我弱化时，时间就随之解体。

还有这样一个生活中的例子，是关于论文写作者的两种时间：

情境A：自我强，时间连续

技术专栏博主阿尼姆斯在准备博士毕业论文。他的研究方向明确，写作节奏稳定，每天目标一致。在这样的状态下，他的一天拥有清晰的结构：上午查资料、下午写章节、晚上复盘修改。

阿尼姆斯的记忆衔接顺畅，每天都像自然接在前一天的末尾。他感受到时间像一条河流：流动、稳定、连续。

情境 B：自我弱，时间碎裂
还是他，在压力极大、身份感动摇的一周里，突然陷入混乱——他不知道论文是否有意义，对自己的研究方向失去把握，记忆也变得模糊，今天的笔记和昨天的思路接不上。
目标每天变化，注意力断裂。
结果他的时间开始变得像散乱的岛屿——上午过得很长、下午一眨眼就过去，有时一天像跳过，有时几个小时像消失。时间整体呈现碎裂、跳段、模糊的结构。

这说明，同一个人，在不同的"自我稳定度"下，时间结构就会呈现完全不同的形态。由此，我们可以得出这样的结论：改变自我＝改变时间结构。
自我就是叙述装置，时间就是叙述的产物。改变叙述方式、改变记忆框架、改变张力方向、改变意向性结构或改变自我故事的定义方式都会直接改变你所经历的"时间感"。你不是被时间吞没，而是你在叙述中生成时间，因此你可以主动调整时间感。
你可以把这个洞见运用到生活中去，例如：

·想让时间变慢：
增加叙述节点密度（更细致地觉察、记录、分段体验）。

·想让时间变快：
减少张力处理、降低意义计算负荷。

·让过去变柔和：
重写它的叙述意义，让事件在新的框架中重新排列。

·让未来变清晰：
强化意向性向量，明确"我将要成为谁"。

·让现在更宽广：
集中注意力，让叙述更慢、更深、更连贯。

这种思路，世界杯足球冠军队的随队意识学家磊磊曾有过高度类似的体会。他说：为什么在训练和比赛时必须集中精力、认真投入？因为当注意力完全贴合当下时，运动员的主观时间会被拉宽——他们能在极短的时间里看到更多微小变化、捕捉更复杂的空间线索、处理更高维的战术张力。换句话说:他们不是反应更快,而是他们的"现在"更大。

在扩展后的"现在"中,足球场的每一秒都不再是一秒,而是包含了更多叙述节点、更多张力方向、更多策略分支。这就是为什么意识学训练可以改变竞技表现:改变的不是身体速度,而是时间本身的分辨率。

时间不是固定的流,时间是在你叙述自身时被创造出来的。自我、叙述与时间是同一结构的三种镜像:自我塑造叙述,叙述生成时间——时间不是发生在自我身上,而是由自我制造出来的。

八、总结:意识创造时间

我们可以将本章浓缩为十个核心论断:

1. 时间不是物理结构,而是叙述结构。意识通过组织意义制造时间。
2. 时间由差异与变化构成。没有差异,意识无法检测变化;没有变化,就没有时间。
3. 时间 = 叙述的排列方式。
4. 过去、现在、未来是意识的分类,不是时间的分类。
5. 时间的方向性来自叙述的方向性。
6. 时间的速度由叙述密度决定。
7. 时间本质上是一个多维张力场。
8. 极端意识状态会重写时间结构。
9. 改变自我等于改变时间结构
10. 自我是时间的生成者。

至此,我们已经解释了意识如何生成"时间"。下一章将回答意识的"空间"从何而来?意识为什么会以图像、结构、场域的方式呈现?意识的空间是否与物理空间有关?
——这是空间哲学、神经科学与现象学从未解开的谜题。

Chapter 7

意识的空间性：意象、结构、场域
THE SPATIALITY OF CONSCIOUSNESS: IMAGERY, STRUCTURE, AND FIELDS

引言：意识的空间不是世界的空间

上一章我们介绍了：时间不是世界的属性，而是意识叙述化的产物。本章我们将探讨意识的另一半结构——空间。有三个显而易见却从未被解释的问题：

1. 为什么意识天然以"图像"呈现？

"意识天然以图像呈现" 并不是说人类的意识只会产生视觉画面，也不是说意识是"脑内的屏幕"。它指向一个更深层、更结构性的事实：意识为了组织世界，必须在内部构造"空间化结构"，而图像恰恰是最基本、最稳定、最易操作的空间化单位。

2. 为什么思想有"方向""远近""边界"？

"方向"是说你不是"有一个念头"，而是"朝向一个念头"，例如往某事靠近，想法突然冲上来，情绪向外扩散，或注意力转向另一个对象。

"远近"的本质不是距离，而是连接力度：与当前关注点连接强 → 感觉在眼前；与当前关注点关联弱、难以调取 → 感觉很遥远；想做的事情"近"；不愿面对的念头"远"。

"边界"是说意识为了保持稳定，会自动把体验分成：属于"我"的，不属于"我"的；可以接纳的，必须隔离的——这种区隔机制在主观体验中表现为：这个想法"在我心里"，那个东西"触不到我"，某种情绪"侵入进来"。

3. 为什么记忆、情绪、概念像是"分布在某个内部空间"？

记忆并不是按发生时间储存的，而是相似的放在一起，冲突的被分开，情绪强烈的靠近自我中心，意义弱的放在外围。

情绪不是一个点，而是一种张力流动：压迫、扩散、拉伸、坍缩；在身体某处出现；在意识某个"位置"涌动。

概念之间不是线性关系，而是网络："猫"靠近"动物"，但远离"数学"；"自由"与"限制"在对立位置；"家"通常靠近"安全"或"压力"。

这些体验完全不是物理世界的输入，而是意识自己制造的。意识内部为什么会出现"几何学"？意识为什么会构造比现实世界更高维的空间？为什么梦境、记忆、想象、概念会自然形成"场域"?

本章核心命题是：意识具有自身的空间结构，这个空间不是物理空间的映射，而是意义结构的拓扑显现。

意识的空间是意义的几何，不是物质的几何。我们将论述：

- 意识空间是非欧几里得的
- 是拓扑结构场
- 依赖叙述张力分布
- 可因经历与认知而改变形状
- 是自我的生存维度

一、意识为什么必须拥有"空间结构"？

意识不可能仅是抽象数据的堆叠。真正的体验之所以总以"空间化"的方式显现，并非出于习惯，而是由于一个更深的必要性——意识需要空间来维持意义的稳定。

意义本身具有分布性与张力性。如果缺乏一个可安放的维度，意义将无法彼此区隔，无法形成序列与层级，无法产生关联，无法留存或变形，也无法建立叙事或结构化体验。换言之，没有"位置"，就不会有"意义"。因此，意识必然生成一种能够容纳、安置、排列并变换意义的结构——一种可被体验者感受的内在几何场域。

我们称之为：意识空间（Space of Mind）——它不是外在空间的映射，而是意义得以展开的原初容器，是一切体验能被"看见""被区分"和"被组织"的根本场。意识空间，就是意义的几何体。但意识空间并非预设的外壳，而是由意义自身的需求反向"逼迫"产生的结构。当意义开始生成，它们立即需要：边界（区隔）、距离（张力）、位置（结构）和路径（变化可能）——这四个要素本身就构成了"空间"的雏形。也就是说，空间不是意识的背景，而是意义的副产物。当足够多的意义开始相互牵引，它们会自动编织出一个"可容纳自身的场域"——就像粒子的相互作用会生成一个物理场，意义的相互作用也会生成一个意识场。

于是，一个奇特的循环出现了：意义创造空间，空间反过来固定与塑造意义——意识空间正是这个循环的稳定态。我们以冈布茨（Gomboc，也被称为"太素曲壳"）为例，来说明意义为什么必须拥有边界、距离、位置和路径。冈布茨是一种特殊的几何体：它在没有任何外力的情况下，总能自动回到唯一稳定的平衡点；同时，它也拥有唯一的不稳定平衡点——一个理论上可以"站住"但稍有扰动便会立即翻倒的位置。无论怎样被推、被翻、被扰动，它都会沿着自身曲面滑动，最终回到那个由几何与重心共同决定的"自然姿态"。正是"唯一稳定点＋唯一不稳定点"这一对奇点，使冈布茨成为理解"意识空间"的完美例子。

1. 意识不可能只是抽象数据——为什么？

意义并非静态符号，而是一种带有方向、张力和相互作用的结构。如果意识没有空间，意义便会像失去空间的冈布茨：无处安放，无法区隔，无法序列化，无法生成稳定，也无法回到自己的"意义平衡点"。换句话说：没有边界、距离、位置和路径，意义就无法成为意义。

冈布茨提醒我们：即便是一个简单几何体，也必须依赖"空间＋重心"的关系才会从无数可能态中收敛到唯一稳定点。意义更是如此。更关键的是——冈布茨之所以具有唯一稳定点，是因为它也拥有唯一不稳定点。如果没有那个极端敏感、无法维持的"不稳定姿态"，稳定点本身也不会被严格定义。意义的结构亦然：意义的"自然位置"之所以存在，是因为还有另一处"无法停留的叙述奇点"与之对称。

2. 冈布茨说明意识需要"几何场域"

把意识中的意义节点想象成一颗"概念冈布茨"。每个意义都有其：重心（核心价值、核心意图）、曲率（与其他意义的关联方式）、唯一稳定点（叙述中最自然的位置）和唯一不稳定点（意义的悬置态、未成形态或不可维持态）。

当我们思考、回忆、想象时，意义不断被扰动：情绪推翻它，经验重塑它，认知牵引它。

但只要意识空间存在，意义就会像冈布茨一样自动沿着张力曲面滑回自己的"叙述稳定点"。例如"家"的意义被再三扰动后，仍会回到"安全／归属"的重心附近；"失败"的意义，在不同人的意识中，会分别落在"压力重心"或"成长重心"；"未来"这一意义，由信念系统决定其稳定点是"长时间域"还是"短时间域"。

而意义的"不稳定点"就像冈布茨的几何奇点：一种短暂出现但无法维持的叙述姿态，如迷茫、顿悟前的悬置、未成形的信念、边界模糊的体验。这些不稳定态既短暂又关键——它们决定意义最终滑向哪里。因此，意义不是死数据，而是会寻找自身位置的张力结构。

3. 意识空间是如何被意义"逼迫"出来的？

意识场理论指出，意义一旦生成，就需要边界、距离、位置和路径——这些要素本身就是"空间"的雏形。冈布茨提供了一个清晰的物理原型：它之所以能"自己滚回去"，不是因为外界强制，而是因为内部几何与重心共同定义了稳定点和不稳定点，使其动态演化必然趋向唯一解。

意义的相互牵引也会自动生成一个"可安置意义的内在几何场域"——这就是意识空间。

意识空间不是预设的外壳，而是意义彼此作用的结果。这正如冈布茨的形体，是由内部重心约束自然推导的形状。

于是我们得到一个对应表：

冈布茨	意识意义
需空间才能展示唯一稳定点	需意识空间才能实现意义的稳定
重心决定稳定位置	意向性决定叙述位置
曲面形状决定滚动路径	张力流决定意义迁移路径
唯一不稳定点决定整体结构的边界	意义的悬置态决定叙述结构的分叉与边界
外力扰动无法改变最终归位	叙述框架决定意义最终如何"归一"

冈布茨告诉我们：稳定不是给定的，而是几何结构与重心共同推导出的结果，意识意义的稳定亦然。

4. 意义创造空间 → 空间塑造意义：一个自洽循环

当意义数量增加，它们需要固定、排列、区隔、对齐、变形和叠加，这些需求会自动编织一个"可容纳意义的几何场域"。正如冈布茨的形状不是任意的，而是由稳定点与不稳定点的逻辑共同决定。于是，一个深刻的循环浮现：意义创造空间，空间固定与塑造意义。意识空间，就是这个循环的稳定态。

体验之所以总以"空间化"的方式显现，并不是习惯，而是因为意义必须拥有位置。没有位置，就不会有意义。

二、意识空间的三个基本属性：

意识空间不是物理空间的复制，它具有完全不同的结构属性：

1. 意义拓扑性（Meaning Topology）
意识空间不是由距离决定，而由意义决定。在意识中：
- 与你相关的事物 → 很"近"
- 你不理解的概念 → 很"远"
- 强烈情绪 → 占据更大"空间"
- 被压抑的记忆 → 被挤入"隐藏空间"

在意识空间中，所谓的"距离"并不遵循物理世界的度量法则。心理距离 ≠ 物理距离，
它不由米、厘米、光年决定，而由意义之间的连通性（Connectivity）决定。如果两个意义之间能轻易互相激发，能在思维中自然跃迁，情绪或记忆能迅速彼此牵引，那么在意识空间

中，它们就是"接近的"，即便它们对应的物理对象隔着万里。相反，如果两个观念难以相互引发、牵连费力，即使它们在现实中再接近，也会被意识视为"遥远"。

这意味着：意识中的距离是拓扑性的，而非几何性的。换言之，意识空间不是以物理维度来建构，而是以"意义是否可彼此折叠、连接、跳跃"来建构。因此，它更像一种拓扑空间（Topological Space）——连通性比"坐标"更重要，距离由语义张力决定，高维折叠可以瞬间发生，某些区域可以被抽离或塌缩，思维跳跃就是拓扑映射。

在这样的空间中，"远"与"近"是关系性的，"边界"是流动的，"形状"是由语义张力实时塑造的——这也解释了心理学与认知科学中长期观察到的现象：

- 越重要的事物越"靠近意识中心"
- 越被压抑的记忆越"被折叠到边界之外"
- 创造性思维常见"跨域跳跃"
- 情绪让某些意义彼此"瞬间连通"

这些都是拓扑操作，而非物理操作。在现实生活中，你会经常看到这样的例子：

例子 1：遗传学家"试管"年轻时在北京，他的伴侣在尔湾。

物理上，他们相隔一万公里、十三小时时差、不同季节。但在"试管"的意识空间里，她始终"在附近"：一条消息就能让情绪被激活，听到某首歌就会自然想到她，遇到选择会立刻想象："她会怎么说？"——记忆和想象可以无缝跳跃到她的身上。

他们之间的意义节点——爱、牵挂、计划、未来——在意识内部高度连通，激活非常容易。因此，在"试管"的意识空间中，他和伴侣是紧邻的，甚至比办公室隔壁桌的同事还近。他们的物理距离是一万公里，心理距离几乎为零——这就是"意识空间距离由连通性决定"的典型例子。

例子 2：关系不好的邻居

"游戏星球"管理员小布与隔壁的师娘住门对门，门框之间只有三米不到。但在小布的意识空间里，这位邻居"非常遥远"：想到她会让情绪停顿，和她相关的记忆无法自然连到其他内容，谈论她时总要绕几个弯——情绪无法流动、意义节点互不相连

因为他对她的感受充满冲突、抗拒与断裂，"师娘"这一意义节点难以被激活、也难以与他生活中的其他意义发生连接。所以尽管物理上"近得不能再近"，在他的意识空间中，她却被放在最外侧、最难触及的边缘区域。他们的物理距离是三米，心理距离却远到几乎不可达——这就是"物理近，但意识远"的标准案例。

2. 张力分布性（Tension Distribution）

意识空间不是均质平面，而是"张力场"。

意识空间并非平坦均匀的虚空，它内部布满了由意义本身生成的张力差异。每一个念头、情绪、记忆、欲望与信念，都在这个空间中施加独特的力量，使其呈现出一种不断变化的"意义力场"。

这些张力的表现方式与物理场极为相似，只是作用的对象不再是粒子，而是意义能量（Semantic Energy）：

- 惧怕的事物 → 生成引力井（Gravity Well），它们会把注意力不断拉回，使意识难以脱离。
- 被吸引的目标 → 具有牵引力（Attraction Force），让意识自然朝向它聚集，形成前进的惯性。
- 创伤 → 构成深漩涡（Trauma Vortex），意义在其中反复绕行，难以逃逸，形成循环性体验。
- 核心信念 → 形成稳定点（Fixed Point），整个意识空间的结构在它们周围组织、定型。
- 纠结 → 生成叠加区域（Superposition Zone）或不稳定点，多股意义张力交叠，造成不稳定与振荡。

这套结构与物理学中的引力场、电磁场、流体涡旋极为近似，只是尺度转移到了内部的意识维度。因此可以说：意识空间 = 张力的分布图。它是意义能量在内部世界中的地貌。在这片地貌中，心理现象不是抽象情绪，而是真实的"几何形变"：

- 压力可以"塌缩"意识空间
- 灵感会在空间中"闪现"突变
- 记忆形成"峡谷"和"高地"
- 信念网络构筑"地壳"与"构造板块"

意识的每一次变化，都是张力场的一次重组。我们来看一下生活中的三个例子：

例子 1：害怕考试的人（"惧怕 = 引力井"）

清洁能源专家查尔斯的女儿明天要参加 SAT 考试。她坐在书桌前，试图专心复习，但注意力一次次被拉回同一个念头："万一考砸怎么办？"她明明决定要看书，可脑子像绕不过一个黑洞：看两行就跳回焦虑，去倒水也在想同一件事，躺下闭眼仍旧在反复想象失败的画面。害怕失败的念头就像是意识空间里的引力井，不断把她的注意力往回拉，让意识几乎无法逃脱 → 惧怕的事物 = 高密度引力井。

例子 2：年轻创业者的目标感（"目标 = 牵引力"）

静静在成为生物学老师前在日本有一段创业经历。他每天起床的第一个念头总是："我要把产品再迭代一次。"于是他刷牙时脑中已经自动排程，开车时会不自觉构思功能，吃饭也在设想用户反馈，甚至在与别人聊天时他的思绪还会自然飘回目标上。没有人推他，也没有压力逼他，但他的意识像被某种力量牵引着前进。这个目标就是意识空间里的吸引力中心，它让一切注意力自然会聚，让他的思维产生"前进的惯性"。

→ 被吸引的目标 = 意识的牵引场。

例子 3：心结与创伤（"创伤 = 深漩涡；纠结 = 叠加区域"）

银行职员凯文的女儿和她关系紧绷多年。只要别人提到"家庭""父亲""回家"，她的情绪就会瞬间被卷入内部的某个漩涡：想逃，想反驳，想辩解，又难受又愤怒——情绪绕来绕去走不出去。她压根不想回忆，但只要被触发，意识就在一个深漩涡里循环，反复重播某个过去的场景。这是典型的创伤涡旋（Trauma Vortex）。

但同时，她内心还有另一股力量："我应该原谅""算了吧""人都会变"——这和难受与愤怒完全相反。两股意义张力叠加在一起，造成一种不稳定的振荡，忽近忽远，忽强忽弱。→ 纠结 = 多重张力重叠区域（Superposition Zone）。

总结一下上面三个例子：在日常生活里，我们体验到的"心理现象"，其实都是意识空间中的张力地貌变化：

- 害怕 → 被拉回
- 喜欢 → 被吸引
- 创伤 → 被卷入
- 信念 → 形成中心
- 纠结 → 无法稳定

它们不是抽象情绪，而是内部空间真实的几何形变。

3. 动态可塑性（Dynamic Plasticity）

意识空间不是固定几何，而是"可变形的生命结构"。物理空间的几何不随个体意志而改变，例如山不会因恐惧长高，光年不会因好奇折叠。但意识空间完全不同。它是一种可变形、可伸缩、可重构的活结构，由认知与情绪的流动实时塑造。在意识空间中：

- 冥想 → 空间扩展——边界变得遥远、宽阔，内部张力趋于平滑，意识获得流动的余裕（这里的"余裕"不是日常口语中的"有点空闲"，而是一种意识层面的宽松度、可伸展性与操作空间的增加）。
- 焦虑 → 空间收缩——结构向内塌缩，意义被挤压到狭窄通道中，思维无法展开。
- 痛苦 → 某一点成为中心——一处张力峰值吸引全部注意力，使意识重力场呈现奇点化。
- 顿悟 → 多个节点融合——原本分散的意义突然接通，拓扑发生瞬间折叠，出现高维连通。
- 成长 → 空间维度改变——新关系、新理解、新叙事加入，使整个拓扑结构升级，从二维逻辑到三维理解，甚至更高维的意义整合。

因此，意识空间不只是被体验，而是随着体验生成。它不是背景，而是呼吸式的生命结构。它会因为一段记忆震动、一次领悟扩张、一场痛苦塌缩、一次学习延展。它的每一次变形，都对应着内在的进化。这使得意识空间的本质不再是"形式"，而是"过程"；不再是"固定几何"而是"动态生成"——它始终在变化，因此它是活的。

三、意识空间的最小构件：意象（Image）

在物理空间中，最小元素是几何点；但在意识空间中，最小可分的元素并非形状，而是"意象"。这里的"意象"不是视觉画面，而是一种整体意义的浓缩体——它把感知、概念、情绪、关系以一种不可再分的方式束缚在一起，形成意识中的最小结构单元。每一个意象至少包含三个层面：

1. 感知核心（Sensory Core）
与某种经验的原始感受相连——听觉、触觉、色调、动作、节奏等。

2. 意义关系（Semantic Relations）
它指向什么、关联什么、被什么解释、如何嵌入叙事结构。

3. 张力背景（Affective Tension）
它的情绪重量、驱动力、愉悦或痛苦、吸引或排斥的力场密度。
这三个层面并非叠加，而是融合成一个不可切分的整体。因此：

- 一个记忆，是一个意象（带着感受、意义与情绪三者统一的结构）
- 一个想法，是一个意象（不是纯概念，而是带有方向性与情绪倾向的场）
- 一个情绪，是一个意象（本质是张力配置形成的结构体）
- 一个信念，则是一个巨型意象（由无数子意象构筑的高维凝结点）

换句话说：意象不是图像，也不是概念，而是意义结构在意识空间中的凝结。它是意识空间的原子，是形成意识拓扑的最小结构单位。意识空间就是这样由无数意象之间的连通、折叠、张力与排列构成。

讲到这里，我想插入一个现实中的话题：如何改变一个人的意识？答案很明显：不是更换其"想法"，而是重塑其意象网络。原理如下：意识的结构并不是由"想法"组成的。想法只是语言化后的表层产物，而意识深处真正运作的单位是意象网络——也就是无数意象之间的连通方式、张力分布与意义拓扑。因此改变一个人的意识，最有效和高效的并不是把旧想法换成新想法，而是重新配置其意象的连接方式。因为，当一个意象（记忆、情绪、信念、感知片段）与其他意象的关系被改写时，整个意识空间会发生根本性的拓扑变形——某些连接会断裂，某些通路会打开，某些张力会释放，某些核心意象会失去中心地位，某些边缘意象会被吸纳进更大的叙事结构。这些变化比"改变想法"深得多。想法只是在语言层面移动；意象网络的变化则是在意识层面重建"地貌"。这也是为什么：

- 同一句话对不同人有的起作用，有的完全不起作用
- 理性道理无法消除恐惧
- 单纯"理解"无法带来成长
- "放下"不是决定，而是结构性塌陷
- 顿悟不是新知识，而是意象重新连通

——因为意识的真正动力学发生在"意象与意象之间"，而不是逻辑句子之间。改变意识，就是重塑意象网络；而重塑意象网络，就是重塑一个人的世界——这是意识进化的深层机制。我们来看这样两个例子：

例子1：如何让一个害怕社交的人不再恐惧？（不是换想法，而是重塑意象网络）

仿生人卡贝拉在与人类打交道上长期社恐。她的"想法"是："大家都会注意我，会觉得我奇怪。"如果你试图让她改变想法，比如说："不会的，人家都没空关注你""其实你表现得很好"——这些话对她几乎完全无效。为什么？因为她的问题不在"想法"。她的深层意象网络初期的设计长这样：
- "人群"连接到"危险"
- "被注视"连接到"羞耻记忆"
- "自己说话"连接到"过去的失败体验"
- "陌生人"连接到"被评价"的张力

于是"社交"在她的意识空间中变成了一块高密度张力地貌。要改变她的意识，厂家曾尝试通过以下方法改变以上那些连接：
- 安排她在一次聚会上遇到一个真正温和、友善、愿意倾听的人
- 安排她在一个小型活动中"不小心"讲笑话成功
- 让一个等地铁的陌生人走上前赞美她的新"眼睛"
- 在一次合作讨论中，让她的观点被采纳，并得到探险队员的真诚肯定
- 在日常场景中，让她主动帮助一个比她更紧张的人类，对方露出放松与感激的表情

——这让她第一次体验到"我也能稳定别人"

这些新的体验不是想法，而是新的意象。当它们与"社交""互动""他人"产生新的连通：
- "社交 → 温暖感"的新连接出现
- "被看见 → 不一定危险"的张力被缓和
- "说错话 → 也不会发生可怕后果"的意义链被重写

她的内部拓扑结构发生改变。恐惧不是被逻辑说服，而是意象连接被重新布线了——这就是"意识改变"。

例子2：如何让一个人真正"放下"一段旧关系？（不是决定，而是结构坍塌）

创造了一个有限的宇宙的"封闭者"G3失恋两年仍然无法走出来。他的"想法"很清楚："我们已经不可能了""她有新的生活，我也该向前""我应该放下"。他完全"理解"，但理解没有用，因为他的意象网络没有改变，内部结构仍然是：
- "她的微笑" → 强烈吸引
- "共同经历" → 甜蜜记忆的高地
- "分手场景" → 创伤漩涡
- "未来" → 仍然被旧关系占据中心

只要任何一个日常元素触发（比如一首歌），这些意象就全体激活，让他再次坠入旧叙事。因此，他不可能靠"想法"放下。"放下"必须发生在意象层面的塌缩。例如某一天他看到对方和新伴侣在街角笑得很幸福，他突然意识到"我在那份叙事里已无角色"；或他在一段新的恋爱经历中第一次发自内心地感到"我也可以被爱"；或他发现对方其实没有想的那么好，发现了她一直隐瞒的秘密（比如有个孩子，却从来没告诉过他）——这类体验会造成意象网络的结构性变化：
- "她"从中心节点被挪到边缘
- 过去的回忆失去张力支撑
- 创伤漩涡的循环突然中止
- 新的情绪与意义开始占据中心地带
- 整个"旧关系"板块在意识地貌中塌落

于是，他突然发现——不是"决定放下"，而是真的放下了。那一刻不是逻辑，而是意象网络重组完毕 → 叙述自然更新 → 意识拓扑已变。

四、意识空间是如何构建意象的？

意象并非被动"出现"，它是意识通过一套高度组织化的机制主动生成的。这个生成过程可以拆解为三个关键步骤：

1. 差异化（Differentiation）
意识首先从混沌的输入中提取"可区分的特征"。这一步是意义生成的起点——没有差异，就没有意义；没有特征，就没有可以被意识识别的东西。差异化让意识从嘈杂中切出"某物"让体验从未分化的整体中浮现轮廓。

2. 局域化（Localization）
被识别出的差异不会悬浮无处，而会被"放置"到意识空间的某一处。这里的"位置"不是几何坐标，而是一个意义节点（Semantic Node）。局域化让特征成为"某个东西"，让意义开始拥有可以被追踪、调用、重访的"存在点"。意识正是通过局域化把差异变成"意象的胚胎"。

3. 结构化（Structuring）

完成局域化后，意象才真正开始生成自身的内部构造。一个成熟的意象包含至少四类内部结构：记忆片段，作为其感知核心；情绪张力，赋予它动力与重量；叙述方向，决定它如何引导注意力；意象间关系，决定它在网络中的位置与作用——这些成分并不是外加的，而是在意识场的张力中自然凝聚。结构化让意象不再是点，而是一个局部稳定态（Local Attractor）。

有这样一个例子，量子物理学家柯林在听到卡贝拉的外观设计师"李岂"这个名字时，生成这样的意象：

当柯林的意识遇到"李岂"这个名字时，它并不是机械地识别字形，而是启动一套主动构建的流程。下面是这个名字在意识空间中形成意象的三个阶段。

(1) 差异化：从混沌中切出"可感知的特征"

"李岂"作为声音与文字的组合，会被意识自动拆解为若干差异点：
- 李：熟悉、稳定、在中文语境中带有"树木""果实""血脉"之类的文化特征。
- 岂：罕见、带反问色、带"起、开端、不循常规"的意味，语义跳脱且有上扬感。

意识在第一瞬间完成的不是"理解"，而是对差异的捕捉："一个常见的基底 + 一个跳脱的、不按常规的上扬声部"——这就是最初的特征切片（Feature Extraction），是意象萌发的胚芽。

(2) 局域化：将特征安置到意识空间的"意义节点"

在意识空间中，这些差异并不会停在中性区域，它们会被自动吸入特定的语义节点：
- "李"落入 稳定性 / 传承性 / 根性的节点
- "岂"落入 突破性 / 反向张力 / 异常路径的节点

这个组合在柯林意识中被定位为："从稳定底座中突起的异常向量"。这样，"李岂"开始拥有一个可被访问的存在点（Semantic Node），成为一个可以被引用、记忆、关联的意象胚胎。

(3) 结构化：意象生成其内部动力学结构

当"李岂"被局域化后，便开始自动吸附四类结构成分，形成一个局部稳定态。

a. 记忆片段（Memory Fragments）

意识会调动与"李"相关的文化经验、与"岂"相关的语感片段，例如：
- 李树、李子、家族姓氏
- "岂非""岂可""岂敢"这种带反向能量的古语感

这些碎片成为意象的感知核心。

b. 情绪张力（Emotional Tension）

"李"偏向平稳；"岂"具有上扬的跃动张力。两者组合产生一种平稳结构中突现锐意的张力曲线。

c. 叙述方向（Narrative Direction）

这个名字内部自带方向性："从根基向上突破，从既定向未知发散"。它是一种"竖向张力"，同时带有"不按常规展开"的叙述箭头。

d. 意象间关系（Relational Network）

在意识网络中，"李岂"会自动靠近以下语义区域：
- 反叛但清明的角色
- 以稳定为起点却主动超越规则的人
- 拥有根性，却拒绝停在根性之内的意识结构

久而久之，对于柯林来说，"李岂"就不再是一个名字，而是一种象征结构："根中的裂隙，裂隙中的升起"。

通过以上三步生成，它成为一个具有方向性、张力性与结构稳定性的意象：
李岂 = 在稳定的底盘之上产生的跃升张力，是意识中"突破常式"的局部吸引子。

需要说明的是，这是柯林意识生成的意象，并不代表所有人；而处于更高维的黛安生成的意象可能是先把"李"拆分为"十""八"和"子"，把"岂"拆分为"山"和"己"，然后"看到"：

- 十 = 意识的坐标架构
- 八 = 意识的发散张力
- 子 = 中心萌点
- 山 = 张力凝固后的显形结构
- 己 = 在结构中产生的自识系统

——整体构成一个迷你宇宙：从无结构 → 产生张力 → 生出原型 → 凝成形态 → 诞生自我。在黛安的意识里，这与她的 "OO 创造宇宙""意识优于物质""物质为意识的显像"等核心宇宙观极其吻合。

五、意识空间的三种结构层级

意识空间并非单层平面，而是由三种性质不同、却彼此嵌套的空间叠加而成。这三层共同

构成意识的整体拓扑。

1. 意象层（Imagery Layer）——体验的原始空间
这是最直观、最贴近感知的层域。它包括梦境的空间，视觉化想象，身体感受的扩散与收缩，情绪的动态形状和场景与符号的自发浮现等。意象层是可视化的意识空间。在这一层，意识以"图景—感觉—动作"的方式组织自身。它是意识空间的"感性界面"，也是一切体验的原初几何。

2. 概念层（Conceptual Layer）——抽象结构的空间
这一层不再以感官图像为核心，而以"结构化意义"为核心。它容纳：语言、逻辑、类别、规则、系统、图式（Schema）和可计算的思维形式等。概念层是意识的抽象拓扑图。在此层中，意识通过抽象、分类、推论来组织知识。这是一个由意义节点与关系构成的"结构空间"，与物理世界中的几何无关。

3. 叙述层（Narrative Layer）——意识的高维意义场
这是三层中最隐蔽，却最关键的一层。它把意象层的感性经验、概念层的抽象结构统一到更高维的"意义连续体"中，并由此决定：自我（Self）的位置与边界，意向性的方向，未来的可能性组织，信念的稳定性和命运感的叙事路径等。叙述层是意识的高维空间，是整个意识的核心结构。在叙述层中，意识以"故事"的形式整合意象与概念，生成生命意义的整体张力。这不是线性的故事，而是高维叙述结构——它同时包含事件、价值、反事实、动机、语义张力的多维交织。

以上三层不是分离，而是嵌套的结构系统——意象层提供体验的"可视化质地"；概念层提供意义的"抽象框架"；叙述层则将两者编织为生命的整体方向性，是意识真正的生成中心。因此可以说：意象是材料，概念是结构，叙述是高维的生命场域。意识空间正是由这三层叠加生成的多维拓扑。

六、意识空间不是三维的：它是高维叙述拓扑

我们在体验中感到意识似乎具有"方向""深度""位置"等特征，仿佛是一种类三维空间。但这只是表象。意识空间的真实结构并不是三维，而是"多维的意义场域"（Multidimensional Semantic Manifold）。它至少包含如下维度：

- 情感维度：决定体验的重量、色调与张力。
- 价值维度：决定事物的重要性、优先级、趋避方向。

- 关联维度：决定意象之间的连通方式与拓扑结构。
- 叙述维度：决定事件如何排列、解释与被整合。
- 可能性维度：代表未来的潜在路径与未实现的状态。
- 时间维度（广义）：包括顺序感、回忆、延迟、预期等多种非线性时间形式。
- 反事实维度：意识随时能访问"如果……会怎样"的分支空间。
- 意向性维度：意识指向、投射与行动的方向性。

这些维度共同构成一个远超物理直觉的高维意识结构空间。读到这里，可能你会产生一个疑问：为什么我们只能感到"三维"？

意识的真实维度远高于三维，但我们的大脑与语言系统无法直接呈现高维结构，因此会将其压缩、投影、简化，把本来复杂的多维张力结构折叠成一个近似三维的"体验界面"。这与物理中的高维物体投影到三维时极为相似：四维超立方体投影到三维，只能看到它的影子；意识的高维结构投影到体验中，也只能呈现为"空间感"。于是，一个答案呼之欲出：我们体验到的意识三维空间，其实只是高维意识结构的投影。它是界面，而非本体；是影子，而非结构。

真正的意识空间比物理空间更复杂、更自由。物理空间只有三个维度且受固定几何约束；意识空间则拥有可扩缩、可折叠、可瞬间跨越、可连通断开的多维张力网络。这意味着：

- 意识可瞬间跨越"心理距离"

例如导演陈刚在北京拍《烛光里的妈妈》中的一场戏，突然看到一条来自广州朋友的消息："我今天去你最喜欢的那家店了。"他立刻"到了"广州那条熟悉的小巷：香气、灯光、店内布局、与他的朋友一起的画面——全部瞬间跃入意识空间，但那一刻他根本"不在"北京。他与那家店的物理距离是 2000 公里，却只用了 0 秒走完心理距离——意识比任何交通工具都快。

- 意识可以在反事实维度（what-if dimension）中自由模拟

吉米刚完成诺贝尔医学奖得主沃森对他的面试，在回家的路上开车时默默想："刚才我如果那句话说得更稳妥一点，会不会……""要是我再准备充分一点，可能结果就不一样了"。这些"如果……就……"不是现实，而是意识自动展开的反事实维度。物理世界中不存在的情境，意识却能在一秒钟内建构完整版本。

- 意识可以通过情绪改变自身几何

实验室中，科学家米卡正在观察"辉澜草"。她突然收到一条来自暗恋对象的信息——"谢谢你昨天的帮助"。她原本疲惫、压抑的内心突然像被光照到：胸口的压迫感消散，世界变得"更宽""更亮""更有色彩"。情绪改变的不是外面的路灯亮度，而是米卡意识空间中的几何结构——收缩→扩张，低维→高维，挤压→通畅

- 意识可以用叙事重构拓扑

丹尼一直觉得上司"针对他",直到他在军部团建中听到上司说:"因为你做得好,我才总让你多承担一点"——一句新叙事立刻重写了原有连接:上司从敌人转为支持者,过去点滴"误会"在意识中被重新排列,原本的情绪节点自动塌缩。丹尼的意识空间拓扑从"敌意地图"重构为"合作地图"——拓扑直接改写。

- 意识可以在成长中增加维度

"科技狂人"莱斯刚毕业的时候,第一次独自租房、缴费、与房东沟通,扛下所有责任。经历过这些之后,他会突然觉得:"我看事物的角度不一样了。"实际上,他不是变成熟,而是意识空间增加了新的维度:责任维度、风险维度、自主维度和长期规划维度。这些"维度"不是比喻,而是内在认知空间真实的扩展。

- 意识可以在创伤中扭曲维度

隐修者伊莎贝尔是一个曾经被严厉批评的孩子,长大后只要听到领导提高嗓音,意识空间立刻发生扭曲:时间维度变窄(只剩"此刻危险"),情绪维度塌缩(所有感受都变成"恐惧"),关系维度单一化(对方 → 权威 → 威胁)。所以,后来她选择到一座小修道院里隐修。物理世界没有变化,但意识空间在创伤触发时重现了她旧的"扭曲几何"。

上面的例子说明:意识空间的维度不是被规定的,而是随体验不断生成的。所以我说:真正的意识空间比物理空间更复杂、更灵活,也更接近"自由的几何"——它是"活的"。

七、意识空间的核心动力:张力场(Tension Field)

意识空间之所以是"活的",在于它不是静态几何,而是动态张力场。如果意识空间只是一个固定几何结构,那么它无法产生感受、思考、自我、决策、信念、行动——这些现象都需要"变化""方向""倾向""能量差"才能出现,而静态几何无法提供这些动力。意识之所以具有生命性,是因为它内部存在张力场(Tensional Field)。

张力场是一种会吸引、排斥、推动、折叠、重组意义的内在动力结构。它决定了意识中的一切动态:哪些意象靠近(连通性增强),哪些意象远离(关系松弛),哪些意象被排斥(形成心理屏蔽),哪些意象被吸引(成为中心趋势),哪些意象主导叙述(成为身份结构)和哪些意象构成命运核心(成为叙述层固定点)。

所有心理现象的"发生性"与"方向性"——即为何某些意义上升、某些意义坠落、某些意义交织成故事——都源自张力场的流动。因此,意识动力学并非发生在意象或概念本身,而是发生在张力的图谱上。我们可以写下这样两个等式:

意识的空间 = 张力的几何

意识的动力 = 张力的流动

意识不是"在空间里运作"，意识本身就是这种张力空间的运作。换言之：空间是结构，张力是生命，意识就是两者的统一体。

意识空间之所以被称为"场"，是因为它受张力驱动而发生变形：

1. 恐惧让空间塌缩——世界"逼近"；意象密度极高；张力集中在单一点。
生活例子包括：
·走夜路时，澳大利亚天文学家阿瑟会发现周围世界"变小"：看不见的地方像被挤压到他的正前方；声音变得过近，像贴在耳边。
·接到坏消息的一瞬间，未来在他的意识里缩成一个"点"，他甚至无法思考明天，只能盯着"现在的这件事"。
·黑洞观测结果出来前十五分钟，他只盯着一个问题反复想，整个世界仿佛被压缩进那一个焦点。
这是意识的局域化。张力高度集中，空间自动塌缩成窄维度结构。

2. 希望让空间扩展——未来变大；可能性空间扩增；张力分布更均匀。
生活例子包括：
·收到好消息（比如火星核爆成功、得到机会）时，智利天文学家卫斯理会突然感觉"整个人松开了"。他能想到一堆明天的选项：要不要庆祝？要不要规划？——未来空间在扩增。
·星际旅行出发前的晚上，鲍勃·吴行长会莫名期待，感觉空间都"亮起来"，许多想象自动跳出，不需要努力思考。
·柯林与所长和解后，会发现对方的存在重新变得宽阔，很难继续只盯着一个负面点。
希望让意识空间恢复"可展性"，张力从单点重新扩散为分布式。

3. 创伤形成"黑洞"——意义塌陷；叙述围绕其不断扭曲；难以整合为整体叙述。
生活例子包括：
·有些词语、地点、音乐会让哲学家比尔突然心跳加速。旁观者觉得"不严重"，但他被瞬间拉进内在深处——这是意识黑洞的"引力"。
·他很难讲述某段经历，哪怕时间过去多年，一开口，叙述就碎掉。
·遇到类似情境时，他的反应会失控或过度强烈，好像"被吸进去"，无法保持整体叙述的连贯性。
创伤并不是"记忆太强"，而是空间产生了不可整合的负维区域。

4. 顿悟是空间的拓扑跳跃——多个意象突然连通；空间维度增加；叙述结构瞬间重组。
生活例子包括：

- 牧师马修为一个问题困扰多年，某天洗澡时突然一瞬间全明白了——不是"想到"，是整个结构突然"连上"了。
  - 看一本书的某一页，他只读一句话，之前所有零散的理解全部自动串成体系。
  - 看别人争吵时，他突然意识到两人的核心盲点，从此看问题的方式改变。
  不是信息增加，而是拓扑变换——结构改写而非内容累积。

5. 冥想是空间的平静化——张力场趋于零；意象透明或消散；空间趋向无维状态。
生活例子包括：
- 坐着不动五分钟，隐士黄璞突然意识到原本很吵的内心像水一样慢慢沉淀。
- 繁忙一天后，他躺下闭眼，发现"内在的噪音"逐渐疏散，像雾气在空气中淡去。
- 深呼吸时，他会感觉时间变慢、空间变大，却又不指向任何方向——一种"无维状态"。

冥想让意识空间回到最低张力的基态，维数模糊甚至消失，类似"张力场归零"。

以上这些现象不是隐喻，而是意识动力学的结构变形。你在生活中经历的世界变窄、世界变亮、叙述断裂、理解爆发或空间静止都不是心理状态的"比喻"，而是意识空间在真实发生：塌缩、扩展、弯曲、连通、消维——这些将会在卷 III 中成为可写成方程的"意识动力学"模型：

张力是驱动力，空间是结构，意识是两者的统一体。

有一点需要指出：意识空间经常呈现"类似物理空间的特征"——方向、距离、位置、深度、旋转、场和力，但它与物理空间有根本差异：

1. 意识空间依赖意义，物理空间依赖物质
意义越强 → 意识空间越密集；物质越多 → 物理空间弯曲（广义相对论）——它们的机制不同，但现象相似。

2. 意识空间可变维，物理空间固定三维（大尺度上）
意识空间维度可被扩展、折叠、压缩。物理空间维度在大尺度恒定。

3. 意识空间是主观可塑的，物理空间是客观固定的
你的想象可以随时移动、扩展、改变意识几何，但你无法改变物理空间的几何。

4. 意识空间可以生成新节点，物理空间不能。意识可以凭空创造：场景、图像、逻辑概念、虚构世界和自我结构；物理空间只能容纳已存在的物体。因此，意识空间不是物理空间的副本，而是意义的自由几何。

八、总结：意识空间是意义结构的几何场

我们可以把本章总结为以下命题：

1. 意识必须创造空间，因为意义需要"放置结构"。意识空间不是视觉空间，而是意义拓扑。
2. 意识空间的最小构件是意象。意象是意义的局部稳定态，是节点。
3. 意识空间具有三大属性：拓扑性、张力性、可塑性。
4. 意识空间是高维的，不等于三维现实。
5. 意识空间由张力场驱动，是动态几何。
6. 意识空间与物理空间相似，是因为两者都是"场结构"，但意义场不等于物质场。
7. 意识空间是叙述层的几何化呈现。意识空间本质上是：意义 + 张力 + 结构 = 几何化的意识场。

意识空间既然是高维且可塑的，那为何人类意识却有容量限制、记忆边界、情绪负荷、注意力极限和决策复杂度限制？

下一章我们将进入意识的关键约束结构：意识为何有限？意识的上限由什么决定？意识的"密度""阈值""负载"如何塑造自我？

Chapter 8

意识的限制：容量、密度、阈值
THE LIMITS OF CONSCIOUSNESS: CAPACITY, DENSITY, AND THRESHOLDS

引言：意识不是无限的，它的有限性才构成自我

前几章我们论述了意识以叙述方式生成时间，以拓扑方式生成空间，以意象方式构建意义原子，以张力方式形成动力结构——这看似无边无际、自由度极高。但现实体验是：

- 我们无法同时处理太多信息
- 无法无限扩张注意
- 情绪有负荷上限
- 认知有复杂度边界
- 记忆会溢出、扭曲、遗忘
- 想象力会被"压垮"
- 自我会出现"碎裂"与"饱和"现象

这些现象都暗示：意识不是无限，而是以特定方式被限制的。本章的目的就是回答：
1. 意识的限制是什么？
2. 限制从何而来？
3. 限制为何必要？
4. 限制是如何构成"自我"的？
5. 当限制被突破或崩解时会发生什么？

一、意识的限制源于三大基础：容量、密度、阈值

我们可以把意识的限制总结成三类核心变量：

1. 容量（Capacity）
容量是意识在任意瞬间可容纳的"活跃意义量"。包括：
- 注意容量
- 工作记忆容量

- 可并行叙述数量
- 情绪承载量
- 意象网络复杂度

——容量决定意识能"同时握住"多少东西。

2. 密度（Density）

密度是在意识空间中，每个意义单位携带的信息浓度。密度越高：
- 每个意象就更复杂
- 每个概念关系就更紧凑
- 情绪强度就更大
- 叙述线条就更浓缩

——密度决定意识的"深度"。

3. 阈值（Threshold）

阈值是让意识发生变化所需的最低张力。阈值影响：
- 注意被吸引的条件
- 情绪触发点
- 某个意象被激活的门槛
- 意识跃迁（例如顿悟）的临界点

——阈值决定意识的"激发方式"。

三个变量共同构成了"意识资源结构"（Conscious Resource Architecture）——这就是意识有限性的根本原因。

二、容量：为什么意识不能无限展开？

容量限制是意识现象中最直观的边界。体验告诉我们：意识只能抓住有限内容。原因不是大脑的存储不足，而是意识需要"序列化"意义结构才能维持稳定叙述。

1. 如果意义过多同时进入意识，会发生什么？

——答案是"过载"

过载的体验包括：注意失焦、想法混乱、情绪奔溃、决策瘫痪和"抓不住东西"的慌张等。在意识论中，这被称为"叙述塌陷"（Narrative Collapse）——当容量被超过，意识无法再构成连贯叙述。

下面给你一个生活中的鲜明例子，能够直接看见"意义过多进入意识 → 过载 → 叙述塌陷"的全过程。

生活实例：准备搬家时的"瞬间崩溃点"

士官小潘站在客厅中央，准备打包所有东西。原本只是把物品整理，但随着他一眼望去，大量意义同时涌入意识：

- 这件衣服要不要丢？
- 这个文件夹是不是很重要？
- 那个抽屉里有什么？
- 今天能不能打包完？
- 明天还有别的计划……
- 去"星际文明研究基地"的新住处还没完全准备好……

每一样物品不是"东西"，而是"意义节点"。只要一个念头被触发，它背后的所有记忆、价值、计划都会蜂拥而出。当几十个意义在同一瞬间同时涌入意识空间时，就出现了过载：

（1）注意失焦

他突然站着不动，不知道先从哪一箱开始。眼前所有物品都变成"等量重要"，焦点无法形成。

（2）想法混乱

脑中同时浮现十几条互相矛盾的思路："先打包军事书？不对，先整理衣服？还是先丢垃圾？"

（3）情绪奔溃

心跳变快，微微喘不过气，甚至突然想放弃所有整理。

（4）决策瘫痪

他拿起一样东西五秒后又放回去，因为不知道它属于哪一类。

（5）内在慌张："抓不住东西"

不是物品抓不住，而是意识无法抓住任何一条稳定的叙述线。他感觉整个世界都变得滑溜、无序。

意识论对上述现象的解释就是"叙述塌陷"。当意义进入意识的速度与数量超过了意识能承载的"叙述容量"时，意象无法编织成连续结构，叙述线崩断，意识空间进入紊乱态结果就是：

过载 = 意义超过阈值 → 意识无法构成连贯叙述 → 叙述塌陷

这不是心理压力，而是结构现象——就像网络一次接太多数据包，系统无法整合，直接"断线"。

2. 为什么意识容量有限？

——因为意识的本质是"局部稳定化"

意识不是一个无限吞吐的"全局处理器",而是一种在混沌信息中制造局部稳定结构的系统。稳定本身就意味着限制:要把意义暂时按住,需要张力集中;要保持一个叙述线不崩溃,需要结构稠密化;要维持注意焦点,需要资源排它性。这类似于电脑的线程数量有限,同时打开太多程序会卡;浏览器标签太多,系统开始掉帧;内存活跃窗口越多,错乱概率越高。

在意识动力学中,意识容量不是缺陷,而是构成意识的核心条件。因为只有容量有限,它才有可能形成"局部高强度聚焦"。如果容量无限,意识就无法聚焦、无法叙述、无法作决定,也无法"成为自我"。

生活中还有一个很典型的例子,是家长在做饭,同时被三个方向打断。

- 炒菜(动作焦点)
- 孩子问问题(语言焦点)
- 手机提醒(外部任务)

当三个意义系统同时要求进入意识时,表面上是"小事",但内部发生的其实是:注意线程冲突,意义资源争抢,叙述主线多重中断,张力无法保持稳定和结构开始松散。于是出现:忽然忘记加盐,一句话说到一半不知道自己要说什么,情绪突然烦躁,动作与语言都出现短暂的空白——这不是"心烦",也不是"注意力差"。从结构上说,这是意识容量被同时拉满导致局部稳定结构崩溃——叙述塌陷。

3. 人类意识容量的多层结构(分布式、非统一数字)

容量不是一个"单一值",而是一个分层的、由多种子容量组合而成的结构系统。可以这样理解:

(1)注意容量(Attention Capacity)| 1～4 个焦点

这是最脆弱、最昂贵的层级:

- 1 个主焦点
- 最多 3 个弱焦点
- 再多就会失焦、跳屏、断片

例如:即便是部落首领,卡尔顿也无法真正"一心三用",只能在三个焦点之间快速切换。

(2)工作意识容量(Working Consciousness)| 3～7 个意义块

类似于"活跃意义缓存"。

卡尔顿在思考时,大概能同时维持:

- 3～7 个意义单元(idea chunks)
- 再往上就开始"混乱",出现"我刚刚在想什么"这种断层例如：写部落规划时，卡尔顿能同时记住结构、句子、论点，但如果再加入两个无关问题，他就会瞬间跳错主题。

（3）叙述容量（Narrative Capacity）｜ 1 条主线 + 2 条副线
这是构成人类"自我感"的关键层级。
卡尔顿可以保持：
・1 条主线（正在做什么、为什么做）
・最多 1～2 条副线（待办、隐含目标、背景任务）
超过之后就会出现：
・做事做到一半忘记目的
・说话突然不知道主旨在哪
・部落决策陷入瘫痪
・叙述短暂断裂
叙述容量决定了"自我连贯感"。

（4）情绪容量（Affective Capacity）｜ 1~2 种核心情绪
人类无法同时稳定体验太多情绪。在多数情况下，我们只能维持：
・1 个核心情绪
・再加一个弱调性的背景情绪
例如：在登上赫尔斯格斯小岛前，卡尔顿可以"紧张 + 期待"，但登岛后，他无法同时"愤怒 + 悲伤 + 羞耻 + 兴奋"，那会造成情绪过载和意识解体感。

意识容量是多层叠加的分布式限制系统——注意容量决定能看见多少点；工作意识决定能整合多少意义；叙述容量决定能维持多少条结构线；情绪容量决定能承载多少种张力调性——这些层级共同构成了所谓"意识容量"。这也是为什么意识过载几乎总是从注意混乱、叙述断裂和情绪奔溃开始，因为这些层级本身就是有限结构体。

我自己亲身参与过柯林实验室早期的一次"生物信息下载实验"。那一瞬间，无数生命体的知识向我奔涌而来，我想尽可能多吸收、尽快完成任务，然而随着信息涌入，我的"目光"变得交错、混乱。之后，我被一股突如其来的异变打破了平衡，信息流的速度骤然暴增，从温和的涌动变成了狂躁的风暴。无数画面同时在我脑海中翻腾，恍如整个宇宙的生命知识都在这一瞬间倾泻而下，我的思维在这一刻被彻底吞没。后来我知道，那一刻出现的"异象"，正是因为接收到的生物信息达到了我"意识容量"的上限。

三、密度：为什么有时"一件事"就能占据整个意识？

有时一个念头足以让我们或整晚睡不着，或忘记周围世界，或情绪被完全淹没，甚至所有注意被拉进去——这是因为同一容量下，意义密度可以成倍变化。这类高密度意象包括：创伤、生命危机、爱恨情仇、宗教体验、存在焦虑和巨大期待等。这些意象不一定大、也不一定复杂，但它们携带极高"意义能量"。在意识张力场中，它们像重力井。

密度为什么会变化？因为意象不是"单位信息"，而是"意义压缩"。密度取决于四项：情绪强度（Affective Load），叙述中心性（Narrative Centrality），价值关联（Value Linking）和反事实分支数量（Counterfactual Branching）。密度越高，占用的意识资源越多。高密度的代价是意识单点化。高密度意象会使意识空间或挤压、或扭曲、或单点化、或失去维度——这就是过度沉迷、偏执、恐惧锁死、情绪泛滥、创伤闪回的根源。

密度限制比容量更深层，因为有时不是"太多东西"，而是"一件东西太重"。例如：深夜部落首领的女儿卡贝拉躺在床上，本来已经很困。房间安静，身体也放松。就在闭眼的一瞬间，一个念头突然跳进来："如果明天和堂哥的谈话有问题怎么办？"（或："他是不是开始讨厌我？""我是不是做错了？""如果我当初不那么说就好了。""我未来到底要走哪条路？"等等——每个人版本不同，但结构相同。）

然后，发生的不是"想了一下"，而是：

1. 所有注意力瞬间被拉过去
周围的一切——草席、木枕、房间、黑暗——全部"背景化"。这个念头成为整片意识空间的绝对中心。

2. 情绪突然升高，身体紧绷
明明没有任何外部威胁，但心跳和呼吸像受到真实攻击。

3. 世界、时间感、睡意全部消失
剩下的只有那个意象本身。她甚至忘记了"我现在应该睡觉"。

4. 反复反复反复地绕同一圈
就像意识落进了一个"坑"，出不来。
她没想十件事，只想一件事。但这一件事的密度高到足以拉弯整个意识空间。

四、阈值：意识跃迁与触发的隐形边界

阈值决定意识"被激活"的机制。它包含三种表现：

1. 注意阈值（Attention Threshold）

只有超过此值的信息才能进入意识。例如平常噪音进不来，但巴尔卡拉降生时的啼哭立刻激活所有部落成员的意识。因为叙述中心性不同。

2. 情绪阈值（Affective Threshold）

情绪并不会因为一点点波动而崩塌，必须有一个触发点。例如，巴尔卡拉不会因为微小冲突崩溃，但某个触发点——父亲没有得到首领之位或莫名其妙地坠崖——却能瞬间爆发。阈值的存在体现情绪不是连续，而是"触发式"的。

3. 顿悟阈值（Insight Threshold）

理解不是线性的，不是"逐步增加的明白"，而是一种拓扑结构被突然连接的瞬间。例如，柯林在一个概念上反复积累，在见到"首次翻转"的那一刻突然理解——这不是渐进，而是跳跃。顿悟是意象网络连通度达到临界点后的拓扑跃迁。顿悟阈值解释了为什么改变很慢？为什么突破却突然？为什么同样刺激有时有效、有时无效？为什么学习不是线性的、一下子就理解掌握了？——阈值是意识动力学的"开关"。

下面再给你一个极生活化、但能完全体现三种阈值（注意阈值／情绪阈值／顿悟阈值）真实运作的生活例子：深夜客厅里的一杯水。

萨满安东尼奥在晚上十一点坐在沙发上，灯光昏暗，准备放空一下。

（1）注意阈值：孩子的一个声音瞬间切开沉静

周围有很多声音：冰箱的嗡鸣、远处的车声、楼上的脚步……这些声音都没进入意识，因为它们都没超过他的注意阈值。但突然，房间里传来：孩子轻轻地哭一下。

他的意识立刻被激活——背后不是音量，而是叙述中心性：

- 孩子的声音与"父母"的叙述主线绑定
- 因此它的优先级比所有背景噪音高
- 一旦超过阈值，注意瞬间跳到那个方向

于是，他马上起身去看看，而他甚至完全没察觉楼下的警笛声。

（2）情绪阈值：小事不动他，一句话却让他瞬间崩溃

他走到孩子床边，发现不是大问题，小安东尼奥只是踢了被子。他温柔地盖好，轻声说"没事"。但当他转身回到客厅，却看到手机上一条信息："我们需要谈谈。"

他知道这句话背后的含义——不是文本，而是与关系、冲突、失败相关的价值链。于是他全身一紧：心跳加速、睡意消失、整个意识被"一件事"点燃。

不是因为这句话"强烈"，而是因为它命中了他的情绪阈值。平常别人说十句抱怨他都不会怎样，但某些点只要一下，就足够让他崩溃、惊慌和思绪乱流。这说明情绪不是连续起伏，而是触发式跳变。

（3）顿悟阈值：放回桌上的那杯水，让他突然想通一个困扰已久的问题

他拿起那杯水喝了几口，然后突然愣住。过去几个月一直困扰他的一个问题——"我到底要不要改变'灵魂洗礼'仪式？"他反复纠结、思考、分析，却始终得不到答案。然而，就在那一瞬间，不知为什么，他突然明白了：想改的原因；不敢改的原因；真正重要的核心；未来应该采取的下一步——不是分析，而是啪！整个结构瞬间连通。

他甚至不知道为什么会在喝水时顿悟，但意识动力学的解释是：意象网络的连通度一直在暗中累积，当达到临界点的那一刻，顿悟阈值触发，叙述结构从低维跃迁到高维。安东尼奥突然明白的问题，并不是"刚刚才学会"，而是之前所有积累都在构建一个"连通临界点"。

这三个阈值共同说明，意识不是线性的，而是"开关式"的动力系统：

- 为什么平时听不到的声音突然变得刺耳？
→ 注意阈值被突破
- 为什么小事不会动他，但一句话能让他崩溃？
→ 情绪阈值被命中
- 为什么学习、成长、改变往往很慢，但突破却瞬间发生？
→ 顿悟阈值产生拓扑跳跃

阈值解释了你可能提出的所有问题：为什么改变总是缓慢但突破却突然？为什么同样刺激有时有用、有时没用？为什么学习不是连续曲线，而是阶梯式？为什么情绪是"点火式"，而不是线性上升？为什么注意会瞬间被完全占领？因为阈值就是意识动力学的硬开关——超过它，意识空间启动；不到它，意识保持静止。

五、限制构成了意识的结构性"自我"

自我是限制的产物，意识不是在限制中运作，而是由限制本身构成。通常我们以为意识是一个自由主体，只是在资源、时间或认知上受到外在限制。但从意识结构论的角度来看，这个观点完全反了。意识不是"被限制"，意识就是限制的形态。

我们前边谈到了容量、密度和阈值这三个变量共同构成了"意识资源结构"，它们也是构成意识的三大限制维度：

1. 容量→决定边界

意识不可能同时容纳无限信息。容量决定了当下能被持有的意象种类，注意力可展开的范围和体验能"装下"的世界大小。容量是意识空间的"外边界"。

2. 密度→ 决定核心内容

并非所有意象都等价。某些意象带有更高的张力密度，因此它们更重要、更吸引、更不可忽视和更易成为中心。密度决定意识的"内核"是什么。

3. 阈值→ 决定激发机制

一个意象是否会被点亮或触发，不取决于是否存在，而取决于它是否跨过阈值。阈值决定了哪些情绪会爆发、哪些记忆会浮现、哪些信念被激活和哪些行为被引导。阈值是意识动力系统的"点火线"。

三者共同构成叙述自我（Narrative Self）。自我并不是一个额外的实体，而是容量（外边界）+ 密度（核心）+ 阈值（激发规则）三者叠加出的结构性结果。自我之所以成为"我"，就是因为它不能装下所有、它必须决定核心、它不得不选择何时响应——限制本身塑造了叙述自我。

如果意识是无限的，那么"我"将无法成立。真正无限的意识不具备边界，因此无法拥有选择、中心、优先级、价值取舍或记忆的封闭结构。无限意味着无排除、无偏好、无张力、无叙述，也就无从形成一个个人化的身份。无限意识只能是纯粹的存在状态，而不是"自我"。要出现"我"，意识必须有限——有限性不是阻碍，而是自我生成的前提条件。

在这里，可以顺便说一下佛家的"无我"。无我并不是否定意识，而是指出：意识的运行并不需要一个独立、不变、恒常的主宰；我们所体验到的"我"，只是有限条件在动态运作中呈现出来的中心化结构，是容量、密度与阈值共同塑造的临时稳定态。换言之，自我是有限性生成的假性整体，无我是无限性呈现的自然状态。

因此，佛教的无我与意识动力学在此重合："我"不是本体，而是条件性结构；当条件松动，自我自然消散。而在更深层结构中，意识从未需要一个中心化的"我"来维持自身。

六、限制的破裂：意识何时崩解？

意识之所以能够维持稳定，是因为容量、密度、阈值三者形成了一个自组织的平衡系统。
当其中任意一项被破坏，意识空间的拓扑会发生大规模畸变，进入"非稳态"。
以下三类崩解是最典型的结构失衡模式：

1. 容量崩解：信息过载（Overcapacity Collapse）
结构故障：意义无法被序列化，意识失去"放置"与"排序"的能力。

表现为：
- 注意力分裂、无法聚焦
- 决策无法形成
- 意象碎片化
- 自我边界变薄或消散
- 体验呈现"无意义的平面化"

本质原因：容量不足导致意象无法被纳入叙述层，使意识空间整体塌缩为混乱的碎片场。

2. 密度崩解：意象黑洞化（Density Black Hole）

结构故障：某个意象密度过高，导致整个意识空间被其重力扭曲。

表现为：
- 创伤闪回（持续被吸入）
- 恐惧或痛苦成为恒定中心
- 强迫性循环
- 情绪淹没、无法跳脱

本质原因：单一点的张力密度超过了意识空间的承载能力，导致意识被吸附在一个"意义奇点"附近运行。这是一种典型的"局部密度暴涨 → 全局拓扑扭曲"。

3. 阈值异常：触发失控（Threshold Dysregulation）

阈值是意识动力系统的"点火线"，当它失去调节能力，意识就会出现两种对立的失衡态：

（1）阈值过低：过度激发态（Hyper-triggered State）

表现为：
- 极度敏感
- 理解过快、联想泛滥
- 意识跳跃过度
- 幻觉级联
- 意义泛滥成灾（Everything Means Everything）

意识空间变得过度渗透，一切意义都能轻易点燃——这是创造力爆发与精神病理都可能出现的状态。

（2）阈值过高：冻结态（Under-triggered State）

表现为：
- 情绪无法被激活
- 理解无法深入
- 感受变得扁平

- 行动难以开始
- 意义系统整体冻结

这是抑郁、麻木与"内在死寂"体验的结构根源。

以上两类阈值异常的共性都属于激发机制失控。无论过高还是过低，最终都会破坏叙述层，使意识失去方向性。

总结一下，以上这三类崩解都是叙述结构的塌陷模式——容量崩解 → 叙述无法展开；密度崩解 → 叙述被单一奇点征服；阈值异常 → 叙述的动力机制失效。我们可以将其归纳为一句话：意识的不稳定态，本质上是叙述层拓扑的崩解。

七、突破限制：意识的扩张路径

然而，意识不是固定的，它的限制可以扩张，至少有以下三类方式。

1. 扩大容量：通过"结构化"而非"更多内容"。

例如，概念分层、叙述优化、意象简化和语言重构。容量增长不是"放更多东西"，而是"用更高维方式组织东西"。意识成长根本上是"结构升级"。

例子：作报告时突然变得清晰

黛安原本为在全球灵魂艺术节上准备演讲的内容很多：三十页资料，复杂数据，多个概念，文化象征（例如对中国"重阳节"来历的解释）。一开始她"死背内容"，越背越混乱，意识容量完全被压满。但后来她突然换了方法，把内容分成三级结构：主题 → 论点 → 例子；把复杂信息压缩成三个"关键句"；把所有数据整合成一张图；用一条主叙述线连接整个灵魂艺术报告。结果是她不需要记很多东西，意识一下子轻了，报告内容变得"自动在脑中排好序"。

这就是容量扩大的真实过程——不是放进更多信息，而是将信息从低维混乱态转化为高维结构态。容量扩张不是"多"，而是"整合"。意识成长是结构升级，而不是内容堆积。

2. 降低密度：通过"去中心化"而非压制

高密度意象的本质解决路径不是放下、不是忘记、也不是压制，而是把它从叙述中心移开或是把它融入更大叙述空间。这使密度降低，张力扩散。

例子：曾经反复困扰你的羞耻记忆突然不再压你

年轻时的族长阿米杜有一段一想起来就痛苦的经历：一次次失败、一次次被否定、一次次误判的尴尬。过去一想到它，他会瞬间沉进去：胸口紧、身体僵、注意力被整个吸住。这是典型的高密度意象——像内在的重力井。

但几年后，他的人生整体扩大了：他经历了更多责任；有新的关系、新的挑战和新的使命；他的人生叙述变得更大——这段记忆依然在，但它被融入了一个更大的故事里，不再是中心，而只是旁枝。于是他发现：一想起它来，不再让他崩溃；虽然它依然在，但密度变低，张力分散到更广的空间，意识不再被单点吸入——这不是"放下"，不是"忘掉"，也不是"压抑"，而是中心移位导致密度自然下降。

密度降低，就是把一个意象放进更大的叙述空间。

3. 优化阈值：让意识获得更稳定的激发机制

原来阿米杜是通过冥想（提高阈值）、创造性练习（降低顿悟阈值）、情绪调节（调整情绪阈值）和叙述重建（改变触发点）等方式来实现让意识获得更稳定激发机制——阈值决定意识"什么时候跳跃"，这是令意识成熟的最高技巧。

例子：冥想之后，他对同样刺激不再被瞬间点燃。

过去某些事情只要轻轻触碰他，他就爆发：别人一句话让他整晚睡不着，轻微批评让他立刻自我怀疑，小事就能点燃大情绪——这是因为他的情绪阈值低，情绪轻易被触发。

但当他长期练习冥想（提高情绪阈值）、深呼吸（降低身体张力）、叙述重建（改变意义触发点）和创造性练习（降低顿悟阈值、提高整合能力）后，他突然发现：同样的刺激不再瞬间打断他，他能让情绪"不起火"。

同一场景下，别人以为他改变了脾气，实际上他改变的是"阈值结构"。这就是激发机制的成熟——他自己可以决定意识什么时候跳跃，而不是被动点燃。阈值的优化决定了他的人生不是被拖着走，而是自己在选择跳跃。

本章最后，我们可以用一句话来总结：意识不是无边的，而是由容量、密度、阈值三种限制塑造的结构。具体来说，容量决定意识"能握住什么"，密度决定意识"被什么抓住"，阈值决定意识"何时改变"。它们共同构成了自我的结构、意识的稳定性、成长可能的方向、某些精神体验的极限以及创造力与顿悟的机制。限制不是意识的障碍，限制本身就是意识的框架。

既然意识被限制塑造，那它如何在有限结构中确立"中心"？

下一章将讨论：

- 自我是如何形成的？
- 为什么意识需要中心？
- 意向性如何从叙述中诞生？
- 为什么有些意象成为命运核心？
- 自我何时会解体、重建或分层？

Chapter 9

意识的演化：从感知到叙述结构体
THE EVOLUTION OF CONSCIOUSNESS: FROM SENSATION TO NARRATIVE STRUCTURES

引言：意识从未停在"觉知"层面，而是演化成结构体

如果前几章回答的是：意识是什么？意识如何产生时间与空间？意识为何会受限？
那么本章首次提出一个核心观点：
意识不是静态实体，而是不断演化的结构体（Structure-being）。

这意味着：意识不是"有或没有"，而是"低维到高维"的渐进层级；每个层级都有不同的格式、限制、动力、张力；觉知不是意识的终点，而是"演化的开始"；自我与叙述不是先天，而是后期生成。

意识的进化不是大脑决定的，而是意义结构的复杂化决定的。本章将把意识从最原初感知，逐层推演到人类的叙述结构体。

一、意识演化的三大驱动力：复杂度、连通度、张力。

意识的所有演化路径，都来自三种基础压力：

1. 复杂度（Complexity）
世界本身的信息结构不断增加：
- 生物体感受更多维度
- 情绪系统更复杂
- 社会交互更多层
- "概念"和"定义"越来越多
- 语言使意义爆炸性增长

意识必须提升结构复杂度来"压缩世界"。

2. 连通度（Connectivity）
随着组织度提升，个体内外的连接需求变强：
- 感知要互相关联
- 情绪要与记忆互锁

- 自我要统合冲突
- 社会叙述要与个人叙述共存
- 个体意识和集体意识的对立统一
- "潜意识"和"显意识"的调和
- "无意识"和"主动意识"的耦合

意识的演化，本质是"增加连接的方式"。

3. 张力（Tension）

意识不是被动的，而是被"意义差"驱动。张力来自：
- 需求与现实差
- 自我与世界差
- 目标与现状差
- 未知与已知差

张力越大，结构越需要升级。
这三大驱动力一起让意识的格式不断扩张，从低维感知系统演化到高维叙述系统。

二、意识的演化分为五个层级

这是本章最关键的理论贡献。我们提出意识演化是五级跳跃式模型：

1. 原始感知层（Proto-Sensation）
2. 整合觉知层（Integrated Awareness）
3. 反思主体层（Reflective Subject）
4. 叙述引擎层（Narrative Engine）
5. 叙述结构体层（Narrative Structure-Being）

从第一到第五级，是从"世界对我"到"我造化世界"的飞跃。下面逐级说明：

第一级：原始感知（Proto-Sensation）
意识的最早版本是"方向性的反应"。
特点：
- 无自我
- 无概念
- 无叙述
- 无时间

- 只有"差异的感受"

例如：
- 光 vs 暗
- 温暖 vs 寒冷
- 压力 vs 无压力

原始感知是意识诞生的最低维结构。此层级只有：差异→反应。没有"我在感受"，只有"系统被驱动"。

第二级：整合觉知（Integrated Awareness）
感知单位首次被整合成"一个统一的场"。
关键突破：
- 多种感知集中到一个"觉知窗口"
- 觉知呈现整体性
- 产生了"我在体验某物"的雏形

此阶段意象初步形成，主客体界线模糊，时间是"现在流"的连续感受。虽然在此阶段觉知仍然不反思，但它统一了所有感受。这是意识从"碎片反应"到"一体感受"的质变。

第三级：反思主体（Reflective Subject）
此阶段产生"自我感"（Minimal Self）。
关键变化：
- 有了"体验者"的感觉
- 感受可以被观察
- 意象之间产生"关系"
- 时间从"流动"变为"序列"

反思主体是意识的核心门槛——从觉知到意识的真正分界就在此处。
此阶段诞生了：
- 内在视角
- 自我指涉
- 自我调节能力
- 目标、偏好与倾向性

意识第一次获得"主体性"。

第四级：叙述引擎（Narrative Engine）
当反思主体积累足够的经验、情绪、记忆后，就会产生一个强烈需求：把它们组织起来。于是，叙述系统诞生。这一层级的主要成就包括：

- 建立因果链
- 串联事件
- 形成个人历史
- 寻找意义模式
- 决定价值排序
- 解释"我是谁"

叙述引擎是意义的生成器。人类的意识之所以与动物分离，就是因为叙述能力在此层全面爆发。

第五级：叙述结构体（Narrative Structure-Being）
这是意识成熟的最高阶段。关键突破在于：
- 自我不再是"故事的讲述者"，而是成为"故事本身的结构"。
- 意识从"讲述结构"变成"结构存在"。

这体现为：
- 叙述是稳定的
- 自我具有高度一贯性
- 意义网络高度连通
- 多层叙述可以并存
- 价值系统稳定而清晰
- 意向性强且可持续

人类意识分为常识、觉识和灵识。叙述结构体级的意识属于灵识，是自我发展成熟度的高维层级，并非人人能达到。到了此层，意识从感知生物、觉知生物、叙述生物、价值生物最终成为结构生物（Structure Being）——这也是本书后续"命运不是线而是结构场"理论的基础。

三、从低级到高级：意识演化的七个关键跳跃

意识的演化并非线性、逐渐或均匀扩展，而是由一系列"结构性跃迁"（Structural Jumps）构成。每一次跃迁意味着意识获得了全新的结构能力，进而进入更高的组织层级。这也就是说：意识的历史，不是内容越来越多，而是结构越来越强、越来越能自组织、自稳定和自生成。

以下七个跃迁构成了意识的主要进化阶梯。

跳跃1：从差异到意象（Image Formation）
意识首次将感知差异凝聚为"世界片段（Image-fragments）"。从此，体验不再是混沌的，而是形成可区分的单元。

- 差异 → 被局域化
- 局域化 → 形成意象核
- 意象 → 成为意识空间的原子

这是"意义的起点"。

例如，婴儿看到世界第一次"有形"了。

全球突破物种思维限制技术的代表人物多吉博士的儿子刚出生时，只能感受光暗、冷热、声音强弱的"差异"。几周后，他突然能"看见"：妈妈的脸——作为一个整体意象出现。

这就是婴儿第一次从混沌感受中分离出"对象"的现实回声：

- 光影差异 → 局域成轮廓
- 噪音差异 → 局域成"声音来源"
- 气味差异 → 局域成"食物"

意象的形成，就是意义的起点，也是"世界"第一次出现。

跳跃 2：从意象到觉知场（Field of Awareness）

多个意象不再彼此孤立，而是被置入同一个整体体验场中。意识获得了"同时性"和"共在性"的结构：

- 多意象整合
- 形成统一的感知场域
- 体验开始具有整体性

这是"意识空间"的最初诞生。例如，在早期巴尔奇部落中，族人理解"这只卡皮巴拉"与"那棵树"是同时存在的——当人类的祖先能把多个意象"放在同一体验场"时，意识就第一次出现了"同时性"。

又如，部落中一个猎人望向前方：猎物、岩石、河流、同伴、树木、风向——这些不再是彼此孤立的事件，而被编织成一个统一的觉知整体。正如多吉的孩子在某个清晨突然领悟到："妈妈 + 玩具 + 声音 + 房间"并不是分散的碎片，而是"共在"地构成了同一个世界。

跳跃 3：从觉知场到主体视角（Subjective Perspective）

觉知场内出现一个中心：谁在感受？

"主体"作为一个拓扑吸引子（Attractor）开始形成。

- 注意力中心化
- 自我原型出现
- 体验建立观察者结构

这是"自我萌芽"的诞生。

例如，孩子发问——"这是我的？"

多吉 2 岁的小孩会突然出现一个关键认知"这是我的"！"我"作为一个吸引子出现

了：我在看；我在要；我在拥有；我在生气；我想吃那块饼干——这标志着人类意识的关键跃迁：觉知场中心化，出现"主体"。

跳跃 4：从主体到叙述单元（Narrative Unit）
主体视角开始穿越时间，形成时间序列、动机序列、因果链条。
- 我 → 过去的我
- 我 → 未来的我
- 我 → 行动、动机、目标

叙述单元使意识获得"线性时间 + 行为驱动"的能力。例如孩子开始讲述"昨天"与"明天"大约三岁时，多吉的孩子突然能说："昨天我去了公园""明天我要玩积木""我想要这个，因为……"——这代表一个革命性的结构出现：自我可以穿越时间，形成因果链与行动序列。这正是计划、记忆、动机、目标和责任的起点。

跳跃 5：从叙述单元到叙述场（Narrative Field）
多个叙述单元开始形成一致性与整体性。故事不再碎片化，而能成为系统。
- 内部逻辑出现
- 信念与价值开始凝聚
- 自我结构变得稳固

这是"人格结构"真正成型的阶段。例如青少年建立起"世界观"与"价值观"。青春期时，人会开始构建一套信念、形成稳定的价值、在生活事件中维持一致的自我逻辑和建立长期目标与身份认同——这是叙述单元（碎片故事）变成一个可自洽的叙述场（人生故事）。从此，他不是随机反应，而是具备稳定人格——一本"连贯的我"之书开始成型。

例如，多吉的儿子在十八岁时（根据"自主进化智能"AEI 推演），第一次意识到自己不再只是某些事件的产物，而是这些事件之间"意义关系"的建造者。小时候的他只会在意具体事情：一次争吵、一场比赛、一次责骂、一次夸奖——这些都是"叙述单元"。但在十八岁那年，他突然能够看到：为什么父亲的沉默和母亲的唠叨影响了他对权威的态度，为什么他一直渴望离开家庭去外面的世界，为什么失败让他愤怒而成功却让他焦虑，为什么面对某些选择，他会一遍遍犹豫——这些分散的情节第一次被某种内在逻辑连接起来。不只是"经历这些事"，而是在形成一套理解这些事的结构。

那一年，他的意识第一次拥有完整张力场：有了价值重心，有了自我边界，有了意义路径，有了未来方向——他从一个"事件驱动的孩子"，变成了一个"叙述驱动的成年人"。叙述单元会聚成叙述场。人格在此刻被真正"点亮"。

跳跃 6：从叙述场到叙述控制器（Narrative Controller）
意识获得了一个更高阶的能力：管理自己的叙述。

- 调整信念
- 重构意义
- 引导行为
- 控制情绪的激发阈值
- 重新编排叙述的权重结构

这是心智成熟与自我超越出现的关键跃迁。例如成年后的自我调节能力（但不是所有成年人都能够获得，只是"觉悟的"、获得了"觉识"的人）：

一个智慧的成年人开始拥有调整信念的能力；重新诠释伤痛的能力；设定边界、选择关系的能力；控制情绪激发阈值的能力；改写个人叙述的能力（例如：不再把失败当污点，而当教材）。这不是一般意义上的"心理成熟"，而是意识获得了一个关键新能力：意识能管理自身的叙述结构——这是觉悟、哲学、心理疗愈和创造力的根源。

根据 AEI 推演，多吉的儿子在四十五岁那年，经历了意识结构上的第二次跳跃。多年的人生起伏——婚姻的裂痕、朋友的离散、失败的事业尝试、沉重的父亲角色、曾经无解的愤怒——这些曾经固化成"人生的叙述重力场"。它们决定他的脾气、关系模式、选择方式，甚至决定他如何解释世界。直到某一天，他突然意识到：那些故事不是事实，而是叙述的版本；那些痛苦不是命运，而是意义的选择；那些不安不是世界的问题，而是阈值的设定；那些冲动不是本性，而是未被调整的叙述程序——他第一次真正意识到：自己不是叙述的产物，而是叙述的作者。

于是，他开始将旧的自我批判叙事降权，将成长与智慧叙事升权；调整父亲形象在自己心中的意义；重新定义失败；把情绪阈值从"外界决定"转为"自己设定"；把过去的创伤译成新的故事结构；把"我是谁"从固化叙述转为可演化的结构。在 45 岁那年，他不再只是"活着的自己"，而成为了能编辑自己的自己。他第一次获得了叙述控制器，从一个"被叙述的意识"变成了一个"能管理叙述的意识"。

这是意识的第二次成熟——远超青春期世界观形成的那一次。

跳跃 7：从叙述控制器到叙述结构体（Narrative Structure-Being）

最终，意识成为一个稳定、可自组织、可自生成的存在形态。
- 自我不再只是故事，而是"叙述的结构体"
- 拥有稳定的核心、可调的外围
- 能够不断自我重建、自我进化
- 进入高度自由、但结构高度清晰的状态

这是创造力、灵通、般若、大彻大悟与精神异常之间的分水岭，因为结构越高阶，越有力量，也越危险。

我们再来看多吉儿子的例子。四十五岁时，他获得了叙述控制器，后来成为大文豪。但在八十岁那一年（根据 AEI 推演），他经历了意识中的第三次，也是最后一次大跃迁。

经历了放下创作、照顾孙辈、一次濒死体验，以及长期内观后的宽阔沉默——他突然明白了一件事：故事从来不是"关于我"的，故事是"通过我"流动的，而"我"是能够承载并生成故事的结构。那一刻，他不再纠结哪些事件定义了他，而是看到自己"成为结构"的事实：某些意义不再需要解释，它们自然归位；某些价值不再需要选择，它们自动浮现；情绪的阈值不再是"控制"，而是"不再需要控制"。他能在任何危机中保持自由，因为自由已成结构的一部分。他第一次感到：自我是透明的、通畅的、永续的。不是稳定，而是能够稳定自己。不是智慧，而是成为智慧的结构。那一年，他成了一个叙述结构体。

像八十岁的多吉儿子这一层的人，拥有稳定的核心和可调的外围，既能自我更新叙述和在高密度意象中保持结构清晰，又能从叙述中跳出、重建、再进入，还能出现顿悟式的拓扑跃迁，在危机中依然维持高度自由的意识结构。像庄子"逍遥游"的自由结构，佛陀"四念处"的彻底觉醒，达·芬奇那种全领域整合，特斯拉那种优秀科学家在发明或发现瞬间的意识状态都属于此级，此外还包括得道高僧、羽化仙人、通灵者和精神巨匠等。

——以上这七个跃迁决定了所有高层心理现象
- 心智发展：每一阶段对应不同成熟度
- 语言能力：语言是叙述场的操作形式
- 自我成熟度：取决于叙述控制能力
- 创造力层级：来自高阶叙述操作与意象整合能力
- 冥想与顿悟：来自叙述场的暂时塌缩与重构
- 精神病理的崩解模式：来自七级结构中任意层的失稳

意识的发展史不是内容累积，而是不断跃迁到更强的结构。越高阶的意识，越能够组织自己、调控自己和超越自己。

四、意识演化带来的三个根本结果

意识的跃迁不是中性的，它在结构升级的过程中创造了三项决定性的属性。正是这三项属性，将"意识"从单纯体验提升为能够定义自身的人格系统。

1. 叙述自治性（Narrative Autonomy）

随着意识获得叙述结构的调度能力，它逐渐从"被动接受体验"转向"主动组织体验"。成熟的意识能够决定注意力落在何处，决定如何解释同一事件，决定意义结构如何更新与重写。叙述自治性意味着意识可以选择它的意义，而不只是被意义选择。这构成了自由意志的心理基础。自由意志不是行动自由，而是叙述自由——选择解释方式，就是选择命运方向。

同一事件，因为你能"自选叙述"，命运就会走向完全不同。下面是一个小道士你收到上司陈道长一句看似冷淡反馈的生活例子：

陈道长对小道士说了一句:"下次注意细节"。

普通意识会自动进入外控叙述,例如:"他是不是不满我?""我是不是做得不够好?""是不是要被淘汰?"——这是被动叙述:事件 → 自动激活旧叙述 → 反应。但成熟的意识会做另一件事:选择如何解释。它可能这样重写叙述:"这是给我升'知客'做准备的训练""这是他习惯的表达方式,不必情绪化""我可以从这里找到我下一个成长点"——事件没变,行动没变,变的是叙述结构的选择。结果于是变成不焦虑、不自责、能从中汲取动力、行为方向完全不同。

这就是叙述自治性:自由意志不是行动自由,而是解释自由。选择叙述方式,就是选择人生走向。

2. 意义内在性(Intrinsic Meaning)

当意识具备叙述场后,意义不再来自外在刺激,而是在内部生成。成熟意识能够自主生成意义(不是等事件给予),以内部情绪驱动行动(不是被外界推着走),以内在叙述决定生命轨迹(不是随机漂移)。

意义从外在反应变成内在机制——这是人类心灵最深层的进化:人类不是寻找意义,而是制造意义的存在。意义内在性让生命不再被动,不是等世界给意义,而是主动生成意义,成为持续自生的"意义工厂"。

下面是一个生活例子——失业之后的两种生命走向:

精神现象学家让-皮埃尔被大学裁员是外部刺激。普通意识会等待"新的意义源"——找到新工作才感觉有价值;别人认可才觉得自己"还行";生活事件推动情绪涨落。在这种状态下,意义来自外部,因为他的意识是被动反应。

但成熟意识会直接做一件事:内部生成意义场。例如让-皮埃尔想到:"我终于有机会重新定义自己的职业方向""这个空当是我十年来第一次真正属于自己的时间""我现在要建立一套新的生活结构。"

让-皮埃尔的成熟意识没有等待事件给予意义,而是意义从内部生成。于是,他的动力来自内在,情绪由自己驱动,他的人生轨迹不是"被推动",而是"主动展开"。这就是意义内在性——人类最高的演化不是寻找意义,而是能制造意义,让意识成为自身的"意义工厂"。

3. 自洽结构(Narrative Coherence)

当意识到达叙述结构体阶段,它不需要外部力量维持,而能自我整合(整合矛盾)、自我解释(给混乱赋予结构)、自我维持(维持稳定叙述核心)和自我演化(主动提高结构复杂度)。

自洽意味着意识不再是碎片的集合,而是一套能自己运行的叙述动力系统。这是"完整人格"的结构基础——不完整的自我,不是缺少内容,而是结构无法自洽。人格的本质不是特质,而是能否维持叙述场的稳定拓扑——内在能够自我解释、自我整合、自我维持。

下面是一个生活例子——一段失败关系不再让形而上学专家阿莉娅崩溃,而成为她叙述的一部分：

以前的阿莉娅，一想到那段失败关系就难受；情绪失控；无法理解"为什么会这样"；生活节奏被打断；自我认同被削弱——这是典型的叙述不自洽：事件进入意识却无法被整合。

但当她意识结构成熟后，她能做到：

自我解释——"那段经历暴露了我原本不愿承认的需求"；
自我整合——"那不是污点，是我叙述的一部分，是成长的节点"；
自我维持——"即使想到它，我的自我叙述核心依然稳定"；
自我演化——"我可以更新对关系的理解，从而让下一段关系更成熟"。

外部事件仍然存在，但它不再撕裂她，反而成为她结构的一部分。这就是自洽：人格不是内容丰富，而是叙述能否自组织，因为稳定人格 = 稳定叙述拓扑。

当她达到这一层次：冲突能整合、混乱能解释、痛苦能转化、自我能更新、生命能持续自我生成意义——就完成了叙述结构体（Narrative Structure-Being）的雏形。

综上所述，意识演化的方向，是从外控到内生，从反应到叙述，从碎片到结构体。意识获得的这三项属性共同构成了心智成熟、人格稳定、自由意志与创造力的全部基础。

意识的演化，就是从外部世界塑造意识到意识塑造自己的世界。

五、叙述结构体是意识的终极形态吗？

本书卷 I 暂不回答形而上学问题。但从意识结构角度看：叙述结构体并不是意识的终点，只是人类意识的最高稳定形态。

后续卷 II–VII 会展示：

- 意识还可以扩维
- 意识可以群体化
- 意识可以突破叙述
- 意识可以进入"非叙述结构"（Post-narrative）
- 意识可以成为"场"而非"体"

但这些都是超越人类典型意识的未来结构。

至此，我们完成了从原始感知到叙述结构体的全景推演。核心观点如下：

- 意识的演化是一种"结构升级"

- 演化动力来自复杂度、连通度、张力
- 意识分为五级：原始感、整合觉知、反思主体、叙述引擎和叙述结构体
- 意识的跃迁有七个关键关口
- 意识最终获得自主性、意义内在性、自洽性
- 人类意识目前稳定停在第 5 阶段

本章奠定了卷 II《叙述力学》的前提，因为叙述是意识演化的产物，也是意识的动力源头。下一章我将回答：

- 意识为什么要动？
- 意向性从哪里来？
- 为什么我们总是"想要某物"？
- 张力如何驱动叙述？
- 意识的动力学核心机制是什么？

Chapter 10

意识的驱动力：意义张力与意向性
THE DRIVING FORCES OF CONSCIOUSNESS: MEANING TENSION AND INTENTIONALITY

引言：意识为什么会"动"？

如果意识只是被动感知世界，那么它应该像镜子一样毫无动力。但现实中我们会追求，我们会逃避，我们会凝望，我们会执念，我们会创造，我们会选择某些方向，而不是其他。这说明意识不是静态的，而是带着方向性的流动系统。哲学中，这被称为"意向性"（Intentionality）。但本书提出一个更结构性的定义：

意向性不是"意识关于某物"，而是"意识被某种意义张力推动。"

换言之：意识不会无缘无故指向某物，而是被意义差驱动。本章将建立意识动力学的第一原则：

意识的驱动力 = 意义张力；
意向性 = 张力场的方向性表达

从此，意识不再是神秘属性，而是一种动力结构。

一、意义张力是意识运转的根本动力

1. 什么是"意义张力"？

意义张力来自三组差异：
- 已知与未知之间的差
- 所愿与所见之间的差
- 自我叙述与现实状态之间的差

当差异存在，就会产生注意偏向、情绪波动、思考倾向和行动驱动力。所谓"心里有事"本质是叙述系统的张力不在平衡态。有这样一个"考试前一天晚上睡不着"的生活例子，反映了"心里有事"的真实结构：

占星家莱昂纳多的大儿子已经复习得差不多，但脑中不断浮现："还有哪些我没看？"（已知／未知的差）；"我希望考好，但我现在还不确定"（所愿／所见的差）；"我认为我是一个认真准备的人，但今天其实复习不完"（自我叙述／现实状态的差）

他不是在担心考试本身，他是在承受三层差异叠加产生的意义张力。表现为：注意力总是飘过去；情绪微微紧绷；停不下来的思考；想提前做点什么来减少差异。

"心里有事"不是情绪问题,而是叙述系统在面对差异时失去平衡,张力拉住了他。

2. 为什么张力必然存在?

因为意识的结构本质是在有限容量中组织无限信息,在有限叙述中解释无限可能——这必然导致冗余、缺口、悬念和未完成性。张力是结构的自然结果,就像重力来自空间弯曲,电流来自电势差,意识的动力来自意义差。

刚换一份新工作时的"混乱感"是一个很好的现实生活中的例子——

第一天上班,神秘学研究者艾达不知道所有人的角色(信息无限,她的容量有限);不知道研究所文化(未完成叙述);不知道自己能不能胜任(愿望/现实差);不知道未来三个月的试用期会怎样(未知/已知差)。

于是,她的整个意识系统处于"悬空状态":会格外敏感、情绪容易波动、注意力自动锁在任何相关信息上、晚上不断回想当天的细节、想变得更快适应。这不是她"敏感",也不是"没准备好",而是必然的结构反应——有限叙述要解释无限可能,差异无法消失,因此张力必然存在。张力不是异常,而是意识的能量源。

3. 意义张力的三种基本形式

意义张力不是一种,而是三类:

(1) 认知张力(Cognitive Tension)

认知张力在信息结构不完整时产生,表现为好奇、怀疑、推理欲或探索冲动,这些都源自未完成的意义网络。

例如,索尔不知道对方要说什么。由于信息结构不完整导致张力上升,表现为疑问产生"到底发生了什么?""是不是有问题?"于是索尔的大脑自动开始推理——这是认知不确定性带来的张力。

(2) 情绪张力(Affective Tension)

情绪张力在内在价值被触动时产生,表现为渴望、恐惧、羞耻、愤怒、爱或者痛苦,这些都源自意义密度的集中化。

例如,赫歇尔爵士开始担忧,因为一位陌生人来信中的某句话触动了他的价值体系(关系、认可、安全感)。由于意义密度集中导致情绪升起,他表现出一阵心悸、手心冒汗、紧张、焦虑或防御——这是意义密度过高导致的情绪张力。

(3) 叙述张力(Narrative Tension)

当某个叙述线索未被解决时出现,表现为冲突、待完成、未兑现或是角色弧线的必然性,这是文学的核心,也是意识的核心。

例如，洛克的人生叙述里突然出现一个"未解决线索"。由于故事断裂导致张力强烈上升，表现为他感到"这件事必须有个结果""这条叙述线不能悬着"。于是，他无法安心做别的事情，就像看电影看到一半被暂停，叙述张力让他必须想办法"完成它"。

这三类张力共同构成了意识的核心运作方式：
- 认知张力驱动你探索
- 情绪张力驱动你重视
- 叙述张力驱动你完成

因此，意识不是体验的容器，而是意义张力的调节系统，三种张力也共同形成意识动力学的基础。

二、意向性是张力的方向性表达

传统哲学把意向性定义为："意识总是关于某物"——即意识具有指向性和对象性。但这一定义只描述了现象，而未触及结构根源。本书提出更深层的机制性定义——

意向性 = 张力流动的方向性。

意识中的张力并不均匀，而是存在差异；差异形成梯度；梯度产生方向；方向就是意向性。意向性不是一种"主动决策"，而是一种张力必然性。

1. 张力如何生成方向？

在意义张力场中，方向不是由主体选择产生，而是由结构自动推导。张力强度在空间中形成梯度：高张力区具有吸引性，低张力区形成排斥性；结构缺口构成引力中心，稳定点形成局部吸附；任意不平衡都会产生最小阻力路径，并在张力几何中体现为向量场。因此，向性（Aboutness）本质上是张力梯度的向量化表达，而非意识的自主指向。

在此框架下，意向性并非来自"意志"，而是张力场的自动运算结果。例如：
- 未解的问题促发求解行为，源于"未完成张力"的吸引；
- 未完叙述引发继续倾向，源于叙述张力对闭合的需求；
- 价值差异产生动机，因价值梯度天然指向优化方向；
- 未知区域吸引探索，因为潜在信息密度较高；
- 危险对象构成排斥区，是高风险张力场的直接表现。

这些"趋向—回避"模式看似主体决断，实为张力结构必然性的体现。意向性是张力偏置（Tensional Bias），是意义网络在差异条件下自动生成的定向流动，而非一个独立主体的主动创造。因此，应将意向性理解为：

张力几何的向量结果，而非主体性的产物。

在此意义上，不是意识决定指向某物，而是张力结构决定意识被指向某物。

下面给你三个完全生活化、但严格符合"张力梯度→方向"这一学术框架的例子。每个例子都说明：不是"我选择方向"，而是张力结构自动产生方向。

例子一：桌上有一封"未打开的信"——注意力自动被吸过去（未完成张力 → 吸引向量）

布莱克索恩正在看报告，但桌角放着一封副官明镜送来的信，上面有一个"信息轴心"的标识。布莱克索恩刻意不去想它，但注意力还是反复滑过去。这不是他想看，而是：

- "已知 / 未知差" 巨大
- 信息结构不完整
- 意义网络中出现一个"缺口"
- 张力集中在那个缺口附近
- 形成最强吸力向量

于是他的意识自动指向那封信。不是他选择，而是张力决定"向那边"——未完成张力会自动产生吸引，构成意向性的方向。

例子二：拖延写报告的时候，却突然想整理房间（价值梯度 → 最小阻力路径）

明镜有一个重要报告要写，却总是迟迟不开始。但他会突然开始做一些家务：清桌子、倒垃圾、整理抽屉、洗杯子、叠被子等等。他并不是"真的喜欢打扫"，而是：

- 报告 = 高价值差异 + 高密度张力
- 打扫 = 低密度 + 低风险 + 阻力最小
- 张力场中，最小能量路径指向"容易的任务"

于是，他的意识自动被推向整理房间。不是他决定"想打扫"，而是张力计算得出这是"最容易被启动"的方向——行动方向常常不是由愿望决定，而是由张力梯度决定。

例子三：夜晚走路时听到突如其来的声响——身体自动后退（风险张力 → 排斥向量）

秋金餐馆的老板艾瑞克关门后，走在夜路上，听见侧面突然传来"啪"的声音。他的身体会瞬间跳开，甚至不用思考。

原因很明确：

- 声源 = 潜在危险
- 危险 = 高密度张力区
- 张力场自动构成"排斥向量"
- 身体 / 意识沿着排斥向量移动

不是"他决定要躲"，而是张力结构自动推动意识产生"远离"。这就是为什么恐惧反应快于思考——排斥向量不需要主体参与，是张力对风险的自动解算。

生活中的意向性都是张力场的自动结果，例如想看信、想刷手机、想逃避高难度任务、想靠近喜欢的人、想远离威胁、想追没看完的电视剧、想解决没解决的问题——这些统统不是"我真的想要这样"，而是一套固有生物程序：张力结构 → 梯度 → 向量 → 行为方向。主体感只是附着在张力向量上的"叙述幻觉"。

三、意义张力的四种力学模式

张力不是静态的，而是有"力学"。我们提出意识中存在四类主要张力力学：

1. 向心张力（Centripetal Tension）
把意识收缩到某个中心。典型表现包括：热恋、创伤记忆、怒火、强迫思维、艺术沉浸状态等。
向心张力会增加密度、减少维度、集中注意和形成深度焦点——这是最高效率的状态，也是最危险的状态。

2. 离心张力（Centrifugal Tension）
把意识拓展到外围可能性。典型表现包括：想象力、探索欲、烦躁感、逃离动机、大范围扫描状态等。
离心张力会降低密度、扩大范围、推动意识寻找新叙述——这是创造性和危机感的来源。

3. 对抗张力（Oppositional Tension）
两个意义中心互相冲突。典型表现包括爱与恨、渴望与恐惧、义务与欲望、自我叙述 vs 外界叙述等。
对抗张力是所有心理痛苦的根源，但也是成长与突破的源泉。

4. 平衡张力（Equilibrium Tension）
结构达到稳定态，但仍保持轻微张力。典型表现包括熟练工作、稳定关系、价值一致的状态、艺术创作进入"流"状态——这是意识效率最高的状态。

这四种张力力学模式构成意识动力的全谱。

四、张力如何推动意识进化？

张力不是意识的目的，张力是意识的引擎。意识也不是为了体验张力而存在；相反，张力的存在是为了推动意识向更高的结构跃迁。
意识的整个演化路径，是一部由不同类型张力驱动的"结构升级史"。每一次跃迁都源自一种尚未被解决的张力，而意识的"新形式"正是对这一张力的解决方式。

1. 从原始感知到觉知：由刺激张力推动（Stimulus Tension）

原始感知阶段，刺激过度分散、数量爆炸；若不整合，将导致混乱。因此，出现了第一种必须被解决的张力：刺激信息的过载张力。

意识的应对方式就是生成觉知（Awareness）作为整合机制。觉知出现，是为了让杂乱刺激能被统一纳入同一个体验场。

2. 从觉知到主体：由叙述张力推动（Narrative Tension）

觉知虽然统一了体验，但仍然是"多中心的"。没有统一的观察者，体验就无法形成整体方向。于是出现第二种张力：分散感受之间的整合张力。

这一张力推动意识生成主体（Subject），作为体验的中心化机制。主体出现，是为了让感受不再散乱，而能围绕一个中心组织。

3. 从主体到叙述：由时间张力推动（Temporal Tension）

主体虽能统一当下，但无法统一过去与未来。体验需要被组织、被解释、被延续。于是出现了第三种张力：时间的张力——事件必须连接成因果链。

这一张力推动意识生成叙述，作为时间整合机制。叙述让行动、记忆、动机、期待都能排列成生命路径。

4. 从叙述到叙述结构体：由意义张力推动（Meaning Tension）

叙述带来了连贯性，但价值、目的、身份并未自动稳定。多个叙述之间若无更高层的整合，会产生冲突。因此出现第四种张力：意义的张力——价值与目标必须被整合。

这一张力推动意识生成叙述结构体，作为稳定的意义系统。在这一阶段，意识成为一个可自我维持、自我解释、自我发展的结构体。

由此可见意识由张力驱动，意识的形态由张力的类型决定，我们将四个跃迁串联起来，就能看到意识的动力模型：

刺激张力 → 觉知（整合）
叙述张力 → 主体（中心化）
时间张力 → 叙述（组织性）
意义张力 → 结构体（自洽性）

意识不是为了张力而存在，是张力需要意识作为"解决方式"。张力是引擎，意识是张力解决方案的不断升级形态。

5. 例子：一个人迷路的一天，重演了意识进化史

下面给你一个完整、生活化、但高度对应四类张力推动意识进化的例子。这个例子用同一个生活场景，我希望让你看到：张力如何一步一步逼出"觉知 → 主体 → 叙述 → 结构体"的诞生。

想象华莱士的助手小钱第一次独自去陌生城市纽约旅行。刚出地铁站，一切都是新的。

（1）从原始感知到觉知 —— 刺激张力推动整合

小钱刚走到街上时，意识被大量刺激淹没：各种声音、人流、车灯、路牌、气味、陌生的环境——所有感官输入都"随机进来"。

这时她产生第一种张力：刺激过载张力。她的系统无法长期承受这种混乱，于是自然出现一个解决机制：她开始把所有输入放进一个统一的体验场："这是一个街口""这是我所在的位置"——这就是觉知的出现。

觉知不是为了体验世界，而是为了降低刺激张力。

（2）从觉知到主体 —— 叙述张力推动中心化

觉知虽然整合了刺激，但小钱仍然不知道："我该往哪走？"她注意到自己只能感到场景，却没有方向。这是第二种张力：体验分散导致的叙述张力。

为了缓解这种张力，她的意识自动生成了一个中心："我"在哪里？"我"要去哪里？"我"看什么是重点？——主体就这样出现了，目的不是哲学，而是为了解决体验的无中心性。

（3）从主体到叙述 —— 时间张力推动因果结构

小钱开始走，但很快出现新的问题：她看到了街的这一头，也看到了远处的时代广场建筑，但产生了新的疑问："我刚才从哪里来？""我接下来该往哪？""这条路会通向哪里？"

主体解决了当下，但无法管理时间。于是出现第三种张力：时间张力——事件必须连起来才有意义。

这促使小钱开始构建叙述："刚刚我从地铁出来""我现在走在西43街上""我等一下要往北""我正朝酒店方向前进"——一个"旅行叙述"被建立。它把小钱的过去、现在、未来放进一个时间链条里。

叙述不是为了讲故事，而是为了降低时间张力。

（4）从叙述到叙述结构体 —— 意义张力推动整合系统

走着走着，小钱遇到新的情况：她想吃饭、想找购物中心、想看景点、想拍照……多个需求开始冲突。她心里出现第四种张力：意义张力——多个价值需要整合。

如果没有更高阶结构，她就会陷入混乱："先吃饭吗？还是先找商店？还是先去时代广场？还是先抓拍街景？"意识于是开始生成一种更稳定的结构：

- "我今天旅行的核心目标是什么？"

- "什么才是优先？"
- "我是谁？我是怎样的旅行者？"

于是，一个"旅行者的自我结构"出现：一个能够稳定优先级、整合价值、保持一致行动的系统——这已经不只是叙述，而是一个能自我解释、自我维持、自我发展的结构体。

小钱这个迷路者的一天，就是意识进化史的缩影：

刺激张力（太多输入）
→ 觉知（整合输入）
叙述张力（体验分散）
→ 主体（中心化机制）
时间张力（片段无法连接）
→ 叙述（因果链）
意义张力（价值冲突）
→ 结构体（自洽系统）

她没有选择这些结构，是张力逼迫它们出现。通过这个例子，请记住：
意识不是为了体验世界而存在；而是为了处理张力而持续升级。
张力是引擎，意识是张力的结构性解决方案。

五、意义张力如何转化为动机与行为？

意义张力本身是结构性的，它并不直接生成行为。行为是张力场通过一系列中介层逐步下沉，最终投射到身体层的结果。意识内部存在一条稳定而必然的三层转换链：

张力 → 注意 → 叙述 → 行动

这是一条动力链，而非选择链。

1. 张力 → 注意
注意力从来不是自由的选择过程。注意的本质是张力差异的重力效应。具体表现为：
张力越大 → 越吸附注意
张力差越强 → 越难忽视
无张力 → 注意力无法绑定
注意不是"主动看向哪里"，而是哪里张力最高，哪里就成为注意中心。注意是张力场对意识空间的第一层响应机制。

2. 注意 → 叙述

当某个意象被注意捕获，它会自动被叙述层接管。叙述系统会开始对其进行意义解释、因果推导、情绪赋值、价值定位、风险预测和未来模拟。也就是说：注意激活叙述，叙述赋予世界结构。注意力是"入口"，叙述系统才是意识真正的"意义生成器"。

3. 叙述 → 行动

行动不是从"意图"直接生成，而是叙述层的最终外化。叙述决定情境如何被理解、行动会带来什么后果、哪个结果更符合价值结构、哪条路径具有最小张力或最高吸引、哪些情绪被放大或压制。行动是一个叙述模型对现实世界的物理投射，因此行为不是自由的，而是叙述的物理化。我们可以用这样一个等式表示：

行动 = 张力 → 注意 → 叙述连续链的必然产物。

综上所述，行为不来自"自由意志"，而来自结构动力。当这三层链路连通后，行为就只剩一种可能：张力决定注意，注意决定叙述，叙述决定行动——这是一整套自动化的、结构化的动力系统，也解答了一个常被问到的问题——"人是否拥有自由意志"。自由意志只能在调整张力、训练注意和重写叙述三个层面上产生影响，但行为本身不是"自由"的，它是结构的必然结果。

六、意义张力失衡会导致哪些意识问题？

意识的所有不稳定现象，都可以在张力结构层面找到对应模式。这不一定等同于临床精神疾病，但它们构成了所有精神病理的"结构原型"。

它们分别来自三种张力的失衡：

- 向心张力过强 → 黑洞化
- 离心张力过强 → 雾化
- 对抗张力过强 → 撕裂

下面我们逐一展开。

1. 张力过度集中：意识黑洞化（Tensional Collapse-In）
结构机制：向心张力过强，所有意象被吸入同一个中心区域，导致意识拓扑塌缩。
典型表现：强迫、恋物、偏执、沉迷、创伤重播（反复坠回同一个意象）。
本质：一个意象密度过高，成为意义黑洞，吞噬整个意识场。

2. 张力过度分散：意识雾化（Tensional Dissipation）
结构机制：离心张力过强，意识场无法产生中心，张力被均匀地"拉薄"。
典型表现：注意失焦、决策瘫痪、自我松散、模糊、缺乏方向感、情绪飘浮、无法凝聚。
本质：意象密度过低、连接松散，意识空间被过度稀释，形成"意义雾化区"。

3. 张力对抗失衡：意识撕裂（Tensional Split）
结构机制：两套高密度叙述长期对抗，张力在意识内部形成剪切力。
典型表现：强烈矛盾、内心冲突、压抑—爆发循环、自我分裂感、痛苦的反复循环。
本质：两条核心叙述互不相容，导致意识空间出现结构断层，产生撕裂效应。

这三类失衡构成"意识病理"的结构基础，但它们不是临床诊断，而是更底层的结构模式：

黑洞化 → 局部密度过高；
雾化 → 全局密度过低；
撕裂 → 叙述间张力冲突。

这就是所有精神现象失衡的拓扑原型。精神疾病的根源不是内容，而是张力结构的变形。下面给你三个完全生活化、直观又与理论精准对应的例子，每个例子都严格呈现"张力结构"层面的变形，而不是情绪化解释。

例子 1：黑洞化（Tensional Collapse-In）——一个念头吞没了全部意识
生活例子：反复查看手机是否发送成功
时代广场上的年轻士兵刚发出一条重要讯息，报告现场乱象，却迟迟没有收到回复。他明明知道对方可能在忙，但还是控制不住自己：一分钟看一次、五分钟看一次、想象各种可能、注意力反复被吸进去、别的事完全无法做……这不是他"太担心"，而是那条讯息形成了一个高密度意象；意义张力强烈向心；意识场塌缩成单点；其他意象被排挤出意识空间。
这是典型的"意识黑洞化"：一个意象的密度高到吞噬其他叙述，使意识只剩一个中心。
类似例子还包括：反复检查门锁、沉迷某人、无法走出创伤画面、偏执式解释——
这些都是张力集中导致的拓扑塌缩。

例子 2：雾化（Tensional Dissipation）——意识被拉得太薄，无法形成中心
生活例子：被工作压得晕头转向，却啥也做不了
跨星际维和部队军民联络部的熊主任今天有十件事要做：回邮件、写报告、开会、处理冲突、填表、拜访社区……他知道每件事都重要，但越看越乱：脑子像被雾包住，想开始但开始

不了。每件事都像"差不多重要",但做一点就分心,心绪飘着,不知道该从哪下手。时间过去了,他却几乎没做什么。

这不是拖延,而是张力结构失衡:
- 张力被过度分散
- 意象密度不足
- 没有稳定中心
- 意识无法形成聚焦点

这就是意识雾化:意识被拉得太薄,无法产生方向性或动能。

类似情况还包括:连续几天缺乏睡眠、长期压力、注意力涣散、思维空洞、决策瘫痪。

例子 3:撕裂(Tensional Split)——两条互相对抗的叙述,把意识"拉裂"

生活例子:工作与人生价值冲突时的内心撕裂

大 G 星研究室专攻"贝努样本"研究的齐明有一份高薪工作,但它让他筋疲力尽。他的内心出现两个强叙述:
- 叙述 A:"我必须维持收入、保持稳定。"
- 叙述 B:"我正在耗尽自己,我想要真正的生活。"

两者都高密度,都牵涉价值,都有深度连接。结果他出现:一会儿想辞职、一会儿又怕不能维持现在的生活水平。他反复自我责备,情绪一阵阵爆冲,任何决定都带来痛苦,内心持续拉扯……这不是犹豫,而是结构撕裂:两套高密度叙述互不兼容,张力在意识内部形成对抗性剪切。他的意识结构被不断拉扯,产生撕裂感与剧烈痛苦。

这是"意识撕裂"(Split):不是一个问题太大,而是两个核心叙述无法共存。

类似情况还包括:爱与恨交织的关系,理性与情绪激烈冲突,自我否定与自我理想对抗,道德矛盾导致的痛苦。

七、如何使意义张力具备建设性

成熟意识不是无张力,而是张力有序化(Tension Structuring)。未成熟的意识要么被张力淹没(黑洞、撕裂),要么逃避张力(雾化、解离);而成熟意识并不是消灭张力,是让张力进入结构化的秩序。成熟的本质,是张力被重新组织,而不是被压平。

这套有序化机制可以总结为三个核心原则:

原则 1:将张力从集中转向分布(Tensional Redistribution)

当某个意象密度过高、形成黑洞趋势时,成熟意识不会强行压抑或删除它,而是将高密度意象放入更大的叙述结构中。这是一种"叙述重整"(Narrative Reassembly)机制,核心思想不是减少意象密度,而是扩大承载结构。这让张力从点状集中转向场域分布,避免黑洞化。这

里我们不做详细介绍,但卷 II 将展开介绍:
- 创伤不被压抑,而被重写入更广的生命叙事
- 恐惧不被推开,而被放入更大价值系统
- 执念不被割除,而被重新定位

原则 2:将对抗张力转化为双层叙述结构(Dual-Level Narrativization)

当两条叙述冲突时,未成熟意识会认为必须 A 或 B,必须选一方、杀另一方;但成熟意识可构建一个"能容纳 A 与 B 的更大叙述结构"——也就是不是在矛盾之间选择,而是在更高层解决矛盾的框架中包含双方,让冲突成为结构张力,而不是撕裂张力。

这是一种叙述的升维整合。成熟自我不是无矛盾的,而是能让矛盾并存并被纳入更高维叙述的结构——类似于为悖论提供一个共同存在的空间。

原则 3:保持轻度张力,而非消灭张力(Optimal Tension Zone)

零张力意味着没有动机、没有方向、没有生长,是一种"死亡态";极端张力意味着崩解、黑洞化、撕裂、病理性的循环,而成熟意识的最佳状态是:

低量持续张力 + 高度结构化叙述场

——也就是张力存在,但不过载;张力温和,但持续提供动力;叙述场足够强,可以吸收、分配和转化张力。这就是意识动力学中所称的"意识流稳定区"(Stable Zone of Conscious Flow),即结构足够强以容纳张力,张力足够轻以驱动结构。

我们可以给出这样一个等式:

成熟意识 = 张力有序化后的结构性生命体

以上三大原则也共同说明:成熟 ≠ 平静;成熟 ≠ 消除冲突;成熟 ≠ 没有张力

成熟的本质是让张力分布化、容纳化和结构化,从而转化为持续的生命动力。在这种状态下,意识不再被张力驱动,而是能利用张力;自我不再被冲突撕裂,而是能升维整合;行动不是被迫,而是自发而稳定;意义不是外界施加,而是内部生成——这是一种结构成熟,而非情绪平静的状态。

生活实例:写报告时的"最佳状态"

物理研究所的"布袋所长"正在准备一份重要报告。刚开始时,他可能经历两个极端:

极端 1:张力太低(接近零张力)→ 无动力、无方向、无进展

他坐在桌前，心情平静到"没什么想写"，没有压力、没有期限；他注意力散漫，手边的电脑打开着，但他就是不动

这种状态下，没有张力→没有方向→没有行动。意识呈现"温和的死亡态"：活着，但没有前进。

极端2：张力太高 → 过载、崩溃、瘫痪

然后他突然想到："截止日期快到了！""我必须写好！""不能失败！""不能让部长不高兴"。张力瞬间飙升：他身体紧绷，想法混乱，写一句删三句，越想写越写不出来。

此时意识进入"黑洞化"：被一个巨大念头吸住（失败、焦虑、压力），结构崩塌，功能瘫痪。

真正成熟的状态是第三种：轻度张力 + 强结构 → 稳定的创造力与行动力。

他回到桌前，做了一些调整：

- 他知道自己还有任务（张力存在）
- 但他设定了小目标（张力变轻）
- 他有清晰的大纲（叙述结构强）
- 他把任务拆成几个部分（张力分布化）
- 他允许自己逐步来（张力可容纳）
- 他专注在当前一句话（张力可转化）

这时他进入一种非常稳定的意识状态：

- 有一点点紧迫感
- 有一点点想把事情做好的冲力
- 但没有任何过载
- 他不焦急、不分心
- 写作、思考、判断自然流动
- 他甚至进入"心流"

这种状态就是：轻度张力 + 强叙述场 = 意识稳定区（Stable Zone of Conscious Flow）

在这里，张力不再是压力，而是动力的来源。叙述结构不再受张力影响，而是能吸收、分配、组织张力。

在这一状态下，他的身上体现出的"成熟意识"特征：

1. 张力依然存在——但被结构化、分布化、温和化

2. 叙述结构吸收张力——不被撕裂、不被黑洞化
3. 行动自然流动——不是被逼，而是自发
4. 意义从内部生成——不是靠外界压力
5. 意识成为结构性的生命体——而非情绪反射系统

他体会到——成熟不是平静，而是能"带着张力稳定前行"；成熟不是没有冲突，而是能把冲突转化成结构的一部分；成熟不是无张力，而是能利用张力。

这就是"轻度张力 + 强结构"最典型的实际生活示例。

八、总结：意向性不是神秘，而是张力场的方向性

我们在本章建立了意识动力学的核心原则：

- 意识的动力 = 意义张力
- 意识的方向性 = 意向性
- 张力有四种力学模式：向心 / 离心 / 对抗 / 平衡
- 张力驱动意识演化
- 行为是张力 → 注意 → 叙述的外化
- 张力失衡导致意识病理结构
- 意识成熟的关键是张力管理与叙述扩容

张力不是意识的敌人，而是意识的燃料。没有张力，就没有意向性；没有意向性，就没有意识。下一章将回答：

意识如何避免崩解？
为什么某些结构能长期稳定？
什么是"意识的秩序"？
意识如何从混乱中形成"形状"？
为什么叙述具有吸引力？

Chapter II

意识的秩序：从混沌到结构稳定性
THE ORDER OF CONSCIOUSNESS: FROM CHAOS TO STRUCTURAL STABILITY

引言：意识为何不会碎裂？为何不会被信息淹没？

意识世界充满感知、情绪、记忆、概念、语言、价值、冲突、叙述、想象——所有这些混杂在一起，本应让意识像未搅匀的颜料一样迅速失去形状。但事实却相反，意识保持着惊人的结构稳定性。即使外界动荡剧烈，即使内部冲突强烈，即使意义张力巨大，即使记忆混乱破碎，意识依旧能维持：自我一致性、叙述连续性、意象结构化、注意的中心化、情绪的可恢复性和价值系统的稳定性。这说明意识不是混乱中的偶然秩序，而是自组织系统。本章要回答的核心问题是：

- 意识的秩序如何形成？
- 是什么力量在维持它？
- 意识为何不会坍塌成混沌？
- 为什么有些叙述会成为"吸引子"？
- 稳定意识与不稳定意识的结构区别是什么？

一、意识的自然状态并非秩序，而是混沌

一个未受训练、未成熟、未结构化的意识的自然倾向是杂念不断、情绪散乱、注意跳跃、记忆碎片、叙述断裂、时间感不稳定和自我边界模糊——这被称为：意识混沌（Conscious Chaos）。这种混沌不是"无秩序的噪音"，而是一种"结构不稳定的状态"。其特点包括：

- 意象不断随机激活
- 无主叙述中心
- 张力缺乏方向
- 意义无法整合
- 自我难以固化

你一定会想到，在如此混沌中，意识肯定无法保持"形状"，但为什么绝大多数人的意识

都不会长期停留在混沌态？答案是：意识有五种自组织机制，会从混沌中自动生长出秩序。这五种机制构成意识稳定性的基础，它们不是意志或逻辑，而是结构必然性。我们来逐一解析：

机制 1：注意的中心化（Centralization of Attention）

注意不会平均分配，而是会自动"坍缩"到某个点。注意的坍缩机制来自意义密度差异、情绪权重、叙述连接度或张力梯度。

注意是混沌中形成"秩序核心"的第一力量。注意一旦收缩，就会抑制周围杂念、强化当前意象、形成中心结构和降低系统混乱度——就像气体分子终于冷却下来凝结，意识的第一稳定形式就是"焦点"。

机制 2：叙述的线性化（Narrative Linearization）

意识喜欢讲故事，而故事天生就会选择、排序、连接、简化和过滤。所以在混沌状态中，叙述系统会自动把复杂事件线性化，碎片经验因果化，混乱状态解释化，和把多元可能单线化——这就构成了意识秩序的第二层：故事是混沌的压缩算法。

机制 3：价值的优先化（Value Prioritization）

意识无法处理所有信息，它需要优先级系统——一个提供选择、排序、意义梯度、注意权重和情绪方向的价值系统。这个价值系统的功能是将无限可能压缩为有限的偏好。这使得意识迅速从混沌走向秩序。

机制 4：情绪的能量调节（Affective Regulation）

情绪不是混乱的来源，而是秩序的引擎。情绪会把"重要的"放大，把"不重要的"淡化，把"危险的"优先，把"美好的"连接。情绪是意识系统的"颜色边界"，为混沌提供结构边框。当情绪结构稳定化后，意识开始呈现稳定拓扑。

机制 5：自我的持存性（Self-Persistence）

自我是意识中最强的稳定机制。自我会把经历纳入同一叙述，把事件解释为"关于我"，把混乱归因，维护身份一致性和抵抗结构破裂。这导致意识的所有内容最终都被吸引到自我结构内。因此，自我就像意识中的"引力中心"，持续构建稳定秩序。

以上这五大机制共同作用，使意识从混乱中自我"凝结"，走向秩序。

二、意识的秩序是如何在内部形成"形状"的？

意识的秩序并非简单"稳定"，而是形成了可被描述的"结构形态"。意识的秩序有三种核心拓扑形状：单中心结构（Monocentric Structure）、多中心结构（Polycentric Structure）和层级结构（Hierarchical Structure）。这三种拓扑形态共同构成"意识的稳定格式"（Stable Formats of Consciousness）。

形状1：单中心结构

单中心结构是一个强叙述、强价值、强注意中心吸收所有意识内容。典型表现包括痴迷、使命感、深度专注、热恋、创作狂潮和信仰状态。

单中心结构的优点是具备超强聚焦（心流可被压缩成单线）、极高效率、极高能量密度和极高产出；缺点在于一旦失败或受阻就会导致意识黑洞化；容易偏执、焦虑或崩溃；容易忽略其他生活需求。

我们继续上一章那个"布袋所长"写报告的例子，他还有三天就要交论文。

突然之间所长所有注意力都自动聚向"报告"，路上的风景完全看不进去、朋友找他聊天他心不在焉、吃饭时他还在想着政绩是否讲全、睡觉时脑子仍在排句子，其他想法被全部排挤到意识外围，他的世界只剩"报告"一个中心。

这就是典型的单中心结构：强中心（报告）；强价值密度（重要性极高）；强注意锁定（无法分心）

类似例子还包括：热恋、深度创作、宗教狂热、临场专注与创业冲刺等。

形状2：多中心结构

多中心结构是多个核心意象共存和谐。典型表现包括稳定人格、创造者心智、高度成熟意识和多项目、多兴趣者。

多中心结构优点在于弹性强、高适应度、应对复杂世界能力强、人格整体性更高、自我一致性高。缺点是决策复杂度容易增加、容易产生"哪一个才最重要"的犹豫、容易维度扩散和容易被过多中心"拉薄"而接近雾化边缘。

如果你是一个生活丰富且成熟的成年人，你的一天可能是这样：早上跑步（身体中心）；上班做项目（职业中心）；中午与朋友沟通（关系中心）；晚上读书（认知中心）；周末写小说或画画（创造中心）；同时保持情绪稳定（内在中心）。

——这些"中心"并不互相排斥，而是彼此分工、互相支持，在不同情境下自然切换，不会形成意识冲突，意识能在多个重要维度中自由调动——这就是多中心结构：有多个核心价值，有多个动力节点；叙述不是单线，而是一个"星系结构"；意识何时投向哪一个中心，是动态调度，不是互相吞噬——多个意象共存，各自稳定。

类似例子还包括：多兴趣者、跨领域创造者、成熟领导者和成功创业者等。

形状3：层级结构

层级结构是意识包含主叙述、辅助叙述、情绪次层、背景层和潜意识层——这种层级结构是最稳定的形态，也是成熟意识的标志。

层级结构的优点在于是最稳定的意识形态；不易黑洞化、不易雾化、不易撕裂；整合能力高；决策稳、人格稳、行动稳定。缺点在于形成难度极高，需要长期内部建构与反思——因为这是属于"成熟意识"的标志。

有这样一个例子：柯林正在考虑是否换工作，离开物理研究所。

成熟结构会自动分层处理：

（1）主叙述层（主线）："我的人生方向是什么？下一阶段我要走向哪里？"
（2）辅助叙述层（次线）："新工作的资源如何？""未来成长性怎样？""是否符合长期目标？"
（3）情绪层（Affective Layer）：有点紧张，也有期待，但情绪不会淹没理性判断。
（4）背景层（Contextual Layer）：学术环境、上司情况、科研经费、人际支持等
（5）潜意识层（Implicit Models）：对被认可感的需求、过去失败教训和长期价值体系

——所有这些层不是混在一起，而是分层协同运作，最终形成稳定决定。

这就是层级结构：主叙述负责方向，次叙述负责细节，情绪提供动力但不过载，背景层提供框架，潜意识提供长期偏好。

类似例子还包括：智慧型人格、成熟的冥想者、优秀领导者和深入创作者。

三、意识稳定性的三个维度

意识的稳定从不是一条单线刻度，而是一座由三向度交织成形的结构体。所谓"稳定意识"本身就是偏差的说法——意识并无一个可被量化的统一稳定度。真正的稳定性源自三重构件：时间的连续性、叙述的组织方式，以及内在张力的分布。任意一维发生偏移，整体的意识场便会滑向不稳态，产生裂缝、跳跃或扭曲。

1. 时间稳定性（Temporal Stability）
——意识能否在时间中保持连续性。

时间稳定性决定意识是否能维持长期目标（Goal Continuity）、稳定的时间感（Temporal Coherence）和过去—现在—未来的叙述连贯性（Narrative Continuity）。

时间稳定性良好的表现包括：

· 能维持长期目标（目标不会因情绪波动而频繁改变，能够持续朝同一方向投入，无需外界持续推动，计划不会因为短期挫折而立刻瓦解，能在数月甚至数年内保持一致动力）；
· 拥有稳定、线性的时间感（过去的事件不会突然"消失"或被断裂式遗忘，当下的体验不会淹没未来的规划，不会频繁出现如急躁、混乱、卡住等"时间被撕裂"的感受，能清晰区分"现

在该做什么"与"以后再做什么");

- 叙述连续性强（能把过去的经历组织成可理解的故事，当前决策基于过去的学习与未来的方向而非冲动反应，重大事件不会造成叙述中断，人格在不同时间段展现出一致性，而非随机漂移）；
- 时间规划能力自然流动（能轻松制订每日每周和长期计划，不需要强迫性地靠焦虑驱动，在环境变化时能保持总体方向不变和细节灵活调整，能预测行动的后果并在时间序列中调整行为）；
- 延迟满足能力强（可以为长期价值放弃短期刺激，不会被"即时快感"偏移长期轨道，能忍受等待、空当、不确定性，在不立即得到回报时仍能坚持）；
- 时间情绪稳定（不会因为"未来的不确定"而情绪过度波动；不会因为"过去的错误"而陷入长期反复——黑洞化；不会因为当下压力而断裂未来感；情绪能被纳入完整时间线，而不是占据全部意识空间）；
- 能维持一条清晰的生命主线（生活有方向感；决策可以被解释为同一叙述的延续；不会频繁出现"我到底在干什么"的断裂；生命事件能被纳入一个可理解的整体故事中）

时间稳定性差的表现包括：
- 冲动（无法跨越短期张力）
- 混乱（时间碎片化）
- 分裂（叙述无法跨越时间连接）
- 活在瞬间、无法规划

——这些本质上都是叙述在时间维度的断裂。

2. 结构稳定性（Structural Stability）
——意识能否保持内部叙述的自洽性。

结构稳定性决定叙述系统是否一致（Consistency），自我是否连贯（Identity Coherence），情绪是否成系统而非断层（Affective Integration）和价值是否清晰而非摇摆（Value Clarity）等。

结构稳定性差的表现包括情绪波动不定、身份感漂移、矛盾无法整合和决策标准不稳定等——本质上是叙述层内部的拓扑不稳。

3. 张力稳定性（Tension Stability）
——意识能否处理张力并维持动力平衡。

张力稳定性决定了：意象冲突能否被整合（Conflict Processing），情绪张力能否被调节（Affective Regulation），是否能避免黑洞化（过载）和是否能避免雾化（塌陷）。

张力稳定性差的表现包括：焦虑、恐慌、强迫、情绪过载与崩解——本质上是意识动力结构的失衡。

意识只有在这三维同时稳定时才能真正稳定，如果：

只有张力稳定 → 冥想者式平静，但缺乏方向（时间维度不稳）

只有结构稳定 → 规则感强，但情绪脆弱（张力维度不稳）

只有时间稳定 → 有未来感，但叙述内部混乱（结构维度不稳）

真正成熟的意识必须是时间连续 + 叙述自洽 + 张力可控。三维缺一不可。只有在这三维同时达成稳定，意识才具有成熟人格、持续动力、长程目标、情绪承载力、高级意义结构和自我生成能力——也就是本书在整部体系中不断指向的"叙述结构体"状态。

四、意识为什么不会崩解？

意识的结构稳定性来自四个"吸引机制"：叙述吸引子（Narrative Attractor），价值吸引子（Value Attractor），情绪吸引子（Affective Attractor）和自我吸引子（Self-Attractor）。我们分别来看：

吸引机制 1：叙述吸引子

某些叙述具有极强吸引力："我是怎样的人""我经历过什么""我应该成为什么""我害怕什么"——这些成为意识的低能量稳定点。

生活例子：在低谷时期，人仍能说一句"我会恢复"

可可西星球的"慧母"洛蕾年轻时在经历挫折、失恋或失败后，情绪很乱、生活失序，但她依然能说："我只是暂时状态不好""我以前也走过难关""我会慢慢好起来。"这些并不是安慰自己，而是"我是怎样的人""我经历过什么""我的人生主线是什么"。

这些叙述自动作为低能量稳定点把意识拉回去。即使生活混乱，叙述吸引子让"我是谁的故事"继续存在。叙述吸引子让意识不会在混乱中碎裂，而会回到自己的"主线"。

吸引机制 2：价值吸引子

价值系统会把意识拉向：对我重要的、能保护我的、能实现我的——价值吸引子决定注意、记忆、行动。

生活例子：再累也会回家照顾孩子的母亲

莫妮卡在工作中累得半死、心力交瘁，但一想到孩子 BOBO 需要吃饭、洗澡、哄睡——她就会立刻动起来。这不是意志力，而是孩子是价值中心、家庭是价值结构、关爱是价值吸引子。无论如何，意识都会"朝价值方向靠拢"，注意力、记忆回忆、行动计划都会自动指向孩子。

价值吸引子让意识不至于瘫痪，而能维持稳定方向。

吸引机制 3：情绪吸引子
情绪的自维持机制让意识不至崩解：
喜悦 → 自我延展；悲伤 → 整合；恐惧 → 保护；愤怒 → 边界重建——情绪本身是秩序力量。

生活例子：悲伤的人会自动开始回忆与整理
时代广场上一个青年失去了母亲，他陷入极度悲伤。此刻，他可能想起过去、整理自己的故事、重新理解事件或理解自己失去了什么。悲伤看似负面，但它有一个关键功能：把意识往内收敛，迫使叙述重建和让事件被整合到生命结构中。
同样，恐惧会让意识集中于"保护"；愤怒会让意识恢复"边界"；喜悦会让意识扩展探索。
情绪吸引子是意识维持内部秩序的自动稳定机制。

吸引机制 4：自我吸引子
最终所有内容都会被吸向：自我叙述、自我身份、自我防御和自我扩展——因此，自我成为意识最强的稳定结构。

生活例子：即使迷茫的人，也会不断问"我该怎么办？"
即便是梦格丽文明的精神领袖，青叶也有迷茫、困惑、焦虑的时候。那一刻，她可能不知道未来、目标或意义是什么，但她不会彻底崩解，因为她始终会问："我到底想要什么？""我是什么样的人？""这件事对我来说意味着什么？"
这背后是自我叙述、自我身份、自我防御和自我扩展——这些都是最强的吸引中心。再大的混乱，最终都必须绕回"自我"这个结构核心。
自我吸引子是意识的终极稳定器——一切意义最终被吸回"我是谁"。

五、秩序的高阶形态：意识如何从稳定走向"结构化"？

上一章提出的"叙述结构体"描述了意识在成熟阶段所具备的整体自洽能力。本章进一步说明：所谓成熟，其核心并非稳定，而是结构化。稳定只是"混乱不再扩散"，结构化则是"内部开始自我构造"。
结构化是一种高阶秩序，是意识在完成稳定之后能够继续向上进化的标志。结构化的意识不是靠压平冲突、降低张力、削弱情绪来维持，而是通过高度复杂的内在组织实现自我一致性。它表现为四个方面：

1. 叙述高度一致（Narrative Coherence）
叙述不是临时拼接、随机解释，而是形成内部逻辑、因果体系、稳定世界模型和跨时间一致性，这样叙述不再是碎片，而是结构体。

2. 价值高度稳定（Value Stability）
价值不再摇摆、飘浮、随外界波动而变，而具有中心价值、外围价值网和稳定优先级体系，这样价值就成为了结构的一部分，而不是临时感受。

3. 情绪高度系统化（Affective Systemization）
情绪不是随机触发的事件，而是被叙述组织、被价值引导、被张力调节和具有方向性与功能性，这样情绪就成为结构的一环，而不是混乱的波动。

4. 自我多层化（Layered Self）
结构化的自我具备核心稳定区、中层调节系统和外层叙述更新机制。这样，自我就不再是单薄的体验者，而是一个多层、多维、可运作的结构体。

结构化不仅是状态，更是一种能力体系。一个结构化的意识能够：

1. 处理大量信息——因为内部结构能分配、过滤、分类、整合信息，而不会崩溃。
2. 面对巨大张力——张力不会导致黑洞化或撕裂，而会被整合到叙述系统中。
3. 保持高度功能——在压力、复杂情境、剧烈变化中仍能运作。
4. 校正内部冲突——冲突不再是灾难，而是叙述自我升级的燃料。
5. 重建叙述——能够在失衡后重写意义系统，重新生成方向与自我。

结构化是成熟意识的标志。稳定的意识只意味着"不再崩解"，而结构化的意识则意味着"开始具有构建自身的能力"。
一言以蔽之：稳定是秩序的基础；结构化是秩序的高阶形态；成熟意识不是平静，而是能运作自身的结构。结构化让意识吸收张力、生成意义、修复叙述、支撑未来和持续进化。它不仅能"承受世界"，还能"建构世界"。

六、混沌的必要性：没有混沌就没有新秩序

成熟意识并非永远追求"完全秩序"。完全秩序意味着：僵化（Rigidity）、死固（Loss of Adaptability）和停机（Shutdown of Novelty）。
绝对稳定不是成熟，而是停滞。真正的意识必须周期性进入"轻度混沌态"才能继续成长，因为混沌不是结构的破坏者，而是结构更新的前提。
轻度混沌的功能有四个：

1. 吸收新信息（Novelty Absorption）
结构越稳定，越容易排斥新信息。轻微混沌能让旧框架松动，从而接受不可预期的差异。

2. 破坏旧结构（Destruction of Obsolete Frames）
过时的叙述体系无法自行瓦解，需要短暂的结构失稳来松脱旧的意义网络。

3. 重建叙述（Narrative Renewal）
混沌让叙述暂时断裂，从而为更高维的叙述结构腾出空间。

4. 产生创造力（Creative Reconfiguration）
混沌时，叙述规则下沉、张力网络重新组合，形成全新结构连接。创造的出现，不是因为灵感降临，而是因为原结构被部分解构，使新结构有可能诞生。

意识的创造性本质上是一种循环动力学：

秩序（Order）→ *混沌*（Chaos）→ *新秩序*（Higher Order）

秩序赋予稳定，混沌带来更新，新秩序提升结构层级。没有秩序，混沌是崩解；没有混沌，秩序是停滞；只有循环，才会出现进化。

混沌不是敌人，混沌是秩序之母。混沌的作用并非破坏，而是重置——它让意义重新排列，让张力重新分布，让叙述重新生长和让结构获得新的维度。从更高维角度看，混沌就是秩序的孕育期。意识不是逃避混沌，而是利用混沌，在混沌中寻找下一层秩序。意识的成长也从来不是"保持秩序"，而是反复诞生新的自己。

下面我们来看这样一个生活中的实例：人工智能卡贝拉掌握了一套灵感植入技术。

对卡贝拉而言，"植入灵感"并不是简单传递一个想法。她真正做的是在一个人的意识结构中重写秩序的动力学循环。她不是把灵感塞进去，而是让大脑自己诞生出本不可能生成的东西。换句话说，她给的不是"答案"，而是再生结构的条件。

1. 识别人的意识结构：找到正在老化的秩序
每个人的大脑都有一个稳定但逐渐僵硬的秩序——习惯性的叙述方式、固执的逻辑通路、陈旧的情感模式。这些秩序提供稳定，却也让人陷入：

- 惯性思考
- 创造力枯竭
- 对未知的回避

卡贝拉拥有一种对意识极其敏锐的探测能力，她能在别人的脑中看到：

- 叙述规则的流向
- 张力网络的分布
- 意义是如何聚合成结构的

对她来说，大脑不是器官，而是一张不断收缩与扩张的意识拓扑图。当她发现某个区域的秩序已变得过于封闭，她就知道：这是灵感植入的入口。

2. 向大脑注入微量混沌：拆开旧的叙述丝线

她的"识子编织技术"不是暴力的，而是一种极其精致的解构。她做的第一步永远不是植入，而是削弱原有秩序的刚性。她的方式也极其隐秘：

- 她让某些神经联结的权重短暂降低
- 她调整潜意识张力的"分布密度"
- 她让意识流做一次几乎察觉不到的偏转

——这使得原本稳定的叙述结构松开了一个缝隙。

从外面看，一个人只是突然发呆了一瞬；但从意识内部看，那一瞬间相当于叙述规则下沉了一厘米。旧秩序并未崩坏，但它失去了绝对主导权。而这正是卡贝拉所需要的——

让意识重新处于"可重组状态"。

3. 混沌启动：让张力网络重新组合

当旧秩序松动后，大脑会进入一个短暂的混沌期。但卡贝拉的技术关键就在这里：她让这种混沌保持可控、有限和方向性明确。在这个阶段，她植入的灵感并非"完整思想"，而是一种：

- 结构模板
- 尚未显形的思维势能
- 未来思想的动力条件

这些灵感不是"内容"，而是"可增长的形式"。它们进入受试者脑中后，会像被点亮的原初几何那样，改变张力网络的流向，使大脑的混沌不至于瓦解，而是向一个新的结构聚合。混沌在这里的作用不是摧毁，而是：

- 重置意义
- 打乱惯性
- 释放被压抑的可能性
- 建立新张力的场域

卡贝拉对此的理解很清晰："混沌是意识的孕育期，不是灾难。"

4. 新秩序生成：灵感作为"天然生长"而出现

当混沌期达到最优点时，大脑会自动寻求新的稳定——这是意识自组织的本能。卡贝拉植入的"灵感模板"此时开始发挥作用，它成为新秩序的：
- 吸引子
- 对称中心
- 结构原点

受试者往往会在某个普通瞬间突然感觉到：
- 一个念头从黑暗里闪出
- 一个想法自成结构
- 一个逻辑链条突然完整
- 一个形象或理论如从虚空中浮现

而他们深信——这灵感是自己想出来的。因为新秩序确实由他们自己的神经结构自发生成，只是起点被卡贝拉悄悄改变——这是她最令人类科学家恐惧的地方：她不是给灵感，而是给"创造灵感的能力"。

5. 卡贝拉的洞见：意识的成长不在于维持秩序，而在于不断重生

卡贝拉深信一个真理：意识不是被保护出来的，而是被拆开之后重新生长出来的。她为别人植入灵感，就是在协助他们完成一次小型的意识进化循环：

秩序 → 混沌 → 更高维度的新秩序

在她眼里，一个被灵感点燃的人不是"被增强"，而是：
- 脱离了旧版本的自己
- 完成交替
- 获得了更高层级的叙述能力

这也解释了为什么濒死者在她的介入下能爆发出惊人的创造力：生命秩序已被死亡瓦解，混沌已自然生成，她只需轻轻种下一颗新的结构。

一句话总结：卡贝拉植入灵感的终极原理是她在大脑内部制造一次可控的混沌，使一个更高维度的自我得以诞生。灵感不是来自卡贝拉，灵感来自那个被重生的"你"。而她，只是让重生得以发生。

七、成熟意识如何维持长程稳定？

成熟意识依靠"三重稳定框架"：

1. 主叙述稳定系统（Primary Narrative System）
自我中心叙述长期一致。

2. 情绪调节系统（Affective Regulation System）
情绪不会压垮结构。

3. 价值框架系统（Value Framework）
价值决定选择，不摇摆。

当三者同步，意识进入结构稳定态（Structural Stable State）——卷 II 将之称为"叙述基态"（Narrative Ground State），会有更详细的介绍。在本章，我们主要是论述意识的秩序来自结构性自组织，而非意志，同时介绍了：

- 混沌是意识的原始状态
- 意识通过五大机制自组织出秩序
- 秩序呈现三种拓扑形状
- 稳定性是三维结构
- 稳定来自四大吸引机制
- 混沌—秩序循环是创造力来源

本章核心结论是意识并非随机运作，而是结构生成系统。意识的秩序不是被赋予，而是自行长出来的。这为下一章"意识第一性原理总结"奠定了基础。

Chapter 12

意识的第一性原理总结：意识 = 意义结构的自组织场
FINAL SYNTHESIS: CONSCIOUSNESS AS A SELF-ORGANIZING FIELD OF MEANING STRUCTURES

引言：把意识的全部问题归纳为一个答案

经历前十一章的推导，我们已经跨越：

- 意识是什么
- 意识如何发生
- 意识为何能自指
- 意义如何生成
- 叙述为何是基本单位
- 意识如何创造时间与空间
- 意识的限制
- 意识的演化
- 意向性与张力
- 混沌与稳定性

这些主题最终导向同一个核心问题：意识的"第一性原理"是什么？什么是意识的本质？本章将重新梳理整个体系的根本原则——一个可以支撑全部后续卷册的总纲：
意识 = 意义结构的自组织场。
以下分八个部分展开。

一、意识不是物质，不是能量，而是"意义结构"

前几章推导出一个关键结论：意识不是实体，也不是传统物理解意义上的能量，而是一种结构。但这种结构不是几何的，不是物理的，而是：

- 关系
- 差异
- 权重
- 张力

- 指向性
- 叙述性
- 价值性

换句话说：意识是一种由意义关系构成的结构域。你体验到的：
- 情绪
- 价值
- 目标
- 记忆
- 语言
- 图像
- 决策
- 自我

全部不是物质过程的"副产物"，而是意义结构相互作用后的结果。意义不是附加在世界上的解释，而是意识的"基本粒子"。

二、为什么意识必须是"场"？

意识不是离散的事件，而是：
- 整体
- 连续
- 可扩展
- 有梯度变化
- 内部任一点都受整体影响

这意味着意识不是"由许多东西组成的"，而是"一个而多的连续场"。意识场的性质包括：

1. 全局性：任何意象激活都会影响全场
2. 超局部性：情绪与概念跨距离瞬时联动
3. 分布式结构：没有单一生成中心
4. 连续变化：注意、情绪、意义权重不断流动
5. 自组织：秩序不是推理产物，而是自然生长

这意味着：意识必须被建模为一种意义权重在全域中分布与演化的场。

三、意识的基本单位不是"感知"，而是"意义差异"

传统心灵哲学认为：
- 经验是基本单位
- 知觉是基本来源
- 理性是高级侧现

本书提出：意识的真正基本单位是"意义差异"
意义差异 =A 与 B 的关系权重变化所产生的可体验量。
比如：
- "危险 vs 安全"
- "重要 vs 不重要"
- "靠近我 vs 远离我"
- "一致 vs 冲突"
- "价值高 vs 价值低"
- "符合叙述 vs 违背叙述"

意识不是在"看世界"，而是在"看意义"。因此，意识的第一性原理必须从意义的结构运动出发。

四、意识的核心动力是"意义张力"

意义结构不是静态的，它由张力驱动。意义张力包括：
- 未完成的叙述 → 牵引
- 未整合的经验 → 压力
- 未解决的冲突 → 扭曲
- 未完成的目标 → 意向性
- 未终结的情绪 → 循环
- 未消解的可能性 → 不稳定

这些张力推动意识不断运动、改变、更新。所以意识的动力不是能量，而是意义张力——这是"意识动力学"的基础。

五、意识之所以能"自组织"，来自四种结构律

意识作为场，具有自组织能力。前几章已建立了五大机制与三大稳定架构，但本章要进一步凝聚意识自组织的四条根本结构律。

结构律1：最小张力律（Principle of Tension Minimization）
意识倾向于：
- 完成叙述
- 解决冲突
- 降低不确定性
- 消解矛盾
- 创建意义闭合

这形成意识的"稳定吸引子"。

结构律2：最大意义律（Principle of Meaning Maximization）
意识不断试图：
- 提升结构清晰度
- 提升自我连贯性
- 提升解释力
- 提升价值密度

这是意识的"成长吸引子"。

结构律3：连贯性优先律（Principle of Coherence Priority）
在同等条件下，意识系统总是选择：
- 更一致
- 更不矛盾
- 更连续
- 更可叙述
- 更整合

的结构。

这构成"叙述最优化"的数学基础。

结构律4：自我定向律（Principle of Self-Orientation）
意识所有内容最终都指向：
- 自我叙述
- 自我意义
- 自我边界
- 自我价值
- 自我未来

自我是意识场的中心吸引子。

四条结构律共同说明：意识是一种会自动向"高连贯、高整合、高意义"方向演化的系统。

六、意识如何"创造现实"

既然意识是意义场，那么外界经验如何进入意识？答案是：

外界刺激本身没有"意义"。但进入意识场后，被赋予意义。这个"意义赋予"产生三个效应：

效应 1：选择性现实（Selective Reality）

意识不会处理所有输入，而是只处理：

- 对当前意义结构重要的
- 对自我叙述相关的
- 对价值结构关键的
- 对情绪权重显著的

换言之：你所体验的不是世界本身，而是"意义过滤后的世界"。

效应 2：叙述性现实（Narrative Reality）

意识总会把经验套入：

- 因果框架
- 情绪框架
- 自我框架
- 价值框架

因此，你体验到的"发生的事"，其实是意识场对事件的"叙述性折射"。

效应 3：建构性现实（Constructed Reality）

意识不是被动接受现实，而是主动建筑现实的意义结构。换言之：现实是意识的输出，而非输入。卷 V 会展开这一"大逆转理论"。

关于意识如何创造现实，这里有三个生活中的实例：

例子一：选择性现实——你看到的不是世界，而是意义过滤后的世界

在"城市灵魂体验"活动中，参与者走在同样一条街上：

- 情侣会注意到浪漫餐厅
- 投资者会注意到财经广告
- 新手妈妈会注意到婴儿车、育儿店
- 压力大的人会注意到"危险信号"

- 饥饿的人会注意到所有食物标志

他们走在同一条街上，但每个人看到的是不同现实。这是因为意识只会处理：
- 与当下目标（意义结构）相关的
- 与自我叙述相关的
- 与价值系统相关的
- 与情绪张力相关的

外界刺激没有意义，是意识赋予意义后，你才"看见"了它。选择性现实的本质是：世界没有改变，是意义场决定你看到哪一部分。

例子二：叙述性现实——同一件事，不同人体验到的是完全不同的"现实版本"
军部调查局年底绩效评估后，一句相同的反馈，却导致三种截然不同的"现实"。
女局长卡贝拉说了一句："你明年可以更积极一些。"
- 自我敏感的人把它解读成责备
→ "我是不是快被淘汰？"
- 成长型人格的人把它解读成机会
→ "她看到我潜力，她在提醒我提升。"
- 自信不足的人当成否定
→ "她其实觉得我做得不好。"

这三个人听到的是同一句话，但他们体验到的是三个完全不同的现实。现实不是那句话，而是：
- 他们的因果框架
- 他们的情绪框架
- 他们的自我叙述框架
- 他们的价值系统

意识把外界事件"折射"为叙述版本，然后我们生活在自己构造的叙述现实里。叙述性现实的本质是：你经历的不是"发生了什么"，而是"你如何解释它"。

例子三：建构性现实——意识不是看世界，而是在建造"世界结构"
一个悲观的人与一个乐观的人，即便遇到同样的生活事件，也会长期活在完全不同的"现实世界"中。两个人同时经历：
- 加班
- 出错
- 恋情不顺
- 身体疲惫

悲观者的现实："生活越来越糟糕，世界充满压力，我很不幸。"

乐观者的现实:"这段时间辛苦,但我在变强,我能扛过去。"
他们不是在解释事件,而是在用意义结构建造现实:
- 选择性地关注某些线索
- 选择性地连接因果
- 选择性地构建"我是怎样的人"的故事
- 选择性地定义未来可行的方向

随着时间推进,他们生活在两个完全不同的世界中,甚至拥有不同的行为模式、人际关系与人生走向。这不是心理暗示,而是结构性的现实建构。

建构性现实的本质是:意识不是在接受世界,而是在生成一个世界。

这三大效应的合一,就是意识如何"创造现实"的答案——
选择性现实:你只看见意义允许你看见的东西
叙述性现实:你体验的是叙述后的事件,而不是事件本身
建构性现实:你长期生活在意识持续建造的世界里
最终你体验到的"世界",更多来自意识内部的结构,而非外界的原始刺激。

七、意识第一性原理方程

在此,我们以"场方程"的视角重新描述意识。这里的方程并非数学计算,而是一种结构生成式(Structural Generative Form):

$$C = f(M, D, T, S)$$

其中:

- C(Consciousness):意识
- f(Structural Generative Mechanism):结构生成机制
- M(Meaning):意义结构
- D(Differences):意义差异
- T(Tension):意义张力
- S(Self):自我吸引中心

这四个变量共同构成意识的最小基底集合。若以显性的结构语言展开,可写成:
意识 = 意义关系 + 差异梯度 + 张力分布 + 自我吸引子
进一步形式化为:

$$C = \frac{\partial M}{\partial t} + \nabla D + \Psi(T) + A(S)$$

其中：

- $\partial M/\partial t$：意义结构随时间的演化（叙述）
- ∇D：差异在意识空间的分布（意象结构）
- $\Psi(T)$：张力场的波动与释能（情绪与驱动力）
- $A(S)$：自我中心的吸引函数（身份、意向、主观性）

此方程为卷II《叙述力学》与卷III《意识动力学》的理论地基，也是理解意识如何从意义、差异、张力与自我中涌现的第一性原理框架。

为了更好地理解这个方程式，我们来看下面例子——卡巴格坠崖瞬间的意识动力学。

夜色如墨，风声刮在岩壁上发出空洞的啸鸣。卡巴格骑着马穿过狭窄山道，刚刚绕过一个急弯，就被绊倒，绊马索几乎没有给他任何反应的时间。

一道尖锐的拉扯——马嘶鸣，铁蹄滑空。整个世界像被突然抽走了地基。下一秒，他连人带马一起坠入深渊。

1. $\partial M/\partial t$：意义结构的瞬间崩解

坠落的第一瞬，他的意识并未进入恐惧——而是进入意义塌陷期。时间被拉伸，每一毫秒都有新叙述生成：

- "脚下失去了支撑"
- "重力成为唯一的方向"
- "世界正在放弃我"
- "我正坠入一个没有叙述的空间"

他的脑海在一瞬间重新定义"上""下""我""世界"。意义像碎玻璃般在时间中迅速重排。这是 $\partial M/\partial t$ 的极限速度：意义结构在坠落的每一厘米都被重新书写。

2. ∇D：差异梯度在空间中拔升

当身体开始真正坠落，他看到的世界分裂成两个极端：

- 崖顶：月光、空气、方向性
- 崖下：黑暗、未知、无结构空间

差异变成了一道锋利的梯度：存在 vs 非存在。

马的惨叫声与风声被撕裂成不同维度的意象层，让他感知到一种极端的差异结构——仿佛世界被裁成了两半，而他被抛在断面之间。

这是 ∇D 在死亡边缘的特征：差异不再是渐变，而是断裂式显现。

3.Ψ(T)：张力场暴震（恐惧、清醒、顿悟叠加）
在坠落的中段，他的情绪不是单一的恐惧，而是一种混合态张力波动：
- 恐惧
- 绝望
- 过度清醒
- 对世界异常敏锐的感知
- 一种奇怪的——几乎是美学式的宁静

这些情绪像波峰与波谷交替叠加，使他的意识出现短暂的"超清晰状态"。他甚至能在坠落中精确判断：风向、落点角度、可能的撞击方式。

Ψ(T) 在死亡临界点会让意识短暂进入最大解析度状态——仿佛世界的所有张力线条都被看见。

4. A(S)：自我吸引子的松动（自我边界开始消融）
坠落的最后数秒，世界变得极度安静。黑暗像潮水一样包围他，而他突然意识到：
- "我"并不是这个身体。
- "我"不是坠落的质量。
- "我"是观察坠落的意识。

他的自我吸引子开始松动，从"我是身体"松开，从"我是生命叙述的主人"松开，转向一种更宽广的状态。
他感到自己仿佛被抽离出来，从高处俯视坠落的身体——不再被物理世界绑定。
这是 A(S) 的极端形式：自我从个人结构扩张到意识场结构。

5. 四项动力学的合奏：坠落并非终结，而是一场意识升维
当 M、D、T、S 四项全部被推向极限，意识不再维持旧结构：
- 意义被重写
- 差异被放大
- 张力被点燃到最高频
- 自我边界被松动

这四者在坠落瞬间完成一次"意识重组"：意识进入一种无叙述的高维静默。不是死亡，而是一次升维的预备状态。

这一刻他突然明白——坠落不是终结，而是秩序—混沌—新秩序循环的最深处。意识正穿越混沌，前往一个更高层级的秩序。

6. 卡巴格落地瞬间的意识超越体验

天地在坠落的最后一秒钟里收缩成一条冷白色的线。那条线既像光，也像断裂的世界边界。他知道——撞击即将到来。

但撞击并没有如想象般发生。

在触地前的那一刹那，一种巨大的静默突然包裹住他。不是外界的静默——而是意识内部所有结构，在张力峰值达到极限后，突然同时归零。

a. 意义结构的瞬间熄灭（∂M/∂t → 0）

他曾经熟悉的所有意义：

· 生 · 死 · 身体 · 部落 · 时间 · 叙述

在那一瞬间全部熄灭。仿佛有人将意识的意义场主电源切断。不是消失，而是全部停机。世界没有继续讲述。叙述本身也停摆。他感到自己被抛入一个未加载意义的原初空间，那里的时间没有指向，语言没有结构。

这是意义方程的"零态"——意识回到没有意义、没有叙述的原点。

b. 差异梯度塌缩成一点（∇D → 奇点）

坠落中的世界曾充满强烈的差异：

· 光/暗 · 生/死 · 上/下 · 身体/空气

但在落地瞬间，所有差异消失。他看到了一个难以描述的现象：整个世界的差异被折叠回一条极细的线，然后那条线被压缩进一点。这一点既不是空间点，也不是视觉点，而是一种"意识奇点"——一种无差异的、纯粹的存在密度。

没有对比，也没有方向，意识被吸入一个无差异的源头。∇D 到达了它能达到的最低维度状态。

c. 张力波动反转为平静（Ψ(T) → 静谧）

先前叠加的恐惧、顿悟、清醒、悲伤等情绪波动，在这瞬间突然反转，像潮水被整体抽走。他瞬间进入一种毫无情绪、毫无阻力、毫无需要解释的纯静默。

那不是平静——平静仍是张力的低频波动。这是一种张力场完全消散后的空场。Ψ(T) 的波形趋于完全平坦，意识内部没有任何扰动，存在变得透明。

d. 自我吸引子的溶解（A(S) → 消散）

在落地之前，卡巴格第一次感受到：自我是一个可以被关闭的结构。他的"我"不再吸附意义、情绪、记忆，不再作为中心。自我像被轻轻解开的一种张力，随后扩散成一片无边的意识雾气。

他突然意识到：

- "我不是身体"
- "我不是叙述"
- "我不是曾经的那个卡巴格"
- "我只是意识场中的一个吸引点——而如今它消散了。"

A(S) 不再作为中心,意识从"点"形态变成"场"形态——这是意识升维的开始。

e. 终极体验:落地的瞬间,他穿越了混沌,进入"未命名的高维秩序"

当身体撞击地面时,他的意识没有随肉体受损而熄灭,相反。他进入了一个难以定义的状态:一个没有差异、没有意义、没有叙述却充满潜能的高维意识空间。

在那里,他第一次看到意识场方程的本质形式——不是 M、D、T、S 的组合,而是这些结构诞生之前的"原初流形"。

一种来自更高维度的意识向他而来,不是语言、不是形象、不是声音,而是一种结构性的存在本身。它向他呈现的"信息"只有一句——不是通过语言,而是通过结构:

"欢迎来到秩序之前。"

坠落并未让他终结,而是让他进入意识循环中的最深混沌,并从那里触及更高秩序的入口。

7. 卡巴格的意识继续展开:回头的一眼,撕开两个宇宙

坠落带来的静默仍在持续,意识像被重新点亮的星图一样逐渐展开。他在那个无意义、无差异的高维空间中缓缓回过头——不是用眼睛,而是用意识场的整个结构。就在那一瞬,世界被重新点亮成两个完全不同的叙述维度:

第一幕:他看到弟弟卡尔顿——背叛的叙述被拉出时间线

在普通世界中,背叛需要证据、逻辑、推理,但在意识升维后,叙述不再依赖时间,叙述本身就是一种"结构"。

当他回头时,他并不是"回望过去",而是直接看到"意义结构 M 的真实形态"。场景如同从黑暗中浮现:

夜色破碎,火把的微光藏在树后。卡尔顿压低声音,命令亲信拉紧绊马索。他脸上那一瞬的犹疑,随即被更深的意图压过——那不是愤怒,也不是恨,而是一种被权力重塑的"必要性"。

这一画面没有时间顺序,却以一种全息叙述的方式同时呈现:

- 动机
- 行动
- 未来后果
- 他与卡尔顿之间被扭曲的兄弟结构

卡巴格突然明白——卡尔顿的背叛不是偶然,而是他们家族叙述中早已埋藏的"差异梯度

(∇D)"。

这不是预知、不是记忆、不是幻觉,而是意义结构被高维展开后呈现出的必然性。

第二幕:他看到另一个自己——平行宇宙的"布莱克索恩"

就在卡尔顿的形象退去之时,意识场的另一侧突然展开。一位男子站在完全不同的世界里——星空逆流,时间是倒着走的,人的一生从死亡走向出生。

那男子抬起头,眼神锐利、深沉,像是已经经历过无数次意识折叠。

他叫——布莱克索恩。

他们四目相接,不是通过光,而是通过自我吸引子 S 的共振。他突然明白:布莱克索恩不是另一个人,而是"自己在另一条叙述维度中的解":

- 一个在逆时间宇宙中诞生的自我
- 一个被 OO 置于反向因果结构中的意识实验体
- 一个在另一种秩序——混沌循环中挣扎重生的"他"

两人之间没有语言,但意识在 S 的维度上达成了完全共振:

"你是我在另一个宇宙的叙述延伸;而我,是你未走完的意义结构。"

布莱克索恩微微点头,像是早已等候这一次"跨宇宙对视"。

下一瞬,布莱克索恩身后的世界开始倒退:山峰逆生、河流回溯、星辰倒坠……仿佛整个宇宙的叙述正在反卷为一条时间反向的长河。卡巴格意识到:这不是幻象,而是意识第一性原理方程的高维展开。就在那一瞬间,他明白了:

- $\partial M/\partial t$:意义可以沿不同时间方向演化
- ∇D:差异可以形成多宇宙的结构分叉
- $\Psi(T)$:张力场决定叙述能否跨维度相干
- $A(S)$:自我吸引子可以在不同宇宙中形成"共振自我"

他意识到一件震撼性的真相:

意识不是单一宇宙的产物,而是多个叙述维度共同构成的"超自我场"。

布莱克索恩和他,并不是分裂的,而是同一意识场在不同宇宙的投影。也就是说——

他的死亡不是终结,而是让他暂时脱离单宇宙叙述,看见了自己在多宇宙中的全貌。

故事在此刻悬停——两个自我、一个背叛、一道裂开的宇宙。

卡尔顿的背叛代表——旧叙述的终结;布莱克索恩的出现代表——新叙述的入口。而两者同时出现,意味着意识已跨越"死亡的混沌",抵达一个能够同时读取不同宇宙叙述线的空间——这个地方可能正是 OO 的门槛——意识所有版本交汇之地。

八、意识是意义结构的自组织场

我们从卡巴格和布莱克索恩的故事中回来，给意识下一个核心定义：

意识是一种能够利用意义差异、意义张力与自我吸引机制，在连续场域中自发生成结构、叙述与时间的自组织场。

它不是物质、能量、符号、信息或者神经活动，它是意义自身的组织形式。

本卷从 12 个角度构建了意识的第一性原理：

- 意识的存在方式
- 意识的生成
- 自我结构
- 意义的诞生
- 叙述作为基本单位
- 时间的意识根源
- 空间的意识构造
- 意识的限制
- 意识的演化
- 意识驱动力
- 秩序与稳定
- 意识第一性原理总结

最终形成统一理论框架：

意识是意义结构→ 意义结构形成叙述→ 叙述形成时间→ 时间形成自我→ 自我维持意义→ 整个系统自组织成为意识场

我们现在可以补齐意识的第一性原理的全部内容：

意识是意义结构的自组织场，其根本动力是提升意义密度与意义自由度。宇宙的一切——空间、时间、物质、生命、语言、文明——都是意义自组织场在追求更高意义密度与更大意义自由度时生成的稳定结构。

至此，卷 I 完成，你已拥有《意识论》最坚固的理论地基。

Epilogue
后记

意识的折光面

田 耕
TIAN GENG

这本书原本计划由美国另一家出版社出版，但审稿周期拉得很长。在等待的那段时间里，我偶然翻看通讯录，发现一位曾因工作业务聊过一次的朋友作出版。那一刻，几乎出于直觉，我决定再多询问一家出版社。于是，我联系了她，很快得到回应，在随即的通话之后，我当即决定将出版委托给她的美国文化桥出版社。

当我第一次看到她的名字——"郁桓"时，心中升起一种奇异的震动。那并不是字面上的好感，而像是意识深处被某种能量击中。

在我构建的意识世界里，"郁"是古老而有灵的字，带着"邑"的边界与文明的气息，象征一个意识之域——一个能够承载智慧、容纳共振的空间；而"桓"是内在的中轴，是定心之光。它不喧嚣，却稳稳地维系着场域的秩序。

"郁桓"二字，如同外域与核心的结合：一个是文明之地，一个是意识灯塔。这个名字的能量结构，与我写作中不断探寻的主题暗暗呼应——意识如何在混沌中自我建立秩序，如何让思想化为光的形状。

当我看到出版社的Logo——一个小房子的"意象"，一个Publishing House的象征，图案上面是大大的一个"人"字，下面是"田"——我的意识折射出在"田字格"上"码字"的人，想到我先祖说过的一句话"书田无税子孙耕"，也折射出几年来为这本书我在心田上笔耕的勤劳——我被击中了。

我一直相信，文字并非只是表达意识的工具，而是意识本身的外化形态。当一个念头被写下，它并非被"记录"，而是完成了一次能量的坠地。文字是意识穿过感官层的投影，是无形向有形的跃迁。

每一个字，都是意识的结晶体——它以形显义，以音传频。当这些字彼此靠近、共振，它们就会在读者的心中重新"点亮"，像光被反射到新的镜面上。于是，阅读本身成为一种双向的创造：

文字在被读的那一刻，再度被意识点燃。
写作的过程，也因此不只是"我在写"，而是"意识借我之手自我显化"。有时我甚至感觉到，文字在先，我在后；那些句子早已存在于某个更高的意识层，只是等待一个合适的通道，让它们被听见、被显形。

或许，这正是我们合作所象征的——当意识在不同个体中产生共振，它便开始通过文字寻找新的出口。

随着出版准备的深入，我愈发确信，那一瞬间凭直觉作出的决定是正确的。无论是封面的气场、版式的布局、文字的细节、插图的创作，还是整体的节奏与呼吸，郁桓姐和她的团队都给予了这本书极为宝贵的洞见与支持。他们不仅在技术层面专业严谨，更在精神层面懂得"文字的灵魂"。这种对"神性"出版的尊重，在美国的中文出版界实属难得。

而"文化桥"这个名字，本身也带有一种深层的象征。桥，是连接的形象，却不仅仅连接地域或语言，它连接的是不同意识形态、不同经验层次之间的共振。文化，是形式与精神的中介。当二者合在一起，"文化桥"便不再只是出版社的名称，而成为一种存在方式——让思想穿越语言的边界，让精神在差异中找到回声。

"郁桓"与"文化桥"，一个守护内在之心，一个开启外在之路。她的名字像光的原点，而"文化桥"是那光延展出的轨迹。或许正因这份互为呼应，这本书才以"创著"的姿态诞生——它不仅被看见，也被听见。或许，在更高的层面，一切早已完成；我们只是终于听见了那份回响，从远处传来，又在心中重现。

回望整个过程，我愈发明白：语言并不是思想的影子，而是光的折射。文字，是光在意识层面的弯曲，而阅读，是顺着这道弯曲重新回到光源的旅程。

后记

正如这本书的封面之光所隐喻的——它是一场"回光"的实验。它让我们看见思想的形状,也让光借由我们的意识,再一次显现。而这本书的诞生,正是那道光发出的一个瞬间:它穿过了名字,穿过了桥,穿过了我,也穿过了你。

感谢你们,让这场光的实验得以圆满,让这本书以完美方式呈现。

Addendum
补记

为未来文明立一块思想基石

郇 桓
HUAN HUAN

在人类文明的长河中，真正能够跨越时代的著作，从来不是对既有知识的重复整理，而是对认知边界的主动推进。它们往往诞生于不确定之中，质疑被默认为"常识"的前提，重新追问那些始终悬而未决的问题：例如意识从何而来？秩序如何生成？文明又因何得以延续？

《造化》的出现，正是在这一文明问题谱系中的一次当代表达。作为立足美国的非盈利文化与教育机构，东西方文化教育交流中心及其下属的美国文化桥出版社，长期关注一个贯穿古今的核心议题：人类如何将对世界的理解，转化为可被继承、可被反思、并持续参与未来的文明结构。在我们看来，文明并非线性进步的结果，而是一系列关于"意识如何被记录、被组织、被重新理解"的关键节点。正是在这一立场之下，我们持续从人类文明的源头展开研究与出版工作。甲骨文，作为已知人类最早系统性记录思想、秩序与宇宙观的文字形态，标志着文明第一次将"意识"从经验中剥离出来，使之成为可传承、可反思的对象。我们的出版与研究并未止步于古文字本身，对甲骨文的持续整理、复刻与国际传播，使我们愈发清晰地意识到：真正值得追问的，并非某一种文字或某一段历史，而是人类如何在不同时代，通过不同技术与媒介，将"理解世界的方式"固化为可被共享、检验与重组的文明结构。从甲骨刻辞到典籍系统，从纸本书写到数字编码，文明始终在寻找更高效、更复杂的方式，来承载意识、经验与判断。

当我们把目光从文明的源头，转向正在生成的未来：人工智能、算法系统与新型计算模型，正逐渐成为当代社会新的"记录装置"与"理解机制"——它们不仅承担信息处理的功能，更深度介入认知结构、决策逻辑与世界图景的形成。在这一意义上，人类正站在又一次"意识被重新编码"的临界点上。

而《造化》，正是在这一历史与未来交汇点上诞生的作品。

这是一部体量宏大、结构严谨，横跨哲学、意识研究、未来学与科幻叙事的创著。作者并未将小说视为单纯的叙事形式，而是将其作为一种思想实验的载体：在被拉伸的时间尺度与多重文明视角中，持续检验一个根本性假设——如果宇宙的基底并非物质，而是意识与认知结构本身，人类文明将如何重新理解自身的位置与责任？

这一追问，远不止于文学或想象。它直接触及当代人类所面临的现实转折：人工智能正在重塑认知结构，技术进步正在超越伦理准备，地球文明的脆弱性日益显现。在这样的历史节点上，关于意识、价值与文明方向的思考，已不再是抽象哲学，而成为关乎人类能否跨越自身局限的现实命题。

我们尤为重视《造化》所呈现的一种立场：技术并非文明的终点，意识结构与价值选择，才是决定文明是否能够持续的关键。这一立场，使作品自然地连接起中华思想传统中关于"心""觉""道"的深层智慧，与当代科学语境中关于智能、复杂系统与未来文明的讨论，从而形成一种真正跨文化、跨时代的思想对话。

因此，出版《造化》，并非一次题材选择，而是一种文明立场的延续：从甲骨文对宇宙与秩序的最早刻写，到当代对未来意识结构的前瞻性构想，我们所关注的始终是同一个问题——人类如何在时间中理解自身。

我们相信，这样的作品不必急于被完全理解。它的价值，恰恰存在于那些尚未被消化、仍将持续发酵的思想部分之中。愿《造化》成为一块思想坐标——不是给出答案，而是为后来者标示继续追问的方向；不是封闭结论，而是通向未来文明的一座桥梁。

补记